CHRIS PAVONE stammt aus New York und hat mehr als 20 Jahre in der Verlagsbranche gearbeitet, bevor er sich entschloss, die Seiten zu wechseln und Autor zu werden. Seine rasanten und clever konstruierten Thriller wurden bisher in 24 Sprachen übersetzt. Mit *48 Stunden. Die Wahrheit kann tödlich sein* gelang ihm sein bisher größter Erfolg. Der Roman wurde von der US-Presse gefeiert, von Autorenkollegen hochgelobt und schaffte es auf Anhieb in die Top Ten der New-York-Times-Bestsellerliste. Chris Pavone lebt mit seiner Familie und ihrem Labradoodle in New York City.

Außerdem von Chris Pavone lieferbar:

Der Informant
Die Abrechnung

www.penguin-verlag.de

CHRIS PAVONE

48 STUNDEN.

DIE WAHRHEIT KANN TÖDLICH SEIN

THRILLER

*Aus dem Amerikanischen
von Cathrin Claußen*

 PENGUIN VERLAG

Die Originalausgabe erschien 2022
unter dem Titel TWO NIGHTS IN LISBON
bei FSG, New York.

Penguin Random House Verlagsgruppe FSC® N001967

1. Auflage

produktsicherheit@penguinrandomhouse.de

Redaktion: Ralf Reiter
Covergestaltung: www.buerosued.de
Covermotiv: Trevillion Images, Stephen Mulcahey
und www.buerosued.de
Satz: GGP Media GmbH, Pößneck
Druck und Bindung: GGP Media GmbH, Pößneck
Printed in Germany 2024
ISBN 978-3-328-11099-6
www.penguin-verlag.de

Gerechtigkeit ist Wahrheit in Aktion.

Benjamin Disraeli

1. TEIL

DAS VERSCHWINDEN

Kapitel 1

Ariel wacht auf, allein.

Sonnenlicht strömt durch den Spalt zwischen den Fensterläden und wirft einen grellen Lichtstreifen an die Wand, dessen Anblick fast wehtut.

Ihr ist heiß. Sie schleudert das Laken von sich, auf die andere Seite des Bettes, wo ihr neuer Mann liegen sollte. Tut er aber nicht. Ihr Blick hüpft im Zimmer umher wie auf Steinen über einen Bach, auf der Suche nach Spuren von John, doch sie findet keine und fällt in das eiskalte, strudelnde Wasser einer vertrauten Panik: Was, wenn sie sich in ihm getäuscht hat? In dieser ganzen Sache?

Die Nachttischuhr zeigt 7 Uhr 28 in Warnrot an. Viel später, als sie normalerweise aufwacht, vor allem zu dieser Jahreszeit, den arbeitsreichsten Monaten auf der Farm, wenn die Vögel um vier Uhr morgens anfangen zu zwitschern, die Feldarbeit im Morgengrauen beginnt, Hunde bellen, Männer über stotternde Motoren hinwegbrüllen. Es ist schwer, bei all dem Lärm zu schlafen, selbst wenn sie wollte.

Seit Georges Geburt ist Ariel eine Frühaufsteherin. Als er noch ein Säugling war, war das auch nötig, aber als der Kleine irgendwann anfing, länger zu schlafen, tat sie das nicht mehr. Das frühe Aufstehen wurde zu einer Frage des

9

Prinzips, ein Zeichen von Charakter. So wollte sie wahrgenommen werden, wenn auch nur von sich selbst: früh aufstehen, früh zu Bett gehen, dazwischen fleißig sein, eine ernsthafte, verantwortungsbewusste Person, nach einer vergeudeten Jugend. Schlimmer als vergeudet.

Obwohl sich Ariels Puls beschleunigt, fühlt sie sich immer noch groggy, ihr Verstand ist trübe. Die letzte Nacht muss sie wirklich umgehauen haben, die Dehydrierung und die allgemeine Erschöpfung von der langen Flugreise, der Jetlag, das Essen, der Wein und der Sex, die Schlaftablette, die John ihr schließlich noch aufgedrängt hat.

Er war aufgestanden – beide waren sie schweißgebadet und erschöpft –, hatte sich zu Ariel umgedreht und sie angestarrt, bewundernd, wie sie dalag, nackt, ausgestreckt, auf der Haut eine feine Röte, die wie eine schnell fortschreitende Infektion auf ihrer gewölbten Brust, über ihren Hals bis zu ihren Wangen erblühte. Er beugte sich zu ihr hinunter, hielt aber inne, kurz bevor sein Mund den ihren traf, sah ihr in die Augen, bis sie es vor Verlangen nicht mehr aushalten konnte und ihren Hals reckte für einen Kuss, der lang und tief war und fast zu viel, sodass er eine neue Welle Schauer auslöste, zusätzlich zu denen, die noch nicht ganz abgeklungen waren. Ihre Haut fühlte sich so lebendig an, ganz prickelnde Nervenenden, die pure Erregung.

Langsam bewegte er sich durch den dunklen Raum, darauf bedacht, nicht zu stolpern oder sich den Zeh zu stoßen. Er stellte sich nackt ans Fenster und fummelte an den alten Fensterläden herum, bis er den Haken fand und ein befriedigendes Klicken erklang, als sie aufgingen. Mit jeder Hand griff er einen Laden und schob die großen Paneele sanft auseinander, bis sie ganz gespreizt und weit geöffnet waren. Eine vertraute Geste, die zarteste Berührung der Fingerspitzen, als ob er um Erlaubnis bitten würde.

Genau das hatte Ariel immer am meisten gewollt. Und am wenigsten bekommen. Bis jetzt.

Ariel hört etwas draußen, außerhalb des Schlafzimmers im morgendlichen Chaos.

»John?«

Keine Antwort.

Sie geht zögernd in die Richtung, aus der das Geräusch gekommen ist; kurz vor der Tür der Suite bleibt sie stehen, weil ihr klar wird, dass sie nur ein T-Shirt trägt. Sie schaut an sich herunter, um zu sehen, wie viel es bedeckt. Nicht genug. Da, noch mal! Es kommt eindeutig von draußen, von direkt hinter der Tür.

»John?«

»*Desculpe.*« Es ist die Stimme einer Frau, gedämpft durch die Tür. »*Serviço de limpeza.*«

Ariel späht durch das Guckloch: eine Reinigungskraft, die ihren Wagen ordnet.

»*Desculpe*«, wiederholt sie.

Ariel wendet sich von der Tür ab und sieht sich im Wohnzimmer um, dessen Wände in einem hellen Grauton gestrichen sind, so glänzend, als wäre sie in einer Austernschale. Ihr Blick fällt auf die Schlummertrunkgläser vom letzten Abend, die auf dem Boden verstreuten Sofakissen und herumliegenden Schuhe. Auf der Couch haben sie angefangen, noch bekleidet, aber mit offenem Reißverschluss und Knöpfen, den Stoff zur Seite geschoben, sich gestreichelt und befummelt, geleckt und gesaugt, sich die Knie gestoßen und am Teppich aufgeschürft, bis John sagte: »Lass uns ins Bett gehen«, seine Stimme zitternd vor Erregung. Ariel konnte nicht einmal sprechen.

Sie prüft ihr Handy: nichts. Keine Nachricht, kein Alarm, nur ihr Homebildschirm mit dem Foto eines kleinen Jungen, der zwei große Hunde umarmt, ein Bild, das vier Jahre alt ist, aber so perfekt, dass sie es nicht fertigbringt, es durch ein neueres, aber nicht so ideales zu ersetzen.

An der Ostküste ist es erst ein Uhr dreißig morgens, und dort leben fast alle, die sie kennt. Ariel hat noch nicht einmal eine neue Spam-Mail erhalten. Sie startet die App, die die Geräte ihrer Familie ortet – das Handy ihres Sohnes, das ihres Mannes, ihr eigenes. Es dauert lange, bis die Daten geladen und die verschiedenen Geopositionen lokalisiert sind. Die erste Blase, die erscheint, ist ihre eigene, AP, genau hier im Zentrum von Lissabon. Dann die ihres Sohnes, GP, genau da, wo er hingehört, mitten in der Nacht, sechstausend Kilometer entfernt, schlafend, ohne Zweifel mit mindestens einem der Hunde – mit Scotch – in seinem Bett, wahrscheinlich auch mit Mallomar. Die Hunde sind George gegenüber sehr loyal, und umgekehrt. Es kann ganz schön eng werden in dem schmalen Bett mit einem Haufen müffelnder Säugetiere, alle eng aneinandergepresst und träumend.

Die App hat John immer noch nicht gefunden, sein JW-Symbol zeigt »Standortsuche …« an, aber dann kapituliert sie, gibt das Scheitern zu, »Kein Standort gefunden« in einem passiven Ton, als ob Ariel dem Handy die Schuld geben sollte oder der Person oder den Launen des Äthers, bloß nicht der App selbst. Nicht einmal Apps wollen die Schuld auf sich nehmen.

Ariel ist seit drei Minuten wach.

Als sie vor fast fünfzehn Jahren ihren ersten Mann verließ, hat sie auch alles andere hinter sich gelassen. Sie hat ihr Leben komplett auf den Kopf gestellt und von vorn angefangen, sich Stück für Stück ihre neue Existenz aufgebaut – ein neues altes Haus an einem ruhigen Ort, ein neues Baby, ein neuer verrückter Hund und dann ein noch verrückterer zweiter, eine neue Frisur und Garderobe, ein neuer Beruf in einem neuen Fachgebiet, neue Freunde und Hobbys, eine neue Haltung, eine neue Art im Umgang mit der Welt und damit, die Welt an sich heranzulassen. Sie wollte nicht mehr länger in erster Linie und ständig und ausschließlich als attraktive Frau durchs Leben gehen.

Erst vor Kurzem ist ihr klar geworden, dass sie bereit war, das letzte neue Puzzleteil hinzuzufügen, um ihr neues Leben, das so neu nicht mehr war und vielleicht auch nicht erfüllt genug, komplett zu machen. Ob sie John wohl durch ihr Verlangen heraufbeschworen hat, oder war es umgekehrt?

Er war letzte Nacht lange am Fenster stehen geblieben, beleuchtet von den Straßenlaternen, die einen verzerrten Schatten von ihm an die Decke warfen, eine gruselige Munch-ähnliche Gestalt in dem unheimlich bläulichen Licht der Stadtnacht. Bei Ariel hatte das einen kurzen Angstkrampf ausgelöst, ein unwillkommenes altes Gefühl, das sie hin und wieder beschleicht, Überraschungsangriffe, überraschend aber nur der Zeitpunkt. Sie weiß, dass sie immer wieder kommen, bloß nicht genau, wann.

Ariel hatte die Augen fest zugemacht, tief eingeatmet und versucht, sich auf die unmittelbaren körperlichen Empfindungen zu konzentrieren – die warme Brise, die vom Tajo heraufwehte, der ferne Schrei einer Möwe, ein Hauch von Seeluft, salzig und vielleicht ein wenig fischig, das Stechen und Pieken ihrer heißen, prickelnden Haut. Sie atmete durch den Mund aus, langsam und ausgiebig und vollkommen kontrolliert. Kontrolle war alles.

Sie öffnete die Augen wieder, beendete das kleine Drama, das nur in ihrem Kopf existiert hatte, eine private Welt der Panik.

Ariel war furchtlos gewesen in ihrer Jugend, was ja auch die Zeit ist, in der Menschen zu Wagemut neigen. Immerhin war sie damals Schauspielerin. Was könnte verwegener sein? Doch dann hat das Leben ihre Kühnheit vernichtet, ihren Mut geschwächt, ihre Zuversicht, dass sie sich sicher durch die Welt bewegen kann, erschüttert. Das konnte sie nicht. Und tat es auch nicht.

John stand immer noch am offenen Fenster, seine nackte Gestalt war ihr plötzlich sehr vertraut – sie hatte das Gefühl, jeden Zentimeter seines Körpers erkundet zu haben, mit den Augen, den Fingerspitzen, der Zunge – und doch so fremd, wie jeder andere Körper es ist, jeder andere Mensch. Sie konnte wissen, wie er aussah, wie er schmeckte; das tat sie. Aber nicht, wie er fühlte, nicht, was er dachte.

Vor Jahren hatte Ariel jeden Glauben an ihre Fähigkeit verloren, andere Menschen klar zu sehen. Sie war sich bei ihrem ersten Mann so sicher gewesen und hatte sich doch so sehr getäuscht, und im Nachhinein war das schockierend offensichtlich. Ariel hatte nur das gesehen, was Bucky sie sehen ließ, was er ihr vorsetzte. Eine unwissende Komplizin seiner Selbsttäuschung war sie, bis es zu spät war. Nicht nur zu spät für diese Beziehung, sondern für all ihre Beziehungen. Sie verlor das Vertrauen in ihr eigenes Urteilsvermögen, in ihre Fähigkeit, das wahre Wesen eines Menschen zu erkennen. Für eine lange Zeit versuchte sie es nicht einmal mehr.

Hat sie etwas gelernt? Ja, natürlich. Aber alle Lektionen verblassen, wenn man nicht weiterlernt. Analysis, Französisch, Kolonialgeschichte, griechische Mythologie – Ariel kann sich an nichts davon erinnern. Sie weiß nicht einmal mehr, was Analysis überhaupt *ist*. Vor ein paar Jahren hat sie den Begriff in einem Wörterbuch nachgeschlagen, aber das hat ihn kein verdammtes bisschen klarer gemacht.

»Woran denkst du?«, fragte sie.

John bewegte sich, wandte sich zu ihr um und drehte sein Gesicht aus dem Licht der Straßenlaterne. Jetzt konnte sie den Ausdruck darauf noch schlechter erkennen. Eigentlich gar nicht.

»Du weißt schon«, sagte er. »Nur an morgen.«

Morgen war hier. Morgen war jetzt.

Sie geht duschen, das ist es, was sie jetzt tun wird. Sie wird duschen und sich ihr Outfit für heute anziehen, das sie schon vor einer Woche ausgesucht hat, als sie ihren Schrank mit einer kleinen Liste in der Hand durchforstete, welche Kleidung sie für welchen Zweck an welchem Tag dieser kurzen Reise brauchen würde. Heute ein mittellanger Rock und eine schlichte Bluse, einfach, schnörkellos und doch sexy. Ariels normales Outfit besteht aus Jeans und T-Shirt, kein Make-up. Aber diese Lissabon-Reise ist nicht normal, also wird sie sich schminken und eine lange Halskette mit Anhänger tragen, die Teile ihres Körpers betont, die sie normalerweise nicht betont.

Dann wird sie die Tür öffnen und auf der Fußmatte die amerikanische Zeitung mit den Berichten über die Trauerfeier für den Vizepräsidenten und über den Mann, der für seine Nachfolge nominiert wurde, finden – Nachrichten, die seit Monaten die amerikanischen Medien beherrschen.

Ariel wird die Zeitung aufheben und vorsichtig die breite Treppe des Hotels hinuntersteigen, wobei sie sich auf dem glatten Marmor Zeit lassen und über das durch zwei Jahrhunderte Reibung glatt und glänzend geschliffene Holzgeländer streichen wird, über lange Zeit abgetragen von Menschenhand. Sie wird in den großen, sonnigen Frühstücksraum treten, der über dem belebten, von Bäumen gesäumten Platz liegt, auf dem die tödlichen alten Straßenbahnen rattern und quietschen, Frühaufsteher und müde Pendlerinnen ausspuckend, die ihre Frühstückspastéis mampfen und ihre Blicke an der eleganten Fassade des Hotels hochwandern lassen, wo die Vorhänge durch die mittlere Flügeltür im ersten Stock wehen, direkt vor dem niedrigen Tisch, an dem Ariel und John schon zwei Tage hintereinander zusammen gefrühstückt haben. Es ist ihr Tisch, und dort wird ihr neuer Mann sitzen, mit seinem Kaffee und seinen Zeitungen, und auf sie warten, aufsehen mit diesem Grinsen …

Tut er aber nicht.

Kapitel 2

WO BIST DU?

Ihr Finger schwebt über SENDEN, aber sie drückt die Taste nicht. Ariel ist kein hysterischer Mensch, und sie will auch nicht so gesehen werden. Ihr wurde schon Hysterie vorgeworfen, Überreaktion. Mehr als einmal hatte man ihr in ernsten Angelegenheiten nicht geglaubt. Sie hatte es aufgegeben, wegen Dingen zu klagen, die sie nicht zweifelsfrei belegen konnte; kein er-hat-gesagt, sie-hat-gesagt.

Im Frühstücksraum ist nur ein weiterer Tisch besetzt, das australische Rentnerehepaar, das auch gestern hier war; sie mag sich gar nicht vorstellen, mit was für einem Jetlag die beiden zu kämpfen haben. Hinter der Bar läuft ein kleiner Fernseher, auf dem die CNN-Nachrichten mit einem unbekannten Logo in der Ecke des bekannten Beitrags zu sehen sind, Aufnahmen von der Trauerfeier in Washington – Senatoren, ehemalige Präsidenten, ein paar Richter des Obersten Gerichtshofs und natürlich der Präsident.

Ariel wendet sich von dem großen Bildschirm ab und wieder ihrem kleinen zu. Sie drückt auf SENDEN und wartet auf das Rauschen, das den erfolgreichen Ausgang ihrer Nachricht bestätigt, die sie nun anstarrt aus ihrer kleinen Sprechblase, mit all dem Pathos einer unbeantworteten Nachricht an jemand Geliebtes.

Joao, der Kellner, trocknet Gläser ab, während ein Hilfskellner Gebäck aus einem Korb auf eine Platte legt. Das Frühstück ist zur Selbstbedienung. Es ist blödsinnig, so allein hier zu sitzen, an einem Tisch, auf dem weder etwas zu essen noch zu trinken steht. Ariel sollte einen Kaffee trinken. Sie sollte hier sitzen, Kaffee schlürfen, die Zeitung lesen und auf ihren Mann warten.

Das ist das Schwierige an einer intensiven Beziehung, oder? Eine der Schwierigkeiten. Das Warten. Vielleicht war es früher einfacher, als die einzige Möglichkeit der Kommunikation ein handgeschriebener Brief war, von Hand ausgetragen, mit dem Pony-Express oder einem Dreimastschoner. Es dauerte Monate, um ein paar Zeilen auszutauschen, und es gab keine Möglichkeit, dass die geliebte Person, egal wie leidenschaftlich sie war – ob real, potenziell oder nur eingebildet –, sofort antworten konnte. Keinen Grund, händeringend herumzusitzen, die Augen immer wieder auf diese kleine Rettungsleine zu richten, zu warten und zu hoffen, dass das Ding aufleuchtete, das kleine Fenster erschien – *Hier bin ich, ja, ich liebe dich noch!*

Ariel sitzt mit ihrem Kaffee und ihrer amerikanischen Zeitung am Tisch und zwingt sich, auf die Titelseite zu starren, den Aufmacher, die einzige Story in diesen Tagen. Sie hat schon lange kein Problem mehr damit, allein in Cafés und Restaurants zu sitzen, meist mit einem ihrer Krimis, die sie unaufhörlich verschlingt. Sie liebt es, sich in die Rolle der Ermittelnden zu versetzen oder in die des intrigenschmiedenden Bösewichts, sich in Tatortkunde und juristischen Geheimnissen zu verlieren.

Aber nicht heute. Heute starrt sie auf die Zeitungsseite und schafft es nicht, sie wirklich zu lesen.

»Kann ich Ihnen etwas bringen?« Es ist Joao, sehr aufmerksam, wie immer.

»Nein«, sagt sie, »*obrigada*« – eines von nur einem Dutzend portugiesischer Wörter, die sie kennt. Sie hat die kleine Vokabelfibel im hinteren Teil des Reiseführers studiert, ist aber nicht sehr weit damit gekommen.

»Sind Sie sicher?«

Ariel will keine Frau sein, die sich fragt, wo ihr Mann ist, dieser Archetyp der Unsicherheit. Aber wo ist er? Sie hat keine andere Wahl.

»Haben Sie meinen Mann heute Morgen schon gesehen?«

Eine Sekunde lang weiß Joao nicht, was er sagen soll, dann entscheidet er sich für ein »Es tut mir leid« und ein nachsichtiges Lächeln, wie es jeder in dieser bedauernswerten Situation so einer bedauernswerten Kreatur schenken würde. »Heute noch nicht, Senhora.«

»Oh, dann muss er schon zur Arbeit gegangen sein«, stottert Ariel leise, fast murmelnd, als wolle sie ihre Beteiligung an dieser offensichtlichen Lüge herunterspielen.

»Ich kann meine Kollegen fragen?« Joao scheint aufrichtig besorgt zu sein, was die Demütigung noch vergrößert. In diesem Moment würde sie die amerikanische Art der Ersatzfürsorge vorziehen, mehr Kundenservice als persönliche Interaktion. Völlig unaufrichtig.

»Morgens gibt es zwei – wie sagt man? – *quarto*-Frauen …«

»O nein, das ist nett von Ihnen, aber bitte …«

»… und Duarte an der Rezeption, und …«

»O Gott, nein, bitte bemühen Sie sich nicht.« Ariel schüttelt energisch den Kopf. »Wirklich.«

»Es macht mir nichts aus …«

»Mein Mann musste heute früher zur Arbeit.« Sie reitet sich immer tiefer rein. »Und ich habe verschlafen.« Faselt Unsinn und überzeugt niemanden von irgendetwas.

»Sie sind sicher?«

»Ziemlich.« Am liebsten würde sie sich unter den Tisch verkriechen. »Ich danke Ihnen sehr für das Angebot.«

»Also, wenn Sie Ihre Meinung noch ändern ...«

»... werde ich Sie das sofort wissen lassen.« Sie wird nichts dergleichen tun. »Danke vielmals.«

Erst vierundzwanzig Minuten seit Ariel aufgewacht ist.

»Worum ging es gerade?«, fragt Rodrigo.

Joao will keine Gerüchte verbreiten; er tratscht nicht über Hotelgäste und auch sonst über nichts. Aber etwas an der Amerikanerin ist beunruhigend – wie sie immer wieder auf ihr Telefon starrt, die kaum unterdrückte Verzweiflung. Noch gestern sah sie so glücklich aus.

»Kennst du den Ehemann dieser Frau?«

»Ja, natürlich.«

Das Hotel ist nur zur Hälfte belegt. Es ist einfach, den Überblick über die Gäste zu behalten, vor allem über jene, die lange frühstücken und die Augen nicht voneinander lassen können.

»Hast du ihn heute Morgen schon gesehen?«, fragt Joao.

»Nein. Warum?«

»Sie auch nicht.«

Ariel sieht sich in der Suite genauer um. Johns Handyladegerät ist da, aber sein Telefon nicht. Sie öffnet seinen Arbeitslaptop und wird sofort nach einem Passwort gefragt; sie

20

macht sich nicht die Mühe, es zu erraten. John hat keine Papiere auf diese Reise mitgenommen, keine Akten, keine Mappe mit Tabellen und Diagrammen. Nichts außer seinen Klamotten, seinem Telefon, diesem unzugänglichen Computer und … was noch …?

Sie kehrt ins Schlafzimmer zurück, zum Schrank, dem Safe darin, sie entriegelt ihn über das Tastenfeld …

Ja, da ist sein Reisepass, ihrer auch. Zusammen mit ihren Haus- und Autoschlüsseln und der amerikanischen Währung, all den wichtigen, aber unnötigen Dingen.

Wie lange ist es her? Vierzehn Minuten seit Ariel die Nachricht gesendet hat. Zeit genug für ihn zu antworten, wenn er könnte. John hat es sich zur Regel gemacht, Anrufe und Nachrichten so schnell wie möglich zu beantworten. Das ist eins der Dinge, die sie über ihn weiß. Sie weiß, dass er am liebsten kräftigen Rotwein aus Südfrankreich trinkt, sie kennt sein Geburtsdatum und seine Schuhgröße, viele Kleinigkeiten. Er weiß die gleichen Dinge über sie. Das meiste bedeutungsloser Mist.

Sie hat lange genug gewartet. Es ist an der Zeit, nun doch mal einen Anruf zu machen, aber der landet ohne ein einziges Klingeln auf der Mailbox. Es ist nicht so, dass ihr Mann nicht rangehen will; er kann nicht. Er weiß nicht einmal, dass sie anruft.

»*Buon dia*«, sagt Ariel und sieht sich in dem reich ausgestatteten Empfangsraum um, Antiquitäten und Kunstwerke, Leder und Seide, alles deutet auf Luxus.

»Guten Morgen«, antwortet der Rezeptionist.

»Ich wohne mit meinem Mann John Wright in der Botschaftersuite.«

»Ja, Senhora Wright. Mein Name ist Duarte. Wie kann ich Ihnen helfen?«

Ariel überlegt, ob sie ihn wegen ihres Nachnamens korrigieren soll, aber wozu die Mühe. »Als ich heute Morgen aufwachte, war mein Mann nicht in unserem Zimmer, und ich kann ihn auch telefonisch nicht erreichen.«

Duarte wirkt nervös, wahrscheinlich fragt er sich, was von ihm verlangt wird. In einem solchen Hotel können sich die Gäste über alles beschweren. Manche machen einen Sport daraus – das Wasser ist zu heiß, die Klimaanlage ist zu laut, die Handtücher sind zu weich, es gibt keinen Süßstoff. Duarte ist auf jeden Irrsinn vorbereitet.

»Joao erwähnte, dass man vielleicht andere Angestellte fragen könnte. Vielleicht könnten Sie das tun?«

»Kann ich was tun, bitte?«

»Sie fragen. Ob sie meinen Mann gesehen haben.«

»Ja, das ist möglich. Ich kümmere mich darum.« Duarte, dem die Dringlichkeit der Angelegenheit nicht bewusst ist, erwartet, dass Ariel jetzt geht. Aber sie schlägt die Beine übereinander, signalisiert, dass sie hierbleiben und warten wird.

»Ah«, sagt der junge Mann. »Ich verstehe.« Er nimmt den Telefonhörer ab, führt ein kurzes Gespräch und wendet sich wieder an Ariel. »Maria und Leonor kommen. Einen Moment, bitte.«

Ariel nickt.

»Ist mit Ihrem Zimmer alles in Ordnung, Senhora Wright?«

»Mein Name …«, beginnt sie, unterbricht sich aber selbst. Als sie John heiratete, hatte sie ihren Namen bereits zweimal in ihrem Leben geändert. Auf keinen Fall würde sie ihre neue, mühsam aufgebaute Identität jemals wieder aufgeben. John hatte ihr nicht widersprochen; es war gar keine Frage gewesen.

»Ja«, sagte sie, »danke. Das Zimmer ist in Ordnung.«

Maria und Leonor kommen gemeinsam herein; Maria hat Ariel vor ein paar Minuten auf dem Flur gesehen. Die drei Kollegen sprechen schnell auf Portugiesisch, für Ariel klingt es wie eine Mischung aus Russisch und Spanisch. Sie versteht kein Wort. Das Einzige, was Ariel in dieser Sprache erkennen kann, ist der Ton – gut oder schlecht, ja oder nein. So muss es sein, wenn man ein Hund ist. Was sie wahrnimmt, ist nein. Schlecht. Wenn sie einen Schwanz hätte, würde er zwischen ihren Beinen stecken.

»Maria, sie weiß, wer Ihr Mann ist, aber sie hat ihn heute Morgen nicht gesehen. Und Leonor, sie weiß nicht, wer Ihr Mann ist.«

Ariel scrollt durch die Fotos auf ihrem Handy – Burg, Kathedrale, Kopfsteinpflaster, und ja, hier: ein Pärchen-Selfie vor malerischer Kulisse, die Art von Bild, die Ariel in den sozialen Medien gepostet hätte, wenn sie so etwas tun würde.

»Hier, das ist mein Mann.«

Die Frau betrachtet das Bild, dann Ariel, dann wieder den Bildschirm, als würde sie sich vergewissern, dass die Frau vor ihr wirklich dieselbe Frau ist wie auf dem Foto. Ariel will schreien: »*Aber darum geht es nicht!*«, hält sich aber zurück und hört sich noch mehr unverständliches Portugiesisch an.

»Es tut mir leid«, sagt Duarte, »Leonor hat diesen Mann heute nicht gesehen«.

Jetzt starren drei Generationen portugiesischer Hotelangestellter Ariel an, und alle fragen sich, ob sie mit ihrem Tag weitermachen können, fern von dieser Amerikanerin.

»*Obrigada*«, sagt Ariel, und sie lächeln verhalten erleichtert, befreit vom Unbehagen über die Eheprobleme einer Fremden.

Wenn es keine Hinweise gibt, ist das auch ein Hinweis.

Kapitel 3

Bevor Ariel auf die Straße tritt, ändert sie ihre Haltung und verhärtet ihr Gesicht, legt eine Rüstung an, um männliche Blicke abzuwehren, unerwünschte Interaktionen zu vermeiden oder zumindest zu minimieren. Eine Zeit lang hat sie schnell den Mittelfinger gezeigt, Schimpfwörter gemurmelt, feindselig reagiert. Nur wenn kein Fluchtweg sichtbar oder keine Zeugen in der Nähe waren, hat sie sich auf die Zunge gebissen. Aber sie wusste, dass die kämpferischen Reaktionen die Situation nicht besser machten, sondern im Gegenteil oft viel schlimmer. Und in einer Kleinstadt wie der ihren konnte jeder dieser Männer, selbst völlig Fremde in vorbeifahrenden Autos, zu einem Feind werden, dem sie vielleicht eines Tages auf einem dunklen Parkplatz, an einem einsamen Strand oder in ihrem eigenen Haus wiederbegegnete.

Also schluckt Ariel inzwischen ihren Stolz hinunter und unterdrückt ihre kämpferischen Instinkte, stattdessen weicht sie aus, deeskaliert, beschwichtigt – das ist zwar demütigend, aber besser als ein schwerer Angriff oder Schlimmeres. Denn die Männer, die Frauen auf dem Gehweg so aggressiv ansprechen, sind dieselben, die Frauen auch schlagen, vergewaltigen oder mit Montierhebeln zu Tode prügeln.

Die Morgensonne strahlt voller Kraft von der blendend weißen Fassade des Hotels zurück. Ariel wirft einen Blick den
Hügel hinunter, dorthin, wo John sein würde, wenn er im
Büro seines Klienten wäre, das irgendwo in der Nähe des
gewaltigen Praça do Comérico liegt, auf der einen Seite der
imposante Bogen, auf der anderen der sich kilometerweit
erstreckende Flussarm. Dieser Hauptplatz war einst das
schlagende Herz Portugals, eines der wichtigsten Handels-
zentren Europas, ja sogar der ganzen Welt. Das ist jetzt vorbei. Heutzutage werden die Geschäfte in glasverkleideten
Türmen in weiter entfernten Vierteln gemacht.

Die *Praça* liegt im Süden. Ariel geht nach Norden, den
steilen Hang des Bairro Alto hinauf, durch die engen von
Partylichtern und Wäscheleinen überspannten Gassen, flat-
ternde Geschirrtücher und Fußballtrikots über den Tischen
vor den *Cervejarias* und *Tabernas*, vor kleinen Tante-Emma-
Läden, Geschäften, die Turnschuhe oder Sardinen verkaufen oder eine verblüffende Vielfalt von Korkwaren.

Es ist Montagmorgen. Die Stadt erwacht schneller zum
Leben als am Wochenende, die Läden öffnen, die Cafés füllen sich, Menschen schlendern auf aus Mosaiken bestehen-
den Gehwegen zur Arbeit, überall grüne Bäume, viele Wände
voller Graffitis: Namen und Initialen, Peace-Zeichen, strahlende Smileys und Zeichentrickhunde. Keine Waffen, keine
RIP-Hinweise, keine Gangstersymbole. Die Graffitis von
Lissabon spiegeln Ausgelassenheit wider, nicht Verzweiflung.

Ariel läuft mit ihrem Telefon in der Hand herum, drückt
immer wieder auf die Home-Taste, wischt über den Bildschirm, und es erscheint nichts und nichts und immer wieder nichts.

Die Bäckereien haben alle geöffnet und verströmen unterschiedliche Gerüche, das reichhaltige Butter- und Zuckeraroma von Gebäck die eine, Mehl und Hefe die andere, diese europäischen Gerüche, die wie Meeresfrüchtestraßenmärkte und Stände mit frisch gepressten Säften nicht Teil des Lebens zu Hause sind. In Amerika gibt es andere Essensgerüche; die meisten haben mit Fleisch oder Frittiertem zu tun.

Ariel steigt weiter den steilen Hügel hinauf, ihre Beine werden müde. Sie spürt ein Stechen im linken Knöchel, den sie sich letzten Herbst verstaucht hat, als sie auf dem Dorfplatz von einem Labrador umgeworfen wurde. Diese Verletzung war nur die letzte von vielen: der von einem schweren Bücherkarton eingeklemmte Daumen, die beim Auswechseln einer Glühbirne gerissene Rotatorenmanschette in der Schulter, Fersensporn in beiden Füßen, einfach so, die gestauchte Bandscheibe im Nacken aus demselben nichtigen, ungerechten Grund.

»Was soll ich Ihnen sagen?«, meinte der Chiropraktiker. »Willkommen im mittleren Alter.«

Eine Zeit lang machte sich Ariel vor, dass sie eines Tages all diese Ärgernisse wieder los sein würde: Die Sehne wird heilen, die neuen Orthesen werden funktionieren, regelmäßiges Yoga wird die Rückenschmerzen lindern, dies oder jenes wird besser werden, und dann wird alles gut sein. Doch seit Jahren überlagern sich die Beschwerden ununterbrochen, und Ariel sieht langsam ein, dass sie wohl nie wieder komplett schmerzfrei sein wird. Es wird eine kleinere Verletzung nach der anderen kommen, dazu gelegentliche größere plus immer schwerere Krankheiten, eine unaufhaltsame Verschlechterung, die schließlich zum Tod führt. Wie der

Klimawandel, ein Trend, der nur in eine Richtung geht und in der unvermeidlichen Katastrophe gipfelt, ohne alternative Enden.

Ihr wurde klar, dass sie mit den Dingen, die sie noch tun wollte, jetzt anfangen musste.

Die steilen Hügel Lissabons bieten überall Ausblicke – die mittelalterliche Burg dort drüben, das Labyrinth der Altstadtgassen darunter, die große Biegung des breiten Flusses, die Golden-Gate-artige Brücke, die die Flussenge überspannt. Von hier oben sieht Lissabon riesig aus, so viele Stadtteile, so weit verstreut.

Ariel ist Städte nicht mehr gewöhnt. Als in New York alles zusammenbrach, betraf das jeden Bereich, sie wollte nichts mehr mit der Stadt zu tun haben – die Menschen, die Männer, der ständige Druck, der auf ihr lastete. Sie ließ die Lautstärke, die Menschenmassen und Gerüche, die allgemeine Reizüberflutung hinter sich, alles viel zu groß. Mittlerweile besucht sie kaum noch Städte, nur noch für ein oder zwei Geschäftsreisen pro Jahr für jeweils ein paar Nächte. Dann bestellt sie ihre Mutter aus South Carolina ein, damit sie sich um George und die Hunde kümmert, wie sie es jetzt auch gerade tut.

Ariel versucht erneut, John anzurufen, und kommt wieder nicht durch: Mailbox.

Sie blickt über die Straße hinweg zu ihrem Ziel. Das, was sie jetzt tun muss, will sie nicht tun, will diese Unannehmlichkeiten nicht in Gang setzen. Es erinnert sie an einen Moment im letzten Winter, als sie gerade eingeschlafen war und ihre Brust plötzlich schmerzte und sich ihr ganzer Körper kalt anfühlte. Sie tastete nach ihrem Handy, wählte die Nummer ihrer besten Freundin, ihre Finger erschreckend taub.

»Ariel?« Sarahs Stimme war heiser vom Schlaf. »Was ist denn los?«

»Ich glaube.« Ariel konnte kaum sprechen. »Muss. Notaufnahme.« Sie wollte keinen Krankenwagen, sie hatte Horrorgeschichten über nicht erstattete Kosten gehört.

»O mein Gott, ich bin gleich da.«

George lag auf dem Rücksitz von Sarahs Subaru, trug einen Parka über dem Schlafanzug und umklammerte seinen Teddy, Ariel zitterte auf dem Beifahrersitz, ihre Angst wuchs, während sie sich dem Krankenhaus näherten, in dem sich ihr Leben für immer verändern könnte: Sie könnte einen Herzinfarkt haben, ein Aneurysma, wer weiß. Sie war eine junge Frau – relativ gesehen –, und die Symptome von lebensbedrohlichen Krankheiten kannte sie nur aus dem Fernsehen und aus Filmen. Ariel hatte keine Ahnung, was ihr Körper ihr wirklich zu sagen versuchte. Sie brauchte eine Person, die dolmetschte, und solche arbeiteten in Krankenhäusern.

Innerhalb von Sekunden nach ihrer Ankunft in der Notaufnahme wurde sie auf einer Bahre einen hellen Korridor entlanggerollt, die Leute fragten immer wieder nach ihrem Namen und ihrem Geburtsdatum, machten Tests und noch mehr Tests, ein Farbstoff wurde in sie hineingepumpt, Stunden vergingen, George döste in einem Warteraum neben einem Verkaufsautomaten, der schreckliche Begriff »Lungenembolie« wurde wiederholt geäußert, bis schließlich um halb drei morgens eine Ärztin zielstrebig und lächelnd an ihr Bett trat; Ariel war sich nicht sicher, ob aus Gewissheit oder Erleichterung.

»Ms. Pryce, Sie haben eine Lungenentzündung.«

Nach zwei Tagen Ruhe und Antibiotika ging es ihr gut, alles prima. Aber wenn sie nicht in die Notaufnahme gefahren wäre, wäre sie vielleicht noch in derselben Nacht gestorben. Manchmal kann man es aufschieben. Und manchmal geht das einfach nicht.

Sie steigt die steile Treppe hinauf und tritt ein.

»*Buon dia*«, sagt sie zu der Beamtin am Empfangstresen. »Mein Mann ist verschwunden.«

Ariel versucht, das lange, schnelle Portugiesisch der uniformierten Polizistin aufzunehmen, das abwechselnd nach Aussagen, nach Anschuldigungen und vielleicht ein paar Fragen klingt.

»*Desculpe*«, sagt Ariel – das Wort hat sie gelernt, als sie anderen Leuten beim Entschuldigen zuhörte. »Ich kann kein Portugiesisch. Gibt es hier jemanden, der Englisch spricht?«

Die Polizistin starrt sie an.

»*Desculpe*«, wiederholt Ariel und versucht bedauernd, erbärmlich, des Mitgefühls wert zu wirken.

Noch mehr Starren. Was soll sie tun?

»Ah!« Ariel streckt einen Finger in die Höhe, das universelle Zeichen für »Einen Moment bitte«. Portugiesisch hat Ariel vor dieser Reise zwar nicht viel gelernt, aber sie hat sich eine App gekauft. Die typisch amerikanische Herangehensweise an jedes Problem: etwas kaufen. Das war eins der Dinge, die sie an den Menschen, die sie am meisten hasste, am meisten hasste: der Reflex, alles mit Geld zu bewerfen, aus Routine.

Aber hier steht sie, tippt zu schnell in ihr Telefon, macht zu viele Fehler, und einer ist schon zu viel. Es gibt keine Möglichkeit für eine Übersetzungs-App, falsch geschriebene Absichten zu erraten. Sie hebt erneut einen Finger, murmelt eine weitere Entschuldigung, drückt dann auf ÜBER-SETZEN und übergibt ihr Handy.

Die Polizistin schaut auf den Bildschirm, braucht ein paar Sekunden, um zu lesen. Dann blickt sie zu Ariel auf, mustert die brabbelnde Frau, die an einem Montagmorgen in aller Herrgottsfrühe in die Polizeiwache gestürmt ist. Ihre Gesichtszüge werden weicher, und sie sagt: »*Um momento.*«

»Mein Mann.« Ariel schaut zwischen den beiden Kriminal-beamten hin und her.

»Er ist verschwunden, sagen Sie?«, fragt der Mann. António Moniz hat ein warmes, offenes Gesicht, aber Ariel kann bereits die Skepsis an seinen Brauen ablesen, seine Augen verengen sich leicht.

»Also, ich weiß nicht, ob er *verschwunden* ist. Aber ich kann ihn nicht finden.«

Moniz nickt. »Wann haben Sie ihn zuletzt gesehen?«

»Gegen Mitternacht.«

Ariels letzte Erinnerung an die Nacht war John, wie er wieder am offenen Fenster stand und hinausstarrte, in seinen morgigen Tag. Sie weiß nicht mehr genau, wie spät es war, als sie schließlich einschlief, aber Mitternacht könnte hinkommen.

»Mitternacht?« Moniz schaut überrascht. »Mitternacht der *letzten* Nacht?«

»Ja.«

»Das war vor«, Moniz schaut auf seine Uhr, »zehn Stunden?«

»Korrekt.«

Der Polizist atmet tief ein. Er weiß offensichtlich nicht, was er als Nächstes sagen soll, was er dieser Frau mitteilen soll. Er tauscht einen Blick mit seiner Kollegin aus, einer attraktiven, aber streng aussehenden Frau namens Carolina Santos, die bis jetzt nichts gesagt hat.

»Mir ist klar«, sagt Ariel, »dass das nicht viel Zeit ist.«

»Nein«, stimmt Moniz zu, vielleicht etwas zu schnell, zu inbrünstig. »Ist es nicht.«

»Aber das ist wirklich gar nicht seine Art.«

»Natürlich«, sagt Moniz. »Natürlich«, wiederholt er, aber es klingt nicht wie eine Wiederholung, eher wie ein Widerspruch oder vielleicht Sarkasmus.

In diesem Gespräch geht es noch nicht um John. Es geht immer noch um Ariel und um ihre Glaubwürdigkeit.

»Ich mache mir Sorgen.« Ariel schaut zwischen den beiden Beamten hin und her, sucht nach Unterstützung, findet aber keine. Kommissarin Santos hat nicht nur nicht gesprochen, sie hat nicht einmal ihren Stift in die Hand genommen. Ihre Rolle hier scheint darin zu bestehen, ihre Besucherin anzustarren. Ariel hat ein wenig Angst vor Santos.

»Läuft Ihr Mann?«, fragt Moniz. »Als Sport? Kann es sein, dass er laufen gegangen ist?«

»Nein.« Ariel schüttelt den Kopf. »Seine Laufschuhe sind in unserem Zimmer.«

»Hat er – wie heißt es, wenn man nicht schlafen kann?«

»Ob er schlafwandelt? Nein.«

»Tut mir leid, das ist nicht, was ich meine. Wegen der Reise? Der Zeitumstellung?«

»Jetlag?«

Moniz schnippt mit den Fingern. »Ja. Jetlag. Vielleicht wegen des Jetlags ist er früher aufgewacht und geht spazieren? Ist das möglich?«

»Vielleicht, aber warum sollte er mir keine Nachricht hinterlassen? Oder anrufen? Oder auf meine Anrufe reagieren?«

»Ich weiß es nicht, Senhora. Fällt Ihnen ein Grund ein?«

Sie schüttelt den Kopf. »Wie auch immer, John hat letzte Nacht eine Schlaftablette genommen. Ich auch. Um uns bei der Umstellung zu helfen. Damit er heute für die Arbeit ausgeruht ist.«

»Arbeit? Sie sind geschäftlich in Lisboa?«

»Mein Mann ist Berater, er besucht einen Klienten.«

»Haben Sie den Klienten kontaktiert? Vielleicht ist er schon dort im Büro.«

»Das kann ich nicht. Ich weiß nicht, wer der Klient ist. John hat es mir gesagt, aber ich kann mich nicht erinnern. Ich hätte es mir aufschreiben sollen, ich weiß. Hab ich aber nicht.«

»Und Sie?«, fragt er. »Sind Sie auch geschäftlich hier?«

»Nein. Ich begleite ihn nur.«

Moniz hat einen Fleck auf seiner Krawatte, Schmierfett oder Soße, etwas Öliges.

»Haben Sie eine Vermutung, Senhora Pryce? Wo Ihr Mann sein könnte?«

»Nein. Ich mache mir nur Sorgen.«

»Worüber machen Sie sich denn Sorgen?«

Es könnte ihm so viel Schlimmes zugestoßen sein, etwa nicht? John könnte Opfer eines Verbrechens oder eines Unfalls geworden sein, im Krankenhaus liegen, von einer Straßenbahn überfahren oder von einem Auto, einem Lastwagen, irgendetwas. Oder mit dem Gesicht nach unten in einer Gasse liegen, überfallen, blutend, bewusstlos. Er könnte tot auf einem verlassenen Fischmarkt auf der anderen Seite des Tejo liegen, angekettet an ein rostiges Rohr, sein Blut in einen Gully fließend und sich mit dem brackigen Fluss vermischend.

Vielleicht wurde er zu Unrecht wegen irgendetwas beschuldigt, auf einer anderen Polizeiwache verhaftet, in einer Botschaft verhört. Oder unten in Tanger von Sicherheitskräften festgehalten und bezichtigt, ein Spion, ein Schmuggler, ein Flüchtling zu sein.

Und vielleicht ist die Anschuldigung auch gar nicht falsch. Ariel kennt nicht jede dunkle Facette von Johns Geschichte. Vielleicht hat er eine fragwürdige Vergangenheit, die ihn schließlich eingeholt hat, oder eine fragwürdige Gegenwart, die er geschickt zu verbergen weiß. Er könnte in Geldwäsche, Betrug, Steuerhinterziehung verwickelt sein, sich hinter dem Deckmantel eines Beraters verstecken; wer zum Teufel weiß schon, was ein Berater überhaupt tut.

Oder natürlich könnte es ihm gut gehen. Ariel wird am Ende überbehütend, unsicher und dumm dastehen. Genau, was ihr schon einmal vorgeworfen wurde: unglaubwürdig zu sein.

»Ich weiß es nicht«, gibt sie zu.

Moniz tippt mit seinem Stift aufs Blatt, das, wie Ariel feststellt, fast völlig leer ist. Sie hat nicht viel gesagt, was sich aufzuschreiben lohnt.

»Senhora, ich hoffe, Sie verstehen, dass die Polizei nicht nach jedem Mann suchen kann, dessen Frau ihn am Morgen nicht findet. Wir würden nichts anderes mehr tun!« Sein Versuch eines Scherzes misslingt, das merkt er sofort und schiebt nach: »Ich bin sicher, es ist nichts. Ihr Mann ist bei der Arbeit, und er wird am Ende des Tages in Ihr Hotel zurückkehren.«

Das ist die Art von fadem, grundlosem Optimismus, den Ariel verabscheut. Wie ein Politiker, der sich anbiedert, oder ein Sporttrainer. Ariel kann aufmunternde Reden nicht ausstehen.

»Er wird eine Erklärung haben, und es wird eine sein, die Ihnen gefällt oder nicht gefällt, aber bestimmt wird es nichts Kriminelles sein. Nichts Ernstes. Und auf jeden Fall wird er wiederkommen.«

Moniz streckt seine Hände aus, beendet die Geschichte.

»Aber was, wenn nicht?«

»Wenn Ihr Mann morgen früh immer noch verschwunden ist, kommen Sie bitte wieder. Oder rufen Sie mich an.« Moniz nimmt eine Visitenkarte aus einer Messingdose, reicht sie Ariel.

»Hören Sie, ich weiß, es ist nur ein paar Stunden her. Ich weiß, dass ich keine Beweise habe. Ich weiß, dass ich nicht so viel Information habe, wie ich sollte. Das weiß ich alles. Aber ich mache mir wirklich Sorgen. Er antwortet nicht auf meine Anrufe oder Nachrichten, er hat mir keinen Zettel hinterlassen, und so ein Typ ist er nicht. Können wir nicht *jetzt* anfangen, ihn zu suchen?«

Moniz nickt, er versteht ihr fehlendes Verständnis.

»Aber, Senhora, diese Informationen, die Sie uns gegeben haben, sie sind kein Beweis für ein Fehlverhalten, wenn sie überhaupt ein Beweis für irgendetwas sind. Und die Zeit, die Sie Ihren Mann nicht gesehen haben, die ist nicht lang genug. In diesem Augenblick gibt es Hunderte, vielleicht Tausende von Menschen in Lissabon, die seit gestern Abend eine Angehörige oder einen Freund nicht mehr gesehen haben. Deren Ehefrau oder Ehemann nicht ans Telefon geht oder auf eine Textnachricht antwortet. Heutzutage erwarten wir von allen, immer erreichbar zu sein, zu jeder Stunde an jedem Tag und in jeder Nacht mit uns in Kontakt zu stehen, nur weil es möglich ist. Aber nur weil es möglich ist, ist es nicht wünschenswert. Nicht immer und nicht für alle Menschen.«

Damit hat Moniz definitiv recht.

»Das war's dann also?«

Es hat keinen Sinn, mit ihm zu streiten, oder? Nicht mit einem Mann, der sich bereits entschieden hat.

»Es tut mir leid, dass wir im Moment nichts unternehmen können.« Er steht auf, bietet seine Hand zum Schütteln an. »Ich hoffe, Sie verstehen das.«

Ariel könnte die Hilfe der Polizei in der Zukunft sehr wohl brauchen, deshalb will sie jetzt keine aussichtslose Schlacht schlagen.

António Moniz sieht der Amerikanerin hinterher. »Was denkst du?«

Seine Partnerin braucht ein paar Sekunden, bevor sie antwortet. »Ich glaube, dass diese Frau ihren Mann nicht so gut kennt, wie sie glaubt.«

Nach Moniz' Erfahrung ist jeder Polizist zynisch, aber Carolina Santos ist, was das angeht, auf einem ganz anderen Level.

»Das gilt natürlich für fast alle Frauen«, fährt Santos fort. »Wir werden alle belogen. Andauernd.«

Moniz streitet nicht mit Santos. Ihre Zündschnur kann bei diesem Thema schrecklich kurz sein. Außerdem ist er ihrer Meinung.

»Hey, Erico«, ruft sie. Ein paar Schreibtische weiter blickt ein jüngerer Polizist von den Fußballseiten auf. »Hast du die Amerikanerin gesehen, die gerade gegangen ist?«

»Ja.«

»Folge ihr.«

Kapitel 4

»Guten Morgen, mein Name ist Saxby Barnes.« Er streckt ihr seine Hand zu einem Schütteln hin, das einen Moment zu lange dauert. »Bitte seien Sie so freundlich, mir zu folgen.«

Barnes ist ein teigiger Mann, der sowohl die Anstecknadel mit amerikanischer Flagge am Revers als auch das aufgesetzte Lächeln eines Politikers trägt. Ein Lächeln, von dem alle wissen, dass es falsch ist, aber sich trotzdem einig sind, so zu tun, als ob es nicht so wäre, die Lächelnden und die Angelächelten, vereint in einem umfassenden Pakt vorgetäuschter Unwissenheit.

Er benutzt eine Magnetkarte und führt Ariel durch einen großen, offenen Raum, wobei er ein paarmal über die Schulter schaut, wahrscheinlich um sicherzugehen, dass sie sich nicht abgesetzt hat, um Amok zu laufen. Hier in der US-Botschaft gibt es viele Sicherheitsvorkehrungen, Formulare und Formalitäten und Filter, um zu verhindern, dass dieser Einrichtung etwas Negatives widerfährt, sie sind nicht dafür da, den Besuchern zu gefallen.

Von der anderen Seite des Raumes spürt Ariel einen eindringlichen Blick auf sich. Sie schaut kurz hin, lang genug, um einen Mann mittleren Alters mit kurzem Bart, zerknittertem Oxfordhemd und etwas, das ein Presseausweis sein könnte, wahrzunehmen.

»Sie können also Ihren Mann nicht finden«, sagt Barnes, als sie um eine Ecke biegen.

»Das ist richtig.«

»Und wir gehen wohl davon aus, dass er Sie nicht einfach *verlassen* hat.«

Barnes dreht sich lächelnd um, und Ariel wirft ihm einen fragenden Blick zu.

»Wie könnte *irgend*ein Mann eine Frau wie Sie verlassen?« Jetzt strahlt er, stolz auf sich, dass er es geschafft hat, eine besorgte, verheiratete Frau in der ersten Minute ihrer Begegnung anzubaggern.

»Sicherlich kein Mann *bei Verstand*«, fügt er hinzu und sieht sie erwartungsvoll an. Er möchte, dass sie ihm für das Kompliment dankbar ist.

Ariel bemüht sich bewusst darum, das Gute in allen Menschen zu sehen, die sie trifft. Sie versucht, in jeder neuen Beziehung im Zweifel zu deren Gunsten zu entscheiden. Aber bei diesem Typ ist es echt schwer.

Sie schluckt ihren Stolz hinunter und schenkt Barnes ein Lächeln.

»Hierhinein«, sagt er und hält ihr die Tür zu einem kleinen, aufgeräumten Büro auf. Als Ariel an ihm vorbeigeht, nimmt sie einen Hauch von Alkohol in seinem Atem wahr. Von heute? Oder noch von letzter Nacht? Sie kennt diese Art von Typen, die keine Gelegenheit für einen Drink auslassen und es auch nie bei einem belassen.

»Also, Mrs., ähm …«

»Ariel Pryce. Ms.«

»Wie Sie wollen. *Ms.* Pryce«, sagt er grinsend. »Darf ich Ihnen etwas zu trinken anbieten? Wasser?«

»Nein, danke«, sagte sie so sanft wie möglich. Nein im Ton von Ja.

»Sie sehen ein wenig, ähm …«

Es hatte eine Weile gedauert, in der prallen Sonne ein Taxi zu finden, und die Klimaanlage des Wagens war nicht überzeugend, dann hatte sie vor der Botschaft warten müssen, und danach in einem engen, überfüllten Raum voller frustrierter Menschen. Sie sieht wahrscheinlich total verschwitzt und zerknittert aus.

»Es ist furchtbar heiß da draußen«, sagt sie.

»Portugal im Juli! War zu erwarten. Aber diese Hitze ist mir sehr vertraut; ich komme aus Georgia.«

Natürlich, der rotgesichtige Saxby Barnes, ein glotzender Südstaaten-Gentleman in seinem engen blauen Seersucker-Anzug, der Regimentskrawatte und den weißen Halbschuhen. Das ganze Programm.

»Sind Sie sicher? Kein Wasser?«

Barnes versteht offensichtlich nicht, wie eine Frau diese alltägliche Höflichkeit ablehnen kann, die er ihr aufzudrängen versucht, unaufgefordert und unerwünscht. Ariel hat gelernt, dass man den übermäßig Höflichen am wenigsten trauen sollte, denjenigen, die versuchen, einen von ihren Gentleman-Manieren, ihrer Großzügigkeit, ihrer Ritterlichkeit zu überzeugen.

»Gut«, räumt Ariel ein. »Vielen Dank.«

Barnes grinst über diesen winzigen Sieg aggressiver Fürsorglichkeit, diese Konversationskeule: ihr einen Gefallen aufzuzwingen, in der Erwartung, später etwas dafür zu bekommen.

»Akzeptiere niemals ein Nein«, hatte seine Mutter ihm

zweifellos gesagt, als sie ihrem Sohn die richtigen Manieren eines höflichen Gastgebers beibrachte. »Akzeptiere niemals ein Nein«, hatte ihm sein Vater gesagt, als er seinem Sohn beibrachte, wie man in der Geschäftswelt, der Politik, in jedem Beruf erfolgreich wurde. »Akzeptiere niemals ein Nein«, hatten ihm seine Verbindungsbrüder gesagt, als sie ihm beibrachten, seinem eigenen Urteil darüber zu vertrauen, was ein Mädchen will, egal was sie vielleicht sagt. Und jetzt ist er hier und versucht, all das auf einmal zu tun, genau wie es ihm sein ganzes Leben lang von allen eingetrichtert worden war.

Ritterlichkeit war manchmal nur eine andere Form der Feindseligkeit. Ritterlichkeit war manchmal die Waffe selbst.

»Ist mit Kohlensäure in Ordnung? Ich fürchte, ich habe kein stilles mehr.«

Natürlich: etwas geben, etwas wegnehmen.

»Mit Kohlensäure ist perfekt.«

Es scheint fast, als würde Barnes den Griff des Kühlschranks streicheln. Der muss wohl eine Neuerwerbung sein. Etwas, das Barnes sich verdienen oder erschwindeln musste. Er ist stolz auf sein kleines Gerät.

»Nochmals danke«, sagt sie. »Sie sind sehr freundlich.«

»Gern geschehen.« Er nimmt Platz. »Also gut, wir brauchen ein paar, ähm … Details …«

Barnes öffnet eine Schreibtischschublade und nimmt ein paar Stücke gepolstertes Nylon heraus. »Karpaltunnel«, erklärt er und wickelt sein linkes Handgelenk in eine dieser Vorrichtungen.

Ihr Blick fällt auf die amerikanische Zeitung, die sie heute Morgen nicht gelesen hat und die über die politischen Ereignisse in ihrer Heimat berichtet. Die Titelseite wird von dem Foto eines Mannes beherrscht, der in die nationale Öffentlichkeit katapultiert wurde, zunächst als Sonderberater seines alten Kumpels, des Präsidenten, dann folgte unerwartet, aber weitgehend unbeanstandet die Ernennung zum Kabinettsmitglied, zum Finanzminister. Doch jetzt, nach der Hirnblutung des Vizepräsidenten, ist dieser politische Neuling plötzlich bereit, die Weltbühne zu betreten. Angesichts der sich abzeichnenden Begrenzung der Amtszeit wäre dieser Mann der voraussichtliche nächste Kandidat für das Amt des Präsidenten der Vereinigten Staaten.

Barnes zieht seinen Klettverschluss fest, reißt ihn dann auf und schließt ihn erneut, bis die Passform optimal ist. Er wiederholt den Vorgang für sein rechtes Handgelenk, wendet sich dann wieder Ariel zu und nickt, vollständig geschützt gegen die doppelte Verwüstung durch Sehnenscheidenentzündung und Schwerkraft. Ariel hat fast ein wenig Mitleid mit dem Kerl. Aber nur fast.

»Könnten Sie Ihren Mann bitte beschreiben? Größe, Gewicht.«

»Er ist etwa einen Meter siebzig groß. Was er wiegt, weiß ich nicht; dabei beobachte ich ihn nicht.«

»Aber so grob?«

»Er ist dünn, schmal.« Sie weiß nicht, wie sie Johns Körper beschreiben soll. Er ist perfekt proportioniert, wunderschön. »Trainiert, aber keine großen Muskeln.«

»Okay.« Barnes will offensichtlich nichts über den attraktiven Körperbau eines anderen Mannes hören. Unsicherheit und Homophobie sind so eng miteinander verbunden, dass

Ariel vermutet, dass es sich um ein und dieselbe Sache handelt.

»Was noch? Mal sehen, Haare?«

»Dunkelbraun, voll und gewellt. Grüne Augen.«

»Irgendwelche besonderen Kennzeichen? Narben? Ohrringe? Tätowierungen? Gesichtsbehaarung?«

Ariel schüttelt den Kopf. John ist einer der wenigen völlig schmucklosen Männer, die sie kennt, mit einer Garderobe ganz ohne Logos, Etiketten oder erkennbarem Branding, keine Sportmannschafts- oder College-Fanartikel, kein Schmuck, keine Baseballkappe. Sogar sein Auto ist unauffällig, kein Statement, außer vielleicht das Statement, ausdrücklich keins zu haben.

»Alter?«

»Sechsunddreißig.«

Barnes blickt schnell hoch, dann wieder auf seine Tastatur. In diesem kurzen Blick kann sie ihn rechnen sehen: Ariel ist ein Jahrzehnt älter, ein Unterschied, der in umgekehrter Richtung völlig nebensächlich wäre.

»Würde man ihn als attraktiv bezeichnen?«

»Auf jeden Fall.«

Sie weiß, an welchem Faden Barnes zerrt, welche Vermutungen er angestellt hat, als sie ankam, und welche zusätzliche Geschichte er jetzt konstruiert: Es geht nicht darum, dass Ariel einen jüngeren Mann geheiratet hat, sondern darum, dass John eine ältere Frau geheiratet hat. Barnes ist ungefähr in Johns Alter. Vielleicht fragt sich Barnes, was ihn dazu bewegen könnte, eine ältere Frau zu heiraten. Diese ältere Frau.

Ariel mustert ihn, während er sie mustert. Der Stoff seines

Anzugs spannt, knittert an den falschen Stellen; der oberste Knopf seines Hemdes lässt sich nicht schließen. Dieser Mann hat in letzter Zeit etwas zugenommen, mehr als nur ein oder zwei Pfund, und seine Garderobe hat noch nicht aufgeholt. Vielleicht leugnet er es und redet sich ein, dass er dieses zusätzliche Gewicht leicht wieder abnehmen wird, sobald er keinen Nachtisch mehr isst. Nächste Woche vielleicht. Oder übernächste.

»Okay, also, heute Morgen: es gab keinerlei Kommunikation?«

»Nein. Er hat weder auf meine Textnachrichten noch auf meine E-Mails geantwortet. Wenn ich versuche, ihn anzurufen, springt direkt die Mailbox an. Ich habe ein paar Nachrichten hinterlassen.«

Barnes wirft einen Blick auf Ariels Unterlagen, das Ausfüllen war wie bei Krankenversicherungsunterlagen, etwas, das man auf einem Plastikklemmbrett mit einem Klickkugelschreiber erledigt, auf dem der Markenname eines neuen Diabetesmedikaments prangt.

»Und was haben Sie beide so in Lissabon gemacht?«

»Den normalen Touristenkram.«

»Wie zum Beispiel?«

Sie hatten am frühen Morgen eine Segway-Tour unternommen, bei der sie am Flussufer entlanggesaust waren, das ganz auf Freizeitvergnügungen ausgerichtet war – Restaurants und Diskotheken, durch ein Band aus Wegen für Läuferinnen und Radfahrer von den Jachthäfen getrennt, wie ein Traum des 21. Jahrhunderts von städtischer Wiederbelebung. Sie waren mit einer der alten, knarrenden Straßenbahnen gefahren, der berühmten Nummer 28, die um scharfe

Kurven und steile Hügel hinauf- und hinunterfuhr wie eine alte Achterbahn, überfüllt und unbequem und ganz schön beängstigend.

Barnes tippt nicht besonders gut, er benutzt nur ein paar der Finger, die aus seiner Orthese herausschauen, und guckt zwischen Tastatur und Bildschirm hin und her, wobei er gelegentlich einen Seitenblick auf sie wirft, auf ihre Brüste. Sie schaut an sich herunter, um sich zu vergewissern, dass sie ausreichend bedeckt ist.

»Hatten Sie mit jemandem Kontakt?«

»Natürlich, mit vielen Leuten. Im Hotel, in Restaurants, in ein paar Museen.«

Sie hatten das Gulbenkian besichtigt, einen massiven Klotz mit einer der größten privaten Kunstsammlungen der Welt, die Beute eines wohlhabenden Nationalstaates. Sie besuchten auch ein Kloster, das in ein Kachelmuseum umgewandelt worden war. Kacheln sind in Lissabon allgegenwärtig – Gebäudefassaden mit faszinierenden geometrischen Mustern, Innenwände von Geschäften und Cafés, Fußböden in Lobbys. Schon der Anblick der glatten blau-weißen Oberflächen sorgt für Abkühlung.

»Mit jemandem, den Sie kannten? Oder Ihr Mann?«

»Nein.«

Von der Frau im Café wird Ariel Barnes nichts erzählen.

»Für morgen Abend ist ein offizielles Abendessen mit den Mitarbeitern der Firma von Johns Klienten und ihren Lebensgefährten geplant. Deshalb hat John mich gebeten, mitzukommen; diese Art von Geschäftsleuten lernt wohl gern auch die Partner kennen.«

»Welche Art von Geschäftsleuten?«

»Europäische.«

Barnes grinst wissend, was er wahrscheinlich für charmant hält. Ist es aber nicht. Der schmierige Südstaatencharme, die ganze Art dieses Typen ist Ariel schon von Anfang an auf die Nerven gegangen.

»Ist Ihr Mann oft auf Geschäftsreise?«

»Ein paarmal im Monat, gewöhnlich für zwei oder drei Nächte, meistens in Europa.«

»Begleiten Sie ihn häufig?«

»Das ist das erste Mal. Wir haben beide viel zu tun, und es ist nicht leicht, Zeit zu finden, um gemeinsam zu reisen. Das einzige andere Mal waren unsere Flitterwochen.«

»Und wann war das?«

»Vor drei Monaten.«

Ariel kann an Barnes' hochgezogener Augenbraue sehen, dass seine Theorie immer konkretere Formen annimmt – frisch verheiratet, vielleicht zankt ihr euch inzwischen ein bisschen, eigentlich kennst du diesen Mann gar nicht wirklich, vielleicht hat er dich einfach verlassen. Wer könnte ihm das verdenken? Der arme Kerl ist erst seit ein paar Stunden weg, und schon bist du in der Botschaft? Nimm mal eine Beruhigungspille, Lady.

»Und warum dieses Mal?«, fragt er. »Geschäftsreisen anderer Leute sind normalerweise nicht gerade ein Vergnügen.«

»Stimmt«, sagt Ariel. »Aber ich war noch nie in Portugal. Und alles, was ich für diese Reise tun musste, war, ein neues Kleid zu kaufen.«

»Keine so schreckliche Zumutung, oder?«

Ariel hatte das Kleid eigentlich nicht kaufen wollen. Sie

46

war in der Regel sehr sparsam und interessierte sich auch nicht besonders für Mode. Als sie jung war, hatte sie natürlich all die Zeitschriften gelesen, die einem sagen, was man kaufen soll und wie man sich zum Sexobjekt machen kann – Make-up, Kleider, Schuhe, Waxing –, aber heute hat sie für solche Schlagzeilen keinen müden Blick mehr übrig, DIE HEIẞESTEN F***-MICH-SCHUHE, ZEHN TIPPS FÜR EINEN FESTEREN HINTERN, GIB IHM DEN BESTEN B***JOB SEINES LEBENS. Nie wieder.

»Haben Sie heute schon Ihren Kontostand überprüft?«

Ariel ist überrascht von dieser Wendung, aber andererseits auch nicht. »Nein.«

»Meinen Sie nicht, dass Sie das tun sollten?«

Tut sie nicht. Und es gäbe auch gar nicht so viel abzuheben, selbst wenn das, was Barnes andeutet, wahr wäre. Was unmöglich ist.

»Warum verschaffen wir uns darüber nicht direkt Klarheit?«, schlägt Barnes vor. »Streichen es von unserer Liste.«

Ariel weiß, dass der einzige Grund, es nicht zu tun, Angst vor dem, was sie finden könnte, wäre. Die hat sie definitiv nicht.

»Wollen Sie meinen Computer benutzen?«

»Nein, danke.« Sie holt ihr Handy heraus. »Wie ist das WLAN-Passwort?«

Barnes kritzelt etwas auf einen Zettel und schiebt ihn ihr rüber. Sie tippt die Ziffern in ihr Handy und startet die Banking-App, wartet, bis das Log-in lädt, dann der nächste Bildschirm.

Ariels Puls fängt an zu rasen. Wird sie tatsächlich nervös? Sie sollte es besser wissen. Sie *weiß* es besser.

Das WiFi-Signal scheint stark zu sein, aber ihr Telefon reagiert nur langsam. Ariel vermutet, dass es sich um das Gegenteil einer sicheren Verbindung handelt, wahrscheinlich um ein Netzwerk, das ausdrücklich dazu gedacht ist, den Browserverlauf, die Bildschirme, die Tastenanschläge und die Passwörter aller Gäste, die es benutzen, aufzuzeichnen. Sie macht sich nicht wirklich Sorgen, dass das Außenministerium die viertausend Dollar auf ihrem Girokonto stehlen könnte, aber sie wird ganz kribbelig bei der Warterei auf das Laden der Seite, warten, warten ...

Der Bildschirm öffnet sich endlich und zeigt den Kontostand genau so an, wie er sein sollte. »Alles in Ordnung.«

»Großartig«, sagt Barnes. »Das sind tolle Neuigkeiten.« Aber er ist sichtlich enttäuscht, dass er seine Theorie verwerfen muss: Ein attraktiver jüngerer Mann heiratet eine ältere Frau, räumt ihr Bankkonto leer und verschwindet in einem fremden Land, außerhalb der Reichweite der amerikanischen Strafverfolgung. Vielleicht würde sie das auch annehmen, wenn sie auf seiner Seite des Schreibtischs säße und mit einer Frau wie ihr konfrontiert wäre, die in einer Situation wie dieser auftaucht.

Ariel ist sich sehr wohl bewusst, dass sie hier beobachtet wird, von Kameras, von Menschen. Auf ihrem Weg durch die Büros sind ihr die vielen Objektive aufgefallen, sie kann sich nicht vorstellen, dass sich nicht auch in diesem Raum irgendwo eine Kamera befindet.

Kameras sind ihr nicht neu. Sie war in ihrer Jugend Schauspielerin und sich immer ihres Aussehens bewusst und dessen, was sie nicht nur durch gesprochene Worte und den Tonfall kommunizierte, sondern auch durch Mimik, Körpersprache, Fingerzittern, wippende Knie oder ausweichende Blicke, durch all diese Signale, die wir ständig senden, nicht nur, wenn wir auf der Bühne oder vor einer Kamera stehen, sondern immer, denn wir alle stehen unter Beobachtung, auf die ein oder andere Weise. Manchmal können wir es vergessen, ignorieren oder zumindest so tun, als ob wir das täten. Aber manchmal ist da auch eine echte Kamera, die uns wieder daran erinnert, in der Ecke eines Raumes wie diesem hier. Du wirst beobachtet. Du wirst aufgezeichnet.

Nach ein paar weiteren oberflächlichen Erkundigungen macht Barnes deutlich, dass er nicht gewillt ist, die örtliche Polizei einzuschalten oder andere Botschaftsbedienstete in die Suche nach John einzubeziehen.

»Gibt es denn nichts, was Sie tun können?« Ariel wirft ihm ihren flehendsten, rehäugigsten Blick zu. Darin war sie früher gut – ihr Aussehen zu nutzen, um Männer zu bezirzen, vor allem diejenigen, die nicht schlau oder selbstkritisch genug sind zu erkennen, dass sie manipuliert werden. Manche Männer sind von Natur aus misstrauisch gegenüber gut aussehenden Frauen, die übermäßig nett sind; Saxby Barnes gehört nicht zu ihnen.

Ariel beugt sich vor; sein Blick flackert, senkt sich bis zur Öffnung ihrer Bluse. »Bitte?«

Das ist eine Fähigkeit, die sie bewusst hat verkümmern lassen, eine, von der sie wünschte, sie hätte sie nie besessen, nie gebraucht. Eine Fähigkeit, von der sie wünschte, es gäbe sie gar nicht. Aber zähneknirschend muss sie zugeben, dass sie beim Verhandeln mit dem Patriarchat nützlich sein kann.

»Ms. Pryce, ich bin kein Polizist. Wir sind nicht …«

Bestürzt senkt sie den Kopf, und sie spürt förmlich, wie er die Gelegenheit nutzt, ihr weiter in die Bluse zu glotzen.

»So etwas tun wir hier nicht«, fährt er fort, »Leute aufspüren, die ihre, ähm, Gefährten für ein paar Stunden verlassen haben. Das ist wenn überhaupt Aufgabe der örtlichen Polizei, und ich hoffe aufrichtig, das ist nicht der Fall. Aber nur weil Ihr Mann heute Morgen das Hotel verlassen hat, ohne Ihnen etwas zu sagen, macht ihn das nicht zu einem Vermissten. Nur zu jemandem, der es eilig hat. Oder der rücksichtslos ist. Oder abgelenkt. All das ist viel wahrscheinlicher, als dass er zu Schaden gekommen ist, und nichts davon ist ein Verbrechen. Zum jetzigen Zeitpunkt können wir also nicht …«

Barnes bricht ab und hofft, dass Ariel einspringt und zustimmt, ja, ich verstehe. Aber das tut sie nicht. Er steht auf, streckt seine Hand aus und grinst schon wieder blöd. »Ich wünschte, ich könnte Ihnen helfen.«

»Tun Sie das?«

Er nickt und versucht, in seiner offensichtlichen Unaufrichtigkeit besonders aufrichtig zu wirken. »Das tue ich.«

Sie ist enttäuscht. Nicht nur, dass er ihr nicht helfen will, sondern auch, dass sie ihn nicht umstimmen konnte, dass ein Mann, der so anfällig dafür zu sein scheint, ihrem Charme widerstehen kann.

Saxby Barnes wird nicht ihr Verbündeter sein. Ariel wird mit dem Lissabonner Polizisten besser dran sein, der zumindest ein sympathisches Gesicht hat und mit einer Frau zusammenarbeitet. Nicht viel, aber mehr als nichts, denn das ist es, was dieser amerikanische Funktionär anbietet. Nichts, plus eine Flasche Wasser. Mit Kohlensäure.

Ariel ist mehr als enttäuscht. Sie ist plötzlich wütend – auf diesen Mann, auf sich selbst, auf die Welt. Sie schleicht sich immer ganz plötzlich an, diese Wut. Wie ein Vulkan, der nach Jahren des Druckaufbaus ausbricht.

»Was für ein Name ist Saxby eigentlich?«

»Ein Familienname. Er geht zehn Generationen zurück.«

Als ob die bloße Tatsache, dass etwas Tradition hat, Bewunderung verdient oder Verteidigung. Genau dieselbe Rechtfertigung wurde für so ziemlich alle Ungerechtigkeiten in der Weltgeschichte verwendet.

»Er ist also was? Ihr stolzes Südstaatenerbe? Aus der guten alten Zeit?«

Das falsche Grinsen verblasst. »Genau.«

Ariel hält das für Schwachsinn. Sie hat reichlich Erfahrung aus erster Hand mit den heimtückischen, ätzenden Auswirkungen der Fetischisierung von Traditionen.

»Wie süßer Tee?«

Barnes lässt seine ungeschüttelte Hand sinken.

»Oder Sklaverei?«

Er bläht seine Brust auf, reckt das Kinn in die Höhe und will seine Ehre verteidigen, frustriert, dass er mit dieser Frau nicht streiten kann. Er ist so ritterlich! Außerdem ist es sein Job, zuvorkommend zu sein.

Ariel wendet sich ab und geht auf die Tür zu.

»Oh, Ms. Pryce?«

Irgendetwas an seinem Tonfall beunruhigt sie. Sie blickt über ihre Schulter.

»Haben Sie zufällig noch einen anderen Namen? Oder Ihr Mann?«

Kapitel 5

Sie steht vor der Botschaft und wartet darauf, dass sich ihr Puls beruhigt, dass ihr Geist die Herrschaft über ihren Körper zurückgewinnt. Auf dem Gehweg hält eine Rucksacktouristin ihr Handy hoch und macht ein Foto von der Botschaft, mit Ariel im Vordergrund.

Ariel entsperrt ihr eigenes Telefon und öffnet nacheinander die verschiedenen Kommunikationsapps. Sie ist alt genug, um sich noch gut an das Leben vor dem Handy zu erinnern, ohne Apps, ohne computerausgestattete Autos, Smart-TVs und ferngesteuerte Thermostate. Sie glaubt nicht an die Unfehlbarkeit der Technik, hegt immer den Verdacht, dass der Wecker ausfällt, der Wetterbericht falsch ist, die Sprachnachricht nie angekommen ist.

Aber nein, es gibt nichts von John. Nichts von irgendjemandem, nirgendwo.

»Entschuldigen Sie bitte?« Ein Mann steht plötzlich neben ihr, und Ariel weicht zurück.

»Entschuldigen Sie«, wiederholt er. »Tut mir leid, wenn ich Sie störe.« Es ist der bärtige Mann, den sie in der Botschaft gesehen hat. »Mein Name ist Pete Wagstaff. Ich bin Reporter. Vielleicht kann ich Ihnen helfen?«

Ariel blinzelt ihn im blendenden Sonnenlicht an. Schweißperlen bilden sich in ihrem Nacken.

»Der Botschaft, wissen Sie, oft sind denen die Hände gebunden.« Er greift in seine Tasche und streckt ihr eine Visitenkarte entgegen. Ariel erkennt das Logo einer Nachrichtenagentur, Lissabon-Korrespondent, Telefonnummern, E-Mail, eine Büroadresse.

»Danke«, sagt sie. »Ich möchte nicht abweisend erscheinen, aber ich kann nicht mit Ihnen sprechen. Es tut mir leid.«

Dieser Mann ist nicht so alt, wie er von der anderen Seite des Zimmers aus gewirkt hat. Er sieht auch besser aus, mit einer Sanftheit in den Augen, die Mitgefühl ausstrahlen.

»Hat Ihnen das jemand verboten?«

Ariel schüttelt den Kopf. »Ich … kann einfach nicht. Nehmen Sie es nicht persönlich.«

Er lächelt. »Okay. Aber wenn Ihnen eine Möglichkeit einfällt, wie ich helfen kann, egal was das Problem ist, melden Sie sich bitte. Ich kenne mich in dieser Stadt gut aus und bin immer erreichbar.«

»Das ist lieb«, sagt sie und schenkt ihm ihr süßestes Lächeln. Ariel weiß, dass sie nicht mit einem Reporter sprechen kann, das steht außer Frage. Aber das heißt nicht, dass ein Reporter nicht irgendwie und irgendwann nützlich sein könnte. »Ich werde es mir merken.«

Sie schaut auf die Uhr: Ja, jetzt ist gut. Oder wenn nicht gut, dann zumindest ein geeigneter Zeitpunkt, um diese Nachricht zu verschicken: ALLES GUT BEI DIR HEUTE? Sie kann nicht anders, wenn sie nicht zusammen sind, auch wenn sie weiß, dass sie das lassen sollte.

Ihr Telefon plingt fast sofort, und ihr Herz flattert, als sie es in die Hand nimmt.

JA MOM, ALLES OKAY.

Na ja, das ist wenigstens etwas. Aber das reicht nicht. Sie ruft an.

»Hi«, sagt ihr Sohn. »Wie ist Lissabon?«

»Heiß.« Sie will ihrem Kind nicht sagen, was los ist. Alles, was sie wirklich will, ist, seine Stimme zu hören. »Wie ist es bei dir?«

»Gut.«

So antwortet George in diesen Tagen auf fast jede Frage: *gut*. Oder manchmal: *schön*. Teenagerwortkargheit, passend zu seiner Teenagerstatur einer Bohnenstange. Aber alle paar Wochen sagt er etwas, das sie daran erinnert, dass er trotz seines Aussehens noch immer ein Kind ist. »Sind Hunde Bürger?« Das war erst letzte Woche, als sie im Auto saßen und im Radio ein Bericht über Einwanderer ohne Papiere lief.

»Nein, mein Schatz«, sagte sie, darauf bedacht, ihn nicht auszulachen. Was schwer war. »Hunde sind keine Bürger.«

Ariel konnte sich nicht vorstellen, welche Rechte, Privilegien und Pflichten Georges imaginäre Hundebürger haben könnten. Würden sie wählen? Steuern zahlen?

»Wie geht es den Hunden?«, fragt sie jetzt, das einzige Thema, über das er verlässlich zu sprechen bereit ist.

»Na ja. Sie fressen Frebberties.« Was Frühstück in ihrer eigenen Sprache bedeutet, von der sie behaupten, dass die Hunde sie sprechen. Abendessen heißt Dibberties. Zähne sind Zibberties. Da haben sie ein Thema. »Mallomar nimmt gerade einen Bissen und rennt dann aus dem Zimmer, um ihn zu fressen. Scotch ignoriert ihn.«

»Mallomar ist verrückt.«

»Total. Aber hör mal, Mom, ich muss los. Der Bus zum Camp kommt gleich. Hab dich lieb.«

Das war es, wird ihr nun klar: Das war alles, was sie von diesem Anruf wollte. Er ist immer noch bereit, »Hab dich lieb« zu sagen, wenn auch nur unter vier Augen, und vielleicht auch nur, um einen Anruf zu beenden. Sie nimmt, was sie kriegen kann.

Stationsleiterin Nicole Griffiths spürt eine Präsenz in ihrer Tür. Sie legt die Spitze ihres Stifts auf das Blatt, um sich zu merken, wo sie war, und blickt dann auf. Saxby Barnes steht dort, ein Stück Papier in der linken Hand, die rechte erhoben.

»Klopf, klopf«, sagt er, ins Nichts klopfend. Er hält das für clever. »Darf ich reinkommen?«

Barnes taucht regelmäßig bei ihr auf, weil er glaubt, dass er gerade Geheimdienstinformationen ausgegraben hat, was sich immer als falsch herausstellt. Nicole hofft, dass er einfach auf die Idee der CIA abfährt, nicht auf sie.

»Wenn es sein muss.«

Barnes schließt die Tür hinter sich. »Eine amerikanische Touristin hat gerade berichtet, dass ihr Gatte, ein Geschäftsmann, verschwunden ist. Als sie heute Morgen aufwachte, war er weg, und er geht nicht mehr ans Telefon.«

»Interessant«, sagt Nicole in einem Tonfall, der andeutet, dass dem nicht so ist. Es gibt Leute im Konsulat, denen Nicole vertraut, aber Barnes gehört nicht dazu. Ihm fehlt es in mehrfacher Hinsicht an Intelligenz. »Haben Sie sie zur Polizei geschickt?«

»Da war sie schon. Sie sagte, die Polizei würde nichts tun, es sei noch zu früh.«

Das ist normal. Nicole antwortet nicht.

»Sie scheint eine aufrechte Bürgerin zu sein«, fährt Barnes

fort. »Auf dem Papier, der Ehemann ebenfalls. Bis auf eine Kleinigkeit: Sie haben beide ihre Namen geändert, getrennt voneinander, Jahre bevor sie sich überhaupt kennengelernt haben.«

Nicoles Stiftspitze ist immer noch auf die Seite vor ihr gerichtet, einen lächerlich ausführlichen Bericht über einen Anstieg der illegalen Überfahrten von Tanger über die Straße von Gibraltar, nur fünfzehn Kilometer wildes Wasser, das Afrika von Europa trennt. Der Autor dieses Berichts muss denken, dass er nach Wörtern bezahlt wird. Wie Dickens, mit dem Nicole auch nie Geduld hatte. Komm endlich zur Sache.

»Er vor ein paar Jahren, sie vor mehr als einem Jahrzehnt. Ich habe sie beide kurz überprüft, während sie gewartet hat.« Barnes scheint stolz auf diese Routinemaßnahme zu sein. »Und hören Sie sich das an«, fährt er fort. »Die Frau weiß nichts von der Namensänderung ihres Mannes.«

Zur Abwechslung scheint Barnes möglicherweise in einem legitimen Geheimdienstgeschäft hier zu sein. Dies ist einer der Gründe, warum sich das Büro der Stationschefin in der Botschaft befindet, zusammen mit einem Stab von Agenten. Das ist auch der Grund, warum ihre Identität nicht geheim ist.

»Also, Mr. Barnes, was kann die CIA für Sie tun?«

Er legt Nicole das Papier vor, das bereits von seinem Chef im Konsulat unterzeichnet ist. »Können Sie bitte das Telefon dieses Herrn ausfindig machen?«

»Aber sicher.«

»Und darf ich Sie bitten, mich auf dem Laufenden zu halten?«

»Natürlich«, sagt Nicole, obwohl sie ganz und gar nicht die Absicht hat, das zu tun. Barnes ist weder klug noch diskret, was in ihrer Welt eine gefährliche Kombination ist.

Ariel geht durch das Alfama-Viertel, das wie eine völlig andere Stadt aussieht, ein Labyrinth aus engen, gepflasterten Gassen, steilen Treppen und alten, weiß getünchten Gebäuden mit roten Ziegeldächern, der einzige Teil Lissabons, der von dem Erdbeben und der Flutwelle von 1755 verschont geblieben ist, bei der fünfundachtzig Prozent der Gebäude der Stadt zerstört und wahrscheinlich ein Fünftel der Bevölkerung getötet wurden. Hier fühlt es sich an wie in einer Kleinstadt, Nachbarn plaudern in den engen Straßen, Kinder kicken mit Bällen gegen die Wände, es riecht nach Fischeintopf, gedünsteten Muscheln und Schweinebraten, Katzen schleichen über die Fensterbänke, und Hunde traben ungestraft durch die Fußgängerzonen.

Es wirkt wie ein glücklicher Ort, ein sicherer Ort, an dem nichts Schlimmes passieren kann. Aber Ariel weiß, dass es so etwas nicht gibt.

Es gibt drei Krankenhäuser in der Innenstadt von Lissabon, die ruft sie zuerst an. In keinem gibt es einen Eintrag über John Wright und auch über keinen unbekannten Amerikaner. Sie versucht es bei ein paar weiter entfernten, flussaufwärts, flussabwärts, im Binnenland. Nein, nein, nein. Er ist nicht in einem Krankenhaus.

»Komm schon, alter Mann«, sagt Kayla Jefferson. »Anweisung von der Chefin: Wir müssen ein Telefon finden.«

»Ein Telefon?«

»Na ja, wir suchen die Person, der das Telefon gehört.«

Guido Antonucci schnappt sich seine Pilotenbrille, steckt sie ins Revers seines blauen Poloshirts und erhebt sich behutsam. Seine Füße machen ihn fertig; wahrscheinlich braucht er neue Einlegesohlen. Antonucci arbeitet seit mehr als zwei Jahren hier in Lissabon, aber er hat sich noch nicht der Herausforderung gestellt, einen örtlichen Orthopäden zu finden. Verdammter Scheiß.

»Das Gerät hat sich anscheinend seit sechs Stunden nicht mehr bewegt«, sagt Kayla. »Sieht wohl so aus, dass wir die Person nicht finden werden. Es sei denn, sie ist tot.«

Kayla ist eine junge, sportliche Frau, nur ein paar Jahre vom Leichtathletiktraining am Spelman College entfernt. Sie macht sich über Antonucci lustig, indem sie Witze über alte Männer, Glatzen und orthopädische Schuhe reißt. Sie ist an einem Punkt in ihrem Leben, wo ihre besten Freundinnen noch immer ihre damaligen Teamschwestern sind, aber sie wird es noch früh genug lernen. Das Leben in der CIA-Einsatzleitung fordert schneller seinen körperlichen Tribut, als man denkt, egal mit welchem Fitnesslevel man startet. Antonucci war selbst einmal Leistungssportler, aber das ist schon zu lange her, um es noch zu erwähnen. Er kann sich nicht mehr daran erinnern, wann er das letzte Mal mit einem seiner alten Teamkollegen gesprochen hat.

»Hier müssen wir hin.« Kayla streckt ihr Handy aus, auf dem Display eine Karte der Stadt, ein roter Punkt, der etwa zehn Kilometer von der Botschaft entfernt ist. »Soweit ich das beurteilen kann, gibt es da gar nichts. Die nächste Adresse ist ein unbewohntes Lagerhaus.«

Antonucci öffnet die unterste Schublade seines Schreibtischs, holt seine Pistole heraus und steckt sie in sein Knöchelholster. Leere Lagerhallen sind wie geschaffen für illegale Aktivitäten, und er hat seine Waffe immer gern dabei.

»Tot ist gar nicht so unwahrscheinlich«, sagt er und wuchtet sich stöhnend aus seinem Stuhl.

»Schön gegrunzt«, sagt Kayla.

Antonucci ist einer von der alten Schule, und Jefferson ist das absolut nicht, und genau deshalb werden sie oft als Team eingesetzt. Er mag die junge Frau und hat nichts gegen ihre Altherrenwitze, meistens. Als Antonucci zur CIA kam, gab es praktisch keine Frauen dort; auch kaum Italo-Amerikaner. Aber heute ist sein Partner eine Frau, sein Boss ebenfalls, und manchmal vermisst er die unkomplizierte Kameradschaft in der Zusammenarbeit mit Männern. Immer muss er nun so aufpassen. Irgendwie anstrengend.

Selbst sein Name ist ein Relikt der Vergangenheit. Wird es jemals wieder ein amerikanisches Kind namens Guido geben? Unwahrscheinlich, zum Glück. Er hasst seinen Namen, eine Karikatur, so leicht, sich darüber lustig zu machen. Andererseits haben solche Dinge es auch an sich wiederzukommen, aufgefrischt mit einem Hauch von Ironie.

»Wem gehört das Telefon?«, fragt er.

»Einem amerikanischen Geschäftsmann.«

»Er hat sein Handy verloren?« Sie gehen in die Garage. »Sind wir jetzt die Apple Genius Bar?«

»Nein, seine Frau hat *ihn* verloren. Aber mach dir keine Sorgen, Guido. Wenn wir uns beeilen, sind wir rechtzeitig für deinen Mittagsschlaf zurück.«

Kapitel 6

Ariel schaut sich auf dem belebten Platz um, Banken, Geschäfte, Cafés, das grün blinkende Neonlicht einer Apotheke. Auf diesem Platz ist den ganzen Tag über und bis spät in die Nacht hinein viel los, ein Ort, der einerseits unglaublich sicher wirkt, manchmal aber auch gefährlich sein könnte, ein Ort, der …

Ja, natürlich.

Ja, dort drüben ist eine. Und noch eine dort, und – ja – eine direkt vor ihrem eigenen Hotel, auf das sie jetzt zustürmt, dann hinein – auf der glatten Treppe nimmt sie zwei Stufen auf einmal –, und schnurstracks in die Rezeption rennt, wo Duarte alarmiert aufschaut zu der verschwitzten und keuchenden und mehr als nur ein wenig verrückt aussehenden amerikanischen Ehefrau.

»Kann ich die Aufzeichnungen Ihrer Sicherheitskameras sehen?«

Kriminalkommissarin Carolina Santos legt den Hörer auf, beendet ihre Notizen und wendet sich dann ihrem Juniorpartner zu. António Moniz ist ein paar Jahre älter, kam aber erst viel später zur Polizei, nachdem er in seinen Zwanzigern Dinge getan hatte, über die er nicht spricht. Über die Jahre ist Santos zu dem Schluss gekommen, dass Moniz dieses Jahrzehnt mit Drogen und Reisen verbracht hat, vielleicht mit der Hippie-Tour durch Südostasien und Lateinamerika, oder auch nur mit Herumtouren in Europa, in Berlin oder Prag oder Bukarest, den Orten, wo Leute ihre Jugend verschwenden, bevor sie merken, dass Jugend nichts ist, was man verschwenden sollte. Mittlerweile ist Moniz nur ein weiterer Mann mittleren Alters mit dem Bild eines Kindes auf dem Schreibtisch bei seinem respektablen Job für die Regierung. Früher oder später wird jeder seriös. Es sei denn, er kommt ins Gefängnis. Oder stirbt.

»War das Erico?«, fragt Moniz.

Besucher nehmen natürlich an, dass das Kind Moniz' Tochter ist. Deshalb steht das Foto da.

»Ja. Er hat die Amerikanerin verfolgt, seit sie hier weg ist. Mehr als eine Stunde war sie in der US-Botschaft. Als sie wieder herauskam, hat dieser amerikanische Reporter sie angesprochen, der sich immer dort herumtreibt. Erico kann sich seinen Namen nicht merken, ich auch nicht. Du?«

Moniz schüttelt den Kopf.

»Sie hat kurz mit ihm geredet, seine Visitenkarte angenommen und ist dann im Taxi zurück zu ihrem Hotel gefahren. Bevor sie reingegangen ist, stand sie eine Minute auf dem Gehweg, hat sich umgeschaut, sich um sich selbst gedreht und den ganzen Platz unter die Lupe genommen. Vielleicht hat sie nach Hinweisen gesucht.«

Das wäre wohl die naheliegende Erklärung. Moniz ist sich da nicht so sicher, aber er hält sich zurück. Santos wird sich ihre eigene Meinung bilden, basierend auf ihren Erfahrungen und ihrer Einstellung. Und Moniz seine. Wenn sie Glück haben, stimmen ihre Theorien überein; das sind die einfachen Fälle. Doch Moniz hat den Verdacht, dass dies keiner von den einfachen sein wird.

Wie sollst du dich fühlen, wenn dir klar wird, dass du kurz vor einer tödlichen Gefahr stehst? Wenn du erkennst, dass jeden Moment ein Lauffeuer dein Auto verschlingt, ein Hurrikan das Dach von deinem Haus fegt oder die Barschlägerei tödlich enden wird? Zunächst sieht es nach nichts aus, nur ein Schluckauf, aber dann erstickst du, und du hast nur Sekunden, um dich zu retten.

Verhält sich Ariel so richtig, in diesem Moment?

Wenn sie letzten Winter nicht Sarah angerufen hätte und mitten in der Nacht in die Notaufnahme gefahren wäre, wäre sie vielleicht an der Lungenentzündung gestorben. Manchmal ist das, was wie Panik aussieht, in Wirklichkeit rationaler Selbsterhaltungstrieb.

»Meine Fresse«, sagt Guido Antonucci. »Scheiße, was machen wir hier?«

»Wir suchen nach einem Telefon, Guido. Hast du es schon vergessen? Hast du Alzheimer?«

Antonucci durchwühlt weiter den Müll. »Ich weiß, was wir *buchstäblich* tun.«

»Du fragst also, was wir im übertragenen Sinne machen?«

»Bist du deshalb bei der CIA, Jefferson? Um im portugiesischen Müll herumzuwühlen und nach Handys zu suchen? Wie ein angehender Streifenpolizist?«

»Ob ich mir das gewünscht habe? Nein, ich gebe zu, das war nicht ganz das, was ich im Sinn hatte.«

»Wir hätten Handschuhe mitbringen sollen.«

»Hier. Schau mal.«

»Nicht anfassen.«

»Du hältst mich wohl für schwachsinnig, was? Vielleicht fragst du dich auch, wer mir morgens die Schuhe zubindet?«

Antonucci tritt beiseite, holt sein Telefon heraus, benutzt eine sichere App, um seine Chefin anzurufen.

»Wir haben das Gerät in einer Mülltonne vor einem verlassenen Lagerhaus gefunden.«

»Keine Spur vom Besitzer?«, fragt Nicole Griffiths.

»Keine Spur von irgendetwas. Wir sind in der Nähe des Flusses, auf der anderen Seite der Gleise.«

»Wie sieht das Lagerhaus aus?«

»Unbenutzt. Es gibt ein verschlossenes Tor vor der Ladezone, Fahrzeuge sind keine zu sehen. Wir können durch eins der Fenster sehen, die zur Straße rausgehen, das Gebäude scheint völlig leer zu sein. Möglich wäre es aber dennoch, dass sich Sachen oder Menschen im Inneren befinden. Um sicher zu sein, müssten wir, ähm …« Antonucci bricht ab. Sichere App hin oder her, er will nicht über das Brechen von Gesetzen sprechen.

»Nein«, sagt Griffiths. »Ein weggeworfenes Handy würde nicht direkt neben dem Grund dafür liegen.«

Antonucci wirft einen Blick auf die Mülltonne, die seltsam voll ist, wenn man bedenkt, wie abgelegen dieser Ort ist. Die Leute müssen sie benutzen, um illegal Hausmüll oder anderes verbotenes Material zu entsorgen.

»Die Tonne hier ist ziemlich voll«, sagt er. Er hat schon in Städten gearbeitet, in denen die Abwasserentsorgung unterfinanziert und vernachlässigt ist und in denen überall Müll liegt. Lissabon gehört nicht dazu. Überquellende Mülleimer darf es hier nicht geben. »Bestimmt wird sie bald geleert. Sollen wir das Gerät mitnehmen?«

»Auf jeden Fall«, sagt Griffiths. »Schauen wir es uns mal genauer an.«

Der Zeitstempel zeigt an, dass es 6:51 Uhr war, als John durch die kleine Lobby ging, die eigentlich keine Lobby ist – keine Möbel, kein Tresen, nur ein geräumiges Foyer, ein kühler, luftiger Raum mit Fliesenboden, an dessen einem Ende die Eingangstür des Hotels liegt, am anderen der Aufzug und das sich um das Zentrum des Gebäudes windende Treppenhaus. Die Rezeption befindet sich im Obergeschoss, das in Europa als erster Stock bezeichnet wird; wie das Wort *Entrée* bedeutet es etwas völlig anderes als in Amerika. Von der Rezeption aus wird das Foyer im Erdgeschoss über eine Sicherheitskamera überwacht, die in einer Ecke neben dem Aufzug mit Blick auf die Eingangstür angebracht ist.

Als John das Gebäude verließ, hatten einige Hotelangestellte es bereits betreten: eine Küchenangestellte um halb sechs, dann, kurz vor sechs, Duarte und Minuten später die beiden Frauen vom Zimmerservice.

Eine zweite Kamera hängt an der Außenseite des Gebäudes, schräg gegenüber der Eingangstür, und liefert ein Halbprofil von jedem, der es betritt, und einen dezenten Blick auf einen kleinen Streifen des Gehwegs. Von diesem Standpunkt aus ist es nicht gut möglich, das Gesicht einer eintretenden Person zu erkennen; der Hauptnutzen dieser Kamera besteht wohl darin, überhaupt Aktivität zu identifizieren beziehungsweise sie zu verhindern. Diese Kamera würde von jedem bemerkt werden, der danach sucht – was man tun würde, wenn man nichts Gutes im Schilde führt.

Es war noch immer 6:51 Uhr, als diese Kamera aufzeichnete, wie John die Tür aufstieß und sich umsah. Er machte einen Schritt auf den Gehweg hinaus und hob den Kopf stufenweise an, als ob er etwas oder jemanden bemerkte. Einen Moment lang erstarrte er, vielleicht überrascht, vielleicht aber auch nachdenklich, weil er nicht wusste, wie er weiter vorgehen sollte. Dann fasste er einen Entschluss und ging ein paar Schritte in diese Richtung. Dann verschwand er aus dem Bild.

Diese Aufnahme zeigt hauptsächlich Johns Rücken, ganz kurz seine Seite. Ariel kann sehen, dass er eine Anzughose und ein weißes Hemd trägt, aber weder Jackett noch Krawatte, und er hat nichts bei sich – keine Aktentasche, keine Zeitung, nichts. Er sieht nicht aus wie ein Geschäftsmann auf dem Weg zur Arbeit.

»Lassen Sie es uns noch einmal angucken.«

Duarte wirft Ariel einen Blick zu. Sie haben die Aufnahme schon zweimal angeschaut, und es gibt nichts zu sehen. Aber er wird sich nicht streiten. Man streitet nicht mit Gästen, und schon gar nicht mit jemandem in einer solchen Situation. Und mit solch einem Charakter.

Sie sahen sich das Ganze noch einmal an, sahen noch einmal, wie John das Bild verließ, scheinbar das Ende der Beweisführung. Aber Ariel starrt weiter auf den Bildschirm, sucht nach mehr, nach irgendetwas, einer Bewegung, einer Veränderung, einer …

»Da«, sagt sie zu Duarte. »Was ist das?«

»Entschuldigung? Was, bitte?«

»Das da. Schauen Sie. Können Sie ein paar Sekunden zurückspulen?«

Der junge Mann bewegt den Cursor.

»*Da*. Sehen Sie das? Diesen großen Schatten? Er bewegt sich, nur ein paar Sekunden, nachdem John das Bild verlassen hat, genau in diese Richtung. Was denken Sie, was das ist?«

»In der Richtung liegt die Straße, also ist der Schatten vielleicht ein Auto. Was könnte es sonst sein?«

»Ich weiß es nicht. Eine Straßenbahn?«

»Nein, eine Straßenbahn ist viel größer, und sie hat eine andere Form.«

Der junge Mann lehnt sich vom Bildschirm weg, mit dem zufriedenen Blick von jemandem, der gerade ein Rätsel gelöst hat. »Ich glaube, das ist ein Auto, Senhora. Und es fährt weg. Nachdem Ihr Mann eingestiegen ist.«

Ariel stellt sich dorthin, wo das Phantomauto gestanden haben muss. Das Hotel liegt auf der einen Seite der Straße, der Park auf der anderen. Sie scannt alle Richtungen, merkt sich alles, die Bäume, die Straßenlaternen, die Türen und ersten Stockwerke der Gebäude, die Eingänge zu Geschäften und Wohnhäusern. Sie entdeckt mindestens ein Dutzend Überwachungskameras, kann aber keins der Objektive sehen; keine der Kameras ist genau auf diese Stelle gerichtet. Und wenn sie das Objektiv von hier aus nicht sehen kann, dann kann auch das Objektiv sie nicht sehen. Funktioniert das nicht so? Optische Physik? Logik?

Ein großer Teil der Arbeit einer Schauspielerin bestand darin, sehr aufmerksam zu sein. Als Ariel die professionelle

Schauspielerei aufgab, änderte das nichts an ihrer Aufmerksamkeit; sie konzentrierte sie nur auf andere Objekte. Und in den Jahrzehnten seitdem hat ihr ständiges Lesen von Kriminalromanen sie auf genau das hier vorbereitet: die Suche nach Hinweisen.

Hier stehen zu viele Bäume, die die Sicht versperren. Bäume gibt es in Lissabon im Überfluss, nicht nur in Parks und auf Plätzen, sondern auch in kreisrunden Ausschnitten in Gehwegen oder in Töpfen vor Geschäften, als Schutz vor der unerbittlichen Sonne.

Keine der anderen Kameras rund um diesen Platz kann brauchbare Hinweise liefern.

Noch eine Sackgasse. Sie häufen sich.

Kapitel 7

Es ist Mittagszeit. Die Gehwege in der Innenstadt sind voll, doch die Menschen hetzen sich nicht ab, sie starren nicht selbstvergessen auf die Bildschirme in ihren Händen, versuchen nicht, sich in eine gute Position an irgendwelchen Straßenecken zu drängeln, fordern nicht Autos, Lastwagen oder sich gegenseitig heraus. Stattdessen scheinen sie eine gemächliche Pause einzulegen, sie bewegen sich langsam in der Hitze, ziehen ihre Jacken aus, krempeln die Ärmel hoch und halten sich auf den schattigen Seiten der Straßen auf, die von pastellfarbenen Gebäuden gesäumt sind, in blassen Pfirsich- und Pflaumentönen, verblichenem Lavendel und Minze und allen erdenklichen Gelbtönen, mit dünnen schwarzen Linien, die aus Lampen, Fensterrahmen und Balkongeländern bestehen, Ornamenten, die aussehen wie indische Tinte auf Aquarellfarbe.

Ariel sollte etwas essen. Sie ist noch gar nicht zum Frühstücken gekommen – zu angespannt – und seitdem auch nicht ruhiger geworden. Es fällt ihr schwer, sich vorzustellen, an einem Tisch zu sitzen, sich wie ein gelassener, zivilisierter Mensch zu verhalten, auf den Kellner zu warten, die Speisekarte, die Rechnung. Das sind Mühen, die sie selbst an den besten Tagen kaum ertragen kann.

»Senhora Pryce, wie schön, Sie wiederzusehen. So schnell.«

Moniz klingt enttäuscht. Aber was sollte sie auch erwarten?

»Ich habe Beweise.« Ariel legt den USB-Stick auf den Schreibtisch des Kommissars.

»Oh?« Er betrachtet das kleine Gerät mit zusammengekniffenen Augen. »Entschuldigung«, sagt er, klopft auf seine Jacke und nimmt eine Brille heraus. »Es ist unpraktisch, sein Sehvermögen zu verlieren. Unangenehm. Kennen Sie das auch?«

Sie schüttelt den Kopf.

»Noch nicht? Sie können sich glücklich schätzen.«

Glücklich würde sie sich nicht gerade nennen, aber jetzt ist nicht die Zeit, um zu diskutieren. Nicht darüber.

Moniz dreht den USB-Stick um. »Was ist das, bitte?«

»Das ist ein Speichermedium. Ein USB-Stick. Er enthält Aufnahmen von der Sicherheitskamera des Hotels, die meinen Mann heute Morgen auf dem Gehweg zeigen.«

»Dieses Gerät – diese Aufnahme – wurde vom Hotel zur Verfügung gestellt?«

»Ja.«

Ariel kann sehen, dass Moniz nicht begeistert davon ist, seinen Computer und das Polizeinetz mit diesem Gerät zu verbinden, das diese möglicherweise verwirrte Amerikanerin mitgebracht hat. Er legt das Ding hin, schiebt es weg, als sei es gefährlich oder stinke. Er wählt eine Nummer auf seinem Festnetztelefon und führt ein kurzes Gespräch.

»Moment.« Er deutet auf einen Stuhl. »Bitte.«

Sie sehen sich eine Sekunde lang in die Augen, dann schauen beide weg, Moniz auf seinen Notizblock, Ariel durch den großen Raum, sie nimmt das übliche Sortiment an Dingen wahr, die man in jedem Polizeirevier finden würde. Ariel war schon lange in keinem mehr, aber an ihren letzten Besuch erinnert sie sich noch lebhaft.

Sie wendet ihren Blick wieder Moniz zu, der ebenfalls so aussieht, wie sie es hier erwarten würde, das Standardmodell eines Polizisten von der Stange – Mitte vierzig, schütteres Haar, das durch einen buschigen Schnurrbart kompensiert wird, eine massige Statur mit zwanzig zusätzlichen Pfunden, die vorne am Bauch sitzen und sich an der Gürtellinie zu einer Wölbung ausdehnen, so wie manche Männer ihr mittleres Alter und ihr Bier vor sich hertragen, als wären sie im sechsten Monat schwanger. Als sie vorhin hier war, hatte Moniz schon einen Fleck auf seiner Krawatte. Jetzt ist noch ein Spritzer von etwas, das wie Tomatensoße aussieht, auf seinem blassblauen Hemd dazugekommen.

Neben dem Monitor auf seinem Schreibtisch steht in einem silbernen Rahmen das Foto eines kleinen Mädchens von fünf oder sechs Jahren; keine Mutter in Sicht. Ariel schaut nach einem Ehering an seinem Finger, findet aber keinen.

Ein uniformierter Kollege kommt, reicht Moniz einen Laptop, der steckt den USB-Stick in den Anschluss und lässt den kurzen Clip laufen. Dann beugt er sich näher an den Bildschirm und spielt ihn erneut ab.

»Schauen Sie«, sagt Ariel, »nachdem John aus dem Bild verschwunden ist? Sehen Sie den Schatten da?«

»Ja.«

»Sehen Sie, wie er sich bewegt? Ich glaube, das ist ein Auto, das wegfährt. Mit meinem Mann drin.«

Moniz geht nicht auf diese Mutmaßungen ein. Er betrachtet weiterhin angestrengt den Bildschirm, eine vollkommen statische Szene für noch weitere zehn, zwanzig Sekunden. Ariel fragt sich, wonach er sucht. Vielleicht sucht er gar nichts, vielleicht will er nur Zeit gewinnen, überlegt, was er sagen soll, wie er diese Frau von seinem Besucherstuhl kriegt, dieses Problem von der Backe. Ariel kann sich nicht vorstellen, einen Job wie seinen zu machen, sich jeden einzelnen Tag mit den Nöten anderer Leute auseinanderzusetzen.

Seine Partnerin kommt herüber. Santos nickt Ariel zu, dann spricht sie kurz auf Portugiesisch mit Moniz. Er zeigt auf den Laptop, Santos beugt sich vor, und beide sehen sich konzentriert das Video an. Moniz nimmt seine Lesebrille ab, legt sie bedächtig auf den Schreibtisch, schiebt sie hin und her.

»Es tut mir leid«, sagt er. »Ich verstehe, dass Sie sich Sorgen um Ihren Mann machen. Aber dieses Video scheint mir«, er tippt sich mit dem Zeigefinger an die Brust, »kein Beweis für etwas Illegales zu sein.«

»Aber sehen Sie den Schatten?«

»Ja, ich sehe ihn.«

»Vielleicht kann das Video vergrößert werden. Dann könnten wir Details des Autos erkennen.«

»Sie meinen, des Schattens?«

»Gibt es nicht irgendeine Software, die man benutzen könnte, um – ich weiß nicht – die Automarke herauszufinden? Anhand der Form des Schattens?«

Moniz beißt sich auf die Unterlippe, als ob er an dem Gedanken kauen würde. Er wendet sich an seine Partnerin.

»Das ist möglich«, sagt Santos. Sie spricht!

»Okay«, sagt Ariel zu der Frau. »Dann lassen Sie uns das tun.«

Die beiden ringen offenbar mit dem Gedanken, Ariels Vorschlag nachzukommen. Oder vielleicht mit der Frage, wie genau sie ihn ablehnen sollen und wer von ihnen es tun wird.

»Wenn dieser Schatten ein Auto ist, ist es dann nicht möglich, dass Ihr Mann einsteigt, weil dieses Auto ihn zum Büro seines Klienten bringt, wo er jetzt gerade arbeitet?«

Ariel muss sich beherrschen, um nicht mit den Augen zu rollen.

»Ist das nicht eine mögliche Erklärung? Ist das nicht sogar die wahrscheinlichste?«

»Ja, natürlich, das ist *möglich*. Aber sehen Sie: Er trägt weder ein Jackett noch eine Krawatte. Er hat vier Krawatten für drei Tage Geschäftsreise eingepackt. Warum sollte er all diese Krawatten nach Lissabon mitnehmen, wenn er keine davon im Büro trägt, an einem Tag voller Meetings?«

Darauf haben die Polizisten keine Antwort parat.

»Er ist *verschwunden*«, sagt Ariel.

»Mag sein. Aber zu verschwinden, ohne Jackett oder Krawatte zu tragen, ist kein Verbrechen.«

»Aber …« Was kann Ariel sagen? »Ich mache mir Sorgen, dass ihm etwas Schlimmes zugestoßen ist.«

»Etwas Schlimmes«, sagt Moniz. »Was denn Schlimmes?«

Ariel nickt zu dem Rahmen auf seinem Schreibtisch. »Ist das Ihre Tochter?«

Moniz antwortet nicht.

»Was, wenn Sie heute Morgen aufgewacht wären«, fährt Ariel fort, »und Sie sie nicht im Bett, wo sie sein sollte, vorgefunden hätten und sie keine Nachricht hinterlassen hätte und Sie sie nicht erreichen könnten? Was würden Sie tun?«

Moniz antwortet nicht, also wendet sich Ariel an die Frau,

die immer noch steht und sich nicht auf dieses Gespräch einlassen will.

»Bitte«, sagt Ariel. »Können Sie nicht *irgendetwas* tun?« Ariel gefällt das nicht, an diese Frau zu appellieren, es fühlt sich so schwach an, so erniedrigend. Aber es funktioniert. Es funktioniert fast immer. Santos nickt.

»Okay«, sagt Moniz, »bitte lassen Sie uns am Anfang beginnen: Warum ist Ihr Mann in Portugal?«

Leonor schaltet das Licht im Bad aus und wendet ihre Aufmerksamkeit dem Schlafzimmer zu. Das Bettzeug ist ein unordentliches Durcheinander, überall Kissen, die Laken auf dem Boden. Eine wilde Nacht, denkt sie. Und dann ist offenbar der Ehemann verschwunden. Leonor rechnet halb damit, Blut oder Drogen zu finden, irgendwas. Sie traut den Amerikanern nicht.

Bevor sie das Spannbetttuch aufzieht, kniet sie sich hin – der schmerzhafteste Teil ihrer Arbeit – und schaut unter das Bett. Und da sieht sie es.

»Ich sollte den Namen des Klienten kennen«, sagt Ariel noch einmal. »Das ist mir klar. Ich müsste den Namen des Unternehmens kennen, die Adresse, den Namen der Kontaktperson meines Mannes. Ich sollte all diese Informationen haben, oder zumindest einige davon.«

Es klingt schlimm, die vielen Dinge, die Ariel wissen sollte, aber nicht weiß, auf diese Weise aufzulisten.

»Aber als John mir diese Details erzählt hat, habe ich sie nicht aufgeschrieben, und ich kann mich einfach an nichts davon erinnern. Es tut mir leid.«

»Aber er hat Sie darüber informiert?«, fragt Moniz. »Da sind Sie sicher?«

»Natürlich.«

»Wissen Sie, um welche Art von Unternehmen es sich handelt? Vielleicht können wir die Auswahl reduzieren.«

»Produktion.«

»Gut, gut, das ist doch schon mal was.« Moniz schreibt ein Wort auf. »Produktion wovon?«

»Es hat, glaube ich, was mit natürlichen Ressourcen zu tun.«

»Gut. Sehr gut! Der Bergbau ist hier sehr wichtig. Eisen, Zink, Kupfer …«

»Ich glaube nicht, dass es Bergbau war, nein.«

»Fischerei? Weinbau?«

»Dann würde ich mich wahrscheinlich an diese Dinge erinnern, Bergbau oder Fischerei oder Weinbau. Nicht nur an natürliche Ressourcen.«

»Wir haben auch eine sehr große Holzindustrie. Vor allem Kork. Wussten Sie, dass Portugal einer der wichtigsten Korkproduzenten der Welt ist?«

»Das habe ich bemerkt.«

»Also, Kork?«

Ariel macht eine respektvolle Pause, bevor sie mit den Schultern zuckt. Sie möchte nicht den Eindruck erwecken, dass sie Kork und die Bemühungen der beiden ablehnt. Sie versuchen es. Mehr kann sie nicht erwarten.

»Ich glaube«, sagt Ariel, »dass der zuständige Manager Jorge heißt.«

»Jorge, okay. Und sein Nachname?«

Ariel schüttelt den Kopf.

»Okay, auch das ist mehr als nichts. Sonst noch etwas?«

»Jorge – ich bin mir ziemlich sicher, dass er so heißt – ist ein Low-Handicap-Golfer.«

Moniz notiert sich das.

»Wann hat Ihnen Ihr Mann diese Dinge erzählt?«, fragt Santos.

»Vor etwa einem Monat. Als er mich einlud, mit auf die Reise zu kommen.«

»Ein Monat, das ist doch gar nicht so lange her. Warum können Sie sich nicht erinnern?«

»Als John mir diese Details erzählte, hatte ich ein bisschen zu viel getrunken. Normalerweise bin ich sehr vorsichtig.«

Sie wirft einen Blick auf Santos, eine Polizistin, eine Frau, sie braucht keine weitere Erklärung. Ariel kann nicht anders, als sich auch ihre Hand anzusehen und nach einem Ehering zu suchen – sie findet keinen.

»Aber wir waren bei einem großen Essen mit anderen Leuten in einem Restaurant, ein langer Abend, mein Glas wurde ständig nachgefüllt ...« Ariel zuckt mit den Schultern. »Jedenfalls war es auf der Heimfahrt, ich weiß noch, wie ich im Auto saß und froh war, dass ich nicht fahren musste. In dem Moment bombardierte mich John mit Details, die ich nicht aufnehmen konnte. Ich nahm an, dass er mir alles Relevante bestimmt noch mal erzählen würde, sodass es mir nicht so wichtig vorkam, genau aufzupassen. Aber er hat nie wieder davon gesprochen.«

Santos hält Blickkontakt. Ariel spürt, wie sie versucht, diese Geschichte einzuordnen. Schon die ganze Zeit bemühen sich die beiden, sie einzuschätzen, jedes kleinste Detail von ihr. So ist das immer in einer Situation wie dieser, wenn eine Frau ein mögliches Verbrechen anzeigt, in das ein Mann verwickelt ist, mit dem sie intim war. Es geht immer um Glaubwürdigkeit.

»Haben Sie ein Foto von Ihrem Mann?«, fragt Moniz. Es ist klar, dass auch dieses Gespräch zu keinem Ergebnis kommen wird. »Wir können es unseren Kollegen und den Krankenhäusern zur Verfügung stellen.«

Ariel holt ihr Handy hervor und findet das gleiche Pärchen-Selfie, das sie auch den Hotelangestellten gezeigt hat. Moniz betrachtet blinzelnd den Bildschirm, seufzt dramatisch und findet dann seine Brille wieder. Das Problem mit der Lesebrille macht ihm wirklich zu schaffen.

»Vielleicht ein anderes Foto?« Bei dem, das sie angeboten hat, geht es wirklich um die Kulisse, das Panorama der Stadt von hoch oben, eine spektakuläre Aussicht. »Vielleicht eine Nahaufnahme von seinem Gesicht?«

»Ich glaube, ich habe keins.« Ariel scrollt durch ihre Bibliothek, sinnloserweise. Sie weiß, dass es keine anderen gibt. »Ich mache eigentlich keine Fotos von John.«

»Ach nein? Warum denn nicht?«

»Mein Mann mag das nicht, dieses ganze Dokumentieren, das alle so machen. Und ich auch nicht.«

Nichts, nichts und wieder nichts; Hotelpersonal, Polizei, Botschaft. Niemand nimmt Ariel ernst, sie alle sehen nur eine emotionale Frau, irrational, verwirrt, durcheinander, eine Frau, der man nicht glaubt. Wieder und wieder und wieder.

Die Sommersonne blendet, prallt von allen hellen Wänden zurück, von den steinernen Gehwegen, jede Oberfläche scheint hart und reflektierend zu sein, jede Struktur darauf ausgelegt, das Sonnenlicht zurückzuwerfen, das Innere der Gebäude kühl zu halten. So werden die Gehwege zu Freiluftöfen.

Ariel trottet in Richtung ihres Hotels, flüchtet sich auf die schattigen Seiten der Straßen. Der Schweiß rinnt ihr die Schläfen hinunter, ihre Kopfhaut kribbelt, ihre Haut wird immer röter, die Wangen, die Brust.

In der Hitze des späten Nachmittags sind nur Touristen und verzweifelte Menschen unterwegs. Ariel fühlt sich wie beides, eine verzweifelte Touristin, sich zwischen den Eisenpollern hindurchschlängelnd, die die schmalen Straßen von den noch schmaleren Gehwegen trennen. Sie biegt um eine Ecke in eine Gegend ohne jeglichen Schatten, steht nun direkt in der knalligen Sonne, die auf beiden Seiten der Straße auf sie niederbrennt, nirgendwo eine Zuflucht. Es müssen vierzig Grad sein, außerdem schwül und so hell, dass sie sogar mit Sonnenbrille die Augen zusammenkneifen muss. Die Hitze ist wie ein physischer Angriff.

Ariel überlegt, ob sie umdrehen und irgendwo drinnen Schutz suchen soll. Ihr Kopf pocht – die Sonne, die Müdigkeit, die Anspannung, die Sorgen –, und ihr wird bewusst, dass sie vollkommen ausgedörrt ist, sie hat den ganzen Tag außer Kaffee kaum einen Schluck getrunken, sie ist dehydriert, und ihr ist schwindelig …

Sie muss aufhören zu laufen, wenigstens für eine Minute. Sie steht kurz vor dem Zusammenbruch. Sie stützt sich mit einer Hand an der heißen Steinwand ab. Um die Ecke hat sie einen kleinen Laden entdeckt, ein kühler Ort, an dem sie eine Flasche Wasser hinunterstürzen und auf ein Taxi zum

Hotel warten kann, wo sie eine kalte Dusche nehmen, sich hinlegen und noch mehr Wasser trinken wird.

Ja, genau das wird sie tun.

Sie wendet der Sonne den Rücken zu und beginnt in die Richtung zu gehen, aus der sie gekommen ist, langsam, bedächtig, vielleicht wirkt sie wie eine vorsichtige Betrunkene, die auf keinen Fall dabei gesehen werden will, wie sie stolpert, genauso wenig wie sie selbst tatsächlich stolpern möchte. Sonnenstich und Dehydrierung werden so oft ignoriert, und sie …

Moment mal.

Dieser Mann auf der anderen Straßenseite, der in ihre Richtung geht? Den hat Ariel schon einmal gesehen.

Hinter dem Schutz ihrer Sonnenbrille betrachtet sie ihn genau, seine Pilotenbrille, das schlichte blaue Poloshirt, das einen birnenförmigen Oberkörper mittleren Alters umhüllt, die eckigen gummibesohlten Lederschuhe, die unter den zerknitterten Khakihosen wie Baumstümpfe aussehen. Es ist lange her, dass Ariel sich für Mode interessiert hat, und sie hat noch nie besonders darauf geachtet, was Männer tragen. Aber sie zwingt sich, sich auf die untere Hälfte des Outfits dieses Mannes zu konzentrieren, es sich einzuprägen. Die obere Hälfte würde sich leicht ändern lassen.

Sie biegt um die Ecke, außer Sichtweite des Mannes, und sucht dann nach einem Fenster, in dem sich etwas spiegeln könnte, da, die große Glasfläche vor einem Geschenkartikelladen, und – ja! – er bleibt auch stehen und wendet sich in ihre Richtung.

Es ist schwer, seine Gesichtszüge inmitten der Spiegelung der Schaufensterauslage zu erkennen – viele Artikel, viel

Kork –, und der Winkel ist nicht gut, ebenso wenig wie das Licht. Er scheint mit gesenktem Kopf an der Wand zu lehnen und sich ... was? ... anzuschauen. Muss wohl sein Telefon sein, oder er tut so, als ob, einfach irgendein Typ, in sein Handy vertieft. Aber die Umstände verraten ihn: Er steht an einem unsinnigen Ort – heiß, hell, unbequem –, der sich nur dadurch erklärt, dass er in Wirklichkeit etwas anderes tut. Auf Ariels nächsten Schritt warten zum Beispiel.

Sie betrachtet ihn dreißig Sekunden lang, er bewegt sich nicht. Mehr Bestätigung braucht sie nicht.

Ariel tritt in die aggressive Klimaanlage des kleinen Ladens, sie stellt sich in die Kälte und trinkt eine Flasche Wasser, schaut aus dem Fenster. Sie gibt ihre leere Plastikflasche der Kassiererin, kauft eine zweite, geht wieder nach draußen und stellt sich zwischen die Auslagen mit Obst und Gemüse, die die Passanten mit dem leuchtenden Versprechen von Orangen und Pfirsichen, Kirschen und Zitronen locken.

Sie schaut noch einmal auf die Reflektion im überfüllten Fenster: Sie kann ihn nirgends sehen. Sie sucht die echte Straße ab, erst die eine, dann die andere Richtung. Er ist verschwunden. Zumindest für den Moment.

Was soll sie tun? Sie könnte um dieselbe Ecke biegen und versuchen, ihn zu finden, sich selbst beweisen, dass sie verfolgt wird. Aber dann würde sie auch riskieren, selbst leichter verfolgt zu werden.

Oder? Oder sie könnte ihre momentane Freiheit nutzen und ihm entkommen.

Oder sie könnte ihn zur Rede stellen.

Die Antwort hängt wohl davon ab, wer sie überhaupt verfolgt.

Ariel hält die Türklinke fest umklammert. Der Taxifahrer hat das Gaspedal wieder durchgetreten und weicht heftig nach links aus, auf die Gegenfahrbahn, um an der langsamer werdenden Straßenbahn vorbeizufahren, aber ein anderes Auto kommt direkt auf sie zu, er tritt auf die Bremse und reißt das Steuer nach rechts.

»Das war knapp!«, schreit er auf Englisch – er klingt begeistert – und schert wieder hinter der Straßenbahn ein. Als das entgegenkommende Auto vorbeirauscht, macht die Fahrerin eine obszöne Geste. Der Taxifahrer zuckt nur mit den Schultern, als gehöre es zu seinem Job, dass andere Autofahrer wütend auf ihn sind.

Die gelbe Straßenbahn hält, um Fahrgäste auszuspucken, während andere einsteigen. Ariel blickt an diesen Menschen vorbei auf die weiß getünchte Wand eines Gebäudes, eine breite Stuckfläche, an die Plakate geklebt sind, Werbung, die ausschließlich für amerikanische Marken zu sein scheint: eine auffällige Frau in absurder Kleidung; Screenshots von bissigen Kommentaren für eine Social-Media-App; eine Influencerin, die für Kosmetik wirbt. Amerikanische Kultur, amerikanischer Kommerz, amerikanische Lügen, überall.

Ariel bittet darum, auf der anderen Seite des Platzes aussteigen zu dürfen, wo sie heimlich ihr Hotel beobachten kann, bevor sie aus dem Taxi steigt. Sie achtet besonders auf Männer, die allein sind, macht eine sorgfältige Bestandsaufnahme, während sie den Platz überquert, und entflieht dann der Hitze in die Stille des Hotels, gedämpftes Licht, kühle Fliesen. Sie fährt mit dem kleinen Aufzug, dessen Mechanik hörbar ist, eine Maschinerie, die versteckt ist, aber nicht geheim, nicht mysteriös.

In ihrem Alltag zu Hause benutzt sie den Fahrstuhl nur im Krankenhaus, mit dem sie eine unwillkommene Vertrautheit hat. Manche Menschen waren noch nie im Krankenhaus, wissen kaum, wo es ist. Ariel wünschte, sie wäre eine von ihnen, glückselig unwissend.

George war eine Frühgeburt gewesen und hatte fünf schreckliche Wochen auf der Neugeborenen-Intensivstation verbracht. Es dauerte Jahre, bis der Junge seinen Entwicklungsrückstand aufgeholt hatte. Seine gesamte Kindheit war geprägt von Tests und Behandlungen, Ärztinnen und Kliniken, Spezialistinnen und Therapeuten – für Beschäftigung, Bewegung und Sprache. Ihr Kind war zehn Jahre alt, bevor Ariel sich vorstellen konnte, dass es mal unter dem Dach eines anderen Menschen schlafen würde. Selbst das Haus seines besten Freundes am Ende der Straße schien ihr zu weit entfernt, eine Minute Autofahrt, die Ariel auch in fünf Minuten rennen könnte, wenn es nötig wäre.

Ihr Sohn war einer der Gründe, warum sie das Gefühl hatte, in höchster Alarmbereitschaft zu leben und darauf zu warten, dass irgendetwas Schlimmes passierte. Noch etwas.

Kapitel 8

»Hallo?« Der Anruf kommt vom Festnetz ihres Buchladens. Bestimmt gibt's ein Problem.

»Hey! Hier ist Persephone.«

»Hi, P. Was ist passiert?«

»Passiert? Nichts. Ich rufe an, um dir die Wochenendzahlen durchzugeben, wie du mich gebeten hast.«

Ariel hatte in letzter Minute eine Reihe von Anweisungen gegeben, bevor sie den Laden in der Obhut ihrer Angestellten ließ, einem bunt zusammengewürfelten Haufen von Schülern in Teilzeit und ein paar Studentinnen, plus Persephone in Vollzeit, die eigentlich Ember heißt.

»Ich *verabscheue* den Namen Ember.« Das ist der Name, der auf den Gehaltsschecks der jungen Frau steht, auf ihren Papieren, ihrem Führerschein; sie hat noch nicht die Überzeugung aufgebracht, die rechtliche Änderung vorzunehmen. »Ich meine, hallo? Gibt es den Namen überhaupt? Meine Eltern sind einfach Idioten.«

Persephone hatte wahrscheinlich recht, zumindest was ihre Mutter betraf. Erst vor ein paar Monaten hatte Ariel gesehen, wie sie in einem »Leben auf der Aperolspur«-T-Shirt vor einer entgeisterten Richterin gestanden und versucht hatte, ihren Verstoß gegen die Straßenverkehrsordnung zu rechtfertigen. Diese Frau wusste, als sie sich angezogen hat, dass sie gleich vor Gericht stehen würde.

»Als ob sie versucht hätten, mich Amber zu nennen, – is safe auch 'n ziemlich dummer, halb trashiger Stripperinnen-Name – aber irgendwie, keine Ahnung, haben sie es wohl nicht geschafft. Sie haben Amber ernsthaft *falsch geschrieben*.«

»Aber es ist doch eigentlich eine nette Idee, oder?«, meinte Ariel. »Ember? Heißt das nicht Funken?«

»Nein, eigentlich nicht. So nennt man einen heißen, rußigen Klumpen, der übrig bleibt, nachdem das Feuer aus ist. Ember bedeutet ›gefährliches Stück Müll‹.«

Ariel war da durchaus ihrer Meinung, aber es wäre unhöflich, sich darüber auszulassen, besonders während des Vorstellungsgesprächs, wo Ariel und Persephone sich noch nicht kannten. Außerdem wollte sie sich nicht auf eine Diskussion über die von der jungen Frau gewählte Alternative einlassen.

»Per-se-pho-ne«, wiederholt sie immer wieder langsam, sichtlich verärgert und vielleicht auch überrascht, dass nicht mehr Menschen sich in der griechischen Mythologie auskennen. »Sie wissen schon, Königin der Unterwelt?«

»Per-wie?«, fragen die Leute ständig, und Persephone verdreht unweigerlich die Augen.

»Per-se-pho-*ne*.« Sie schafft es, diese letzte Silbe mit all ihrer Enttäuschung und ihrem Frust zu füllen. Es wird ein langes, hartes Leben werden.

Aber wer war Ariel, dass sie die Fantasien anderer Menschen über sich selbst anzweifelte? Den Wunsch, sich neu zu erfinden? Ariel verurteilt sicher keine Person dafür, dass sie ihren Namen ändert, versucht, anders zu werden, als ihre Eltern es für sie ausgesucht haben. Ariel hat genau das Gleiche getan.

Ihren letzten halben Tag im Laden, bevor sie sich auf den Weg zum Flughafen machte, verbrachte sie in ziemlicher Hektik im Büro-Lager-Pausenraum im Keller, einem Zimmer mit niedrigen Decken, ohne Fenster und mit klaustrophobischer Atmosphäre. Ariel hatte Jahre gebraucht, um sich daran zu gewöhnen – mithilfe von Zimmerpflanzen unter Wachstumslampen und Werbeplakaten für Bücher, die sie an die Wände genagelt hatte.

Nach der Mittagspause kam sie endlich nach oben, einen Stapel schwerer Kochbücher im Arm, um die Regale wieder aufzufüllen. Persephone saß hinter der Kasse und war in einen postapokalyptischen Fantasyroman vertieft, ein Genre, das irgendwie mit ihren oft erwähnten Kursen an der Uni zu tun hatte, jenen goldenen Zeiten, als noch alles möglich war und ihre Zukunft rosig. Aber Persephone begann zu ahnen, dass es sich dabei um ein falsches Leuchten am Horizont handelte, nicht um die aufgehende Sonne eines strahlenden neuen Tages, sondern nur um die Überreste eines sterbenden Lagerfeuers aus überverkauften, überteuerten, unterschätzten Bildungsergebnissen, die sich auf dem Arbeitsmarkt als nahezu bedeutungslos erwiesen, und das nach zwanzig Jahren Vollzeitschule, durchsetzt mit stundenweisen Jobs im Einzelhandel, dem Zusammenlegen von Hemden und dem Drücken von Knöpfen an Registrierkassen.

Aus diesem Grund hatte Ariel die junge Frau eingestellt. Nicht wegen ihres enzyklopädischen Wissens über fast alles, vor allem über Genreliteratur, was sich als enormer Vorteil für den Buchhandel erwies, sondern weil Ariel die schreckliche Last der weltzerstörenden Desillusionierung erkannte. Sie wollte helfen, sie zu lindern.

Die Klingel hinten an der Tür bimmelte. Persephone sagte automatisch, aber fröhlich »Willkommen«, als zwei Frauen hereinstoben und die Tür weit offen ließen trotz des sorgfältig handgemalten Schildes mit der Aufforderung »Klimaanlage ist an! – Bitte Tür schließen – Danke!«

»Arschlöcher«, murmelte Ariel und drückte die Tür mit der Hüfte zu.

Die Frauen schienen über die Vorzüge verschiedener Safariziele zu diskutieren – »Ja, schon, *Gorillas*, aber andererseits, na ja, *Uganda*« –, eine der beiden sagte etwas darüber, kommerziell nach Afrika zu fliegen, was Ariel nicht ganz verstand, und dann war es plötzlich still. Die Frauen hatten aufgehört zu reden. Die unnatürliche Unterbrechung ließ Ariel aufblicken.

»Oh. Mein. *Gott*.« Eine der Frauen starrte Ariel an. »Laurel?«

Als Ariel die Stadt verlassen hatte, verschwand sie nicht still und heimlich, sondern schlug donnernd alle Türen hinter sich zu und brannte auf dem Weg raus die Brücke hinter sich ab – verdammt, sie jagte sie in die Luft. Eine Zeit lang blieb sie mit einer winzigen Handvoll Menschen in Kontakt; innerhalb weniger Monate schrumpften die, bis niemand übrig war. Jetzt, anderthalb Jahrzehnte später, kam eine der letzten dieser Freundinnen auf Ariel zu, den Mund vor Staunen aufgerissen, die Arme weit ausgebreitet, geschmückt mit einer Zwanzigtausend-Dollar-Handtasche, einem riesigen Verlobungsdiamanten und einem diamantbesetzten Ehering sowie einer perfekten Maniküre; das ganze Leben dieser Frau war an ihrem Handdekor abzulesen.

Diese Art von Begegnung war Ariel davor schon ein paarmal fast passiert. An einem Marktstand, wo ein Master-of-the-Universe-Typ aus seinem Panzer von einem SUV kletterte und einen Fünfziger aus seiner Geldklammer zog, um damit ein paar Maiskolben zu kaufen; er meinte, in Ariel ihr altes Ich zu erkennen, aber sie stritt es ab und floh in ihrem ramponierten Pick-up. In der Oyster Bar, vor der Leute aus den teuren Vierteln mit dem Boot anlegen können, ein rustikales Abenteuer, entdeckte Ariel das ihr von früher bekannte Pärchen zuerst – sie hält immer Ausschau nach solchen Leuten, während diese nicht im Entferntesten an sie denken –, und so wich sie jeder Interaktion aus.

Ihre Stadt ist kein Ort, wo reiche Leute leben oder Wochenendhäuser besitzen. Es gibt ein paar typische Kleinstadt-Wohlhabende – Geschäftsleute, Berufssportler, hohe Tiere in Rente, man erkennt sie an ihren S-Klassen, ihren Rolexuhren, an den Thigh Gaps der Hausfrauenmütter, wie überall. Aber keine Berühmtheiten, keine Megajachten, keine Privatjets, keine Milliardäre. Keine Menschen wie diese Frau hier.

»Ist. Das. Lange. Her. Mein *Gott*!«

Luftküsse auf beide Wangen. Ariel hielt immer noch den Stapel schwerer Bücher, konnte sie nicht wirklich umarmen und versuchte, das mit einem Achselzucken anzudeuten. Sie warf einen Blick zu Persephone, um zu sehen, ob sie mitbekommen hatte, wie diese Kundin ihren alten Namen benutzt hatte. O ja, das hatte sie.

Niemand in dieser Stadt küsst auf beide Wangen, absolut niemand. Ariel hatte das einmal ganz selbstverständlich getan, damals, als sie noch jemand anderes war und sich mit

Doppel-Luftküssen durchs Leben schlug. Es gibt Schlimmeres.

»Wie *geht* es dir?«

»Mir geht's gut, Tory. Wie geht es *dir*?«

»Fantastisch!«

Eine Zeit lang hatte Ariel Tory Wasserman ständig getroffen, in den wenigen Jahren, als Ariel Pryce Laurel Turner hieß. Die beiden Frauen verkehrten in denselben Kreisen in derselben Gegend, auf denselben Privatclub-Mittagessen und Smoking-Benefizveranstaltungen, folgten denselben Fitnesstrends, wechselten von Kickboxen zu Spinning zu Pilates zu Yoga, tauschten Outfits, Accessoires und Trainer aus, der Rhythmus ihrer Tage war von Selbstfürsorge geprägt, Horden von Frauen fuhren in Taxis und Limousinen durch die Gegend – das war, bevor alle nur noch Uber-Fahrdienste nutzten –, zwischen Gym und Studio und Friseur und Schule und den sehr seltenen Besuchen eines Lebensmittelgeschäfts hin und her. In ihren Haushalten wurde das meiste Essen von Angestellten durch den Dienstboteneingang hereingetragen.

Tory hatte früher in der Modewerbung gearbeitet, aber aufgehört, als die Planung ihrer Hochzeit zu einem Vollzeitjob wurde. Zu dieser Zeit engagierte sie auch einen Friseur, der ihr regelmäßig das Haar für den Abend machte.

»Ich bezahle für drei Termine pro Woche, obwohl ich manchmal nur zwei wahrnehme, wenn ich, na ja, einfach nur zu Hause entspannen will. Um mich wieder zu zentrieren. Aber ich zahle immer für alle drei Termine, sozusagen pauschal.«

Dies wurde erklärt, während sie in einem Museumscafé

an einem Salat für vierunddreißig Dollar knabberte. Die anderen Vollzeit-Hausfrauen am Tisch nickten zustimmend, was für eine großartige Idee! Sie waren neidisch, dass sie nicht selbst darauf gekommen waren, diesen Punkt nicht ergattert hatten im Wettbewerbssport des Geldausgebens, wer spielt cleverer, origineller, eindrucksvoller? Bentley-Golfcarts, Antarktis-Expeditionen, Ölgemälde der alten Meister, Fußbodenheizung. Immer in dem Versuch, dem perfekten Leben noch näherzukommen, und erstaunt und enttäuscht darüber, dass man es offenbar nicht kaufen kann.

Tory sah sich nun in der Buchhandlung um, auf der Suche nach Hinweisen für Ariels Rolle hier. Auf Torys Handy war bereits eine Social-Media-App geöffnet, offensichtlich war sie zu einer Frau geworden, die immer bereit ist, etwas zu posten, sich in Szene zu setzen, die Augenbrauen zu wölben und ihr Haar zu zerzausen, etwas laut zu verkünden und noch lauter zu lachen, eine nicht enden wollende Werbekampagne für sie selbst: posieren, scrollen, bearbeiten, posten, andere Beiträge bewerten, kommentieren und bewundern, in Bestätigungen schwelgen und erwidern – O MEIN GOTT BIST DU HÜBSCH ICH KANN GAR NICHT – und dabei die ganze Zeit Taylor Swift oder Lizzo oder vielleicht Adele hören, die alle dasselbe raten: Liebe dich selbst, das ist es, was wirklich zählt. Aber das wusstest du ja schon, oder? Tory wusste es auf jeden Fall.

Es gab eine Zeit, wo Ariel Torys dreiste Art bewundert hatte, diese schamlose Selbstbestätigung, Selbstdarstellung. Sie fand die Bereitschaft ihrer Freundin toll, unattraktiv zu sein bei ihrer Suche danach, attraktiv zu werden. Ariel hatte das nie hingekriegt, konnte nicht so sein. Das war einer der

Gründe, warum sie keine erfolgreiche Schauspielerin geworden ist; sie hatte das an sich selbst nicht gemocht – bis es irgendwann etwas wurde, auf das sie stolz war.

»O mein Gott, also *arbeitest* du etwa hier?«, fragte Tory mit leiser, verschwörerischer Stimme.

Ariel verspürte den Drang zu antworten: *Ich bin die Besitzerin*, überlegte es sich dann aber anders. »Ja, ich arbeite hier.«

Torys Gesicht war erfüllt von der unverkennbaren Freude über das Unglück von jemand anderem. Eine *Arbeit.*

»Das ist ja, ähm, *fantastisch.*« Das von einer Frau, die dreißigtausend Dollar pro Jahr *für ihr Haar* ausgab. Tory deutete auf ihre Begleiterin. »Erinnerst du dich an meine Cousine Madison? Wir sind beide gerade in East.«

Das hieß, dass sowohl Tory als auch Madison ihre Sommer in East Hampton verbrachten.

»Wohnst du hier in der Nähe?«, fragte Tory. »Bist du hierhergezogen, als du die Stadt verlassen hast?«

Ariel antwortete mit nichts als einem Lächeln. Sie wollte weder bestätigen noch verneinen, sie wollte keine Erklärungen abgeben, sie wollte sich nicht dafür entschuldigen, dass sie Torys Anrufe nicht beantwortet hatte, dass sie wie vom Erdboden verschluckt war. Es hatte definitiv eine Zeit gegeben, in der Tory die einzige Person gewesen wäre, der sie sich anvertraut hätte, aber Ariel hatte ihre ganze Situation noch nie einer ihrer alten Freundinnen erklärt, und sie konnte hier und jetzt nicht damit anfangen.

Die Türglocke klingelte erneut, und ein kantiger Mann kam herein, der ein Golfshirt unter einer Fleeceweste trug, auf deren Brust das Logo der Aktiengesellschaft EXCALIBUR CAPITAL prangte, dazu trug er eine karmesinrote

Harvard-Baseballkappe und eine große, funkelnde Armbanduhr. So sorgte er dafür, dass jeder auf einen Blick sehen konnte, wer er war – ein megaerfolgreicher Finanzbro. Draußen waren über dreißig Grad; der Kerl hatte sich seiner Weste wirklich verschrieben.

»Laurel, erinnerst du dich an meinen Mann Slade?«

Natürlich erinnerte sich Ariel, an Slade Wasserman konnte man sich gar nicht nicht erinnern, ein Arschloch ersten Ranges, der Bosheit versprühte wie ein Rasensprenger und alles mit seiner toxischen Männlichkeit durchtränkte.

»Hi, Slade«, sagte Ariel. Vor fünfzehn Jahren war Ariels erster Ehemann Bucky einer der Ersten gewesen, der den Look mit der Weste über dem Hemd eingeführt hatte. Jetzt ist es praktisch eine Uniform für alle Männer, die der kapitalistischen Religion anhängen.

»Oh, hey«, sagte er und schaffte es, durch Tonfall und Körpersprache völliges Desinteresse an Ariel zu vermitteln. Darin lag fast schon eine gewisse Schönheit.

»Wo sind meine Babys?«, fragte Tory.

»Sie kaufen sich ein Eis.«

»Eis.« Tory schaute auf ihre Uhr, die wie die von Slade ein goldenes Monstrum war. Eine Ausführung für Sie, eine für Ihn. »Um vier Uhr nachmittags.«

»Was? Gibt's ein Problem, Babe?«

»Es ist *eine Stunde* vor ihrem, na ja, Abendessen.«

Slade zuckte mit den Schultern, was scherte ihn das. Slades Kernkompetenz war die Bereitstellung von Finanzmitteln, nicht die Essenszeiten von Kindern.

Ariel müsste sich jetzt nach Torys Nachwuchs erkundigen, das gebot die Höflichkeit. Aber sie konnte es einfach nicht ertragen. Sie konnte nicht fragen, was ihre alte Freundin so machte, warum sie sich hier befand, so weit weg von ihrer Blase der High-End-Sommerfrische. Ariel befürchtete, dass sie, wenn sie anfing, Fragen zu stellen, gezwungen sein würde, selbst welche zu beantworten.

Madison hatte nicht einmal so getan, als würde sie nach Büchern stöbern, bevor sie Persephone an den Cafétresen rief.

»Ich nehme einen koffeinfreien Mandel-Latte.« Madison bestellte, während sie die Kamera ihres Handys als Spiegel benutzte und ihr Gesicht erst in die eine, dann in die andere Richtung neigte. Ariel erinnerte sich an diese Frau, die immer wieder Gründe fand, sich selbst zu betrachten, Lippenstift und Wimperntusche aufzutragen, mit Schmollmund in den Spiegel zu schauen, ihr Haar zu zerzausen, sie war eine Person, die einfach überall eine Bürste herausholte und sich nicht nur bei jeder Gelegenheit kämmte, sondern auch Gelegenheiten erfand, wo es gar keine gab, wann immer sie dreißig Sekunden Zeit hatte – im Auto, beim Warten auf einen Sitzplatz im Restaurant oder an der Kasse.

»Tut mir leid«, sagte Persephone, »wir haben keine Mandelmilch.«

»Ernsthaft?« Madison unterbrach ihre Selbstbewunderung und blickte auf. Ariel zuckte zusammen; sie hatte immer genau das Gleiche bestellt und wäre früher genauso enttäuscht gewesen.

Tory eilte herbei. »O mein Gott, wie süß ist das denn?« Sie hielt eine handkolorierte Grußkarte mit einer vorhersehbaren maritimen Szene hoch.

»So was von süß!«

Der Laden machte ein gutes Geschäft mit Banalitäten.

»Möchten Sie lieber Vollmilch oder fettarme?«

»*Kuhmilch*?« Madison war entsetzt – eine Frau, der eine Handtasche aus Alligatorenhaut am Arm baumelte.

Ariel fühlte sich, als würde sie eine andere Spezies beobachten, in einer Simulation ihres natürlichen Lebensraums – ein Zoo oder ein Diorama im Naturkundemuseum. Auf der kleinen Messingtafel würde HOMO OBSCENICUS, NORD-AMERIKA, 21. JAHRHUNDERT stehen. Und doch konnte Ariel es nicht leugnen: Sie war eine dieser Bestien gewesen.

Auf Torys »Lass uns mal zusammen Mittag essen!« antwortete sie mit »Auf jeden Fall«, obwohl sie nicht die geringste Absicht dazu hatte. Ariel war kein Mitglied des Stammes mehr, und alle wussten das, aber trotzdem sagte man so was.

»Es ist so schön, dich zu sehen«, rief Tory. »So schön.«

»Dich auch«, stimmte Ariel zu und war überrascht, dass es die Wahrheit war. Es tat gut, eine alte Freundin zu sehen, und sie verspürte den Drang nach einem echten Austausch; sie wusste aber auch, dass dieser Drang höchstwahrscheinlich vergehen würde.

Die Wassermans und ihr Madison-Sidekick gingen mit einem Schwall von Luftküssen und schrillem Gelächter und hinterließen einen Hauch von Hermès, Botox und drohender Gentrifizierung. Es hatte schon andere Anzeichen für Veränderungen im Ort gegeben, darunter die tätowierte Frau aus Brooklyn, die den Buchladen kaufen wollte, was Ariel zunächst lächerlich, dann aber faszinierend fand. Die Dinge änderten sich, und Ariel war sich nicht sicher, ob sie an dem, was als Nächstes kam, teilhaben wollte. Erst waren es die Aussteiger, die die Nase voll hatten vom Hamsterrad und von Kompost und Mulch redeten, dann die Hipster, und kaum dass man sich versah, würde die SUV-Brigade anrücken. Von denen war sie auch mal eine gewesen.

»Ich weiß, dass eine Menge Leute hier auftauchen, Land kaufen und über Bioanbau und alte Sorten reden.« Das hatte Ariel vor zwölf Jahren gesagt, bei ihrem ersten Gespräch mit Pedro. Er hatte dieselben Felder für den vorherigen Landbesitzer bewirtschaftet, Kartoffeln, etwas Mais, Tomaten und Rosenkohl.

Pedro hatte genickt, den Strohhut in der Hand. »Ja.« Seine Pacht deckte die Steuern, aber nicht viel mehr. Niemand wurde reich hier, indem er achtzig Hektar bewirtschaftete.

An diesem Punkt in ihrem Leben hatte Ariel viele ihrer Ideale aufgegeben. Sie hatten ihr einen Dreck genützt. Sie hatte noch viele Schlachten zu schlagen, und ökologische Landwirtschaft war nicht das Feld, auf dem sie sterben würde.

»Ich nicht«, hatte sie gesagt. »Tu, was immer du tun musst.«

Ariel schaut aus dem Fenster des Hotelzimmers und sucht die Straße und den Platz nach dem Mann ab, der ihr gefolgt ist. Sie kann ihn nicht sehen.

»Persephone, war dieses Wochenende jemand Seltsames im Laden?«

»Seltsam? Wie meinst du das?«

»Hat jemand nach mir gesucht? Oder nach mir gefragt?«

»Nee, ich glaube nicht. Warum?«

»Wenn das jemand tut, schreib es bitte auf und sag mir Bescheid.«

»Wie jetzt, aufschreiben, was denn genau?«

»Tag und Uhrzeit, wie die Person aussieht und was sie sagt.«

»Hat das was mit diesen Frauen zu tun, die am Freitag im Laden waren?«

»Was? Nein.«

»Und sagst du mir vielleicht auch mal, worum es dann geht?«

»P., es tut mir leid, aber kannst du das bitte einfach für mich tun? Ich habe keine Zeit, dir das jetzt zu erklären.«

Persephone ist ungeheuer neugierig, sie stellt ständig Fragen und denkt, dass sie ein Recht auf Antworten hat. Ariel kann ihr das nicht wirklich verübeln. Persephone ist in einer Post-Privatsphäre-Zeit aufgewachsen, in der es keine Grenzen mehr gab, auch nicht, wenn es um die Leichen im Keller anderer Leute ging; vielleicht gerade dann nicht. Ariel ertappt die junge Frau regelmäßig dabei, wie sie sich Dokumente ansieht, die sie nicht betreffen, und Fragen zu Dingen stellt, die sie eigentlich nichts angehen. Sie ist hartnäckig inquisitorisch. Das hat Ariel anfangs gestört, aber den Charakter anderer Menschen hat sie schließlich nicht in der Hand. Also akzeptiert Ariel, dass Persephone neugierig ist, und kontrolliert dafür genau, welche Dinge ihre Angestellte finden kann.

Alles andere bewahrt Ariel in einem Safe unter dem Schreibtisch auf. Der Tresor ist nicht versteckt. Wenn jemand einbricht und nach Wertsachen sucht, will sie nicht, dass er den ganzen verdammten Laden durchwühlt. Und wenn die Diebe tatsächlich in der Lage sind, einen Safe zu knacken, hilft es auch nicht, ihn zu verstecken. Wer einen

Safe knacken kann, wird nicht nach den Belegen der Tages-einnahmen suchen.

Auch darauf ist Ariel vorbereitet.

Inmitten des letzten Freitagnachmittag-Wirrwarrs aus An-weisungen, Fragen und kleinen Panikattacken wegen des be-vorstehenden langen Feiertagswochenendes fiel Ariels Blick auf das Schaufenster, hinter dem ein riesiger Pick-up sich mit dem Versuch, parallel am Straßenrand zu parken, ab-mühte. In den letzten Jahren hatte sich dieser steroidale Autotyp zum beliebtesten Fahrzeug der Stadt entwickelt. Es scheint, als ob jeder aggressive Drängler, jeder fiese Ab-schneider, jeder ungeduldige Rotlichtsünder jetzt hinter dem Steuer eines solchen Monstertrucks sitzt, sich hinter ihr auf-bauend, ihr mit den Scheinwerfern in die Augen leuchtend, alle anderen Verkehrsteilnehmer mit seinen Fahrwerkserhö-hungen, überdimensionierten Rädern und Nachschalldämp-fern bedrohte, mit seinen Turbo-Schriftzügen an den Seiten. Welcher Turbo war hier gemeint, für wen und warum?

Alles an diesem Fahrzeug sah nach Schulhofschläger aus, sogar die Stoßstangenaufkleber – die grimmige Visage der New England Patriots als implizite Aufforderung: BLUE LIVES MATTER; der bizarre bewaffnete Adler der NRA, die gekreuzten Stöcke der Lacrosse-Mannschaft, bei der der Fahrer, wie Ariel wusste, Trainer war. Er war auch bei der Freiwilligen Feuerwehr und Schatzmeister eines Angel- und Schützenvereins. Dieser Mann war, wie man so schön sagt, in der Gemeinde aktiv. Er gab etwas zurück. Er war ein so-genannter Patriot, das wusste man, weil er das sagte, so hieß sogar sein Lieblingsfootballteam.

Man hatte den Krieg der Kulturen direkt vor Augen, Stoßstange gegen Stoßstange, auf jeder Straße in Amerika.

Er kletterte vom Fahrersitz, die menschliche Verkörperung seines überdimensionalen Autos, in ein riesiges Zelt aus T-Shirt und Basketballshorts gehüllt, die ihm bis zu den Knien reichten, dazu Plastiklatschen, von Kopf bis Fuß für eine Umkleidekabine angezogen, obwohl er sich ganz offensichtlich nicht körperlich betätigte. Sportkleidung war die falsche Bezeichnung für diese Art von Outfit; Kleidung für Unsportliche. Er hatte eine lange Narbe auf der Wange und einen ungepflegten Bart, den er sich hatte wachsen lassen, um sie zu verbergen. Ariel wusste, dass er sich geweigert hatte, in die Notaufnahme zu fahren, weil er die Ursache für die Wunde nicht erklären wollte. Dann lieber eine Narbe. Wie jede Narbe, eine ständige Erinnerung an etwas, das schiefgelaufen war.

Ariels Stoßstangen sind nicht verziert.

Sein Blick begegnete Ariels, über die Kluft des Schaufensters, der Straße, über so viele Grenzen hinweg. Ariel verzog keine Miene – kein Lächeln, kein Nicken, nichts als ein intensives, feindseliges Starren.

Er wandte sich ab und betrat das, was die Sommergäste als Weinhandlung bezeichneten, die Einheimischen aber als Schnapsladen. Die Buchhandlung hatte er nie, nicht ein einziges Mal, betreten.

»Brauchst du noch etwas, bevor ich gehe?«, fragte Ariel Persephone.

»Nö. Ich wünsch' dir 'n super Urlaub.«

Die junge Frau klang aufrichtig, obwohl das immer schwer zu sagen war. Der Defekt ihrer Generation war Ironie, dicht gefolgt von Mehrdeutigkeit; fast jede Äußerung wurde durch »irgendwie« oder »sozusagen« abgemildert, eine ständige Absicherung gegen jeden erkennbaren Überschuss von Ernsthaftigkeit.

»Danke«, sagte Ariel. »Ich werde es versuchen.« Es war schon lange her, dass sie Urlaub gemacht hatte. In den ersten Jahren nach Georges Geburt hatte sie eine Heidenangst vor dem Reisen gehabt. Mit einem Säugling, mit einem Baby, einem Kleinkind – mit jeder Version eines Kindes im Vorschulalter – die Wutanfälle, der unberechenbare Schlaf, die Unruhe, es gab so viele potenzielle Nachteile. Außerdem wollte Ariel bei Georges Gesundheitsproblemen nie, dass er zu weit von seinen Ärzten entfernt war, nicht abweichen von dem ausgetretenen Pfad zwischen Praxis, Notaufnahme, Spezialisten in dem Kleinstadtkrankenhaus, wo alle sie und ihren Sohn kannten. Es war eine seltsame Art von Vertrautheit, die sie mit dem Krankenhaus verband, eine, von der sie wünschte, sie hätte sie nicht.

Und der Hund – aus dem später zwei wurden –, diese großen Augen, die sie anstarrten: Was soll das heißen, du gehst? Warum solltest du das tun?

Und hinzu kommen noch die ewigen Sorgen, die du hast, wenn du in einem alten Haus an einer einsamen Landstraße wohnst. Du weißt nie, wann die Heizung ausfällt, das Dach undicht wird oder ein Rohr platzt, und niemand wird es merken, bis das Haus komplett zerstört ist. Hurrikans, Schneestürme, Wühlmausbefall, umgestürzte Stromleitungen – der Ort ist nie sicher. Und dann noch das Buchladen-Café, das nicht nur mit denselben potenziellen physischen Katastrophen konfrontiert ist, sondern auch mit einem

Sammelsurium von Kleinunternehmensproblemen – abwesende, verärgerte oder unzuverlässige Angestellte, Gesundheitskontrollen, Genehmigungsverlängerungen, Lieferverzögerungen, Lohn- und Buchhaltungsaufgaben, Meinungsverschiedenheiten bei der Kundenbetreuung, Steuerrechnungen und Verkaufsanrufe sowie Webinare über Bestandsverwaltungssoftware.

Es ist nicht leicht, dieses ganze Leben hinter sich zu lassen, und sei es auch nur für ein paar Tage, ihr Kind, ihr Haus, ihren Laden, ihre Farm und sogar ihren schrottreifen alten Wagen, der in der heißen Sonne eines Langzeitparkplatzes am Flughafen schmort, während ihre an Inkompetenz grenzende Mutter das Haus hütet. Dutzende verschiedener negativer Konsequenzen, über die sich Ariel Gedanken machen muss.

Aber in all den Jahren mit all diesen Sorgen hat sie sich bis jetzt noch nie mit diesem besonderen Albtraum auseinandergesetzt: Ihr Mann ist in einem fremden Land verschwunden.

Kapitel 9

Klopf, klopf.

Ariels Körper krampft sich zusammen. Was jetzt?

»Wer ist da?«

»Senhora Wright? Hier ist Duarte von der Rezeption.«
Ariel öffnet die Tür.

»Ja?«

»Verzeihen Sie, dass ich störe. Aber ich glaube, das Sie
wollen wissen.«

»Ja? Was?«

»Wir etwas haben gefunden.«

Können Herzen eigentlich wirklich einen Schlag ausset-
zen? Ariels fühlt sich so an.

»Wir haben anrufen versucht, aber nur kennen Telefonnummer von Ihrem Mann, nicht Ihre. Und Ihr Mann, er ist
nicht …«

»Worum geht es? Was haben Sie gefunden?«

»Hier.« Der junge Mann kramt in seiner Tasche und holt
ein Stück Papier hervor. »Leonor, sie putzt Ihr Zimmer und
sie hat gefunden dies unter dem Bett …«

Nicole Griffiths hat gerade angefangen, ihre Sachen für
heute zusammenzupacken, da steht schon wieder Saxby
Barnes in der Tür und wartet darauf, dass sie ihn bemerkt.

»Hey, Barnes.« Sie wird ihn nicht fragen, warum er hier

ist. Was auch immer er will, er wird das Fragen übernehmen müssen.

»Haben Sie das Handy des Gentleman gefunden?«

»Ja.«

Griffiths schließt eine Anwendung nach der anderen und achtet wie immer sorgfältig darauf, dass alle Programme auch wirklich beendet sind. Heutzutage weiß man nie, was sich als Hintertür für einen Angriff entpuppt. Hacker sind sehr geschickt darin geworden, sich in die Privatsphäre anderer Menschen einzuschleichen.

»Gibt es schon etwas, das Sie mir mitteilen können?«

»Noch nicht.« Sie schließt ihren Schreibtisch ab und steht auf.

»Wo war denn das Telefon?«

Griffiths blickt auf ihre Uhr. »Hören Sie, Barnes, ich muss los.«

Sie muss nach Hause, duschen, sich umziehen und in die Stadt zu ihrem Date mit Pietro fahren, und sie will nicht zu spät kommen.

»Aber Sie sagen mir Bescheid, wenn Sie etwas finden?«, fragt Barnes.

Griffiths will ihren Quasi-Kollegen nicht aktiv anlügen, das wäre schlechter Stil. Aber was auch immer das Problem mit dem verschwundenen Geschäftsmann ist, Saxby Barnes wird wahrscheinlich nicht Teil der Lösung sein. Vor allem nicht, wenn sich herausstellt, dass es in irgendeiner Weise mit der nationalen Sicherheit zu tun hat. Was höchst zweifelhaft ist, aber nicht unmöglich. Unmöglich ist es nie. Deshalb ist Griffiths bereit, sich an einem Fall zu beteiligen, der auf den ersten Blick wie ein gewöhnliches Verbrechen, ein Unfall oder ein eheliches Missverständnis aussieht. All diese Schlamassel dürfte Barnes ihretwegen nun zu gern entwirren.

Griffiths lächelt. Es ist ihr angespanntestes, kältestes, unaufrichtigstes Lächeln, aber besser als nichts. Sie überlässt es Barnes herauszufinden, was es bedeutet, er wird es sicher falsch verstehen.

»Sehen Sie.«

Ariel steht neben dem Tisch, an dem die Polizisten vor ihrem Eintopf sitzen. Sie selbst hat seit – wie lange? – zwanzig Stunden kaum einen Bissen gegessen. Sie ist am Verhungern.

»Bitte«, sagt die Frau, Santos, und deutet auf einen leeren Stuhl.

Als Ariel vor ein paar Minuten Kommissar Moniz anrief, teilte er ihr nach einer längeren Pause mit, wo sie zu finden seien. »Kein Problem«, sagte er, klang aber, als ob er das Gegenteil meinte.

Jetzt liest er den Zettel. »Das ist die Handschrift Ihres Mannes?«

»Ja.«

Santos reißt Moniz das Papier aus der Hand, der ihr einen feindseligen Blick zuwirft, dann wendet er sich wieder Ariel zu. »Sind Sie sicher?«

Sie ist es nicht. Ariel und John tauschen nicht viel Handschriftliches aus.

»Eigentlich nicht, ich bin nicht ganz sicher. Aber ich glaube schon. Eine Angestellte hat den Zettel unter unserem Bett gefunden, als sie das Zimmer geputzt hat. Ich glaube, John muss ihn neben mich gelegt haben, während ich schlief, und dann hab ich vielleicht die Bettdecke aufgeschlagen.«

Moniz bemerkt, dass Ariel sein Essen beäugt, und schiebt ihr den Brotkorb zu. »Können wir Ihnen etwas anbieten, Senhora? Haben Sie schon gegessen?«

Ariel schüttelt den Kopf, wobei ihr selbst nicht ganz klar ist, welche Frage sie verneint. Moniz beschließt, dass es Letztere war. Er schaut über die Schulter, fängt den Blick des Kellners ein, deutet auf den Eintopf, macht eine kreisende Bewegung und zeigt auf Ariel. Der Kellner nickt, steckt seinen Kopf in die Küche und sagt etwas zu einem spektakulär schnauzbärtigen Koch.

Um sechs Uhr ist in Lissabon nicht wirklich Essenszeit; es sind nur ein paar andere Gäste in diesem gemütlichen Restaurant, und nur ein Kellner. Ariel spürt, dass alle Augen auf sie gerichtet sind, auf diese Frau, die direkt den Tisch der Polizisten angesteuert hat.

»Jetzt sehen Sie es auch, oder? John hat unser Zimmer verlassen und wollte zurückkommen, hat es aber nicht getan.«

»Ja«, räumt Moniz ein, »das scheint zu stimmen.« Er wirft einen Blick auf den Zettel, nur zwei Zeilen: BIN SPAZIEREN. KOMME 7:30 ZUM FRÜHSTÜCK ZURÜCK. LIEB DICH.

»Das ist ein Beweis, oder?« Ariel lehnt sich vor. »Das und die Aufzeichnungen der Sicherheitskamera.«

»Nun, ich weiß nicht …«

»Zusammen ist das der Beweis, dass John etwas Schlimmes zugestoßen ist.«

Der Kellner stellt eine dampfende Schüssel vor Ariel ab, mit Muscheln, Gemüse, Kartoffeln und ein paar Fleischstückchen. Ariel verbrennt sich sofort die Zunge.

»Wenn das wirklich von Ihrem Mann geschrieben wurde, dann ja, dann ist es ein Beweis für etwas. Aber es beweist auch, dass er Ihr Hotel aus freien Stücken verlassen hat.«

»Und er wollte wiederkommen. Um sieben Uhr dreißig. Was er *nicht getan hat*.«

Die drei essen eine Minute lang. Ariel beobachtet, wie Moniz' Arm sich auf und ab bewegt, um neue Bissen aufzuschaufeln, sogar während er den vorherigen noch kaut, wobei sein Mund nie ganz geschlossen ist. Er leckt sich über die Lippen und kratzt sich gedankenverloren den Bart.

Ariel schiebt ihre Schüssel zur Seite. »Aber *wann* werden Sie das prüfen? Wie lange muss mein Mann verschwunden sein, damit Sie mir glauben?«

»Wenn Sie es vorziehen«, sagt Moniz, »können wir diese Nachricht hierbehalten, und falls sich herausstellt, dass Ihr Mann wirklich verschwunden ist, können wir sie auf Fingerabdrücke untersuchen. Ist Ihnen das lieber?«

Er streicht sich mit der Serviette unwillkürlich über seinen Bart, den er damit aber nicht ganz von Brotkrümeln befreit. Er sieht Ariel in die Augen, scheut ihren Blick nicht, ihr Elend.

Ariel mag die beiden; es macht ihr keinen Spaß, sie zu verärgern, und sie kann es sich nicht leisten, irgendwelche Verbündeten zu verprellen; sie trifft nur auf wenige.

Moniz holt Notizblock und Stift hervor und starrt auf das leere Papier. Vielleicht formuliert er seine Fragen, vielleicht übersetzt er sie ins Englische, durchforstet sein Gedächtnis nach Vokabeln, Verbkonjugationen. Es kann nicht einfach sein, diesen Job in einer Sprache zu machen, die nicht die Muttersprache ist. Allein das Herausfinden der korrekten Höflichkeitsformen, der Entschuldigungen, das muss anstrengend sein.

»Waren Sie schon einmal in Lisboa, Senhora?«

»Nein.«

»Aber Ihr Mann, oder? Hat er Freunde hier?«

»Freunde? Nicht dass ich wüsste. Bekannte, vielleicht. Durch die Arbeit.«

»Kennen Sie Namen?«

»Es tut mir leid«, sagt sie zum x-ten Mal. Sie hat schon so viel Zeit damit verbracht, sich bei dubiosen Männern für deren Zweifel zu entschuldigen.

»Er hat mit niemandem gesprochen, seit Sie hier sind? Irgendjemandem?«

»Na ja, doch, mit einer Frau.«

Es war später Samstagnachmittag, eine Tageszeit, zu der sich ganz Lissabon unter Sonnenschirmen in Cafés versammelt. Ariel bestellte das, was alle zu trinken schienen, ein seltsames Gebräu mit weißem Portwein, einem Getränk, von dessen Existenz Ariel nicht einmal gewusst hatte, und jetzt war dieser Port Spritz ihr absolutes Lieblingsgetränk, süß und köstlich und kaum alkoholisch, er ging runter wie Limonade, und sie überlegte, ob es leichtsinnig wäre, einen zweiten zu bestellen.

»Luigi!«

Eine junge Frau stand plötzlich neben ihrem Tisch und lächelte auf sie herab, mit perfekten weißen Zähnen zwischen vollen, rot geschminkten Lippen, tiefen Grübchen, einem prächtigen Afro und makelloser, strahlender Haut. Ariel war überrascht von der weiten Verbreitung der brasilianischen Bevölkerung und dem Einfluss der brasilianischen Kultur hier in Lissabon, die eine Art umgekehrten Kolonialismus darstellten, den sie herzerwärmend und hoffnungsvoll fand.

»*Olá!*«, sagte diese spektakulär aussehende Frau zu Ariels verblüfft dreinblickendem Ehemann.

»Luigi?« John zeigte auf sich selbst. »Ich? Es tut mir leid, aber nein.«

Die Frau legte den Kopf schief und runzelte die Stirn. Sie war keine Frau, von der Männer leugneten, sie zu kennen; eine Abfuhr zu erhalten, war ihr nicht vertraut.

»Mein Name ist John«, sagte er. »Nicht Luigi. Das ist meine Frau, Ariel.«

Die Frau öffnete den Mund, um zu widersprechen, überlegte es sich dann anders und setzte ihr strahlendes Lächeln wieder auf. Gott, sie sah umwerfend aus, gekleidet in ein lockeres kleines Nichts von einem Kleid.

»Ah«, sagte sie mit einem hinreißenden Schulterzucken. »*Desculpe.*«

Sie schlenderte zurück zu ihrem Tisch, wo sie anscheinend ihrer Begleiterin, einer anderen schönen jungen Frau in einem weiteren freizügigen Kleid, die Interaktion erklärte. Auch die sah John an, dann Ariel und begegnete ihrem Blick, bevor sie sich wieder der lebhaften Geschichtenerzählerin zuwandte, und in diesem Blick lag ein gewisses Erkennen, ein Verstehen – ich weiß, dass du weißt, was wir wissen.

Beide Frauen warfen ihre Köpfe zurück und lachten unbeschwert, sie waren jung und schön, standen im Mittelpunkt der Aufmerksamkeit, der Anziehungskraft, es war ein sonniger Tag, nichts könnte besser sein. Sie tranken von ihren Spritzes, um zu beweisen, wie spaßig ihr Leben war, wie wenig sie sich um John scherten. Ariel wusste, dass es nicht immer so lustig ist, wie es aussieht. Es gibt so etwas wie ein problematisches gutes Aussehen.

Sie wurde von einer Gewissheit heimgesucht: Diese Frau und John hatten einen One-Night-Stand gehabt, aber er hatte ihr einen falschen Namen gesagt. Jetzt war er wieder in Lissabon mit Ariel, lief dieser alten Liebe in die Arme und beschloss spontan, so zu tun, als würde er sie nicht kennen.

»Sie ist unglaublich«, sagte Ariel.

»Ist sie das?« John starrte auf die Speisekarte und wich Ariels Blick aus, um diesem Gespräch aus dem Weg zu gehen.

»O bitte. Selbst ich würde sie nicht von der Bettkante stoßen.«

John lachte, sagte aber nichts.

»Es ist okay, wenn du sie kennst«, sagte Ariel. »Wenn da etwas gelaufen ist. Das weißt du doch, oder?«

»Ganz ehrlich«, sagte er, »ich habe sie noch nie gesehen.«

Ariel schwirrte der Kopf vom Alkohol, von der Hitze und dem Jetlag, von der Nähe zu einer so wahnsinnig sexy Person. Sie wusste, dass es unsinnig war, aber es gab keinen Zweifel daran: Sie war ein bisschen eifersüchtig. Und auch ein bisschen erregt. Vielleicht sogar mehr als nur ein bisschen.

Was für eine Schlampe, denkt Barnes. Was für eine hochnäsige, undankbare, herablassende *Schlampe*. Sobald er in seinem kleinen Büro zurück ist, macht er einen weiteren Anruf, der prompt mit »Hallo, Barnes« beantwortet wird.

»Mr. Wagstaff! Wie ist das Leben heute so?«

»Ganz gut«, sagt der Reporter. »Was kann ich für Sie tun?«

Saxby Barnes hat einen rein auf gegenseitigen Gefallen beruhenden Blick auf die Welt: Er tut Dinge für andere Menschen, damit sie Dinge für ihn tun. Jede Information, auf die er stößt, jede Minute Arbeit, die er leistet, ist für jemand anderen von Wert, und er ist stets darauf bedacht, etwas dafür zu bekommen. Nicht sofort, aber irgendwann.

»Mr. Wagstaff, ich bin im Besitz einiger Informationen, die Sie sich vielleicht ansehen möchten.«

»Gestern Nachmittag. In einem Café war so eine Frau.«

»Oh?« Moniz' Stift schwebt über der nächsten leeren Zeile auf seinem Notizblock.

»Sie dachte, sie würde meinen Mann kennen, aber sie hat sich geirrt.«

»Welches Café war das, bitte? Können Sie sich erinnern?«

»Den Namen weiß ich nicht, aber es war in der Nähe der Kirche, die kein Dach hat. Nicht weit von hier.«

»O Convento do Carmo?«

»Ja, das ist es. Da gibt es einen Platz mit einem Café, vielleicht auch zwei.«

»Ja, ich kenne den Platz. Und sonst war da nichts mit dieser Frau?«

»Nein. Sie glaubte, John zu kennen, er hat gesagt, tut mir leid, aber nein, und dann ging sie wieder.«

Moniz hat nun noch etwas Soße auf das Revers seines Jacketts gespritzt, in Ergänzung zu dem Fleck vom Frühstück auf seiner Krawatte und dem vom Mittagessen auf dem Hemd. Sein schütteres Haar, das er zuvor ordentlich gekämmt hatte, fliegt jetzt in alle Richtungen. Ariel nimmt auch einen Hauch von Körpergeruch wahr. Der Tag hat ihn zunehmend aus der Façon gebracht. Vielleicht entwickelt er sich jeden Tag auf dieselbe Weise, fängt jeden Morgen von vorne an. Ariel fragt sich, wie viel von seiner Schlampigkeit aufgesetzt ist und wie viel echt. Oder ob es überhaupt einen bedeutenden Unterschied gibt.

»Wann war er das letzte Mal in Lisboa?«

»Vor ein paar Monaten.«

»Und wie oft war er davor hier?«

»Nur ein einziges Mal, soweit ich weiß, aber ich kenne ihn erst seit einem Jahr.«

»Ein Jahr?« Es ist nicht wirklich Skepsis, was sie in Moniz' Augen sieht, aber irgendwas ist da. Ariel ist klar, wie das alles auf ihn wirken muss. Verdammt, sie weiß ja auch, wie es für sie aussieht: eine kurze, überstürzte Dating-Phase; ein Paar, das sich nicht wirklich kennt; ein Verschwinden, das so gut wie alles bedeuten könnte, oder nichts.

Moniz ist sich unschlüssig, ob er seine nächste Frage stellen soll. Ariel sieht ihm den Moment an, in dem er die Entscheidung trifft. Jetzt kommt die Frage, denkt sie.

»Wie gut kennen Sie Ihren Mann, Senhora?«

Kapitel 10

Ariel macht ein hilfloses Gesicht: Was wollt ihr von mir? Sie wendet sich an Santos, die ungerührt bleibt.

»Ich gebe zu«, sagt Ariel, »dass ich meinen Mann noch nicht sehr lange kenne. Aber lange genug.«

Moniz lässt schon wieder seinen Stift über dem Block schweben – lange Pause. Dann sieht er zu Ariel auf und lächelt nachsichtig, kein Lächeln der Freude, sondern des Mitleids. Er will nicht sagen, was er als Nächstes sagen muss.

»Senhora, es tut mir leid, ich muss eine Frage stellen, die vielleicht unangenehm ist.«

Ariel ist klar, dass ein Polizist viele Erklärungen für Johns Verschwinden haben würde, und die meisten davon wären zumindest vage anklagend – gegen John, gegen Ariel, gegen sie beide. Diese Theorien gefallen dem Polizisten selbst auch nicht besonders, er mag sie ihr gegenüber nicht laut aussprechen. Sie haben einen bitteren Beigeschmack, aber Moniz hat keine andere Wahl. Diese ganze innere Debatte spiegelt sich auf seinem Gesicht, Ariel kann es deutlich sehen.

»Nimmt Ihr Mann Drogen?«

»Nein«, antwortet Ariel zu schnell, es klingt sehr nach Protest. »Nein«, wiederholt sie weicher, in einem vernünftigeren Tonfall, als hätte sie die Frage noch einmal ernsthaft überdacht und wäre dann zu demselben begründeten Schluss gekommen.

»Hier in Portugal sind alle Freizeitdrogen, wie sagt man, de-, äh, illegalisiert …?«

»Entkriminalisiert.«

»Ja. Dieses Gesetz, es wurde geändert schon vor einigen Jahren. Marihuana, *Cocaína, Heroína* … ihr Konsum ist nicht mehr gegen das Gesetz. Die Entscheidung haben wir getroffen, um die Probleme der Sucht zu bekämpfen. Probleme wie Krankheit, Kriminalität, Armut, die Sie sicher kennen in Amerika.«

»Okay.«

»Einer der Nebeneffekte dieser Veränderung ist, dass Lisboa zu einem Ziel für Leute geworden ist, die Drogen genießen wollen. Wie in Amsterdam, verstehen Sie? Die Leute kommen aus diesem Grund hierher.«

»Nein.« Ariel schüttelt den Kopf. »Nicht John.«

»Es stimmt zwar, dass der Konsum von Drogen nicht mehr strafbar ist, aber sie können trotzdem gefährlich sein. Und ungesund. Und die Leute, die die Drogen verkaufen, sind nicht gerade die nettesten Menschen. Und einige der Menschen, die die Drogen konsumieren, auch nicht. Drogen nehmen ist zwar nicht mehr strafbar, aber immer noch nicht schön. Immer noch nicht sicher. Verstehen Sie?«

»Das betrifft John nicht. Er nimmt keine Drogen.«

»Ist es möglich, dass er in seiner Vergangenheit welche genommen hat?«

Ariel hat keine schnelle Antwort parat. In Wahrheit hat sie gar keine Antwort. Sie weiß nur das, wovon John beschlossen hat, es mit ihr zu teilen. Als sie sich kennenlernten, hatte er bereits ein halbes Leben hinter sich, Jahrzehnte, in denen er alles hätte tun können, überall.

Aber das gilt doch für jeden Menschen, oder? Vergangenheiten können neu erfunden werden.

Nach ihrer ersten Begegnung hatte Ariel oberflächlich über John recherchiert, so wie man das heutzutage so macht, das Internet durchforstet, soziale Medien durchsucht, herumgeklickt. Sie hatte nicht viel gefunden. Als er dann interessanter für sie wurde, hatte sie es noch intensiver versucht – hatte anonyme Anrufe gemacht, E-Mail-Anfragen unter Pseudonymen verschickt. Ariel neigte zur Paranoia, meistens, wenn sie allein war, spätnachts im Bett. Vor allem, wenn sie gerade einen ihrer Krimis gelesen hatte; in vielen geht es um psychopathische Männer, die scheinbar normal sind und Frauen unaussprechliche Dinge antun.

Morgens erkannte Ariel dann, dass die meisten ihrer Verdächtigungen gegen John absurd waren. Aber nicht alle.

Schließlich gestand sie sich ein, dass sie nicht mit dem Herzen bei der Sache war: Sie wollte nichts Schlimmes über John finden, keine Lügen, Täuschungen, Falschdarstellungen. Dieser Mangel an Objektivität kompromittierte die ganze Sache. Also beauftragte sie einen Privatdetektiv mit den Ermittlungen, die sie nicht durchführen konnte oder einfach nicht durchführen wollte.

Der Privatdetektiv fand heraus, wo John aufgewachsen war, wo er die High School und das College besucht, seine Ausbildung und seinen Militärdienst absolviert, gearbeitet und gewohnt hatte, dass seine Eltern tot waren und er eine ältere Schwester hatte, die auf einem anderen Kontinent lebte. All die grundlegenden Informationen, die in Datenbanken zu finden sind, nachprüfbare Fakten, Referenzen, die bei Personalabteilungen, Standesbeamten und Vermieterinnen überprüft werden konnten.

Aber das war vielleicht nicht alles. Es ist schwer, nach Sextourismus-Ausflügen nach Thailand zu suchen oder nach Koks- und Callgirl-Wochenenden oder nach einer Ritalin-getriebenen Adoleszenz oder Meth-Abhängigkeit oder Online-Glücksspielsucht, einer On-off-Beziehung mit Crack, Kokain, Kinderpornografie, häuslicher Gewalt, sexuellen Übergriffen. Es sei denn, diese Aktivitäten finden ihren Weg in das Rechtssystem, was fast nie der Fall ist. Es ist fast unmöglich, diese Dinge aufzudecken, wenn man nicht genau weiß, wonach und wo und wann man suchen muss.

Der Privatdetektiv fand zwar ein paar beunruhigende Dinge, aber nicht viele, und sie beunruhigten sie auch nicht sehr.

Früher hatte sie mal geglaubt, es sei möglich, alles über einen anderen Menschen zu wissen, zumindest alles Wichtige. Sie hatte schon einmal einen Mann geheiratet, den sie damals seit ein paar Jahren kannte und mit dem sie dann noch einige weitere zusammenlebte – sehr viel Zeit –, bis sie herausfand, dass sie ihn nie wirklich gekannt hatte, jedenfalls nicht seine wichtigen Eigenschaften. Vielleicht kennt sie auch diesen neuen Mann nicht.

Wir erzählen uns Geschichten übereinander, auch über uns selbst, über unsere Vergangenheit. Wir konstruieren unsere Erzählungen, wir fangen mit dem großen Ganzen an und fügen dann ein Detail nach dem anderen hinzu, so wie man ein Haus baut, erst das Fundament, den Rohbau und das Dach, und schließlich bringt man Türklinken und Leuchten und Geländer an, ein komplettes Zuhause, wo es vorher nichts gab, etwas, das aussieht, als wäre es schon immer da gewesen, obwohl es brandneu erschaffen wurde.

Das Gleiche können wir bei uns selbst machen. Ariel hatte das. Wer kann schon sagen, dass John es nicht auch getan hatte? Vielleicht hat der Polizist recht: Vielleicht kennt sie ihren Mann überhaupt nicht.

»Denn manchmal«, fährt Moniz fort, »kann das mit einer alten Gewohnheit passieren, die jemand vielleicht aus gesundheitlichen, rechtlichen oder finanziellen Gründen aufgegeben hat. Später in seinem Leben kommt er dann an einen Ort wie Lisboa, wo die Gesundheit, die Gesetze und die Finanzen bei Drogen anders laufen, und hier denkt er, oh, das ist so viel sicherer, so viel billiger, ich kann mal ein bisschen probieren. Und dann …«

Moniz macht eine Geste, die wohl bedeuten soll, dass dann alles verloren ist.

»Ich verstehe, was Sie sagen wollen.« Ariel versucht, diese These nicht persönlich zu nehmen, sie weiß, das sollte sie nicht, aber irgendwie tut sie es doch. Das ist keine rationale Entscheidung. »Aber darum geht es hier nicht.«

Der Polizist nickt; es ist nicht seine Aufgabe, sie zu überzeugen. »Ist es möglich – das ist auch keine sehr angenehme Frage, tut mir leid, aber ich muss das fragen, ich hoffe, Sie haben Verständnis …«

»Ja, schießen Sie los.«

»Ist es möglich, dass Ihr Mann im Moment mit jemand anderem zusammen ist?«

Ariel legt den Kopf schief.

»Einer anderen Frau?«, präzisiert Moniz.

Sie ist zunehmend frustriert über diese Art der Befragung, auch wenn es zu erwarten war, vielleicht sogar unvermeidlich. Genauso wie es unvermeidlich ist, dass sie Einspruch erhebt – John würde so etwas nicht tun, er ist kein Betrüger, kein Süchtiger, kein Soziopath. Was davon muss sie eigentlich laut aussprechen?

»Hören Sie«, sagt sie und schaut von Moniz zu Santos und wieder zurück. »John hat mich praktisch *angefleht*, mit ihm auf diese Reise zu kommen. Wenn er hier ist, um eine andere Frau zu treffen oder Drogen zu nehmen, warum sollte er dann seine Ehefrau bitten, ihn zu begleiten? *Warum?*«

»Das ist eine sehr gute Frage. Haben Sie Ideen dazu?«

»Weil *es nicht das ist, was hier passiert.*«

Santos mischt sich ein: »Ist es möglich, dass er zwar nicht mit schlechten Absichten nach Lisboa gekommen ist, aber solche Dinge trotzdem passiert sind? Das Leben ist nicht immer so, wie wir es uns vorstellen.«

Na, das ist verdammt noch mal sicher.

»Hören Sie«, sagt Ariel wieder und versucht, besonnen zu klingen. »Ich verstehe Ihren Verdacht: Er ist mit einer anderen Frau zusammen, er nimmt Drogen, er hat mich ausgetrickst. Ich kann verstehen, warum Ihnen das alles möglich erscheint; ich kann verstehen, warum Sie diesen Theorien nachgehen müssen. Aber ich sage Ihnen, sie sind alle *falsch*. Was ich Sie also frage, ist: Was muss geschehen, damit Sie anfangen, mir zu glauben?«

Moniz blickt sich um und sieht unruhig aus. Ariel wird klar, dass sie laut geworden ist. Manche Leute würden es als schrill bezeichnen.

»Bitte, Senhora, beruhigen Sie sich.«

»Aber *verdammt noch mal*, warum glauben Sie mir denn nicht?«

»Haben wir gesagt, dass wir Ihnen nicht glauben? Nein, das haben wir nicht.«

»Warum *tun* Sie dann nicht etwas?«

Ariel ist ein Hitzkopf, das war sie schon immer, schon als kleines Kind. Ihre Eltern liebten es, Geschichten über Ariels haarsträubende, unverhältnismäßige Reaktionen auf fehlendes Spielzeug, abgesagte Partys und schlechtes Essen zu erzählen. Aber hitzig ist etwas ganz anderes als hysterisch. Männer versuchen oft, Temperament in Hysterie umzudeuten, berechtigte Wut als übertrieben, als Überempfindlichkeit, Irrationalität darzustellen.

Das ist also die Reaktion, die Ariel bereits erlebt hat, die Reaktion, die sie erwartet, dieser nachsichtige, geduldige, abfällige Blick, der so etwas sagt wie: »Was sollen wir Ihrer Meinung nach tun, Senhora?«

Es ist dieser ganz bestimmte Ton, den ein Mann anschlägt, wenn er meint, er sei der Vernünftige. Ein Ton, der Generationen, Kulturen und Sprachen überdauert. Der universelle Ton der Herablassung.

Moniz beugt sich vor. »Bitte, ich frage Sie: Was glauben Sie denn, was die Polizei für Sie tun kann, jetzt gerade? Wo Ihr Mann heute Morgen das Hotel sicher verlassen hat, es keine Beweise für irgendetwas gibt? Der Beweis, den Sie uns da bringen«, Moniz zeigt auf den Zettel, »ist, wenn überhaupt, ein Beweis dafür, dass Ihr Mann unverletzt ist, sich nicht in Gefahr befindet und mit keinem Verbrechen in Verbindung steht.«

»Sie könnten sein Telefon orten.«

Moniz lehnt sich schnell zurück, weg von diesem Vorschlag.

»Über den Mobilfunkanbieter.« Ariel blickt zwischen Moniz und Santos hin und her.

Santos ist diejenige, die antwortet. »Nur mit einem richterlichen Beschluss. Den stellt aber aufgrund Ihrer Beweise hier niemand aus.«

»Dann Ihr Geheimdienst. Portugal hat doch einen Geheimdienst, oder?«

»Natürlich«, antwortet Moniz. »Das hier war einmal das Zentrum der Spionagewelt, wussten Sie das? Während des Zweiten Weltkriegs. Hier in Portugal gab es mehr Spione als irgendwo sonst.«

Wen zum Teufel interessiert das?

»Also können die das«, sagt Ariel. »Sie können den Standort von Johns Telefon *triangulieren* oder wie auch immer man das nennt.«

»Ja, das können sie. Aber sie tun es nicht, es sei denn, es gibt Beweise dafür, dass es sich um eine Angelegenheit des internationalen Geheimdienstes handelt. Gibt es solche Beweise?«

Ariel weiß, dass sie keine überzeugende Antwort hat, und in diesem Moment bricht alles über ihr zusammen, ihre Unterlippe zittert, ihr Kinn auch, dann ihr ganzes Gesicht.

»Ich weiß es nicht«, flüstert sie schluchzend. Sie spürt, wie die wenigen anderen Kunden diese Szene beobachten und wie das Personal die Polizisten bemitleidet – was sollen sie bloß mit dieser Frau machen? Zum Glück sind sie dafür nicht zuständig. Wenn Ariel sich einer Sache sicher ist, dann, dass niemand mit einer hysterischen Frau zu tun haben will.

Kapitel 11

Tag 1, 18:47

Ariel stürmt aus dem Restaurant auf die vor Leben pulsierende Straße, laute Musik ist in Lissabon allgegenwärtig: brasilianischer Sertanejo und puerto-ricanischer Reggaeton, Euro-Pop und amerikanischer Rock und der traditionelle Fado, Musik dringt aus Geschäften und Cafés, Kneipen und Clubs, kommt von den Straßenmusikern auf jedem kleinen Platz vor jeder kleinen Kirche. Was wohl passieren würde, wenn sich bei ihr zu Hause an einem Montagnachmittag eine Rockband auf dem Rasen der Episkopalkirche in ihrer Hauptstraße aufstellen würde? Unvorstellbar.

Direkt vor dem Restaurant ist der Gehweg vollgestopft mit Leuten, anscheinend Arbeitskollegen, ein Dutzend Menschen, die ihren Abend bereits anderswo mit Cocktails begonnen haben, gute Laune, Schulterklopfen, Witze und lautes Lachen, auf dem Weg zu einem großen …

Ja, natürlich.

»Entschuldigung«, sagt sie und macht auf dem Absatz kehrt. »Entschuldigung.« Sie drängt sich an der Gruppe vorbei, zurück zur Tür, hinein zu den Polizisten, die immer noch an ihrem Tisch an der gegenüberliegenden Wand sitzen und sich bei Kuchen und Espresso entspannen und der Amerikanerin misstrauische Blicke zuwerfen.

»Es muss eine Tischreservierung geben«, verkündet Ariel. »Für den morgigen Abend.«

Beide Polizisten kauen.

»Ich weiß nicht, wie das Restaurant heißt«, fährt sie fort. »Aber ich weiß, dass es vom Hotel aus zu Fuß zu erreichen ist, dass ich dort ein schickes Kleid tragen muss, dass ein Tisch für sechs oder acht Personen reserviert ist und dass das Essen um einundzwanzig Uhr stattfindet. Das ist eine Menge Information.«

Moniz schluckt.

»Sie können also in allen schicken Restaurants in der Nähe meines Hotels anrufen. Fragen, auf wessen Namen es Reservierungen für große Gesellschaften morgen um neun Uhr gibt. Dann denjenigen anrufen. Wie viele können das schon sein?«

Die Polizisten sagen immer noch nichts.

»Einer von ihnen ist der Kunde meines Mannes.«

Santos nickt; Ariel hat recht, das lässt sich nicht leugnen.

»Ja«, sagt Santos. »Das machen wir.«

»O Gott, ich danke Ihnen. *Danke.* Und wann?«

»Jetzt sofort.«

Männer hatten sie als empfindlich bezeichnet, als widerborstig, streitsüchtig, hypersensibel. Sie hatten sie verklemmte Schlampe, Schwanzlutscherin, Fotze genannt. Sie hatten ihre Hände erhoben, als wollten sie sie schlagen, und sie hatte sie angestarrt: Nur zu, Arschloch.

So schlimm war es doch bestimmt gar nicht, sagten die Leute. Sogar einige Frauen sagten das, und nicht nur ihre Mutter dieses eine schreckliche Mal, in jenem Moment, der ihre Beziehung zerstört hatte.

Ein Grund dafür war wohl, dass sie ein Leben geführt

hatte, das privilegiert wirkte, das war sichtbar an ihren Haaren, ihrer Haut, ihrer Rhetorik, ihren Diplomen, den Stempeln in ihren alten Pässen. Ihr ganzes Leben hatte beneidenswert ausgesehen, sicher, als wäre es immer helllichter Tag in einer großen Menschenmenge mit vielen Zeugen, selbst spät in der Nacht, ganz allein. Jemandem wie Ariel passierte nichts Schlimmes, nicht in Amerika; das glaubten alle, selbst Leute, die das Gegenteil wussten. Wenn Amerika eines war, dann ein Paradebeispiel für kognitive Dissonanz. Das ist die eigentliche Hysterie, das ganze Land tut so, als sei es etwas anderes, als es tatsächlich ist.

Ariels Vater, ihre Mutter, ihr Mann, ihre Freundinnen, die Polizei vor Jahren und diese Polizisten jetzt gerade: ihr ganzes Leben. Sie wurde durch wirksame Konditionierung zum Schweigen gebracht, indem sie immer wieder die gleiche Antwort erhielt, wie eine Laborratte, die Elektroschocks bekommt, oder ein geschlagener Hund. Eine Frau, der man nicht glaubt.

Das erste Mal: Da war sie dreizehn Jahre alt, eine Achtklässlerin, und dieser Mackenzie-Junge aus der zehnten Klasse betatschte sie in der Speisekammer, als sie nach Marshmallows fürs Lagerfeuer im Garten suchte.

»*Brett* Mackenzie?«, hatte Ariels Mutter ungläubig gefragt und den Kopf geschüttelt. »Bist du sicher, Schatz? Ich kenne ihn schon sein ganzes Leben. Er ist ein guter Junge.«

Ariel marschierte davon.

Das zweite Mal: Da war sie sechzehn und sah sich einen Horrorfilm in Brittanys Hobbyraum im Keller an, alle waren betrunken vom Supermarkt-Bier. Es war der Sommer zwischen erstem und letztem Schuljahr, sie lernten für den SAT-Test, schrieben College-Bewerbungsaufsätze, machten Praktika, es war die Zeit der letzten verzweifelten Versuche, wie ernsthafte Bürger und Bürgerinnen zu wirken, während man sich samstagabends betrank, um den Stress abzubauen.

Liz lag ohnmächtig in einem dieser großen Ledersessel, und Jared schlich sich aus dem Zimmer, um Francesca anzurufen, und plötzlich war Don auf ihr und erdrückte sie fast.

»Nein«, sagte Ariel, aber er ignorierte sie. Sie versuchte, ihn wegzuschieben, aber es gelang ihr nicht.

»Hör auf«, sagte sie. Sie presste ihre Beine zusammen. Er drückte sie auseinander.

»Ich schreie«, warnte sie.

»Nein, wirst du nicht«, sagte Don. Sie spürte seine Finger, die versuchten ihre Hose zu öffnen. »Du willst Liz doch nicht aufwecken, oder?« Dann dämmerte ihm etwas. »Oder doch?« In diesem Moment nahm sie ihre Kräfte zusammen und wich zur Seite, um ihr Bein gerade so weit zu befreien, dass sie ihm ihr Knie gerade so fest in die Leiste stoßen konnte, dass er sich gerade so weit bewegte, dass sie sich gerade so eben unter ihm herauswinden konnte. Gerade genug, gerade genug, gerade genug …

Ariel sprang auf. Sie dachte daran, zu fliehen, Liz wachzurütteln oder Don eine Ohrfeige zu verpassen. Aber er lag mit dem Gesicht nach unten im Sessel und bewegte sich nicht. War er bewusstlos? Nein, da kam ein Geräusch von ihm, vielleicht ein Schluchzen. Hatte sie ihm wirklich so wehgetan? Sie dachte nicht, dass sie ihn überhaupt verletzt hatte.

Aber nein, Don weinte nicht. Er lachte. Er drehte sich um und grinste sie breit und betrunken an. »Das war lustig.«

Das war lustig? »Ist das dein Ernst?«, fragte sie.

Er schien ihre Frage nicht zu verstehen. Er konzentrierte sich darauf, seine Jeans wieder zuzuknöpfen, was ihm fast völlig misslang. »Willst du was trinken?«, fragte er, ohne sie anzusehen.

Sie war fassungslos und selbst zu betrunken, um ihrem Verstand ganz zu trauen. Sie war bereits dabei, das Vertrauen in ihre Sicht auf die Geschehnisse der letzten Minute zu verlieren.

»Nein?« Er gab es auf, seine Hose zuzumachen, nur ein Knopf war geschlossen, an der falschen Stelle. Hosenschlitze mit Knöpfen sind eine schlechte Wahl für betrunkene Menschen. »Ich hol' mir 'n Bier.«

Am nächsten Tag erzählte Ariel ihrer Mutter davon. Elaine saß an der Kücheninsel, nahm ein Mittagessen aus heißem Wasser mit Zitrone zu sich und las den Modeteil der Zeitung. Wobei lesen wahrscheinlich nicht das war, was Elaine tat, sie studierte eher die Fotos von Partys und Hochzeiten.

»Du willst mir erzählen, dass Don versucht hat, dich zu vergewaltigen?« Sie machte sich nicht einmal die Mühe, die Zeitung zuzuklappen, sondern sah Ariel über ihre Lesebrille hinweg an, musterte sie, einen eindeutig verkatert wirkenden Teenager, der sich kurz vor Mittag aus dem Bett gequält und gestern Abend mindestens eine schlechte Entscheidung getroffen hatte. Und eine zieht meist weitere nach sich. »Don Williamson?«

»Na ja, so weit ist er nicht gekommen. Aber das war es definitiv, was er vorhatte, ja.«

»Wie ist das passiert?«

»Wie? Das habe ich dir doch gerade erzählt. Welchen Teil davon verstehst du nicht?«

»Ich meine, wie konnte es so weit kommen?«

Ariel war zunächst zu verblüfft, um zu antworten.

»Hast du ihn angestiftet?«

»Scheiße noch mal, was meinst du damit, ihn *angestiftet*?«

»Nicht in diesem Ton, junge Dame, das lasse ich mir nicht bieten.«

Als Teenager war Ariel verschwenderisch mit Schimpfwörtern umgegangen, vor allem weil ihre Eltern beide nicht fluchten. Niemals. Jahre später wurde ihr klar, dass Frauen entweder nach Belieben fluchen oder in der Park Avenue leben können, aber nicht beides. Jetzt, im zweiten Akt ihres Lebens, ist das freizügige Fluchen eines der Dinge, die sie daran schätzt, dass sie den strengen Regeln der New Yorker Gesellschaft entkommen ist. Die sich nicht so sehr von den Regeln unterschieden, mit denen sie aufgewachsen ist, den Regeln ihrer Eltern. Sie wurden nur noch strenger durchgesetzt.

»Aber warum glaubst du mir nicht?«

»Es ist nicht so, dass ich dir nicht *glaube*, Schätzchen. Aber bist du dir *sicher*, dass es so passiert ist? Oder ist es möglich, dass es ein Missverständnis war?«

Ariels Mund blieb offen stehen. Sie und ihre Mutter konnten beide nicht glauben, was die andere sagte. Ariel drehte sich um und trat einen Schritt zurück.

»Wo willst du hin?«

»Zu Daddy.«

Ihre Mutter seufzte schwer. »Ach Schatz.«

Ariel drehte sich wieder um. »Was soll das jetzt heißen?«

»Dein Vater wird so etwas nicht gerne hören.«

»Das will ich verfickt noch mal hoffen.«

Diesmal ignorierte Elaine das Fluchen. Sie verließ ihre Zeitung, die oberflächliche Unterhaltung, die darin bestand, andere Leute um ihre Partys zu beneiden, und legte die Arme um ihre Tochter.

»So meinte ich das nicht. Dein Vater ist kein ... moderner Mann. Und Eric Williamson ist einer seiner engsten Freunde. Das weißt du doch, oder?«

»Und?«

»Und deshalb glaube ich nicht, dass du die Reaktion bekommst, die du dir wünschst.«

Im Nachhinein ist Ariel erstaunt, wie naiv sie gewesen ist. Jetzt, wo sie selbst Mutter ist, versucht sie, sich daran zu erinnern: Kinder können schon Jahre, bevor sie überhaupt wissen, wie die Welt der Erwachsenen funktioniert, erwachsen aussehen und sich reif verhalten.

Das Arbeitszimmer ihres Vaters war voll mit Büchern und Zeitschriften und großen Stapeln wichtig aussehender Berichte, wegen der sie einst dachte, dass er ein Gelehrter sei, eine Art Intellektueller. Irgendwann wurde ihr dann klar, dass es ihm nur ums Geldverdienen ging.

Vorsichtig stellte er sein schweres Glas in der Mitte des Untersetzers ab. Er trank seinen Whiskey on the Rocks, mit einem großen Eiswürfel. Er hatte eine spezielle Form, um diese großen quadratischen Würfel herzustellen.

»Es tut mir sehr leid, das zu hören«, sagte er schließlich

und starrte weiter in die bernsteinfarbene Flüssigkeit, sah seine Tochter nicht an. Sie fragte sich, ob dies sein erster oder zweiter Drink vor dem Mittagessen an einem Sommersonntag war. »Was willst du denn nun machen?«

»Ich weiß es nicht. Was denkst du denn?«

»Ich schätze, du könntest den Jungen zur Rede stellen.«

Die Bedeutung dieser Formulierung traf sie, als würde sie von einem Güterzug überrollt. Nicht nur die Schwammigkeit von *ich schätze*, sondern vor allem die zweite Person Singular: *Du*. Nicht *wir*.

»Aber was würdest du damit erreichen?«, fragte er. »Am Ende?«

Ariel wurde klar, dass, egal wie lange sie darüber redeten – fünf Minuten, zehn, zwei Stunden –, die Schlussfolgerung von vornherein feststand.

»Glaubst du mir, Daddy?«

»Natürlich glaube *ich* dir, mein Schatz. Ich bin dein Vater. Aber andere Leute?«

Er presste die Lippen aufeinander, schüttelte den Kopf. »Versuch dir vorzustellen, wie – *ganz genau* wie – das ablaufen würde, Gespräch für Gespräch.«

Ariel konnte ihm kaum zuhören, seiner Litanei von Gründen, seinen Ausreden, seiner Beziehung zu Dons Vater, die Stadt, die Cousins, der Klatsch und Tratsch …

Jetzt verstand sie die Warnung ihrer Mutter vollkommen. Elaine kannte ihren Mann und akzeptierte ihn in seiner Gesamtheit, selbst die schlimmsten Seiten, selbst die, die sie verabscheuen musste. Viel später stellte sich heraus, dass dies genau das war, was Ariel sich weigern würde zu tun, sie würde sich weigern, diese Art von Frau zu sein. Irgendwann.

»Natürlich ist es allein deine Entscheidung, Liebling, und ich werde dich bei allem unterstützen. Aber wenn du meinen Rat willst?«

Er stellte sein leeres Glas auf dem Untersetzer ab – ihr Haushalt war voller Untersetzer, passende Sets in jedem Zimmer, sogar im Schlafzimmer – und sah ihr schließlich in die Augen.

»Vergiss, dass die ganze Sache jemals passiert ist.«

Niemand will wahrhaben, dass der eigene Vater ein Arschloch ist. Also hatte sich Ariel trotz eindeutiger Beweise jahrelang geweigert, das zu glauben, bis sie keine andere Wahl mehr hatte, bis es unbestreitbar war, bis zu diesem Moment. Sie war sechzehn Jahre alt.

»Lass es einfach hinter dir.«

Das dritte Mal: Da war sie eine erfolglose Schauspielerin, die versuchte, in New York Fuß zu fassen, mit Vorsprechen und Workshops, Kellnern und Babysitten, Monat für Monat von der Hand in den Mund. Sie machte das schon seit sechs Jahren, die Zeit lief ihr davon.

Es war während der Geschäftszeiten, in einem Büro im Tribeca-Viertel, und sie war dort zu einem Geschäftstreffen. Es gab keinen Alkohol, keine Drogen. Keine Vorgeschichte, keine vorherige Beziehung, kein besonderer Grund. Sie hatte alles richtig gemacht, aber trotzdem sagte er: »Bestimmt ist dir klar«, er öffnete seinen Gürtel, »dass ich eine Menge für dich tun kann.«

In diesem Moment wurde ihr bewusst, dass es nicht möglich war, alles richtig zu machen. Das war auch der Moment, in dem sie ihre Schauspielkarriere aufgab. Sie wollte schon seit einer Ewigkeit Schauspielerin werden, aber so sehr dann auch wieder nicht; sie war nicht bereit, alles zu tun, was nötig war, nicht wenn es das war, was nötig war. Sie machte, dass sie davonkam aus diesem beschissenen Zimmer, aus diesem beschissenen Leben.

Sie hatte Schauspielerin werden wollen, weil sie dachte, es ginge um Kunst und Kreativität. Aber sie musste feststellen, dass es nur um Schönheit ging, außer wenn es um Sex ging.

»Was willst du jetzt machen?«, fragte ihre Mitbewohnerin sie.

Ariel wollte keine Karriere, die sich um Schönheit und Sex drehte. Es gab doch sicher noch andere Möglichkeiten?

»Ich weiß es nicht«, sagte sie. »Ich denke, ich werde mir einen richtigen Job suchen.«

Sie hatte gelernt, dass man ihr nicht glauben würde, nicht einmal ihre eigenen Eltern. Sie hatte gelernt, dass sie niemals betrunken sein durfte, nicht einmal zusammen mit ihren engsten Freunden. Sie hatte gelernt, dass sie besser nicht daran glaubte, dass irgendein Junge – irgendein Mann – jemals vollkommen vertrauenswürdig war. Sie hatte gelernt, dass es nichts gab, was sie dagegen tun konnte, keine lebenslangen Lektionen, die sie lernen konnte: Es würde verdammt noch mal so oder so passieren.

Und das tat es.

»Was denkst du?« António Moniz nimmt ein paar Scheine aus seiner Brieftasche. Er ist an der Reihe, das Essen zu bezahlen.

Santos trinkt einen letzten Schluck Espresso, stellt ihre Tasse dann vorsichtig auf die kleine Untertasse zurück. »Ich glaube, der Ehemann ist in etwas verwickelt, und seine Frau weiß nichts davon.«

Natürlich, denkt Moniz. Das ist Santos' Achillesferse: Sie glaubt einer Frau schnell, gibt einem Mann schnell die Schuld. Und sie hat oft recht: Männer sind häufiger kriminell als Frauen. Weitaus häufiger. Aber bei jedem Fall werden die Karten neu gemischt, und die Möglichkeit existiert, dass es dieses Mal vielleicht die Frau ist, die lügt, intrigiert, kriminell ist. Oder vielleicht auch nur eine hysterische Ehefrau.

»Eine andere Frau?«, fragt Moniz.

»Das bezweifle ich. Morgens in aller Herrgottsfrühe ist keine Zeit, um sich für ein Stelldichein davonzuschleichen, oder?«

»Bitte.« Moniz lächelt. »Woher soll ich das wissen?«

»Nein«, sagt Santos und ignoriert ihn. »Ich glaube, Senhora Pryce hat recht: Ihr Mann ist in ein Auto gestiegen. Aber eine genaue Theorie, warum, habe ich noch nicht. Und du, António? Was denkst du?«

Moniz zögert, bevor er antwortet. Nur weil vielen Frauen, die die Wahrheit gesagt haben, in der Vergangenheit nicht geglaubt wurde, heißt das noch lange nicht, dass diese eine Frau jetzt die Wahrheit sagt. Aber Moniz weiß aus Erfahrung, dass Santos das nicht hören will.

»War es nicht vielleicht etwas zu früh, als sie heute Morgen zu uns kam? Ihr Mann ist erst seit zwei oder drei Stunden verschwunden, und schon rennt sie zur Polizei, in einer fremden Stadt, wo sie die Sprache nicht spricht?«

»Oh, das scheint mir ziemlich vernünftig. Wenn diese zwei oder drei Stunden am Ende des Tages gewesen wären, dann, okay, gäbe es viele Erklärungen, die relativ harmlos sind.

Vielleicht ist er in einer Bar, vielleicht kauft er Drogen, vielleicht hat er eine andere Frau getroffen, vielleicht hat er sich verlaufen, vielleicht ist sein Telefon kaputt, vielleicht hatte er einen Autounfall. Und vielleicht sind das alles keine guten Nachrichten, aber auch kein Grund, sich zu fürchten. Aber dass er gleich morgens als Erstes verschwindet?« Santos schüttelt den Kopf. »Wenn ich diese Frau wäre, würde ich mir auch Sorgen machen.«

»Okay, aber wärst du *so* besorgt, dass du zur Polizei gehen würdest? Und in die Botschaft? War das nicht vielleicht zu panisch? Zu früh?«

»Was kann sie sonst tun? Was *sollte* sie tun? Nichts?«

Moniz ist nicht überzeugt, aber er weiß, dass es wichtig ist, die Überzeugungen anderer Menschen zu respektieren – oder zumindest mit Humor zu nehmen. Vor allem die seiner Kollegin.

»Was glaubst du also, was da passiert?«

»Es würde mich wundern, wenn es nicht etwas mit Sex zu tun hätte.«

Ariel läuft mitten durch ein weiteres pastellfarbenes Viertel von Lissabon, als sie etwas spürt, ein Schauer läuft ihr über den Rücken, sie verlangsamt ihre Schritte, und dann bemerkt sie ein Geräusch, undeutlich, aber dennoch beunruhigend, es wird lauter, es kommt näher, es geht schnell, und sie dreht sich um, als das Motorrad zwanzig Meter hinter ihr ist, der Motor surrt beim Herunterschalten, die Räder kommen quietschend zum Stehen, und sie springt zur Seite, sie spürt förmlich, wie ihre beiden Füße vom Boden abheben, der Instinkt übernimmt die Kontrolle.

Der Biker trägt schwarze Jeans, eine schwarze Jacke und einen schwarzen Helm mit reflektierendem Visier, nichts ist sichtbar.

Mit behandschuhter Hand greift er in eine Tasche seiner Lederjacke, und Ariel macht einen weiteren Sprung und prallt mit dem Ellbogen gegen eine Wand, es tut höllisch weh, und sie stößt einen Schrei aus, sucht nach einem Fluchtweg, während der Biker den Arm ausstreckt. »Nein!«, schreit sie, bevor sie merkt, dass das Ding, das er ausstreckt, keine Pistole ist, kein Messer, überhaupt keine Waffe, zumindest keine herkömmliche.

Ariel starrt auf den Lederhandschuh, der ihr das Ding entgegenhält: Es ist ein Handy, nur Zentimeter von ihrer eigenen Hand entfernt. Heutzutage die gängigste Waffe von allen.

Sie blickt noch einmal dorthin, wo das Gesicht des Bikers sein sollte, aber alles, was sie in der weiten Fläche des Visiers sehen kann, ist ihr eigenes Spiegelbild, mit großen, erschrockenen Augen, gerunzelter Stirn, offenem Mund und vorgeschobenen Schultern. Ein in die Enge getriebenes Tier.

Der Biker streckt sich noch weiter und drückt ihr das Telefon in die Hand, und als Ariel ihre Finger darum schließt, fährt das Motorrad mit quietschenden Reifen und aufheulendem Motor vom Bordstein weg. Ariel zwingt sich, hinzuschauen, um erkennbare Details zu identifizieren, bevor es verschwindet, aber es gibt kein Nummernschild, keine auffälligen Markierungen, die sie in der zunehmenden Dunkelheit erkennen kann, nichts, was sie den Polizisten beschreiben könnte, außer einer mittelgroßen, schwarz gekleideten Person auf einem mittelgroßen schwarzen Motorrad, das nach ein paar Sekunden um die Ecke biegt. Ariel hört noch, wie der Gang eingelegt wird und das Motorrad nach der scharfen Kurve beschleunigt, dann wird das Geräusch leiser, und in diesem Moment bemerkt sie:

Das Telefon klingelt.

2. TEIL

DIE ENTFÜHRUNG

Kapitel 12

»Hören Sie gut zu.«

»Ja«, sagt Ariel. Sie versucht, ihre Gefühle unter Kontrolle zu bringen, ihre Stimme, ihr rasendes Herz, scheitert aber kläglich. »Ich höre.«

»Wir haben Ihren Mann.« Die Stimme am Telefon wurde verändert; sie klingt nicht menschlich.

»O mein Gott. Ist er okay?«

»Wenn Sie ihn lebend wiedersehen wollen, liefern Sie drei Millionen Euro in bar ...«

»Sind Sie verrückt, ich ...«

»... innerhalb von achtundvierzig Stunden.«

»Aber ich ...«

»Keine Verhandlungen. Keine Verlängerung. Keine Polizei. Keine Botschaft. Tragen Sie dieses Gerät immer bei sich.«

»Wer *sind* Sie?«

Der Anrufer bricht in schadenfrohes Gelächter aus.

»Woher weiß ich, dass John noch am Leben ist?«

Ariel hört ein schabendes Geräusch, dann: »Ariel, ich bin's ...«

»John! Mein Gott! Geht es dir gut?«

Und dann wieder das schabende Geräusch. »Da: Er lebt.«

»Was wollen Sie von ihm?«

»Ich sagte, drei Millionen Euro.«

»Ich *habe* keine drei Millionen Euro. Und mein Mann auch nicht.«

»Aber Sie kennen Leute, die das haben.«

»Was *meinen* Sie?«

»Sie haben zwei Tage.«

Und dann ist die Leitung tot.

Kapitel 13

Jetzt gibt es keine harmlosen Optionen mehr, kein speku-
latives Argumentieren für die Gegenseite, keine begründeten Zweifel. Jetzt ist es eine bewiesene Tatsache: John ist
nicht nur verschwunden, er wurde entführt. Jetzt ist alles
anders.

»Himmel«, sagt Antonucci. »Hier draußen in Chiado ist gerade was Verrücktes passiert.«

Nicole Griffiths sitzt an ihrem Schreibtisch und lässt den
Blick über die Namensliste schweifen, um nach infrage kommenden Namen zu suchen. Manchmal wünscht sie sich, sie
wäre immer noch eine einfache Einsatzleiterin, die jeden Tag
in der Welt unterwegs ist, um Agenten zu rekrutieren, durch
fremde Straßen zu schleichen, sich in Bars und Bordellen
und in den stillen Fluren von Fachkonferenzen mit Informantinnen zu treffen, heimliche Gespräche, mitten in der
Öffentlichkeit. Management ist scheiße. Wenn man jung ist,
sagen einem die Leute das, aber es ist schwer, es einfach so
zu glauben.

»Was ist los?«

»Diese Pryce-Frau ist hier gerade die Straße entlangge-
laufen, und plötzlich taucht ein Motorradfahrer auf, gibt ihr
ein Handy und rast dann wieder davon. Pryce kriegt sofort
einen Anruf auf dem Telefon, etwa eine Minute lang. Dann

steht sie wie erstarrt da, mit offenem Mund, als hätte sie gerade erfahren, dass ihr Hund gestorben ist.«

»Oder ihr Mann?«

»Nein, das glaube ich nicht. Sie hat nicht geweint, ist nicht durchgedreht oder zusammengebrochen. Wenn wirklich gerade ihr Mann gestorben ist, müsste sie schon ganz schön eiskalt sein.«

Griffiths fragt sich, ob das nicht auch eine Möglichkeit sein könnte, behält es aber für sich. »Und dann?«

»Sie ist wieder zur Besinnung gekommen, und ich musste da weg, bevor sie mich entdeckt. Ich bin um die Ecke gebogen und hab Sie angerufen. Jefferson ist jetzt zu Fuß an ihr dran.«

»Okay. Halt mich auf dem Laufenden.«

Griffiths schaut auf die Uhr. Sie hat das Gefühl, dass dies ihr Date mit Pietro ruinieren wird. Ihre Beziehung ist rein transaktional, und die Transaktion ist rein sexuell. Keiner von ihnen wird also besonders traurig über die Absage sein, aber trotzdem. Aufheitern wird es auch niemanden.

»Ja.« Ariel seufzt schwer. »Ich verstehe, dass das eine ungewöhnliche Bitte ist. Trotzdem. *Bitte.*«

»Es ist sehr störend für die anderen Kinder, Ms. Pryce. Auch für Ihren Sohn.«

Eine Gruppe ausgelassener junger Leute geht vorbei, lacht laut, das Leben geht weiter, ohne dass sie etwas von der Krise in ihrer Mitte mitbekommen.

»Ja, und das tut mir leid, aber es ist wichtig.« Es ist das Allerwichtigste, immer. Sicherlich versteht dieser Mann das doch? Immerhin leitet er ein Tagescamp. Hier hat George alle seine Sommer verbracht, das ist der Ort, durch den er die Jahreszeiten kennt, Bauernhoftiere, Wassersport, giftigen Efeu, Sonnenbrand, den Schlaf der Gerechten. Das Camp ist nur ein paar Dörfer entfernt, eine Viertelstunde Autofahrt, aber manchmal ist es, als wären sie durch einen Kontinent getrennt. Durch einen Ozean. Und jetzt sind sie das auch tatsächlich.

»Es ist eine hektische Zeit, Ms. Pryce, wir beenden gerade das Mittagessen, die Kinder …«

»Bitte, ich flehe Sie an. Und ich denke, das sollte ich wirklich nicht müssen.«

Schweigen. Ariel ist diese Art von Widerwillen schon öfter begegnet, sie überprüft ständig, ob es George gut geht, zu oft für Campleiter, Schuldirektorinnen, Sporttrainer. Vielleicht würden sie alle weniger die Stirn runzeln, wenn sie erklären würde, warum sie das tut, aber sie weigert sich.

»Es tut mir leid, ich werde Ihren Sohn nicht ans Telefon holen, nur damit Sie sich vergewissern können, dass es ihm gut geht. Ich bin nach draußen gegangen, und jetzt bin ich hinten auf der Veranda, ich kann George deutlich sehen, er sitzt mit vier anderen Jungen im Gras. Es geht ihm *gut*. Es tut mir leid, aber das muss genügen.«

Das tut es nicht.

»Hallo, Mom«, sagt Ariel. Direkt nachdem sie das Gespräch mit dem Campleiter beendet hat, ruft sie Elaine an.

»Schatz?«

»Mom, bist du bei mir zu Hause?«

»Wo sollte ich sonst sein?«

»Ist dort alles in Ordnung?«

»Alles in Ordnung? Was meinst du?«

»Hör zu, ich möchte, dass du etwas tust, und es wird sich seltsam anhören: Du musst eine Tasche packen mit Kleidung für ein paar Tage für dich und George und alle seine Medikamente, und nimm die Hunde und etwas Futter für sie mit, und hol George aus dem Camp ab, und ...«

»O mein Gott, geht es ihm gut?«

»Ja. Aber du musst ihn irgendwohin bringen, wo niemand nach ihm suchen würde. Oder nach dir.«

Elaine antwortet ein paar Sekunden lang nicht. »Schatz, du machst mir Angst. Was ist los?«

»John ist entführt worden.«

Elaine schnappt nach Luft.

»Ich weiß nicht genau, was los ist«, fährt Ariel fort. »Ob es um John und ein Lösegeld geht oder ob es etwas zu tun hat mit ...«

Es würde Ariel nicht überraschen, wenn ihr Telefon überwacht wird, jetzt, wo sie ihre Bedenken der Botschaft mitgeteilt hat, was wahrscheinlich nicht anders ist, als hätte sie die CIA alarmiert. Jede Kommunikation ist anfällig dafür, abgehört oder manipuliert zu werden, aufgezeichnet und archiviert, sie kann kopiert werden, und man kann sie leaken, man kann sie in die ganze Welt senden. Jeder Telefonanruf, jede E-Mail, jede Ende-zu-Ende-verschlüsselte Nachrichten-App, jedes Pimmelfoto, jeder Sex-Anruf, jede Insider-Information und jede zufällige Notiz. Es gibt keine Privatsphäre mehr, schon gar nicht auf einem Mobiltelefon. Ariel muss davon ausgehen, dass irgendjemand, irgendwo, zuhört.

»Oder ob es mit etwas anderem zu tun hat«, sagt Ariel. »Jemand anderem.«

»Wovon *redest* du?«

Sie redet von den lang vergrabenen Geheimnissen mächtiger Männer.

»Bitte geh nicht in ein Hotel, Mom. Geh nirgendwohin, wo du mit einer Kreditkarte bezahlen musst. Benutze nicht mein Festnetztelefon, um die Vorbereitungen zu treffen. Und auch nicht dein Handy.«

»Wie soll ich dann …«

»Frag Pedro.« Ariel hat eine kurze, unangenehme Vision von Elaine, die auf dem Feld herumläuft und irgendwelche Latino-Männer fragt, ob sie Pedro heißen. »Weißt du, wer Pedro ist, Mom? Er trägt immer einen hellen Strohhut, er ist etwa einsfünfundsechzig …«

»Ja, Schatz, ich weiß, wer Pedro ist.«

»Okay, gut. Bitte ihn, dir sein Handy zu leihen, und rufe damit eine Freundin an.«

»Wen soll ich …«

»Lass dir was einfallen!«, schreit Ariel. Dann, etwas leiser: »Bitte finde einfach einen Ort, Mom, aber sag mir nicht, wohin du gehst. Sag es niemandem außer der Person, die du besuchen wirst, und selbst dann nicht über dein eigenes Telefon. Verstehst du, was ich sage?«

»Ja.«

Ariel hört einen Hund bellen, klingt wie Mallomar. Wenn Ariel am Telefon ist, hört der braune Hund meistens aufmerksam zu, den Kopf geneigt, und gelegentlich versucht er, etwas zu erwidern. Das tut er auch jetzt.

»Was soll ich George sagen?«

»Morgen ist der vierte Juli«, sagt Ariel. »Das Camp findet nicht statt, also werdet ihr zwei ein lustiges Abenteuer erleben. Vielleicht besucht ihr jemanden, der einen Pool hat?«

Da wo Ariel wohnt, würde Elaine niemanden kennen. Aber eine Stunde entfernt sieht es ganz anders aus.

»Ich denke, ich kann mir etwas einfallen lassen ... aber warum so plötzlich, wie erkläre ich ihm das?«

»Stell das Wasser im Haus ab. Das ist ein guter Grund.«

Für George wird das verständlich sein. Vor ein paar Jahren war ihr Brunnen trocken, und Ariel brauchte ein paar Tage, um alles in Ordnung zu bringen, um diesen Typen – diesen Mistkerl – dazu zu bringen, im Winter zu kommen und einen neuen Brunnen zu graben, der weiter vom Haus entfernt war, wie es die neuen Vorschriften verlangten, und dann noch ein paar Tage, bis der Klempner die Anschlüsse installiert hatte, und in der Zwischenzeit war es schwer, ohne fließendes Wasser zu leben, sodass Ariel und George und die Hunde schließlich in ein freies Zimmer im Haus einer Freundin gezogen waren, wo George in einem Schlafsack auf dem Boden geschlafen hatte, wie drinnen Zelten. Eine denkwürdige Erfahrung.

»Geh in den Keller, such das Hauptventil.«

»Hauptventil? Ich weiß nicht, was das bedeutet.«

Elaine lebt in einer Eigentumswohnung auf einem Golfplatz mit Hausverwalter und Portier, ein Ort, an dem sie zum Telefon greifen und sagen kann, dass die Toilette verstopft oder die Heizung kalt ist, und ein Mann in einer Uniform mit aufgesticktem Namen auf der Brust erscheint, der einen Werkzeugkasten mit sich herumschleppt und vielleicht ein Ersatzteil aus dem Baumarkt besorgen muss, und am Ende gibt Elaine ihm einen gefalteten Zwanziger, und er antwortet »Danke, Mrs. Winston« und karrt den ganzen Dreck weg, der mit der Reparatur zusammenhängt, eingewickelt in die weggeworfene Zeitung von jemand anderem.

Dass so die Welt funktionierte, hatte auch Ariel früher angenommen: nicht, dass man selbst wusste, wie man Dinge im Haushalt erledigte, sondern dass man Leute anrief, die das taten, und wenn sie fertig waren, bedankten sie sich. So hatte es in ihrer Kindheit funktioniert und in ihrem Studentenwohnheim und in ihren Wohnungen in New York, wo sie mit anderen jungen Frauen zusammenlebte, dann allein, dann mit ihrem ersten Mann.

»O Schatz, was hast du dir da eingebrockt?« Wieder dieselbe alte Vermutung: dass es Ariels Schuld ist.

»Ich kann es jetzt nicht erklären, Mom. Kannst du das bitte einfach für mich tun? Ich erzähle dir später alles darüber.«

Ariel kann hören, wie ihre Mutter schwer atmet, vielleicht schnieft.

»Mom? Geht es dir gut?«

»Nein, mir geht es überhaupt nicht gut. Ich bin zu Tode erschrocken.«

»Das tut mir leid.« Ariel wünschte, sie könnte ihre Mutter beruhigen, ihr sagen, dass es keinen Grund zur Sorge gibt, aber das wäre kontraproduktiv. Und vielleicht auch nicht wahr.

»Okay, ich bin jetzt im Keller.«

»Das Hauptventil ist ein roter Knopf, der aus einem Rohr kommt, in der Nähe der Pumpe auf dem Kellerboden; es hängt ein Stück rotes Garn dran und ein Schildchen mit der Aufschrift Hauptventil. Siehst du es?«

»Ja.«

»Jetzt schließe das Ventil …«

»In welche Richtung?«

Ariel hebt ihre rechte Hand zur Erinnerung. »Nach rechts, im Uhrzeigersinn.« Wie bei den Autopedalen weiß ihr Körper es einfach, aber nicht unbedingt ihr Verstand. »Nachdem das Hauptventil geschlossen ist, fließt noch ein wenig Wasser durch die Rohre, und das Wasser in den Kästen für jede Toilette reicht noch für einmal, aber danach füllen sich die Wasserkästen nicht mehr, man kann nicht mehr spülen. Zeig George, dass nichts mehr aus den Wasserhähnen kommt.«

»Du willst, dass ich den Jungen *anlüge*?«

»*Wollen*? Nein, Mom. Ich *will* nicht, dass meine Mutter mein Kind anlügt. Ich *will* auch nicht, dass mein Mann in Portugal entführt wird. Was ich *will*, ist, dass du und George in Sicherheit seid, dass mein Kind keine Angst hat, und das ist der Plan, den ich mir ausgedacht habe, und wenn du eine bessere Idee hast, dann bitte raus damit. Ich bin ganz Ohr.«

Der Kauf eines zweihundert Jahre alten Bauernhauses war nicht die rationalste der vielen lebensbestimmenden Entscheidungen, die Ariel in diesem denkwürdigen Jahr getroffen hat. Es war sogar unverantwortlich, wie der Kauf eines Oldtimers, wenn man nicht weiß, was ein Getriebe ist. Wenn man weder Geduld noch Geld noch Wissen hat, sind komplizierte alte Dinge keine vernünftige Entscheidung.

Ariel wusste nicht, wie das Haus funktionierte. Sie wusste auch nicht, wie ihr nagelneues Baby funktionierte; für beides gab es keine Gebrauchsanweisung. Aber ihre elektrische Zahnbürste? Für die gab es eine zweiunddreißig Seiten lange Anleitung.

Diese ersten Jahre im Bauernhaus waren eine Übung in fast ununterbrochener Frustration, eine Sache nach der anderen ging kaputt, war undicht, versagte, und zu jedem Problem kam Ariels Demütigung, dass sie nie in der Lage war, praktische Fragen über ihr eigenes Haus zu beantworten – lief die Heizung mit heißem Wasser oder Dampf, wo befand sich die Klärgrube und wann war sie zuletzt geleert worden, wie hoch war der Stromverbrauch, woher kam das Wasser. Sie wusste verdammt noch mal gar nichts.

Sie begann sich zu sorgen, dass das Leitungswasser komisch schmeckte. Tat es das? Manchmal sind die Dinge, die man tagtäglich erlebt, schwer zu beurteilen. Ariel fragte jeden, der vorbeikam; sie erhielt unterschiedliche Antworten. Sie rief einen Testdienst an, die schickten einen Mann, der eine Probe entnahm und sie an ein Labor schickte, das dann per E-Mail eine Analyse schickte, die sie nicht einmal ansatzweise verstand, es war wie eine völlig andere Sprache.

Das Wasser sei alkalisch, erklärte der Mann am Telefon. Ein Filter würde das Problem lösen, ganz einfach.

Ein paar Wochen später kam Jeb Payne an, kletterte durch die Luke hinunter in ihren teilweise ausgehobenen Keller – nackter Erdboden, grob behauene Mauerwerkswände, ein gruseliger Raum voller Spinnweben und mechanischer Dinge, die sie nicht verstand, beleuchtet von einer nackten Glühbirne, die von der niedrigen Decke hing, und auf allen Seiten umgeben von Kriechgängen, die von Mäusen und Ratten, Waschbären und Opossums bevölkert waren, die kämpften und fickten und nisteten und starben, der Gestank toter Nagetiere war eine Konstante im Winter.

»Hm«, sagte Payne und näherte sich dem großen kugelförmigen Ding, das wie ein futuristischer Grill aussah. »Sieht aus, als hätten Sie bereits ein Filtersystem.« Er legte seine kräftige Hand auf das Ding, die Finger wie Würste, und drehte sich zu ihr um. »Genau hier.«

Ariel missfiel die Herablassung in seinem Gesicht. Als würde er bewundernswerte Zurückhaltung üben, indem er sie nicht auslachte.

»Sieht aus, als wäre es nicht verbunden.« Er beugte sich vor, untersuchte einen Schlauch, ein Rohr. »Sie wissen nicht zufällig, warum?« Er blickte wieder zu ihr hoch, über seine Schulter, mit einem unausstehlichen Seitenblick. »Nein, das wissen Sie wohl nicht.«

Ariel spürte, wie ihr die Scham in die Wangen stieg, und sie wusste, dass er es auch sehen konnte.

In diesem Moment hasste Ariel sich selbst dafür, dass sie so eine Sorte Mensch war, mit dieser altbekannten Art von Inkompetenz, eine Frau, die einem Mann wie ihm ausgeliefert war, dessen Arroganz die natürliche Folge ihrer eigenen Entscheidungen war, der Entscheidungen ihrer Mutter, der Entscheidungen der Gesellschaft darüber, was Männer konnten und was Frauen konnten und was nicht.

Er war der letzte Strohhalm.

Ariel rief den Klempner und den Elektriker an. »Nein«, gab sie zu, »es ist kein Notfall. Eigentlich ist alles in Ordnung.« Sie bezahlte jeden Handwerker für eine Stunde, in der er ihr alles erklärte, während sie sich Notizen machte und Fragen stellte – wozu das hier dient, wie jenes da funktioniert, warum es dies gibt. Es war peinlich, aber eine lohnende Investition, um künftige Demütigungen zu vermeiden. Sie stellte ihre Unwissenheit zur Schau, um sie zu überwinden.

Und es ging um mehr als um Handwerker. Es ging um alles: Ariel beschloss, ihr ganzes Leben selbst in die Hand zu nehmen und herauszufinden, wie sie all das selbst tun konnte, wofür sie bisher andere Leute bezahlt hatte. Die meisten Dinge sind gar nicht so kompliziert. Man muss nur bereit sein, es zu versuchen.

Ariel wollte nie eine Frau sein, die alles durch die Brille der Angst, der Worst-Case-Szenarien, der Fluchtmöglichkeiten, der Selbstverteidigung, des Misstrauens und der Feindseligkeit, der Risikovermeidung betrachtete. Sie wollte ein Mensch sein, der ohne Angst in die Welt hinausging, auch dann, wenn sie gar nicht hinausging; sie wollte unerschrocken einfach nur im Bett liegen.

Das Leben stellt einen vor so viele Entscheidungen. Oberflächliche über Aussehen, Kleidung, Frisur, aber auch bei allem anderen: Wie erziehe ich mein Kind, wie verdiene ich mein Geld und gebe es aus, wer sind meine Freunde, was mache ich in meiner Freizeit, Katze oder Hund, Wein oder Bier, Vegetarierin oder Allesfresserin, Limousinen oder Pick-ups. Unzählige Wahlmöglichkeiten. Wir merken nicht einmal, wie viele wir ständig treffen; erkennen nicht, dass wir frei dazu sind.

Aber das sind wir. Ariel zwang sich, ihre Optionen lange und gründlich zu prüfen. Sie musste sich bewusst entscheiden.

Sie entschied sich dafür, eine Person zu sein, die weiß, wie die Technik in ihrem Haus im Allgemeinen funktioniert. Eine Person, die die grundlegende Mechanik des Autos versteht, das sie fährt, und der Farm, die ihr gehört. Sie hat sich entschieden, eine Person zu sein, die recherchiert, wie man fast alles macht, und es dann auch tut – einen Untermietvertrag aufsetzen, einen platten Reifen wechseln, einen undichten Wasserhahn reparieren, Buchhaltung und Steuererklärung machen, ein Baumhaus bauen und ein Lagerfeuer errichten, eine Gasflamme wieder anzünden, ein Stück Trockenbauwand mit Klebeband und Spachtelmasse bearbeiten, schleifen und streichen.

Auch eine Frau, die weiß, wie sie sich verteidigt. Sogar wie sie jemanden umbringt, mit den eigenen bloßen Händen.

Kapitel 14

Tag 1, 19:21

Ariel erreicht die nächste Kreuzung, da merkt sie, dass sie gar nicht sicher ist, wo sie sich überhaupt befindet, wo ihr Hotel ist. Sie biegt nach links ab, geht ein paar Schritte, dann erhascht sie hinter dem Hügel einen Blick auf den Fluss ...

»Verdammt.« Sie ist in die falsche Richtung gegangen, einen ganzen Block vom Weg abgekommen, was bedeutet, dass sie weitere fünf Minuten draußen in der Welt sein muss, herumlaufen, ungeschützt, verletzlich. Sie macht kehrt, geht ein paar Schritte zurück bis zur Ecke, biegt ab ...

Ihr stockt der Atem, aber sie zwingt sich, sich nichts anmerken zu lassen.

Er ist auf der anderen Straßenseite und kommt langsam auf sie zu, als würde er nur spazieren gehen.

Ihr bleibt fast keine Zeit, eine Entscheidung zu treffen. Sie kann noch einmal kehrtmachen und fliehen. Oder sie kann so tun, als würde sie ihn nicht bemerken, ihn nicht erkennen, einfach vorbeigehen. Oder sie kann ihn zur Rede stellen.

Er hat sein Oberteil gewechselt, trägt jetzt ein graues Shirt mit Rundhalsausschnitt statt des blauen Polohemdes. Aber die Khakihose ist die gleiche, Falten auf der Vorderseite, wenn auch weniger scharf. Das Auffälligste jedoch sind die orthopädisch aussehenden Schuhe.

Oder sie kann angreifen. Den größten Teil ihres Lebens wäre ihr ein Angriff nie in den Sinn gekommen; es wäre ihr abwegig und unmöglich erschienen. Aber jetzt nicht mehr.

Sie macht einen Schritt vom Bordstein runter und überquert die Straße. Sie kann das. Sie hat es schon einmal getan.

Es war vor zwei Jahren. George spielte bei einem Freund, und die Farmarbeiter hatten wie immer um halb fünf Feierabend gemacht. Ariel war also ganz allein, als sie einen Jeep in ihrer Einfahrt hörte.

Ihre erste Vermutung war, dass es sich um die Bewässerungsfirma handelte, die sie ein paar Tage zuvor angerufen hatte und die sich nicht festlegen wollte, wann ein Team für einen Serviceeinsatz zur Verfügung stehen würde.

Sie reckte ihren Hals, um aus dem Fenster zu schauen, und da sah sie, wer es war. Unangekündigt, uneingeladen, unwillkommen.

Eines der Dinge, die Ariel am Leben in der Stadt vermisst, ist die Fülle der Auswahl. Ob Restaurants oder Bars, Buchläden, Boutiquen, Haushalts- und Eisenwaren, Lampen oder was auch immer: Wenn einem ein Geschäft oder die Leute, die dort arbeiten, nicht gefallen, kann man woanders hingehen oder noch woanders oder noch woanders. Hier nicht. In dieser Kleinstadt hat sie keine Wahl, weder bei den Geschäften, die sie aufsucht, noch bei den Menschen, mit denen sie zu tun hat. Es gibt nur einen Orthopäden, einen Spielzeugladen, eine Apothekerin. Und für Wasserprobleme gibt es nur einen Typen, der genau die Art von Widerling ist, mit dem Ariel sich nicht abgeben würde, wenn sie eine Wahl hätte. Hat sie aber nicht.

Sie trat auf ihre Veranda und schaute die Straße hinauf, erst in die eine, dann in die andere Richtung.

»Hallo?« Sie versuchte, diesen beiden Silben Zweifel, Zurückhaltung und Kälte, aber keine offene Feindseligkeit zu verleihen. Sie wollte keinen Streit anfangen, wenn sie nicht musste, nicht in einer Situation wie dieser. Kein Fluchtweg, keine Zeugen.

Jeb Payne kletterte aus seinem übergroßen Jeep und zog sich die Hose hoch. Er war noch nicht so übergewichtig, wie er irgendwann sein würde, aber er hatte schon große Fortschritte gemacht, seit er das erste Mal hier war, um den Filter zu reparieren.

»Hey.« Er stapfte mit einem großen Werkzeugkasten auf sie zu.

»Ich habe Sie nicht angerufen, oder?« Ariel war sich sicher, dass sie es nicht getan hatte. Aber sie hoffte, dass es weniger konfrontativ wäre, dies als Frage zu formulieren.

»Nein. Ich bin wegen der Nachuntersuchung nach drei Jahren hier. Das gehört zu unserem Serviceangebot. Für, ähm, *geschätzte* Kunden.«

»Nicht nötig.« Ariel verschränkte die Arme und stellte sich vor die Tür. »Es ist alles in Ordnung.«

»Schön zu hören.« Er grinste. »Aber ich muss es mir trotzdem ansehen. Das ist der Deal.« Als ob sie es beim ersten Mal nicht verstanden hätte.

»Im Ernst, das müssen Sie nicht.«

»Im Ernst«, sagte er, »muss ich doch.« Er war jetzt auf ihrer Veranda. »Es wird nur eine Minute dauern.«

Er stand vor ihrer Fliegengittertür, griff aber nicht nach dem Knauf, als ob er einen Unterschied zwischen seiner ungebetenen Ankunft und dem unleugbaren Verbrechen des Eindringens ohne ausdrückliche Erlaubnis machte. Ariel hatte das Gefühl, dass Payne alle Feinheiten des kriminellen Eindringens von seinem Cousin, dem Polizisten, gelernt hatte.

»Haben Sie etwas dagegen?«, fragte er.

Das hatte sie. Aber sollte sie wirklich sagen: »Ja, das habe ich, bitte gehen Sie«? Ariel wartete eine Sekunde ab, um so ihren Unwillen deutlich zu machen, aber Payne wich nicht zurück. Sie wollte keine offenkundig feindselige Situation heraufbeschwören, aber das schien die einzige Alternative zu sein, statt ihn passieren zu lassen.

Ariel trat zur Seite und ließ ihn vorbei. Aber sie blieb draußen auf ihrer Veranda und überlegte. Sie sah Paynes Wagen, der ihren eigenen in der Einfahrt blockierte. Sie blickte wieder auf die leere, abgelegene Straße, auf der nur sehr selten am Tag mal ein Auto vorbeifuhr. Sie schaute auf das Haus ihres nächsten Nachbarn, ein paar Hundert Meter entfernt, kein Buick in der Einfahrt; Cyrus war wahrscheinlich unten beim Kriegsveteranenverein, wo er fast jeden Nachmittag ein oder zwei Bier trank.

Sie bekam ein ungutes Gefühl. Vielleicht war es kein Zufall, dass sie ganz allein war.

»Darf ich Sie um ein Glas bitten?«

»Im Schrank rechts«, sagte Ariel, immer noch draußen.

Payne ließ Wasser in ein Glas laufen, nahm einen Schluck, ließ den Hahn an.

»Schmeckt das immer so?« Er stand noch immer am Spülbecken, hielt ihr das Glas hin, versuchte sie reinzulocken.

Reagierte sie über? Das hatte man ihr schon einmal vorgeworfen. Es schien unwahrscheinlich, dass dieser Mann am helllichten Tag mit der ausdrücklichen Absicht, sie anzugreifen, hierhergekommen war. Aber es war definitiv nicht unmöglich.

Ariel ging hinein. Sie ignorierte das Glas in Paynes ausgestreckter Hand und nahm sich stattdessen ein neues, füllte es und trank einen Schluck. Aber sie achtete nicht darauf, wie das Wasser schmeckte.

»Scheint mir okay.«

»*Hmm*.« Er machte ein zweifelndes Gesicht. »Ich muss in den Keller gehen und Ihre, ähm, Apparatur überprüfen. Bitte lassen Sie das Wasser laufen, damit wir eine reine Probe bekommen können. Ich bin in ein paar Minuten wieder da.«

Er verließ den Raum, und Ariel atmete erleichtert auf. Sie machte weiter mit ihren Essensvorbereitungen, tauchte Auberginenscheiben in Mehl, dann in geschlagene Eier, dann in Semmelbrösel, ihre Hände waren voll mit klebrigem Schleim.

Dann war Payne wieder auf ihrer Veranda, mit den Hunden hinter sich. Sie fühlten sich verpflichtet, Besucher zu beaufsichtigen.

»Hey«, sagte er.

Sie wusch sich die Hände im noch laufenden Wasser und wandte sich dann in Richtung Fliegengittertür, kam aber nicht näher.

»Alles in Ordnung?«

»Darf ich reinkommen? Ich muss noch eine Probe nehmen.«

Wieder zögerte sie, bevor sie sagte: »Ich denke schon.« Sie wollte ihr Widerstreben möglichst deutlich machen.

Payne füllte ein paar Fläschchen, dann schloss er den Hahn. »Es wird eine Woche oder so dauern, bis die Ergebnisse da sind.«

»Okay«, sagte sie. »Danke, dass Sie gekommen sind.«

Er machte keine Anstalten zu gehen. Er schaute auf den Tresen, die Schalen mit den Zutaten, dann wanderte sein Blick zurück zu ihr, begann bei ihren Beinen und wanderte langsam nach oben.

»Ich hab Feierabend«, sagte er mit dem extrabreiten Akzent, den Männer hier manchmal benutzen, um zu zeigen, dass sie vom Land kommen, um sich von den Zugezogenen aus der Stadt abzugrenzen.

»Nun«, sagte sie, »dann danke noch mal, dass Sie vorbeigeschaut haben.«

»Ich habe es nicht eilig.« Er grinste. »Wie wär's mit einem Bier?«

Während des gesamten Besuchs von Payne hatte Ariel ein unangenehmes Gefühl in sich wie ein Kratzen im Hals, das man einfach ignorieren kann. Bis man husten muss und es wehtut.

»Oh, ich glaube nicht. Ich muss das Abendessen fertig machen, mein Sohn kommt jeden Moment nach Hause.«

Ariel warf einen Blick auf den Tresen und stellte fest, dass kein Messer in Reichweite lag.

»Außerdem kriegen wir noch Besuch«, log sie. »Er wird bald hier sein.«

Nichts davon war wahr, und Paynes Grinsen sagte ihr, dass er das wusste. »Du feierst wohl 'ne Party, was?«

Ariel hatte ihre Lektionen gelernt; natürlich hatte sie das. Sie wusste, was sie hier zu tun hatte und wann sie es tun musste. Aber es ist schwierig, Nein zu sagen, es laut zu tun, sicherzustellen, dass es keine andere Interpretation gibt, kein Raum für Missverständnisse, keine Spur von Zweideutigkeit.

»Nein, keine Party.«

Er machte einen Schritt auf sie zu. »Ich feier gerne.«

In den sauren Apfel beißen und sagen: Bitte gehen Sie.

»Was ist mit dir? Du feierst auch gern, oder?«

Sagen: Ich bestehe darauf.

»Hören Sie«, begann Ariel. Er stand jetzt schon zu nah. Er war groß, dreißig oder vierzig Kilo schwerer als sie, überragte sie um fünfzehn Zentimeter; sie wollte nicht, dass es zu einem körperlichen Kampf kam.

Sagen: Gehen Sie sofort, oder ich rufe die Polizei.

»Ich fühle mich unwohl so.« Ariel blickte auf seine Schuhe, Stahlkappenstiefel.

»Unwohl?« Als ob das völlig lächerlich wäre. »Nein, nicht doch.«

»Doch.« Ariel begegnete seinem Blick und versuchte, entschlossen auszusehen. Entschlossen zu sein.

»Komm schon.« Payne machte einen weiteren Schritt, war nun in Greifnähe. Er grinste wieder schief, als würden sie ein Spiel spielen, das ein wenig komisch war.

»Bitte, ich möchte, dass Sie gehen.«

Er griff nach ihr, und sie schlug seine Hand weg. Sein schiefes Lächeln verwandelte sich in ein Stirnrunzeln, sein ganzes Gesicht verfinsterte sich.

»Was? Bist du 'ne verdammte Lesbe? Wie die Leute sagen?«

Es gab keinen Grund, zuzustimmen oder zu widersprechen. Nichts davon würde helfen.

»Ich sage den Leuten immer, nee, das kann nicht sein.«

Ariel spürte ihren Puls pochen, ihren Kiefer zucken, ihr ganzer Körper spannte sich an. Sie war sich jetzt sicher, dass dies böse ausgehen würde, die Frage war nur, wie böse, und ob jemand im Krankenhaus oder tot enden würde. Und welche Person das wäre.

»Diese Mieze«, Payne grinste, »steht auf Schwänze. Das seh ich.«

Diesmal schoss seine Hand schnell hervor, überraschte Ariel und packte sie am Hals. Er war ein großer Mann mit großen, kräftigen Händen. Er war nicht fit, aber er war definitiv stark. Ariel spürte, wie sich der Würgereiz einstellte.

Draußen auf der Veranda bellten die Hunde wie wild, auf der falschen Seite der geschlossenen Tür.

Sie war darauf vorbereitet, oder etwa nicht? Sie hatte trainiert, sie hatte geübt. Nicht nur im Allgemeinen, nicht nur abstrakt. Auf genau so etwas hatte sie sich vorbereitet.

Es hätte keinen Sinn, auf die gehärtete Spitze seines Stiefels zu treten, was niemanden außer sie selbst verletzen würde. Also übersprang sie diesen Schritt und hob ihr Bein schnell und geübt an, wobei sie mit dem Knie direkt auf seinen Schritt zielte, mit maximaler Kraft, für maximalen Schmerz, und er heulte auf und ließ ihren Hals los, aber sie ließ ihn nicht zurückweichen, sondern stieß ihren rechten Arm nach vorn, keinen Rundschlag oder Haken, sondern nur ein schneller gerader Schlag – Genauigkeit und Winkel waren hier viel wichtiger als Kraft –, den sie mit dem Handballen statt mit den Fingerknöcheln ausführte und von unten auf seine Nase zielte, indem sie mit festem Handgelenk und gestrecktem Arm nach oben fuhr und auch ihren

Unterkörper miteinbezog, die ganze Wucht ihrer 65 Kilo in einen heftigen Zusammenprall mit den kleinen, zarten Knochen der kleinen, nach oben gebogenen Nase dieses großen Mannes verwandelte. Das Blut strömte, er krümmte sich, und sie machte einen Schritt zur Seite, griff sich eine gusseiserne Pfanne und schwang sie gegen Paynes Kopf, der sich nun genau richtig auf Hüfthöhe befand. Die Pfanne traf ihn mit einem lauten Scheppern, sodass er umkippte und mit einem dumpfen Aufprall aufschlug, der ganze Küchenboden vibrierte.

Ariel huschte zum Tresen und riss ein Tranchiermesser aus dem Block. »Ich sollte dich *umbringen*.«

Sie stand seitlich neben ihm, um Payne keine Gelegenheit zu geben, nach ihr zu treten. Er krümmte sich vor Schmerzen in seinem Schritt, seiner Nase, seiner Wange in der eine große Wunde klaffte, ein möglicherweise gebrochener Wangenknochen und eine gebrochene Nase. »Vielleicht werde ich das sogar.«

»Nein!« Er löste eine Hand von seinem Gesicht, hielt sie hoch, die blutige Handfläche ihr zugewandt, um die lange Klinge abzuwehren.

»Flehe mich an, du Arschloch. Flehe mich an, dich nicht zu töten.«

»Bitte«, flehte er und kroch zur Tür. Ariel blieb standhaft, sie hielt das Küchenmesser in der einen und die Pfanne in der anderen Hand, keuchte und starrte ihn an wie eine gestörte Actionfilmfigur, die Revenge Mom.

»Bitte«, wiederholte er.

Sie dachte daran, die Polizei zu rufen. Aber sie wollte ihre Aufmerksamkeit nicht von ihm lösen, ihm keine Zeit und keinen Raum geben, etwas zu unternehmen. In diesem Moment sah es vielleicht so aus, als hätte sie den Kampf gewonnen, aber es war genauso gut möglich, dass er Kraft sammelte, um aufzustehen und sie anzugreifen.

Es konnte auch sein, dass er eine Waffe im Wagen hatte. Bei dem Aufkleber mit den gekreuzten Gewehren war das doch garantiert so, oder? In diesem Fahrzeug befand sich definitiv eine Schusswaffe, und er würde mit beiden blutigen Händen, die eine Halbautomatik umklammerten, diese Verandastufen hinaufstürmen und wahllos Schüsse abfeuern, zuerst die Hunde töten und dann die Mündung auf sie richten …

Ariel sah diesen Ausgang so deutlich vor sich, dass er unausweichlich schien. Es gab nur eine Möglichkeit, das zu vermeiden.

Sie rannte die Treppe hinunter, während sie die Position der Autos überprüfte und feststellte, dass es keine Möglichkeit gab, ihren eigenen Pick-up an seinem vorbeizumanövrieren, da Bäume im Weg waren und die Garage ebenfalls. Und wenn sie zu Fuß fliehen würde, würde er sie mit seinem Jeep leicht einholen, bevor sie sich in Sicherheit bringen konnte. Er würde sie durchs Fenster erschießen, wie der unsportliche Sportsmann, der er definitiv war.

Ariel riss seine Wagentür auf, griff unter den Sitz und fand dort nichts als Müll; sie schob ihre Hand ins Seitenfach der Tür – noch mehr Müll.

Sie blickte zurück – Payne war aufgestanden und ging vorsichtig über die Veranda. Wie ein verletztes Tier, das um sein Leben kämpft, verletzt und gedemütigt, wütend und irrational. Gefährlicher als je zuvor.

In der Mittelkonsole befand sich auch keine Waffe.

Er stolperte die Treppe hinunter. Die Hunde flankierten ihn, bellten ihn an, aber sie würden ihn nicht angreifen.

Keine Waffe unter dem Beifahrersitz.

Er taumelte auf dem gepflasterten Weg auf sie zu, war nur noch zwanzig Meter entfernt.

Sie streckte sich über den Fahrersitz und griff hinüber, um das Handschuhfach zu entriegeln, aber nichts geschah – verdammt –, also versuchte sie es noch einmal, immer noch ging es nicht auf …

Er war zehn Meter entfernt.

… sie schlug mit dem Handballen gegen die kleine Klappe, und – endlich – sprang sie auf und warf einen Reifendruckmesser, eine bernsteinfarbene Flasche mit Schmerztabletten und ein Twix aus; das ganze Zeug fiel auf die schmutzige Bodenmatte und ließ das Fach leer, bis auf den größten und schwersten Gegenstand darin, eine halb automatische Handfeuerwaffe, die durch ihr eigenes Gewicht an ihrem Platz verankert war.

Sie schnappte sich die Waffe, stieß sich dann blindlings nach hinten ab, rutschte rückwärts auf den Bauch, warf sich vom Fahrersitz und aus der Tür, wobei ein Fuß auf der gummibereiften Trittstufe des Wagens Halt fand, der andere aber nicht, sodass sie das Gleichgewicht verlor, rückwärts stürzte und auf ihrem Hintern landete, ein kräftiger Ruck, und dann prallte ihr Schädel auf den Kies der Einfahrt, und alles wurde für einen Augenblick dunkel, aber die Dunkelheit löste sich schnell in blitzende Sterne auf, und dann konnte sie ihn direkt über sich stehen sehen, direkt hinter dem Pistolenlauf, den sie auf sein Gesicht gerichtet hatte.

Sie entsicherte die Waffe.

»Zurück, verdammt noch mal«, sagte sie.

Ariel schob sich mit einer Hand weiter nach hinten, während sie mit der anderen die Waffe festhielt. Sie zielte nicht mehr auf Paynes Kopf, sondern auf das größere, leichtere Ziel in der Mitte seines Körpers. Sie hatte nur wenig Erfahrung im Umgang mit einer Handfeuerwaffe, aber sie glaubte nicht, dass sie aus einem Meter Entfernung danebenschießen würde, oder aus zwei oder drei Metern, was die Entfernung wäre, wenn sie aufstand.

In ihrem Kopf tobte eine Debatte, die sie schon einmal geführt hatte, aber nur in ihrer Vorstellung, in der Abstraktion, über einen anderen Mann. Nun war es konkret, es war jetzt, es war dieser Mann. Sie wusste, dass sie so oder so wahrscheinlich den Rest ihres Lebens damit verbringen würde, ihre Entscheidung zu hinterfragen.

»Mach verdammt noch mal, dass du wegkommst«, sagte sie.

Und das tat er.

Kapitel 15

Ariel überquert die Straße diagonal und nähert sich schnell dem Khaki-Typen auf der anderen Seite. Er gibt sich große Mühe, so zu tun, als würde er sie nicht bemerken.

Sie hatte diese Lektion mehr als einmal gelernt: Wenn ein Mann den Eindruck macht, dass er dich angreifen will, dann wird er das auch tun. Hoffe nicht einfach darauf, dass sich eine alternative Erklärung findet; warte nicht damit, dich zu verteidigen, bis er tatsächlich angreift. Meistens heißt das Flucht. Manchmal ist wegrennen aber unmöglich, nicht ratsam oder kontraproduktiv. So wie jetzt.

Ariel holt eine Wasserflasche aus ihrer Tasche, öffnet den Verschluss und setzt sie an den Mund. Sie ist nah dran, nur noch ein paar Sekunden. Die Flasche ist in ihrer linken Hand; der Mann ist auf ihrer linken Seite.

Nur noch ein paar Schritte, noch ein paar Sekunden ... Jetzt ...

Ariels Stadt ist klein, vor allem im Winter, wenn keine Sommergäste da sind. Du triffst alle ständig. An der Tankstelle, im Supermarkt, im Café, im Kino, in der Drogerie und im Rathaus. Du siehst Leute, die du kennst, auf der Main Street, auf dem Parkplatz des Einkaufszentrums, beim Chinesen und in der Pizzeria. Ihre Wagen überholen dich auf der Straße, du weißt, was jeder fährt, du erkennst die Autos deiner Freunde aus einem Kilometer Entfernung. Die Autos deiner Feinde auch.

Andauernd traf sie Jeb Paynes Frau, eine trübselig wirkende Person, drei Kinder im Schlepptau, die sie beim Fußballtraining und an der Schule in einen beigen Sienna ein- und aussteigen ließ. Ariel traf auch Paynes Cousin Brooks, den Polizisten. Die beiden Jungs waren zusammen aufgewachsen und ihr ganzes Leben lang dicke Freunde gewesen. Das war der Grund, warum Ariel nicht zur Polizei gegangen war. Einer der Gründe.

Ein paar Monate nach dem Angriff stand sie an der Supermarktkasse hinter Beverly Payne und zwei ihrer Kinder; das älteste hing draußen herum, starrte auf einen Bildschirm.

Ariel verspürte den Drang, etwas zu dieser Frau zu sagen. Aber was? Um was zu erreichen? Ariel wollte Payne unbedingt wehtun, klar. Aber wollte sie auch Beverly schaden?

Wissen Sie, wie Ihr Mann das Gesicht zu Brei geschlagen bekommen hat? Das könnte Ariel fragen. Beverly würde sie beleidigt und abwehrend anstarren. Ganz gleich, welche Märchen Payne ihr zu verkaufen versuchte, diese Frau ahnte wahrscheinlich die Wahrheit. Vielleicht war das schon mal passiert, möglicherweise sogar Beverly selbst. Mindestens eine von zehn verheirateten Frauen ist schon einmal von ihrem Mann vergewaltigt worden. Beverly war die Gewalttätigkeit ihres Mannes bestimmt nicht fremd.

Ich weiß nicht, wovon Sie reden, würde sie schnell und wütend antworten und sich dann abwenden, in der Hoffnung, das Gespräch damit zu beenden.

Ich bin diejenige, die sein Gesicht so zugerichtet hat, würde Ariel zu Beverlys Hinterkopf sagen. *Wissen Sie, warum?*

Beverlys Kinder würden Ariel mit großen Mündern anstarren und unbewusst verstehen, dass diese Interaktion im Supermarkt etwas Wichtiges war, etwas Lebensbestimmendes. Und die Leben, die davon bestimmt würden, wären die dieser Kinder.

Weil er versucht hat, mich zu vergewaltigen.

Einer der Jungen ließ seinen Trinkbecher fallen, er rollte in Ariels Richtung. Beverly hörte das Geräusch und drehte sich um, während Ariel sich hinkniete, um den Becher aufzuheben. Sie blieb in der Hocke und reichte ihn dem Jungen.

»Was sagt man, Cole?«

»Danke, Ma'am.«

Ariel wandte sich Beverly zu, die ebenfalls »Danke« sagte.

Nein, diese Frau war nicht Ariels Feindin. Sie war eine Verbündete im Kampf.

Der Gedanke daran, dass es eine altmodische Hauptstraße gab, war ein Grund, der Ariel gereizt hatte, in eine Kleinstadt zu ziehen, das Versprechen von etwas Reinem, etwas Unschuldigem, an das sie glauben wollte, die schrulligen Charaktere hinter den Glasfenstern der eigenwilligen Geschäfte, freundlicher Small Talk und die kleinen, oberflächlichen Nettigkeiten des Kleinstadtlebens. Sie hatte gehofft, dass dies das Gegenmittel für alles sein würde, was an ihrem Leben in der Großstadt falsch war, und sie hatte sich lange an diese Hoffnung geklammert, zu lange, so wie man sich an seine letzte Hoffnung eben klammert: verzweifelt.

Seit sie Payne zusammengeschlagen hatte, fühlte Ariel sich weniger sicher; sie hatte Angst vor Rache. Er wusste, wo sie wohnte, wo sie arbeitete, wo sie einkaufte und aß und tankte, wo ihr Kind zur Schule und zum Baseball und zum Schwimmen ging. Er wusste, wann sie allein war, er kannte ihre Schwachstellen. Und sein bester Freund war Polizist.

Sie überlegte, ob sie seine Waffe zur Selbstverteidigung behalten sollte, aber sie kannte die Statistiken. Der Besitz einer Waffe würde nur die Wahrscheinlichkeit erhöhen, dass sie selbst erschossen wurde. Stattdessen entfernte sie ihre Fingerabdrücke mit Mineralöl, band die Waffe an einen Betonklotz, den sie am Strand gefunden hatte, und warf sie von einer Brücke in einen tief ausgebaggerten Kanal. Ariel hatte jedoch keinen Zweifel daran, dass Payne noch weitere Waffen besaß; der durchschnittliche Waffenbesitzer-Haushalt hat acht.

Sie nahm weiterhin an Selbstverteidigungskursen teil, um zu üben, wie sie sich am besten verschiedenen Arten von körperlichen Gefahren stellt und welche Taktiken sie anwenden kann. Sie wurde stärker, schneller und selbstbewusster. Sie lernte eine Menge Möglichkeiten, sich zu verteidigen.

»Okay«, sagte sie dann zu ihrem Martial-Arts-Lehrer, vor nur ein paar Monaten. »Jetzt will ich lernen, wie man angreift.«

Ariel konnte nicht aufhören, sich zu fragen, ob sie Payne hätte erschießen sollen. War der Tod eine angemessene Strafe für einen sexuellen Übergriff? Darüber konnte man streiten. Aber solange dieses Arschloch am Leben war und frei herumlief, würde sie sich niemals sicher fühlen. Und welche Strafe war dafür angemessen?

Sie hatte kein Vertrauen in die Polizei, dass sie ermittelte. Kein Vertrauen ins Justizsystem, dass dieses Abhilfe schaffen würde. Ariel wollte niemanden umbringen, aber sie wollte ruhig schlafen. Sie wollte Gerechtigkeit. Wer konnte ihr das bieten?

Niemand.

Sie ist nur noch ein paar Schritte von dem Mann entfernt, der sie verfolgt hat. Drei Schritte, zwei, jetzt ...

Ariel kippt nach vorne, als hätte sie das Gleichgewicht verloren und würde gerade hinfallen, lässt die Wasserflasche los, die dem Mann vor die Füße fällt, der lockere Deckel der Flasche löst sich, ein Schwall Wasser spritzt auf die orthopädischen Schuhe, und der Mann beugt sich instinktiv vor, um die Flasche aufzufangen oder das Wasser abzubürsten, und so ist sein Arm unten, sein Oberkörper gekrümmt, sein Gesicht viel näher an der Hüfte, als ihm lieb gewesen wäre, wenn er geahnt hätte, was auf ihn zukommt ...

Ariel stößt ihr Knie in sein Gesicht, und sie hört das Geräusch aufeinanderschlagender Zähne, ein Stöhnen, als er zu Boden geht, und als er dort liegt, tritt sie ihm schnell in den Unterleib, ohne groß zu zielen, es wird ihn verletzen, egal, wo der Tritt landet, dann macht sie einen Satz nach hinten, raus aus seiner Reichweite, und richtet sich wieder auf ...

»Bitte hören Sie auf«, sagt er unerwartet auf Englisch, aber sie denkt nicht weiter darüber nach, sondern bereitet einen weiteren Tritt vor, der gezielter und kräftiger sein und ihn außer Gefecht setzen wird.

»Ich versuche zu helfen«, sagt er, dann etwas Unverständliches.

Sie setzt ihren Fuß zurück auf das Pflaster. »Was?«

»Ich bin Amerikaner.« Er spuckt etwas Blut auf den Gehweg. »Ich versuche zu helfen.« Er fährt sich mit der Zunge im Mund herum, um festzustellen, wie groß der Zahnschaden ist, der dort entstanden ist.

»Wer sind Sie?«

»Ich versuche zu helfen«, sagt er noch einmal und setzt sich auf.

»Wobei zu helfen?«

»Mit Ihrem Mann. Ich bin von der Botschaft.«

Aus einem halben Block Entfernung beobachtet Pete Wagstaff erstaunt, wie Ariel nun anscheinend ein zivilisiertes Gespräch mit dem CIA-Mann führt, dem sie gerade die Scheiße aus dem Leib geprügelt hat. Dann fährt ein SUV mit Diplomatenkennzeichen vor, und Pryce klettert auf den Rücksitz zu dem Mann, auf den sie eben noch eingeschlagen hat. Und das alles nur wenige Minuten nachdem dieses Motorrad aus dem Nichts aufgetaucht ist, was auch immer das zu bedeuten hatte.

Bis vor einer Stunde dachte Wagstaff noch, dass Ariel Pryce wahrscheinlich nur Zeitverschwendung war. Jetzt nicht mehr.

Kapitel 16

Ariel wird wieder durch die Gänge der Botschaft geführt, aber dieses Mal sind die Leute, die ihr den Weg weisen, ganz anders als der Gentleman-Trottel Saxby Barnes. Einer davon ist der schlecht gekleidete Typ mittleren Alters, den sie noch vor wenigen Minuten auf einem Lissabonner Gehweg mit aller Kraft zusammengetreten hat. Die andere Person ist eine junge schwarze Frau, die plötzlich mit dem SUV aufgetaucht ist, den sie dann wie eine Rennfahrerin zurück zur Botschaft gesteuert hat, wo die Flure jetzt leer und mucksmäuschenstill sind.

»Hier rein, bitte«, sagt die junge Frau und führt Ariel in einen Besprechungsraum, wo sich eine andere Frau vom Tisch erhebt und mit ausgestreckter Hand auf Ariel zugeht.

»Hallo, mein Name ist Nicole Griffiths.«

»Ariel Pryce.«

»Danke, Leute«, sagt Griffiths zu ihren Kollegen, und die ziehen sich zurück und schließen die Tür hinter sich. Ariel setzt sich an den Konferenztisch, auf dem bereits ein Krug und zwei Gläser Wasser stehen. Ariel bedient sich selbst. Sie ist ausgedörrt.

»Also, ich komme gleich zur Sache, Ms. Pryce: Ist Ihr Mann entführt worden?«

Ariel antwortet nicht.

»Hat man Ihnen gesagt, dass Sie mit niemandem reden dürfen?«

Ariel sieht die Frau nur an.

»Natürlich haben sie das. Kidnapper sagen das *immer*. Warum auch nicht? Aber wenn man doch redet, was werden sie dann schon tun?«

»Ach, ich weiß nicht, vielleicht *meinen Mann umbringen*?«

»Aber was dann? Dann ist ihre Geisel tot. Dann gibt es für niemanden mehr einen Grund, Lösegeld zu zahlen. Dann haben sie nichts, womit sie verhandeln könnten. Dann haben sie einen Mord begangen, sie haben einen amerikanischen Bürger getötet ...« Die Frau unterbricht sich. »*Ist* Ihr Mann Amerikaner?«

Ariel nickt.

»Dann haben sie einen Amerikaner getötet und müssen mit dem Zorn der Vereinigten Staaten rechnen. Und das ohne jede Aussicht auf Erfolg. Wer will das schon?«

»Vielleicht sind es Psychopathen.«

»So funktioniert das eigentlich nicht.«

»Woher wollen Sie wissen, wie es funktioniert?«

Die Frau lächelt nur.

»Sie haben gesagt, *keine* Polizei und *keine* Botschaft.«

»Wie haben sie Kontakt aufgenommen?« Griffiths ignoriert Ariels Einwände einfach. »Haben sie auf Ihrem Handy angerufen?«

Wie viel sollte Ariel dieser Frau sagen? Was ist der Nachteil? Früher oder später muss sie doch mal jemand ernst nehmen. Vielleicht ist das ja Nicole Griffiths.

»Ein Typ auf einem Motorrad hat mir ein Prepaid-Handy gegeben.«

»Interessant. Wie viel verlangen sie?«

»Drei Millionen Euro.«

Griffiths nimmt das gelassen hin. »*Haben* Sie drei Millionen Euro?«

Ariel schnaubt.

»Gibt es irgendeinen Grund für irgendjemanden zu glauben, dass Sie so viel Geld haben?«

Gibt es einen? Sie ist Business Class geflogen, ein Luxus, den die meisten Menschen nicht einmal in Erwägung ziehen würden. Die Kosten dafür entsprechen einem neuen Heizkessel der Spitzenklasse für ihr Haus, komplett installiert – Wärme für zwanzig Winter –, oder Tierarztrechnungen für ein ganzes Hundeleben oder sogar einem annehmbaren Gebrauchtwagen. Aber es schien auch die logische Wahl zu sein. Wollte sie hinten sitzen, während John im vorderen Teil des Flugzeugs in Rückenlage schlief? Und Ariels Flugticket, auch wenn es exorbitant teuer war, war die einzige Ausgabe, die sie für diese Reise hatten; alles andere geht auf Johns Firmenkonto.

»Nein«, sagt Ariel. »Wir sind nicht …« Sie weiß nicht, wie sie erklären soll, wie offensichtlich es ist, dass sie und John nicht reich sind. »Mein Pick-up hat fast zweihunderttausend Meilen auf dem Tacho.«

Griffiths lächelt. »Aber was ist hier in Lissabon? Wirken Sie hier anders?«

»Sicher«, gibt Ariel zu. »Wir wohnen in einem schönen Hotel. Wir essen in guten Restaurants. Es ist eine Geschäftsreise. Wir fahren also nicht in meinem rostigen Pick-up herum. Andererseits aber auch nicht in einer Limousine mit Chauffeur.«

Statussymbole: Wir bemerken sie die ganze Zeit, die hohen und die niedrigen Frequenzen, auf denen wir aussenden, aus welcher Schicht wir kommen, die wir von anderen empfangen und sie von uns, die bestimmen, wie wir wahrgenommen werden. Die angesagteste Handtasche der Saison, der Safari-Urlaub, der offene Knopf am Ärmel des Smokings eines Mannes.

Ihr Fahrer vom Lissabonner Flughafen war höflich und eifrig um künftige Geschäfte bemüht gewesen – »Bitte«, sagte er und reichte John eine Visitenkarte, »jederzeit, egal wohin« –, aber er trug keinen Anzug, er war nur ein Typ mit einem sauberen Mercedes. Relativ sauber.

»Wir springen nicht von einem exorbitanten Erlebnis zum nächsten, keine exklusiven Touren, kein exklusiver Zugang, kein Superluxus. Wir gehen nicht in diese Art von Läden einkaufen« – Ariel wedelt abschätzig mit der Hand gegen all die überteuerten Boutiquen dieser Welt, in denen die Leute ihre Zeit mit dem Kauf von Schuhen und Krawatten totschlagen, wenn ihnen nichts Besseres mehr einfällt, was sie mit ihrer Zeit und ihrem Geld anfangen könnten.

»Ist Ihr Mann beruflich erfolgreich?«

Ariel zuckt mit den Schultern. »Es ist ein guter Job.«

»Wenn ich fragen darf, was heißt das genau, einkommenstechnisch?«

»Es schwankt mit den Boni, aber der Durchschnitt liegt bei ein paar Hunderttausend im Jahr.«

Griffiths nickt: nicht nichts, aber auch nicht tauglich für drei Millionen Euro in bar. »Und Ihr Leben in Amerika, erweckt das den Anschein von Reichtum? Abgesehen von Ihrem verrosteten Pick-up?«

»Nein, ich wüsste nicht, wie. Ich lebe mit meinem Sohn auf einer kleinen Farm zwei Stunden außerhalb von New York City. Johns Job ist in der Stadt, also schläft er unter der Woche meist dort, in einer einfachen Wohnung. An den Wochenenden kommt er aufs Land.«

»Sie sagten, Ihr Sohn? Nicht Johns?«

»George ist vierzehn. Ich habe John vor einem Jahr kennengelernt.«

»Ich verstehe. Und was für ein Bild gibt John online ab? Irgendetwas, das darauf hindeutet, dass er wichtig sein könnte? Oder gute Beziehungen hat? Oder wohlhabend ist?«

Es gibt eine Menge Leute, die außergewöhnliche Maßnahmen ergreifen, um in den sozialen Medien reich zu erscheinen, vor allem diejenigen, die es nicht sind. Sie machen Selfies in gefälschten Privatjets, Herrgott!

»Nein, John sieht nach gar nichts aus. Er nutzt soziale Medien gar nicht. Wir sind beide dagegen.«

»Warum das?«

»Weil ich denke, dass soziale Medien die Welt ruinieren. John stimmt mir zu.«

»Das ist ziemlich zynisch.«

»Zynisch«, sagt Ariel, »ist das Wort eines naiven Menschen für klarsichtig.«

Über Griffiths' Lippen kriecht ein Grinsen. »Wir sind wohl ein bisschen vom Thema abgekommen.«

»Wie auch immer, mein Mann und ich existieren beide praktisch nicht, virtuell.«

»Ist es möglich, dass er aus geschäftlichen Gründen entführt wurde?«

»Ich habe keine Ahnung. Ob Sie es glauben oder nicht, dies ist meine erste Erfahrung mit Entführungen.«

»Um welche Summen geht es bei den Geschäften Ihres Mannes?«

»Zehn Millionen? Zwanzig? So in der Art.«

»Zwanzig Millionen Dollar sind eine Menge Geld.«

»Ja, als Haufen Bargeld. Aber nicht unbedingt als Investition von einer Risikokapital-Firma.«

»Das stimmt. Besteht die Möglichkeit, dass Ihr Mann in ein kriminelles Unternehmen verwickelt ist?«

»Ich kann mir nicht vorstellen, was das sein könnte. Er ist ein Berater.«

»Was ist mit Ihnen?«, fragt Griffiths. »Würde jemand denken, dass Sie drei Millionen Euro irgendwo versteckt haben?«

Es gibt nur eine Person, die das denken könnte, und die ist definitiv nicht der Entführer.

»Nein.«

»Kennen Sie jemanden, der so viel Geld hat? Freunde, Verwandte …«

Ariel zögert, bevor sie lügt: »Nein.«

»Und was haben Sie jetzt vor?«

»Ich werde wohl versuchen, so viel Geld wie möglich aufzutreiben. Was kann ich sonst tun?«

Griffiths schaut Ariel weiterhin auf eine Weise an, die sich vage wie Misstrauen anfühlt. Vielleicht bezieht sich dieser Blick aber auch gar nicht auf Ariel, sondern ist nur eine allgemeine professionelle Haltung.

»Wie wollen Sie das denn versuchen?«

»Ich bin mir nicht ganz sicher. Aber ich werde mit meinem Ex-Mann anfangen. Er hat etwas Geld. Wahrscheinlich nicht so viel, aber vielleicht wäre es ein Anfang. Ich sollte ihn wahrscheinlich sogar sofort anrufen. Darf ich das hier tun? Unter vier Augen?«

»Sicher, ich überlasse Ihnen das Zimmer.« Griffiths steht auf. »Könnten wir in der Zwischenzeit das Telefon der Entführer kurz untersuchen?«

Ariel geht davon aus, dass auf dem Gerät keine Fingerabdrücke außer ihren eigenen zu finden sind, und es ist auch nicht wahrscheinlich, dass es zu einer Person, einer Kreditkarte oder anderen Telefonnummern zurückverfolgt werden kann. Kein Entführer würde so einen dummen Fehler machen. Aber das Telefon wurde irgendwo und irgendwann gekauft, und das sind Fakten, die sich feststellen lassen und zu Überwachungsaufzeichnungen, Hinweisen, Spuren und Orten führen könnten.

»Bitte machen Sie schnell«, sagt Ariel. »Die haben gesagt, ich soll es immer bei mir haben.«

»Natürlich«, sagt Griffiths. »Darf ich fragen: Haben Sie ein gutes Verhältnis? Zu Ihrem Ex-Mann?«

»Nein, eigentlich nicht«, sagt Ariel. »Ich habe seit vierzehn Jahren kein Wort mehr mit ihm gesprochen.«

»Mein Gott, Guido, du siehst wirklich beschissen aus.«

»Danke, Boss.«

»Warum gehst du nicht nach Hause?«

Er schüttelt den Kopf. »Mir geht's gut.«

Griffiths wendet sich an Kayla Jefferson und reicht ihr das Handy. »Schauen Sie bitte mal, was Sie hier drauf finden können. Und zwar schnell. Sie will es so schnell wie möglich zurückhaben, und ich kann es ihr nicht verdenken. Außerdem sollten wir alle ihre Telefone abhören, sofort. Zeichnen Sie alles auf.«

Die junge Frau eilt davon. Jefferson ist keine Computerfachfrau auf Analysten-Niveau, aber für eine Einsatzleiterin im Außendienst ist sie schockierend gut mit Technik vertraut, was eine Kompetenz ihrer gesamten Generation zu sein scheint. Anders als Antonucci hier und anders als Griffiths selbst, die beide der Generation angehören, die sich schon schwer damit tut, ihre Fernbedienungen zu beherrschen. Dies ist eine große Kluft in der Geheimdienstgemeinschaft: Die ältere Generation bevorzugt immer noch vor allem die menschliche Intelligenz, die Art von Informationen, die in persönlichen Gesprächen und Verhören, durch Manipulation und Verrat gewonnen werden. Für die Jüngeren hingegen dreht sich alles um die digitale Welt. Wenn sie alles virtuell finden können, warum sollten sie dann noch etwas anderes tun?

Der Zustand von Antonuccis Gesicht hat nichts Virtuelles an sich. Die ganze linke Seite ist so geschwollen, als hätte man ihm die Hälfte seiner Zähne mit einer Zange gezogen. »Leg wenigstens etwas Eis drauf«, sagt Griffiths.

»Im Ernst, mir geht's gut.«

Antonucci weiß, was kommt, früher oder später. Die Hänseleien werden brutal sein. Wenn er jetzt stoisch bleibt, denkt er sich, kann er vielleicht etwas von dem späteren Spott abmildern. Er irrt sich.

Aber Griffiths wird jetzt nicht damit anfangen. Jefferson auch nicht. Antonucci wird eine Gnadenfrist eingeräumt, solange die Operation noch läuft. Selbst nach deren Ende könnten sie die falsche Sicherheitsleine immer noch Stück für Stück auslaufen lassen. Antonucci wird warten und warten und warten müssen, mit dem quälenden Wissen, dass die Demütigung irgendwo hinter dem Horizont lauert. Das Warten könnte sogar schlimmer sein als die Demütigung selbst.

»Es tut mir leid«, sagt Griffiths jetzt. Er sieht wirklich schlimm aus. »Vor allem, wenn sich herausstellt, dass es nichts ist.«

Er zuckt mit den Schultern. Antonucci ist mehr als ein paarmal um den Block gelaufen. Er weiß, dass die CIA viele Fälle untersucht, die sich als nichtig herausstellen, und dies könnte nur ein weiterer davon sein: die weitere Entführung eines Bürgers für ein weiteres Lösegeld. Kein Bezug zur nationalen Sicherheit, keine Angelegenheit für die Agency. Sie können das später immer noch entscheiden und die Ermittlungen an das Konsulat zurückgeben, um sie mit der örtlichen Polizei, Interpol, dem FBI und welchen zuständigen Strafverfolgungsbehörden auch immer zu koordinieren.

Aber wenn sich herausstellt, dass es irgendwie um nationale Sicherheit, Spionage oder Terrorismus geht? Dann ist es nie zu früh, sich mit der Sache zu befassen. Griffiths würde hundert zu eins darauf setzen, dass es sich nicht um eine CIA-Angelegenheit handelt. Aber sie würde nicht ihre Karriere darauf verwetten, nicht wenn die geringste Chance besteht, dass sie sich irrt.

Wie fast alle anderen kauft Ariel seit zwei Jahrzehnten alle paar Jahre ein neues Handy, wenn der Akku kaputt ist, das GPS versagt, das Ding in ein Waschbecken mit Seifenwasser fällt oder eine der geplanten Veralterungen passieren, die in diese Geräte eingebaut sind. Bei jedem Neukauf überträgt sie alle alten Daten auf das neue Telefon, alle alten Fotos und Videos, Apps, Passwörter und Kontakte. Deshalb hat sie auch immer noch die Nummern von Bucky Turner in ihrem Adressbuch, obwohl sie ihn seit vierzehn Jahren nicht mehr angerufen hat.

Sie drückt auf ANRUFEN und wartet auf die internationale Leitung und wartet und wartet und ...

ANRUF FEHLGESCHLAGEN

Ariel versucht es erneut, scheitert wieder. Sie schaut sich um, sieht ein Festnetztelefon auf einem Beistelltisch.

Griffiths wartet im Flur, direkt vor der Tür.

»Ich habe hier drin keinen Handyempfang«, sagt Ariel zu ihr. »Kann ich den Festnetzanschluss benutzen?«

»Klar. Drücken Sie Stern-Null für eine Amtsleitung, dann das Plus-Symbol, dann die Eins und dann die Vorwahl.«

»Danke. Auf dem Hörer steht eine Nummer. Kann ich auf dieser Leitung einen direkten Rückruf erhalten?«

»Ja.«

Ariel schließt die Tür, setzt sich hin und starrt auf den Hörer. Sie kann keine Privatsphäre auf dieser Leitung erwarten, oder? Ganz und gar nicht. Sie tippt Buckys Handynummer ein, und dieses Mal klingelt es.

Zweimal.

Dreimal.

Er wird nicht abnehmen.

Viermal.

Das ist keine Überraschung: Bucky kennt diese Nummer nicht, und er wird keinen Anruf von einer unbekannten Nummer in Portugal annehmen. Das riecht ganz klar nach Spam.

»Bucky«, spricht Ariel auf die Mailbox, »hier ist, ähm,

Laurel. Ich muss dringend mit dir sprechen, es ist ein Notfall. Bitte ruf mich so schnell wie möglich an. Es geht um Leben und Tod.« Sie rasselt die Festnetznummer herunter, dann wiederholt sie sie, und kurz bevor sie auflegt, fällt ihr ein, »Danke« zu sagen.

Ariel hat keinen Zweifel daran, dass Bucky sie zurückrufen wird. Was ihre Ehe beendet hat, war nicht seine Abneigung gegen sie, sondern andersherum. Bucky wurde irgendwann feindselig, aber nicht, weil er Ariel hasste. Sondern weil er sich selbst hasste, und sie war diejenige, die ihm bewusst machte, dass er allen Grund dazu hatte.

Griffiths lehnt sich über die Wand von Jeffersons Kabine. »Und?«

»Auf diesem Telefon ist praktisch nichts. Nur eine einzige Verbindung wurde je hergestellt, vermutlich der Lösegeldanruf, der von einem anderen Wegwerf-Handy aus getätigt wurde. Beide Telefone wurden vor zwei Wochen zur selben Zeit und am selben Ort gekauft. In einem Supermarkt in Málaga.«

»Málaga? Das ist merkwürdig.«

»Ich habe dem Laden eine Nachricht hinterlassen und warte auf eine Rückmeldung zu den Überwachungsaufnahmen. Aber ich vermute, dass es keine gibt, was der Grund sein wird, warum dieser Ort gewählt wurde. Ich vermute auch, dass die Transaktion in bar erfolgt ist.«

»Okay«, sagt Griffiths, »also ist dieses Telefon wahrscheinlich eine Sackgasse. Was ist mit dem von John Wright?«

»Daran arbeiten wir noch. Amerika, Sie wissen schon: nicht wirklich offen für Geschäfte am Tag vor dem Vierten.«

»Wie haben Sie ihn kennengelernt? Ihren Ex?«

Griffiths ist wieder im Konferenzraum bei Ariel, sie warten auf den Rückruf von Bucky.

»Bucky? Gott, das ist schon so lange her. Ich war auf einer Benefizveranstaltung mit einer alten Freundin, wir waren zur gleichen Zeit nach New York gekommen, frisch vom College, und versuchten, am Theater Fuß zu fassen. Sie schaffte es schließlich, ich nicht, aber wir blieben Freundinnen. Sie reservierte einen Tisch bei so einem Mittagessen und lud mich als ihre Begleitung ein, und Bucky saß auch an unserem Tisch. Weil wir uns auf diese Weise kennengelernt haben – Benefizveranstaltung in einem schicken Club an der Upper East Side, einander vorgestellt von einer bekannten Schauspielerin – nahm er an, dass ich aus dieser Welt stammte.«

»Aus welcher Welt? Geld?«

»Geld ist ein Teil davon, aber es ist mehr. Es geht um tolle Colleges, Ferien in Europa, Aspen und Palm Beach, Luxushotels, Michelin-Restaurants, Freunde und Verwandte, wo immer man auch hingeht, die ganze Welt ein einziger Club voller – wie Bucky sagen würde – Menschen wie wir.«

»Hm.«

»Aber wie sich herausstellte, bin ich nicht ›Menschen wie wir‹.«

»War das der Grund für das Ende der Ehe?«

War es das? »Ja«, sagt Ariel. »Es war kompliziert.«

»Ist es das nicht immer?«

Ariel weiß, dass Nicole Griffiths eine Spionin sein muss. Die CIA würde wahrscheinlich früher oder später in eine Entführung eingeweiht werden müssen, und Barnes war offensichtlich für früher, Griffiths für später. Jemand von der

176

CIA könnte bereits viel über Ariel, über Bucky, über alles wissen. Griffiths könnte auf der Suche nach Widersprüchen sein und versuchen, Ariel Lügen zu entlocken. Sie muss vorsichtig sein.

»Am Ende war Bucky nicht der Mann, für den ich ihn hielt. Von dem ich hoffte, er wäre es.«

Griffiths wartet darauf, dass Ariel weiterredet, akzeptiert dann aber, dass sie es nicht tut. »Vermissen Sie diesen Lebensstil?«

»Ja, manchmal.«

Vor allem, wenn etwas kaputt ist, wenn das Leben nicht richtig funktioniert, vermisst Ariel die Art und Weise, wie scharfe Kanten geglättet werden konnten, wie Hilfe nie weiter als einen Telefonanruf entfernt war, es immer jemanden gab, der jemanden kannte, die beste Orthopädin, den Schneider mit vierundzwanzigstündigen Lieferzeiten, den Fahrer, der einen um zwei Uhr morgens überall hinbringt, klar, ich bin in zehn Minuten da, ohne Fragen zu stellen.

Außer natürlich bei den größten Problemen. Es gab niemanden, der dafür bezahlt werden konnte, diese zu lösen, im Gegenteil: Die größten Probleme wurden durch den Reichtum selbst geschaffen, durch die Anspruchshaltung, die Immunität gegen Konsequenzen. Durch die bloße Vorstellung, man könne jedes Problem mit Geld lösen.

»Aber es gibt für alles einen Preis, nicht wahr?« Ariel starrt auf den Tisch. »In Geschäften, Restaurants und Hotels steht der Preis auf dem Etikett, auf der Speisekarte, auf der Preisliste, für jeden sichtbar.«

Sie hat noch ein paar materielle Überbleibsel aus diesem Leben, fast wie Talismane: den Regenschirm mit dem Wurzelholzgriff aus dem Laden in Bloomsbury, den Paisley-Schal aus der Rue Saint-Honoré, die Tank-Uhr von Cartier, die Haarbürste mit Horngriff. Fast niemand sieht diese Dinge jemals, und diejenigen, die es tun, erkennen ihre Herkunft nicht. Niemand in ihrem neuen Leben war jemals in diesem alten Club.

»Aber manche Preise sind versteckt, unsichtbar. Manchmal wird der Preis erst nach sehr langer Zeit sichtbar. Manchmal erkennt man ihn nicht einmal, versteht nicht, dass man ihn bereits bezahlt hat.«

Ariel wendet ihren Blick wieder der CIA-Beamtin zu. »Manchmal«, sagt sie, »ist man selbst der Preis.«

Das Festnetztelefon klingelt, und Ariel und Griffiths drehen sich beide um und schauen es an, dann einander.

»Ich warte draußen«, sagt Griffiths und steht auf. »Öffnen Sie einfach die Tür, wenn Sie fertig sind.« Sie geht, und Ariel hebt den Hörer ab.

»Hallo? Bucky?«

»Hi. Was ist los?«

Sie war mit diesem Mann verheiratet gewesen; sie hatte ihn mehr geliebt, als sie jemals jemanden geliebt hatte. Und das ist das erste Mal seit vierzehn Jahren, dass sie seine Stimme hört. Sie weiß nicht, was sie von ihm erwarten soll; sie weiß nicht, was er für sie empfindet, nach all diesen Jahren.

»O Bucky, es ist furchtbar.« Ariel holt tief Luft. »Ich bin in Portugal, und mein Mann ist entführt worden, sie fordern drei Millionen Euro in bar, innerhalb von achtundvierzig Stunden.«

»O mein Gott. Das tut mir so leid.«

»Weniger jetzt, siebenundvierzig Stunden, egal. Und so viel Geld kann ich auf keinen Fall aufbringen, Bucky. Nicht mal annähernd.«

Bucky antwortet nicht sofort. Er war schon immer jemand, der alle Möglichkeiten sorgfältig abwägt, bevor er sich auf etwas festlegt. Deshalb hat er auch erst mit vierzig geheiratet.

»Ich würde dich nicht anrufen, wenn ich eine andere Wahl hätte, aber die habe ich nicht. Kannst du mir helfen?«

»*Helfen?* Wie könnte ich dir helfen?«

»Was denkst du denn? Ich brauche das Geld, Bucky.«

»O Gott, das ganze Geld? Ich habe nicht so viel herumliegen, nicht einmal annähernd. Außerdem ist morgen der Vierte, die US-Banken haben nicht geöffnet …«

Ariel ist überrascht, dass sie weinen muss. Sie wischt sich eine Träne von der Wange.

»Geht es dir gut?«, fragt Bucky. »Bist du in Gefahr?«

»Ich glaube nicht. Aber ich mache mir wirklich Sorgen um meinen Mann, und ich weiß nicht, wie ich es schaffen soll …« Sie bricht mit einem Schluchzen ab. »Es ist schrecklich, Bucky. So schrecklich. Ich brauche wirklich Hilfe. Hast du vielleicht noch irgendwo anders Geld?«

Bucky schweigt eine Sekunde lang, bevor er fragt: »Was meinst du?«

Jetzt ist Ariel an der Reihe und macht eine vorsichtige Pause. »Du solltest wissen, dass ich von einem Festnetzanschluss der US-Botschaft in Lissabon anrufe.«

Zuerst scheint er diesen unzusammenhängenden Satz nicht zu verstehen, dann aber doch. »Oh«, sagt er. Ariel will ihn nicht explizit nach Vermögenswerten fragen, die er möglicherweise in Steueroasen versteckt, und das über ein Telefon, das von Bundesagenten abgehört werden könnte – abgehört *wird*.

»Nein«, sagt er. »Hab ich nicht.«

»Ich könnte es dir zurückzahlen, Bucky. Irgendwann. Ich bin sicher, dass Johns Versicherung das abdeckt.«

»Du bist sicher? Ich nicht. Aber das spielt auch keine Rolle. Es ist einfach unmöglich, dass ich auch nur annähernd so viel Geld auftreiben könnte, und das in einem Zeitrahmen, der dir nützen würde.«

»Sie werden ihn *umbringen*«, fleht Ariel.

»Oh, Laurel, das weißt du nicht. Das kann man nicht wissen.«

Ariel wartet ein paar Sekunden. »Bucky«, sagt sie. »Kennst du sonst irgendjemanden, der helfen könnte?«

»Egal wen?« Sie kann hören, wie er tief einatmet. »Du weißt, dass ich jemanden kenne. Aber ich bin mir ziemlich sicher, dass du nicht zu ihm gehen willst.«

Keiner von ihnen wird den Namen des Mannes auf einem unsicheren Telefon aussprechen.

»Natürlich will ich das nicht, Bucky. Aber fällt dir denn eine andere Möglichkeit ein?«

»Nach diesem Anruf«, sagt Griffiths, »sind wir fertig. Ich bringe Pryce zurück in ihr Hotel.«

Jefferson zieht die Augenbrauen hoch. CIA-Stationschefs neigen nicht dazu, als persönliche Fahrerinnen für amerikanische Zivilistinnen in Not zu fungieren.

Das ist Nicoles Problem mit dem Ungleichgewicht der Geschlechter innerhalb der Agentur. Es ist nicht immer eine politische Frage, nicht immer eine Frage des Feminismus oder der Gleichberechtigung. Es ist eine praktische Überlegung. In vielen Situationen sind Frauen gefragt, und es gibt einfach nicht genug von ihnen.

»Haben Sie schon viele Entführungen bearbeitet?«, fragt Jefferson.

»Hier nicht. Dies ist die erste in meinen vier Jahren in Lissabon. Und Entführungen sind normalerweise keine Sache der Agency. Wahrscheinlich wird es auch dieses Mal nicht der Fall sein. Aber das hängt davon ab, wer diese Leute sind.«

»Diese Leute? Sie meinen den entführten Mann und … wen?«

»Und die Frau, Jefferson. Ehepaare sind immer ein Team. Außer wenn sie Feinde sind.«

Ariels Handy empfängt immer noch kein Signal. Sie vermutet, dass die CIA den Empfang in diesem Raum stört und sie zwingt, ihr Festnetz zu benutzen, damit sie ihre Gespräche mitverfolgen kann. Ariel weiß, dass weder ihr eigenes noch das Wegwerf-Handy für den nächsten Anruf, den sie tätigen muss, sicher genug sind, nicht einmal annähernd. Und es wäre schlichtweg unverantwortlich, diesen Anruf vom Festnetz der Botschaft aus zu tätigen; es könnte sogar illegal sein. Wie mildernd die Umstände auch sein mögen, Ariel darf in ihrer Wachsamkeit nicht nachlassen. Schon gar nicht jetzt.

Kapitel 17

Ariel blickt aus dem Autofenster. Die Sonne ist noch nicht ganz untergegangen, und goldenes Licht fließt über die Fassaden der Gebäude auf den Hügeln. Aber hier unten im Tal ist ohne direktes Sonnenlicht alles in Schatten getaucht, die Farben sind gedämpft. Die Straßenlaternen haben sich eingeschaltet und werfen ihre scharfkantigen Kegel. Ariel kann das schnelle Hereinbrechen der Dunkelheit fühlen, so wie es in Städten der Fall ist, wo die Gebäude die letzten, tief stehenden Sonnenstrahlen verdecken. Auf dem Land kommt die Nacht langsamer.

»Danke«, sagt sie zu Griffiths, »Sie können mich hier absetzen. Ich möchte mir noch etwas am Kiosk holen.« Das stimmt nicht.

»Sind Sie sicher? Ich kann warten.«

»Nein, danke«, sagt Ariel. »Aber ich weiß das Angebot zu schätzen.«

»Warten Sie.« Griffiths drückt Ariel eine Visitenkarte in die Hand. »Sagen Sie mir bitte Bescheid, wenn Sie etwas hören.«

Ariel nimmt die Karte und steigt aus dem Auto. Sie sieht sich auf dem Platz um, voll von Menschen, die essen und trinken, flanieren und sitzen, es müssen hundert sein, und sie hat keine Möglichkeit, sie alle zu überprüfen. Sie geht langsam, bewegt den Kopf von links nach rechts und wieder zurück und versucht, Männer zu identifizieren, die allein herumlungern. Sie zählt sechs, aber zwei sind zu alt, einer ist zu jung, und einer sieht zu lächerlich aus, er trägt ein grelles Outfit – so viel Aufmerksamkeit würde kein Verfolger erregen wollen. Bleiben noch zwei, die sie beobachten könnten; sie merkt sich deren Kleidung.

Um den Schein zu wahren, kauft sie am Kiosk einen Saft und überquert dann den schummrigen Platz, schaut sich weiter um, ihre Energie schwindet aber schnell, die Konzentration lässt nach. Ariels Nerven liegen blank, sie fühlt sich aufgerieben, mutlos und geschlagen von der Vergeblichkeit all dieser Treffen heute, den Telefonaten, dem Scheitern jeder einzelnen Interaktion.

Die Nacht bricht herein. Gleich wird sie ganz allein sein, im Dunkeln, in einer fremden Stadt, weit weg von zu Hause, an einem Ort, wo sie die Sprache nicht spricht, ihr Mann verschwunden ist, sie niemanden kennt. All das lastet schwer auf ihren Schultern, auf ihrer Psyche, ihrem ganzen Selbst, es ist ein erdrückendes Gewicht, das sie vielleicht nicht tragen kann. Wie wird es aussehen, ihm nicht mehr standhalten zu können?

So: auf dem Gehweg stehen bleiben und schluchzen.

Ariel lässt es geschehen, sie versucht nicht, den Strom der Tränen zu stoppen, der über ihr Gesicht fließt, ihre Schultern zucken. Sie gibt sich dem Gefühl hin, ihr ganzer Körper wird von heftigen Schluchzern geschüttelt. Lass es zu. Was kümmert es sie, wenn ganz Lissabon sie weinen sieht? Sollen sie ruhig.

Sie weint, bis sie sich ausgeweint hat, vorerst. Sie atmet tief und zitternd ein, drückt die Schultern zurück, streckt die

Brust heraus und hebt den Kopf. Dann setzt sie ihren Gang durch das letzte Licht Lissabons fort, während die Dämmerung der Nacht weicht.

Griffiths hört sich über ihre Autolautsprecher die Aufnahme eines Telefongesprächs zwischen Ariel Pryce und ihrem Ex-Mann Bucky Turner an. Ihre Stimmen umgeben sie; das letzte Klicken, das das Gespräch beendet, klingt wie eine Nadel, die von einer Schallplatte entfernt wird.

»Mein Gott«, sagt sie zu Jefferson, die ihr den Mitschnitt von ihrem Computer in der Botschaft gemailt hat. Hin und wieder ist Griffiths erstaunt über all die Technologie, über die Alltäglichkeit dieser außergewöhnlichen Dinge, die undenkbar waren, als sie bei der Agency anfing.

»Was zum Teufel war das?«

»Ich weiß – krass, oder?«

»Lassen Sie uns noch einmal den Teil über den anderen Mann hören.«

»– irgendjemand, der helfen könnte?«

»Egel wen? Du weißt, dass ich jemanden kenne. Aber ich bin mir ziemlich sicher, dass du nicht zu ihm gehen willst.«

»Natürlich will ich das nicht, Bucky. Aber fällt dir denn eine andere Möglichkeit ein?«

Es entsteht eine lange Pause, bevor der Ex-Ehemann fragt: *»Wie kommst du darauf, dass er so viel Geld herumliegen hat?«*

»Bitte. Glaubst du nicht, dass er irgendwo Nummernkonten hat, in Luxemburg oder so? Oder vielleicht Rohdiamanten in einem Schließfach in Zürich?«

»Ich weiß nichts von alledem, Laurel. Und du auch nicht.«

»*Oh, du weißt ganz genau, dass er genau der Typ Steuerhinterzieher ist. Ganz zu schweigen davon, dass er auch in anderer Hinsicht kriminell ist.*«

»*Solche Anschuldigungen solltest du dir verkneifen, vor allem, wenn du ihn um Hilfe bitten willst.*«

Griffiths lässt das Gespräch in ihrem Kopf Revue passieren.

»Was denken Sie?«, fragt Jefferson.

»Sie haben beide eindeutig Angst vor dem Mann, über den sie sprechen. Mein erster Gedanke war organisiertes Verbrechen, aber die Formulierung ›in anderer Hinsicht kriminell‹ klingt nicht danach, als wäre er ein Berufsverbrecher. Nur ein – ich weiß nicht – gelegentlicher Gesetzesbrecher. Ein Amateur.«

»Vielleicht ist er ein Geschäftspartner des Ex-Manns?«

»Das ist möglich. Wer auch immer dieser Mann ist, Pryce *hasst* ihn. Haben wir schon ihre Telefone angezapft?«

»Ja. Ihr eigenes Mobiltelefon, das Wegwerf-Handy und den Festnetzanschluss in ihrem Hotelzimmer. Alles.«

»Gut. Jetzt lassen Sie uns auch einen Blick auf den entführten Ehemann werfen.«

»Was von ihm?«

»Alles.«

»Ich muss mal telefonieren«, sagt Ariel zur Nachtportierin, Alexandra, wie ihr Namensschild besagt. »Und ich möchte nicht das Telefon in meinem Zimmer benutzen.«

»Wie bitte?« Alexandra ist eine schlanke, muskulöse junge Frau, die aussieht, als würde sie jeden Tag fünfzehn Kilometer laufen und am Samstagabend Kickboxen gehen.

»Mein Mann ist entführt worden.«

»Meu Deus.«

»Und ich mache mir Sorgen, dass mein Telefon«, Ariel hält ihr Handy hoch, »vielleicht verwanzt sein könnte. Es könnte mich jemand abhören. Und wenn sie mein Handy verwanzt haben, dann vielleicht auch mein Zimmertelefon. Verstehen Sie?«

Die junge Frau hat offensichtlich alle Worte verstanden, die gerade aus Ariels Mund kamen – die Sprache ist kein Hindernis –, aber nicht, was zur Hölle mit dieser verrückten Amerikanerin los ist.

»Deshalb möchte ich Ihr Telefon benutzen«, sie deutet auf die Festnetzkonsole, »um einen sehr wichtigen Anruf zu tätigen. Um zu versuchen, das *Leben* meines Mannes zu retten.«

Ariel weiß, dass die Angestellte einwilligen wird. Sie hat keine andere Wahl, wenn sie an einem Ort wie diesem arbeitet. »Natürlich«, sagt sie und lächelt gelassen. »Sehr gern.«

Es dauert nur ein paar Sekunden, die Telefonnummer der Zentrale zu finden, eine einfache Suche, dann den ersten Link wählen und auf KONTAKT klicken, man muss nicht einmal scrollen, direkt oben auf der Webseite steht sie. Das ist die Magie des Internets. Wir vergessen das leicht, in Anbetracht der toxischen Auswirkungen der sozialen Medien, der wirtschaftlichen Zerstörungen durch den Onlinehandel der technologiegestützten Gig Economy, des Niedergangs der Einkaufsstraßen, der Fehlinformationen und Desinformationen, die die Integrität der Demokratie, eigentlich die Integrität von allem, bedrohen. Es ist eine lange Liste von

Schattenseiten. Aber das ist alles leicht zu ignorieren, wenn man spätabends von einer Bar nach Hause gefahren werden, eine Pizza geliefert bekommen oder anonymen Sex haben will. Oder eine Telefonnummer von wem auch immer in Amerika braucht.

Für Ariel ist es nichts Neues, dass diese Nummer leicht zu finden ist; sie hat genau diese Suche schon einmal durchgeführt. Sie hatte sogar genau diese Ziffern eingetippt und versucht, genau diesen Mann in genau diesem Büro auf genau diese Weise zu erreichen. Sie war schon einmal gescheitert. Sie ist bereit, wieder zu versagen. Sie weiß, wie sich das Scheitern anhören wird. Und sie weiß, was sie danach tun wird.

»Weiß er, worum es geht?«

»Ja, das weiß er.«

»Einen Moment bitte.«

Ariel ist jetzt bei der dritten Wiederholung desselben Gesprächs in ebenso vielen Minuten und macht vermutlich Fortschritte, denn jede Person, die antwortet, ist physisch näher dran an ihrem Ziel. All diese Pförtner zögern – sie haben noch nie von einer Laurel Turner gehört –, aber niemand will offen ungläubig, abweisend oder feindselig sein. Man weiß nie, wer am Telefon ist; man will nicht die falsche Anruferin verärgern.

Obwohl die amerikanischen Büros heute größtenteils geschlossen sind, ist sich Ariel sicher, dass der Mann, den sie zu erreichen versucht, gearbeitet hat. Er arbeitet wahrscheinlich jeden Tag, hat keine Feiertage, nicht einmal am Unabhängigkeitstag.

Ariel ist schon lange in der Warteschleife. Sie stellt sich vor, dass dies die letzte Barriere sein muss, die Person, die in das Büro des Chefs gegangen ist, auf eine Gesprächspause gewartet und sich dann hinübergebeugt hat, um zu flüstern: »Da ist eine Laurel Turner in der Leitung, sie sagt, Sie wissen, worum es geht.«

Er würde nicht sofort antworten. Er würde für ein oder zwei Sekunden wie versteinert dasitzen, während sein Verstand die Szenarien durchspielte, die Nachteile der Annahme des Anrufs gegenüber der Ablehnung abwog, darüber spekulierte, was als Nächstes passieren könnte, wie diese Bedrohung eskalieren würde, warum und zu welchem Zweck.

Er wird unweigerlich zu dem Schluss kommen: Ja, er muss mit der Anruferin sprechen. Aber nein, er muss diesen Anruf nicht in genau diesem Moment entgegennehmen, nicht in diesem Büro, nicht inmitten dieser Zeugen. »Ich rufe sie zurück«, wird er murmeln und versuchen, abweisend zu klingen, seiner Angestellten nicht in die Augen zu sehen, in der Hoffnung, dass seine Nonchalance diese Interaktion in einem Heuhaufen begraben wird und sie sich später nicht an den Namen der Anruferin erinnern kann. Und das, obwohl er diese Frau gerade deshalb eingestellt hat, weil sie sich absolut alles merkt und tadellose, umfassende Aufzeichnungen führt. Außerdem, daran hat Ariel keinen Zweifel, sieht sie gut aus.

Er würde mit sich selbst debattieren: Sollte er diese Assistentin – die, seien wir ehrlich, nicht einfach nur gut aussieht, sondern umwerfend hübsch ist – bitten, diesen Anruf nicht zu protokollieren? Oder würde das nur noch mehr

Aufmerksamkeit erregen? Sollte er stattdessen die Aufzeichnung im Nachhinein selbst redigieren? Beide Möglichkeiten wären schlecht. Und diese Erkenntnis würde ihn vielleicht dazu bringen, sich Gedanken über das Endspiel zu machen, das sich aus dem Eröffnungsspiel dieses Anrufs ergeben würde. Die Situation ist schlimm, und er hat keinen Zweifel daran, dass das Schlimme gerade erst begonnen hat.

Er weiß, dass seine Sicherheit durch eiserne Vereinbarungen, durch unanfechtbare Gesetze, durch die Drohung von finanziellem Ruin und sogar Gefängnis gestützt wird. Aber es ist auch möglich, dass all dies keine Rolle mehr spielt. Die Welt hat sich verändert, seit diese Abkommen unterzeichnet wurden; das Gesetz hat an Biss und Relevanz verloren. Auch die Fakten. Bloße Anschuldigungen können genauso schlimm sein – oder noch schlimmer – in dem gegenwärtigen Klima, in dem Andeutungen, Gerüchte und Unwahrheiten weiter und schneller verbreitet werden können, als es die Wahrheit je hoffen würde. Diese Veränderung hat ihm sicherlich gutgetan. Aber er ist sich bewusst, dass sie ihm auch schaden kann. Sie kann ihn zerstören.

Vielleicht würde er die Assistentin zurückwinken und leise sprechen, damit das halbe Dutzend anderer Männer mittleren Alters ihn nicht hören könnte: »Das ist privat, bitte nicht ins Protokoll aufnehmen.«

Sie würde sich nichts anmerken lassen, sie würde nicken – »Natürlich« –, während Panik sie durchströmte, weil es dafür schon zu spät war, und sie würde versuchen herauszufinden, wie sie an ihren Aufzeichnungen herumdoktern könnte, wie und von wem und wann das zurückverfolgt werden könnte und welche Art von Ärger sie dafür bekommen würde, im

Gegensatz zu dem Ärger, den sie bekommen würde, wenn sie es nicht täte, wenn sie es nicht einmal versuchte – das wäre der innere Konflikt, der sie beschäftigen würde, während sie den großen Raum durchquerte, weg von all den Männern, von denen ein paar wahrscheinlich ihren Hintern anglotzten. Sie trägt enge Röcke, weil sie weiß, dass das erwartet wird. Und sie will diesen Job wirklich unbedingt.

»Tut mir leid«, wird sie dann, zurück an ihrem Schreibtisch, sagen, »darf ich Ihre Nummer notieren? Er wird Sie zurückrufen.«

Ariel muss alle Möglichkeiten ausschöpfen. Die Polizei muss es tun, die Botschaft, die CIA: Es gibt ein Protokoll für jeden, für alles, eine Reihe aufeinander aufbauende Reaktionen auf immer dringlichere Hinweise, ein Häkchen nach dem anderen, angekreuzt in einem Kästchen nach dem anderen.

Sie ruft in Johns Büro an, auch wenn sie ahnt, dass sie dort niemanden erreichen wird. Aber sie muss diesen Versuch unternehmen und auf eine Reaktion hoffen, irgendetwas. Zunächst sein Direktanschluss, wo sich sofort die Mailbox meldet: »Hallo, hier ist John Wright, ich bin geschäftlich unterwegs, und unsere Büros sind wegen des Feiertags geschlossen. Wir öffnen wieder am Mittwoch, dem fünften. Bitte hinterlassen Sie eine Nachricht, und ich rufe Sie so bald wie möglich zurück.«

Ariel hinterlässt eine Nachricht, in der sie die Situation in groben Zügen schildert, für den Fall, dass jemand anderes als John den Anrufbeantworter abhört. Dasselbe macht sie mit der allgemeinen Leitung des Unternehmens und erhält dieselbe Antwort – wegen der Feiertage geschlossen, wir melden uns am Mittwoch wieder bei Ihnen.

Sie tut, was sie kann. Was sonst?

»Bucky? Er weigert sich, meinen Anruf entgegenzunehmen.«

»Nun, das überrascht mich nicht.«

»Aber du kannst ihn erreichen, oder? Ihr seid doch noch Freunde.«

Bucky antwortet nicht.

»Bitte, Bucky. Du musst ihn überzeugen. *Bitte.*«

»Ihn *überzeugen*? Wie?«

Ariel zögert, dies laut auszusprechen; sie spürt die Schwere der Sache, das Verbrechen. »Ich habe eine Aufzeichnung unseres letzten Gesprächs.«

»Wessen Gespräch?«

»Von mir und ihm.«

»Großer Gott. Ich will das doch nicht wissen, oder?«

»Ich war verkabelt. Sag es ihm.«

»O verdammt, Laurel. Das klingt ziemlich illegal.«

Es klingt nach einer heimlichen Aufnahme, die ohne Zustimmung gemacht wurde. Es klingt nach Erpressung. Und es ist in der Tat beides.

»Willst du das wirklich tun?«

Ariel schnaubt. »Nein, ich *will* nie wieder etwas mit diesem Arschloch zu tun haben, das weißt du doch am besten. Was ich wirklich *will*, ist, ihn im Knast wissen oder besser noch tot. Aber ich *muss* …« Sie unterbricht sich selbst, bevor sie die Fassung verliert. »Ich habe keine Wahl, Bucky. Also muss ich jetzt dafür sorgen, dass er auch keine hat.«

»Und wenn er sich trotzdem weigert?«

»Dann werde ich meine Aufnahme öffentlich machen. Und wie auch immer meine Zwangslage dann endet und was mit John sein wird, und – ich weiß nicht – *Knast* oder *Tod*, für ihn wird das nebensächlich sein, denn sein Leben wird komplett ruiniert sein.«

»Ich kann das nicht tun. Ich kann ihm nicht drohen …«

»Das musst du auch nicht.«

»Das ist Erpressung. Das verstehst du doch, oder? Wenn die Leute über das Verbrechen Erpressung sprechen, ist es genau das, was sie meinen. Das ist es, worum du mich bittest.«

»Du bist nur ein Bote.«

»Glaubst du, dass die Polizei das auch so sehen würde?«

»Du weißt, dass es nie so weit kommen wird. Er wird niemals eine Offenlegung riskieren. Du weißt, warum, und ich weiß, warum, und er weiß, warum, und wenn er nicht will, dass es sonst auch alle wissen – was er sich nicht leisten kann –, dann wird er meinen Anruf annehmen.«

Ariel ist von Buckys Widerstand nicht überrascht. Niemand würde sich um diese Aufgabe reißen. Aber sie ist zuversichtlich, dass Bucky schließlich einlenken wird. Ariel kann ihn auch erpressen, wenn sie muss.

»Ich fühle mich dabei wirklich nicht wohl.«

Natürlich nicht. Wenn Bucky sich in der Konfrontation mit diesem Mann wohlfühlen würde, sähe ihr Leben ganz anders aus.

»Ich mich auch nicht, Bucky. Mich wohlzufühlen ist ein Luxus, den ich nicht habe.«

Nun gibt es nichts mehr zu tun, außer zu warten. Aber Ariel kann es nicht länger ertragen, hier in ihrem Hotelzimmer zu sitzen und ins Leere zu starren, also schaltet sie den Fernseher ein und zappt zu einem amerikanischen Nachrichtensender.

»– die Anhörungen sollen in nur fünf Tagen beginnen. Die Regierung hofft, diese abzuschließen und den Kandidaten zu bestätigen, bevor die Sommerpause im August beginnt, in nur wenigen Wochen.«

Ariel geht in die Küchenzeile, gießt sich ein Glas Eiswasser ein und kehrt zum Fernseher zurück.

»– natürlich in die Geschäfte des Kandidaten, aber auch in sein Privatleben –«

Möchte sie sich das wirklich ansehen?

»– Anschuldigungen in der Vergangenheit, allerdings wurde nie Anklage erhoben.«

»Was werden wir also während der Bestätigungsanhörungen über diese Anschuldigungen erfahren?«

»Höchstwahrscheinlich nichts.«

Sie wechselt den Sender.

Kapitel 18

Tag 1, 22:03

Ariel prüft ihr eigenes und das Wergwerf-Handy: immer noch nichts. Sie vergewissert sich, dass ihre Tür verschlossen ist, eine instinktive Geste der Selbsterhaltung. Sie sollte mal hören, wie es ihrem Sohn und ihrer Mutter geht. Welche Freundin Elaine wohl angerufen hat?

Verdammt.

Sie öffnet die App zur Geräteverfolgung, die Georges Handy an einem unbekannten Ort ortet, auf halbem Weg zwischen Ariels Haus und der Stadt, in einem Vorort, den Ariel überhaupt nicht kennt.

»Mom? Wo bist du?«

»Im Haus meiner Cousine Rhoda.«

»Rhoda?« Ariel dachte, Rhoda sei schon vor Jahren gestorben.

»Na ja, Rhoda ist tot. Aber erinnerst du dich an ihren Mann, Bud?«

Bud? »Ähm ...«

»Da sind wir. Irgendwelche neuen Entwicklungen?«

»Nein, nicht wirklich. Aber hör zu, Mom, ich muss dich bitten, dein Handy abzuschalten. Das von George auch.«

Elaine seufzt, sagt aber nichts.

»Wegen der GPS-Ortungsgeräte und Handysignale, der Triangulation von Sendemasten ... ehrlich gesagt verstehe ich die Technik nicht. Aber wenn ich auf mein Handy schaue, kann ich genau sehen, wo du bist. Ich kann sogar den nierenförmigen Pool in Rhodas Garten sehen. In Buds.«

»Na, ist das nicht gut? Willst du das denn nicht?«

»Aber Mom, das Problem ist, wenn ich dich lokalisieren kann, dann kann das jemand anderes auch.«

»Wer denn? Worüber machst du dir Sorgen?«

»Und bitte schalte die Geräte nicht nur aus. Nimm auch die Akkus raus.«

»Du musst mir sagen, *was los ist*.«

»Mom. Bitte.«

»Behandle mich nicht wie ein Kind. Ich bin deine *Mutter*.«

Ariel nimmt einen tiefen Atemzug. »Wie geht es George? Ist er okay?«

Elaine braucht eine Sekunde, bevor sie antwortet. »Er meinte, sein Magen fühlt sich *knotig* an.«

Verdammt. »Hat er heute Morgen seine Tablette genommen?«

»Ja.«

»Bist du sicher?«

»*Ja!* Mein Gott.«

»Okay, kannst du ihn mir bitte geben? Und nachdem wir aufgelegt haben, denk bitte an die Handys. Kennst du meine Nummer auswendig?«

»Machst du Witze? Ich kenne meine eigene kaum.«

»Dann schreibe sie dir auf einen Zettel, bevor du das Handy abschaltest. Wenn du mich anrufen musst, leih dir von jemand anderem ein Telefon. Oder ruf von einer Telefonzelle aus an.«

»Ernsthaft? Wann hast du das letzte Mal eine Telefonzelle gesehen?«

195

Ariel sagt nichts.

»Willst du mir wirklich nicht sagen, was los ist?«

»Ich habe es dir gesagt, Mom.«

»Aber was hat die Entführung von John in Portugal damit zu tun, dass jemand meinen Handy-Standort auf Long Island orten will? Wovor hast du Angst? *Vor wem?*«

»Das kann ich dir nicht sagen.«

»Was soll das überhaupt *bedeuten?*«

»Kannst du mir nicht einfach *glauben*, Mom?« Sie schreien sich gegenseitig an. Gespräche eskalieren schnell bei ihnen. »Kannst du mir nicht einfach *vertrauen*? Warum muss ich dir jede verdammte Kleinigkeit *beweisen*, als ob wir vor Gericht stünden und du die Richterin wärst?«

Kurze Stille, sie atmen schwer, wie Boxer, die zwischen den Runden in ihren Ecken sitzen, ihre Wunden pflegen und Kraft sammeln. Die Runde, die gerade zu Ende ging, war nicht die erste.

»Ich verstehe nicht, wie du so leben kannst.« Elaine sagte das fünf Minuten, nachdem sie am Freitagnachmittag in Ariels Haus angekommen war, kaum eine halbe Stunde bevor Ariel zum Flughafen aufbrechen musste. »Wirklich nicht.«

Ariels Mutter äußert irgendeine Variante dieses Eindrucks jedes Mal, wenn sie zu Besuch kommt, sie sieht sich im Garten und im Haus um, irgendetwas muss immer gerade abgerissen, ersetzt oder wieder aufgebaut werden – der Waschraum im Erdgeschoss mit einer offenen Stelle auf dem Boden, um an ein geplatztes Rohr zu gelangen, die seitliche Veranda mit einem halb fertigen Geländer, der alte Ahorn, der neben der Einfahrt gefällt und mit der Kettensäge in große Stücke gesägt wurde, aber noch nicht zu handlichem Brennholz gehackt ist. Es gibt immer eine große Menge nicht dringender Projekte, die für lange Zeit in der unbestimmten Zukunft verharren können und auf Aufmerksamkeit warten. Ariel akzeptiert diesen permanenten Zustand der Halbverwahrlosung, aber ihre Mutter vertritt das gegenteilige Prinzip: Alles muss immer perfekt sein. Oder zumindest so erscheinen. Was in Wahrheit die einzige Art von Perfektion ist: die scheinbare.

»Es sieht aus, als wäre gerade ein Hurrikan hier durchgefegt.« Elaine betrachtete Fletcher, wie er über den Hof trabte, als ob die Ziege plötzlich gemerkt hätte, dass sie zu spät zu einer wichtigen Besprechung kam. Eigentlich soll Fletcher mit den anderen Tieren in der Scheune leben, aber er schafft es oft, über den Rasen auf die hintere Veranda zu gelangen, und manchmal läuft er bis in die Küche und verschlingt alles, was er ergattern kann. Die Ziege kann ein Dutzend Äpfel in einer Minute fressen, völlig unverfroren, und sie starrt einen an, während sie kaut, fast so, als würde sie lächeln, wobei sie ihren Kiefer hin und her bewegt.

»Es sieht *immer* so aus«, sagt Elaine und trieft vor Enttäuschung und Missbilligung.

Okay, auf den ersten Blick mag Ariels Existenz chaotisch wirken – alle möglichen Tiere, verschiedene Einkommensquellen, ausrangierte Möbel und Einrichtungsgegenstände, ein Leben, in dem alles wie zufällig zusammengewürfelt aussieht. Aber sie hat es selbst in der Hand, unter ihrer Kontrolle. Das macht es nicht gerade ordentlich, aber es ist eine Art von Chaos, die sie versteht, eine Unordnung, die sie nicht anders erwartet.

»Es ist eine Farm, Mom. So ist das nun mal.«

Sogar die Hühner haben einen gewissen Charme. Ariel mag es, wie sie herumlaufen, selbstvergessen, sich um ihre eigenen Angelegenheiten kümmern, nichts verlangen, sich nicht aufdrängen.

»Aber du bist doch keine Bäuerin, Schatz.«

»Nun, Mom, irgendwie schon. Ich lebe auf einem Bauernhof, ich verdiene Geld mit der Landwirtschaft und zahle Landwirtschaftssteuern.«

»Aber du *arbeitest* doch nicht als Landwirtin, oder?«

Ariel holte tief Luft. Sie wusste, was jetzt kommen würde:

»Du *brauchst* nicht so zu leben ...« Elaine wedelte mit ihrer Hand durch die Luft, durch den Raum: die nicht zusammenpassenden Stühle, die abgeplatzten Dielen, der Teppich mit den Hundehaaren, die übergelaufenen Wassernäpfe, die noch frische Erinnerung an eine Ziege, die Ariel als Haustier hält.

»*So*. Was soll das heißen, Mom?«

»Stell dich nicht dumm. Du weißt, was ich meine.«

Elaine war davon überzeugt, dass der ultimative Luxus darin bestand, andere Leute alles für einen tun zu lassen, während Ariel fand, er bestand in der Freiheit, Dinge selbst zu tun. Elaine war wie Bucky, der glaubte, dass es umso besser war, je mehr Leute so viel wie möglich für ihn taten.

Ariel hatte lange gebraucht, um viele Dinge zu erkennen, die ihr jetzt ganz selbstverständlich erschienen. So ist das Leben, nicht wahr? Immer wieder merkt man, wie falsch man früher lag.

»Du hast andere Möglichkeiten.«

»Welche zum Beispiel, Mom? Sag mir, was sollte ich *wählen*, statt so zu leben wie jetzt? Und wer genau soll für diese Entscheidung *bezahlen*? Und was müsste ich im Gegenzug dafür opfern?«

Elaine machte ein abweisendes Geräusch.

»Ich meine, was *noch*?«

Dieser letzte Stich – hineingestoßen und gedreht – war ein wunder Punkt zwischen ihnen; der schmerzhafteste. Es ging nicht nur darum, dass Ariel den gesamten Lebensstil ihrer Mutter missbilligte; das war Elaines Sache. Ariel machte ihre Mutter, zumindest teilweise, für ihr eigenes Unglück verantwortlich. Ihr ganzes Leben lang hatte sie beobachtet, was Elaine sich alles gefallen ließ, so konsequent, mit so schwachen Einwänden, als hätte ihre Mutter die Meinung ihres Vaters, seine Vorlieben, seine Forderungen verinnerlicht. Was Elaine tat, war, alles stillschweigend zu erdulden. Immer. So war Ariel erzogen worden, in dem Glauben, dass es das war, was es bedeutete, eine Frau zu sein, eine Ehefrau. So war Ariel also in ihre eigene Ehe gestolpert, ohne eine Ahnung zu haben, wie sie sie selbst bleiben sollte. Man hatte ihr beigebracht, das nicht zu sein.

Das war nicht ganz fair, das wusste sie. Aber Gefühle müssen nicht fair sein, um echt zu sein.

Ariel wusste auch, dass jetzt nicht die Zeit war, um darüber zu streiten, auch nicht über irgendetwas anderes, nicht nachdem Elaine gerade tausendfünfhundert Kilometer gereist war, um ihrer Tochter diesen großen Gefallen zu tun.

»Mom, ich weiß es wirklich zu schätzen, dass du so eine lange Reise gemacht hast.«

Elaines zweiter Mann hatte auf einem Umzug nach South Carolina bestanden – das ganze Jahr über Golf –, und sie war nicht in der Lage oder nicht willens gewesen, ihm das auszureden. Elaine hatte nachgegeben, wie immer. Von allem, was Ariel an ihrer Mutter missfiel – und das war eine ganze Menge –, war dies vielleicht das Schlimmste: dass Ariel sich angesteckt haben könnte mit der bösartigen Rückgratlosigkeit ihrer Mutter, ihrer mangelnden Bereitschaft, Männern je irgendetwas zu sagen, was sie nicht hören wollen.

Ariel fällt es schwer, über die unsympathischen Seiten der Menschen hinwegzusehen, was bei ihrer Mutter am schwierigsten ist. Ja, auf Elaine kann man sich verlassen, wenn es darum geht, das richtige Weihnachtsgeschenk zu schicken, einen makellosen Sonntagsbraten zuzubereiten und ohne größere Zwischenfälle auf ein Kind aufzupassen. Aber Elaine ist auch die Person, die Ariel als Erste, am überraschendsten und am unverzeihlichsten im Stich gelassen hat. Das war der Grund, warum Ariel sich so lange so allein auf der Welt gefühlt hatte: Nicht einmal von ihrer eigenen Mutter konnte sie bedingungslose Unterstützung erwarten.

Als dann auch noch Bucky sie auf so schreckliche Weise enttäuschte, ließ Ariel niemanden mehr an sich heran. Und das war auch die eine Sache, die sie am liebsten an sich geändert hätte: ihre Intoleranz gegenüber Unvollkommenheit. Sie hatte es versucht. Und war gescheitert.

Stattdessen versuchte sie, sich selbst davon zu überzeugen, dass es möglich war, Menschen zu lieben und gleichzeitig wichtige Dinge an ihnen zu hassen. Auch das war schwer. Aber die Alternative war noch schwerer gewesen.

Ariel nahm einen tiefen Atemzug. »Ich will nicht mit dir darüber streiten, wie ich mein Leben lebe«, sagte sie. »Können wir das nicht einfach lassen?«

Die Hunde beobachteten die Szene wachsam, die Schwänze auf Halbmast. Sie waren in erhöhter Alarmbereitschaft, seit Ariel ihren Koffer aus dem Keller geholt hatte. Die Hunde wissen, dass es nichts Schlimmeres gibt als Ariels Gepäck, denn es erscheint immer kurz vor ihrer Abreise – und dieses Mal könnte es für *immer* sein, man weiß nie, wann Frauchen einfach nicht mehr zurückkommt, es wäre fürchterlich. So schlimm, sich immer Sorgen machen zu müssen, wenn man Gepäck sieht.

Ariel beugte sich zu den Hunden hinunter und umarmte sie, was es noch schlimmer machte, ihre Angst noch vergrößerte; Mallomar gab ein kleines Wimmern von sich. Ariel ist sich bewusst, dass sie egoistisch ist, wenn es um die Tiere geht, für die sie verantwortlich ist und die ihr bedingungslose Liebe schulden. Von der möchte sie so viel wie möglich bekommen. Es ist vielleicht die einzige wirklich glaubwürdige Art der Liebe; alle anderen sind verdächtig, unzuverlässig, vorübergehend, mit fragwürdigen Motiven, von vornherein feststehendem Ausgang, enttäuschend.

Kürzlich kam sie zu der Erkenntnis, dass sie die Gesellschaft von Kindern und Hunden erwachsenen Menschen vorzog. Das ist eine unangenehme Erkenntnis über sich selbst, vor allem, was die Hunde betrifft. Ariel zwang sich, das genauer zu ergründen, und erkannte, dass die Dinge, die sie an Hunden liebte – ihre bedingungslose Loyalität und uneingeschränkte Zuneigung, ihr Spaß am Spiel, das Herumrennen aus purer Freude am Herumrennen, ihr völliges

Fehlen von Selbstbezogenheit – auch die schönsten Eigenschaften kleiner Kinder sind. Je mehr ihr eigenes Kind wuchs, desto mehr vermisste sie diese Unschuld. Sie war für immer verschwunden.

»Okay. Aber, Ariel, warum in aller Welt hast du jetzt eine *Ziege*?«

Cyrus, der Nachbar, hatte Fletcher, die Ziege, gekauft, als Gesellschaft für Shadow, das Pferd, das depressiv zu sein schien, aber es stellte sich heraus, dass die Lethargie und der mangelnde Appetit des Pferdes nicht auf Verdruss, sondern auf das Virus der infektiösen Pferdeanämie zurückzuführen waren, und Shadow starb nur wenige Wochen, nachdem Fletcher angekommen war. Und dann starb auch Cyrus ein paar Monate später und ließ die Ziege ganz allein zurück – der bloße Gedanke daran brachte Ariel zum Weinen.

»Machen Sie Witze? Sie fragen mich, ob Sie die Ziege dieses Idioten *adoptieren* können?«

Das war die Ex-Frau des toten Cyrus am Telefon aus Scottsdale. Sie hatten sich vor zwei Jahrzehnten scheiden lassen, nachdem die Kinder aus dem Haus waren und sie sich eingestanden hatten, dass sie sich hassten.

»Ja, genau.«

Das war offenbar das Lustigste, was die alte Frau je gehört hatte. »Nein«, sagte sie, als sie endlich in der Lage war, ihre Heiterkeit unter Kontrolle zu bringen. »Ich möchte zehntausend Kilometer hin- und zurückreisen, um die verwaiste *Ziege* meines ignoranten Ex-Mannes abzuholen, damit sie bei mir lebt. In meiner Einzimmerwohnung. In einer *Seniorenresidenz.*«

»Ich verstehe. Dann …«

»Sie kann ja meine Pickleball-Partnerin sein.«

»Okay, danke. Ich schicke Ihnen den Papierkram, sobald ich kann.«

»Papierkram? Sind Sie wahnsinnig?« Dann legte sie auf, und Ariel erzählte Cyrus' Nachlassanwalt Jerry von dem Gespräch. Der war eigentlich kein Nachlassanwalt und wollte sich nicht damit befassen – nicht mit Cyrus' Nachlass und schon gar nicht mit Cyrus' verwaister Ziege.

»Oh, Ariel …« Jerry vergrub sein Gesicht in den Händen und massierte seine Augenhöhlen. »Ich will nicht … Nimm doch einfach diese Ziege, ja? Bitte lass mich aus dem Spiel.«

»Danke, Jerry, danke«, sagte Ariel und wollte Jerrys Büro verlassen, kehrte dann aber um. »Weißt du, wie?«

»Wie was?«

»Wie ich die Ziege nehmen soll?«

Jerrys Mund stand offen.

»Soll ich eine Leine benutzen?«

Er öffnete den Mund, konnte aber keine Antwort hervorbringen. Stattdessen breitete er die Hände aus, als wolle er den Schreibtisch mit den Akten umfassen, die Bücherregale mit der leinengebundenen Rechtsprechung, die eingerahmten Abschlüsse eines zweitklassigen Colleges und einer drittklassigen juristischen Fakultät, die erdrückende Höhe der Studentenschulden, die Demütigung, die Anwaltsprüfung nicht nur ein- oder zweimal, sondern dreimal nicht bestanden zu haben, die entmutigende Erkenntnis, dass er der geborene Versager war, der sich selbst in diese verschlafene Kleinstadtkanzlei verbannt hatte, wo er Eheverträge und Alkohol am Steuer bearbeitete, Hypothekenrückzahlungen und kleinkarierte Rechtsstreitigkeiten, die mit Standard-Geheimhaltungsverträgen enden. Jerry war mit jedem Winkel des unrentablen Rechts vertraut, aber nichts davon hatte etwas mit dem Transport von verwaisten Ziegen zu tun.

»Danke, Jerry«, sagte Ariel. »Ich schulde dir einen Drink.«

Er blinzelte zustimmend; es wäre nicht das erste Mal, dass Ariel Jerrys Fachwissen mit einem oder zwei – oder drei oder vier – Gläsern Bourbon belohnte. Jerry verkörperte alle Klischees des Kleinstadt-Einzelkämpfer-Anwalts, inklusive gescheiterter Ehe, unverantwortlicher Ernährung und funktionellem Alkoholismus.

Fünfzehn Minuten später führte Ariel Fletcher die Straße hinunter, an einer drei Meter langen Wäscheleine aus Baumwolle, die sie aus ihrem Garten gepflückt hatte, der oft mit Wäscheleinen bespannt war, eine weitere hauswirtschaftliche Entscheidung, die ihre Mutter missbilligte.

»Es ist wohl dein Leben«, sagte Elaine.

»Ich hole George«, sagt ihre Mutter jetzt am Telefon und beendet so diesen Streit, ein Glück. »Okay. Warte kurz.«

Ariel wartet, während sich die Hintergrundgeräusche verändern, bis es nach Fernseher klingt. Na klar: Elaines wichtigste Erziehungsstrategie war schon immer, den Fernseher einzuschalten. Ariel versucht, sich nicht zu sehr über die Entscheidungen zu ärgern, die ihre Mutter *in loco parentis* trifft, während Ariel ein- oder zweimal im Jahr auf Geschäftsreise ist. Aber das ewige vor der Glotze hängen macht sie wahnsinnig.

»Hi, Mommy.«

Vor ein paar Monaten ist George in den Stimmbruch gekommen, seine Stimme hat sich immer mehr verändert, und jetzt erkennt Ariel sie kaum wieder, den Klang ihres eigenen Sohnes. Aber auch in seiner weniger vertrauten Form bringt Georges Stimme ihr Herz zum Schmelzen, besonders wenn er sie Mommy nennt.

»Hallo, mein Schatz. Geht es dir gut?«

»Ja«, sagt er. »Meistens.«

»Nimmst du deine Medizin?«

»Ja.«

»Aber du fühlst dich trotzdem nicht richtig gut?«

»Richtig gut nicht, nein.«

»Auf einer Skala von eins bis zehn, wie schlecht?«

»Ich weiß nicht. Nicht so schlecht.«

Ariel will ihn nicht drängen, will ihn nicht zwingen, sich zu beschweren, ihn nicht in seiner Opferrolle bestärken, die ätzend sein, zu einer Besessenheit werden, sich zu etwas entwickeln kann, durch das man sich hauptsächlich definiert. Ariel war selbst in dieses Loch gefallen, und es hatte lange gedauert, bis sie wieder herauskam. Ihr Sohn versucht, dieses Schicksal zu vermeiden; sie sollte ihn lassen.

»Okay«, sagt sie. »Und wenn es schlimmer wird?«

»Dann weiß ich, was zu tun ist, Mom.« Er klingt genervt, wahrscheinlich für alle Eltern ein vertrauter Klang. So hat Ariel sich bestimmt auch selbst angehört vor dreißig Jahren. Verdammt, wahrscheinlich hat sie sich gerade eben so angehört, als sie ihre eigene Mutter angeschrien hat.

»Bitte mach dir keine Sorgen, Mommy.«

Mein Gott! Keine Sorgen machen?

Ariel hat wieder angefangen zu weinen, und sie nimmt das Mikrofon von ihrem Mund weg, damit George es nicht hören kann. Sie atmet tief ein und versucht, ihr Weinen herunterzuschlucken, es gerade so weit zu unterdrücken, dass sie sich ein Lächeln abringen kann, mit dem sie »Mach ich nicht« sagen und es aufrichtig klingen lassen kann, diese komplizierte kleine Lüge, die sie ihrem Sohn erzählt.

»Ich liebe dich«, fügt sie hinzu, weil sie etwas Wahres sagen will. »Ich liebe dich *so* sehr.«

Es war keine bewusste Entscheidung gewesen. Es geschah einfach von Nacht zu Nacht, wenn George nach einem schlechten Traum oder mit Bauchschmerzen in ihr Bett kroch und einfach nicht mehr ging. Irgendwann hörte er auf, Ausreden zu suchen. Sie las – sie las immer, das war ein wichtiger Teil ihrer Arbeit, aber einer, den sie während des Arbeitstages nicht erledigen konnte –, und Mallomar hatte sein lächerlich haariges Kinn auf ihrem Schienbein abgelegt. George kam hereingeschlurft und schlich sich auf die andere Seite des Doppelbetts, gefolgt von Scotch, der sich auf den Teppich plumpsen ließ und sich zu einem karamellfarbenen Ball zusammenrollte.

Morgens, wenn Ariels Wecker klingelte, war George noch da, und sie ließ ihn noch eine Stunde lang schlafen, während sie sich um den ganzen Morgenkram kümmerte. Dann rüttelte sie ihn sanft wach, er fragte »Was?«, und sie sagte: »Zeit zum Aufstehen.« Das geschah seit Jahren fast jede Nacht, und Ariel hörte nie auf, es zu hinterfragen. War dies ein gesundes Maß an Nähe, an Geborgenheit, an Abhängigkeit? Oder schadete sie ihrem Kind damit? Oder sich selbst?

Sie merkte, dass sie nicht bereit war, etwas dagegen zu unternehmen. In Wahrheit gefiel es ihr so, sie fand es schön, ein anderes Leben neben sich zu haben, ihr Kind atmen zu hören, zu wissen, dass es sicher war, nicht krank, keinen Albtraum hatte, nicht einsam war. Und sie auch nicht.

Als George sechs Jahre alt gewesen war, oder acht, als er einen Meter zwanzig groß war und fünfundzwanzig Kilo wog, als er am Daumen lutschte und seinen Teddybären mitbrachte, sie ihn auf dem Arm getragen hatte – damals war es viel einfacher, sich selbst auf diese Fragen wohlwollend zu antworten, ihre Art zu leben als ganz natürlich anzusehen, sie waren Partner in allem, aßen jeden Abend zusammen, wachten jeden Morgen zusammen auf. Alles, was sie hatten, war einander. Das war allen klar, vor allem ihnen selbst.

Dann begann er sich zu entfernen, verbrachte mehr Nachmittage außer Haus, spielte mit anderen Kindern Fußball und Baseball und Videospiele. Wenn er zu Hause war, verbrachte er mehr Zeit allein in seinem Zimmer; er machte seine Hausaufgaben nicht mehr am Esstisch in Sichtweite von Ariel, während sie das Abendessen zubereitete, er sah abends nicht mehr mit ihr fern, er wollte nicht mehr, dass sie ihm vorlas. Er wehrte sich gegen öffentliche Zuneigungsbekundungen, dann auch gegen private. Er fing an, Geheimnisse zu haben, verschwieg ihr Dinge, einfach um des Verschweigens willen, um das Lügen auszuprobieren, zu sehen, wie es funktioniert, wenn man erwischt wird, was die Konsequenzen sind.

Es gab keine dramatischen Verlautbarungen, keine harten Brüche, keine großen Wutanfälle, keine neuen Regeln. Doch diese Entwicklung vollzog sich innerhalb weniger Monate, wenn auch schrittweise. Sie kam so schnell, die Pubertät.

Ariel konnte sich noch vage an ihre eigenen Erfahrungen damit erinnern, die Notwendigkeit, Abstand zu schaffen, ein neues Selbst zu entwickeln, das sich von ihren Eltern unterschied. Sie wusste noch, dass sie es nicht vermeiden konnte, ihre Eltern zu hassen, auch wenn sie das wollte; jedenfalls bevor sie ihr einen echten Grund gaben.

Das alles konnte sie jetzt bei ihrem eigenen Kind sehen. Sie erkannte sogar seine gelegentlichen Anfälle von Selbsthass; sie merkte, dass George es nicht verstand, es nicht rechtfertigen konnte, nicht wusste, warum er dem Drang nicht widerstehen konnte, ihre Kochkünste, ihren Fahrstil, einfach alles an ihr zu kritisieren.

»Mom, könntest du einfach damit aufhören?«

»Womit?«

»Könntest du, also, nicht so laut *atmen*?«

Ihr enges, kleines Zweiergespann, wir gegen den Rest der Welt, hatte unzerstörbar ausgesehen, dauerhaft. Ariel hatte gewusst, dass das nicht stimmte, aber jahrelang hatte sie so getan, als wäre es anders. Jetzt war das nicht mehr möglich. Dennoch kroch der Junge immer noch fast jede Nacht in ihr Bett.

»Hey, Liebling?«

Sie saßen auf gegenüberliegenden Seiten des Tisches, in derselben Position wie bei jeder Mahlzeit, schon Georges ganzes Leben lang, seit er im Hochstuhl sitzen konnte. Er schaute auf, misstrauisch, schon direkt bereit, wütend zu werden.

»Ich glaube, du solltest heute Nacht in deinem eigenen Bett schlafen.«

Er öffnete den Mund, um zu antworten, und seine Unterlippe zitterte. Plötzlich war er nicht mehr der mürrische Heranwachsende. Er hatte denselben Blick wie das am Boden zerstörte Kleinkind, dem sie damals sagen musste, dass sie Teddy versehentlich auf der Fähre zurückgelassen hatten.

»Heute?«, fragte er.

Sie hatte Steak gegrillt, obwohl sie kein Rindfleisch aß. George verlangte nach Protein, vor allem wollte er rotes Fleisch, das er die meiste Zeit seines Lebens nicht gemocht hatte. Unfreiwillige Diätbeschränkungen waren das Thema einer ihrer größeren Auseinandersetzungen in letzter Zeit gewesen. Er hatte gewonnen.

»Ich denke, vielleicht meistens.«

Ariel konnte sehen, wie er versuchte, das zu verstehen, wie verschiedene Entwicklungsstufen von ihm gegeneinander kämpften, gegensätzliche Notwendigkeiten. Ariel wusste nicht, für was sie sich entschieden hätte. Eine dicke Träne kullerte über den neuen Pfirsichflaum auf seiner Wange, die schlanker geworden war, sein ganzer Körper länger, wie ein gedehntes Gummiband, dünn und straff und gefährlich nah am Zerreißen.

»Warum?«

»Ich glaube, du brauchst Freiraum, du …«

Er schlug mit der Faust auf den Tisch, und alles flog hoch – Besteck und Teller klapperten. Seine Gabel, auf die ein Stück blutiges Rindfleisch gespießt war, fiel von seinem Teller auf den bloßen Tisch.

Die Hunde standen wachsam da und versuchten, das Problem zu erkennen, sahen von George zu Ariel und wieder zurück.

»Ich glaube …«

»Ich hasse dich!« Er stieß sich vom Tisch ab, sein Stuhl kippte um, und Mallomar bellte. »Ich *hasse* dich!«

Scotchs Krallen waren auf der Treppe zu hören, er folgte Georges wütendem Getrampel, und dann schlug seine Zimmertür zu. Mallomar wimmerte an ihrer Seite, und sie griff nach unten, um ihn zu streicheln, um ihn zu beruhigen. Um sich selbst zu beruhigen.

Sie starrte auf den Platz, den ihr Kind verlassen hatte, auf den umgekippten Stuhl, das halb gegessene Essen. Auch ihre eigenen Lippen zitterten. Ariel saß an ihrem abgewetzten, verlassenen Küchentisch und versuchte, sich einzureden, dass es richtig war, dies zu tun, auch wenn es alle Beteiligten zum Weinen brachte. Aber sie glaubte es nicht ganz. Sie war plötzlich so traurig über so viele Dinge – über jede Entscheidung, die sie jemals getroffen hatte, über jede Richtung, die sie in ihrem Leben eingeschlagen hatte und die sie hierhergeführt hatte, an diesen einsamen Ort, an dem sie wusste, dass sie ihr Kind zum Weinen bringen würde, und es trotzdem tat, mit Absicht.

Ihr Leben würde nur noch einsamer werden, oder? Alles würde immer nur noch schlimmer werden.

Ariel hatte schon zu lange zu viel ignoriert. Sie rechtfertigte ihre vorsätzliche Ignoranz, weil sie dafür auch viele Dinge in den Griff bekommen hatte, sie beglückwünschte sich selbst zu ihren Leistungen, ihrer Kompetenz, ihrem Selbstvertrauen. Vielleicht ist es ein Nullsummenspiel. Du kannst nicht alles haben, musst dir deine Schlachten aussuchen, herausfinden, worauf du nicht verzichten kannst, und dafür sorgen, dass das die Kämpfe sind, die du gewinnst.

Sie konnte George oben hören, wie er in seinem Zimmer herumpolterte, das verzweifelte Bellen des Hundes. Ariel würde nicht hinaufgehen. Sie würde ihn mit seiner Wut allein lassen. Er brauchte Freiraum, auch wenn er ihn nicht wollte. Manchmal ist das ein großer Unterschied.

George weinte sich in den Schlaf, und Ariel wälzte sich bis kurz vor Morgengrauen hin und her. Es war nicht das erste Mal, dass sie die ganze Nacht über an sich zweifelte. Davon überzeugt, dass keine ihrer Entscheidungen je gut gewesen war. Entschlossen, etwas zu ändern, bevor es zu spät war.

Kapitel 19

»Hallo?«

»Ms. Turner«, sagt er. »Lange her.«

Ms. Turner? Was zieht er da für eine Show ab? Wahrscheinlich ahnt er, dass er aufgezeichnet wird. Oder vielleicht ist er sich dessen sogar sicher, weil er selbst die Aufnahmen macht, um deren Echtheit zu gewährleisten. Heutzutage kann alles manipuliert werden – Fotos, Videos, Audios. Die einzige Möglichkeit, die manipulierten Beweise anderer zu widerlegen, besteht darin, eigene Beweise zu manipulieren und sie dann zu verstärken. Die lauteste Stimme gewinnt.

»Was verschafft mir die Ehre Ihres Anrufs?«

»Ich bin in Lissabon. Mein Mann wurde gekidnappt. Die Lösegeldforderung beträgt drei Millionen Euro innerhalb von zwei Tagen.«

Er wartet einen Moment, bevor er antwortet: »Das ist schrecklich.«

»Das ist es. Und ich habe nicht so viel Geld. Nicht einmal annähernd.«

Schweigen.

»Ich brauche Ihre Hilfe.«

Wieder Stille. Ariel sitzt es aus.

»Schauen Sie«, sagt er, wie es Politiker tun, bevor sie etwas Unanständiges sagen, »es tut mir sehr leid, was Ihnen da widerfahren ist. Ich werde mich gerne erkundigen und mich vergewissern, dass die örtlichen Strafverfolgungsbehörden dieser Angelegenheit ihre volle Aufmerksamkeit widmen und dass auch das Außenministerium in angemessener Weise beteiligt ist. Aber Sie wissen, dass ich nicht ...«

Sie kann ihren eigenen Atem durch den Hörer hören. Er auch.

»Sie wissen, dass ich da nichts machen kann.«

»Natürlich können Sie das.«

»Was kann ich denn Ihrer Meinung nach tun?«

»Sie können jemanden dazu bringen, ein Einsatzkommando zu schicken, um ihn zu retten.«

»Sie wissen, dass ich das nicht kann.«

»Oder mir drei Millionen Euro besorgen.«

»Sind Sie verrückt? Ich kann mir nicht vorstellen, wie Sie auf die Idee kommen, dass ich das tun würde.« »*Vorstellen?* Nein, Sie müssen es sich gar nicht *vorstellen*. Sie wissen doch genau, warum ich auf die Idee gekommen bin.«

»Nochmals, Ihre missliche Lage tut mir sehr leid, aber ...«

»Sie glauben doch nicht, dass ich ohne ein Druckmittel anrufe, oder?« Sie klingt verzweifelt. Das ist sie auch. »Sie glauben doch nicht auch nur eine Sekunde ...«

»Seien Sie still.«

»... dass der Vaterschaftseintrag und der Polizeibericht aus den Hamptons, und ...«

»*Verdammt noch mal!* Seien. Sie. Still.«

Sie schweigt.

»Gehen Sie zur Botschaft.«

»Ich war schon bei der Botschaft. Zweimal. Und jetzt ist es mitten in der Nacht. Sie ist geschlossen.«

»Jemand wird öffnen.«

»Wann?«

»Ich denke, jetzt gleich.« Er seufzt. »Gehen Sie jetzt.«

Ariel läuft grob in Richtung des Ausgehviertels – Lärm, Licht, Menschen, Taxis. Sie kommt an einem alten Mann vorbei, der mit zwei Hunden Gassi geht, und er wirft ihr einen Seitenblick zu, aber nein, er kann nicht von der CIA sein oder von der Polizei oder den Entführern, nicht mit zwei Hunden. Sie schaut sich auch alles andere an und versucht, jedes Detail aufzunehmen. Man weiß nie, woran man sich erinnern muss.

Am anderen Ende des Platzes kann sie eine weitere Gestalt sehen, die in der Dunkelheit unter einem Baum steht und sich gegen den Stamm lehnt. Sie wendet sich ab, als ob sie sie nicht bemerkt hätte.

Ein Taxi kommt, und sie eilt darauf zu, hebt den Arm und springt hinein.

»Zur amerikanischen Botschaft«, sagt sie und wartet darauf, dass der Fahrer ihr im Spiegel in die Augen schaut, aber er tut es nicht. Sie fragt sich, ob er derjenige ist, der sie verfolgt; das würde einen gewissen Sinn ergeben.

Sie rasen an den gelegentlichen Außenposten des Nachtlebens vorbei, an Straßenlaternen, die pulsierende Partyinseln vor Bars und Clubs beleuchten, getrennt von weiten Meeren der leeren Dunkelheit, durch die das Taxi mit den klebrigen Sitzen fliegt wie ein Rumschmuggler, und Ariels Herz rast auch ganz genau wie einer, alles beschleunigt sich, dehnt sich aus, entzieht sich ihrer Kontrolle.

»Sie können Ihre Tasche und Geräte hier in einem Schließfach lassen. Ich gebe Ihnen den Schlüssel.«

»Danke, ich behalte sie lieber bei mir.«

»Tut mir leid«, sagt der Wachmann, »aber das war kein Angebot.«

»Hören Sie«, sagt sie und versucht, ruhig und besonnen zu klingen, »es geht hier um einen wirklich großen Notfall. Und es ist möglich, dass ich einen wichtigen Anruf erhalte. Äußerst wichtig. Kann ich nicht einfach …«

Sie bricht ab; der Wachmann schüttelt den Kopf.

»Bitte, das sind doch nur *Telefone*. Und es ist wirklich wichtig.«

»Tut mir leid, aber die Vorschriften verbieten es. Elektronische Geräte können alles sein. Auslöser für Sprengstoff. Abhörausrüstung. Virus-Wirte. Sie können sogar echte Viren sein.«

»*Bitte*. Ich flehe Sie an.«

Sie hat heute schon ganz schön viel gebettelt.

»Also, was wir tun können, ist Folgendes«, sagt er. »Ich werde Ihre Geräte hier draußen lassen, auf diesem Tisch. Wenn eins davon klingelt, hole ich Sie, damit Sie rangehen können.«

Ariel hat keine andere Wahl. Sie übergibt ihre Sachen, nimmt im Gegenzug den Metallschlüssel an dem nummerierten Plastikanhänger.

»Hier entlang.«

Unter den wachsamen Augen des Marinesoldaten geht sie durch einen Metalldetektor, um danach von jemand anderem überwacht zu werden. Sie laufen ein paar Schritte einen kurzen Flur hinunter, dann benutzt er einen Generalschlüssel, um die Tür zu einem fensterlosen Raum zu entriegeln, der nur wenige Meter vom Sicherheitsdienst entfernt und vom Rest des Gebäudes abgeschirmt ist. Vielleicht, um zu verhindern, dass Besucher dieses Zimmers das Botschaftspersonal sehen. Oder andersherum. Oder beides.

»Bitte nehmen Sie Platz«, sagt der Wachmann. »Ihr Anruf wird hierher durchgestellt. Ich bin gleich da draußen. Wenn Sie etwas brauchen, drücken Sie dort.« Er deutet auf einen roten Knopf an der Wand neben der schallgeschützten Tür, die rundherum mit einer Gummidichtung versehen ist. Mit einem Zischen schließt er sie hinter sich.

Ariel braucht den Griff nicht zu überprüfen, um zu wissen, dass sie hier eingesperrt ist. Sie setzt sich auf einen der Plastikstühle, die um einen runden laminierten Tisch stehen, in dessen Mitte eine solide aussehende Kommunikationskonsole angebracht ist. Die Kabel des Telefons verschwinden im Sockel des Tisches und im Boden, sodass hier niemand die Möglichkeit hat, an die Kabel oder an die Buchse heranzukommen.

Sie wundert sich, dass sich in diesem Raum kein ZweiWege-Spiegel befindet, aber dann wird ihr klar: natürlich nicht. Dies ist kein Verhörraum; es muss in diesem Gebäude noch andere Räume für Verhöre geben, sowohl der freundlichen als auch der unfreundlichen Sorte. Dieser Raum dient dazu, die Leute zu beruhigen. Dies ist ein sehr sicherer Raum, mit einer sehr sicheren Telefonleitung. Deshalb ist sie hier.

Ariel fragt sich, ob sie sie mit Absicht warten lassen oder ob es am anderen Ende einen Grund für die Verzögerung gibt. Aber das ist eigentlich egal, oder? Wie auch immer, sie wartet, ihre Unruhe wächst, und sie kann nichts anderes denken als: Wird das hier funktionieren?

»Du willst mir sagen, dass sie jetzt gerade hier in der Botschaft ist?« Nicole Griffiths hatte mit einem Stapel von Berichten auf dem Schoß im Bett gelegen, kurz davor, in einen tiefen, gesunden Schlaf zu fallen. Jetzt ist sie hellwach. Diese Amerikanerin hatte Griffiths nicht nur gezwungen, ihre Verabredung mit Pietro abzusagen, sie wird ihr nun auch noch ihr Trostpflaster, eine ganze Nacht Schlaf, rauben.

»So ist es«, sagt Antonucci. »Ich bin ihr zurück zum Hotel gefolgt, vor zwanzig Minuten kam sie heraus und stieg in ein Taxi, also bin ich dem gefolgt. Du kannst dir ja vorstellen, wie überrascht ich war, als das Taxi sie vor der Botschaft absetzte. Ich wartete ein paar Minuten und ging hinein. Der diensthabende Wachmann sagte mir, er habe den Befehl erhalten, Pryce in den Raum für sichere Kommunikation zu bringen.«

»Befehl? Von wem?«

»Das wollte er mir nicht sagen. Was ja auch verständlich ist.«

Ihre Gedanken preschen voraus, und sie versucht zu erraten, was es bedeuten könnte, dass eine scheinbar beliebige Amerikanerin an einen sicheren Ort gebracht wurde, der existiert, damit sensible Informationen zwischen Agenten, Informantinnen, der Polizei ausgetauscht werden können, ohne dass man befürchten muss, abgehört zu werden.

»Verdammt.«

Niemand in Lissabon würde diesen Befehl geben, auch nicht aus der Zentrale in Langley, nicht ohne Griffiths' Wissen. Der Befehl muss also vom Außenministerium kommen. Was bedeutet, diese Frau ist wichtiger, als sie zugibt. Oder ihr Mann. Also doch nicht nur irgendwelche Amerikaner, wie es scheint.

»Ihr Gespräch dadrin können wir logischerweise nicht belauschen«, sagt Antonucci, »aber wir können die Aufnahmen aller anderen Anrufe hören, die sie geführt hat. Wir hören sie jetzt schon seit mehr als drei Stunden ab.«

»Okay, gut. Bleib an ihr dran, lass sie nicht aus den Augen. Ich komme und höre mir die Aufnahmen an. Und, Guido?«

»Ja?«

»Sei vorsichtig. Ich bekomme langsam das Gefühl, dass es sich um eine große Sache handelt.«

Das Klingeln ist schrill in der Totenstille dieses kleinen Zimmers, und Ariels Hand schießt instinktiv zum Hörer, als müsse sie ein weinendes Baby beruhigen. Aber so wie sie sich einst zwang, innezuhalten, bevor sie den kleinen George tröstete, zwingt sie sich jetzt, tief durchzuatmen, bevor sie den Hörer abnimmt und »Hallo« sagt.

Er verschwendet keine Zeit. »Was zum Teufel willst du von mir?«

»Sagte ich doch: drei Millionen Euro Lösegeld für meinen Mann.«

»Drei Millionen«, sagt er. »Na, das kommt mir ja bekannt vor.«

»Was soll das? Das ist keine Zahl, die ich mir ausgedacht habe. Mein Mann wurde entführt, und das ist die Lösegeldforderung.«

»Noch einmal, das ist wirklich schlimm, und es tut mir

leid, dass du dich in dieser schrecklichen Lage befindest. Aber warum ist das mein Problem?«

»Du weißt, warum.«

»Nein, das weiß ich wirklich nicht.«

Jetzt geht es los, denkt sie, jetzt gibt es kein Zurück mehr: »Weil ich unser letztes Gespräch aufgezeichnet habe.«

Er schweigt eine Sekunde, dann sagt er: »Ich habe absolut keine Ahnung, wovon du sprichst.«

»Das Gespräch fand statt, bevor ich irgendetwas unterschrieben habe. Das ist dir klar, oder?«

»Ich habe keiner Aufzeichnung irgendeines Gesprächs zugestimmt.«

»*Zugestimmt?* Du wagst es, dieses Wort zu benutzen?«

»Ich habe extra Maßnahmen ergriffen, um eine Aufzeichnung zu verhindern. Also wäre jedes Beweismittel unzulässig.«

»Erstens«, sagt sie, »Einverständnis nur einer Partei.« In New York muss nur einer der Gesprächspartner seine Zustimmung zu einer Aufzeichnung geben. Ariel war diejenige, die zugestimmt hat.

»Zweitens: Wer schert sich schon um die *Zulässigkeit?* Ich werde die Aufnahme an die ganze Welt schicken, *außer* an die Anwälte. An jede Nachrichtenagentur, jedes Hacker-Kollektiv, jede ausländische Regierung, jedes Großmaul in den sozialen Medien.«

»Das ist Erpressung, was du da gerade machst. Eine schwere Straftat ...«

»Wirklich? Nach welcher Rechtsprechung? Ich bin in *Lissabon.* Im Moment sind mir die Gesetze der USA und ihre Durchsetzung völlig egal.«

»… ergänzt durch die Drohung, eine weitere schwere Straftat zu begehen. Man wird dich verfolgen, das verspreche ich dir. Du kommst ins Gefängnis. Und zwar nicht nur als Verwarnung für dreißig oder sechzig Tage.«

»Falls – ein großes *falls* übrigens – ich verurteilt werde. Einstimmig. Von einer Jury aus Gleichgesinnten.«

»Man wird dir die Hölle heißmachen.«

»Weißt du, wer unter den Geschworenen sein wird? Die Hälfte Frauen. Und ein paar Männer, die Väter von Mädchen sind. Du weißt ja, wie viele Geschworene für einen Freispruch nötig sind, oder? Natürlich weißt du das. Du hast Jura studiert.«

»Ich werde *mit allen Mitteln* dafür sorgen, dass du deine Zeit an einem sehr, sehr ungemütlichen Ort absitzt.«

»Okay, aber weißt du was? Ich wäre *froh*, ins Gefängnis zu gehen. Ich werde im Knast eine *Heldin* sein. Aber du? Deine Karriere wird vorbei sein. Und nicht nur deine Karriere. Auch deine Ehe, dein ganzes *Leben*. Du wirst *alles* verlieren. Also ja, mach ruhig, such dir Rechtsbeistand. Geschworene riskiere ich gern und wie viele Monate und welchen Schaden auch immer …«

Ariel merkt, dass sie sich zu sehr aufregt, sie atmet tief durch.

»Du wirst ein Ausgestoßener sein«, fährt sie fort, leiser, bedrohlicher. »Und du wirst dich nicht davon erholen. Niemals.«

»Das würdest du nicht tun.«

»Bist du wirklich bereit, alles zu riskieren, weil du denkst, dass ich es nicht tue?«

»Warum hast du es dann noch nicht?«

»Das ist keine *besonders spaßige* Lage, in der ich mich hier gerade befinde; ich mache das nicht freiwillig. Und noch mal: Ich *werde* es auch nicht tun, wenn du mir hilfst, meinen Mann zurückzubekommen.«

Er braucht einen Moment, um das zu verdauen, und den lässt sie ihm. Der Ball ist in seinem Feld. Aber die Uhr tickt, und das weiß er.

»Achtundvierzig Stunden sagtest du?«

»Ein bisschen weniger.«

»Ich habe nicht so viel Bargeld zur Verfügung. Keiner hat das. Außer vielleicht Drogenbarone.«

Ariel weint fast vor Erleichterung, aber sie nimmt sich zusammen und sagt: »Du kannst es beschaffen.« Sie weiß, dass ein Mann wie er überall auf der Welt Vermögen hat, das er in Bargeld umwandeln kann, wenn morgen früh in Europa die Geschäfte beginnen. Er würde die drei Millionen kaum bemerken.

»Ich kann das nicht tun«, sagt er. »Nicht jetzt.«

»Natürlich kannst du«, entgegnet sie. »*Gerade* jetzt.«

Wieder hält er inne. Er hasst das hier, sie kann es durch das Telefon schmecken. Es ist köstlich.

»Das ist unmöglich. Es ist Feiertag, die Banken sind geschlossen, die Märkte auch. Diese ganze Sache ist unmöglich. Ich glaube nicht, dass ich so viel Geld auftreiben kann, nicht so schnell.«

»Na gut, dann rette einfach meinen Mann. Jemand soll die Marines, die Green Berets, die Navy SEALs, ganz egal, irgendwelche US-Bodentruppen vor Ort bestellen. Es ist nur ein einziger Mann, in *Lissabon*. Einer wie du sollte so ein Problem doch wohl lösen können.«

»Ich kann mich nicht einmischen wie …«

»Machst du Witze? Es mischt sich immer jemand ein! Für die Frau einer deiner besten Freunde?«

»Ex-Frau.«

»Hör zu, du hast drei Möglichkeiten: besorg mir das Geld, hol mir meinen Mann zurück oder verlier alles.«

Er schweigt. Er muss sich fragen, welche dieser Möglichkeiten am wenigsten schlimm ist. Es ist schwer zu bestreiten, dass sie mit den Geschworenen, dem Gefängnis und dem ganzen Szenario recht hat. Er hat keine wirkliche Wahl, besonders gerade in diesem Moment nicht. Und er weiß, dass sie das weiß.

»Okay«, sagt er schließlich.

Ariel hat Angst, dass ihr Körper vor Nervosität explodiert. »Okay was?«

»Okay, du wirst von jemandem hören.«

»Von wem?«

»Ich weiß es nicht. Das muss ich noch überlegen.«

»Wann?«

»*Wann*? Woher soll ich das wissen? Habe ich das vielleicht schon mal gemacht?«

»Die Zeit ist von entscheidender Bedeutung.«

»Fick dich. ›Die Zeit ist von entscheidender Bedeutung‹. Du kannst mich mal.«

Er seufzt schwer. Das ist das Letzte, womit er heute Abend gerechnet hat. Aber ihm ist seit Jahren klar, dass er sich wahrscheinlich irgendwann wieder mit ihr auseinandersetzen muss, irgendwie. Jetzt ist vielleicht nicht der ideale Moment – eigentlich ist es der denkbar schlechteste Moment –, aber deshalb ist es wahrscheinlich auch der unvermeidliche.

»Niemand darf davon wissen«, sagt er.

»Glaubst du wirklich, dass du mir das extra sagen musst?«

»*Niemand.* Weder die Polizei in Lissabon noch die Entführer noch dein Mann noch – ich weiß es nicht – *niemand. Niemals.*« Ariel kann ihn atmen hören; sie weiß, dass er die Schritte durchdenkt, die zusätzlichen Risiken und die Möglichkeiten, sie zu mindern. »Du musst natürlich einen Geheimhaltungsvertrag unterschreiben. Bevor irgendetwas anderes passiert.«

»Natürlich.«

Er ist wütend, er muss sich anstrengen, um nicht zu explodieren. Sie fragt sich, ob er irgendwann gelernt hat, sein Temperament zu zügeln. Sie bezweifelt es.

»Mein Gott«, sagt er, »das ist beschissen.«

»Beschissen für dich? Du Armer. Mein Mann wurde *gekidnappt.*«

»*Warum?* Wer *ist* dein Mann überhaupt?«

»Nur ein ganz normaler Typ, der wie ein reicher amerikanischer Geschäftsmann aussieht.«

»Ist er das?«

»Nicht wirklich. Nicht so wie du. Er hat keine drei Millionen Euro übrig.«

»Fuck.«

Ariel will diesem Mann gegenüber nicht versöhnlich sein, aber sie muss ihn wenigstens ein bisschen besänftigen. Sie braucht ihn. »Ich werde es dir zurückzahlen«, bietet sie an.

»Ist klar.«

»Ich habe Geld. Das weißt du.«

»Nichts weiß ich.«

»Doch, das weißt du. Aber dieses Geld steckt in einem Treuhandkonto.«

Sie wartet darauf, dass er etwas nachfragt, aber er tut es nicht. Er weiß, wofür das Konto ist und warum, aber er will wahrscheinlich nicht zulassen, dass sie das Gespräch auf diese Geschichte lenkt. Und sie wird ihn nicht verärgern, indem sie das versucht.

»Kontaktiere mich *nicht* mehr. *Nie wieder.*«

»Ja, verstanden. Aber hör zu. Wenn du mir das Geld nicht besorgst? Wenn mein Mann deswegen umgebracht wird? Dann werde ich alle Mikrofone und Megaphone der Welt um mich versammeln und *alles* veröffentlichen.«

Kapitel 20

Ariel sieht sich um und betrachtet die langweiligen Möbel, die schmucklosen Wände und die verschlossene Tür, hinter der sich ein sehr sicheres Gebäude befindet, das von bewaffneten Marines bewacht wird. Diese Soldaten sind nicht hier, um ihr zu helfen; wenn überhaupt, dann sind sie auf seiner Seite. Es war ihr bis eben nicht in den Sinn gekommen, dass dies ein gefährlicher Moment sein könnte, aber so ist es. Sie bedroht einen mächtigen Mann und gibt ihm gleichzeitig die Möglichkeit, sie zum Schweigen zu bringen. Hat sie sich selbst in tödliche Gefahr begeben?

Es ist sonst niemand hier. Keine Reporterinnen, keine Assistenten in Sichtweite, keine Hausmeister mit Eimern, keine über Computer gebeugte Diplomatinnen.

Keine Besucher. Keine Gäste. Keine Zeugen.

Nur ein paar Soldaten, mit ihren Befehlen. Loyal. Bewaffnet ...

Mit jeder Sekunde, die verstreicht, ist Ariel mehr und mehr davon überzeugt, dass sie hier festgehalten werden wird. Ihr Herz schlägt schneller, als sie sich der Tür nähert, sie drückt den roten Knopf und überlegt dabei schon, wie sie entkommen könnte – durchs Fenster, ein Schloss knacken, die Tür mit einem abgebrochenen Tischbein einschlagen –, und während sie wartet, gerät sie immer mehr in Panik, rechnet fest damit, bereits gefangen zu sein ...

Das Schloss klickt, die Tür schwingt auf, und da steht der Wärter, sein Gesichtsausdruck ist nicht zu deuten. »Ma'am?«

»Ich bin hier fertig.«

Er antwortet nicht sofort, und Ariels Zuversicht schwindet. Ist das der Moment, in dem er sie den Flur hinunter in ein anderes, fensterloses Zimmer führen wird?

»Nach Ihnen.«

Er weist ihr den Weg nach vorn, wo der zweite Soldat auf der anderen Seite des Sicherheitskontrollpunkts steht. Noch ein bewaffneter Mann, der sie beobachtet und eine weitere verschlossene Tür bewacht. Dieser bewegt sich nicht, als sie näher kommt; er behält sie im Auge.

Im Gebäude ist es vollkommen still, die Geräusche der Straße werden durch kugelsicheres Glas, doppelte Vorräume und gehärtete Wände gedämpft.

RING!

Das Festnetztelefon des Sicherheitsdienstes klingelt, eine Lampe blinkt, der Ton ist schrill. Der Wachmann hebt ab, wendet seinen Blick wieder Ariel zu, die jetzt etwa fünf Meter entfernt ist. »Ja, Sir, sie ist noch hier.«

Unwillkürlich geht sie langsamer.

»Ja, Sir.«

Ariel ist jetzt drei Meter vom Schreibtisch entfernt, und sie spürt den Soldaten in ihrem Rücken. Sie ist zwischen den beiden eingeklemmt. Der Beamte am Schreibtisch legt den Hörer auf und sieht Ariel wieder an. Sie zwingt sich, weiter auf ihn zuzugehen, auf die Tür zu, auf die Freiheit zu, auch wenn sie mit jedem Schritt überzeugter davon ist, dass etwas anderes passieren wird, sie hat eine Vision davon, kurz bevor es passiert: Er hebt die linke Hand und lässt die rechte an der Seite ruhen, neben seinem Holster.

»Ma'am?«

Ihr Magen dreht sich um und erinnert sie an die Zeit, als ihr Kleinkind immer kurz davor war, ein Glas oder eine Vase umzustoßen, und ihr Körper auf das drohende Unglück mit diesem Gefühl reagierte. Sie hatte versucht, sich einzureden, dass es nichts ausmachte, eine zerbrochene Tasse, verschüttete Milch, aber es gelang ihr nie wirklich. Manche Ängste kann man sich nicht ausreden, egal wie unbedeutend, wie irrational sie sind. Diese Angst ist allerdings beides nicht.

Ariel traut ihrer Stimme nicht, stattdessen zieht sie lieber die Augenbrauen hoch.

»Bitte warten Sie«, sagt er, die Hand immer noch in der gleichen Position. »Wir haben Ihnen einen Wagen bestellt, der Sie zu Ihrem Hotel bringt.«

O Gott, was für eine Erleichterung. Oder ist das eine Erleichterung? Vielleicht auch nicht. Nein.

»Oh, schon okay«, sagt sie. »Ich kann mir selbst ein Taxi nehmen.«

»Es ist schon spät, Ma'am. Der Wagen wird in ein paar Minuten hier sein.«

Ja natürlich: *So* würde es ablaufen. Wenn sie genauer darüber nachdachte, würde sie natürlich niemand *in* der Botschaft töten, und es wären auch nicht die Marines, die das täten.

Nein, es wäre ein Freischaffender, ein Ausländer, der mitten in der Nacht in einem nicht identifizierbaren Auto ankommt. Wie lange würde es dauern, diesen Plan in die Tat umzusetzen? Der Mann, den sie angerufen hatte, wusste seit dem ersten Kontakt, dass etwas Unerwünschtes bevorstand, er wusste genau, wo Ariel sein würde, er hatte mehr als genug Zeit, um nach diesem ersten Anruf eine Strategie zu entwickeln, wann war das? Vor eineinhalb Stunden? Ist das genug Zeit für einen reichen, mächtigen Amerikaner, um in Lissabon einen Auftragskiller anzuheuern?

»Sie können hier Platz nehmen.« Der Marine deutet auf ein Trio von Stühlen.

»Nein, danke, ich nehme mir gerne selbst ein Taxi.«

»Es tut mir leid, aber ich muss darauf bestehen. Ich habe Anweisungen, Ma'am.«

»Anweisungen? Von wem?«

Er deutet wieder auf die Stühle. »Bitte.«

Bitte. Das kann so viele verschiedene Dinge bedeuten. Ariel weiß, dass sie keine andere Wahl hat; sie kann nicht einfach hier abhauen.

Aber wenn der Wagen erst einmal da ist, wird sie auf gar keinen Fall einsteigen.

So viele Probleme dieses Mannes wären gelöst, wenn Ariels Leben in dieser Nacht enden würde. Nicht nur das unmittelbare Problem ihrer Telefonanrufe und ihrer Erpressungsversuche, sondern auch die langfristige Bedrohung durch ihre bloße Existenz. Ein Problem, das ihn wahrscheinlich schon lange beschäftigt, und in letzter Zeit immer mehr, denn es gibt verschiedene Leute, die an der Oberfläche seines Lebens kratzen und nach dem suchen, was darunter verborgen liegt.

Ariel: Sie ist das Verborgene.

Wenn sie heute Abend in Portugal einfach verschwindet, würde das auf jeden Fall untersucht werden. Was würde man finden? Überall in der Stadt verstreute Beweise dafür, dass Ariels Mann Schwierigkeiten hatte, dass sie ihn gesucht und vielleicht in dieselben Schwierigkeiten geraten ist und umgebracht wurde. Die Polizisten, die Botschaft, das Hotelpersonal: alles Zeugen. Beweise könnten auftauchen oder vielleicht geschaffen werden; vielleicht platziert genau in diesem Moment jemand Drogen in ihrer Suite, Tüten mit Heroin, vielleicht auch Haufen von Bargeld oder schmutzige Waffen, oder alles zusammen, eine überwältigende Menge an unwiderlegbaren Beweisen, dass dieses amerikanische Paar nach Lissabon kam, um kriminellen Aktivitäten nachzugehen, und was haben sie bekommen? Was sie verdienen.

RINGGGGGG.

Das Festnetztelefon kommt ihr dieses Mal noch lauter vor, näher, wie ein Angriff. Ariel hat ihr eigenes Gerät in der Hand, das Wegwerf-Handy ist in ihrer Tasche. Sie geht davon aus, dass beide manipuliert wurden, während sie im Sicherheitsraum war, und dass alles, was sie von nun an tut, überwacht wird. Jede E-Mail, jede Textnachricht, jedes Wort, das sie spricht, egal ob sie gerade telefoniert oder nicht, und selbst wenn die Telefone ausgeschaltet zu sein scheinen.

»Ja?«, antwortet der Soldat.

Noch eine Sorge mehr, und es sind schon so viele. All diese Sorgen drücken sie nieder. Wie lange ist es her, seit sie schluchzend auf dem Gehweg stand? Nur ein paar Stunden. Sie hat das Gefühl, dass sie wieder kurz davor ist, durchzudrehen. Sie atmet einmal ganz tief ein.

Der Marinesoldat legt den Hörer auf und wendet sich an Ariel. »Ihr Wagen ist da.«

In den letzten Minuten hat sie die Karte auf ihrem Bildschirm studiert, Routen, Alternativen, Eventualitäten geplant. Vielleicht hat jemand irgendwo gesehen, dass die Karte auf ihrem Handy aktiv war. Aber sie wären nicht in der Lage gewesen, ihren Augen zu folgen, um zu sehen, warum sie die App benutzt.

Mit einem knappen »Danke« schreitet sie an dem Wachmann vorbei, geht durch die Tür hinaus auf die ruhige Straße, wo ein Audi vor dem Pförtnerhaus steht, geparkt in der einspurigen Fahrbahn, die von der breiten Allee durch einen Streifen mit Pflastersteinen, Bänken, Pollern und Bäumen getrennt ist. Das ist eine Menge Puffer zwischen der Botschaft und dem Verkehr, viel Abstand zu Motorradfahrern mit Handfeuerwaffen, zu Menschen in Pick-ups, mit Sturmgewehren bewaffnet, zu Lastwagen voller Sprengstoff. Vielleicht sind US-Botschaften überall auf der Welt Ziele.

Der Fahrer steigt aus, eilt um den Wagen herum und öffnet Ariel die Hintertür. Er ist groß, nicht schlank, aber auch nicht dick; er sieht massiv aus, stark. Er trägt enge Jeans, die sehr tief auf den Hüften sitzen, Denim mit extravaganten Nähten. Sein Poloshirt ist grell mit einem überdimensionalen Logo verziert, mit auffälligen Farb- und Schriftzügen auf Ärmeln und Rücken, dazu Streifen am Kragen, den er hochgeschlagen trägt. Seine Sportschuhe sind von einer unbekannten Marke, klein, eng und bunt.

Eindeutig kein Amerikaner.

Bei Frauen ist das schwieriger zu sagen; Frauen auf der ganzen Welt folgen ähnlichen Moden, Haarschnitten, Make-up, Stilen, die von der einen oder anderen Berühmtheit kopiert werden, von Schauspielerinnen, Sängerinnen, Influencern, was auch immer die Kardashians sind. Globale Trends, überall erkennbar, austauschbar. Der Stil der Männer ist lokaler, spezifischer, leichter zu identifizieren. Und dieses Ensemble würde im Leben kein amerikanischer Mann tragen.

Ist das ein gutes Zeichen? Oder ein schlechtes? Auf jeden Fall ist es positiv, dass der Fahrer ausgestiegen ist, um ihr die Tür zu öffnen. Dadurch ist er weiter weg vom Lenkrad und vom Gaspedal.

Ariels Aufmerksamkeit wird von einem kleinen Auto erregt, das auf der anderen Seite vorbeifährt, auf die Hauptstraße; diese breite Allee ist praktisch eine Autobahn. Sie wirft einen Blick nach links, dann nach rechts die Allee hinunter. Hier gibt es keine Fußgänger; dies ist keine Fußgängerzone. Auch keine geparkten Autos, soweit sie sehen kann. In beiden Richtungen gibt es nirgendwo Menschen. Niemand könnte etwas beobachten oder eingreifen. Hier draußen sind nur Ariel und dieser Fahrer und drinnen die Marines.

Okay, sagt sie sich, als sie nur noch ein paar Schritte von der offenen Autotür entfernt ist: *jetzt*.

Ariel sprintet los. Sie rennt mit voller Geschwindigkeit in die andere Richtung, auf den Verkehr zu, der auf der breiten Straße entgegenkommen könnte. Sie hört, wie der Fahrer ihr etwas zuruft, aber sie versteht nicht, was er sagt, und es ist ihr auch völlig egal.

Sie läuft an dem Betongiebel der Umzäunung der Botschaft entlang, über das Ende des Geländes hinaus, vorbei an einem kleinen Parkplatz mit Autos und Recyclingtonnen, dort nimmt sie eine Bewegung wahr, aber sie kann nicht sagen, was es ist, es könnte jemand sein, der sich auf dem Fahrersitz eines dunklen Autos bewegt, es könnte aber auch eine Katze oder ein Vogel sein oder ein Ast im Wind.

Ariel wirft einen Blick über die Schulter und sieht, wie der Fahrer des Audi wieder einsteigt. Sie blickt nach vorne, schaut auf den Gehweg, auf ihre Füße, konzentriert sich darauf, nicht über die unebenen Steinplatten, über Risse und Wurzeln, die sich durch das Pflaster drücken, zu stolpern.

Sie hört die Autotür zuschlagen, als sie das Ende des Parkplatzes hinter sich gelassen hat und der Gehweg nun von niedrigem Gestrüpp neben einer Betonmauer begrenzt wird.

Der Fahrer legt den Gang ein. Der Wagen muss auf dem schmalen Weg geradeaus fahren und am Ende auf die breite Straße einbiegen, eine Einbahnstraße, die von Ariel wegführt. Es wäre irrsinnig, den Wagen zu wenden und gegen den Verkehr zu fahren, ein unverantwortlich waghalsiges Manöver, das er nur dann durchführen würde, wenn er sehr dringend – auf kriminelle Weise – auf Verfolgung aus ist. Jeden Moment könnten schnelle Autos auf der leeren Straße auftauchen und man würde einen Frontalzusammenstoß mit hoher Geschwindigkeit und den Tod riskieren. Kein Fahrdienst würde das tun. Nur ein Attentäter.

Zehn Meter weiter vorn ist eine Öffnung in der Betonmauer, der Eingang zu einem Hochhauskomplex.

Ariel dreht sich um, um zu sehen, was der Audi macht: Gott sei Dank biegt er auf die Straße ein und fährt von ihr weg. Aber das bedeutet nicht, dass sie in Sicherheit ist. Der Fahrer könnte beschleunigen, rechts und noch einmal rechts abbiegen und dann um den hinteren Teil dieses Blocks herumfahren, bis zur Rückseite des Hochhauses. Wie lange würde das dauern? Als Ariel in der Botschaft saß und die Karte betrachtete, schätzte sie neunzig Sekunden, höchstens zwei Minuten.

Vielleicht verfolgt er sie ja auch gar nicht. Das hofft sie verzweifelt, denn es gibt keinen harmlosen Grund, warum er das tun sollte. Aber sie muss das Schlimmste annehmen. Immer.

Als sie durch die Einfahrt rennt, bemerkt sie eine Gestalt in der Nähe der Botschaft, die von den Scheinwerfern, welche die Vorderseite des Geländes in schützendes Licht tauchen, angestrahlt wird. Es ist ein Mann. Und er geht in ihre Richtung.

Nein, er geht nicht, er rennt. Er rennt ihr hinterher.

Ariel beschleunigt, rennt vorbei am Wachmann des Hochhauses, bevor er sie aufhalten kann, und auf einen Platz mit schräg geparkten Autos auf der einen und parallelen auf der anderen Seite, alles großzügig beleuchtet.

Der Wachmann schreit ihr etwas nach.

Sie wird nicht langsamer, bis sie am Ende des weitläufigen Parkplatzes ankommt und in einer Neunzig-Grad-Kurve um die Seite des Gebäudes biegt, auf einen gepflasterten Weg mit Palmen.

Der Wachmann schreit wieder, schriller, alarmierter. Ihm antwortet ein anderer schreiender Mann.

Auf der Rückseite des Gebäudes sieht sie Tennisplätze, einen Pool auf einem erhöhten Pavillon, Palmen, eine lachsfarbene Mauer. Es handelt sich um ein schickes Wohnhaus, das von einem abgeschlossenen Gelände umgeben ist, begrenzt auf der einen Seite von der amerikanischen und auf der anderen Seite von der brasilianischen Botschaft.

Schritte verfolgen sie. Mehr als ein Paar.

Diese Mauer wird sie nicht überwinden können, das weiß sie. Der Sicherheitsbeamte weiß das auch. Aber er weiß nicht, dass sie das weiß, also nimmt er wahrscheinlich an, dass der hintere Bereich ihr Ziel ist, dass sie versuchen wird, über die Rückseite zu entkommen, was ihr nicht gelingen wird, sodass er sie dort in die Enge treiben kann, mit einer waffengroßen Taschenlampe in der einen und einem Handy in der anderen Hand, bereit, die Polizei zu rufen. Vielleicht zieht er es aber auch vor, die Strafe selbst zu verhängen. Vielleicht ist er der Typ Mann, der sich auf so eine Gelegenheit freut.

Ariel rennt weiter mit voller Geschwindigkeit neben den Tennisplätzen entlang, als ob ihr Leben davon abhinge, und versucht, das andere Ende des Gebäudes zu erreichen, bevor der Wachmann um die Ecke kommt. Sie biegt ab, ohne zu wissen, ob sie es geschafft hat.

Sie kann das Tempo nicht durchhalten, sie wird umkippen. Auf dem Weg zwischen dem Gebäude und der hohen Mauer, einem engen, klaustrophobischen Raum, in dem es keinen Winkel gibt, aus dem sie entkommen könnte, wird sie langsamer. Ist der Wachmann ihr auf den Fersen oder steuert er auf den Pool und das dahinterliegende Gelände zu? Sie ist jetzt nur noch wenige Meter von der Vorderseite des Gebäudes entfernt und verlangsamt ihr Tempo, versucht, auf Schritte hinter sich zu lauschen ... strengt sich an, um etwas zu hören ...

Nichts. Keine Schritte. Der Wachmann hat sie nicht um diese Ecke verfolgt, zumindest noch nicht. Sie bleibt stehen, beugt sich vor, versucht, in den wenigen Sekunden, die ihr noch bleiben, zu Atem zu kommen; das Rennen ist krass. Sie wird bis fünf zählen, um ihre Kräfte für einen weiteren Sprint über den Parkplatz zu sammeln, zurück durch das Eingangstor, über die breiten Spuren der hoffentlich verkehrsfreien Allee, in Richtung Zoo und Fast-Food-Restaurants und Leben und Menschen und hoffentlich eines Taxis zurück zum Hotel, oder was soll's, sie wird einfach das erste vorbeifahrende Auto anhalten und sich der Gnade eines völlig Fremden ausliefern. Nach ihrer Erfahrung sind nicht die Fremden die Gefährlichen.

Ariel richtet sich wieder auf, atmet tief durch, füllt ihre Lungen mit Sauerstoff, als würde sie sich darauf vorbereiten, in tiefes Wasser zu tauchen. Dann macht sie noch einen Schritt nach vorn …

Kapitel 21

Tag 1, 23:58

Es gibt keine Möglichkeit, an dem Mann vorbeizukommen, der den Weg versperrt und nur wenige Meter vor ihr steht. Ihr einziger Ausweg wäre, sich umzudrehen und in die andere Richtung zu sprinten; sie kann ihn wahrscheinlich abhängen, sie sollte sich beeilen ...

Aber dann erkennt sie ihn wieder: Es ist einer der Typen von der Botschaft, derjenige, den sie auf der Straße verprügelt hat, vor einer Million Jahren, heute Abend. Antonucci heißt er, meint sie sich zu erinnern.

»Alles okay«, sagt er und streckt seine Hände in einer beruhigenden Geste aus, als würde er eine Bettdecke glatt streichen. »Alles gut.«

Ariel keucht weiter, ihre Brust ist eng.

»Alles wird gut«, wiederholt er. »Warum rennen Sie weg?«

Sie beugt sich wieder vor und ringt immer noch nach Luft. Er gibt ihr Zeit, zu Atem zu kommen und dann zu antworten, aber das tut sie nicht.

»Wovor haben Sie Angst? Vor wem?«

Ariel, immer noch nach unten gebeugt, blickt zu ihm auf. Sie schüttelt den Kopf.

»Wie können wir Ihnen helfen, wenn ...«

»Helfen?« Jetzt richtet sich Ariel auf. »Wie können Sie mir überhaupt helfen?« Sie holt noch einmal tief Luft. »Sie haben doch bereits bewiesen, dass Sie das nicht können. Stellen einen Haufen irrelevanter Fragen, anstatt etwas zu *tun*. Sie hätten inzwischen wenigstens das Telefon meines Mannes finden können. Warum haben Sie das nicht?«

»Das haben wir.«

»Was?«

»Wir haben sein Telefon gefunden.«

»Was zum …?« Sie schüttelt den Kopf. »Warum hat mir das niemand gesagt?«

»Es war in einer Mülltonne unten am Fluss. Da war nichts; nur ein Ort, um das Telefon zu entsorgen. Wahrscheinlich weit weg von da, wo Ihr Mann gelandet ist. Es tut mir leid.«

Ariel kneift die Augen zusammen.

»Dass wir das Telefon gefunden haben, ist noch nicht alles. Wir ermitteln in viele Richtungen.«

»Zum Beispiel?«

»Hey, es ist wirklich spät. Warum besprechen wir das nicht morgen früh?«

Sie antwortet nicht.

»Warum sind Sie weggerannt? Vor einem Fahrer, der zu Ihrer Sicherheit von der US-Botschaft bestellt worden ist?«

Was soll sie dazu sagen? *Ich renne, weil ich Angst habe, der Fahrer könnte ein Auftragskiller sein, der mich ermorden soll, um endlich die seit Langem schlummernde Bedrohung durch mich zu beseitigen, eine Bedrohung, die durch die Entführung meines Mannes wiederauferstanden ist.*

»Bringen wir Sie zurück in Ihr Hotel«, sagt er. »Kommen Sie.«

Sein Gesicht ist dort, wo sie ihn geschlagen hat, geschwollen; er hätte die letzten Stunden damit verbringen sollen, Eis darauf zu legen, aber stattdessen scheint er sie durch Lissabon verfolgt zu haben. Um sie in Sicherheit zu bringen? Oder um sie in Schach zu halten?

»Mein Auto steht nur ein Stück die Straße hoch.«

Er hat recht. Sie muss es für diese Nacht gut sein lassen, zurück ins Hotel gehen, sich hinlegen und schlafen. Das war eine der harten Lektionen, die sie als Alleinerziehende mit einem Kleinkind gelernt hat: Schlafentzug ist sehr real, es dauert nicht lange, bis er einsetzt, und seine Auswirkungen sind brutal. Physisch, psychisch, emotional, alles auf einmal. Morgen wird sie ihren Verstand wieder brauchen, das ist verdammt sicher.

»Na, kommen Sie«, wiederholt er.

Ariel fängt an zu weinen, schon wieder. Er bemerkt ihre Tränen und überlegt, wie er reagieren soll, ob er sie umarmen oder ihre Hand oder ihren Ellbogen nehmen oder ihr den Arm um die Schultern legen soll, aber er hat wahrscheinlich Angst, dass sie nicht berührt werden will, schon gar nicht von einem fremden Mann auf der Straße mitten in der Nacht, und er hat absolut recht. Stattdessen bietet er ein weiteres hohles »Alles wird gut« an.

Er kann unmöglich wissen, ob irgendetwas gut werden wird. Aber so etwas tun wir eben manchmal, wir lügen uns gegenseitig an, auch wenn jeder genau weiß, dass es sich um eine Lüge handelt. Manchmal nennen wir das Höflichkeit, manchmal Optimismus, Unterstützung, Politik oder Geschäft oder Verhandlung oder Öffentlichkeitsarbeit oder Marketing, manchmal nennen wir es einfach ›unsere Arbeit tun‹. Manchmal verbinden wir die Lügen, die wir uns gegenseitig erzählen, mit Lügen, die wir uns selbst erzählen, indem wir leugnen, dass das, was wir tun, eine Lüge ist, oder leugnen, dass Lügen schlecht sind oder Folgen haben. Dass Fakten Fakten sind. Dass die Wahrheit eine Bedeutung hat.

Es ist keine Überraschung, dass dieser Mann Ariel anlügt, und dass sie lügt, indem sie ihn gewähren lässt, und dass beide wissen, dass die andere Person lügt, wobei beide so tun, als wüssten sie es nicht.

Wir wollen glauben, dass es nur eine einzige Realität gibt, die wir alle teilen. Dessen war sich Ariel immer sicher: Fakten sind Fakten, Wahrheit ist Wahrheit.

Aber dann.

Folgendes kann passieren: Du verlierst den Glauben an dich selbst, an deine Fähigkeit, die Welt klar zu sehen, richtig zu verstehen. Fängst an zu denken, dass du irgendwie kaputt bist, du irgendein intellektuelles Defizit hast, weswegen du nicht so kompetent bist wie alle anderen, so eine Art Kurzschluss hast, der dein Gehirn hindert, Fakten und Gefühle zu verarbeiten und angemessene Reaktionen zu geben.

Zunächst bist du vielleicht sicher – hundertprozentig, ohne Zweifel –, dass du die Ereignisse, die Umgebung, die Uhrzeit, die Menge des konsumierten Alkohols genau verstehst und kennst, all diese Fakten scheinen so klar, so unanfechtbar, unbestreitbar.

Aber dann sagt man dir etwas anderes. Man sagt dir, dass du nicht verstehst, was wirklich passiert ist: Nein, so war es nicht, ganz und gar nicht. Deine Interpretation ist fehlerhaft; du hast es falsch verstanden. Du hast darum gebeten – nicht nur im übertragenen Sinne, sondern wortwörtlich, du hast tatsächlich laut gesagt: »Ich will es.«

Du weißt mit absoluter Sicherheit, dass dies nicht wahr ist, dass du nichts dergleichen gesagt hast. Aber man sagt dir, doch, mit hundertprozentiger Sicherheit, das hast du.

Und was dann? Dann schleichen sich trotz deiner Zuversicht – trotz deiner *Gewissheit* – Zweifel ein. Zweifel an Dingen, die man offensichtlich unterschiedlich interpretieren kann, an subjektiven Meinungsäußerungen. Aber schließlich auch Zweifel an Dingen, bei denen das nicht geht. Zweifel an Fakten.

Nein: Es war Mitternacht, nicht zehn.

Du hattest sechs Drinks getrunken, nicht zwei; du warst die Betrunkene, ich war nüchtern.

Du wolltest es, also habe ich es dir gegeben.

So verlierst du den Glauben an Objektivität, an die Realität, an dich selbst.

So funktioniert Gaslighting.

3.
TEIL

DAS LÖSEGELD

Kapitel 22

Tag 2, 9:17

Ariel wacht allein auf, schon wieder. Innerhalb von Sekunden ist ihr Geist bereits hyperaktiv, ein seltsames Brummen macht sich in ihrem Kopf breit, ausgelöst durch Stress, zu viele Ideen gleichzeitig, zufällige Gedanken, die in verschiedene Richtungen schießen und kaum eine Chance haben, ein logisches Ziel zu erreichen. Ariel ist völlig durcheinander, nur unproduktives Grübeln, ihre Brust zieht sich zusammen, der Frust ist wie eine erstickende Umklammerung, sie spürt eine Panikattacke aufwallen als Reaktion auf diese unaushaltbare Situation und ihre Unfähigkeit, damit umzugehen ...

Stopp.

Sie schließt die Augen. Tief einatmen. An nichts anderes denken als an das Ausatmen ...

Und noch einmal ...

Und dann öffnet sie die Augen und fühlt sich ein bisschen besser. Nicht sehr viel, aber genug.

Sie sieht sich im Zimmer um, das sauberer und ordentlicher ist als beim letzten Aufwachen hier, keine Überbleibsel der Nacht, von John, von Sex. Ist seitdem nur ein Tag vergangen?

Gestern war auf jeden Fall schlimm, aber heute wird wahrscheinlich noch schlimmer. Gestern hatte Ariel wenigstens noch etwas Kontrolle, sie war diejenige, die wichtige

Entscheidungen traf – zur Polizei zu gehen, zur Botschaft, verschiedene Anrufe nach Amerika zu tätigen, alle Fäden zu einem Knäuel zu bündeln und ihm einen Schubs über die Hügelkuppe zu geben.

Jetzt kommt es auf andere Leute an, und sie kann sich auf keinen von ihnen wirklich verlassen. Deshalb braucht sie auch so viele.

Ariel schlüpft in ihr übliches Outfit aus Jeans und T-Shirt. Sie trocknet ihr Haar mit dem Handtuch, zieht ihre Laufschuhe an, streicht kurz mit einem Lippenstift über den Mund, fertig.

Als sie jung war, ging sie bei so vielen ihrer Entscheidungen – persönlichen, beruflichen, romantischen, platonischen und modischen – von sich selbst als Mittelpunkt des Universums aus, von ihrem Aussehen, von der Kleidung, die sie trug, den Orten, an denen sie gesehen wurde und mit wem, als wie attraktiv sie wahrgenommen wurde, wie ihr Status war. Aus einem Baustein nach dem anderen entstand eine Persönlichkeit, die sich danach sehnte, öffentlich zu sein, ein Mensch, der von Fremden beneidet wurde.

Sie hatte sich selbst so verdammt ernst genommen. Aber so ist die Jugend, oder? Junge Leute kommen aus der ganzen Welt nach New York, um sich selbst ernst zu nehmen, um nach Aufmerksamkeit zu schreien, damit man sie kennt, bewundert, beneidet und begehrt. Ariel hat all das erreicht, nur um dann festzustellen, dass sie es gar nicht wollte. Und sie erkannte, dass diese Merkmale, die alle bewundern und beneiden – Jugend, Schönheit, Privilegien –, keine Leistungen sind.

Als sie die Stadt verließ, legte sie diese Eigenschaften, die sie lange Zeit als Vorteile betrachtet hatte, bewusst ab; sie waren zu Hindernissen geworden. Sie gab ihre Stadt-Gewohnheiten, Stadt-Einstellung und ihren Stadt-Stil auf, einschließlich der ganzen Haarprozeduren, all das Shampoonieren und Konditionieren und Trocknen, das Färben und Stylen und Föhnen, die Zeit und das Geld, das sie nicht mehr hatte. Jetzt lässt sie sich die Haare von Deb schneiden, die mit einem einzigen Stuhl im Vorderzimmer eines heruntergekommenen viktorianischen Hauses am schäbigen Ende der Main Street arbeitet.

»So willst du es haben?«, fragte Deb und betrachtete das Zeitschriftenbild, das Ariel mit einem Eselsohr versehen hatte. »Bist du sicher?«

Ariel nickte. Sie war alleinerziehende Mutter eines Kleinkindes und hatte kaum Zeit zum Duschen, geschweige denn, sich um lange Haare zu kümmern.

»Weißt du, wie ich diesen Schnitt nenne?«

»Wie?«

»Das Kommando.«

Ariel hatte bereits Maniküre, Pediküre und Gesichtsbehandlung aufgegeben, das unerbittliche Trainieren, das ständige Hungern und die dauernde Flüssigkeitszufuhr, das Make-up und den Schmuck, die figurbetonten Jeans und die kurzen Röcke und noch kürzeren Shorts, die tief ausgeschnittenen Blusen und die Side-Boob-Kleider, das komplexe, zeitraubende Unterfangen, ihre körperliche Attraktivität, ihre Sexyness ständig zu maximieren, das unaufhörliche Bemühen, Aufmerksamkeit zu erregen – sieh mich an, bitte, *bitte* sieh mich an.

»Ja«, sagte Ariel, »das Kommando ist genau das, was ich will.«

Es ist nicht so, dass sie nicht mehr attraktiv sein will; das will sie. Aber vor allem will sie für sich selbst attraktiv sein, nicht für jeden streunenden Lüstling, der sie anhupt, sie an der Supermarktkasse anglotzt, sie in einer abgelegenen, dunklen Straße anmacht, wobei jeder Pfiff sie unverhohlen daran erinnert, wie verletzlich sie ist.

»Lass uns den Teil noch einmal anhören. Die letzten dreißig Sekunden.«

»Klar.« Kayla bewegt den Cursor, klickt auf das Dreieck. Griffiths schließt die Augen, schärft ihr Gehör.

»Sie glauben doch nicht, dass ich ohne ein Druckmittel anrufe, oder? Sie glauben doch nicht auch nur eine Sekunde …«

»Seien Sie still.«

»… dass der Vaterschaftseintrag und der Polizeibericht aus den Hamptons, und …«

»Verdammt noch mal! Seien. Sie. Still. Gehen Sie zur Botschaft.«

»Ich war schon bei der Botschaft. Zweimal. Und jetzt ist es mitten in der Nacht. Sie ist geschlossen.«

»Jemand wird öffnen.«

»Wann?«

»Ich denke, jetzt gleich … Gehen Sie jetzt.«

Griffiths öffnet die Augen. »Diese Stimme klingt so vertraut. Oder?« Stimmen, aus dem Zusammenhang gerissen, sind oft schwer zu erkennen. Aber manchmal braucht man nur einen kleinen Hinweis.

Jefferson antwortet nicht. Das ist etwas, was Griffiths an der jungen Frau schätzt: Wenn sie die Antwort nicht weiß, füllt sie die Lücke nicht mit leeren Worten und wilden Vermutungen.

»Okay«, sagt Griffiths, »es gibt eine Menge Hinweise auf die Identität des Mannes in diesem Gespräch. Fangen Sie an.«

»Geht klar. Darf ich eine Frage stellen?«

»Schießen Sie los.«

»Warum interessieren wir uns für die Identität des Mannes, der das Lösegeld bereitstellen könnte oder auch nicht?«

»Dieses Gespräch klingt sehr nach Erpressung, nicht wahr?«

»Daran besteht kein Zweifel. Aber Erpressung ist ein Verbrechen, das das FBI untersuchen muss, keine Angelegenheit des nationalen Geheimdienstes.«

»Es sei denn, sie ist es doch. Das hängt davon ab, wer erpresst wird. Dieser Typ klingt für mich auf jeden Fall dubios – Vaterschaftseintrag, Polizei, Millionen von Dollar. Und das Wichtigste von allem: Er ist erpressbar. Das allein ist schon ein Warnsignal.«

Jefferson nickt energisch. Sie hat diesen Blick, den junge Leute haben, die bereit sind zu arbeiten.

»Apropos zwielichtige Männer: Wo ist Guido?«

Jefferson zögert keine Sekunde. »Er hatte heute Morgen noch was zu erledigen.«

»Ach ja? Was denn?«

Jefferson zuckt mit den Schultern.

»Vielleicht sich nähen lassen?«

Das unterdrückte Lächeln der jungen Frau ist die einzige Antwort, die Griffiths braucht.

»Was ist mit Saxby Barnes?«, fragt Jefferson. »Sollen wir ihn nun nicht einweihen?«

Griffiths ist besorgt darüber, wohin diese Untersuchung führen wird. Bis sie mehr weiß, will sie niemanden in den Kreis aufnehmen, der widersprüchliche Motive haben könnte. Griffiths weiß nicht, was Barnes antreibt, wo seine Loyalität liegt, was seine Ambitionen sind.

»Nein«, sagt sie. »Das glaube ich nicht. Eigentlich sollte ich ihn jetzt gleich knebeln. Können Sie bitte mit mir kommen?«

»Ja, natürlich. Aber warum?«

»Ich will ganz sicher sein, dass es in Zukunft keine Missverständnisse darüber gibt, was Barnes wann und von wem erzählt wurde.«

Ariel überprüft das Wegwerf-Handy: nichts. Auch auf ihrem eigenen Telefon ist nichts, nur ein paar belanglose Nachrichten von der Arbeit, einige Spam-Mails, eine Einladung zu einem Schulfest in den Mittsommerferien, eine dieser Gelegenheiten für die Alphamütter, Instagram-taugliche Torten zu backen. Für diese Art von Veranstaltungen kauft Ariel immer Supermarktkekse und legt sie in der Verpackung auf den Tisch. Mitten in der Woche hat sie keine Zeit zum Backen, und sie wird nicht so tun, als wäre das anders. Sie ist sogar stolz darauf.

Außerdem würde sie einen Kuchen nie in den sozialen Netzwerken teilen. Die Buchhandlung hat ein paar der obligatorischen Konten, und Ariel schaut sich da manchmal ein wenig um. Aber ihr Name taucht nirgends auf, und sie schreibt auch keine Beiträge. All das erledigt Persephone. Wenn es etwas gibt, was ihre Generation beherrscht, dann ist es das Teilen in den sozialen Medien, und zwar das übermäßige Teilen, die Art von Verhalten, die vor nicht allzu langer Zeit noch als peinlich galt – die Unsicherheit, der Hunger nach Bestätigung, die nackte Selbstdarstellung, sogar explizite Sex-Aufnahmen –, jetzt wird es akzeptiert, belohnt, gefeiert, gefordert.

Ariel macht gelegentlich Fotos – meist von ihrem Kind, ihren Hunden, ihrer neuen Ziege –, und jeden Dezember bestellt sie Hochglanzabzüge der besten Aufnahmen des Jahres, ordnet sie in einem ledergebundenen Album an und stellt es ins Regal neben das vom letzten Jahr. Ein Weihnachtsgeschenk an sich selbst, für die Zukunft: ihre Vergangenheit.

Wird das diesjährige Album etwas von dieser Reise enthalten? Vielleicht das Pärchen-Selfie mit John, das sie dem Zimmerpersonal gezeigt hat. Sie hofft es. Sie hofft, dass sie diese Geschichte eines Tages erzählen kann, wenn das Ganze schon längst vergangen ist. Aber sie bezweifelt es.

Die Frühstückszeit neigt sich dem Ende. Ariel ist jetzt die Einzige im großen Saal und sitzt schon den vierten Morgen in Folge am selben Tisch. Der morgige Tag sollte ihr letzter hier sein, dann wollten sie für ein paar Nächte in ein Strandresort an die Küste fahren.

Auf dem Fernseher hinter der Bar laufen wieder die englischsprachigen, internationalen Nachrichten, eine recycelte Lobeshymne auf den Kandidaten für das Amt des Vizepräsidenten, eine Hagiografie über die Ausbildung in der Ivy League und das Trainieren in der Little League, auf die Wohltätigkeit und den Dienst in der Nationalgarde. Die Botschaft ist klar: Dies ist ein Mann, der bereit ist, seine Zeit zu opfern, sein Geld zu spenden, Leib und Leben zu riskieren, alles für die Sicherheit und Integrität seiner Gemeinde. Dieser Mann ist ein Patriot.

Aber was bedeutet das? Das Gleiche kann man von den Männern der Al-Qaida und der Taliban, vom IS und dem Ku-Klux-Klan, von den Nazis und der spanischen Inquisition und Attila dem verdammten Hunnen sagen. Alle vertraten ihre Überzeugungen leidenschaftlich. Alle widmeten sich dem Schutz ihrer Gemeinden vor Invasoren oder Eroberern oder Eindringlingen oder Ungläubigen oder benutzten zumindest diese Logik als Rechtfertigung, um Macht zu erlangen, zu behalten und davon zu profitieren. Um zu unterjochen, auszugrenzen und auszubeuten.

Nein, Ariel weiß: Fanatische, dogmatische Hingabe an die eigene Gemeinde macht niemanden zu einem guten Menschen. Selbstverkündeter Patriotismus ist kein Beweis für irgendetwas.

Auf dem Bildschirm trägt dieser Mann einen maßgeschneiderten Anzug und ein selbstgefälliges Grinsen, er hält einen dieser sinnbildlichen Schecks in der Hand, ein Stück Pappe von der Größe eines Strandtuchs, und spendet demonstrativ eine Million Dollar für die Alphabetisierung von Erwachsenen. Eine Scharade, und nicht einmal eine besonders ausgeklügelte, auch nicht überzeugend, nur eine weitere alltägliche Lüge, die jeder vorgibt, nicht zu bemerken. Eine weitere Strategie, um die beträchtliche Menge seines Vermögens zu schützen, indem er hier und da ein Scheibchen abschneidet, kleine Teile abgibt, um den Rest zu behalten. Eine der vielen Manipulationen, die Männern wie ihm zur Verfügung stehen, die von Männern wie ihm zum Nutzen von

Männern wie ihm geschaffen wurden, die Steuerstruktur und die Kapitalerträge und die Hypothekenzinsabzüge, die Ehe und die Religion und der Kapitalismus und die sogenannte repräsentative Demokratie, alles so konstruiert, dass Männer wie er nicht nur die Spieler, sondern auch das Haus sein können, alles zu ihren Gunsten, nicht nur mit Back-up-Plänen, sondern auch Back-ups für die Back-ups, und dass sie es nie verlieren können, dieses Spiel, das sie erfunden und Amerika genannt haben.

Ariel hat ihr ganzes Leben lang die Regeln dieses manipulierten Spiels gelernt und versucht herauszufinden, welche Art von Reaktion fair und angemessen, aber auch produktiv wäre. Lange Zeit wollte sie einfach nur nicht mitspielen, nicht zuschauen, so tun, als gäbe es das Spiel gar nicht. Aber das ist nicht wirklich möglich.

Vor Kurzem kam sie jedoch zu einem anderen Schluss: Es gab, ganz vielleicht, doch einen Weg zu gewinnen. Indem sie ihr eigenes Spiel erfand, es selbst manipulierte und es jemandem dann unmöglich macht, sich zu weigern mitzuspielen.

Kapitel 23

Ariel bemerkt Joao, der besorgt dreinschaut. »Es tut mir sehr leid, dass ich Sie störe«, sagt der Kellner und wartet dann auf die Erlaubnis, sie zu stören.

»Ja?«

»Die Polizei will Sie sprechen. Darf ich sie reinbringen? Nachdem Sie fertig gefrühstückt haben, natürlich.«

Ariel wischt sich den Mund ab. »Schicken Sie sie einfach jetzt rein, bitte.«

Sie sitzt wieder an der Flügeltür, die Vorhänge, die Brise, der belebte Platz, ein Dienstagmorgen, an dem die ganze Stadt ihren täglichen Geschäften nachgeht. Es ist ein großer Raum, Moniz und Santos durchqueren ihn, und Joao räumt weiter ab, während die Küche das Mittagessen vorbereitet. In dieser Zeit zwischen den Mahlzeiten sieht es immer so aus, als sei in einem Restaurant nichts los, aber in Wahrheit wird dann der ganze Überbau errichtet und alles wird gewartet.

»Guten Morgen, Senhora.«

Sie zieht die Augenbrauen in Richtung Moniz hoch.

»Ja, Sie haben recht, es ist vielleicht kein so guter Morgen für Sie. Tut mir leid. Gewohnheit.«

»Ist das in Ordnung?« Santos deutet auf den leeren Stuhl ihr gegenüber, Johns Platz. Ariel nickt. Moniz holt sich einen weiteren Stuhl von einem anderen Tisch heran. »Ich habe gehört, dass die Entführer Sie angerufen haben?«, sagt er.

»Woher wissen Sie das?«

»Wir wurden von einem Diplomaten Ihrer Botschaft informiert.«

»Einem Diplomaten?« Ariel fragt sich, welche Sorte: ein Diplomat, der wirklich ein Diplomat ist, oder ein Diplomat, der in Wirklichkeit ein Spion ist.

»Ja. Und die Entführer fordern ein Lösegeld von drei Millionen Euro. Richtig?«

»Das ist richtig.«

»Und da Sie dieses Geld nicht haben, haben Sie jemanden in Amerika kontaktiert?«

»Wer hat Ihnen das alles erzählt?«

»Der Mann gibt sich nicht namentlich zu erkennen. Nur, dass er von der Botschaft aus anruft.«

»Haben Sie nicht gefragt?«

»Doch, habe ich. Er sagte mir, dass es keine Rolle spielt.« Moniz zuckt mit den Schultern. »Das ist wahr. Ein Name ist leicht zu erfinden, besonders am Telefon. Haben Sie vor, das Geld zu beschaffen?«

»Ja.«

»Von wem?«

»Es tut mir leid.« Sie schüttelt den Kopf. »Das kann ich Ihnen nicht sagen.«

»Warum nicht?«

»Weil ich …« Ariel hält inne, schaut von Moniz zu Santos und wieder zurück. »Hören Sie, ich kann Ihnen auch nicht sagen, warum ich es nicht sagen kann. Es ist mir gesetzlich verboten, darüber zu sprechen.«

»Gesetzlich verboten?«

»Das ist alles, was ich Ihnen sagen kann. Wahrscheinlich war es mir sogar nicht einmal erlaubt, Ihnen das zu sagen.«

Die Polizisten verstehen nicht, wovon sie spricht. Oder vielleicht verstehen sie es doch und tun so, als ob sie es nicht täten, um Ariel dazu zu bringen, mehr preiszugeben.

»Senhora.« Es ist Santos, die jetzt spricht und sich nach vorne beugt. »Das scheint mir keine gute Idee zu sein.«

»Natürlich ist es keine gute Idee. Aber haben Sie eine bessere?«

»Haben Sie schon versucht, die Firma Ihres Mannes zu bitten?«, fragt Santos. »Vielleicht helfen sie ja.«

»Die haben wegen des Feiertags, des vierten Juli, geschlossen. Aber ich habe gestern Nachrichten hinterlassen, eine auf Johns privater Mailbox, eine auf einer allgemeinen Leitung. Vielleicht hört ja jemand seine Nachrichten ab. Sein Assistent oder so.«

»Das wissen Sie nicht?«

»Ich rufe nie auf Johns Büroleitung an.«

»Nie? Warum nicht?«

»Er hat gesagt, dass es nicht angebracht ist, dass niemand in seiner Firma den Geschäftsanschluss für Privatgespräche nutzt. Dass alle Anrufe überwacht und vielleicht aufgezeichnet werden; Big Brother und so weiter. Er sagte, den Büroanschluss solle ich nur für Notfälle benutzen. Also habe ich seine Leitung noch nie angerufen.«

Das stimmt nicht ganz. Sie hatte diese direkte Nummer tatsächlich doch einmal angerufen, als Experiment. Das war kurz nachdem sie sich kennengelernt hatten, vor fast einem Jahr, als Ariel anfing, im Leben von John Wright herumzustochern. Sie fühlte sich ein wenig wie ein Eindringling der Generation Z, nur nicht annähernd so kompetent, der versuchte, im Privatleben von jemandem zu schnüffeln, der sehr zurückhaltend war. Sie hat nicht besonders viel herausgefunden.

»Tudor Consultants, Büro von John Wright, wie kann ich Ihnen helfen?«

»Kann ich bitte mit Mr. Wright sprechen?«

»Es tut mir leid, aber Mr. Wright ist heute nicht da.«

Ariel hatte damit gerechnet. John hatte ihr gesagt, dass er außer Landes sein würde.

»Worum geht es denn? Vielleicht kann ich helfen?«

»Oh, nein. Ich rufe ein andermal an.«

Das tat sie nicht. Ariel hatte bereits erreicht, was sie brauchte: Sie hatte sich vergewissert, dass er wirklich auf Reisen war, wenn er das behauptete, und dass der Mann, der sich John Wright nannte, ihr eine Telefonnummer gegeben hatte, die zu einem John Wright gehörte, der bei Tudor arbeitete. Aber das war nicht dasselbe wie die Bestätigung, dass der Mann, den sie kannte, auch wirklich John Wright war.

Es hatte einige Wochen gedauert, bis sie erkannte, was ihr Sorgen bereitete: dass jemand, der so wirkt, als sei er zu gut, um wahr zu sein, es vielleicht nicht ist.

Selbst jetzt kannte sie John noch nicht lange; sie hatten immer noch nicht viel Zeit miteinander verbracht. Seine Wochentage und Nächte verbringt er in der Stadt, und seine Arbeit erfordert es auch, an manchen Wochenenden zu reisen. Die meiste Zeit besteht Ariels Leben also nur aus ihr und George, die beiden sind jeden Nachmittag und jeden

Abend zusammen, der Tagesablauf des Jungen hat sich nicht verändert. Das hatte sie John von Anfang an klargemacht: Ihr Sohn würde für sie immer an erster Stelle stehen.

»Natürlich«, hatte John geantwortet. »Gar keine Frage.«

»Außerdem muss ich dich warnen.« Sie fuhren zum ersten Mal zu ihr nach Hause.

»Ja?« Er sah sie an, dann wandte er sich wieder der dunklen Landstraße zu. »Mach das unbedingt. Ich schätze rechtzeitige Warnungen.«

»Ich spreche manchmal mit meinen Hunden.«

»Manchmal« war eine gewaltige Untertreibung. Es ist eine fast ununterbrochene Plauderei, die sie mit den Hunden hält. George war es, der dem kleinen braunen Rettungshund den Namen Scotch gegeben hatte; er hatte die Farbe von Butterscotch Toffee und war angeblich ein schottischer Terrier, obwohl die Abstammung zweifelhaft war. »Vielleicht nicht ganz ein Scottie«, gab George zu, nachdem er den Hund mit den Fotos in der *Enzyklopädie der Hunderassen*, seinem Lieblingsbuch, verglichen hatte. »Vielleicht Schotte. Scotch. Wie wäre das als Name?«

Ariel wollte einwenden, dass sie nicht mochte, dass die Leute dachten, sie hätte ihren Hund nach einem Whiskey benannt, aber dann erinnerte sie sich daran, dass ihr das ja völlig egal war.

»Du bist ein braver Junge, Mallomar.« Das sagt sie Dutzende Male am Tag. Dem schokoladenfarbigen Hund hatte auch George seinen Namen gegeben, damals, als er noch keine Enzyklopädie besaß und noch nicht lesen konnte, aber der Gedanke an Mallomar-Kekse einen übergroßen Teil seines Bewusstseins einnahm.

»Du auch, Scotch, wenn auch vielleicht nicht ganz so *brav*. Aber du bist eine wirklich gut aussehende Persönlichkeit.« Scotchs Gesichtsbehaarung erinnert an den Schnurrbart eines österreichischen Adligen aus dem neunzehnten Jahrhundert. »Und ein feiner Gentleman.«

Der Hund sieht sie nur an, weder versteht er noch versteht er nicht, was sie da redet. Was Scotch versteht, ist Ariels Tonfall. Wenn sie so einen Unsinn sagt, wedelt er mit dem Schwanz; er liebt einfach alles an ihr, so sehr.

Ariel nimmt es hin, dass die Leute sie für eine Verrückte halten könnten, weil sie so mit Hunden spricht. Schon vor Jahren hat sie aufgehört, sich darum zu kümmern, was die Leute denken; sie versucht gar nicht mehr, es zu verbergen.

Jetzt, da sie aber das Gefühl hatte, diesen Teil ihrer Persönlichkeit diesem neuen Mann erklären zu müssen, überdachte sie die Klugheit dieser tiefen Ebene von »Mir-doch-scheißegal« noch einmal. Aber so ist sie eben – so ist sie geworden –, und das wollte sie nicht verbergen. Zu viel Zeit ihres Lebens hat sie damit verbracht, das Gegenteil vorzutäuschen.

»Eigentlich nicht nur manchmal. Ich rede mehr oder weniger ununterbrochen mit den Hunden.«

John schenkte ihr ein sanftes Lächeln, vor allem mit den Augen. »Das will ich doch hoffen«, sagte er. Es war nicht dasselbe wie sein strahlendes 1000-Watt-Lächeln, es war vielleicht sogar besser. »Sonst fühlen sie sich noch einsam.«

Ariel betrachtete John genau, im schwachen Schein der Armaturenbrettbeleuchtung, und sie konnte es in seinem Lächeln sehen, die amüsierte Anerkennung eines Witzes, der eigentlich kein Witz ist, sondern eine grundlegende Wahrheit: Es wären nicht die Hunde, die ohne das Reden einsam wären.

Das war das erste Mal, dass es ihr in den Sinn kam, nur als flüchtiger Gedanke, der ihr durch den Kopf huschte: Ich könnte diesen Mann lieben. Aber sie verdrängte die Vorstellung schnell wieder.

Es war so lange her, dass sie einen regelmäßigen oder auch nur einen unregelmäßigen Sexualpartner gehabt hatte. Damals, als sie gerade aus der Stadt geflohen war, war sie traumatisiert und schwanger gewesen. Dann war sie alleinerziehende Mutter eines Neugeborenen, dann eines Kleinkindes, ihr Leben gefüllt mit Windeln und Erbrochenem, Stillen und Schlaflosigkeit, nichts davon förderlich für Erotik. Außerdem hatte sie sich aus dem gesellschaftlichen Leben, aus der Intimität zurückgezogen, wollte nichts mehr mit Männern zu tun haben.

Ihr neues Leben war fast ausschließlich von Frauen bevölkert. Sie traf sich mit anderen Müttern zum Mittagessen oder auf ein Glas Wein; sie ging in die Häuser anderer Familien, zu Mitbringbüfetts in offenen Küchen, wo sie den Ehemännern die Hand schüttelte oder einige von ihnen zaghaft auf die Wange küsste, aber sie sprach nicht wirklich mit ihnen, abgesehen von oberflächlichem Geplauder. Die Männer standen etwas entfernt, ein Bier in der Hand, und diskutierten über Angeln und Football, Steuern und Autos. Ariel vermutete, dass sie alle dachten, sie sei lesbisch. Sie war die einzige der Mütter, die ihr Haar so kurz trug, außerdem war sie attraktiv, aber unverheiratet, und sie hatten gehört, dass die Hälfte der DNA ihres Sohnes von einer Samenbank stammte. Welche andere Erklärung könnte es geben?

Die wenigen Männer, mit denen sie zu tun hatte, teilten sich in zwei Kategorien: Ehemänner ihrer Freundinnen oder Leute, die sie bezahlte – Klempner, Mechaniker, Elektriker. Ariel würde mit keinem aus beiden Kategorien Sex haben. Also hatte sie jahrelang mit niemandem Sex. Sie hatte nicht mal Lust, sich selbst zu befriedigen, nur ab und zu, wenn sie einen Film sah mit einer sorgfältig choreografierten Szene, in der zwei der attraktivsten Menschen der Welt vorkamen, mit perfekter Beleuchtung, Musik und Schnitt, keuchend und stöhnend und in Ekstase schreiend; diese Art von idealisiertem, künstlichem Sex schaffte es noch immer, sie zu erregen. Aber die filmische Unterhaltung war eine ganz andere Kategorie von Aktivität, völlig getrennt von realem Geschlechtsverkehr, beides hatte ungefähr so viel gemeinsam wie professionelles Ballett damit, eine Treppe hinunterzufallen und sich das Genick zu brechen. Denn genau das ist Ariel passiert, sexuell gesehen: Sie ist die scheiß Treppe runtergefallen und hat sich das verdammte Genick gebrochen.

Sie hat so lange gebraucht, um sich zu erholen, und in dieser Zeit war ihr Leben überwiegend von Nein bestimmt gewesen. Es war eine große Erleichterung, wieder Ja sagen zu können. Und es war nicht nur der körperliche Akt des Sex, der gefehlt hatte, es war die ganze Intimität, die man von einem romantischen Partner erwartet. Sie vermisste sie, sie brauchte sie, wie wir alle, auch wenn wir manchmal so tun, als ob es nicht so wäre. Ariel hatte so viele Dinge so lange vorgetäuscht.

Pete Wagstaff schaut auf die Uhr: Es ist kaum zehn Uhr morgens. Wagstaff weiß – und jeder weiß es –, dass Saxby Barnes ein nächtlicher Trinker ist; es ist nie produktiv, mit ihm zu sprechen, bevor er nicht wieder einigermaßen seine Sinne beisammenhat. Der ideale Zeitpunkt ist der frühe Nachmittag, wenn Barnes' Zunge durch ein oder zwei Mittagsdrinks etwas gelockert ist, aber darauf kann Pete nicht warten.

»Guten Morgen«, antwortet Barnes. »Was kann ich heute für Sie tun, Mr. Wagstaff?«

»Ich arbeite an dieser Story.«

»Mmm.«

»Ich habe noch ein paar Fragen dazu.«

»Mm-hmm.«

»Kann die Botschaft etwas zu dem gestrigen Zusammentreffen von Ms. Pryce und einem Ihrer Mitarbeiter sagen?«

»Wie bitte?«

Wagstaff geht nicht näher darauf ein.

»Es tut mir leid«, sagt Barnes. »Ich habe leider nicht die leiseste Ahnung, wovon Sie reden.«

»Ist das wirklich das, was ich schreiben soll, Barnes?«

Stille, dann ein Seufzer. »Inoffiziell?«

»Natürlich. Ganz inoffiziell.«

»Man hat mir *befohlen* zu schweigen. Und zwar gerade eben. Vor ein paar Minuten.«

»Befohlen? Wer?«

Barnes antwortet natürlich nicht.

»Die CIA?«

Wieder zögert Barnes, bevor er nicht antwortet. »Ich wünsche Ihnen einen schönen Tag, Mr. Wagstaff.«

»Was ist mit seiner Familie?«, fragt Moniz. »Kann die nicht helfen?«

»Nein. Johns Eltern starben, als er noch klein war, sechs oder sieben Jahre alt. Er und seine ältere Schwester zogen zu einem Onkel, der nicht besonders nett war; sie haben keinen Kontakt mehr.«

»Sie treffen sich nicht mit diesem Onkel?«

»Nein.«

»Mit der Schwester?«

»Ich habe sie nur einmal gesehen, bei unserer Hochzeit. Sie lebt sehr weit weg.«

»Wo?«

Diese Frage klingt wie ein Flüstern der Angst in Ariels Ohr. »Marokko.«

Moniz hebt die Augenbrauen. Marokko ist zwar sehr weit von Amerika entfernt, aber nicht von Portugal. Es ist sogar ganz in der Nähe.

»Wann war das? Ihre Hochzeit?«

»Erst vor ein paar Monaten.«

Moniz und Santos wechseln einen Blick, aber keiner von beiden sagt etwas dazu.

»Warum fragen Sie nach seiner Familie?«

»Vielleicht ist das wichtig.«

»Inwiefern?«

»Was für ein Typ Mann ist Ihr Ehemann?«, fragt Santos.

»Ich weiß nicht genau, was ich darauf antworten soll. John ist ein guter Mann.«

»Was soll das heißen?«

»Er ist fleißig, rücksichtsvoll, ehrlich, anständig. Er nimmt keine Drogen, trinkt nicht zu viel, er spielt nicht, er schlägt weder mich noch mein Kind oder die Hunde. Er fährt vorsichtig, spielt selten und schlecht Golf, er kocht akzeptabel, putzt gründlich. Er ist weder reich noch wichtig.« Sie beugt sich vor. »Aber ich verstehe einfach nicht, was das alles mit Johns Entführung zu tun haben könnte.«

Santos lächelt und versucht, Mitgefühl zu zeigen und zu vermitteln, dass sie versteht, dass Ariel eine Frau ist, die ihren Mann liebt, ihm vertraut, sich Sorgen um ihn macht und sich in einer schwierigen Lage befindet. Aus diesem Grund sieht die Beamtin zögerlich aus, als ob sie die nächste Frage, die sie stellen muss, eigentlich nicht stellen will, diese Frage, die Ariel nicht kommen sah:

»Können Sie sich einen Grund vorstellen, warum die Schwester Ihres Mannes hier in Portugal sein sollte?«

Kapitel 24

Tag 2, 10:11

Die Zeit scheint stillzustehen.

»Was?«, bringt Ariel krächzend hervor. Ihr Puls rast, und in ihrem Kopf dreht sich alles bei dieser Enthüllung. Oder Anschuldigung. Oder diesem Verdacht. »Was haben Sie gesagt?«

»Die Schwester Ihres Mannes.« Moniz hat wieder übernommen. »Wissen Sie, warum sie hier sein könnte, in Lissabon?«

»Nein.« Ariel schüttelt den Kopf. »Warum fragen Sie das? Ist sie denn hier?«

»Wussten Sie, dass Ihr Mann seinen Namen geändert hat?«

Mist, Ariel hätte das erwähnen sollen. »Ja.«

»Wissen Sie, warum?«

Ariel wird klar, dass sich etwas Wichtiges verschoben hat: Die Polizisten behandeln sie nicht mehr nur wie das Opfer eines Verbrechens.

»Mit seinem ursprünglichen Familiennamen war es schwierig«, sagt sie. »Schwer auszusprechen. Für Amerikaner.«

»Das hat er Ihnen also erzählt?« Moniz blickt auf seine Notizen. »Reitwovski«, artikuliert er den Namen sorgfältig. »Hat Ihr Mann Ihnen gesagt, wann genau er diese Namensänderung vorgenommen hat? Und warum?«

»Nach seinem Militärdienst – John war bei der Armee – wollte er ein neues Berufsleben mit einem einfacheren Namen beginnen.«

»Aber seine Schwester hat ihren Namen nicht geändert, oder?«

»Ich weiß es nicht.«

»Nein«, sagt Moniz. »Am einundzwanzigsten Juni ist Lucy Reitwovski, Einwohnerin von Marokko, von Marrakesch nach Madrid geflogen. Seit da hat sie Spanien mit dem Flugzeug nicht wieder verlassen. Es sei denn, unter einem anderen Namen.«

»Was hat Madrid mit Lissabon zu tun?«

»Es ist nur eine kurze Tagesfahrt mit dem Auto von Madrid nach Lissabon.«

»Okay. Aber das gilt auch für – ich weiß nicht – Barcelona. Bordeaux.«

»Aber der Bruder von Lucy Reitwovski wurde nicht in Barcelona entführt. Oder in Bordeaux.«

Ariel ist hin- und hergerissen zwischen zwei konkurrierenden Geboten: dieses aus dem Ruder gelaufene Interview sofort zu beenden oder zu versuchen, mehr über die Verdächtigungen, Theorien und Anschuldigungen der Polizisten zu erfahren.

»Was wollen Sie damit andeuten?«

»Wir deuten nichts an«, schaltet sich Kommissarin Santos ein und versucht, die Situation zu entschärfen. »Wir stellen nur Fragen.«

»Wie kommen Sie darauf, dass Lucy *hier* ist?«

Keiner der beiden antwortet, sie überlassen es Ariel zu raten: Kreditkartenbelege, GPS-Daten von Autovermietun-

264

gen, Mautsysteme, Überwachungs- und Sicherheitskameras, Handy-Triangulation, Augenzeugenberichte. Es gibt viele Möglichkeiten, das zu beweisen.

Ariel wendet Santos ihre Aufmerksamkeit zu. »Ist Lucy hier? Wissen Sie das?«

Santos antwortet nicht, und Moniz nimmt die Befragung wieder auf: »Fällt Ihnen ein Grund ein, warum Senhora Reitwovski hier sein *sollte*?«

Er hält den Blickkontakt, und Ariel hat das Gefühl, dass sie diesen nicht unterbrechen darf, auch wenn sie nicht weiß, wer hier wen zu was befragt.

»Nein«, sagt sie, »natürlich nicht«, und zwar in einem Tonfall, der abweisend, ja sogar selbstgerecht klingen soll. Aber Ariel weiß, dass sie nicht auf sicherem Boden steht. Diese Polizisten haben offensichtlich über Johns Leben recherchiert, was bedeutet, dass sie auch in Ariels Leben nachgeforscht haben. Sie weiß nicht, was sie alles über John ausgegraben haben, aber sehr wohl, was sie über sie selbst herausgefunden haben könnten.

»Spricht Ihr Mann oft mit seiner Schwester?«

»Oft? Das weiß ich nicht. Ab und zu.«

»Oder haben sie Mailkontakt? Schreiben sich?«

»Vielleicht. Ehrlich gesagt sprechen wir über so was nicht.« Ariel zuckt zusammen und bedauert das »ehrlich gesagt«, das Menschen oft sagen, wenn sie gerade nicht ehrlich sind.

»Vielleicht erinnern Sie sich: Wir leben nicht die ganze Zeit zusammen. Ich weiß also nicht, mit wem er spricht und wann. Ich frage John nicht über seine Telefonate aus.«

»O ja. Ich erinnere mich.« Moniz wirft einen Blick auf seinen Notizblock. »Und bei den früheren Besuchen Ihres Mannes in Lisboa, hat er da seine Schwester getroffen?«

»Was?« Ariel spürt Panik in sich aufsteigen. »Machen Sie Witze?«

»Witze? Nein, ich mache keine Witze. Marokko und Portugal liegen sehr nahe beieinander. Ist das Zufall?«

Ariel hat das Gefühl, dass sie sich gleich übergeben muss. »Was wollen Sie damit sagen?«

»Wissen Sie, was Senhora Reitwovski beruflich macht?«

»Nicht genau.«

»Nein?« Er sieht ungläubig aus. Oder gespielt ungläubig. »Reden Amerikaner nicht ständig über ihre Arbeit?«

»Also, was zum Teufel ist hier los? Was haben Sie erfahren? Ist Lucy in Lissabon?«

»Sie und Ihr Mann haben kein gemeinsames Bankkonto, ist das richtig?«, fragt Moniz.

Ariel nimmt sich einen Moment Zeit, um sich zu beruhigen, bevor sie antwortet.

»Das ist richtig. Wir sind noch nicht lange verheiratet und noch nicht dazu gekommen.«

»Aber Sie werden?«

»Ich denke schon.«

»Also, diese Nummer hier«, Moniz dreht seinen Notizblock Ariel zu und tippt mit seinem Stift auf eine Reihe von Zahlen, »und diese hier, das sind Ihre Bankkonten?«

Was zur Hölle ist das? »Ja, die obere ist mein Privatkonto. Und die hier ist mein Geschäftskonto.«

»Da ist nicht viel Geld auf Ihrem Geschäftskonto. Ist das normal?«

Der Kontostand nähert sich bedrohlich der Nulllinie, was

darauf zurückzuführen ist, dass sie sich für den Sommer und vor allem für dieses Black-Friday-Wochenende eingedeckt haben. Der Laden ist immer nur eine schlechte Saison von der Insolvenz entfernt, aber jedes Jahr taucht wieder ein unwahrscheinlicher Retter auf: Bücher, die sie nicht einmal für möglich gehalten hätte, bis sie über Nacht zur Sensation werden – Erwachsenen-Malbücher und unverantwortliche Erziehungsratgeber, frauenfreundliche Softcore-Pornos und Instagram-freundliche Poesie. Bücher, die zunehmend wie Anti-Bücher wirken, sind es, die aus dem Nichts auftauchen und den Betrieb weiter am Laufen halten. Aber nur weil es letztes und vorletztes Jahr so war, heißt das noch lange nicht, dass es auch dieses Jahr so sein wird.

Die wertvollste Neuanschaffung des Ladens in der letzten Zeit war die Espressomaschine, die wie ein italienischer Sportwagen aussieht, der auf der großen alten Platte aus gebeiztem und abgeplatztem Marmor parkt, die ihrerseits ein Abfallprodukt einer Küchenrenovierung war – Ariel hat sie sich aus dem Wiederverwendungszentrum der städtischen Mülldeponie geholt. Die Bücher, die die Regale säumen, werden zu Verlustbringern für das eigentliche Profitcenter des Ladens: den Verkauf von weißem Mehl, ergänzt mit Butter, Zucker und Eiern. Und natürlich Kaffee, der im Sommer oft für fünfzig Cent mehr auf Eis gegossen wird. Alles Gründe, warum Ariel das Angebot der Hipsterin aus Brooklyn mit ihrem Nasenring, ihrem Tesla und ihrem Haufen Geld aus dem Verkauf ihres Tech-Start-up-Unternehmens in Betracht ziehen muss.

»Im Moment«, sagt Ariel der Polizei, »ist der Kontostand ungewöhnlich niedrig.«

»Und können Sie mir bitte sagen, was das hier für eine Nummer ist? Was ist auf diesem Konto?«

Ariel zögert. »Das ist ein Treuhandkonto.«

»Wie bitte?«

»Ein Treuhandkonto. Ein Konto, bei dem ich die Verwalterin, aber nicht die Eigentümerin bin.«

»Wer ist denn der Eigentümer?«

»Mein Sohn wird das sein, wenn er erwachsen ist.«

»Aber Sie können das Geld abheben?«

»Nein, nicht wirklich.«

»Nein?«, fragt Moniz. »Oder nicht wirklich?«

»Nein.«

»Kann Ihr Mann auf dieses, wie haben Sie gesagt, Treuhandkonto zugreifen? Ist das das richtige Wort?«

»Ja, das ist das richtige Wort. Nein, John hat keine Rechte.«

»Und wie viel Geld ist auf diesem Konto?«

Ariel mag diese Art der Befragung nicht, kein bisschen. Sie will Moniz nicht antworten, aber sie will auch nicht mauern.

»Warum ist das wichtig?«

»Das müssen wir vielleicht selbst beurteilen.«

»Vielleicht«, Ariel verschränkt die Arme, »auch nicht.«

Moniz tippt mit seinem Stift auf das Papier. »Woher stammt das Geld? Handelt es sich um eine Erbschaft?«

Ariel wendet sich an die Frau. Sie hatte erwartet, dass eine Polizistin eine natürliche Verbündete wäre, aber danach sieht es nicht aus.

»Wie kommt es, Senhora, dass Sie diese Fragen nicht beantworten wollen?«

»Weil sie Ihre Geschäfte nicht betreffen.«

»Unsere Geschäfte? Wir sind keine Geschäftsleute. Wir sind Polizisten.«

»Ich meine, das geht Sie nichts an.«

Ariel hatte gehofft, dass diese örtlichen Polizisten ihre Verbündeten sein würden, die einzigen Menschen in Lissabon, denen sie vertrauen konnte.

»Stammt das Geld von Ihrem früheren Ehemann?«

Ariel macht sich noch einmal klar, dass die Polizei in Lissabon unmöglich – auf gar keinen Fall – wissen kann, woher das Geld stammt. Es gibt nur eine Handvoll Menschen auf der Welt, die darüber Bescheid wissen, und jedem Einzelnen von ihnen ist es gesetzlich untersagt, ihr Wissen preiszugeben. Die meisten von ihnen sind Anwälte. Eigentlich alle, außer ihr selbst.

Was nicht heißt, dass andere Leute nicht raten können. Und wenn sie gut recherchiert haben, könnten sie richtig raten. Vielleicht haben diese Polizisten bereits richtig geraten; oder jemand anderes hat sie mit einer richtigen Vermutung gefüttert. Aber eine Vermutung, selbst wenn sie fundiert und korrekt ist, ist nicht dasselbe wie eine Tatsache, wie Wissen. Eine Vermutung ist kein Beweis.

»Ich bin verwirrt, Senhora.«

Eine Vermutung kann aber durchaus ein sehr überzeugender Hinweis sein.

»Vielleicht können Sie mir helfen zu verstehen.«

Es gefällt ihr nicht, worauf Moniz hinauswill mit diesem Columbo-artigen Mantel der Verwirrung. Ariel hat den Verdacht, dass sein Auftreten – seine Ungepflegtheit, seine Abgelenktheit, seine Aura der Unfähigkeit – nur Täuschung ist. Die zerknitterten Klamotten, das Essen im Bart, alles nur gespielt, der Typ ist ein Schauspieler. Und dabei hatte sie gedacht, dass sie hier die Schauspielerin war.

Ariel wird wohl nie zu alt sein, um dieselbe Lektion immer und immer wieder zu lernen: Jeder Mensch ist ein Schauspieler.

»Dieses Konto wurde ursprünglich unter einem anderen Namen eröffnet.« Moniz blättert in seinem Notizbuch und blickt nach unten. »Können Sie mir bitte sagen, wer diese Person ist?« Er blickt auf und sieht Ariel in die Augen. »Laurel Turner? Sind Sie das?«

Ariel erinnert sich noch genau an den letzten Tag, an dem sie Laurel Turner genannt wurde: in einem Konferenzraum in einem Büroturm in Midtown mit spektakulärem Blick auf den Central Park, den East River und die Upper East Side, mit Anwälten, die Papiere wälzten und ihre Honorare aufpolsterten.

Sie starrte zum anderen Ende des Konferenztisches und versuchte nicht, ihre Feindseligkeit zu verbergen. Dieser Mann müsste verhaftet werden, das ist es, was passieren sollte. Er sollte den Medien zum Fraß vorgeworfen, ins Gefängnis gesteckt werden, eine Geldstrafe zahlen, vor Gericht gestellt werden, nicht nur vor dem Gesetz, sondern auch vor der öffentlichen Meinung, man sollte ihn zwingen, sich ihre Aussage vor Gericht anzuhören, er sollte von Reportern gejagt werden, an den Pranger gestellt, für immer verwahrt und von seiner Frau verlassen werden, sein Vermögen verlieren, von Freunden gemieden werden, sein ganzes Leben sollte zerstört werden, und nach all dem Elend sollte er dann die nächsten zwanzig Jahre in einem Bundesgefängnis verbringen müssen, umgeben von gewalttätigen Verbrechern, die ihn regelmäßig vergewaltigen.

Das ist es, was geschehen sollte.

Aber stattdessen saß er in seinem maßgeschneiderten Anzug da, warf mit Geld um sich, löste das Problem mit Leichtigkeit und rechnete nicht mit weiteren Konsequenzen, niemals. So wie er zweifellos auch andere Probleme in der Vergangenheit gelöst hatte und auch in Zukunft lösen würde; so wie sein Vater schon in seiner Jugend die Probleme seines Sohns gelöst hatte. Lehrer und Trainer, Schmiergelder und Bestechung. Wo ist die Grenze zwischen richtig und falsch?

Sie wurde genau hier gezogen. Aber die Grenze verläuft nicht zwischen richtig und falsch, sondern zwischen legal und illegal.

Ariel konnte kaum zuhören, als die Anwälte die Geheimhaltungsvorschriften und die Schwere der Sanktionen, sowohl straf- als auch zivilrechtlich, erläuterten. Zu diesem Zeitpunkt waren diese Sanktionen die geringste ihrer Sorgen. Sie brauchte das Geld, sie musste die ganze Sache hinter sich lassen, sie musste sich ein neues Leben aufbauen. Sie konnte sich kein Szenario vorstellen, in dem sie die Sache noch einmal aufrollen wollen würde.

Ihr Blick wanderte die Park Avenue hinauf, vorbei an bekannten Kreuzungen und vertrauten Gebäuden, bis sie den richtigen Turm aus Kalkstein fand, dann vier Stockwerke von oben, und da war es: ihre Fenster, ihre Vorhänge, ihr Zuhause.

Ihr Ex-Zuhause. Sie fragte sich, ob Bucky in diesem Moment dort war. Würde er weiterhin in dieser Wohnung leben? In ihrer Wohnung?

Sie kritzelte *Laurel Turner* auf die Unterschriftszeilen, setzte ihre Initialen in die Ecken und verschwendete keine Zeit, sie wollte verdammt noch mal endlich hier raus, steckte ihre Kopien der unterschriebenen Papiere in die Tasche, stand auf, ohne irgendetwas zu irgendjemandem zu sagen, nur ein knappes Nicken in Richtung ihrer eigenen Anwältin, einer absolut strahlenden Frau – ihr Haar, ihre Haut, sogar die Seidenfäden in ihrem Jackett schienen zu leuchten, ihre Haut glatt von wer weiß welchen Prozeduren. Es war unmöglich, das Alter einer Frau wie dieser zu schätzen. Manches, wie ihre Haut, ließ auf Mitte vierzig schließen, anderes, wie ihr achtzigjähriger Ehemann, auf ein viel höheres Alter.

Ariel ging noch kurz auf die Toilette; das könnte für eine Weile ihre letzte Chance sein. Bucky rief wieder an, und sie schreckte auf, das laute Klingeln ihres Klapphandys hallte durch den gekachelten Raum.

Sie konnte dieses Gespräch nicht noch einmal führen. Es war nicht verwunderlich, dass ihr Mann sich weigerte, ihre Entscheidung zu akzeptieren, aber Ariel hatte nicht mehr die Geduld, ihm das verständlich zu machen. Natürlich war sie Bucky eine Erklärung schuldig. Und die hatte sie ihm gegeben, mehr als einmal. Sonst schuldete sie ihm nichts.

Im Aufzug band sich Ariel einen Schal um den Kopf, setzte trotz des Novemberregens eine riesige Sonnenbrille auf und ging um die Ecke zur Bankfiliale, wo sie den Scheck auf ein ansonsten leeres Konto einzahlte und dann von da das gesamte Geld auf einen anderen Scheck buchte. In der Filiale nahm sie den Schal die ganze Zeit nicht ab; die Sonnenbrille nur, um zu beweisen, dass ihr Gesicht mit ihrem Ausweis übereinstimmte, was von keiner Kamera aufgezeichnet wurde. Niemand hat ihre Sonnenbrille drinnen an einem regnerischen Tag infrage gestellt. Andere Leute trugen im Sommer Wollmützen, bei Hitzewellen Fleecewesten und bei Schneestürmen kurze Sporthosen. Alle zu cool für diese Welt. Heute wollte Laurel Turner wie einer dieser Menschen aussehen.

Sie trat auf den mittäglichen Gehweg und hielt hinter ihrer Sonnenbrille nach einem Taxi Ausschau.

»Hey!« Es war eine männliche Stimme rechts von ihr. Sie drehte sich um und sah einen Mann, der fünf Meter entfernt unter einer Markise im Regen stand und eine Zigarette rauchte. »Du bist wunderschön, weißt du das?«

Sie drehte sich wieder um, beobachtete den vorbeifahrenden Verkehr.

»Du solltest mehr lächeln.«

Ariel antwortete immer noch nicht und drehte sich auch nicht in die Richtung des Mannes, aber in ihrem seitlichen Blickfeld konnte sie sehen, wie er seine Zigarette wegwarf und auf sie zuging.

»Vielleicht würden die Leute dich dann nicht für so eine hochnäsige Fotze halten.«

Ariel zuckte zusammen. Es überraschte sie nicht, dass ein Mann seinem vermeintlichen Kompliment eine Beschimpfung angehängt hatte; das war nicht ungewöhnlich. Aber sie war überrascht, wie wütend er geworden war und wie schnell.

Es war helllichter Tag, auf einem belebten Gehweg, mit vielen Zeugen; sie würde hier nicht sexuell belästigt werden. Und doch packte sie die Angst, angeschrien, ins Gesicht geschlagen, mit einem Messer aufgeschlitzt oder in den Gegenverkehr gestoßen zu werden. Vielleicht war dieser Mann ein Psychopath. Jedenfalls beschimpfte er sie, als wäre er einer.

Ariel machte einen großen Schritt vom Bordstein weg, weg von dieser Bedrohung. Dann drehte sie sich um und sah ihren Angreifer an. Er war ein absolut unscheinbarer Mann, unattraktiv in jeder Hinsicht, in der ein Mensch körperlich unattraktiv sein konnte. Aber dennoch bedrohlich, denn jeder konnte bedrohlich sein. Alles, was es brauchte, war Gemeinheit.

So etwas passierte ihr fast jeden Tag, seit sie dreizehn oder vierzehn Jahre alt war, seit zwei Jahrzehnten jetzt, es war eine so alltägliche Erfahrung, dass sie sie fast nicht mehr bemerkte, es sei denn, sie erlaubte sich, darüber nachzudenken: Warum muss so etwas Teil meines täglichen Lebens sein? Warum muss ich mich belästigen, bedrohen, verfolgen lassen, Angst haben, dass mich jemand angreift – verbal, körperlich, sexuell –, als wäre das ganz normal?

Gelegentlich überlegte Ariel, auf diese Provokationen zu reagieren. Sie wog die wenigen Vorteile gegen die vielen Nachteile ab und kam immer zu demselben Schluss: Sag lieber nichts, bloß nicht reizen, du kannst nicht gewinnen, versuch einfach, die Verluste zu minimieren. Lass es nicht an dich heran.

Doch plötzlich hatte sie einfach keine Geduld mehr, sie wollte nicht mehr die andere Wange hinhalten. Keine Angst mehr haben.

»Warum sagen Sie so etwas zu mir?«

Der Mann ging auf das Bürogebäude zu, aber jetzt erstarrte er und drehte sich zu Ariel um.

»Warum sollten Sie so etwas zu irgendjemandem sagen?«

»Hey, ich habe nur versucht, freundlich zu sein.«

»Freundlich?« Sie machte einen Schritt in seine Richtung. Dann noch einen. »Mich eine Fotze zu nennen, das finden Sie *freundlich*? Was stimmt nicht mit Ihnen?«

Jetzt war sie nur noch einen Schritt von ihm entfernt. Andere Leute auf dem Gehweg bemerkten diese Interaktion, wurden langsamer, blieben stehen. Ein Sicherheitsbeamter kam aus der Lobby des Gebäudes heraus.

»Mit mir? Mit mir ist alles in Ordnung. Was stimmt denn nicht mit Ihnen?«

»Sie. Sie stimmen nicht.« Ariel merkte, dass sie schrie. Sie beschloss, noch lauter zu schreien. »Sie und all die anderen Arschlöcher wie Sie, die mir sagen, ich solle lächeln, die mir zurufen, ich hätte einen schönen Vorbau, einen schönen Arsch, dass sie ihren großen Schwanz da reinstecken wollen, und mich dann verfluchen, wenn ich mich nicht *bedanke*, dass sie mich beleidigt und terrorisiert haben. Sie.«

Sie zeigte jetzt auf ihn und schrie sehr laut. Er war erstarrt. »Sie sind das, was nicht stimmt. Sie sind das, was mit der Welt nicht stimmt.« Der Wachmann stellte sich mit seinem großen Körper zwischen sie und den Mann, und in diesem Moment fand ihr Belästiger seine Stimme wieder, seinen Mut, und begann zu schreien, während der Wachmann ihn zurückhielt.

»Sie ist einfach auf mich losgegangen! Psychoschlampe.«

Der Sicherheitsbeamte wusste, dass das auf keinen Fall stimmen konnte. Aber er wusste auch, dass es nicht seine Aufgabe war, diesen Kampf auszufechten; es war nicht seine Verantwortung, jemanden zur Vernunft zu bringen, schon gar nicht einen unberechenbaren Mann. Unberechenbare

Männer neigen dazu, sich ihre eigenen weiten Toleranzkreise zu schaffen. Niemand will sie konfrontieren.

»Kommen Sie«, sagte der Wachmann, »das reicht«. Als würde er ein kleines Kind wegen eines winzigen Fehltritts sanft zurechtweisen.

Ariel ging zu einem Taxi, das gerade einen Fahrgast aussteigen ließ. Dann drehte sie sich wieder zu ihrem Angreifer um, der immer noch von dem Sicherheitsbeamten weggelotst wurde. »Hey?«, rief sie. »Sie sollten mehr lächeln. Vielleicht würden die Leute dann nicht denken, dass Sie so ein verdammtes Arschloch sind.«

Sie fuhr mit dem Taxi in die Innenstadt, zum Bürgerzentrum, Kernstück der städtischen Bürokratie. Sie füllte einfache Formulare aus und bezahlte eine bescheidene Gebühr. Der ganze Prozess war leichter als erwartet, diese Sache die ihr schien, als müsse sie viel schwieriger sein oder teurer, oder zeitaufwendiger; mehr irgendwas. Sie legte ihren alten Vornamen zugunsten eines Namens ab, den sie früher in der Highschool bei Shakespeare gemocht hatte; den Familiennamen ihres Mannes ersetzte sie durch den Mädchennamen ihrer Großmutter, den keiner kannte, danach würde man nicht suchen. Es waren Puzzlestücke, die niemand zusammensetzen würde, eine neue Identität, nicht zurückverfolgbar.

Das war das zweite Mal, dass Ariel ihren Namen geändert hatte. Beim ersten Mal hatte sie, wie es allgemein üblich und akzeptiert – manchmal sogar vorgeschrieben – war, den Namen ihres Mannes angenommen. Aber sie war nur ein paar Jahre lang Laurel Turner gewesen, lebte in der New Yorker Upper East Side, fuhr im Sommer immer wieder auf die

South Fork von Long Island und führte ein Leben, das von Shopping als Hobby und Work-out als Beruf, schicken Restaurants, Benefizveranstaltungen und Erste-Klasse-Urlaub geprägt gewesen war.

Diese Frau gab es nicht mehr. Die frischgebackene Ariel Pryce verließ das stattliche neoklassizistische Gebäude in der Worth Street, nahm ein weiteres Taxi zur Penn Station und stieg in den Zug zurück in ihre neue Heimatstadt, in die kleine Wohnung, die sie über einem Weinladen in der Main Street gemietet hatte, ein Einzimmerapartment mit großen Lücken zwischen den alten, breiten Dielen, durch die sie in den Laden hinuntersehen und die Musik hören konnte, die der Besitzer nach Ladenschluss aufdrehte, und das Aroma von Marihuana roch, das nach oben zog. Aus irgendeinem Grund befand sich ihr Thermostat dort unten, versteckt hinter dem Regal mit den lokalen Roséweinen; sie musste nach unten gehen, um die Temperatur zu regulieren, in Hausschuhen und Flanellbademantel, dem Besitzer verlegen zunickend.

Es wurde gerade erst langsam sichtbar. Niemandem außer ihr selbst fiel es zuerst auf, ihre Jeans wurden enger, eine ungewohnte Form war im Ganzkörperspiegel des Badezimmers zu sehen.

Mit diesem neuen Namen und dem Rat des Kleinstadtanwalts Jerry, dessen Schild neben der Straße hing, begann Ariel Pryce, sich Stück für Stück eine neue Identität aufzubauen – Führerschein, Bankkonto, Kreditkarte, wobei jedes Dokument einen Ziegelstein von der alten Person entfernte, um die neue zu konstruieren. Als sie das baufällige Bauernhaus fand, das sie irrationalerweise kaufen wollte, hatte sie bereits die komplette Fassade einer neuen Person angenommen, eine Identität, die sie mit einem Reisepass, mit Geschäftsdokumenten, eingereicht bei der Stadt, dem Bezirk, dem Staat und dem Finanzamt, mit Wählerregistrierungen und Mitgliedschaften in Organisationen, mit allem, was dazugehört, weiter ausbaute. Ariel Pryce war eine vollständige Person, dokumentier- und beweisbar.

Einige Jahre nachdem sie ihren Namen geändert hatte, versuchte sie, Laurel Turner zu finden. Sie durchforstete das Internet, machte Anrufe, suchte auf jede erdenkliche Weise nach einer Frau, die eines Tages aufgehört hatte zu existieren. Sie scheiterte.

Aber Ariel war eine Amateurin. Sie wusste, dass Experten sie finden konnten. Sie finden würden, wenn sie es jemals müssten.

Das war eines der Dinge aus der Stadt, die Ariel hinter sich lassen wollte: die Anonymität, die es Männern erlaubt – die sie dazu einlädt –, auf eine Art und Weise zu handeln, für die sie sich viel zu sehr schämen würden, wenn Zeugen ihren Namen kennen würden, ihre Frauen, ihre Mütter. Anonymität bietet viel Freiheit, um ungestraft schreckliche Dinge zu tun, wie das Internet zeigt. Ariel hoffte, dass die Nähe in einer Kleinstadt das Gegenteil bewirken würde: Verantwortungsbewusstsein.

Sie ahnte nicht, was sie eingetauscht hatte; dass die Anonymität in der Großstadt in beide Richtungen wirkt. In einer Kleinstadt kann sich niemand verstecken. Nicht die Kriminellen, aber auch nicht die Opfer.

Kapitel 25

Ariel hat genug von dieser Befragung.

»Hören Sie«, sagt sie zu den Polizisten, »bei allem Respekt: Warum vergeuden Sie Zeit mit der Frage nach den Reiseplänen der Schwester meines Mannes? Sie sollten doch lieber nach Hinweisen suchen, wer John für drei Millionen Euro Lösegeld *entführt* hat. Was zum Teufel tun Sie überhaupt?«

»Wir tun eine ganze Menge, Senhora.«

»Was zum Beispiel?«

»Wir werten die Sicherheitsaufzeichnungen der Kameras in der ganzen Stadt aus. Wir gleichen Motorradführerscheine mit dem Strafregister ab. Wir befragen bekannte Mitglieder des organisierten Verbrechens. Wir machen jeden ausfindig, der in den letzten zwanzig Jahren in Portugal wegen Entführung oder entführungsbezogener Straftaten verurteilt wurde. Wir befragen jede Person, die sich gestern Morgen in der Nähe Ihres Hotels aufgehalten hat und vielleicht etwas Verwertbares gesehen hat. Wir befragen das Personal von Hotels, Restaurants, Museen, Cafés und sogar den Reiseveranstalter, bei dem Sie Ihre Segways gemietet haben, um herauszufinden, ob sie etwas Ungewöhnliches gesehen oder beobachtet haben, dass Ihnen oder Ihrem Mann jemand gefolgt sein könnte. Wir suchen außerdem nach der Frau aus dem Café, die glaubt, Ihren Mann zu kennen. Wir ermitteln in *alle* Richtungen.«

Das ist wirklich eine Menge. Mehr als sie erwartet hat. Ariel fühlt sich geläutert.

»Und eine dieser Richtungen, Senhora, ist das Privatleben des Opfers. Einschließlich, ja, auch des Aufenthaltsorts seiner Schwester. Und des finanziellen Vermögens seiner Frau. Und des geänderten Namens seiner Frau.«

Ariel weiß nicht, was sie dazu sagen soll. Moniz hat recht. Wie könnte er sie zu alldem nicht befragen?

In diesem Moment fängt ihr Telefon an zu klingeln, eine unbekannte Nummer aus einem unbekannten Land.

»Es tut mir leid«, sagt sie zu den Polizisten. »Ich muss da rangehen.«

Sie wartet nicht auf Erlaubnis, als sie ihr Telefon vom Tisch nimmt, zur anderen Seite des Frühstücksraums geht und drangeht: »Hallo?«

»Guten Morgen. Spreche ich mit Laurel Turner?«

»Ähm, ja.«

»Hallo, Ms. Turner. Hier ist Nigel James, ich bin von der Firma Sinsbury und Lowell, Büro Paris.«

»Okay.«

»Wir vertreten, ähm … Das heißt … Entschuldigung, lassen Sie mich noch mal anfangen: Sie haben eine bestimmte Summe angefordert. Von unserem Klienten.«

»Oh.«

Jetzt, wo Ariel begreift, worum es geht, entfernt sie sich noch weiter von der Polizei. »Ja?«

»Wir bedauern, Ihnen mitteilen zu müssen, dass der von Ihnen gewünschte Betrag leider nicht verfügbar ist.«

»Nicht verfügbar? Was soll das heißen?«

»Um das klarzustellen, mein Mandant ist kein armer

Mann. Aber innerhalb der, ähm, sehr begrenzten Parameter Ihres verkürzten Zeitrahmens, kombiniert mit dem amerikanischen Bankfeiertag, ist es einfach nicht möglich, diesen Geldbetrag aufzubringen. Ich bedaure.«

»Sie bedauern?«

»In der Tat.«

»Was zur Hölle?«, sagt sie.

»Wir entschuldigen uns.«

Das ist sehr, sehr schlecht. Ariel holt tief Luft und fragt dann: »Wie viel Bargeld *ist* denn möglich?«

»Zwei Millionen.«

Eine Million Euro weniger ist ein ziemlich großer Unterschied, wenn man sie als den Unterschied zwischen null und einer Million betrachtet. Aber zwischen zwei und drei Millionen?

»Sind die sofort verfügbar?«

»Nicht sofort. Es sind noch ein paar Schritte nötig.«

»Sagen Sie mir, was passieren muss.«

»Sie und unser Mandant müssen eine Vereinbarung unterzeichnen.«

»Haben Sie diese Vereinbarung schon vorbereitet?«

»Noch nicht. Ich bin davon ausgegangen, dass diese Entwicklung – dieser geringere Betrag – für Sie nicht akzeptabel ist.«

»Nun, das muss er aber wohl sein. Bitte rufen Sie mich zurück, sobald die Papiere fertig sind. Ich weiß nicht, ob Sie sich dessen bewusst sind, aber es ist unglaublich dringend.«

»Sind wir hier fertig?«

Die Polizisten sehen sich gegenseitig an und wenden sich

dann wieder Ariel zu, die zum Tisch zurückgekehrt ist, aber nicht wieder Platz genommen hat.

»Es hat sich etwas ergeben, um das ich mich kümmern muss.«

Santos nickt knapp, steht auf und reicht ihr die Hand. »Danke.«

Aber Moniz blättert in seinem Notizblock. »Einen Moment noch, bitte.« Er findet, was er sucht, und reicht Ariel den Block.

»Was ist das?« Es scheint sich um eine Liste mit etwa zwanzig Namen zu handeln.

»Das sind die Namen der Dinner-Reservierungen für sechs oder mehr Personen heute Abend um neun, in guten Restaurants im Stadtzentrum. Erkennen Sie einen von ihnen?«

Ariel scannt die unbekannten Namen. »Tut mir leid, nein. Aber ich glaube, ich habe die Namen der anderen Gäste auch vorher nie gehört, also könnte ich sowieso niemanden erkennen.«

»Natürlich.«

»Aber Sie könnten doch all diese Leute anrufen, oder?«

»Ja. Wir haben bereits damit begonnen, aber das braucht Zeit. Wir hatten gehofft, dass Sie helfen können, es zu beschleunigen. Aber wenn nicht, ist das kein Problem. Wir werden Sie wissen lassen, was wir herausfinden.«

»Guten. Ähm. Tag. Spreche ich mit Officer Douglas Pulaski?«

»Captain.«

»Entschuldigen Sie, Captain Pulaski. Danke, dass Sie meinen Anruf entgegennehmen.«

»Meine Mitarbeiterin sagte, Sie rufen vom Außenministerium an? Ich bekomme nicht viele internationale Anfragen.«

»Mein Name ist Kayla Jefferson, und ich arbeite in Lissabon, wo ein amerikanischer Geschäftsmann namens John Wright entführt wurde und seine Frau versucht, drei Millionen Euro Lösegeld aufzutreiben.«

»Ach du Scheiße. Das scheint mir etwas außerhalb meines Zuständigkeitsbereichs zu liegen.«

»Der Name der Ehefrau ist Ariel Pryce, aber früher hieß sie Laurel Turner. Soweit ich weiß, waren Sie der zuständige Beamte, der Ms. Turner im August 2007 befragt hat, als sie ein Verbrechen anzeigte.«

Stille.

»Mr. Pulaski? Sind Sie noch dran?«

»Ms., äh, wie sagten Sie, war Ihr Name?«

»Kayla Jefferson.«

»Ms. Jefferson, ich kann darüber nicht sprechen.«

»Wie meinen Sie das?«

»Das heißt, ich *kann nicht* darüber reden.«

»Ich führe hier eine strafrechtliche Untersuchung durch. Das Leben von jemandem könnte auf dem Spiel stehen.«

»Wenn Sie das sagen.«

»Sie glauben mir nicht?«

»Um die Wahrheit zu sagen? Nein, eigentlich nicht. Aber selbst, wenn ich es täte, könnte ich immer noch nicht darüber reden.«

»Wir können einen Haftbefehl ausstellen.« Das ist nicht wirklich wahr. »Sie zum Reden zwingen.« Kayla hat nicht die Befugnis, einen Haftbefehl zu erwirken, um jemanden zu irgendetwas zu zwingen. Weiß ein Landpolizist das?

»Ich gebe Ihnen gerne den Namen meines Anwalts«, sagt Pulaski. »Sie sollten sich mit ihm in Verbindung setzen, wenn Sie erwarten, mit irgendjemandem sprechen zu können. Ich werde das aber verdammt sicher nicht sein.«

Ariel nimmt das Wegwerf-Handy, das bisher nur mit einer einzigen anderen Nummer verbunden war. Sie ruft diese eine Nummer an und wartet auf das erste Klingeln ...

Und das zweite ...

Und das dritte ...

Die Mailbox meldet sich mit einer Ansage auf Portugiesisch, die sie nicht versteht. Was sie versteht, ist, dass es am Ende keinen Piepton gibt. Sie wartet und wartet und wartet, ohne Erfolg. Dann legt sie auf und wendet sich an den Kellner.

»Joao, kann ich Sie um einen Gefallen bitten?«

»Aber natürlich. Was immer Sie wollen.«

»Könnten Sie mir bitte diese Ansage übersetzen? Es sind ein oder zwei Sätze.«

Sie wählt erneut und gibt das Handy an Joao weiter, der zuhört und es dann an Ariel zurückgibt.

»Es tut mir leid«, sagt er, »das ist nur die Werkseinstellung, die besagt, dass die Mailbox dieser Nummer nicht aktiviert ist.«

Ariel lässt die Schultern sinken. Sie schließt die Augen, schüttelt den Kopf. Was nun?

»Hey, Pete, wie geht's dir?«

Pete erkennt die Stimme sofort wieder. Und er weiß, dass Myron Baizermans Frage rein rhetorisch ist; Myron intoniert sie nicht einmal als Frage.

»Was hast du für mich, Myron?«

»Ich rufe dich wegen Ariel Pryce zurück. Bist du bereit?«

»Yep.«

»Okay, los geht's: Ariel Pryce, geborene Laurel Winston, Mutter Elaine Winston und Vater, kann man das glauben, Winston Winston der Dritte. Er nennt sich anscheinend Bobby. Wie auch immer, Laurel ist in Baltimore aufgewachsen, Privatschulen, im Jahr 1995 Master in Theaterwissenschaften. Anscheinend ist sie gleich nach dem College nach New York City gezogen, dann lückenhafte Aufzeichnungen für das nächste Jahrzehnt. Soweit ich das beurteilen kann, war sie eine dieser Schauspielerin-Model-Kellnerinnen, was auch immer, ein paar Werbespots, kleine Rollen in Fernsehsendungen. Du weißt, wie es läuft.«

»Jep.«

»Vor fünfzehn Jahren hat Laurel dann einen angesagten Finanzbro namens Buckingham Turner geheiratet. Der Kerl hat genau den Stammbaum, den man von einem Finanzbro namens Buckingham Turner erwartet. Welcher Schwachkopf kommt eigentlich auf die Idee, sein Kind Buckingham zu nennen? Was ist mit diesen Leuten und ihren Namen los? Winston Winston der Dritte. Jesus Christus.«

Myron arbeitet seit einem halben Jahrhundert in der Rechercheabteilung der Zeitung. Es ist möglich, dass er früher einmal objektiver war, aber nach Petes Erfahrung hatte der alte Kauz schon immer überraschend, willkürlich und lautstark sein Urteil parat.

»Dann wird Laurel Winston zu Laurel Turner, eine Upper-East-Side-Tussi, die den üblichen Junior-League-Scheiß macht. Interessiert dich das alles?«

285

»Klar. Mach weiter.«

»Wir haben sogar ein paarmal ein Foto von ihr auf unseren eigenen Gesellschaftsseiten. Ein echter Hingucker. In den Ehejahren verdient sie sich ein kleines Zubrot bei einer Literaturagentin namens Isabel Reed. Für Beratungstätigkeiten, die laut Arbeitgeberin das Lesen von Manuskripten bedeuten.«

»Ein seltsamer Karriereschwenk.«

»Sie hat diesen Job offenbar als Gefallen von einem Freund eines Freundes ihres Mannes bekommen. Wie auch immer, vor vierzehn Jahren lässt Laurel Turner plötzlich alles stehen und liegen, zieht hundertsechzig Kilometer weiter in ein kleines Dorf, ändert ihren Namen, lässt sich vom alten Buckingham scheiden. Sie kauft eine Farm, bringt einen Jungen zur Welt und nennt ihn George. Ein paar Jahre später erwirbt sie einen bankrotten Buchladen, tritt dem Rotary bei und wird eine Kleinstadt-Kleinunternehmerin. Ariel Pryce hat null Social-Media-Präsenz, null Bilder online, außer alten Society-Seiten, die digitalisiert wurden, null Sichtbarkeit.«

»Und der neue Ehemann?«

»Ja. Vor ein paar Monaten heiratet sie einen Unternehmensberater namens John Wright. Sie nimmt seinen Namen nicht an, sondern bleibt bei Ariel Pryce. Nicht ohne Grund: Dieser neue Mann ist ein ganzes Stück jünger.«

»Und was weißt du über ihn?«

»Ihn? Gar nichts. Ich wurde beauftragt, sie zu überprüfen. Nicht ihn.«

»Okay, kannst du ihn auch komplett überprüfen?«

»*Pfft*. Weiß nicht.«

»Bitte?«

»Tut mir leid, Pete, ich brauche erst eine Genehmigung. Ich habe auch noch andere Verpflichtungen, weißt du?«

»Komm schon, Myron. Bitte?«

»Hier hilft kein Betteln, Pete. Hier geht es um eine Genehmigung. Ich ruf dich zurück.«

»Okay, danke. Also Ariel Pryce: Du sagst, sie hat einen Sohn bekommen, nachdem sie ihr Leben umgekrempelt hat?«

»Ja.«

»Und dieses Kind wurde wie lange, nachdem sie die Stadt verlassen hat, geboren?«

»Nach so, ähm … sechs Monaten.«

»Das heißt, sie war schwanger, als sie ihren Mann, ihren Job, ihr ganzes Leben hinter sich ließ.«

»Ja, so sieht es aus.«

»Das ist eine ziemlich seltsame Entscheidung, oder?«

»Ich bin kein Psychotherapeut.«

»Hast du die Geburtsurkunde des Kindes gefunden?«

»Nee.«

»Könntest du?«

»Klar. Und ich vermute, dass die Information, die du suchst, der Name des Vaters ist?«

Das Wegwerf-Handy klingelt, vibriert, blinkt, alles auf einmal, wie ein manisches Kind, das einen Wutanfall hat.

»Hallo?«

»Sie haben angerufen. Haben Sie das Geld?« Die verzerrte Stimme ist nur schwer zu verstehen.

»Nein«, gibt Ariel zu. »Noch nicht. Aber bald, hoffe ich.«

Und die Leitung ist tot.

Kapitel 26

»Ms. Pryce? Noch mal Nigel James. Wir haben einen Entwurf der Vereinbarung vorbereitet. Dürfen wir ihn an Ihren Rechtsbeistand weiterleiten?«

»Meinen Rechtsbeistand? Ich habe keinen Rechtsbeistand.«

»Nun, das ist regelwidrig.«

»Es ist der vierte Juli. Ich weiß nicht, wie ich …« Ariel seufzt. »Hören Sie, Mr. James, ich bin ganz allein hier in Lissabon, mein Mann wurde entführt, ich muss diese Papiere sofort unterschreiben, um zu verhindern, dass er möglicherweise *hingerichtet* wird, und ich werde es einfach nicht schaffen, jetzt eine Anwältin zu finden.«

James seufzt dramatisch. »Ich muss Sie darauf hinweisen, dass es höchst unratsam ist, sich in einer solchen Angelegenheit nicht vertreten zu lassen.« Er spricht diese Warnung auswendig und mit Herablassung aus. Als würde er einer bekannten Berufsverbrecherin ihre Rechte vorlesen.

»Ich habe keine Wahl.«

Ariel weiß, dass der Anwalt sich nicht wirklich darum schert; er musste nur seiner ethischen Verantwortung nachkommen, um künftige Beschwerden abzuwenden.

»Nun gut. Soll ich die Vereinbarung direkt an Sie weiterleiten?«

Nicole Griffiths betritt das chaotische Büro der jungen Frau, das mit Hardware und Peripheriegeräten, Kabeln und Tastaturen, Bildschirmen in verschiedenen Größen vollgemüllt ist. Hier sieht es aus wie in einer Reparaturwerkstatt.

»Hey, Jefferson, was haben Sie?«

Kayla Jefferson schiebt sich die Kopfhörer in den Nacken, und Griffiths kann ein paar Takte der Musik aufschnappen, bevor sie vom Keyboard weggeklickt wird. Sie ist sich ziemlich sicher, dass es Bach war.

»Also, was diesen Anruf auf Pryces Handy angeht.« Jefferson zeigt auf ihren Bildschirm, auf ein Fenster voller Telefonnummern. »Der Anrufer hat ein Prepaid-Telefon benutzt, das erst zwanzig Minuten davor gekauft wurde.«

»Der Typ hat es extra für diesen Anruf gekauft?«

»Sieht so aus. Das ist die erste interessante Tatsache. Aber viel interessanter ist, wo er es gekauft hat. Gucken Sie.«

Jefferson klickt auf ein anderes Fenster, um eine Karte in den Vordergrund zu holen, ein vertrautes Raster aus rechten Winkeln, unterbrochen von parallelen diagonalen Schrägstrichen.

Griffiths bleibt der Mund offen stehen.

»Die rote Nadel«, sagt Jefferson, »ist der Supermarkt.«

Das ändert alles. Griffiths hat schon längst den Verdacht gehabt, dass an der Geschichte von Ariel Pryce, der Art, wie sie sie präsentiert, und an ihrem Ehemann irgendetwas merkwürdig ist. Aber trotzdem hat sie nicht wirklich geglaubt, dass John Wrights Unglück hier in Portugal etwas mit der nationalen Sicherheit oder dem Geheimdienst zu tun hat. Bis jetzt. Jetzt ist sie sich fast hundertprozentig sicher, dass es doch so ist.

»Haben wir Sicherheitsaufnahmen von der Transaktion?«

»Möglicherweise. Daran arbeite ich noch. Wir wissen, dass der Anruf von einem Ort in der Nähe des Penn Quarter aus getätigt wurde. In diesem Vektor hier.«

Griffiths beugt sich vor, um genauer hinzusehen. Die Hälfte der Regierung liegt innerhalb oder knapp außerhalb dieser Linien, darunter das Kapitol, der Oberste Gerichtshof, das Weiße Haus.

»Können wir das noch weiter eingrenzen?«

»Sieht nicht so aus. Tut mir leid.«

»Schade. Und ich nehme an, der aktuelle Standort des Telefons lässt sich auch nicht lokalisieren?«

»Nein, es ist nicht aktiv. Und es würde mich sehr wundern, wenn es jemals wieder aktiviert wird.«

»Aber Sie können mir zeigen, wo genau das Gerät gekauft wurde?«

»Hier, in diesem Block. Das ist derselbe Vektor, in dem sich das Telefon befand, als der Anruf getätigt wurde.«

»Okay«, sagt Griffiths und stellt sich aufrecht hin. »Lassen Sie uns herausfinden, was sich in unmittelbarer Nähe befindet. Fangen Sie an mit dem kleinsten Radius um den Supermarkt herum.«

»Und wonach soll ich suchen?«

»Nach Wohnungen oder Büros von mächtigen Männern.«

All die Technologien aus Ariels Kindheit scheinen inzwischen Geschichte zu sein. In der Küche ihrer Familie stand ein Schwarz-Weiß-Fernseher, auf dem sie drei nationale, zwei lokale Sender und PBS sehen konnten, mehr nicht. Ihr Kombi hatte die Größe und Form eines Pontonboots, die

Fenster wurden manuell bedient, eine Klimaanlage gab es nicht. Ariel reichte handschriftliche Nachrichten in der Klasse weiter, von losen Blättern abgerissene Stücke, die sie zu winzigen Päckchen faltete. Sie benutzte das Wandtelefon mit Wählscheibe in der Küche, wickelte das Telefonkabel um ihren Unterarm, drehte es wieder auf und sprach über Musikvideos auf MTV, Guns N' Roses, Madonna, die Fine Young Cannibals. Sie kann sich auch noch gut an das Aufkommen der Faxgeräte erinnern, sie waren wie Magie.

Aber jetzt, im Zeitalter des kabellosen Streamings, kommt es ihr lächerlich vor, ein Blatt Papier nach dem anderen in das Faxgerät des Hotels einzulegen. Als ob sie einen Telegrafen bedienen würde.

Die letzte Seite wird mit einem beruhigenden Piepton übertragen.

»Danke«, sagt sie zu Duarte, dem Tagesportier. »Ich bin fertig.«

Die technischen Verbesserungen haben das Leben zweifellos leichter gemacht, elektrische Fensterheber, Voicemail und Festplattenrekorder; AirDrop-Versand ist definitiv schneller als ein Gang zum Postamt. Aber all diese Bequemlichkeit hat auch ihren Preis, und der vielleicht schlimmste ist der Verlust der Privatsphäre. Es ist noch gar nicht so lange her, da konnte Privatleben wirklich privat sein – Ariels gesamte Kindheit, ihre Jugend als kämpfende Schauspielerin, ihre erste Ehe, all das geschah, als Privatsphäre noch möglich war, in einer Welt, die weitgehend dieselbe war, in der JFK Geliebte hatte und Hoover schwul war und alle, die es anging, davon wussten, aber niemand sonst. Eine Welt, in der Geheimnisse bewahrt werden konnten.

Ariels Hochzeit mit Bucky war nicht online dokumentiert worden; in jenen Jahren wurde fast nichts aufgezeichnet. Der einzige öffentliche Hinweis auf ihre Hochzeit fand sich in der Rubrik Eheanzeigen, ein kurzer Beitrag mit dem Glamourfoto einer auffälligen jungen Frau, die sie jetzt nicht mehr erkannte.

Als diese Ehe und ihr gesamtes altes Leben aber in die Brüche gingen, explodierten die sozialen Medien gerade, digitale Fußabdrücke wurden allgegenwärtig, das Internet begann, alles aufzusaugen – jeden Geburtstag, jedes Klassentreffen, jede Gala, jede Preisverleihung und jeden beruflichen Meilenstein –, um jedes Leben durchsuchbar, auffindbar, dokumentierbar zu machen. So etwas wie ein Privatleben gibt es für niemanden mehr, der auch nur ein bisschen bekannt ist.

Sie entschied sich dafür, digital unsichtbar zu bleiben, selbst als alle anderen anfingen, sich auf Facebook wiederzufinden, Urlaubsbilder auf Instagram zu teilen, sich auf LinkedIn zu vernetzen, auf Twitter Bestätigung zu suchen, auf Tinder schmutzige Verabredungen zu treffen. Sie nicht.

Ariel Pryce ist nicht völlig unsichtbar. Aber man muss wissen, wonach man sucht. Und wen. Man muss sich auch die Mühe machen, überhaupt zu suchen. Das tut fast niemand.

Noch nicht.

»Oh, hallo, ich wollte gerade zu Ihnen kommen.« Dieser Reporter kommt die Treppe des Hotels hoch. »Pete Wagstaff. Wir haben uns gestern in der Botschaft kennengelernt.«

»Ja, natürlich. Wie haben Sie mich gefunden?«

»Ich bin ein Reporter.« Er zuckt mit den Schultern. »Entschuldigen Sie die Störung.«

Sie stehen auf dem Treppenabsatz; Ariel hört Schritte von oben.

»Darf ich Ihnen ein paar Fragen stellen?«

»Worüber?«

»Über die Entführung Ihres Mannes.«

»Ich kann nicht mit Ihnen reden«, sagt Ariel leise, als ein älteres Paar vorbeigeht. »Das habe ich Ihnen doch schon gesagt.«

»Vielleicht kann ich Ihnen behilflich sein.«

»Vielleicht können Sie dafür sorgen, dass mein Mann umgebracht wird.«

Wagstaff sieht aus, als wolle er widersprechen, er tut es aber nicht.

»Hören Sie, Sie sind Reporter, Ihr Job ist es, Nachrichten für ein breites Publikum zu veröffentlichen. Aber wenn die Entführung meines Mannes eine Ihrer Storys wird –«

Er schüttelt den Kopf.

»– wenn die Entführer erfahren, dass ihr Verbrechen untersucht wird von – soweit ich weiß – einem halben Dutzend internationaler Strafverfolgungsbehörden, wie werden sie dann wohl reagieren?«

»Ich würde niemandes Leben für eine Story aufs Spiel setzen.« Er schüttelt noch vehementer den Kopf. »Das verspreche ich.«

»Soll ich das Leben meines Mannes für das Versprechen eines Fremden aufs Spiel setzen? Ernsthaft?« Sie lächelt. »Ich bitte Sie.«

»Aber …«

»Und es liegt nicht einmal bei Ihnen, oder?« Ariel lässt nicht zu, dass der Reporter sich verteidigt. »Sie haben Chefs, und Ihre Chefs haben Chefs, die wiederum Firmenoberhäupter haben, die Aktionäre haben, und all diesen Leuten sind Auflagenzahlen, Klickraten und Anzeigenquoten verdammt viel wichtiger als die Sicherheit eines einzelnen Menschen.«

Dem kann Wagstaff nicht wirklich widersprechen.

»Nehmen Sie es nicht persönlich«, sagt Ariel. »Aber wenn Sie in meiner …«

Sie wird durch das Klingeln ihres Telefons unterbrochen. »Oh, was ist denn jetzt?« Sie holt den elektronischen Tyrannen aus ihrer Tasche, sagt »Entschuldigung« zu dem Reporter und dann »Hallo?« in das Mikrofon.

»Ms. Pryce? Nigel James, nochmals vielen Dank für die prompte Rücksendung der unterschriebenen Papiere. Aber ich fürchte, wir haben ein kleines Problem.«

Verdammt noch mal. »Was für eins?«

»Die notarielle Beglaubigung. Die scheint nicht unterschrieben zu sein. Ich muss Sie daran erinnern, dass hier eine Unterschrift ohne notarielle Beglaubigung nicht gültig ist. Das kann sie nicht sein. Ich hoffe, Sie verstehen das.«

»Sie wollen mich auf den Arm nehmen.«

»Ich fürchte nicht.«

»Ein Notar.«

»Genau. Ich glaube, mein Anschreiben war in dieser Hinsicht ziemlich eindeutig.«

»Wo in Gottes Namen soll ich am vierten Juli einen englischsprachigen Notar in Lissabon finden?«

»Bitte, Ms. Pryce, es gibt keinen Grund, Ihre Stimme zu erheben …«

»Ach, scheren Sie sich zum Teufel.«

Ariel legt auf und kneift die Augen zusammen vor Schmerz angesichts dieser zusätzlichen Komplikation, es sind einfach so viele. Das könnte ein unerwarteter Wendepunkt sein, der sich an sie heranschleicht, gerade als sie dachte, die Dinge sähen langsam besser aus; jetzt könnte alles komplett zusammenbrechen. Und sie auch.

»Es tut mir leid«, sagt der Reporter. »Ich konnte nicht anders, als mitzuhören.«

Ariel öffnet die Augen.

»Ich kann helfen.«

Ariel betrachtet Wagstaff und fragt sich, ob er ihr das anbietet, weil er aufrichtig helfen will, oder ob er in Wirklichkeit etwas anderes will.

»Ich kann Sie sofort zu einem Notar bringen.«

Kann sie das selbst tun – einfach Notare anrufen? Oder würde das ewig dauern?

Ariel versucht zu überlegen, wer ihr sonst noch helfen könnte. Die US-Botschaft ist natürlich geschlossen. Was ist mit der Lissaboner Polizei? Würden sie einen englischsprachigen Notar kennen, der jetzt verfügbar ist? Das scheint unwahrscheinlich. Und all die CIA-Leute, auch sie kommen nicht infrage, Ariel kann nicht wissentlich Spione in die Nähe des Abkommens lassen, das sie unterzeichnen wird, was eben dadurch schon gegen die Bedingungen des Abkommens verstoßen würde.

Natürlich ist es möglich, dass die CIA bereits ihren alten Namen, ihren alten Ehemann und ihr altes Leben in seiner

Gesamtheit gefunden hat – ihre alten Freunde und alten Feinde, ihre alten Anschuldigungen. Vielleicht haben sie die alten Beweise gefunden, die Tonaufnahmen. Ihre alten gerichtlichen Vergleiche. Vielleicht können sie die Beziehungen, die Telefonanrufe, die Forderungen, die Erpressung, die Konsequenzen bereits nachvollziehen. Vielleicht wissen sie sogar schon genau, was passiert ist, wie, warum, wo, wann. Und wer es war.

Selbst wenn das der Fall ist, darf Ariel diese Informationen nicht preisgeben, und sie darf nichts tun, was als freiwillige Preisgabe von vertraulichen Informationen ausgelegt werden könnte.

»Geben Sie mir eine Sekunde, okay?« Sie marschiert zum Empfang. Duarte, der offensichtlich Angst vor dieser wankelmütigen Amerikanerin hat, lächelt schwach. »Ja, Senhora? Wie kann ich Ihnen helfen?«

»Ich muss so schnell wie möglich einen englischsprachigen Notar finden. Kennen Sie einen?«

Der Angestellte an der Rezeption gibt nur ungern zu, dass er einem Gast nicht helfen kann, ganz gleich, um was für ein Anliegen es geht. Die wahrheitsgemäße Antwort wäre nein, aber stattdessen sagt er: »Ich kann einen ausfindig machen.«

»Wie würden Sie denn konkret danach suchen?«

»Ich …« Duarte sieht aus, als würde er gleich anfangen zu weinen. »Ich würde Kollegen anrufen, die in den größeren Hotels mit mehr Geschäftsreisenden arbeiten.«

Besser als nichts, aber kaum. Dafür könnte der junge Mann vielleicht nur eine Minute brauchen, aber es könnte auch den ganzen Tag dauern. Duarte klingt nicht sehr zuversichtlich, und sein Plan klingt nicht sehr vielversprechend.

Aber ein *Reporter?* Das ist schwer zu begründen. Und es könnte am Ende schwer zu rechtfertigen sein. Aber hat sie wirklich eine andere vernünftige Option?

»Nein danke«, sagt Ariel zu dem Angestellten und kehrt ins Treppenhaus zurück.

»Hören Sie«, sagt sie zu Wagstaff, »ich weiß Ihre Hilfe zu schätzen. Aber nur, damit wir uns richtig verstehen: Ich kann mit Ihnen nicht über die Einzelheiten dieser Situation sprechen.«

»Ich verstehe.«

Tut er das? Sie hofft es. Manche Männer tun sich schwer damit, Verletzlichkeit zu verstehen, und sie kann keine Missverständnisse riskieren.

»Ich habe ihre Telefonaufzeichnungen.« Jefferson steht in Griffiths' Tür und hält ein paar Blätter Papier in der Hand.

»Kommen Sie rein«, sagt Griffiths. »Schauen wir es uns an.«

Jefferson hat die Liste von Ariel Pryces Telefongesprächen kommentiert: ZNA für ein halbes Dutzend Krankenhäuser, HANDY WRIGHT, BÜRO WRIGHT DW und BÜRO WRIGHT ZENTRALE für die Anschlüsse des Ehemanns, außerdem Ariel Pryces eigene Nummern zu Hause, von ihrer Buchhandlung, ihrer Mutter. Jefferson hat auch hilfreiche Linien quer über die Seite gezogen, die Pryces Bewegungen und mutmaßliche Aktivitäten im Lauf der letzten Tage anzeigen – wann die Frau das Polizeirevier aufgesucht hat, zurück zum Hotel und dreimal zur Botschaft gegangen ist.

»Und diese Seiten hier«, Jefferson überreicht ihr ein paar andere Blätter, »das sind ihre Textnachrichten.«

Griffiths wirft einen Blick auf die heutigen, allesamt immer dringlicheren Bitten an ihren Mann, mit Ausnahme einer an ihren Sohn. Nichts sticht hervor. Sie blättert die Seite um. »Das sind die letzten dreißig Tage.«

»Yep.«

»Nichts Internationales, außer als sie tatsächlich hier in Lissabon war. Vielleicht sollten wir noch weiter zurückgehen. Schauen wir uns alles aus dem letzten Jahr an.«

Jefferson nickt.

»Ist diese Kopie für mich?«, fragt Griffiths.

»Ja. Und in einer Stunde hoffe ich, dass ich das Gleiche für den Ehemann habe. Sein Anbieter ist langsamer.« Jefferson bleibt in der Tür stehen. »Also glauben Sie, das ist eine Art Schwindel und Pryce steckt mit drin?«

»Nicht unmöglich. Was denken Sie denn?«

»Nichts ist unmöglich«, gibt Jefferson zu. »Oder fast nichts. Aber ich kann es mir nicht vorstellen.«

»Warum nicht?«

»Das Geld«, sagt sie. »Die beiden sind nicht verzweifelt, keiner von ihnen. Sie verdienen auf legale Weise anständig. Obwohl sie nicht gerade vor Reichtum strotzen, haben sie es nicht nötig, einen großen internationalen Betrug zu begehen, nur um an Geld zu kommen.«

»Aber vielleicht tun sie es trotzdem«, sagt Griffiths, »und wir können nur noch nicht erkennen, warum. Vielleicht stecken sie tief in irgendeiner Sache drin. Kredithaie. Wetten. Drogen.«

Jefferson wippt mit dem Kopf hin und her: ein gutes, aber kein sehr gutes Argument.

»Oder vielleicht ist ihr Motiv nicht mal schlecht«, fährt

Griffiths fort. »Vielleicht steckt Wrights Schwester in Schwierigkeiten; oder Pryces Sohn braucht eine neue Niere; vielleicht sind ihre Eltern dabei, ihre Alterswohnungen durch einen Onlinebetrug zu verlieren. Viele normale, gesetzestreue Menschen brauchen plötzlich Geld und tun verzweifelte Dinge, um es zu bekommen.«

Jefferson nickt.

»In Wahrheit glaube ich aber auch nicht, dass es das ist, was hier vor sich geht«, gibt Griffiths zu. »Doch ich bin mir ziemlich sicher, dass da etwas ist.«

Kapitel 27

Das war ein Fehler, oder? Ariel hätte diesem Reporter nicht erlauben sollen, ihr zu helfen, sie auch noch in den Empfangsraum dieser Kanzlei zu begleiten. Sie hätte irgendwie anders einen englischsprachigen Notar finden sollen.

Sie setzt sich in einen Ledersessel und legt ihren Vertrag auf den Couchtisch, auf dem bereits eine Topfpflanze steht und ein Stapel Magazine und Zeitungen liegen. Sie kann nicht anders, als einen Blick auf die oberste Titelseite zu werfen, eine Schlagzeile auf Portugiesisch, die sie nicht entziffern kann, aber auch nicht muss, denn das Bild ist eindeutig. Sie ist erstaunt, dass eine europäische Tageszeitung so etwas auf die Titelseite bringt. Was passiert, wenn die Geschichte mal wirklich interessant wird? Es würde ein weltweites Ereignis werden, über das nonstop berichtet wird.

Ihre Brust zieht sich zusammen. Sie atmet tief ein und versucht, die aufkeimende Panikattacke zu unterdrücken. Nicht jetzt, bitte.

Pete Wagstaff redet schon länger Portugiesisch mit der Frau am Empfang, die eine Menge Fragen hat. Schließlich kommt der Reporter zu Ariel herüber. »Es wird ein paar Minuten dauern.«

Ariel nickt. Sie sollte die Gelegenheit nutzen, um die Vereinbarung sorgfältig durchzulesen. Im Hotel hatte sie sie nur überflogen, die Summe überprüft und die Stellen zum

Unterschreiben gesucht. Aber ihr war nicht mal aufgefallen, dass sie einen Notar brauchte, was hatte sie sonst noch überlesen? Flüchtigkeit ist hier unverantwortlich. Wenn etwas jemals besondere Aufmerksamkeit erfordert hat, dann dieses Dokument.

Sie liest langsam und sorgfältig und versucht, die komplizierte Juristensprache zu begreifen, die Verweise auf die frühere Vereinbarung von vor langer Zeit, ihr Datum, ihre Parteien. Dieser neue Geheimhaltungsvertrag ist eine Ergänzung der alten Vereinbarung, mit denselben Bedingungen, Strafen und Rechtsmitteln, die immer noch in Kraft sind. Nichts davon hat sie vor sich liegen. An nichts davon kann sie sich im Einzelnen erinnern. Und nichts davon kann ihr irgendjemand liefern – nicht dieser Notar, nicht der Anwalt in Paris, nicht einmal ihre ursprüngliche Anwältin, mit der sie seit vierzehn Jahren keinen Kontakt mehr hatte, eine Frau, die zweifellos den vierten Juli an irgendeinem Strand verbringt.

Scheiße, denkt sie, und »Verdammt« murmelt sie. Sie klappt die wenigen Seiten zu.

»Alles okay?«, fragt Wagstaff.

»Nein, nicht wirklich.« Ariel steht abrupt auf. »Ich muss ein paar Dinge bestätigen lassen. Ich gehe kurz raus, um einen Anruf zu machen.« Ariel schließt die Tür hinter sich. Sie schaut auf die Uhr. Es ist noch ganz schön früh dafür, aber sie hat keine andere Wahl. Sie wartet, bis die internationale Verbindung hergestellt ist.

»Ariel?« Eine heisere Stimme antwortet. »Alles in Ordnung?«

»Nein, eigentlich nicht. Tut mir leid, dass ich so früh anrufe, aber John ist entführt worden …«

»O mein Gott. Im Ernst?«

»… und ich brauche deine Hilfe in einer dringenden Angelegenheit. Es wird dir seltsam vorkommen.«

»Natürlich. Alles, was du willst.«

»Kannst du bitte sofort in den Laden gehen?«

»Wie, *jetzt* sofort?«

»Ja, sofort. Zieh dir was über und steig in dein Auto.«

Persephone wohnt im Haus ihrer Eltern, fünf Autominuten vom Laden entfernt. Sie lebt in einer Kleinstadt, in der sie alle kennt – Polizisten und Feuerwehrleute, Ladenbesitzer und Barkeeper, Lehrer und Ärztinnen und Reporter der Lokalzeitung. Alles ist höchstens fünf Minuten entfernt.

»Ich verspreche dir, P., in zwanzig Minuten bist du wieder zu Hause, kannst wieder ins Bett gehen oder was auch immer.«

»Okay.«

»Wenn du da bist, ruf mich bitte vom Keller aus an. Und, Persephone?«

»Ja?«

»Das ist wirklich *sehr* wichtig.«

Ariel reißt die Tür auf, und sowohl die Frau am Empfang als auch Wagstaff sehen auf. Ariels Blick fällt sofort auf ihre Papiere, die auf dem Tisch liegen, mittig gefaltet, aber gut sichtbar, direkt vor den Augen des Reporters. Sie marschiert hinüber und reißt die gefaxten Seiten an sich.

»Sie haben sich das nicht angesehen, oder? Sagen Sie mir, dass Sie es sich nicht angesehen haben.« Wagstaff schüttelt den Kopf.

»O Gott, das haben Sie.«

»Habe ich nicht.«

Ariel starrt ihn an und versucht herauszufinden, ob sie ihm glaubt. Das tut sie nicht. Er hält den Blickkontakt viel zu fest.

»Wie konnten Sie nur?« Sie spricht leise, um die Frau am Empfang nicht zu beunruhigen.

»Ich versuche nur zu helfen.«

»Sie *dürfen* darüber nicht schreiben. Das verstehen Sie doch, oder? Bitte sagen Sie mir, dass Sie das verstehen.«

»Ich verspreche, das werde ich nicht. Nicht bevor Ihr Mann außer Gefahr ist.«

»Nein, nein, nein, nein, *nein*.« Sie schüttelt den Vertrag. »Darüber? *Niemals*. Sie dürfen das niemals *preisgeben*. Sie hatten kein Recht, es zu sehen. Ich hatte nicht das Recht, es Ihnen zu erlauben. Ich würde ins *Gefängnis* müssen. Und das wäre sogar noch die beste Option. Verstehen Sie, was mit mir passieren könnte?«

»Äh, ich ...«, stottert er.

Ihr Telefon klingelt wieder.

»Meine Güte.« Sie schaut auf den Bildschirm, geht ran. »P, warte mal kurz, okay?« Sie deckt das Mikrofon ab und wendet sich wieder dem Reporter zu. »Verschwinden Sie.«

»Was?«

»Ich kann Ihnen nicht trauen. Ich hätte Ihnen von vornherein nicht trauen dürfen. Bitte gehen Sie. Sofort.«

Carolina Santos schaut den jungen Polizisten an, der herbeieilt. »Wir haben den Klienten des Entführten gefunden. Sein Name ist Jorge Vicente.«

»Ausgezeichnet.«

»Vor zwei Wochen hat Vicente eine Reservierung für sechs Personen für heute Abend um neun Uhr im Monthana gemacht. Kennen Sie dieses Restaurant?«

»Ja, ich kenne es.« Aber Santos hat dort noch nie gegessen. Das Monthana ist für sie unerschwinglich.

»Vicente hat bestätigt, dass zwei seiner Gäste der amerikanische Berater und seine Frau sein sollen. Ich habe ihn informiert, dass die beiden heute Abend nicht kommen können.«

Santos' Finger hüpfen bereits über ihre Tastatur.

»Jorge Vicente«, liest sie vom Bildschirm ab, »ist Finanzchef von Os Canároios Enterprises, das ist … Ach, wer weiß das schon bei diesen Webseiten. Bergbau? Vielleicht auch Holzverarbeitung.« Sie klickt herum, dann zuckt sie mit den Schultern, steht auf und schnappt sich ihre Jacke. »Lass uns gehen«, sagt sie zu Moniz.

»Sollen wir die Frau informieren?«, fragt der.

»Noch nicht«, sagt Santos. »Hören wir uns erst einmal an, was Vicente zu sagen hat.«

»Da ist er«, sagt Nicole Griffiths. »Wie geht es dir, du Schläger?«

Guido Antonucci lächelt verlegen. Er hat das bestimmt kommen sehen. Immerhin wurde er von einer Frau verprügelt. Einer *Amateurin*. Das muss ihm wahnsinnig peinlich sein. Griffiths wäre es das sicher auch.

»Mir geht's gut, danke.«

Er sieht nicht so aus. Sein ganzes Gesicht scheint geschwollen zu sein. Aber er ist hier, und Griffiths weiß, dass er bereit ist zu arbeiten. Jetzt ist nicht die Zeit, weiter auf ihm rumzuhacken.

»Guido, kannst du Pryces Hotelzimmer abhören lassen?«

»Äh, du meinst, jetzt sofort?«

»So schnell wie irgend möglich.«

»Um diese Tageszeit? Ich weiß es nicht. In einem Hotel ist meistens viel los.«

»Stimmt. Aber auf der anderen Seite sollte es gerade keine herumlaufenden Angestellten geben, um die man sich Sorgen machen muss.«

»Gutes Argument.« Er denkt darüber nach. »Wir können die Geräte nicht sorgfältig verstecken. Nur ein paar Mikrofone in Lampen deponieren. Wenn Pryce anfängt zu suchen, wird es nicht schwer für sie sein, sie zu finden. Was dann?«

»Das hängt davon ab, wer sie wirklich ist und was sie wirklich vorhat. Wenn sie nur eine ganz normale Zivilistin ist, deren ganz normaler Ehemann entführt wurde?« Griffiths zuckt mit den Schultern. »Dann wird sie keine Lampen nach Mikrofonen absuchen.«

»Aber wenn doch.«

»Ja. *Wenn* sie das Zimmer durchsucht, dann wissen wir definitiv, dass sie eine Person ist, die ein Zimmer durchsucht.«

»Du meinst also auch eine Kamera?«

»Es muss nicht perfekt sein, Guido. Sie muss nicht im idealen Winkel stehen. Sie soll uns nur zeigen, ob dies eine Person ist, die nach Wanzen sucht.«

Antonucci nickt. »Ich kümmere mich darum.«

»Danke. Aber, Guido? Ich glaube nicht, dass du selbst ins Hotel gehen solltest.« Sie fährt sich mit den Fingern über ihr eigenes Gesicht. »In diesem Zustand bist du ein bisschen zu auffällig.«

»Okay«, sagt Persephone, »ich bin im Keller.«

»Gut. Weißt du, wo der Werkzeugkasten ist?«

»Klar.«

Alle im Laden kennen den Werkzeugkasten, das Schmieröl für quietschende Scharniere, den Schraubenzieher zum Festziehen von Klammern, Hammer und Nägel und Bilderdraht für beschriftete Autorenfotos und signierte Buchumschläge. Sicherungen für die Hauptplatine, ein Spachtel, Spachtelmasse, Klebeband für Trockenbauwände.

»Du brauchst den Vorschlaghammer.«

»Den Vorschlaghammer? Im Ernst?«

»Siehst du das gerahmte Buchmessen-Poster? Nimm es vom Haken.«

»Ähm, okay … erledigt.«

»Jetzt nimm den Vorschlaghammer und schlage ein Loch in die Wand, direkt unterhalb des Hakens.«

»*Was?* Ist das dein Ernst?«

»Mein voller.«

»Okay«, sagt Persephone, »ich stelle dich auf Lautsprecher. Dann fang ich an.«

Ariel hört einen dumpfen Schlag, aber kein krachendes Geräusch. »Nicht so zaghaft«, sagt sie laut.

Wieder ein dumpfer Schlag.

»Komm schon, Persephone, mit voller Wucht.«

Dann hört sie es, das Krachen und Knacken und Plopp-Plopp von Trümmern, die auf den Boden fallen, dann ein gemurmeltes »Heilige Scheiße«.

»Nimm die Leinentasche, die in der Wand steckt.«

»Hast du das gemacht? Dieses Versteck gebaut?«

Ariel hatte eine Motorsäge gemietet, um ein Loch in die Wand zu sägen. Sie hat die Leinentasche – ein Werbegeschenk – in der Wand platziert, auf einem Balken. Dann hat sie das ausgeschnittene Stück Trockenbauwand wieder an seinen Platz geschoben, die Ränder mit Klebeband abgeklebt, das Klebeband überspachtelt, die Spachtelmasse abgeschliffen, die Wand mit Grundierung bestrichen und dann zwei Anstriche aufgetragen. Es ist perfekt. Gewesen.

»Persephone, ich möchte, dass du mir genau zuhörst.«

»Das ist so geil.«

»In der Tasche befindet sich in einer Ziploc-Tüte elektronische Hardware; bitte lass die in Ruhe.«

In der großen Tüte war eine CD, ein USB-Stick und ein preiswerter Laptop mit Netzkabel. Als Ariel dieses Paket vor mehr als einem Jahrzehnt zusammenstellte, hatte sie keine Ahnung, wann – wenn überhaupt – sie auf dieses Material zugreifen müsste und welche Technologien zu diesem Zeitpunkt verfügbar sein würden und welche auf die Müllhalde des Fortschritts geworfen worden wären. Daher die Doppelungen. Sie erinnerte sich noch gut daran, dass Disketten, CD-ROMs, Videokassetten und Kassettendecks gerade erst veraltet waren. Sie hatte durch die technologische Entwicklung bereits den Zugang zu vielen Medien verloren: Michael-Jackson-Vinyls und Talking-Heads-Kassetten, Videorekorder mit Katharine-Hepburn-Filmen und DVD-Boxen mit *Alias*, die jetzt alle nur noch als Plastikmüll in verschiedenen Formen auf ihrem Dachboden lagen. Aber all diese Dinge sind leicht zu ersetzen, und sie wird immer in der Lage sein, eine neue Kopie von *No Way Out* in einem neuen Format zu finden; viele Unternehmen sind motiviert, den Zugang zu beliebten Unterhaltungsmedien aufrechtzuerhalten.

Das gilt aber nicht für Ariels private Dateien: ihre alte Tonaufnahme einer Konversation zwischen zwei Personen, ein neunminütiges Gespräch mit Hintergrundgeräuschen, die zu den gedämpften Klängen eines Nobelrestaurants zu einer ruhigen Tageszeit passen. Auch alte Scans eines Polizeiberichts, einer medizinischen Untersuchung, einiger Tests. Diese Medien könnte man ebenfalls zu Geld machen, allerdings auf eine ganz andere Art und Weise.

»In der anderen Tüte, P., sind Papiere.« Eine rechtliche Vereinbarung. Handschriftliche Notizen. »Daran bin ich interessiert.«

»Du bist *so* knallhart.«

»Du musst mir bitte ein paar Informationen aus den Unterlagen vorlesen.«

»Wow. Ohne Übertreibung, Ariel, das ist ja wohl buchstäblich die beste Sache ever.«

Persephone weiß buchstäblich nicht, was *buchstäblich* bedeutet; sie scheint zu glauben, dass es das Gegenteil von dem bedeutet, was es eigentlich bedeutet. Ariel versteht die Idee der Umgangssprache, akzeptiert sie, genießt sie. Aber das hier ist etwas anderes, diese totale Umkehrung: *bescheiden*, wenn man *stolz* meint, oder *besessen* von etwas Schönem statt von etwas Schmerzhaftem. Das ist nicht nur harmloser Slang. Das ist eine neue Sprache, wie der Begriff *Fake News*, nicht nur unwahr, sondern eine völlige Ablehnung der Idee, dass es Wahrheit gibt.

»Hör zu, P., das ist jetzt wirklich wichtig: *Lies bitte nicht* die anderen Seiten. Es ist mir buchstäblich – und das bedeutet das Wort *buchstäblich* buchstäblich – rechtlich verboten, die Einzelheiten des Vertrags zu veröffentlichen. Das ist alles *extrem* privates Material. Und bitte fass die Elektronik nicht an. Das musst du mir versprechen.«

»Ich verspreche es.«

»Okay, jetzt öffne die Tüte. Folgende Infos brauche ich von dir: die Namen und Daten, die oben auf dem Vertrag stehen. Wer die Parteien sind.«

Ariel weiß natürlich, dass jemand in diesem Moment lauschen könnte oder später eine Aufzeichnung dieses Gesprächs anhören könnte. Aber es wäre absolut unverantwortlich – es wäre kriminell fahrlässig –, wenn sie diese Informationen nicht überprüfen würde, bevor sie einen neuen Vertrag unterschreibt.

Sie hat keine andere Wahl.

Ariel wacht jeden Tag auf und stellt fest, dass neue Wörter erfunden wurden, während andere neue Definitionen haben. Die Sprache wurde vereinnahmt und verzerrt, waffentauglich gemacht, in einer intersektionalen Welt der sicheren Räume und Triggerwarnungen und Mikroaggressionen, der Tokenisierung und des Othering, des Columbusing und Whitewashing, des Centering und Amplifying, des Mansplaining und Manspreading, des Calling Out und Cancelling, in der jeder seinen Standpunkt vertritt, unaufhörlich seine Beschwerden lautstark verbreitet, alle, die anderer Meinung sind, unerbittlich anschreit.

Es ist ein sich ständig erweiterndes Lexikon der Beschwerden. Ariel glaubt nicht, dass irgendetwas davon irgendjemanden von etwas überzeugt, was er nicht bereits geglaubt hat, und dass es niemanden zu irgendeiner Sache bekehrt. Stattdessen ist sie sich ziemlich sicher, dass es das Gegenteil bewirkt – es dämonisiert, entfremdet, stößt ab, macht alle wütend, denen man wirklich die Augen öffnen müsste, und treibt immer tiefere Keile zwischen die Menschen.

Es hat lange gedauert, aber Ariel hat schließlich akzeptiert, dass man Probleme nicht lösen kann, indem man so tut, als ob es sie nicht gäbe. Sie ist sich auch relativ sicher, dass sie nicht gelöst werden können, indem sie mit abstrusen Bezeichnungen versehen werden, die dann als Knüppel benutzt werden, um einander die Köpfe einzuschlagen. Probleme werden gelöst, indem wir Denkweisen ändern, nicht, indem wir uns Feinde machen.

»Danke«, sagt Ariel. »Und, Persephone?«

»Ja?«

»Ich muss dir hier wirklich vertrauen können: Bitte sieh dir den Rest der Vereinbarung nicht an.«

»Ich verspreche es. Ich werde nicht einmal einen Blick darauf werfen. Buchstäblich.«

Persephone ist Ariels wichtigstes Nachschlagewerk für die Redewendungen der Ideologien; das ist die eine Sache, wofür Schule heutzutage definitiv gut ist. Sie hören zusammen NPR-Radio, und Persephone erklärt ihrer Chefin, worüber zum Teufel alle da reden.

Zuerst hatte Ariel befürchtet, dass Persephone nur ein weiteres Problem in ihrem Leben werden könnte. Aber sie zwang sich, einen Schritt zurückzutreten und zu versuchen, die junge Frau klar zu sehen, nicht als die Person, die Ariel sehen wollte, sondern als die, die sie wirklich war. Keine Feindin, die man zurückweisen, sondern eine Verbündete, die man fördern sollte.

Kapitel 28

Tag 2, 14:04

Endlich geht es weiter, bis es plötzlich nicht mehr geht. Die Notarin schüttelt den Kopf.

»Wer ist das, bitte?« Sie zeigt auf die Papiere. »Diese Laurel Turner?«

Ariel schlägt ihre Hände vors Gesicht.

»Sie sind Ariel Pryce, oder? Aber dieses Dokument ist für eine Laurel Turner. Ich verstehe das nicht.«

Von den vielen Anfechtungen ihrer Glaubwürdigkeit hatte Ariel diese nicht vorausgesehen. »Ich habe meinen Namen schon vor langer Zeit geändert. Auf diesen Papieren steht mein alter.«

Die Notarin scheint das als persönlichen Affront aufzufassen.

»Es tut mir leid. Ich habe keinen Ausweis mit diesem alten Namen.«

»Gar nichts?«

»Nein. Nicht bei mir.«

Die Notarin seufzt. »Das«, sagt sie, »ist ein ernstes Problem. Ein sehr ernstes.«

Kayla Jefferson legt den Ausdruck der Telefonaufzeichnungen auf den Schreibtisch ihrer Dienststellenleiterin.

»Du meine Güte«, sagt Griffiths und blättert die Seiten durch. »Das ist aber viel.«

»Ja, es sieht so aus, als ob John Wright dieses Handy für alles benutzt. Ich habe das, was wie Klientenanrufe aussieht, blau markiert. Grün sind Reisen – Hotels, Restaurants, Autos, ein Laden, in dem sie Segways gemietet haben.«

»Entschuldigung: gemietete SegWAS? Was zum Teufel soll das bedeuten?«

»Sie kennen doch diese Dinger.« Jefferson hält die Fäuste vor sich, als würde sie sich an einen Lenker klammern. »So was wie aufrechte E-Roller? Die Leute rasen darauf herum und sehen aus wie Idioten?«

»Ah. Richtig.«

»Persönliche Kontakte sind rot angekreuzt. Keine Markierung bedeutet, dass wir noch nicht wissen, wie die Beziehung zu Wright ist. An denen arbeite ich noch.«

Griffiths blättert eine Seite um, und Jefferson zeigt auf etwas. »Das hier ist eine Autowerkstatt in der Nähe von Pryces Farm. Und das hier ist Wrights Schwester in Marrakesch.«

»Marrakesch?« Griffiths blättert eine weitere Seite um, dann blättert sie zurück. »Seine Schwester lebt in Marokko?«

»Sieht so aus.«

»Ein seltsamer Wohnort für eine Amerikanerin, oder?«

»Ja? Es gibt viele amerikanische Auswandererinnen in Marokko.«

»*Hmm*. Schauen wir uns mal diese Schwester an.«

»Alles klar.«

»Auch diesen Mechaniker. Können Sie rausfinden, worum es da geht?«

Jefferson nickt.

»Sonst noch etwas?«, fragt Griffiths.

»Ja. Vor ein paar Minuten hatte sie ein wirklich seltsames Telefongespräch mit ich glaube einer Angestellten.«

»Wirklich seltsam? Warum?«

»Das werden Sie hören wollen.«

»Hallo, Mr. James, hier ist noch mal Laurel Turner. Mir ist gerade aufgefallen, dass ich ein kleines Problem mit den Papieren habe. Ich bin nicht mehr Laurel Turner, ich habe meinen Namen geändert und keinen Ausweis auf diesen Namen. Also kann die Notarin meine Unterschrift unter diesem Vertrag nicht bestätigen.«

»Ich verstehe.«

»Können Sie den Vertrag bitte auf meinen neuen Namen ändern?«

»Das muss ich mit meinem Mandanten klären.«

»Bitte«, sagt Ariel, »können Sie sich beeilen?«

Ariel fragt sich, ob James die Identität seines Klienten kennt oder ob dieser Anwalt nur ein weiterer Ahnungsloser ist, der Subunternehmer eines Subunternehmers, ein anonymer, ausgelagerter Rechtsbeistand, der durch mehrere Schichten Isolierung gepuffert ist.

»Haben Sie irgendeine Ahnung, was hier vor sich geht?«, fragt Ariel.

»Wissen Sie, Ms., ähm, wie auch immer Sie heißen. Das geht mich wirklich nichts an.«

Zwanzig Minuten später kann Ariel sich kaum davon abhalten, über den Schreibtisch zu stürzen und die Notarin zu erdrosseln, die scheinbar sehr genau und in Zeitlupe die Seiten umblättert, um wer weiß was zu überprüfen, und dabei zwischen Ariels Pass und dem Vertrag hin- und herschaut. Als würde sie neue Wege erfinden, um Zeit zu verschwenden, wie ein Taxifahrer, der bei Touristen versucht, den Fahrpreis in die Höhe zu treiben.

»Sehr gut«, sagt die Notarin dann abrupt und unterschreibt mit dramatischem Schwung. »Wir sind fertig.«

»Oh, Gott sei Dank.«

Ariel sammelt ihre Seiten ein. Ist diese Frau möglicherweise eine undichte Stelle? Ist sie an die Schweigepflicht gebunden? Hat sie sich, wie versprochen, um nichts gekümmert, außer um ihre spezielle Aufgabe, nämlich die Überprüfung von Ariels Identität, um sicherzustellen, dass die Person, die die Papiere unterschreibt, auch diejenige ist, die darin genannt wird? Ist sie verpflichtet, alles andere zu ignorieren? Hat sie das? Wird sie es weiterhin tun?

Die heiklen Details des Ereignisses – die bloße Existenz des Ereignisses – sind in diesen Papieren alle nicht enthalten, sie liegen tief in der Vergangenheit begraben. Aber dieses Dokument könnte durchaus ein Anfang sein. Es könnte die erste Schippe sein.

»Danke, dass Sie sich Zeit für uns genommen haben.«

»Natürlich«, sagt Jorge Vicente. »Wie kann ich Ihnen helfen?«

Kommissarin Carolina Santos betrachtet die holzgetäfelten Wände mit den goldgerahmten Ölgemälden: eine Jagdszene, ein Walfangboot in Aktion, Bauern in einem Obstgarten. Alles Bilder von Männern, die die Erde ausbeuten. Sie seufzt angesichts der Offensichtlichkeit des Ganzen.

»Wir haben ein paar Fragen zu John Wright«, sagt Moniz.

»Das ist einfach schrecklich.« Vicente schaut von einem Kommissar zum anderen. »Ich fühle mich – ich weiß nicht – *peinlich berührt*, dass dies einem Amerikaner hier bei uns passiert. Als ob es unsere Schuld ist.«

»Ja«, sagt Moniz. »Es ist demütigend, wenn Ausländern hier Verbrechen passieren, vor allem Amerikanern. Als ob ihre schlimmsten Vorurteile dadurch gerechtfertigt wären. Wir als Polizei nehmen das persönlich.«

»Das kann ich mir vorstellen.«

»Wir wollen nicht zu viel von Ihrer Zeit in Anspruch nehmen.« Moniz öffnet seinen Notizblock. »Was ist der Grund für Mr. Wrights Besuch bei Ihnen?«

»Er ist hier, um uns bei den Vorbereitungen für eine Finanzierungsrunde zu helfen.«

»Finanzierung von was? Wenn Ihnen die Frage nichts ausmacht.«

»Das ist kein Geheimnis. Wir wollen vierhundert Millionen Euro zusammenbringen, um ein Grundstück von einem unserer Konkurrenten zu erwerben, der in Schwierigkeiten geraten und deshalb bereit ist, es zu verkaufen. Dieser Kauf würde eine große Veränderung bedeuten, was die Größe unseres Unternehmens angeht.«

»Würde er irgendwo Missgunst hervorrufen? Gibt es noch andere Konkurrenten, die das Land ebenfalls erwerben wollen?«

»Ja, auch sie können Angebote abgeben. Aber das ist eine Investitionsgröße, die nicht für jeden geeignet ist. Oder worauf wollen Sie hinaus?«

»Würde einer Ihrer Konkurrenten verzweifelt versuchen, Ihr Geschäft zu verhindern?«

»Oh, ich verstehe.« Vicente schüttelt den Kopf. »Nein. Sicherlich nicht verzweifelt genug, um einen Berater zu entführen, um – was? – unsere Finanzierung zu verzögern?« Er schüttelt noch energischer den Kopf. »Nein.«

»Können Sie sich sonst jemanden vorstellen, der diesen Amerikaner entführen wollen könnte? Aus welchem Grund auch immer?«

»Nein.«

»Erscheint er Ihnen als logisches Ziel für eine Entführung?«

»Das ist ja das Seltsame. Als Ihre Kollegin mir von der Entführung erzählte, dachte ich, warum sollte gerade ihn irgendjemand entführen? Sie kennen ja den Reichtum, der hier überall zur Schau gestellt wird, vor allem von den Briten und Russen mit ihren Jachten und Villen an der Algarve. Es gibt so viele Ausländer in Portugal, die wie lukrative Entführungsopfer wirken. Aber John Wright? Er gehört nicht dazu.«

»Danke«, sagt Moniz und wendet sich dann an Santos, um ihr die Möglichkeit zu geben nachzufragen.

»Gibt es irgendetwas Ungewöhnliches am Besuch von Mr. Wright?«, fragt sie.

»Was denn zum Beispiel?«

»Ich weiß es nicht. Irgendetwas. War er sehr kurzfristig? Hat er besondere Wünsche geäußert, was die Termine, den Zeitplan, die Unterkunft oder das Essen anging? Irgendetwas?«

»Nun, jetzt, wo Sie es erwähnen: Sein Besuch hier ist eigentlich nicht unbedingt notwendig. Mr. Wright war erst vor zwei Monaten hier, und ein paar Monate davor auch. Die wichtigste Arbeit haben wir bereits erledigt und sind jetzt in der allerletzten Phase der Vorbereitung unserer Mittel, was wir meiner Meinung nach problemlos per Telefon und E-Mail erledigen könnten. Er müsste nicht hier sein.«

»Vielleicht dient dieser Besuch eher dem Aufbau von Beziehungen?«

»Ja, vielleicht. Aber unsere Beziehung ist inzwischen schon sehr gefestigt.«

»Gibt es Anlass zum Feiern?«

»Das wäre verfrüht.«

»Haben Sie eine Vermutung, warum er kommen wollte?«

»Nein.«

»Vielleicht hat es etwas mit seiner Frau zu tun?«, schlägt Santos vor.

»Seiner Frau?« Vicentes Gesichtsausdruck suggeriert: Das ist möglich. »Vielleicht. Ich war überrascht, dass er sie zu diesem Besuch mitbringen wollte.«

»Überrascht? Ihre Anwesenheit war also nicht Ihre Idee?«

»Meine Idee? Warum sollte ich wollen, dass er seine Frau über den Ozean schleppt? In Wahrheit hat es mich eher ein wenig gestört. Wegen seiner Ehefrau war es notwendig, ein Abendessen zu organisieren, an dem auch meine Frau teilnimmt und meine Kollegen mit ihren Partnern …« Vicente winkt ab, »und so weiter und so weiter, lauter nerviger Kram.«

Santos lächelt: Hier hat sie die erste bestätigte, eindeutige Lüge.

»Vielen Dank für Ihre Zeit«, sagt sie.

»So, jetzt wissen wir es«, sagt Santos. Sie stehen wieder auf dem Gehweg, wo es sehr heiß und sehr hell ist.

»Was wissen wir?«

Santos blinzelt und kramt in ihrer Tasche nach ihrer Sonnenbrille, die fast so groß wie eine Skibrille ist und jeden Winkel ihres Blickfelds verdunkelt. Moniz vermutet, dass diese riesigen Dinger, die sie schützen sollen, es ihr in Wahrheit schwerer machen, klar zu sehen.

»Wir wissen, dass Wright gelogen hat«, sagt Santos salbungsvoll. »Er hat seiner Frau gegenüber behauptet, dass es der Klient war, der wollte, dass sie mit ihm herkommt. Und der Klient hat das gerade abgestritten.«

»Vielleicht«, sagt Moniz.

»Vielleicht? Wie meinst du das? Vielleicht was?«

»Vielleicht war es Wright, der gelogen hat. Vielleicht aber auch nicht. Das wissen wir nicht sicher.«

Santos dreht sich zu ihm um, aber Moniz kann ihr Gesicht hinter der Brille nicht lesen. Vielleicht ist das genau der Punkt.

»Es kann auch sein«, fährt Moniz fort, »dass Wright so etwas nie zu seiner Frau gesagt hat. Der einzige Grund, warum wir das glauben, ist, dass seine Frau es behauptet hat. Vielleicht ist sie aber auch diejenige, die lügt.«

Moniz sieht, dass Santos widersprechen will, aber ihr klingelndes Telefon unterbricht sie. »Hallo, Erico.« Sie hört ein paar Sekunden lang zu. »Danke«, sagt sie dann. »Wir sind gleich da.«

Auf der Toilette bei der Notarin starrt Ariel sich in einem weiteren Badezimmerspiegel an, atmet tief durch, allein, und versucht, ihren Puls zu verlangsamen, ihre Nerven zu beruhigen, ihre Gedanken zum Schweigen zu bringen. Sie spürt so viele verschiedene Arten von Panik in sich, so viele verschiedene sich vermischende Gefahren.

»Okay«, murmelt sie vor sich hin. »Das war's.«

Sie weiß, dass sie sich theoretisch auf einer soliden Rechtsgrundlage befindet. Alle ihre Handlungen waren vernünftig, alle vertretbar. Sie hat nicht gegen ihre Vereinbarung verstoßen, sie hat niemanden dazu verleitet, ein Gesetz zu brechen. Obwohl sie sich in einer extremen Zwangslage befindet, hat sie so umsichtig gehandelt, wie man es rationalerweise erwarten konnte. Sie hat alle logischen Entscheidungen getroffen, die ein vernünftiger Mensch treffen würde. Jeder Anruf, jeder Kontakt, jede Bitte.

Für die Entscheidungen anderer Menschen ist Ariel schließlich nicht verantwortlich; das war sie auch nie. Wenn diese Notarin zu neugierig wird? Oder der Reporter? Ariel hat getan, was sie tun konnte. Sie versucht, das Beste aus einer schrecklichen Situation zu machen, in die sie hineingestoßen wurde. Genau wie damals, als das alles begann, als sie vor einem anderen Spiegel stand und in einem anderen Badezimmer versuchte, sich zu beruhigen, an einem Ort, an dem man völlige Privatsphäre erwarten würde, einen sicheren Raum in dem einzigen Sinn, in dem der Begriff damals existierte: einem physischen.

Aber das war er nicht.

In der kleinen Stadt, in der Ariel lebt, ist eine der vielen Dienstleistungen, bei denen es nicht viel Auswahl gibt, die Rechtshilfe. Es gibt eigentlich nur einen einzigen Anwalt. Ja, okay, es gibt andere in den Nachbarorten, und wenn Ariel Jerry ganz und gar nicht mögen würde, könnte sie ihren Radius erweitern. Aber sie mag Jerry, sie hat ihn mit dem Kauf ihrer Farm und des Buchladens betraut, mit einigen Komplikationen, die sich aus ihrer Namensänderung ergaben, mit ihrer Nachlassplanung nach Georges Geburt, mit dem Treuhandfonds, einer Lebensversicherung, eigentlich mit allem.

Jerry hat vernünftige Honorare. In einer Stadt wie der ihren und einem Geschäft wie Jerrys hängt sein Lebensunterhalt ausschließlich von Empfehlungen und Wiederholungen ab. Wenn er jemals jemanden übers Ohr hauen würde, wüsste das sofort jeder in der Stadt; ein schneller Weg, um eine Karriere zu beenden. Aus demselben Grund ist Jerry auch oft bereit, gelegentlich Rechtsberatung zu geben, wenn man dafür einen Abend an der Bar seine Zeche zahlt. So revanchierte sich Ariel bei Jerry für seine Hilfe beim Erwerb von Fletcher, der Ziege, aus dem ungeordneten Nachlass ihres Nachbarn Cyrus.

»Nochmals danke, Jerry.« Sie nippte noch an ihrem ersten Glas Weißwein, Jerry war bereits bei seinem dritten Bourbon.

»War mir ein Vergnügen.« Jerry hob sein Glas auf sie. »Aber bitte erwähn es niemandem gegenüber.«

»Was erwähnen?«

»Meine, ähm, Rolle bei der *Ex-parte*-Übertragung der verwaisten Ziege aus dem nicht testamentarisch geregelten Nachlass des Verstorbenen. Ich muss sogar darauf bestehen, dass du einen Geheimhaltungsvertrag unterschreibst.«

Ariel lachte über diese Absurdität.

»Ich werde ihn morgen früh aufsetzen.«

Dann fiel ihr etwas ein, das noch absurder war, aber andererseits auch viel weniger absurd. »Was machen wir mit George?«

»George?«

»Meinem Sohn? Wie können wir ihn am Reden hindern?«

Jerry rollte dramatisch mit den Augen. Das passierte ihm wahrscheinlich jeden Abend, wenn er hier saß und sein Abendessen trank. Die Leute stellten ihm lächerliche Fragen.

»George ist minderjährig. Wir können ihm keinen Geheimhaltungsvertrag aufzwingen.«

»Also kann er es erzählen? Wie wir in den Besitz der Ziege gekommen sind?«

»Nun, wir können bei Minderjährigen nichts tun. Und der Geheimhaltungsvertrag ändert auch nichts an den Fakten.«

Jerry hielt jetzt sein Glas hoch, als wäre es eine Requisite im Klassenzimmer. Oder war es vielleicht ein Gerichtssaal, den er imitierte? Wer wusste das schon. Wahrscheinlich nicht einmal Jerry.

»Die im Wesentlichen sind: Du, eine Person, die jetzt als Ariel Pryce firmiert, hast gegen den US-Kodex verstoßen ... die genaue Formulierung reiche ich nach ... hast einen Viehdiebstahl begangen –«

»Ist Fletcher Vieh? Ich glaube, er ist eher ein Haustier.«

Jerry winkte den Einwand ab und fuhr fort: »Aus dem Nachlass von Cyrus Latham jr. Das ist eine Tatsache. Aber der Unterzeichnerin des Geheimhaltungsvertrags – dir – ist es untersagt, diese Tatsache mit jemandem zu teilen. Diese Tatsache in die Öffentlichkeit zu bringen. Diese Tatsache *zu enthüllen.*«

Ariel lachte und spornte ihn an. Sie wollte wissen, worauf das hinauslief.

»Ein Geheimhaltungsvertrag, Madam, *ändert* die Geschichte aber nicht. Sie knebelt lediglich bestimmte *Zeugen*

der Geschichte. Aber wenn ein Nichtunterzeichner dieselben Tatsachen allein herausfindet, ohne die Hilfe der Unter-
zeichnerparteien?« Jerry zuckte mit den Schultern.

»Was?«

»Dann kann auch ein Geheimhaltungsvertrag nichts dagegen tun.«

Jerry kippte schwungvoll seinen Drink hinunter.

»Fakten sind immer noch Fakten«, sagte er. »Wahrheit ist
Wahrheit.«

Kapitel 29

Als das Zimmertelefon klingelt, steht Ariel auf dem schmalen Balkon und blickt auf den Platz vor dem Hotel.

»Senhora Pryce, hier ist ein Herr namens Guy Cicinelli, der Sie sprechen möchte. Aus dem Büro von, ähm«, Ariel hört eine Männerstimme im Hintergrund, »aus dem Büro von Nigel James.«

»Ich bin sofort da.« Ariel eilt wieder die Treppe hinunter und biegt um die Ecke zum Empfang.

»Guy Cicinelli«, sagt er und geht schnell auf sie zu. Ein junger Mann in einem engen Anzug, mit schmalem Kragen, spitzen Schuhen und sorgfältig zur Seite gekämmtem Haar. In der einen Hand trägt er einen seriös wirkenden Aktenkoffer, die andere streckt er zum Schütteln aus. »Angenehm.«

»Ist der für mich?«, fragt sie.

Er lächelt so kurz, dass sie fast bezweifelt, dass er überhaupt gelächelt hat. »Nicht ganz.« Er senkt seine Stimme. »Hätten Sie etwas dagegen, wenn wir unser Treffen in Ihrem Zimmer abhalten?«

Ob sie was dagegen hätte? Ja, verdammt, das hätte sie, und er kann es in ihrem Gesicht sehen.

»Ich fürchte, wir brauchen etwas Privatsphäre«, fährt er fort. »Dies ist nicht nur eine Übergabe.«

Ariels Gedanken kreisen um die öffentlichen Räume in diesem Hotel. »Wie wäre es mit dem Restaurant?«

»Ich muss wirklich darauf bestehen.« Wieder dieses flüchtige Aufblitzen eines Lächelns. »Vielleicht würde es Sie beruhigen, Mr. James anzurufen, um meine Identität zu bestätigen? Machen Sie das gern.«

Ariel wird klar, dass, wenn die Wahrscheinlichkeit, dass ein Mann ihr etwas antun könnte, je gleich null ist, dann bei diesem hier. »Das wird nicht nötig sein«, lenkt sie ein und führt ihn die Treppe hoch. Die Härchen in ihrem Nacken stellen sich auf. Sie öffnet die Tür und lässt Cicinelli eintreten.

Er schaut sich im Flur um, schließt dann die Tür hinter sich und legt die Sicherheitskette vor. »Sind Sie allein hier?«, fragt er. »Es macht Ihnen doch nichts aus, wenn ich noch einmal nachsehe?«

»Nur zu.«

»Ich sollte Sie warnen: ich bin bewaffnet. Es ist zu meinem eigenen Schutz und auch zu Ihrem.«

»Okay.«

»Und ich werde jetzt meine Waffe aus dem Halfter nehmen.«

»Ähm … alles klar.«

Er zieht eine große Handfeuerwaffe aus seiner Jacke. Obwohl Ariel wusste, was kommen würde, jagt ihr der Anblick der Waffe eine Heidenangst ein, ihr Herzschlag beschleunigt sich.

Cicinelli geht ins Schlafzimmer, die Waffe vor sich haltend, den Lauf nach unten gerichtet. Er ist bereit, jemanden zu erschießen, aber nicht den Falschen.

Was für ein beängstigender Mensch, mit dem Ariel da allein ist; war es klug, ihn herein und die Tür abschließen zu lassen? Sie kann seine Schritte im Badezimmer hören, dann wieder draußen, dann biegt er um die Ecke, um die Küche zu untersuchen, nimmt die ganze Suite genau unter die Lupe.

»Gut.«

Cicinelli ist offenbar nun überzeugt, dass es sich nicht um einen Hinterhalt, eine Falle oder einen Betrug handelt. Er steckt seine erschreckend große Pistole wieder weg und stellt den Metallkoffer mit einem leisen Klirren auf den gläsernen Esstisch. Er dreht den Koffer um, benutzt ein elektronisches Touchpad, um ihn zu entriegeln. Er holt einen Laptop heraus, an dessen externem Anschluss bereits ein kleines elektronisches Gerät angeschlossen ist.

»Funktioniert dieses Netzwerk?« Er zeigt auf eine laminierte Karte, auf der die WLAN-Zugangsdaten angegeben sind.

»Ja.«

Er beugt sich vor und tippt mit fliegenden Fingern. »Gut.« Er nimmt ein kleines Peripheriegerät aus dem Koffer, steckt es in einen externen Anschluss des Laptops. »Wenn es Ihnen nichts ausmacht?« Er nickt zu dem Gerät mit dem Glasbildschirm hinunter, das wie ein Smartphone aussieht, nur quadratisch. »Fingerabdrücke. Um Ihre Identität zu bestätigen.«

Sie legt ihre Finger auf den Bildschirm und wartet, während die Wirbel gescannt werden. Ein Piepton ertönt.

»Danke«, sagt er und wendet sich wieder der Tastatur zu. Er ist ein wirklich schneller Tipper. Außerdem ist er ein bewaffneter Mann, der zwei Millionen Euro bei sich trägt. »Es wird nur eine Minute dauern, um die Daten zu übertragen und zu überprüfen.«

Ein weiterer Signalton ertönt, und Cicinelli sagt: »Gut.«
Dann greift er wieder in den Aktenkoffer und holt einen ordentlich gebündelten Stapel Bargeld heraus, der mit einer Papierbanderole mit der Aufschrift 10 000 € versehen ist. Er legt das Bündel auf den Tisch, greift dann erneut in den Koffer und nimmt eins nach dem anderen heraus, zählt ab – vier, fünf, sechs – und stapelt einen kleinen Turm, bis er zum Schluss sagt: »Und das sind zehn, ja?«

Ariel nickt.

»Jedes Bündel enthält zehntausend Euro, also macht dieser Stapel von zehn Bündeln einhunderttausend.« Schnell nimmt er weitere Bündel heraus, seine Hände schwirren wie die eines Jongleurs, und baut einen neuen Stapel neben dem ersten auf. Ariel schließt sich ihm bei diesem kindergartenartigen Projekt an und baut einen Geldstapel nach dem anderen auf, bis der Koffer leer ist und zwei Reihen mit zehn Stapeln auf dem Tisch liegen.

»Gut«, sagt Cicinelli. »Das sind zwanzig Stapel mit jeweils einhunderttausend Euro. Das entspricht zwei Millionen. Ja?«

»Jo.«

»Bitte untersuchen Sie einen beliebigen davon genauer.«

Ariel zieht eine der Banderolen ab und blättert durch die knisternden grün-weißen Scheine. Eine Menge Geld. Sie nickt.

Cicinelli hat inzwischen ein paar Seiten guter altmodischer Papiere aus dem Koffer genommen. »Unterschreiben Sie hier, bitte, und hier und hier, als Empfangsbestätigung. Und dann an denselben Stellen auf der zweiten Kopie. Die ist für Sie.«

Sie bekommt eine Quittung? Als hätte sie gerade eine

Mikrowelle bei Media Markt gekauft. Das kommt ihr verrückt vor. Dann wiederum kommt es ihr völlig vernünftig vor, und offensichtlich und unvermeidlich.

»Die ist für Sie.« Er öffnet eine gewöhnliche weiße Plastiktüte und stopft das Geld hinein. »Da, passt perfekt.« Er reicht ihr die Tüte wie ein Verkäufer in einer Boutique.

»Danke.«

»Gut«, sagt er wieder. »Ich glaube, wir sind fertig. Einverstanden?«

»Ja.«

»Sehr gut.« Cicinelli nimmt seinen Koffer in die Hand, betrachtet sie. »Wissen Sie, was Sie tun?«

»Nein«, sagt sie. »Definitiv nicht.«

»Darf ich Sie fragen, was Sie mit dem Geld vorhaben?«

»Lösegeld bezahlen. Mein Mann wurde gekidnappt.«

»Uff. Das ist schlecht.« Cicinelli greift in seine Jacke, und Ariel zuckt zurück, weil sie weiß, was jetzt kommt, und wirklich, er zieht seine Waffe.

»*Was?*«, schreit sie.

»Nein«, sagt er und hält die Waffe nach unten. »Ich wollte nicht … nur, äh: Wollen Sie die haben?«

Will sie?

»Sie ist neu, sie ist sauber, sie hat keine Verbindung zu mir und zu niemandem sonst.«

Aha. Das ist interessant. Aber ist es auch nützlich?

»Wissen Sie, wie man eine Pistole benutzt?«

»Nicht wirklich.« Sie schüttelt den Kopf in Richtung des Mannes mit dem französischen Vornamen, dem italienischen Nachnamen, dem englischem Akzent und der deutschen Pistole, dem Aktenkoffer voller Euros.

»Hier, sehen Sie, es ist ganz einfach.« Er zeigt ihr den Mechanismus, das Laden, das Sichern. »Das war es schon. Zielen, abdrücken.« Er zuckt mit den Schultern. »Nicht kompliziert.«

Ganz einfach. Nicht kompliziert. Glaubt er das wirklich? Ariel schaut auf dieses große Stück gefährliche Hardware, das sie auf keinen Fall haben will. Der einzige Grund, warum sie innehält, ist, dass sie sich Sorgen macht, wie es aussehen könnte, wenn sie es ablehnt, sich zu bewaffnen. Es könnte den Anschein erwecken, dass sie sich keine Sorgen um die Lösegeldübergabe macht, und nicht, als würde sie fürchten, die Spannungen mit unnötiger Feuerkraft zu verschärfen.

Andererseits, wen interessiert das schon? Cicinelli ist nur ein Bote. Sie muss sich keine Gedanken darüber machen, welchen Verdacht er hegen könnte.

»Danke, das ist sehr nett von Ihnen. Aber ich weiß nicht, wie ich …« Sie deutet auf die Waffe. »Die Entführer aber wahrscheinlich schon. Außerdem möchte ich nicht den Anschein erwecken, dass ich daran denke, jemanden zu hintergehen oder auszurauben. Deshalb ist es, glaube ich, keine so gute Idee. Für mich.«

Cicinelli starrt sie an, wägt ihre Argumente ab und überlegt, ob er widersprechen soll. »Natürlich. Sie haben wahrscheinlich recht.«

»Aber danke für das Angebot.«

Cicinelli nickt, dreht sich um und schließt die Tür auf. »Ich wünsche Ihnen viel Glück.«

Ariel legt die Sicherheitskette wieder vor, dann lehnt sie sich gegen die Tür, blickt sich im Zimmer um, zum Fenster, auf die Stadt dahinter. Hier sitzt sie nun, allein in einer Hotelsuite mit zwei Millionen Euro, und wartet darauf, dass das Telefon klingelt. Das Ende ist nah.

Zumindest das Ende dieses Teils.

Pete Wagstaff hat sich damit abgefunden, ein gewisses Maß an Wut abzukriegen. In seinem Beruf geht es oft darum, das Vertrauen der Menschen zu missbrauchen: Er gräbt nach ihren Geheimnissen und deckt diese dann auf. Er bringt Menschen dazu, Dinge zu sagen, über die sie nicht reden wollen, jedenfalls nicht offiziell, und dann ist er derjenige, der sie doch öffentlich macht; er ist die Öffentlichkeit. Und obwohl er die daraus resultierende Wut gewohnt ist, fühlt er sich manchmal trotzdem ziemlich beschissen dabei.

Jetzt ist einer dieser Momente. Er hat sich aktiv um das Vertrauen dieser armen Frau bemüht; sich selbst in die Lage versetzt, ihr helfen zu können, um sie dann auszunutzen. Das ist ohne Frage ethisch zweifelhaft, bestenfalls. Es ist auch einfach nicht nett.

Aber der erste Verfassungszusatz ist nicht dazu da, nett zu sein. Der Sinn einer freien Presse ist nicht, sich Freunde zu machen.

Wagstaff war beim Fotografieren ihres Dokuments sehr vorsichtig. Er achtete darauf, dass alles lesbar war und dass die Frau am Empfang ihn dabei nicht sah. Und er brachte die Papiere wieder in ihre ursprüngliche Position, damit Pryce nicht merkte, dass er sie angefasst hatte. Aber sie tat es trotzdem. Manchmal braucht man keine Beweise, um zu wissen, dass man recht hat.

Wagstaff fällt es schwer, aus dieser Vereinbarung viel herauszulesen. Es scheint sich um einen Zusatz zu einem alten Vertrag von vor vierzehn Jahren zu handeln, mit denselben Bedingungen und Strafen, die immer noch gelten, aber in den neuen Unterlagen nicht mehr aufgeführt sind.

Ariel Pryce ist eine der Vertragsparteien. Der andere Unterzeichner ist irgendeine GmbH mit einer Adresse in Grand Cayman, die wahrscheinlich von Hunderten oder Tausenden von anderen GmbHs, Personengesellschaften und Unternehmen genutzt wird, die alle die Identität ihrer Eigentümer verschleiern wollen, um ihr Vermögen zu schützen, ihr Steuerrisiko und ihre rechtlichen Verpflichtungen zu minimieren, um sich in dem Schatten zu verstecken, der von Anwälten genau zu dem ausdrücklichen Zweck geschaffen wurde, sich zu verstecken.

Wagstaff weiß, dass man diesen Schutzschild durchdringen kann, indem man die Postanschriften und Telefonnummern, die Gerichtsakten und Immobilienübertragungen, die Anwaltskanzleien und Privatbankiers miteinander abgleicht, eine Auslassung nach der anderen entfernt und sich rückwärts durch das Labyrinth arbeitet. Das wäre eine Menge Lauferei, ohne Garantie, eine endgültige Antwort zu finden, und ohne Garantie, dass die Antwort für irgendjemanden von Interesse sein würde. Aber so was machen Reporter eben, oder? Das ist Investigation: suchen, ohne zu wissen, was man finden wird. So entdeckt man die Wahrheit.

»Okay«, sagt Jefferson, »ich habe jetzt einen Haufen anderer Leute aus Wrights Telefonaufzeichnungen identifiziert.«

Nicole Griffiths lässt ihren Blick über Jeffersons Anmerkungen schweifen – COLLEGEMITBEWOHNER, ARBEITSKOLLEGIN, COUSIN. Sie blättert die Seite um, dann wieder zurück. »Hm. Diese Anrufe bei seiner Schwester.«

»In Marrakesch.«

»Die sind sehr regelmäßig, schon ziemlich lange. Beinahe jede Woche. Und dann hören sie plötzlich auf.« Griffiths blättert die Seite wieder um. »Komplett. Der letzte Anruf war vor drei Monaten. Seitdem kein einziger.«

»Hatten sie einen Streit? Oder vielleicht hat die Schwester ein anderes Telefon, mit einer nicht marokkanischen Nummer. Vielleicht eine von denen, die wir noch nicht identifiziert haben.«

»Möglich.« Griffiths sieht sich die Seiten noch einmal an. »Aber keine andere Nummer wird so regelmäßig angerufen. Warum hat Wright vor drei Monaten aufgehört, mit seiner Schwester zu sprechen?«

»Das war, als er geheiratet hat. Vielleicht ist etwas passiert?«

»Oh, da ist auf jeden Fall etwas passiert«, sagt Griffiths. »Wir müssen herausfinden, was. Wir müssen mehr über diese Schwester in Erfahrung bringen. Was ist mit dem Mechaniker?«

»Tut mir leid, das ist eine Sackgasse. Der Mechaniker sagt, er kenne keinen John Wright, er habe niemanden mit diesem Namen angerufen.«

»Und doch hat er es getan.«

»Vielleicht aus Versehen?«

»Vielleicht auch nicht, Jefferson. Machen Sie ein bisschen

mehr Druck. Und gibt es noch etwas über die GmbH, über die Pryce mit ihrer Mitarbeiterin gesprochen hat?«

»Nein, tut mir leid. Ich kann in Langley fast niemanden ans Telefon bekommen. Es ist noch ziemlich früh zu Hause, und es ist der Vierte.«

»Okay, bleiben Sie dran.«

»Mein Gott! Er wurde gekidnappt? Das ist ja furchtbar!«, ruft diese umwerfende Frau aus.

»Ja, das ist es«, sagt Carolina Santos. »Und Sie sind sicher, dass es derselbe Mann war?«

»Ganz sicher. Aber er war mit seiner Frau zusammen, also habe ich beschlossen, so zu tun, als ob ich mich geirrt hätte.« Sie zuckt mit den Schultern. »Ich wollte ihm keinen Ärger machen.«

»Können Sie mir bitte sagen, wie Sie sich kennengelernt haben?«, fragt Santos. Moniz scheint zu sehr damit beschäftigt zu sein, die Frau anzustarren, um irgendwelche Fragen zu stellen.

»In einem Club.«

»Wie oft haben Sie sich getroffen?«

»Es war nur diese eine Nacht.« Das sagt sie einfach so, ohne den geringsten Anflug von Scham. Gut für sie, denkt Santos. Vielleicht gibt es ja doch noch Hoffnung für die Welt.

»Wie lange ist das her?« Santos möchte wissen, welche Art von Betrug John Wright begangen hat.

»Das war im letzten Herbst. Im September? Vielleicht im Oktober.«

Zu diesem Zeitpunkt war Wright bereits mit Pryce zusammen, aber sie waren noch nicht verheiratet. Schlimm, aber nicht so schlimm, wie es sein könnte.

»Und Sie sind sich sicher, dass er Ihnen gesagt hat, sein Name sei Luigi?«

»Ja. Ich war zwar betrunken, aber nicht so betrunken.«

Der falsche Name stört Santos, vor allem bei einem Mann, der schon einmal seinen Namen geändert hat und mit einer Frau verheiratet ist, die das ebenfalls getan hat. Ganz schön viel Versteckspiel bei diesen Leuten.

»Hat er irgendwelche Erkennungsmerkmale, die beweisen könnten, dass er derselbe Mann ist? Tätowierungen, Narben …?«

Die Frau schüttelt den Kopf. »Nun …«

»Was?«

»Sein Penis ist nicht beschnitten.«

Moniz hustet und errötet. Wenn Santos es nicht besser wüsste, würde sie sagen, dass ihr Partner ein wenig in diese Frau verliebt ist. Lieben kann man wohl auf viele verschiedene Arten. Hass ist viel simpler.

Ariel geht beim ersten Klingeln an das Wegwerftelefon: »Hallo?«

»Haben Sie das Geld?«

Fast gibt sie zu, dass sie nicht die ganzen drei Millionen hat, aber dann sagt sie einfach: »Ja.«

»Gut. Nehmen Sie es jetzt nicht mit. Verlassen Sie das Hotel, gehen Sie nach links, dann biegen Sie die erste Straße links ab. Dort finden Sie einen Souvenirladen. Kaufen Sie zwei gleiche schwarze Stoffreisetaschen, die groß genug sind, um das gesamte Bargeld aufzunehmen. Stecken Sie noch im Laden eine in die andere. Das ist sehr wichtig. Bringen Sie beide dann auf Ihr Zimmer. Stecken Sie das Bargeld in die Tasche, in der sich auch die andere Tasche befindet. Haben Sie das verstanden?«

»Ja. Was dann?«

»Dann warten Sie.«

Kapitel 30

In Ariels Hand klingelt wieder das Wegwerftelefon, das sie nicht wegwerfen darf. Sie ermahnt sich selbst, ruhig zu bleiben, zu atmen und Hallo zu sagen.

»Hallo«, sagt sie.

»Sind Sie bereit?«

»Ja.«

»Ist die Reisetasche fertig, mit der anderen zusammengepackt?«

»Ja.«

Ariel hat für sich selbst noch einen weiteren Einkauf im Souvenirladen getätigt: ein nagelneues Handy, das an das Ladegerät angeschlossen, aber noch nicht aktiviert ist.

»Nehmen Sie die Tasche, verlassen Sie das Hotel und gehen Sie über den Platz. Behalten Sie dieses Handy in der Hand. Und lassen Sie Ihr eigenes Telefon im Zimmer. Das ist sehr wichtig. Gehen Sie sofort los.«

Carolina Santos ist bewusst, dass ihr Partner zu den Menschen gehört, die immer wissen, wo es langgeht. Selbst wenn António Moniz durch einen fensterlosen Flur in einem unbekannten Gebäude geht, kann er sagen, dass er Richtung Südsüdwest geht. Diese übernatürliche Fähigkeit – oder dieser Instinkt? – hat nichts mit der mechanischen Bedienung eines Kraftfahrzeugs zu tun, dem Lenken, dem Geschwindigkeitsmanagement, dem Situationsbewusstsein. Aber es ist ja nicht so, dass sie ständig Verfolgungsjagden mit hoher Geschwindigkeit durch die Straßen von Lissabon haben. Um als Polizistin eine gute Fahrerin zu sein, muss man eigentlich immer wissen, wo man ist und wohin man fährt. Moniz weiß es. Santos nicht. Also gibt sie widerwillig zu, dass ihr Partner der bessere Fahrer ist. Deshalb sitzt sie auf dem Beifahrersitz und er hinter dem Lenkrad.

Seit einer Stunde stehen sie nun schon auf der anderen Seite des Platzes vor dem Hotel und beobachten es. Die Lösegeldübergabe wird auf keinen Fall *im* Hotel stattfinden. Kein Entführer würde sich in eine solche Falle begeben, schon gar nicht einer, der zurechnungsfähig und kompetent genug ist, überhaupt jemanden erfolgreich zu entführen. Die Amerikanerin wird also früher oder später auftauchen, um das Lösegeld woanders hinzubringen. Und sie wird mit Sicherheit irgendwelche Ausweichmanöver unternehmen.

Die Polizei ist bereit. Moniz und Santos warten hier in diesem Auto, ein Beamter steht um die Ecke mit Blick auf die Hintertür des Hotels, und vier weitere sind an strategischen Punkten in der Nähe postiert. Außerdem sind uniformierte Polizisten in der ganzen Nachbarschaft verteilt und in Alarmbereitschaft.

»Ich sehe immer noch keine amerikanischen Beobachter. Du?«

Moniz schüttelt den Kopf. »Glaubst du, die CIA kommt?«

Santos zuckt mit den Schultern. Sie weiß nicht, was sie von dieser Situation erwarten soll. »Sag mir, António, was vermutest du bei der Pryce-Frau?«

»Konkret? Nichts. Aber ich möchte keine voreiligen Schlüsse ziehen. Ja, Senhora Pryce scheint eine schöne, mitfühlende Frau zu sein, die sich in einer misslichen Lage befindet. Vielleicht zu mitfühlend? Vielleicht zu misslich?«

»Du gibst ihr doch nicht die Schuld für ihr gutes Aussehen und ihr Pech, oder? Sag mir bitte, dass du das nicht tust.«

»Ganz bestimmt nicht. Aber das ganze Paket, zusammen mit der Tatsache, dass sie so früh am Tag bei uns aufgetaucht ist, und der Tatsache, dass sie nicht ganz offen über alles gesprochen hat, über die Bankkonten, sogar über ihren eigenen Namen —«

»Niemand ist bei allem ganz offen.«

»Natürlich nicht. Und niemand ist völlig unschuldig. Und als ich sie fragte, warum die Schwester in Lissabon ist?«

»Aber die Schwester ist *nicht* in Lissabon.«

»Du ziehst schon wieder voreilige Schlüsse, Carolina. Es stimmt, dass wir keinen Beweis dafür haben, dass die Schwester in Lissabon ist. Aber sie könnte es trotzdem sein. Und die Art, wie Pryce auf meine Frage reagiert hat?«

»Das war pure Überraschung.«

»Ja. Aber Überraschung worüber?«

»Du hast sie ausgequetscht über …«

»Da«, unterbricht Moniz. »Ist sie das?«

Gerade kommt eine Frau mit einer Reisetasche über der Schulter aus dem Hotel.

»Ja.« Santos führt das baumelnde Mikrofon an ihren Mund. »Pryce ist auf dem Weg. Tomas? Siehst du sie?«

»Ja.«

»Okay, Tomas, Erico, denkt beide daran: Wenn ihr glaubt, von Pryce oder jemand anderem erkannt worden zu sein,

müsst ihr es sagen. Francisco und Mariella sind bereit einzu-
springen.«

Auf der Straße wimmelt es von Pendlern, und die wahn-
witzig gefährlichen Straßenbahnen rasen an Ariel vorbei,
Taxis und Mopeds schwirren mit quakenden Hupen über
den Platz. Was für ein lauter Ort mit Hunderten von Menschen, die kommen und gehen und bleiben – eine schwer
zu überwachende Menge, zu der bestimmt einige Männer
und vielleicht auch Frauen gehören, die Ariel beobachten – die CIA, die Polizei von Lissabon oder der nationale
Sicherheitsdienst, Reporter, Kidnapper, eine Kombination
davon, oder vielleicht auch alle, mit Ohrhörern für Anweisungen, Handfeuerwaffen für Interventionen, um die
Ecke geparkten Vans, Satellitenbildern, Handyortungs-
punkten –
Ariels Blick springt umher, sie sucht nach Leuten, die sie
ansehen, kann aber keinen einzigen identifizieren; sie alle
leisten gute Arbeit darin, so zu tun als ob. Oder sie ist
schlecht im Erkennen.
Als sie auf der anderen Seite des Platzes ankommt, klin-
gelt das Telefon erneut. »Ja?«
»Sehen Sie das Café auf der anderen Straßenseite zu Ihrer
Linken?«
»Ja.«
»Gehen Sie hinein. Bleiben Sie in der Leitung. Sagen Sie
mir, wenn Sie im Café sind.«
Ariel schlängelt sich durch die Menge, betritt den vollen,
gut beleuchteten Raum. »Ich bin drin.«
»Gehen Sie auf die Toilette.«

Sie sieht sich um, findet das Schild, den Gang, die Tür. Sie dreht den Griff, aber die Tür öffnet sich nicht. »Verdammt«, sagt sie. »Wohl besetzt. Es ist abgeschlossen.«

»Warten Sie.«

Dreißig Sekunden fühlen sich wie eine Ewigkeit an, dann kommt eine Frau heraus und macht einen möglichst großen Bogen um die irre aussehende Ariel, soweit das in dem engen Korridor möglich ist.

»Ich bin jetzt im Toilettenraum.«

»Schließen Sie die Tür ab. Sehen Sie das Regal über dem Waschbecken?«

»Ja.« Es ist mit der Art von Zubehör gefüllt, die man in öffentlichen Toiletten erwartet.

»Greifen Sie hinter die Papierrollen auf der rechten Seite.«

»Wonach soll ich suchen?«

»Das werden Sie schon sehen.« Und das tut sie auch: ein Handy mit angeschlossenen Ohrstöpseln. »Haben Sie es?«

»Ja.« Das neue Gerät beginnt sofort zu klingeln.

»Setzen Sie die Ohrhörer ein und gehen Sie ran.«

Ariel tut es.

»Jetzt beenden Sie die Verbindung mit dem alten Telefon, legen es hinter die Rollen und gehen wieder.«

Sie bahnt sich ihren Weg zwischen den Tischen hindurch. »Ich bin draußen.«

»Kennen Sie den Elevador de Santa Justa?«

»Ja.« Er ist nur ein paar Blocks entfernt, ein über hundert Meter hoher Aufzug, der es den Fußgängern erspart, eine lange Treppe auf einem steilen Hügel, welcher ein Stadtviertel vom anderen trennt, hinaufzusteigen.

»Gehen Sie dorthin und fahren Sie bis ganz nach oben.«

Ariel geht schnell, dreht den Hals nach links und rechts, hin und her, hält nicht nur Ausschau nach Verfolgern, sondern auch nach Dieben und Angreifern jeglicher Art. Lissabon ist kein gefährlicher Ort, aber jetzt wäre ein sehr schlechter Zeitpunkt, um zufällig in Gefahr zu geraten. Sie sieht zwei Teenager, die in einer Tür herumlungern, die Köpfe gesenkt, aber die Augen nach oben gerichtet, flüchtig, verschlagen; eine wölfische Pose, raubtierhaft. Aber diese Jungen bemerken Ariel gar nicht. Wonach auch immer sie auf der Jagd sind, es ist nicht jemand wie sie.

Nach ein paar Minuten Fußmarsch ist sie da, am oberen Zugang zum *Elevador,* der an einen kleineren, zweckmäßigen Eiffelturm erinnert. Neben dem Aufzug befindet sich eine lange Treppe, an deren Ende sich der Eingang befindet. Ariel überblickt die Szene von der überfüllten Treppe aus, auf deren einer Seite ein dichtes Gedränge herrscht – eine Warteschlange, vielleicht hundert Leute wollen mit dieser seltsamen Attraktion fahren, um die Aussicht von der Plattform oben zu genießen.

Sie stöhnt; das wird ewig dauern. Aber sie hat keine andere Wahl, und so stellt sie sich am Ende der Schlange an, neben den regen Strom von Fußgängern, die hinauf- und hinuntergehen, mit Einkaufstüten von Nike und Foot Locker, Mango und H&M und Sephora, denselben Geschäften wie überall. Schnell reihen sich neue Gruppen in die Schlange hinter ihr ein – das spätnachmittägliche Licht ist gut für Fotos von oben –, eine Gruppe nach der anderen kommt, eine sonnenverbrannte Familie mit Cockney-Akzent, dahinter ein halbes Dutzend älterer Japaner und dann ein Trio von

Mädchen im Teenageralter, die für Selfies posieren, Peace-Zeichen, Kussmund, sich gegenseitig ankreischen, schamlos und wahllos nach Aufmerksamkeit heischen.

Ariel packt den Gurt der mit Bargeld gefüllten Reisetasche fester. Hier wäre es ein Leichtes, sie zu überfallen; und schwierig für sie, die Verfolgung aufzunehmen.

Diese Schlange kann nicht der Ort der Übergabe sein – zu öffentlich, zu offensichtlich, zu überwacht, zu früh. Sie ist noch nicht angewiesen worden, irgendwelche Ausweichmanöver zu machen. Wer auch immer sie im Hotel beobachtet hat, beobachtet sie auch jetzt noch, wahrscheinlich hockt er hinter ihr am oberen Ende dieser Treppe, vielleicht mit einer zweiten Person, die schnell nach unten gelaufen ist und jetzt nach oben schaut, Wache hält. Ariel ist hier eingeklemmt, mitten in dieser dichten Menschenmenge, in all die Geschäftigkeit, zwischen diese ganzen Leute.

Ohne Vorwarnung beginnt sich die Schlange langsam in Richtung des Ticketschalters zu bewegen, vier Schritte nach unten, dann eine Pause, weitere drei Schritte, dann wieder eine Pause. Ariel geht vorsichtig weiter, bis sie eine neue Anweisung hört: »Verlassen Sie jetzt die Warteschlange. Gehen Sie die Treppe hinunter.«

Ariel befolgt die Anweisung und geht schneller als die Leute, die neben ihr hinuntergehen.

»Unten steht ein Taxi. Sehen Sie es?«

»Nein.« Panik, aber dann sieht sie es doch. »Ja, jetzt.«

»Steigen Sie ein. Der Fahrer erwartet Sie. Fragen Sie nach der Rua de São Paulo-Straßenbahnhaltestelle.«

»Pryce?«, fragt der Fahrer durch das Fenster. Ariel nickt und gibt das Ziel an, während sie einsteigt. Der Wagen biegt um eine Kurve und fährt einen steilen Hang hinunter, und schon bald sind sie aus dem Einkaufsviertel heraus, in einer düstereren Gegend, die Gehwege schmaler, die Gebäude dicht an der Fahrbahn, das Gefühl klaustrophobisch. Dies wäre ein guter Ort für einen Hinterhalt, um Straßensperren zu errichten, das Kreuzfeuer zu eröffnen.

»Sagen Sie Bescheid, wenn Sie aus dem Taxi ausgestiegen sind.«

Am Fuß des Hügels biegt der Wagen in eine belebtere Straße ein, die weniger beunruhigend wirkt, und nach ein paar weiteren Blocks kommt er abrupt zum Stehen. Eine kurze Fahrt.

»*Obrigado*«, sagt Ariel und überreicht dem Fahrer einen Schein. Dann ins Telefon: »Ich bin ausgestiegen.«

Sie wirft einen Blick zurück in die Einbahnstraße, hält Ausschau nach einem Verfolger. Erst sieht sie nichts, dann aber doch, ein Moped fünfzig Meter hinter ihr, das langsamer wird und an den Bordstein fährt.

»Gehen Sie an der Straßenbahnhaltestelle vorbei bis zu dem gelben Gebäude.«

Sie blickt zu dem schmutzigen, mit Graffiti beschmierten Haus hinauf, zu einer offenen gewölbten Tür, einem Schild, das ASCENSOR DA BICA ankündigt. »Ich bin da.«

»Gehen Sie in das Gebäude hinein.« Ein schummriger Industrieraum, die untere Endstation einer Standseilbahn. Ein Waggon wartet, die Türen sind offen, eine Handvoll Leute sitzt bereits. »Steigen Sie in den *ascensor* ein. Achten Sie auf jeden, der nach Ihnen einsteigt. Sagen Sie mir Bescheid, wenn sich die Tore schließen.«

Ariel hält Ausschau nach dem Mann, der ihr auf dem Moped gefolgt ist, aber er kommt nicht. Ein paar andere Passagiere steigen ein, kurz bevor sich die Türen schließen.

»Okay«, sagt Ariel, »wir fahren.«

»Sehen Sie sich die Fahrgäste an, die nach Ihnen eingestiegen sind.« Eine Frau mittleren Alters mit Einkaufstüten, ein älterer Mann mit einer Zeitung, ein junges Paar. »Eine oder mehrere dieser Personen könnten Ihnen folgen. Können Sie sagen, welche?«

»Nein.«

Die Bahn rattert langsam den steilen Hügel hinauf.

»Sagen Sie mir Bescheid, kurz bevor Sie die erste Straße passieren, die die Gleise kreuzt.«

Sie ist schon in Sicht. »Wir sind gleich da.«

»Jetzt springen Sie ab.«

»*Was?*« Ein Falttor versperrt den Zugang. »Das kann ich nicht.«

»Doch, Sie können. Es ist nicht schwer. Tun Sie es. Jetzt sofort.«

Sie steht auf, es sind nur zwei Schritte bis zum Tor, und natürlich ist es nicht besonders schwer, ein Bein darüberzuschwingen, was sie auch tut, als jemand hinter ihr laut etwas sagt, was Ariel ignoriert, sie schwingt ihr zweites Bein über das Tor, während sie sich an der Kante des Waggons festhält, und nun balanciert sie mit dem Hintern über dem Tor, und es bleibt ihr nichts anderes übrig, als es zu tun …

»Ist das wirklich die richtige Transaktion?« Griffiths kann ihre Enttäuschung nicht verbergen. Sie hatte gehofft, dass jetzt die große Enthüllung kommen würde, da ist er, der

Mann aus DC, der von Ariel Pryce um Millionen von Dollar erpresst wird. Doch stattdessen zeigt Kayla Jeffersons Bildschirm eine Frau, die an der Kasse eines Ladens steht und mit Bargeld ein Prepaid-Handy kauft.

»Daran besteht kein Zweifel«, sagt Kayla. »Tut mir leid.«

»Okay, also was erfahren wir hier? Lassen Sie uns zurückspulen … Da, ihre offene Brieftasche. Das ist eine American Express Green Card. Und sie steckt in einer Louis-Vuitton-Brieftasche.«

»Oder einer Fälschung.«

»Gutes Argument.«

»Es sieht so aus, als würde sie ein Schlüsselband unter ihrer Jacke tragen«, sagt Kayla. »Mir fällt aber nichts ein, wo man diese Bandfarbe verwendet. Sagt Ihnen das irgendetwas?«

»Rosa?«, spottet Griffiths. »Ja, sie hat sich wohl ein eigenes Schlüsselband für ihren Ausweis gekauft. Gibt es Außenaufnahmen?«

»Nicht vom Laden, nein. Aber ich habe Anfragen bei anderen Geschäften in der Gegend laufen, deren Kameras vielleicht die Tür im Blick haben. Ich sage Ihnen Bescheid, wenn wir etwas hören. Aber …«

»Ja, ich weiß: vierter Juli. Es kann dauern.«

Ariel landet ungeschickt auf der steilen Straße, stolpert, fällt auf ein Knie und stützt sich mit beiden Handflächen ab, um wieder Halt zu finden, Leute schreien sie aus der Bahn heraus an, aber sie sieht über ihre Schulter, dass der gelbe Waggon nicht hält, die Fahrerin schüttelt konsterniert den Kopf, alle Passagiere kleben am Fenster und machen Tss-tss.

»Sind Sie verletzt?«, kommt es aus dem Telefon.

Ariel steht auf, hängt sich die Tasche über die Schulter.

»Nicht wirklich.«

»Ist jemand aus der Bahn gestiegen und Ihnen gefolgt?«

»Nein.« Sie reibt sich das Knie, um festzustellen, ob es wehtut. Durch das ganze Adrenalin ist das schwer zu sagen.

»Gut. Gehen Sie die Querstraße entlang und biegen Sie die erste rechts ab. Es dauert nur ein paar Sekunden.«

»Ich bin abgebogen.«

»Jetzt die erste links. Es gibt da eine Bar namens Porto. Sehen Sie sie?«

»Ja, ich sehe sie.« Auf der schmalen Straße stehen ein paar Gruppen junger Leute, mit Bierflaschen und Nelkenzigaretten, Sandalen, Haremshosen, Patschuli-Öl.

»Gehen Sie in die Bar, durch den vorderen Raum in den Flur, dann drehen Sie sich zur Tür um.«

Es ist ein schwach beleuchteter Raum mit Lichtern, die von der Decke hängen, mit Fässern als Tischen, es riecht nach Moschus. Am anderen Ende geht es durch einen perlenbesetzten Vorhang in einen kurzen Flur und zu einer klapprigen Tür mit der Aufschrift »WC«.

»Soll ich ins Bad gehen?«

»Nein. Achten Sie nur auf die Vordertür, ob jemand kommt.«

Der Laden ist voll, aber niemand beachtet Ariel, außer dem Barkeeper, der ihr zunickt. Ariel nickt zurück, dann richtet sie ihren Blick auf die Tür, die Gestalt eines Mannes taucht auf, er bleibt stehen und –

O nein, denkt sie.

Und geht weiter.

346

»Ist Ihnen jemand gefolgt?«

Es ist vielleicht fünfzehn Sekunden her, seit sie reingegangen ist. »Nein.«

»Sind Sie sicher?«

»Ja.«

»Hinter der Toilette sind zwei weitere Türen. Öffnen Sie die letzte, gehen Sie durch …«

Und dann steht Ariel in einer engen Gasse, Betonmauern auf beiden Seiten, Mülltonnen, eine Holzkiste mit leeren Bierflaschen.

»… und schließen Sie die Tür hinter sich.«

Eine Sackgasse in der einen Richtung, in der anderen eine Kurve. Ariel kann nicht sehen, was dahinter liegt, aber es muss eine Straße sein. Dorthin soll sie wohl gehen.

»Und was jetzt?«

Die Stimme sagt nichts, aber die Antwort liegt plötzlich auf der Hand: Jemand ist in der Kurve aufgetaucht, füllt das schmale Blickfeld aus und kommt Ariel sehr schnell näher.

»Hey, Pete, wie geht's dir?«

»Myron. Danke für den Rückruf.«

»Kein Problem. Zunächst einmal muss ich dich wegen der GmbH in Cayman warnen: Das ist keine leichte Aufgabe. Es wird wahrscheinlich Wochen dauern, oder Monate, vielleicht sogar nie klappen. Diese legalen Schutzschilde werden speziell eingerichtet, um undurchsichtig zu sein, das ist der Sinn, und normalerweise machen das Leute, die wissen, was sie tun.«

»Du sagtest, es wird *wahrscheinlich* eine Weile dauern. Heißt das, dass es vielleicht auch nicht so ist?«

»Die Ausnahme ist, wenn die Vorarbeit bereits von jemandem geleistet wurde, der diese spezielle GmbH schon einmal genauer unter die Lupe genommen hat, oder ein anderes Unternehmen, das mit der gleichen Anwaltskanzlei oder Bank oder der lokalen Unternehmensführung verbunden ist. Dann kann es auch mal nur eine Sache von Tagen oder sogar Stunden sein. Aber verlass dich nicht darauf.«

»Okay, danke, Myron. Ich werde mich gedulden.«

»Den Teufel wirst du.«

»Und was ist mit der Geburtsurkunde?«

»Ja, ich vermute, diese Antwort wird dir auch nicht gefallen. Aber sie ist nicht uninteressant.«

Kapitel 31

Ariel betrachtet die sich rasch nähernde Gestalt, eine Frau komplett im Hippie-Look – handgewebte Bluse, weite Leinenhose, Birkenstocks und Nasenring, blonde Dreadlocks und eine große runde Sonnenbrille à la John Lennon. Sie streift die Riemen ihres schmutzigen, abgenutzten Rucksacks ab, der nicht einfach eine Büchertasche ist, sondern Teil einer kompletten Outdoor-Ausrüstung, mit einem an die Unterseite geklemmten Schlafsack und sogar einer dieser Emaille-Schüsseln aus Spritzguss.

Als sie nur noch ein paar Meter entfernt ist, schwingt die Frau den Rucksack vor sich, lässt ihn auf den Boden sinken und kniet sich dahinter. Sie deutet auf Ariels Tasche.

»Wann …«

»*Pst*«, zischt die Frau und schüttelt den Kopf.

Der Mann in ihrem Ohr sagt: »Öffnen Sie Ihre Tasche, nehmen Sie die andere heraus. Legen Sie die leere Tasche auf den Boden. Schnell.«

Ariel tut es. Die Frau greift in ihren großen Rucksack und holt einen kleinen Stapel Zeitungen heraus, den sie in Ariels leere Tasche packt, dann einen weiteren Stapel. Sie schließt den Reißverschluss der mit Zeitungen gefüllten Reisetasche und zeigt wieder auf die andere, in der sich noch immer die zwei Millionen Euro befinden.

»Packen Sie das Geld in den Rucksack meiner Kollegin.«

»Hören Sie«, flüstert Ariel, »ich muss Ihnen sagen: Ich habe nicht alles.«

»Was?« Pause. »Was meinen Sie?«

»Ich habe hier zwei Millionen, nicht drei.«

»Fuck. *Fuck.*«

»Ich habe es versucht, wirklich. Es tut mir leid.«

»Es tut Ihnen leid? Wer schert sich schon um *Entschuldigungen?*«

»Ich weiß. Ich weiß.«

»Wir waren sehr deutlich. *Sehr* deutlich.«

»Das waren Sie«, sagt Ariel leise. »Und ich habe mein Bestes gegeben. Aber ich konnte einfach nicht alle drei zusammenbekommen. Es ist so viel Geld, und es war so wenig Zeit.«

»Dann geben wir Ihnen vielleicht auch nur zwei Drittel Ihres Mannes zurück.«

»*Bitte.* Es ist nicht seine Schuld.« Sie kann das Atmen am Telefon hören. Sie macht weiter: »Aber nun sind wir hier. Würden Sie nicht lieber jetzt zwei Millionen Euro nehmen und sicher davonkommen, als kein Geld zu haben, nur eine Geisel, und von der Polizei und der CIA und wer weiß wem gejagt werden?«

Ariel wirft einen Blick auf die Frau, deren Augen hinter der runden Sonnenbrille zusammengekniffen sind und die auch Ohrstöpsel eingesteckt hat. Auch sie hört beiden Seiten des Gesprächs zu.

»*Fuck*«, sagt der Mann wieder. »Fuck«, weniger explosiv. Dann: »Okay.«

Die Hippie-Frau macht sich schnell wieder an die Arbeit und schließt dann den Reißverschluss ihres Rucksacks mit dem Bargeld darin. Sie will die Sache schnell hinter sich bringen.

»Wann bekomme ich meinen Mann zurück?«

»Sehr bald«, antwortet die Stimme in ihrem Ohr.

»*Sehr bald.* Was soll das heißen?«

»Es bedeutet: sehr bald.«

Die Frau hat immer noch kein Wort gesagt. Sie schultert ihren Rucksack.

»Nehmen Sie die Tasche mit den Zeitungen, gehen Sie bis zum Ende der Gasse und biegen Sie dort rechts in die Straße. Dann gehen Sie geradeaus.«

Die Frau hat ihren Rucksack wieder aufgesetzt und legt eine Hand an die Hintertür der Bar ...

»Hey, warten Sie mal ...«

Sie ignoriert Ariel, geht hinein und schließt die Tür hinter sich. Ariel ist ganz allein in der Gasse.

»Was zum Teufel ist hier los?«

»Wenn wir uns vergewissert haben, dass Ihre Zahlung wie versprochen erfolgt ist und dass unsere Botin in Sicherheit ist, werden wir Ihren Mann freilassen. Denken Sie daran: am Ende der Gasse rechts, dann geradeaus.«

»Was dann?«

Er antwortet nicht.

»*Was dann?*«

Kayla merkt, dass sie seit fast zehn Stunden ununterbrochen auf den Bildschirm starrt, es kommt ihr gar nicht so lange vor. Das war es unter anderem, was sie von Anfang an an der CIA gereizt hat: die Nachforschungen, die Detektivarbeit, das Abklopfen von scheinbar undurchlässigen Schalen, das Finden von Rissen, die man erweitern, nutzen kann. Kayla wollte nie Analytikerin sein, in Langley herumsitzen und nichts anderes tun als recherchieren. Sie liebt es, hier in Lissabon zu sein, draußen auf der Straße, auf der Jagd nach menschlicher Intelligenz; sie genießt die Gelegenheiten, selbst Agenten zu rekrutieren. Aber das heißt nicht, dass sie diesen Teil nicht auch mag. Sie mag das alles.

Seit einer halben Stunde öffnet sie eine Datei nach der anderen mit Aufnahmen von Sicherheitskameras aus Washington, D.C., und bisher hat nur dieser eine Clip etwas Brauchbares ergeben. Vielleicht ist einer ja alles, was nötig ist. Sie wünschte, sie wäre mit diesem Beweisstück weitergekommen, aber sie ist in einer Sackgasse gelandet, zumindest im Moment, und es ist Zeit, die Chefin einzuschalten.

Griffiths meldet sich gleich nach dem ersten Klingeln. »Sagen Sie mir, dass Sie gute Nachrichten haben, Jefferson.«

»So in der Art. In einem Café gibt es eine Außenkamera, die in Richtung des Ladens zeigt. Sie ist zu weit weg und steht außerdem in einem zu schlechten Winkel, um eine brauchbare Sicht auf die ein und aus gehenden Leute zu bieten. Aber sie liefert einen guten Blick auf die Straße selbst. Und in der Minute vor dem Kauf des Wegwerfhandys hat ein Auto angehalten, und jemand ist ausgestiegen, dann wartete es, und ein paar Minuten später ist wieder jemand eingestiegen, danach fuhr das Auto weg.«

»Sagen Sie, dass Sie das Nummernschild haben. Bitte sagen Sie mir das.«

»Ja, Ma'am. Es ist ein Mitfahrunternehmen.«

»Jawoll! Das ist doch was. Müsste ein Kinderspiel sein.«

»Dachte ich auch. Aber ich bin gegen eine Datenschutz-richtlinie gestoßen. Sie wollen einen Durchsuchungsbefehl. Und, na ja, heute ist der vierte Juli.«

»Wichser.«

»Also, ich weiß nicht.«

Kayla will sich nicht auf eine Grundsatzdebatte mit ihrer Chefin einlassen, und das ausgerechnet am Unabhängig-keitstag. Aber Kaylas Ehrfurcht vor den bürgerlichen Frei-heiten ist groß. Das bringt sie gelegentlich in Konflikt mit ihrer Arbeit beim Geheimdienst, einem Bereich, der größ-tenteils auf Eingriffen in die Privatsphäre und der Aufhe-bung der bürgerlichen Freiheiten beruht, oder zumindest auf deren vorsätzlicher Missachtung. Dieses Paradoxon wird wohl während ihrer gesamten Laufbahn eine Herausforde-rung bleiben.

»Warum, in Gottes Namen, willst du das tun?« Das hatte ihr Vater gefragt, als Kayla erzählte, dass sie sich bei der CIA beworben hatte. Shawn Jefferson hatte keinerlei Vertrauen in eine Organisation, die weißen Männern Waffen und die Erlaubnis gab, sie zu benutzen. Man würde ihn auch nie im Leben eine Flagge schwenken, eine Hymne singen oder einen Treueschwur aufsagen sehen. Shawn wusste nicht, wo-her seine Tochter ihren Patriotismus nahm.

Griffiths streitet nicht mit ihr, nicht dieses Mal. Stattdes-sen fragt sie: »Warum unterhalten Sie sich nicht mal mit dem Fahrer?«

»Wird gemacht«, sagt Kayla. Das ist der Punkt, an dem Patriotismus am schwierigsten wird, oder? Wenn der patrio-tische Impuls mit den Idealen kollidiert, für die Amerika eigentlich stehen sollte.

»Ich habe Pryce wiedergefunden«, verkündet der Polizeibeamte Tomas. »Sie ist soeben aus einer Gasse gekommen und läuft jetzt nach Westen. Sie hat immer noch das Geld bei sich.«

»Wie lange war sie außer Sichtweite?«, fragt Santos.

»Neunzig Sekunden, vielleicht zwei Minuten.«

Das wäre mit Sicherheit lang genug. »Aber sie hat das Geld noch? Du kannst die Tasche sehen?«

»Auf jeden Fall.«

»Das bedeutet, das Ranwinken des Taxis, das Einsteigen in die Bahn, der Sprung daraus, der Gang durch dieses Viertel, das Rein- und Rauslaufen in und aus dieser Gasse: Das waren alles Ausweichmanöver, die letztendlich aber nicht gelungen sind?«

»Sieht so aus.«

Santos kann das nicht glauben. »Sende uns den Standort der Gasse.« Sie wendet sich an ihren Partner. »Schick uniformierte Beamte los, um alle Personen in der Nähe zu befragen, sofort. Klingelt an jeder Tür. Alles sehr schnell.«

Moniz gehorcht und telefoniert mit dem Revier.

Soll Santos anordnen, das gesamte Gebiet abzuriegeln? Sie hat nur wenige Sekunden Zeit, um diese Entscheidung zu treffen, und müsste dann versuchen, ein Gebiet von drei oder vier Blocks zu sperren, wofür – was? – zwei Dutzend Beamte erforderlich wären, die innerhalb von zwei Minuten eintreffen müssten, sonst wäre es reine Zeitverschwendung.

Ist das überhaupt möglich? Ja, wenn es darum ginge, den Attentäter des Präsidenten aufzuspüren. Aber in diesem Fall? Für die Entführer eines unauffälligen amerikanischen

Geschäftsmannes? Nein, das kommt nicht infrage. Selbst wenn die Taktik erfolgreich wäre – was sehr unwahrscheinlich ist –, würde Santos wegen der Verschwendung von Ressourcen, der Unannehmlichkeiten für die Bevölkerung und des Aufwands für Massenverhöre an einem ruhigen Dienstagabend, an dem kein offensichtlicher Notfall vorlag – keine Schießerei, keine Geiseln, kein Banküberfall, keine große Bedrohung für irgendetwas – kritisiert werden. Die lange Geschichte des Autoritarismus in Portugal ist vielen noch in frischer Erinnerung, besonders denjenigen, die jetzt an der Macht sind und die allem, was nach Polizeistaat riecht, wenig Toleranz entgegenbringen. Der Diktator Salazar starb erst 1970, nachdem er sechsunddreißig Jahre lang Premierminister gewesen war.

Nein: Wenn sie diese Ecke des Chiado sperrt, wird Santos eher getadelt als gelobt werden. Vielleicht sogar gefeuert. Ihr Chef war '74 ein Teenager, als der Militärputsch den Estado Novo endgültig stürzte; er erwähnt oft seine Erinnerung an die Soldaten, die Nelken in die Mündungen ihrer Gewehre steckten.

»Okay, Tomas«, sagt Santos, »bleib bis zur nächsten Ecke bei ihr, dann springst du ein, Erico.«

Aber ihr Herz ist nicht dabei. Santos ist sich ziemlich sicher, dass sie die Übergabe des Lösegelds bereits verpasst haben. War sie im Taxi? In der Seilbahn? Der Bar? Oder war die ganze Sache vielleicht nur ein Trick? Vielleicht wurde das Geld im Hotel deponiert, und die ganze Gegenüberwachung war nur ein Ablenkungsmanöver, eine komplexe Irreführung. Vielleicht hat die Polizei die ganze Zeit in die falsche Richtung geschaut.

Mit jedem Schritt tut Ariel ihr Knie von ihrem Sturz aus der Bahn mehr weh. Sie humpelt unter der Last des Schmerzes und der Tasche mit den Neuigkeiten von gestern, und ihr Adrenalinspiegel sinkt, ihre Energie lässt nach, ihr nicht mehr ganz junger Körper droht zusammenzubrechen. Sie hat das Gefühl, kaum noch einen Schritt machen zu können, nie die nächste Ecke zu erreichen. Aber sie schafft es.

An einer Ampel schaut sie sich um. Sie sieht ein paar Leute – ein Paar, das einen Häuserblock entfernt ist, und einen einsamen Mann, noch weiter weg. Aber inzwischen ist es eigentlich egal, wer ihr folgt.

Seit der Übergabe sind fünf Minuten vergangen, dann zehn, und jetzt kommt sie in ein unbekanntes Viertel auf der anderen Seite eines Hügels, die tief stehende Sonne scheint ihr direkt in die Augen, sodass sie blinzeln muss. Sie hinkt, fällt fast hin.

Aber sie muss weitergehen.

»Jefferson. Das war schnell.«

»Ich vermute, dass Anton Dupree, der kürzlich sein Studium an der George-Washington-Uni abgebrochen hat, mit kleineren illegalen Aktivitäten beschäftigt ist. Jedenfalls genug, um sich von meiner Behauptung einschüchtern zu lassen, dass wir wissen, was er tut, und bereit sind, wegzuschauen – wir bräuchten nur ein wenig Information im Austausch.«

»Gute Idee. Und was tut Anton denn?«, fragt Griffiths.

»Ich habe keinen Schimmer. Wenn ich raten müsste, würde ich sagen, dass er mit Freizeitdrogen auf der Straße handelt. Jedenfalls war er schnell bereit, den Namen des

Fahrgastes zu nennen, den er zum und vom Supermarkt mitgenommen hat, und auch die Adresse, wo die Fahrt begann und endete. Ich habe Ihnen gerade die Koordinaten geschickt. Setzen Sie sich dafür lieber hin.«

Ping.

Griffiths öffnet die Karte, zoomt näher, und ihr bleibt der Mund offen stehen.

»Heilige Scheiße«, murmelt sie. »Ich wusste doch, dass ich die Stimme kenne.«

Die Straße hört auf.

»Was zum …?«

Ariel steht da und weiß nicht, was sie tun soll. Sie holt das Wegwerftelefon raus und ruft die letzte Nummer an, von der sie angerufen wurde, die einzige Nummer, die jemals dieses Telefon angerufen hat. Keine Antwort; es klingelt nicht einmal. Dieses Gerät existiert wahrscheinlich nicht mehr.

Die Straße, die sie gegangen ist, stößt senkrecht auf eine Allee. Sie blickt in beide Richtungen, den Hügel hinunter zum Fluss und bergauf in das weitläufige, untouristische Innere der Stadt. Keine der beiden Richtungen scheint die sinnvollere oder weniger sinnvolle zu sein.

Ariel betrachtet die Wohnblocks um sich herum, nichts fällt ihr auf. Sie steht vor einer drei Meter hohen Betonmauer mit einer großen Metallschiebetür, die wie die Einfahrt zu einem Parkplatz aussieht, mit einem kleinen Fenster in Augenhöhe, aus Sicherheitsgründen. Man kann durchgucken, um nachzusehen, ob jemand dahinter auf der Lauer liegt.

Sie schaut hindurch.

»Auf der Geburtsurkunde von George Pryce ist kein Vater eingetragen.«

»Keiner? Also steht da auch nicht *unbekannt*?«

»Nein, da steht gar nichts. Die Zeile ist einfach leer.«

Pete Wagstaff denkt darüber nach. »Das bedeutet, dass Ariel Pryce weiß, wer der Vater ist, ihn aber aus irgendeinem Grund nicht genannt hat.«

»Sicher, das ist möglich«, sagt Myron, obwohl es nicht so klingt, als ob er zustimmt. »Es ist auch möglich, dass sie nicht weiß, wer der Vater ist, aber in einem juristischen Dokument diese Ungewissheit nicht zugeben wollte.«

Wagstaff hat das unbestimmte Gefühl, dass er hier etwas Wichtiges erfahren hat, aber er weiß nicht genau, was. »Vielleicht können wir die Sache aus einer anderen Richtung angehen.«

»Wie das?«

»Wir wissen doch, wofür Geheimhaltungsverträge da sind, oder?«

»Äh …«

»Sie sind dazu da, schlechte Handlungen zu verbergen. Dinge, die strafrechtlich verfolgt oder zumindest zivilrechtlich verurteilt werden können.«

»Das ist ein Grund. Aber es gibt noch andere. Zum Beispiel zum Schutz sensibler Informationen in der Wirtschaft oder der Wissenschaft oder der Bedingungen von Verträgen in allen möglichen Bereichen. Oder um Schweigen über illegal erlangte Informationen ohne strafrechtliche Verfolgung zu erzwingen. Oder einfach, um ein Geheimnis zu bewahren, das zwar peinlich, aber nicht illegal ist. Es gibt jede Menge Szenarien, die Geheimhaltung erfordern, bei denen es nicht um Verbrechen geht, und viele, die zum Vorteil aller Beteiligten sein könnten.«

»Du hast recht, Myron. Aber was ist der häufigste Grund für einen solchen Vertrag?«

»Ich weiß es nicht. Und ich bin mir ziemlich sicher, dass du es auch nicht weißt.«

»Bei den bekanntesten sind mit Sicherheit unangemessene oder illegale sexuelle Beziehungen im Spiel.«

»Du schießt weit über die Faktenlage hinaus, Pete.«

»Vielleicht. Aber sieh dir diese Kombination von Ereignissen an. Vor fünfzehn Jahren ...«

»Vierzehn.«

»... muss diese Frau *spektakulär* ausgesehen haben. Ich meine, sie ist jetzt noch umwerfend, es wäre nicht verwunderlich. Sag mir, wie viele Geheimhaltungsverträge, die von schönen jungen Frauen unterzeichnet werden, haben nichts mit Sex zu tun?«

»Nun, Sex, das ist ziemlich weit gefasst. Sex umfasst eine Menge verschiedener Beziehungen.«

»Geheimhaltungsverträge, die von schönen jungen Frauen und reichen älteren Männern unterzeichnet werden.«

»Schon wieder so eine wilde Vermutung.«

»Wie aus dem Nichts wirft diese schöne junge Frau ihr ganzes Leben weg – ihren Ehemann, ihren Park-Avenue-Lifestyle, ihr Haus – und unterschreibt gleichzeitig so einen Vertrag mit jemandem, der sich hinter einer GmbH versteckt. Dies geschieht *genau zu dem Zeitpunkt*, als sie schwanger wird. Und dann, als das Kind geboren wird, weigert sie sich, den Vater in der Geburtsurkunde zu nennen.«

»Ja, gut, ich verstehe, was du sagen willst, und das ist ein plausibles Szenario. Aber ich glaube nicht, dass ausgerechnet ich dich darauf hinweisen muss, dass das alles bloß Vermutungen sind.«

»Und dann, fünfzehn Jahre später …«

»Es sind vierzehn Jahre, Pete.«

»… als diese Frau in die Notlage gerät, einen enormen Geldbetrag zu benötigen, schließt sie *einen weiteren* Vertrag mit derselben Person ab. Komm schon, Myron. Wir wissen doch beide, was hier los war: Diese Frau hat ein Kind von jemandem bekommen, der nicht ihr Ehemann war, und unterschrieb einen Vertrag, um die Vaterschaft geheim zu halten, im Austausch für Geld.«

»Das wissen wir nicht. Und selbst wenn wir es wüssten, was ist das Verbrechen? Wo ist die Geschichte?«

»Ich weiß es nicht. Aber jetzt ist sie zu diesem namenlosen Vater zurückgekehrt, um mehr Geld zu verlangen, und nicht nur hat er es – was bedeutet, dass er reich ist –, sondern er ist auch damit einverstanden, es zur Verfügung zu stellen, was nur eins von zwei Dingen bedeuten kann, wenn du mich fragst. Entweder hat sie immer noch eine Beziehung mit ihm, was sehr unwahrscheinlich ist, oder? Eineinhalb Jahrzehnte später, ein neuer Ehemann, eine Menge Wasser ist den Fluss runtergeflossen, den sie gemeinsam überquert haben.«

»Oder?«

»Oder sie erpresst ihn.«

Myron antwortet einen Moment lang nicht, dann sagt er: »Okay, beweise es.«

»Okay«, sagt Wagstaff. »Hilf mir.«

»Sind Sie sicher?«

»Ich? Ähm, auf keinen Fall.« Kayla Jefferson schüttelt den Kopf. »Ich gebe nur weiter, was mir der Analytiker in Langley gesagt hat. Er sagte, *er* sei sicher.«

»Und nur, um das klarzustellen: Er ist sich sicher, wem diese GmbH auf den Cayman Islands gehört, die Ariel Pryce vor vierzehn Jahren drei Millionen Dollar gezahlt hat?«

»Das ist korrekt.«

»Mein Gott«, sagt Griffiths. »*Mein Gott.*«

Jefferson steht nur da und sieht aus wie eine Gefreite, die gekommen ist, um dem General mitzuteilen, dass die Raketen bereits in der Luft sind. »Was machen wir jetzt?«

»Ich weiß es nicht. Ich muss nachdenken.«

»Soll ich Sie allein lassen?«

»Ja, bitte. Und, Jefferson? Kein Wort davon zu irgendjemandem. Nicht einmal zu Guido. Ich werde es ihm sagen, wenn er es wissen muss. Haben Sie verstanden?«

»Ja, Ma'am«, sagt die junge Frau und zieht die Tür hinter sich zu.

Nicole Griffiths' Blick fällt wieder auf den Computerbildschirm, auf die Karte, auf die leuchtend rote Nadel. Aber ihre ganze Aufmerksamkeit ist woanders, sie spielt die Situation durch, führt Gespräche der Befehlskette folgend, dann seitwärts von Langley nach Foggy Bottom und zurück nach Lissabon. Sie muss das sehr sorgfältig und aus allen Blickwinkeln abwägen. Aber sie muss es auch sehr schnell tun, denn sie ist sich plötzlich sicher, dass sie nur sehr wenig Zeit hat.

Sie fängt an, eine Liste von Namen zu notieren, setzt Sternchen neben die politischen Beauftragten im Gegensatz zu den Berufsdiplomaten und versucht, einen Kommunikationsweg zu entwerfen, der die besten Chancen hat, diese Untersuchung so lange wie möglich so sauber wie möglich zu halten und gleichzeitig ihren eigenen Arsch so gut wie möglich zu schützen.

Eine ziemliche Herausforderung. Sie versucht, sich selbst davon zu überzeugen, dass sie mit diesem Kampf nichts zu tun hat. Es geht nicht um Politik, nicht um Strategie, nicht um Vorlieben. Es geht um die nationale Sicherheit, die die Grundlage für ihren Job, ihre Karriere, ihr ganzes verdammtes Leben ist.

Griffiths ist unerwartet an einem lebensverändernden Scheideweg angelangt. Bei dieser Art von Arbeit weiß man nie, wann das passiert. Man geht an einem normalen Tag zur Arbeit und findet sich inmitten einer ausgewachsenen Krise wieder. Den meisten Menschen bei der CIA passiert so etwas nie. Bis heute war Nicole Griffiths eine dieser Personen.

Nach zehn Minuten des Nachdenkens wirft sie ihr Blatt Papier in den Schredder. Dann tätigt sie den ersten Anruf; es werden noch ein paar folgen. Und das muss ausgerechnet am vierten Juli passieren? Die Leute sind bei Grillpartys, an Stränden, auf Segelbooten auf dem Chesapeake, trinken in Liegestühlen am Pool. Sie rechnen nicht mit einem Anruf wie diesem, schon gar nicht aus Lissabon. Aus Riad, Bagdad, Jakarta, Khartum? Vielleicht. Aber Lissabon? Sie werden sie auslachen. Am Anfang.

»Okay«, sagt sie sich, als das erste Klingeln des ersten Anrufs ertönt. Es ist nicht nur die Berichterstattung, die Griffiths Sorgen bereitet, auch die Unparteilichkeit der Ermittlungen und die Befehle, die man ihr erteilen wird, wer das tun wird und was sie zu tun haben wird. Sie hat außerdem den unbestimmten Verdacht, dass mit ihr – mit allen – irgendwie gespielt wird.

»Hallo, Sir«, sagt sie. »Es tut mir leid, Ihnen mitteilen zu müssen, dass wir hier ein Problem haben.«

Die große Metallschiebetür ist nicht verschlossen. Ariel drückt kräftig dagegen, und die Tür rollt mit einem Quietschen auf dicken Gummirädern zur Seite, ihr Blick schweift über den kleinen Parkplatz …

Da sitzt er auf einem Klappstuhl unter einem belaubten Baum, der ihn von den Wohnungen über ihm abschirmt. Seine Handgelenke sind mit einem Seil gefesselt, seine Knöchel an den Stuhlbeinen festgebunden. Er bewegt sich nicht.

Ariel stürmt durch die Tür, noch während sie weiter aufrollt.

Er trägt eine Kapuze aus dickem Sackleinen, wie für einen Kartoffelsack. Selbst aus dreißig Metern Entfernung kann Ariel den dunklen Fleck an der Schläfe sehen und weiß sofort, dass es Blut ist.

4. TEIL

DIE FLUCHT

Kapitel 32

Ariel ist sich nicht bewusst, dass sie ihre Beine bewegt, aber sie sieht, dass sie sich der zusammengesunkenen Gestalt schnell nähert, nur noch ein paar Schritte, dann keine mehr, sie greift nach der Kapuze, und sie zieht, reißt fester gegen den Widerstand seines dichten Haares an, so kommt sein Gesicht von unten nach oben zum Vorschein, zuerst sein Mund, geknebelt, als zweites seine blutende Wange, und jetzt erst, als drittes, rutscht die Kapuze über seine Augen – sie sind offen und blinzeln ins Licht.

Er ist am Leben, Gott sei Dank. Er ist in Sicherheit.

»Gut, dass ich Sie erwische.«

Der Botschafter zieht seine Jacke an. »Was kann ich für Sie tun, Ms. Griffiths?«

Sie haben kein gutes Verhältnis zueinander. Nicole Griffiths hält Tanner Snell für einen inkompetenten, aggressiven und dummen Geschäftsfreund eines illegitimen Präsidenten; der Botschafter hält seine CIA-Stationschefin wahrscheinlich für eine überempfindliche, männerhassende, hochnäsige Nervensäge.

»Ich muss Sie vor etwas warnen.«

Der persönliche Assistent des Botschafters blättert eine Seite in seinem Block um, um sich Notizen zu machen.

»Inoffiziell«, fügt Griffiths hinzu. »Und unter vier Augen.«

»Landry, geben Sie uns eine Minute«, sagt Snell, ohne sich zu bedanken oder zu entschuldigen oder auch nur mit der geringsten Spur von Höflichkeit. Es muss ein echtes Vergnügen sein, für diesen Kerl zu arbeiten. »Ich bin zum Abendessen verabredet«, sagt er zu Griffiths. »Also?«

Sie wartet, bis die Tür ganz geschlossen ist, dann sagt sie: »Es kann sein, dass da eine Sache läuft.«

»Ach ja?« Snells unbewegliches Trottelgesicht ist fast ein Kunstwerk. »Was für eine Sache?«

»Es könnte etwas Großes sein, und es könnte mit Langley zu tun haben.«

»O großer Gott. Wovon reden Sie denn bloß?«

»Mehr kann ich eigentlich nicht sagen. Das hier ist nur eine Vorwarnung aus Gefälligkeit.« Griffiths sollte diesem getreuen Kleptokraten keine Details verraten, aber sie sollte sich auch nicht weigern, ihn auf einen drohenden Riesenschlamassel hinzuweisen. Also hat sie sich für diesen Mittelweg entschieden, der außerdem den Vorteil hat, dass er Snell wahnsinnig anpisst.

»Eine Gefälligkeit? Was für eine Art gottverdammte Gefälligkeit ist dieser vage Schwachsinn?«

Die »Fick dich«-Art, denkt Griffiths. »Die höfliche Art. Wundern Sie sich nicht, wenn in den nächsten Stunden oder Tagen etwas Großes passieren wird. Bitte tun Sie Ihr Bestes, um verfügbar zu bleiben.«

»Verfügbar?« Er schnaubt. »Ich bin immer verfügbar.«

»Was ich eigentlich sagen will, ist: Bleiben Sie nüchtern.« Nimm das! »Außerdem sollten Sie sich vielleicht von Ihrer brasilianischen Geliebten fernhalten.« Und das! Du selbstgefälliger Arsch. »Ihr Bett in Belém ist sicher nicht der Ort, an dem Sie gefunden werden wollen, wenn Washington anruft.«

Der wattierte Stoffknebel ist mit Klebeband befestigt, das um Johns Kopf gewickelt ist; Ariel weiß aus eigener Erfahrung, wie schrecklich ein Knebel ist, unangenehm, beängstigend, erniedrigend. Sie sieht keine andere Möglichkeit, als das dicke Klebeband abzureißen, was verdammt wehtun muss – John verdreht die Augen und stößt ein tiefes Grunzen aus, es klingt wie fernes Donnergrollen. Sie nimmt ihm den Wattebausch aus dem Mund. Eine Menge Haare haften am Klebeband.

»Au«, sagt John.

»Es tut mir leid. O Gott. Geht es dir gut? Bist du verletzt?«

»Mir geht's gut.«

Sie versucht, seine Hände loszubinden, hat aber Probleme mit dem Knoten. »Es tut mir leid«, sagt sie wieder. »Ich kriege das nicht auf. *Scheiße.*«

»Mir geht's gut«, wiederholt er.

Und dann ist der Knoten gelöst, aber da ist Blut – warum ist da so viel *Blut*, sie hört sich selbst fragen: »Aber was ist das?«, während sie mit den Fingern über seine Wange streicht. »Was *ist* das?«

»Ich wurde geschlagen. Es ist nur ein Schnitt.« Er reibt sich das eine Handgelenk, dann das andere.

»Hast du Schmerzen?«

»Wegen dem Schnitt? Es brennt ein bisschen. Aber hey, sieh mich an: Es ist vorbei.«

Ariel merkt, dass sie weint. Sie nickt und sinkt auf die

Knie, um seine Füße loszubinden, was leichter geht als die Handgelenke.

John steht auf, schüttelt seine Beine aus und klopft mit den Zehen auf den Boden. »Mein Fuß ist eingeschlafen.«

Sie hatte erwartet, in diesem Moment erleichtert zu sein – natürlich hat sie das –, aber nun ist sie überrascht von der Tiefe ihrer Gefühle, ihr ganzer Körper ist in Aufruhr, bis in die Eingeweide. Sie kann nicht aufhören zu zittern und zu schluchzen.

»O Gott«, sagt sie und bricht an Johns Brust zusammen, schlingt ihre Arme um ihn, drückt ihn fest an sich, ihre Wange an seiner Schulter. Ein paar Sekunden lang stehen sie so da, in einer engen Umarmung, dann zieht sie sich zurück, legt ihre Hände um seine Taille und sieht ihm in die Augen. »Geht es dir wirklich gut?«

»Ja.«

»Das Blut auf der Kapuze«, sagt sie. »Eine Sekunde lang dachte ich …«

Er schüttelt den Kopf. »Mir geht es gut. Und *dir*?«

Das ist eine gute Frage. Ariel fällt beim besten Willen keine Antwort ein.

Kapitel 33

»Sieh mal«, sagt sie, »ein Taxi. Hey! *Hey*!«

Das Auto hält an. Der Fahrer betrachtet Johns blutiges Gesicht, zögert kurz und nickt dann. Ariel und John wanken auf den Rücksitz.

Sie nimmt seine Hand. Es ist nur eine kurze Fahrt zum Hotel, während der sie besser schweigen sollten. Dieses Gespräch führen sie lieber nicht in Hörweite von irgendjemandem, nicht einmal von einem Taxifahrer, falls er wirklich einer ist. Dieser Typ könnte auch ein Polizist sein. Oder von der CIA. Und selbst wenn er weder das eine noch das andere ist, könnte er ganz schnell Agent von beiden werden.

Ariel bleibt stumm und John auch. Er versteht.

Als der Wagen um den Platz fährt, sieht Ariel, dass Moniz und Santos bereits vor dem Hotel warten.

»Okay.« Sie atmet tief durch. »Das sind die Kommissare, die meinen Fall bearbeitet haben. Deinen Fall. Sie wollen wahrscheinlich sofort mit dir sprechen.«

John nickt.

»Wir könnten ihnen sagen, dass sie uns heute Abend in Ruhe lassen sollen. Es wäre okay, das zu tun, wirklich.«

»Nein.« John schüttelt den Kopf. »Bringen wir es hinter uns. Wenn die Polizei eine Chance haben soll, diese Kerle zu fassen, sollten wir jetzt mit ihnen reden.«

Moniz nähert sich bereits dem Taxi, während es anhält.

»John Wright?«

»Ja.«

»Gut«, sagt Moniz, nickt und sieht erleichtert aus. »Das ist gut.« Er betrachtet Johns blutiges Gesicht. »Sie sind verletzt? Brauchen Sie ärztliche Hilfe?«

»Nein, es ist nichts Ernstes.«

»Gut. Ich bin Kommissar António Moniz, und das ist meine Kollegin Carolina Santos.«

Sie schütteln sich auf dem Gehweg die Hände. Ein paar Passanten sind auf das seltsame Gespann aufmerksam geworden. Jemand knipst ein Foto.

»Lassen Sie uns hineingehen«, sagt Moniz, und sie treten alle in den Eingangsbereich des Hotels. »Sie müssen sehr müde sein, Senhor. Und sehr froh, wieder hier zu sein, bei Ihrer Frau.«

»Das bin ich.«

»Hatten Sie nicht eine Tasche dabei, Senhora?«

Ariel schüttelt den Kopf. »Das war eine Ablenkung, sie war voll mit wertlosem Zeitungspapier. Die Tasche mit dem Lösegeld habe ich schon vor einiger Zeit in einer Gasse übergeben.«

»Ich verstehe«, sagt Moniz. »Ich bin sicher, Sie wollen sich ausruhen, Sie beide. Aber bestimmt wollen Sie auch, dass wir die Leute kriegen, die Sie entführt haben, Senhor. Deshalb fürchte ich, dass wir nicht damit warten können, Ihnen einige Fragen zu stellen.«

»Natürlich. Aber können Sie mir ein paar Minuten Zeit geben, um zu duschen? Und um mir etwas zu essen zu besorgen?«

»Bitte. Wir holen Ihnen gerne etwas zu essen aus der *Taberna*.«

»Das wäre großartig. Danke.«

»Ich bin in fünfzehn Minuten zurück? Oder in zwanzig?«

»Warum geben Sie uns nicht dreißig?«

»Mit Vergnügen. Und diese Polizisten«, Moniz deutet auf ein paar uniformierte Beamte, die neben einem Streifenwagen stehen, »die warten hier. Zu Ihrer Sicherheit.«

Wieder eine dieser Lügen, bei denen wir vorgeben, dass sie keine sind. Ariel und John nicken und tragen damit stillschweigend zu der allgegenwärtigen Kultur der Unehrlichkeit bei, die jedes Mal verstärkt wird, wenn wir eine eklatante Lüge hören und uns weigern, sie zu hinterfragen. Uns sogar weigern, uns selbst einzugestehen, dass es eine Lüge ist.

Heute Abend wird ein wichtiger Abend sein. Manchmal glaubst du, das bereits im Voraus zu wissen: ein heißes Date, ein lang erwartetes Wiedersehen, eine legendäre Party. Aber Ariel hat die Erfahrung gemacht, dass solche mit Spannung erwarteten Ereignisse am Ende nie erwähnenswert waren. Ihre wichtigen Abende haben sich immer angeschlichen, unter dem Deckmantel des Alltäglichen.

Jener schreckliche Abend war einer davon – wie so viele andere begann er vor einem Ganzkörperspiegel, vor welchem sie versuchte, ihren Enthusiasmus dafür zu wecken, den Abend mit Leuten zu verbringen, die sie nicht besonders mochte.

»Reiß dich zusammen«, murmelte sie vor sich hin. »Das ist dein *Job*.«

Sie hatte auch einen bezahlten Job, sozusagen, eine Teilzeitstelle als Freiberuflerin, Manuskripte lesen, die unaufgefordert, unerwünscht und unannehmbar bei einer Literaturagentin namens Isabel Reed eingereicht worden waren. Ariel machte diese Arbeit schon seit ein paar Jahren und hatte nicht ein einziges Mal das sagenumwobene, versteckte Juwel entdeckt, das sich seinen Weg aus dem Stapel von Manuskripten gebahnt hatte, um einen Buchvertrag zu bekommen. Aber auch wenn die Manuskripte allesamt mies waren, las Ariel diese Krimis, Thriller und Detektivromane gern.

Ihre Arbeit war freiwillig und wenig lukrativ und kam als Gefallen zu ihr, den jemand einem anderen tat, der etwas für Bucky tun wollte; New York war ein endloses Netz sich überschneidender Kreise von Gefallen. Aber Ariel wusste, dass ihr eigentlicher Job – der, zu dem sie jeden Tag verpflichtet war – darin bestand, die Frau von Buckingham Turner zu sein. Obwohl sie Bucky liebte, liebte sie den Job, seine Frau zu sein, nicht immer.

Sie machte eine Vierteldrehung vor dem Spiegel, um sich von der Seite zu betrachten. Sie strich mit der Hand über ihren Bauch, er war immer noch flach.

Eine der Hauptaufgaben in diesem Job war es, eine attraktive, charmante Begleiterin auf Partys zu sein, und keine Party war wichtiger als Charlie Wolfes Sommerfest, ein Dinner in der Größenordnung und mit dem Budget einer Hochzeit, mit zweihundert Gästen auf acht Ebenen des Rasens mit Blick auf den mondbeschienenen Ozean; Ariel wäre nicht überrascht gewesen, wenn das Datum der Party nach optimalem Mondschein ausgewählt worden wäre.

Die Sitzordnung sah vor, dass Männer und Frauen abwechselnd und getrennt von ihren Partnern saßen, aber nachdem die Entrees abgeräumt waren, ordnete sich Ariels Tisch nach Geschlechtern neu, und sie fand sich inmitten der üblichen Menge wieder. Am anderen Ende des Tisches unterhielten sich die Männer über Finanzen oder Baseball oder die Finanzen des Baseballs, während sie ab und zu von einer mit Blattgold überzogenen Torte naschten und sich mit Armagnac und Portwein teuer betranken.

Charlie Wolfes Partys waren legendär für ihren überbordenden Konsum, es gab Büfetttische voller Schalentiere, Magnumflaschen Champagner, auf Tellern servierte Hummerschwänze und Filets Mignon, den Caterern wurde das Geld nur so hinterhergeworfen, mit dem einzigen Zweck, zu beeindrucken. Aber Charlie war weder ein Börsenmakler noch ein Tech-Bro, also gab es keine Nutten, kein Kokain; es war nicht diese Art von Szene. Hier gab es nur jede Menge legale Rauschmittel, importierte High-End-Luxus-Lifestyle-Kennzeichen, genau die Dinge, von denen man erwarten würde, dass sie von dem einen Zehntel des einen Prozents auf einem Anwesen in South Fork am Meer konsumiert werden. Darum musste man ihn beneiden, das war die Art und Weise, wie man auf den Seiten der *Vogue*, des *Wall Street Journal* und des *Elite Traveler: The Private Jet Lifestyle Magazine* die begehrte vermögende Bevölkerungsgruppe umwarb.

Diese Party entsprach nicht der Vorstellung von einer gefährlichen Umgebung.

Ariel wusste es besser. Sie wusste, dass sie vorsichtig sein musste, immer. Und sie wusste, dass Vorsicht manchmal nicht ausreichte.

»Hinreißend.« Eine Frau bewunderte das Armband einer anderen, italienischer Vintage-Schmuck aus den Sechzigern, der damals in Mode war, die Art von Mikromode, die bei einer winzigen Gruppe von Menschen, die sich Schmuckstücke im Wert von vierzigtausend Dollar leisten können, extrem angesagt sein kann, während niemand sonst auf der Welt diesen Trend überhaupt wahrnimmt. Alle Frauen am Tisch wertschätzten, wie das Gold die Bräune des Unterarms betonte, der durch Tennis und Segeln gut trainiert war. Diese Armbänder erfreuten sich jeden Sommer aufs Neue großer Beliebtheit.

Keine dieser Frauen hatte mehr als eine Gabel voll Torte gegessen, einige hatten allerdings ein paar Beeren aus der Dekoration gepflückt. Eine schwärmte von ihrem neuen Botox-Typen, und dann drehte sich das Gespräch um invasivere, dramatischere Eingriffe. Diese Frauen hatten alle den gleichen Beruf wie Ariel, mit den gleichen Anforderungen.

Ariel warf einen Blick auf ihren Mann, der sich prächtig amüsierte, auf keinen Fall würde er schon nach Hause wollen, und sie durfte nicht diese Art von Ehefrau sein, eine, die darum bat, zu gehen. Das war keine akzeptable Leistung in ihrem Job. Erst viel später wurde Ariel klar, dass dies die Definition ihrer Mutter für eine Ehefrau war und die ihres Vaters und auch die von Bucky. Aber nicht ihre eigene.

»Ezras Noten sprengen das Punktesystem«, sagte Stacey. »Buchstäblich.«

Die anderen Mütter nickten anerkennend, aber keine von ihnen schien zu verstehen, was das Wort »buchstäblich« bedeutete oder wie Punktesysteme funktionierten, oder vielleicht auch beides.

Ariel nahm einen Schluck Wasser. Ihr Alkoholkonsum hatte sich auf ein Glas Champagner vor dem Abendessen beschränkt, von dem sie das meiste heimlich in eine Lavendelpflanze gekippt hatte. Ariel würde heute nichts trinken, aber sie wollte auch nicht, dass es jemand bemerkte, sie wollte nicht danach gefragt werden, wollte nicht lügen, eine Lüge, die jeder durchschaute. Sie konnte sich den Ausruf Monate später vorstellen: »*Natürlich!* Du hast ja auf Charlies Party auch gar nichts getrunken! Ich erinnere mich!« Auf jeder Party trinkt die eine oder andere Frau nichts, und alle anderen merken es.

Ein weiterer Teil von Ariels Job – ein großer Teil, vielleicht der größte – war nämlich das Kinderkriegen.

»Ich will viele Kinder«, hatte Bucky ihr vor zwei Jahren gesagt, als sie sich in der letzten Phase vor der Verlobung befanden, in der sie beide davon ausgingen, dass ein Heiratsantrag folgte, wenn nichts schiefging. Sie prüften sich gegenseitig. Wertfeststellungsverfahren.

»Was heißt *viele*?«

»Mindestens drei. Vielleicht auch vier.«

»*Vier*?« Ariel lachte unbehaglich. Vier klang übertrieben. Ariel war jünger als Bucky, hatte noch nicht alle seine Freunde und deren Frauen kennengelernt. Sie wusste noch nicht, dass es in bestimmten Kreisen – seinen Kreisen – in Mode war, große Familien in der Stadt aufzuziehen, in riesigen Wohnungen.

»Magst du Kinder wirklich so sehr?« Sie versuchte, neugierig zu klingen, nicht widersprechend. Sie wollte nicht, dass es zu einer Meinungsverschiedenheit kam.

»Natürlich!«

Natürlich? Ariel fragte sich, was Bucky wohl damit meinte. Er hatte keine jüngeren Geschwister, keine Nichten oder Neffen. Er war weder Lehrer noch Nachhilfelehrer noch Mentor noch Babysitter gewesen. Buckys einzige Erfahrung mit Kindern war die, selbst mal eins gewesen zu sein.

»Woher weißt du das?«

Bucky war sich in der Regel so vieler Dinge so vollkommen sicher, Ariel war das nicht. Dieses überragende Selbstvertrauen war eine der Eigenschaften, die Ariel an ihm bewundert hatte.

»Machst du Witze? Was gibt es da nicht zu mögen?«

Vier Kinder würden bedeuten, dass sie den größten Teil eines Jahrzehnts damit verbrächte, schwanger zu sein oder zu stillen oder Windeln zu wechseln. Vier Kinder würden höchstwahrscheinlich bedeuten, nicht Karriere machen zu können. Das ist es, was es daran nicht zu mögen gibt. Aber damals konnte sie den Wald, den sie zu bewohnen plante, nicht sehen, denn der Baum direkt vor ihr war im Begriff, einen riesigen Verlobungsring, ein Couture-Brautkleid, eine Hochzeit an einem Urlaubsort und ein großes Sechszimmerappartement in einem tollen Gebäude herüberwachsen zu lassen.

Ariel wollte keine Gründe suchen, das Ganze zu ruinieren; sie waren bei einem Abendessen zu ihrem einunddreißigsten Geburtstag. Ihr lief die Zeit nicht davon, noch nicht, aber das würde sie, wenn es mit Bucky Turner nicht klappte, der klug und witzig und charismatisch und gut aussehend war, außerdem schon jetzt reich und auf dem besten Weg, noch viel reicher zu werden.

»Eine große Familie«, sagte Ariel und zauberte ihr enthusiastischstes Lächeln hervor, »klingt toll.«

Sie beschloss zu glauben, dass Bucky die Wahrheit sagte. Sie beschloss, so zu tun, als ob sie es auch tat.

Kapitel 34

Endlich betreten sie die Suite; es kommt ihr vor, als sei es Jahre her, seit sie hier zusammen waren. John taumelt durch das Wohnzimmer und lässt sich auf die Couch fallen. Ariel legt die Sicherheitskette vor und lehnt sich dann gegen die geschlossene Tür, den Spion, lauter Garantien für Sicherheit.

»O Mann«, sagt John. »Ich hätte nie gedacht, dass ich mal so glücklich sein würde, ein Hotelzimmer zu sehen.«

Ariel lässt sich auf den Boden gleiten, mit dem Rücken gegen die Tür. Sie schließt die Augen und stützt ihr Gesicht in die Hände, schluchzt leise.

»Hey?«, sagt er. »Geht es dir gut?«

Es geht ihr nicht gut. Seine Frage gibt ihr die Erlaubnis dazu, und sie schluchzt wieder, lauter.

»Hey«, er kommt zu ihr herüber, »hey, es ist okay.« Er lässt sich auf die Knie fallen, legt seine Arme um sie. Jetzt kann sie sich gehen lassen, ihr ganzer Körper wird geschüttelt.

»*Schhh*«, sagt er. »Mir geht es gut, dir geht es gut.«

Er hat recht, das weiß sie. Aber sie kann nicht aufhören zu weinen.

»Es ist alles in Ordnung.«

John setzt sich neben Ariel und legt beide Arme um ihre Schultern. Er sagt nichts mehr, lässt sie einfach weinen, bis sie sich ausgeheult hat, ihn ansieht, in sein geschundenes Gesicht, und fragt: »Bist du sicher, dass es dir gut geht?«

»Ich bin einfach so erleichtert, frei zu sein.«

Ariel wischt sich die Tränen weg.

»Also, was war los?«, fragt er. »Warum bin ich nicht tot?«

»Ich habe das Lösegeld bezahlt, das war los. Zwei Millionen Euro in bar.«

»Heilige Scheiße. Wo in Gottes Namen hast du so viel Geld her?«

Ariel schüttelt langsam den Kopf, dann schneller, dann stützt sie ihr Gesicht wieder in die Hände.

»Nein«, sagt John. »Nicht er. Das hast du nicht.«

Sie weint wieder. »Was hätte ich denn sonst tun sollen?« Ihre Stimme gedämpft durch ihre Hände, ihre Tränen.

»O mein Gott. Es tut mir so, so leid. War es schlimm?«

»Ja.«

Ariel ist in den letzten Tagen wirklich weinerlich geworden; jahrelang hat sie gar nicht geweint, und jetzt? Sie richtet sich auf und wischt sich noch einmal über die Augen.

»Er war nicht nur ein totales Arschloch – natürlich –, sondern eine Zeit lang hatte ich Angst, dass er mir überhaupt kein Geld geben würde. Ich musste die ganze Zeit daran denken, dass sie dich *umbringen* würden.«

John drückt sie fester an sich. »Es tut mir so leid.« Er küsst Ariel auf den Kopf. »Danke. Ich bin erstaunt, dass er zugestimmt hat. Ich nehme an, es war nicht nur, weil du nett gefragt hast?«

»Nein, natürlich nicht.«

»Was hast du getan?«

»Ich habe ihm gedroht.«

John beugt den Kopf zurück, um seine Frau richtig ansehen zu können. »Wie gedroht?«

»Was glaubst du denn? Ich habe ihm gesagt, dass ich die Aufnahme unseres letzten Gesprächs veröffentliche. Dass ich alles aufdecken werde.«

»Krass. Hast du das echt getan?«

»Was hätte ich sonst machen können?«

»Und wie hat er reagiert?«

»Er ist durchgedreht. Aber er hatte keine andere Wahl. Er konnte es nicht riskieren.«

»Puh.«

»Ich weiß.«

Sie sitzen ein paar Sekunden schweigend da.

»Machst du dir Sorgen?«, fragt er.

»Worüber?«

»Darüber, was er als Nächstes tun wird?«

»Nicht wirklich. An diesem Punkt in seinem Leben kann er mir nichts mehr anhaben. Nichts, was so schlimm ist wie das, was ich ihm antun kann.«

»Herr Botschafter?« Saxby Barnes ist aufgeregt und erschrocken zugleich, als er in das Büro des Botschafters gerufen wird. Davon hat er schon geträumt. Und auch Albträume gehabt.

»Barnes, wissen Sie, in was für einem Schlamassel Griffiths da gerade steckt?«

»Ich bin mir nicht ganz sicher, worauf Sie anspielen, Sir.«

Tanner Snell starrt den ineffektiven Säufer an, der als Verbindungsmann zwischen dem Konsulat und dem Geheimdienst fungiert. Er sollte diese Witzfigur wirklich feuern.

»Sprechen Sie von der Entführung?«, schlägt Barnes vor.

»Vielleicht.« Der Botschafter blinzelt. »Was ist das für eine Entführung?«

»Ein amerikanischer Geschäftsmann ist gestern Morgen verschwunden. Seine Frau kam zur Botschaft und bat um Hilfe, bevor sie wusste, dass er entführt worden war. Dann kam eine telefonische Lösegeldforderung, und das Letzte, was ich gehört habe, ist, dass sie selbst versuchen wollte, das Geld aufzutreiben.«

»Was meinen Sie mit ›das Letzte, was Sie gehört haben‹?«

»Mir wurde gesagt, ich solle mich raushalten.«

»Von wem?«

»Griffiths.«

Snell stöhnt. »Wissen Sie irgendetwas über diese Entführung, was sie zu einer großen Sache machen könnte?«

»Nein, Sir, ich weiß nichts.«

Snell starrt ihn an, bis der Mann versteht.

»Aber ich werde auf jeden Fall versuchen, es herauszufinden«, sagt Barnes, »und Ihnen so schnell wie irgend möglich berichten.«

Ariel sieht sich die Wunde auf Johns Wange genauer an. »Komm, lass uns das sauber machen.« Sie führt ihn ins Bad, dreht den Warmwasserhahn auf und hält einen Waschlappen darunter.

»Aua«, sagt er, als sie den Lappen auf seine Wunde legt. Sie wischt das getrocknete Blut weg, der Schnitt ist wirklich nicht sehr groß. Es ist die Schwellung, die wahrscheinlich noch wehtun wird. »Wir müssen dir etwas Eis besorgen.«

»Ich gehe duschen.« Er öffnet seinen Gürtel und wendet sich ab. Nicht gerade schüchtern, aber nahe dran.

Das ist sie auch. Im Großen und Ganzen waren sie kaum zusammen. Ariel und Bucky hatten jahrelang in Vollzeit miteinander gelebt, sie hatten Hunderte Male Sex, vielleicht sogar mehr. Nach all dieser Intimität hätte Ariel gedacht, dass sie Bucky wirklich kannte. Und er sie.

Das war ein großer Teil ihrer Erschütterung gewesen: die Erkenntnis, sich so sehr getäuscht zu haben.

Ein Jahr nachdem sie Bucky geheiratet hatte, schob Ariel die Antibabypillen in die hinterste Ecke der Badezimmerschublade. In den letzten zwei Jahrzehnten hatte sie viel Zeit damit verbracht, sich darüber Sorgen zu machen, aus Versehen schwanger zu werden. Es war ihr nie in den Sinn gekommen, sich darum zu sorgen, nicht schwanger zu werden.

Das Versagen dauerte nun schon ein Jahr. Aber vielleicht hatte es letzte Nacht ja geklappt, oder die Nacht davor, oder davor, all die Abende mit klinischem Sex, eine Aufgabe, die Ariel das Gefühl gab, noch auf eine andere Art zu versagen, zusätzlich zu dem langfristigen Scheitern ihrer alten Schauspielkarriere und dem kürzlichen Scheitern, einen befriedigenden Ersatz dafür zu finden, der ihre Zeit ausfüllte. Und jetzt? Sie war nicht mehr gut darin, so zu tun, als hätte sie Spaß am Sex.

Sie war auch nicht mehr gut darin, so zu tun, als würden ihr Buckys Freunde und deren Partys gefallen.

»Jeden Sommer«, hörte Ariel einen der Männer zu ihrer Linken sagen, »mieten wir ein Boot im Mittelmeer, mit voller Besatzung. Das ist eine großartige Möglichkeit, Zeit mit der Familie zu verbringen.«

»Absolut.« Ein anderer Mann nickte zustimmend. »Ich

liebe das. Welches war das größte Boot, das du mal gemietet hast?«

Zu Ariels Rechten war Tory Wasserman mit den Frauen bei einem anderen Thema: »Slade ist in der Mayo-Klinik operiert worden.«

Der Altersunterschied zwischen Ariel und Bucky war nicht peinlich groß – man konnte sie vielleicht sogar noch derselben Generation zuordnen –, aber seine Freunde und ihre Frauen ließen sich am Rücken operieren und das Gesicht liften, während Ariel noch auf die Hochzeiten ihrer College-Freundinnen ging.

»Das sind die Besten. Die absolut Besten.« Slade hatte einen Bandscheibenvorfall. »Dann haben wir so ein Behindertenschild bekommen, ihr wisst schon, diese Dinger. Jetzt kann ich *überall* parken. Ich fahre so viel mehr in der Stadt herum. Ich nehme kaum noch Taxis.«

Tory strahlte und wartete darauf, dass die Leute sie dafür lobten, wie clever sie die Krankheit ihres Mannes einsetzte. Und das taten sie.

Ariel war plötzlich übel. Sie sah sich die Leute an, die mit ihren Privilegien prahlten, mit ihren genialen Kindern, ihren gemieteten Jachten, ihrem zwielichtigen Schmuck und ihren Markenärzten, die Gift injizierten, um ihnen die Stirn zu lähmen.

Sie konnte genau sehen, wie das passiert, eine kleine Entscheidung nach der anderen, bis Selbstfürsorge alles bestimmt, was du tust und bist, und eines Tages, ohne dass du dir dessen bewusst bist, prahlst du mit deinen Errungenschaften in der Selbstobjektifizierung, mit dem Le-Cirque-Koch, den du für den Sommer importiert hast, dem Chauffeur, der dich von einer Galerie zur nächsten kutschiert, mit den immer raffinierteren und beneidenswerteren Möglichkeiten, die du erfindest, um das Einkommen deines Mannes auszugeben.

Nach und nach hatte Ariel es aufgegeben, ihren eigenen Stamm zu suchen, und sich stattdessen einfach Buckys angeschlossen, sie hatte dessen Farben angenommen, so getan, als gehöre sie dazu, zu diesem Netzwerk, das sich aus der Erziehung, der Ausbildung und der beruflichen Laufbahn ihres Mannes gebildet hatte. Seine Leute waren zu ihren geworden, die Männer von Buckys Arbeit und die Frauen, die sie heirateten, ihre Kinder zur Welt brachten, ihr Einkommen am Ringfinger trugen, es in der Armbeuge hielten.

Das war nicht das, was Ariel jemals hatte sein wollen. Sie wollte nicht, dass jemand wie Tory Wasserman zu ihren engsten Freundinnen gehörte.

»Entschuldigt mich«, murmelte Ariel zu niemandem und ging von diesen Leuten weg, von allem. Sie konnte es nicht zulassen, eine von ihnen zu werden. Aber sie befürchtete, dass es bereits zu spät war.

Ariel hatte sich immer wie ein Eindringling gefühlt, als wäre ihre Mitgliedschaft im Club nur vorübergehend. Eine falsche Bewegung, und man würde sie rausschmeißen, mit ihrem wenig überzeugenden Abschluss eines unscheinbaren Colleges, ihrer erfolglosen Karriere als Schauspielerin und ihren nicht erwähnenswerten Jahren danach, in denen sie nicht viel mehr erreicht hatte, als körperlich attraktiv zu bleiben und einen geeigneten Mann zu heiraten, ihm aber keine Kinder zu gebären. Dann würde sie in der Gosse landen, dreiunddreißig Jahre alt, pleite und allein, arbeitslos und nicht mehr einstellbar. Was dann?

Als sie von dem Tisch wegging, wollte sie sich nur für ein paar Minuten verstecken, eine kurze Atempause davon, so zu tun, als würde sie die rot besohlten Schuhe einer anderen begehren.

Das nächste Bad befand sich auf der überfüllten Veranda. Ariel konnte es nicht ertragen, noch jemandem über den Weg zu laufen, der damit prahlte, dass Regeln für ihn nicht galten – Verkehr, Parken, Steuern, Wartelisten, Sport, all das galt für andere Leute, Leute, die nicht schlau oder reich genug waren, um herauszufinden, wie man betrügen konnte. Also ging sie einen von Petroleumfackeln beleuchteten Plattenweg hinunter zum Poolhaus, mit flackernden Kerzen und dick gepolsterten Sofas, einer Bar, einem Großbildfernseher, einem Billardtisch und ein paar Flipperautomaten.

Das Badezimmer dieser voll ausgestatteten Männerhöhle war natürlich riesig; alles war riesig, riesig war das, worauf es ankam – riesige Möbel, riesige Fenster, riesiges Auto, riesiges Bankkonto. Je riesiger, desto besser. Die Botschaft war nicht subtil.

Ariel öffnete den Medizinschrank, schüttelte zwei Kopfschmerztabletten aus einem Fläschchen und schluckte sie.

Schon wieder betrachtete sie sich in einem Spiegel. Sie legte die Hände auf ihren flachen Bauch und fragte sich, wie er wohl aussehen und sich anfühlen würde. Fragte sich, ob das dazugehörte, ob es schon begonnen hatte, diese Launenhaftigkeit, ihre plötzliche Übelkeit vor einer Minute.

Vielleicht war sie ja tatsächlich schon schwanger.

Aber nein, schimpfte sie mit sich selbst: Tu das nicht. In

den letzten Monaten hatte sie sich bewusst bemüht, sich die selbstzerstörerische Angewohnheit der voreiligen Schwangerschaftstests abzugewöhnen, die nichts anderes bewirkt hatte, als sie zutiefst unglücklich zu machen. Ja, es war möglich, dass sie in diesem Moment bereits schwanger war; es war aber auch ziemlich wahrscheinlich, dass sie es nicht war. Und wenn sie es war, würde sie die Schwangerschaft noch eine ganze Weile für sich behalten, über das erste Trimester hinaus. Bucky hatte nicht gut auf ihre Fehlgeburt reagiert, er war sogar furchtbar gewesen – enttäuscht von ihr, wütend, *anklagend*, als hätte sie versucht, das Essen für eine wichtige Dinnerparty selbst zu kochen, und alles war ungenießbar geworden, was ihn demütigte, obwohl sie einfach einen Caterer hätte engagieren sollen wie alle anderen.

»Hast du zu viel Sport getrieben?«, hatte er gefragt. Ariel wünschte, sie könnte so tun, als würde er scherzen, aber daran war nicht im Geringsten etwas Komisches. »Hast du Meeresfrüchte gegessen?«

Schuldzuweisungen waren eine Sache, sie verstand das, alle wollen immer die Schuld für ein negatives Ergebnis jemand anderem zuweisen. Aber das hier war noch etwas anderes.

»Wie viel hast du getrunken?«

Das war pure Emotion, und sie fühlte sich sehr wie Hass an. Dieses Gespräch hätte Ariel als ersten Hinweis erkennen sollen, aber sie hatte sich entschieden, es nicht so zu deuten; in Wahrheit hatte es auch noch andere Hinweise gegeben. Aber im Nachhinein fand sie immer eine Entschuldigung für Bucky: Es war im tiefsten Winter gewesen, und die düstere Jahreszeit war Teil der schlechten Umstände und des schlechten Timings der schlechten Nachricht, alles zusammen trug zu der schlechten Reaktion ihres Mannes bei; vielleicht litt er an einer saisonalen affektiven Störung, die damals jeder an sich entdeckte, wie ADS ein paar Jahre später. Die Leute krochen aus ihren Löchern, um eine Selbstdiagnose zu stellen. Vielleicht lag Buckys Verhalten aber auch gar nicht so weit außerhalb der normalen Parameter; der erste Instinkt eines großen Teils der männlichen Bevölkerung besteht stets darin, jemand anderem die Schuld zuzuschieben – wer auch immer gerade am nächsten stand oder am weiblichsten war.

Ariels Instinkt war es, diese Schuld auf sich zu nehmen. Je länger sie scheiterte, desto mehr setzte sich das Konzept des Scheiterns in ihrem Bewusstsein fest, und ihr biologisches Scheitern weitete sich zu einem moralischen aus, als wäre es eine Frage unzureichender Anstrengung, wie eine Drei minus in einer Matheprüfung zu schreiben oder ein Auto zu Schrott zu fahren. Eine Sache, bei der sie versagte, weil sie nicht genug geübt, sich nicht genug konzentriert, sich nicht genug angestrengt hatte. Sich nicht genug Mühe gegeben hatte.

Vielleicht, so warf Bucky ihr vor, wollte sie ja gar kein Kind mit ihm haben.

Vielleicht, dachte Ariel schließlich, hatte er recht.

Sie richtete ihr Haar. Sie frischte ihr Make-up auf. Sie übte ihr Lächeln vor dem Spiegel, zum wievielten Mal? Vielleicht zum millionsten, unzählbar. Wie viel Zeit ihres Lebens hatte sie damit verbracht, herauszufinden, wie sie sich schöner machen konnte?

»Bucky«, sagte sie leise zu ihrem Spiegelbild. »Können wir jetzt bitte nach Hause fahren?«

Nein. Es hatte keinen Sinn zu fragen, es würde ihn nur wütend machen.

Ariel seufzte und fand sich damit ab, auf die Party zurückzukehren, zu lächeln und es zu ertragen, einfach mal ein Auge zuzudrücken. Auch das gehörte zu ihrem Job – die Dinge laufen zu lassen. Welche Dinge das waren, war schon besprochen worden.

Sie öffnete die Tür …

Kapitel 35

Ariel sitzt auf der Couch und hört heimlich zu, wie John kurze Nachrichten für seinen Assistenten, seine Chefin und eine Kollegin hinterlässt, in denen er jeweils zusagt, sich morgen wieder zu melden. Sein letzter Anruf geht an seine Klienten hier in Lissabon, er erklärt alles, entschuldigt sich und verspricht schließlich, dass er morgen zu ihnen ins Büro kommen wird. Ariel findet, dass er nichts dergleichen versprechen sollte, aber sie wird ihn nicht unterbrechen, um ihm das zu sagen. Sie will nicht, dass er weiß, dass sie ihn belauscht.

Auch sie muss einen Beruhigungsanruf bei ihrer Mutter tätigen: Problem gelöst, entschuldige die Aufregung, die Unannehmlichkeiten, die Panik.

»Bitte fahrt so schnell wie möglich wieder zu uns nach Hause«, sagt Ariel. »Ich war einfach nur übervorsichtig. Und vielleicht ein bisschen irrational.«

»Schatz, ist es auch wirklich sicher?«

»Ja. Und kannst du mir George kurz geben?«

»Ich hole ihn.«

»Ach, Mom, warte doch noch mal kurz: Warum hast du mich gerade gefragt, ob ich wirklich glaube, dass ihr zu Hause in Sicherheit seid?«

»Na ja, ich habe gerade einen seltsamen Anruf erhalten.«

Ariels ganzer Körper spannt sich an. »Was für einen Anruf?«

»Von einem Reporter aus Lissabon, vor ein paar Stunden. Warte, ich habe seinen Namen irgendwo aufgeschrieben ...«

»War es Pete Wagstaff?«

»Ja, genau! Woher wusstest du das?«

»Was wollte er?«

»Das war ja das Seltsame. Er hat nach Bucky gefragt und wollte wissen, warum ihr euch getrennt habt. Warum sollte sich ein Reporter für so was interessieren?«

»Was hast du ihm gesagt?«

»Was hätte ich ihm denn sagen *können*? Ich weiß ja schließlich nichts darüber, warum ihr euch getrennt habt.«

»Wollte er noch etwas wissen?«

»Na ja ... Moment, ich muss ...« Ariel hört eine Fliegengittertür quietschen. »Ich musste weg von George.« Elaine spricht jetzt mit leiser Stimme. »Der Reporter hat mich gefragt, ob ich weiß, wer der *Vater* deines Sohnes ist. Ich sagte, nein, du hättest eine anonyme Samenspende bekommen. Und da fragte er, ob ich mir *sicher* sei.«

O Gott, denkt Ariel: Darüber will sie nicht mit ihrer Mutter sprechen. Dann fällt ihr noch etwas ein: »Mom, warum hast du dein Handy an? Hatte ich dich nicht gebeten, es auszuschalten?« Es klopft an die Tür, und Ariel geht hin.

»Na ja, ich habe es nur für *eine* Minute eingeschaltet, um meine Nachrichten zu lesen.«

»Aber –« Ariel will gerade erklären, dass eine Minute ausreicht, um ein Handy zu orten, aber es hat keinen Sinn.

»Und danach habe ich vergessen, es wieder auszuschalten.«

»Mom, kannst du kurz warten?« Ariel öffnet die Tür und findet Moniz und Santos vor, wie erwartet. »Tut mir leid«, sagt sie zu den beiden, »können Sie uns noch ein paar Minuten geben?«

»Natürlich.«

Ariel schließt die Tür. »Okay, Mom, kannst du George jetzt holen, bitte?«

»Ja. Aber Schatz? Warum fragt ein Reporter so etwas? Nach Georges Vater?«

Ariel kannte die Ansichten ihrer Mutter über die Ehe, über sexuelle Übergriffe, über den Platz einer Frau in der Welt, was es bedeutet, eine Ehefrau zu sein; sie hatte es auf die harte Tour gelernt. Deshalb hatte sie Elaine nicht die Wahrheit über ihre Schwangerschaft erzählt. Tatsächlich hatte sie niemandem davon erzählt. Und dann war sie sogar noch einen Schritt weitergegangen und hatte mit einer Unterschrift ihre Freiheit aufgegeben, jemals irgendeinem Menschen davon zu erzählen, für immer. Schon gar nicht über eine Telefonleitung, die vielleicht von der CIA verwanzt worden war.

»Weiß ich nicht«, sagt sie ihrer Mutter mit einem unguten Gefühl im Bauch.

»Meine Güte!« Ariel erschrak, wich zurück, ließ den Griff der Badezimmertür los.

Charlie Wolfe grinste, schwankte. »Hallo, sexy Lady.«

Die Sache gefiel ihr nicht, ganz und gar nicht. »Charlie, du hast mich erschreckt.«

»Sorry, war nich so gemeint.«

Er war total besoffen. Aber warum auch nicht, es war seine Party, und betrunken zu sein, war kein Verbrechen. Ariel beschloss, ihm die Unschuldsvermutung zuzugestehen – er versperrte die Tür, weil er betrunken und durcheinander war, er war in dieses abgelegene Bad gekommen, weil er eine Linie ziehen wollte, einen Anruf machen, kacken musste. Doch Ariels rasendes Herz sagte ihr, dass diese Vermutungen allesamt Blödsinn waren. Die Erfahrung sagte es ihr.

»Lass mich mal durch.« Sie sprach ganz ruhig. Charlie war nicht nur der Gastgeber dieser Feier, er war auch der wichtigste Geschäftspartner ihres Mannes, ein Mann, der Bucky Türen öffnete und Unmengen von Geld hereinströmen ließ. Buckys Unternehmen stand an der Schwelle zu allem, was bald groß werden würde – digitale Medien, soziale Netzwerke, Parteipresse, gefälschte Fakten –, und dieser betrunkene Mann, der die Badezimmertür blockierte, trug dazu bei.

Charlie strich sich die Haare zurück, und Ariel bemerkte, dass er ein paar dieser Gummiarmbänder am Handgelenk trug, mit denen er sich zu irgendeiner Sache bekannte, mit denen er sich schmückte, um zu zeigen, was für ein großzügiger Mensch er war, außerdem noch ein rustikales Lederarmband, um zu zeigen, wie cool, wie entspannt, wie vernarrt er in irgendeinen unberührten exotischen Strand war. Tulum, wahrscheinlich. Jeder liebte Tulum.

Dieser Mann hatte einen Galatisch zur Unterstützung der Alphabetisierung von Kindern gekauft, er war der Einzige, der die Hand gehoben hatte, als der Auktionator fragte, ob einer der versammelten wundervollen Menschen wohl bereit wäre, ein Hunderttausend-Dollar-Geschenk zu machen, und Charlie hatte scheinbar verlegen – *demütig* – zu Boden geschaut, als der Raum in Applaus ausbrach. Ariel saß genau dort an seinem Tisch, sodass sie eine der ersten unter den Frauen im kleinen Schwarzen und den Männern im Smoking war, die aufstanden, klatschten und den Unternehmer-Philanthropen-Idioten bewundernd anstarrten, bis er sich scheinbar ungern – *widerwillig* – erhob, um die stehende Ovation der Menge für seinen Altruismus zu bestätigen.

»Wozu die Eile?«, fragte er. »Warum bleibsu nich hier bei mir?« Er machte einen Schritt auf sie zu.

»Nein, Charlie, ich glaube nicht, dass das eine so gute Idee ist.«

Ariel hob ihre Hand – Stopp, genau hier –, aber das tat er nicht. Stattdessen machte er einen weiteren Schritt nach vorn und versperrte die Tür nun vollständig.

»Komm schon. Nur ganz kurz.«

»Nein«, sagte sie, »ich sollte gehen.«

Aber er ging ihr nicht aus dem Weg. Stattdessen machte er noch einen Schritt, durch die Türöffnung, und jetzt war ihre ausgestreckte Hand nur noch wenige Zentimeter von seiner Brust entfernt.

»Lass mich bitte vorbei.«

Ariel wollte ihn nicht berühren, also nahm sie ihre Hand weg, senkte den Arm.

»Ich muss zurück an meinen Tisch. Zu meinem Mann.«

Charlie ignorierte das. Er legte seine Hand in seinen Schritt und streichelte seine Erektion durch die Leinenhose. »Wie wär's?«

»Nein«, sagte sie, ihre Angst verwandelte sich in Panik, das passierte alles wahnsinnig schnell. Sollte sie schreien? »Bitte, lass mich durch.«

»Ich weiß, du willst das.« Er nickte im Einverständnis mit

sich selbst. »Du hast doch schon immer auf mich gestanden, oder?«

Es war absolut unfassbar, wie er das glauben konnte. Ariel hatte noch nie mit Charlie geflirtet, hatte ihn nie auch nur ansatzweise ermutigt, egal wie verzerrt.

»Nein, Charlie, das hab ich nicht.« Wie viele Male hat sie schon Nein zu ihm gesagt? »Jetzt geh mir bitte aus dem Weg oder ich schreie.«

»Oh«, er grinste arrogant, »wetten, dass du das tust.«

Er fummelte mit einer Hand hinter sich herum, und Ariel erkannte zu spät, dass er nach dem Türknauf suchte. Er zog die Tür zu, dann hörte sie das Klicken des Schlosses, und jetzt durchströmte Panik ihren Körper wie ein elektrischer Schlag, sodass sie kaum noch denken konnte, und sie platzte heraus: »Bucky wird nach mir suchen.« Eine offensichtliche Lüge.

»Nein.« Charlie schüttelte den Kopf, straffte seinen Kiefer. »Das wird er nicht.«

Sie würde sehr laut schreien müssen, so laut wie möglich, aber die Leute würden es doch hören, oder? Jemand würde herbeieilen, ein paar Männer, sie sah sie schon, wie sie durch die Badezimmertür stürmten und auf diese nicht misszuverstehende Szene stießen.

Aber was dann? Charlie besaß all diese Menschen, die Geschäftsleute da draußen, die Politiker, die Banker, die Prominenten, die Gastronomen.

Ariel konnte sich genau vorstellen, was passieren würde: Sie würde als die Schuldige, die Verführerin, die Schlampe dargestellt werden. Die betrunkene Aufsteigerin, die auf die Schnauze gefallen war.

»Ich habe Bucky gesagt, ich bin gleich wieder da.« Ariel wich zurück, weg von Charlie, stieß gegen das Waschbecken, der Platz wurde knapp. Und die Zeit.

»Nein, das hast du nicht.«

»Bitte«, sagte sie wieder, »nicht.«

Sie suchte in seinen Augen nach Mitgefühl, nach Menschlichkeit, aber was sie darin fand, war das Gegenteil, eine unmissverständliche Klarheit, eine nüchterne Intensität. Plötzlich schien Charlie gar nicht mehr betrunken. Er wirkte vielmehr wie ein kaltes, berechnendes Monster.

Er griff nach seiner Gürtelschnalle, und alles schien sich schneller abzuspielen als in der Realität, wie in einem vorgespulten Film, in dem Szenen übersprungen wurden – die, in der sie sagt: »Lass mich verdammt noch mal in Ruhe«, die, in der sie Charlie in den Schritt tritt, die, in der sie durch die Tür stürmt, zu Bucky rennt und in seiner schützenden Umarmung zusammenbricht. All diese Szenen fehlen. Nichts von alledem wird geschehen.

In den kommenden Minuten und Stunden und Tagen und Monaten und Jahren und Jahrzehnten würde Ariel immer wieder auf diesen Moment zurückkommen und sich fragen, was sie hätte anders machen sollen. Gar nicht erst zu dieser Party kommen? Sich nicht ins Poolhaus verkriechen, um sich in selbstverachtendem Selbstmitleid zu suhlen? Charlie auf die Nase schlagen, ihm die Augen auskratzen? Seinen Schwanz in den Mund nehmen, um ihn zu beißen? Hätte sie aus vollem Hals schreien sollen, immer und immer wieder, bis ihre Kehle heiser und das Geräusch unerträglich war und die Kavallerie herbeieilte?

Aber was dann?

Dann wäre Ariel für heute und morgen und für den Rest ihres Lebens dies geworden: die Frau, die Charlie Wolfe auf seinem Sommerfest vergewaltigt hatte.

Nein: *angeblich* vergewaltigt hatte.

Kayla Jefferson ist wieder am Telefon.

»Ich habe endlich den vollständigen Bericht über John Wright, geboren als John Reitwovski, bekommen. Ein paar interessante Details stechen heraus. Erstens hat er eine Offiziersausbildung gemacht und seinen Dienst in Afghanistan abgeleistet.«

»In der Tat interessant«, stimmt Griffiths zu.

»Nicht so interessant wie sein nächster Schritt, wegen dem es auch so lange gedauert hat, seine Daten zu bekommen. Er hat seinen Dienst bei der Armee quittiert, als er von uns angenommen wurde.«

»Uns?«

»John Wright«, sagt Kayla, »war bei der verdammten CIA.«

Kapitel 36

»Danke, dass Sie Zeit für uns haben.« Kommissar Moniz hält ihnen eine Plastiktüte hin. »Sandwiches.« Er sieht Ariel an. »Für Sie auch.«

Zwei Abende hintereinander haben diese Polizisten ihr das Abendessen bezahlt. Das ist nett. Aber das heißt noch lange nicht, dass sie ihnen vertrauen kann.

»Danke«, sagt sie. John packt die Tüte auf dem Tisch aus, während Ariel Teller, Servietten und Besteck holt: methodische, aber geistlose Hausarbeit, automatisches Muskelgedächtnis.

»Haben sie Ihnen etwas zu essen gegeben?«, fragt Moniz. »Ihre Entführer?«

»Ja, Schinkenbrot.« John nimmt einen Bissen vom Sandwich, dann noch einen.

»Zu jeder Mahlzeit? Auch zum Frühstück?«

John hört auf zu kauen und starrt den Beamten mit unverhüllter Feindseligkeit an. »Ich kann mich kaum aufrecht halten, und Sie fragen mich nach dem *Essensplan* während meiner Entführung? Sind Sie wirklich deshalb hier?«

»Bitte, Senhor Wright, beruhigen Sie sich. Wir suchen nach Hinweisen. Es mag manchmal überraschen, wo wir welche finden.«

Moniz öffnet seinen Notizblock. Santos hört wie immer zu und beobachtet, statt zu fragen und etwas aufzuschreiben.

»Einschließlich, ja, auch bei den Mahlzeiten. Alles kann wichtig sein. Aber mir ist klar, dass Sie müde, aufgeregt und verletzt sind. Also werden wir das schnell erledigen, und dann lassen wir Sie in Ruhe. Einverstanden?«

John nickt. Er scheint sich für seinen Ausbruch zu schämen.

»Ausgezeichnet«, sagt Moniz. »Wenn es Ihnen nichts ausmacht, dann bitte von Anfang an.«

John nickt, legt sein Sandwich weg, wischt sich das Gesicht und die Hände ab. »Gestern – war es wirklich erst gestern? – bin ich sehr früh aufgewacht. Zu früh.«

»Wie viel Uhr war das, bitte?« Moniz hat mit dem Schreiben begonnen.

»Ungefähr fünf Uhr dreißig. Im Bett wurde mir klar, dass ich nicht wieder einschlafen würde, also habe ich geduscht, mich angezogen und wollte einen Spaziergang machen, vielleicht einen Kaffee trinken und ein paar *Pastéis de Nata* für meine Frau kaufen.« Er wendet sich an Ariel. »Die isst sie so gerne, und hier in der Nähe gibt es eine berühmte Bäckerei. Ich habe einen Zettel für sie auf dem Kissen hinterlassen.«

»Ich habe ihn nicht bekommen«, sagt Ariel. »Er muss vom Bett gefallen sein. Eine Hotelangestellte hat ihn später gefunden, als sie das Zimmer aufgeräumt hat. Aber das war erst am Nachmittag, und da war ich schon ziemlich außer mir. Ich hatte keine Ahnung, wo du warst, nichts …«

»Es tut mir so leid.«

Moniz wendet sich an Ariel. »Schlafen Sie normalerweise weiter, wenn Ihr Mann aufsteht?«

»Nein.«

»Aber gestern haben Sie es getan?«

»Ich hatte in der Nacht zuvor eine Schlaftablette genommen, um mich auf die Zeitumstellung einzustellen. Die hat mich umgehauen.«

»Wie heißt das Mittel?«

»Ich weiß es nicht …« Sie blickt John an.

»Ambien«, sagt John.

»Sind Sie sicher? Sie hätten Ihrer Frau nichts anderes geben können? Vielleicht aus Versehen?«

John schreckt vor der versteckten Anschuldigung zurück. »Nein. Die einzigen Tabletten in der Dose sind Ambien.«

»Und dann haben Sie das Hotel um«, Moniz blickt nach unten, »ein paar Minuten vor sieben verlassen.«

»Ja. Ein Auto stand vor dem Hotel, und als ich rauskam, öffnete sich die Hintertür. Ein Mann stieg aus und sagte zu mir: ›Mr. Wright, es gibt einen Notfall, etwas sehr Heikles, das nicht am Telefon besprochen werden kann.‹ Ich nahm an, dass es mit meinem Klienten zu tun hatte, denn deshalb war – *bin* – ich ja hier. Der Typ sah sich um, als ob er nach möglichen Mithörern Ausschau hielt, dann fragte er mich, ob es mir etwas ausmachen würde, kurz ins Auto zu steigen, damit er mir das Problem erklären könnte.«

»Kannten Sie diesen Mann? Haben Sie ihn erkannt?«

»Nein, ich hatte ihn noch nie gesehen.«

»Und wie hat er sich angehört? Hat er Englisch gesprochen?«

»Ja. Mit einem portugiesischen Akzent.«

»Und Sie sind in das Auto eingestiegen?«

»Das bin ich. Aber als ich mich vorbeugte, spürte ich einen stechenden Schmerz in meinem Rücken, und ich dachte, was zum Teufel war das denn, und ich habe vielleicht ›Hey‹

oder so etwas gesagt, dann kippte ich nach vorne, mir wurde schwindlig, und das war's dann: Ich war bewusstlos. Als ich wieder zu mir kam, war ich allein in einem Raum ohne Fenster, mit einer Tür und mit nichts drin außer einem Bett und einem Kissen. Ich drückte die Klinke, aber die Tür war verschlossen. Ich klopfte, und ein paar Sekunden später hörte ich einen Mann auf der anderen Seite sagen: ›Setzen Sie sich aufs Bett.‹ Ich rührte mich nicht sofort, und er sagte: ›Wir beobachten Sie mit einer Kamera.‹ Ich schaute mich um und sah, dass sie an der Decke angebracht war. Also setzte ich mich, und die Tür ging auf. Zwei Männer standen im Flur, einer direkt an der Tür, der andere drei Meter dahinter. Der zweite Mann hielt eine Pistole in der Hand und richtete sie auf mich.«

»Wie sahen die Männer aus?«

»Beide trugen schwarze Hosen, langärmelige schwarze Hemden, Sturmhauben, die alles außer den Augen bedeckten, und Sonnenbrillen. Mehr konnte ich nicht sehen.«

»Das ist schade. Wie groß waren die Männer?«

»Beide etwa einsachtzig.«

»Hatten sie genau die gleiche Statur?«

»Mehr oder weniger.«

»Interessant.«

»Einer von ihnen sagte: Sie wurden entführt. Wir wollen Ihnen nicht wehtun. Wir fordern ein Lösegeld innerhalb von achtundvierzig Stunden.«

»Genau so haben sie es gesagt?«

»Ich umschreibe nur.«

Ariel wirft heimlich einen Blick auf Santos, die sich im Raum umschaut und die Details aufnimmt, oder so tut als ob. Ariel war davon ausgegangen, dass Santos eine natürliche Verbündete sein würde, obwohl es viele Anzeichen dafür gab, dass nicht alle Frauen an weibliche Solidarität glaubten oder sich darüber einig waren, was sie bedeuten könnte. Jede Wahl erinnerte Ariel daran. Und jetzt erinnert sie der kalte, harte Blick dieser portugiesischen Kommissarin daran, die offensichtlich niemandem pauschal Glaubwürdigkeit zubilligt, unabhängig vom gemeinsamen Geschlecht.

»Also aß ich meine Sandwiches«, fährt John fort, »und trank mein Wasser, und ab und zu ging ich auf die Toilette. Ich habe auch geschlafen, aber ich weiß nicht, wie lange oder wann. Es gab für mich keine Möglichkeit, die Zeit zu messen.«

»Und Ihr Umgang mit den Männern?«

»Da gab es nicht viel. Nur wenn sie mir Essen brachten und mich zur Toilette begleiteten.«

»Keine Verhöre? Sie wollten keine Informationen von Ihnen?«

»Ich glaube nicht.«

»Sind es immer die gleichen zwei Männer gewesen?«

»Schwer zu sagen. Sie sahen sich so ähnlich mit ihren bedeckten Köpfen und Sonnenbrillen. Soweit ich weiß, gab es ein halbes Dutzend von ihnen. Sie haben kaum gesprochen, sodass ich kein Gefühl für ihre Stimmen entwickeln konnte.«

Plötzlich schaltet sich Santos ein. »Erzählen Sie uns von der Toilette.«

»Der Toilette?« John ist überrascht über diese Frage und über die Person, die sie stellt. Die Toilette ist ein privater Ort, der einzige wirklich private Ort, ein so privater Ort, dass wir nicht einmal darüber sprechen.

Zumindest sollte er das sein.

»Nein!«

Charlie hob sie hoch, grob, und als ihre Füße den Boden verließen, verlor sie das Gleichgewicht und damit jede Hoffnung auf Kontrolle …

»Stopp!«

… und da hatte er ihr schon das Kleid über die Taille, ihren Slip beiseitegeschoben, und sie spürte, wie ihre ungeschützte Haut gegen den kalten Marmor prallte.

»Nein, Charlie«, sagte sie und erhaschte über seine Schulter einen Blick auf sich selbst im Spiegel an der gegenüberliegenden Wand, wo sie auch Charlies Gesicht im Spiegel sehen konnte, der Unendlichkeitseffekt.

»*Bitte* nicht.«

Er nahm ihre Bitte nicht einmal zur Kenntnis, drängte sich einfach hinein, aber sie war trocken, unempfänglich, es riss und brannte.

»Au«, hörte sie sich sagen. »Du tust mir weh.«

Er ignorierte den Schmerz in ihrer Stimme und stieß noch bewusster, kräftiger zu. Bösartiger.

Sie beobachtete weiterhin, wie die Frau im Spiegel zappelte, sah, wie sie versuchte, sich zu drehen, um ihn von sich wegzuschieben, aber sie hatte keine Chance. Ariels Arm fühlte sich nutzlos an gegen diesen Mann, der doppelt so schwer war wie sie, wie eine völlig andere Art.

Ihre Kraft schwand schnell, ihre Arme brannten von der Anstrengung, ihn von sich zu stoßen, als hätte sie versucht, einen Mammutbaum anzuheben, was so kläglich scheiterte, dass der Baum nicht einmal merkte, dass jemand es versucht hatte. Ihr Hinterkopf schlug gegen den Spiegel, und der Wasserhahn bohrte sich in ihren Rücken. Morgen würde sie blaue Flecken haben, aber die würden von der Kleidung, von den Haaren verdeckt sein. Diese Wunden würden unsichtbar sein. Die anderen auch.

Im Spiegel sah Ariel, wie sie anfing zu weinen, sie hörte es auch, und als Reaktion darauf riss Charlie ein Handtuch vom Regal, schob es ihr in den Mund. Sie spürte einen Energieschub, fing erneut an zu kämpfen gegen diese Unverschämtheit, versuchte noch stärker, ihn wegzuschieben, wieder gelang es ihr nicht, sie versuchte, das Handtuch auszuspucken, musste aber stattdessen würgen.

Hier ging es nicht um Sex, es ging nur um Gewalt – sich etwas zu nehmen, jemanden zu verletzen. Sie konnte nicht glauben, dass er das genoss. Sie konnte fast nicht glauben, dass es tatsächlich geschah, und sie wandte ihren Blick von den unendlichen Spiegeln ab, um den einen, echten Charlie direkt anzuschauen, dessen Kopf bei jedem brennenden Stoß nach hinten fiel, die Augen geschlossen, der Kiefer stach selbstsicher, herausfordernd, arrogant in grausamer Eroberung hervor.

Sie konnte die grauen Haare aus seinen Nasenlöchern sprießen sehen, das schlaffe Kehlläppchen unter seinem Kinn. Sein Atem roch nach heißem Whiskey; er verströmte den ranzigen Schweiß eines Gewohnheitstrinkers, vermischt mit Eau de Cologne. Sie spürte Übelkeit in sich hochkommen, das saure Aufsteigen von Galle, und sie wusste, dass sie kotzen würde, wenn sie ihn weiter ansah, also wandte sie ihren Blick wieder den Spiegeln an der anderen Wand zu, in denen unendlich viele Ariels gefangen waren, die von unendlich vielen Charlies vergewaltigt wurden, für immer.

»Operationen oder Spionage?«, fragt Griffiths.

»Operationen.« Jefferson reicht ihr den Bericht. »John Wrights erster Auftrag war ein Jahr in Belgrad, dann hat er abrupt gekündigt. Offenbar hat er seine Meinung darüber geändert, wie er sein Leben leben will.«

»Und sein Lügendetektor war einverstanden?« Griffiths blättert um.

»Sieht so aus. Es gab keine Warnsignale bei seinen Tests.«

»Überhaupt keine Auffälligkeiten?«

»Nö. Zumindest nicht in den Papieren. Aber ich will noch mal einige seiner alten Kollegen anrufen.«

»Das sollten Sie auf jeden Fall tun. Mein Verdacht gegen diesen Kerl steigt gerade ziemlich. Er hat in der Armee in Afghanistan gedient, dann bei der CIA in Serbien, und dann wird er in Portugal entführt? Das sind eine Menge internationaler Intrigen für einen mittelgroßen Unternehmensberater, nicht wahr?«

»Ich bin da dran«, sagt Jefferson. »Auch die Sache mit dem Mechaniker ist interessant. Ein Typ namens Billy, der seine Verkaufsbelege für den Zeitraum um den Anruf überprüft und nichts gefunden hat, was mit jemandem namens John Wright zu tun hat. Soweit Billy sich erinnern kann, ist die einzige Möglichkeit ein Mann, bei dem er sich ein paar Wochen nach einem Verkauf noch mal gemeldet hat, um zu erfahren, ob alles in Ordnung ist.«

»Das klingt ungewöhnlich.«

»Ist es auch. Offenbar handelte es sich bei dem fraglichen Verkauf um ein gebrauchtes Motorrad an jemanden, der sich mit diesem speziellen Motorradtyp nicht besonders gut auskannte, sodass Billy um die Sicherheit des Mannes besorgt war. Und Billy gibt zu, dass er, obwohl Aktenführung nicht seine Stärke ist, nicht dazu neigt, Quittungen einfach zu verlieren. Aber diese hier? Sie fehlt komplett.«

»Hm.« Auch das ist ziemlich verdächtig.

»Auch ohne die Unterlagen konnte sich Billy aber an zwei wichtige Details der Transaktion erinnern: Erstens, der Typ hat zweitausendfünfhundert Dollar bezahlt; zweitens, in bar.«

»Sie sagten, *diesen speziellen Motorradtyp*. Was bedeutet das genau?«

Das Telefon klingelt, Antonucci ruft an.

»Ich weiß es nicht«, sagt Kayla. »So hat es der Mechaniker gesagt.«

»Bitte finden Sie das heraus.«

Griffiths hebt den Hörer ab. »Was gibt's, Guido?«

»Ich glaube, du willst hören, was gerade in ihrem Hotel passiert.«

»Mein Zimmer lag an einem Ende eines Flurs. Am anderen, vielleicht drei Meter entfernt, war eine Tür, die ich nie offen sah; ich nahm an, das sei der Ausgang. Die Toilettentür war in der Mitte des Flurs. Nur eine Toilette, eine Klopapierrolle auf dem Boden und ein Waschbecken. Aber keine Dusche, keine Wanne, kein Fenster, keine Seife, kein Handtuch, kein Spiegel, nichts außer der Toilette, dem Papier und dem Waschbecken.«

»War das auf der linken Seite des Flurs? Oder auf der rechten?«

Ariel spürt ein flaues Gefühl in der Magengegend. Sie mag diese Art der Fragestellung nicht, die Herausforderung, die in ihrer Genauigkeit, in ihrer Irrelevanz liegt. Der einzige Grund, diese Frage jetzt zu stellen, ist, sie später noch einmal zu stellen, um zu sehen, ob die Antworten übereinstimmen. Diese Frage ist eine Falle.

»Wenn ich aus meinem Zimmer kam auf der rechten Seite.«

»Bitte erzählen Sie mir davon.« Moniz deutet auf Johns verletztes Gesicht. »Wie ist das passiert?«

John zieht eine Grimasse, als würde er sich schämen. »Es war dumm, ich weiß nicht, was ich mir dabei gedacht habe. Ich hatte eine Weile geschlafen, und als ich aufwachte, musste ich dringend auf die Toilette. Also klopfte ich an die Tür, und als sie sich öffnete, war nur ein Mann da, statt der üblichen zwei, und da kam mir der Gedanke, dass das meine Chance war. Dass ich versuchen sollte, ihn zu überwältigen.«

»War er bewaffnet, dieser Mann?«

»Ja, aber ich dachte, wenn ich ihm die Waffe abnehmen könnte …« John zuckt mit den Schultern. »Also bin ich zuerst aufs Klo gegangen, weil, na ja, weil ich musste. Außerdem dachte ich, es würde ihn einlullen, dass ich nicht sofort angreife. Als ich auf der Toilette fertig war, habe ich nicht gespült, sondern einfach die Tür aufgerissen, in der Hoffnung, den Wachmann zu überraschen. Er stand ein paar Meter entfernt, die Pistole steckte in seinem Hosenbund, und ich konnte sehen, dass er keine Zeit haben würde, die Waffe zu ziehen, also stürzte ich mich auf ihn und versuchte, ihn mit dem Körper gegen die Wand zu stoßen, aber er schubste mich zur Seite, und ich verlor das Gleichgewicht. Er schlug mir seitlich auf den Kopf. Ich stolperte nach hinten, und er schlug mir erneut ins Gesicht, und zwar richtig fest.«

»Das war ein Schlag mit der linken Hand, ja?«

John sieht Moniz ausdruckslos an.

Ariel verspürt einen fast körperlichen Drang, das Gespräch abzubrechen, aber sie weiß, dass sie es so lange wie möglich hinauszögern sollte, um herauszufinden, was die Polizisten denken. Was sie als Nächstes tun werden.

»Ihre Verletzung befindet sich auf der rechten Seite Ihrer rechten Gesichtshälfte, also muss eine Person, die Ihnen gegenübersteht«, Moniz hebt langsam seine linke Hand, formt eine Faust und bewegt sie in Zeitlupe in Richtung Johns Gesicht, »die linke Hand benutzen, um Sie an dieser Stelle zu treffen. In diesem Winkel.«

John schließt die Augen und erinnert sich. »Ja.« Er öffnet die Augen. »Es war die linke Hand.«

Moniz schreibt etwas auf. »Und dann?«

»Und dann bin ich gefallen, und er stand über mir, immer noch mit Sonnenbrille, jetzt wieder mit der Waffe in der Hand, die er auf mich richtete. Er sagte: Das war dumm.«

»Ja«, sagt Moniz. »Wenn ich das sagen darf, stimme ich zu. Warum haben Sie das getan?«

»Ehrlich gesagt? Ich weiß es wirklich nicht.«

Ariel hasst es, dass John ständig »ehrlich gesagt« sagt.

»Ich wurde entführt, und ich dachte, das wäre eine Chance zu entkommen. Vielleicht meine einzige Chance.«

»Aber warum haben Sie geglaubt, dass Sie fliehen müssen?«

John sieht verwirrt aus.

»Haben Sie nicht geglaubt, dass das Lösegeld bezahlt werden würde? Von Ihrem Arbeitgeber? Oder von Ihrer Frau?«

»Nun, ehrlich gesagt –«

Kann er endlich aufhören, das zu sagen?

»– wegen des Feiertags war ich besorgt, dass meine Firma nicht erreichbar sein würde und Ariel sich selbst um alles kümmern müsste. Sie hat nicht so viel Geld …«

»Entschuldigung«, unterbricht Santos erneut. Ariel fängt an, die Unterbrechungen dieser Frau zu fürchten. »Haben die Entführer Ihnen gesagt, wie viel Lösegeld sie fordern?«

»Nein. Aber Ariel hat kein Lösegeld in *irgendeiner* Höhe.«

»Woher wissen Sie das?«, fragt Santos. »Wie viel Geld, glauben Sie denn, könnte Ihre Frau auftreiben? Als Lösegeld?«

»Ich weiß es nicht.«

»Nein?« Santos schaut kurz zu Ariel, dann wieder zu John. »Sie wissen nicht, wie viel Geld Ihre Frau auf Bankkonten hat? In Anlagen?«

John antwortet nicht sofort, und Ariel schaltet sich ein. »Warum fragen Sie danach?«

»Ich versuche nur, die Gedanken Ihres Mannes zu verstehen.«

»Was haben seine Gedanken über meine Bankkonten mit seiner Entführung zu tun?«

»Nichts«, sagt Santos. Dann fügt sie hinzu: »Vielleicht.«

Jetzt kann Ariel dem Kribbeln in ihrem Bauch einen Namen geben: Angst.

»Macht Ihnen Ihre Arbeit Spaß, Senhor Wright?« Moniz übernimmt wieder das Wort. Ariel schwirrt der Kopf von dem ganzen Fragen-Ping-Pong. Das ist wahrscheinlich der Sinn der Sache.

»Größtenteils.«

»Denken Sie manchmal ans Aufhören?«

»Wer tut das nicht?«

»Ich.« Moniz lächelt. »Ich liebe meine Arbeit. Ich hoffe, bis zu dem Tag zu arbeiten, an dem ich sterbe.«

»Dann haben Sie viel Glück. Oder so.«

»Haben Sie ausgerechnet, wie viel Geld Sie brauchen, um in die Ruhe zu gehen?«

»In Rente? Nein, nicht genau.« Johns Stimme zittert. Dieses ganze Säbelrasseln hat gewirkt. »Dafür bin ich noch etwas jung.«

Ariel war schon einmal in einer solchen Situation: sicher, dass etwas Schreckliches passieren wird, aber nicht in der Lage, das Nötige zu tun, um es zu verhindern, nicht wagend, die Niederlage einzugestehen und sich für Konfrontation zu entscheiden. Am Ende hat sie bereut, das Unangenehme aufgeschoben zu haben, so hätte sie vielleicht das Unerträgliche verhindert. Später hat sie immer gedacht: Ich hätte etwas tun sollen, als ich noch die Chance dazu hatte.

Als er fertig war, riss Charlie Ariel das Handtuch aus dem Mund und wischte sich damit den Schwanz ab.

Sie rieb sich den Kiefer, ihre Gesichtsmuskeln taten weh von dem zusammengeknüllten Frotteetuch, zusätzlich zu all den anderen Schmerzen in anderen Teilen ihres frisch geschundenen Körpers. Sie sah zu, wie Charlie den Reißverschluss hochzog, sich im Spiegel begutachtete, sein Haar glättete, seinen Mund zu etwas formte, das wie ein Lächeln aussah, und sein Partygesicht wieder aufsetzte – nur ein lebenslustiger Typ an einem Samstagabend, der diese verdammten Armbänder trug.

»Ich geh suerst raus, okay?« Charlie lallte nun wieder, und Ariel konnte sehen, wie er sich die Geschichte zurechtlegte,

411

die Rechtfertigungen, die Ausreden – sicher, okay, vielleicht war er ein bisschen betrunken, aber er hatte Ariels Annäherungsversuche definitiv nicht missverstanden, sie hatte ihn schon ewig angemacht, und dann war sie ihm in diese abgelegene Toilette gefolgt, was zum Teufel sollte er denn denken, dass sie wollte? Genau das, was sie bekommen hatte.

»Okay?«, fragte er erneut.

Ariel fand keine Worte, starrte ihn einfach nur fassungslos an, bis Charlie den Blick von seinem Spiegelbild abwandte und ihrem begegnete. Nur für eine Sekunde, aber das war lange genug, um sie zu sehen, selbst durch die dicke Wolke ihrer Angst hindurch: die Lüge.

Seit Ariels erstem sexuellen Übergriff waren fast zwanzig Jahre vergangen, zwei Jahrzehnte, in denen sie begriffen hatte, was Gaslighting war. Sie wusste, dass es zielgerichtet war; sie wusste, wie es funktionierte. Es funktionierte genau wie das hier.

Ob Charlie wohl wusste, dass er ein Monster war? Bemühte er sich gezielt, seine Grausamkeit vor allen zu verbergen, vielleicht sogar vor sich selbst? War das die Erklärung für seine protzige Menschenfreundlichkeit? Die Cooler-Typ-Armbänder, die Wohltätigkeitsgalas, die zwanzig Dollar Trinkgeld, die er an Pagen, Parkwächter und vor allem – ganz extravagant – an Garderobenmädchen verteilte? Na, seht doch mal her, was für ein guter Kerl ich bin.

Glaubte er das eigentlich selbst? Oder wusste er ganz genau, dass, was er tat ein Schwindel war? Dass er versuchte zu verbergen, was er wirklich war.

»Du bist ein verdammtes Monster«, sagte Ariel.

Kapitel 37

»Wie ist es ausgegangen?«, fragt Moniz.

John seufzt erleichtert. Auch ihm ist die Art der Befragung durch die Polizei unangenehm geworden, und er ist dankbar, dass er sich wieder auf die sichere Basis einer sachlichen Chronologie stützen kann.

Ariel ist es nicht. Sie ist besorgt, dass dies nur ein taktischer Rückzug ist, eine Finte, nach der das Verhör wieder zurückschwingen wird. Sie sorgt sich, ob John bei dieser Befragung nicht einen Anwalt dabeihaben sollte, einen amerikanischen Anwalt, und dass sie in der amerikanischen Botschaft stattfinden sollte. Wenn sie nur auf die Integrität der amerikanischen Botschaft vertrauen könnte. Der amerikanischen Anwälte.

»Sie sagten mir, ich solle mich auf das Bett setzen, wie sie es immer taten, bevor sie die Tür öffneten. Dann sagte ein Mann, ich hätte Glück gehabt, mein Lösegeld sei bezahlt worden, man würde mich freilassen. Aber ich müsse einen Knebel und eine Kapuze tragen. Er sagte, jetzt sei nicht der richtige Zeitpunkt, um den Helden zu spielen; ich sei nur noch wenige Minuten von der Freiheit entfernt. Also saß ich still, während er mich knebelte und mir eine schwere, juckende Kapuze über den Kopf zog. Dann führten sie mich den Flur hinunter, nach vielleicht zwanzig Schritten spürte ich frische Luft. Ich wurde vornübergebeugt und in ein Auto geschoben. Wir fuhren etwa dreißig Minuten, dann wurde ich wieder aus dem Auto gezogen, musste ein paar Schritte gehen. Ich wurde auf einen Stuhl gestoßen, meine Füße wurden gefesselt, meine Hände auch. Dann hörte ich Schritte, die sich entfernten, eine Wagentür, die zuschlug, das Auto, bei dem ein Gang eingelegt wurde und das wegfuhr, dann eine schwere Tür, die sich schloss.«

»Würden Sie diesen Ort wiederfinden?«

»Ich kann das«, mischt sich Ariel ein. Alle wenden sich ihr zu. »Ich weiß genau, wo das ist.« Eines der Dinge, die Ariel gelernt hat, ist, wie man als Zeugin glaubwürdig wirkt. Gewissheit ist entscheidend. Gewissheit ist alles.

»Gut.« Moniz nickt. »Und die Kapuze, die Sie getragen haben?«

»Da drüben«, sagt Ariel und deutet auf den Küchentisch.

»Würde es Ihnen etwas ausmachen, wenn wir …?«

»Nur zu.«

Ariel hat die Rolle der Zeugin übernommen und lenkt die Aufmerksamkeit von John ab. Seine Energie scheint nachzulassen; die Kampf-oder-Flucht-Reaktion ist anstrengend. Danach ist man immer zumindest ein wenig verwirrt und nicht unbedingt in der Lage, die besten Entscheidungen zu treffen. Auch wenn einem das in dem Moment nicht bewusst ist. Und es möglicherweise auch nie sein wird.

Ariel zitterte, begutachtete den Schaden, nahm eine Ersteinschätzung vor wie eine Sanitäterin, die am Ende einer blutigen Schlacht auf ihre eigene Verletzung gestoßen war.

Sie wollte nicht auf der Party herumlaufen, als sei sie gerade vergewaltigt worden. Sie wischte ihren verschmierten

Lippenstift und die Wimperntusche ab, wobei ihre unsicheren Hände nur ineffiziente Arbeit leisteten. Sie versuchte, ihr Haar zu richten, doch das schien mehr zu schaden, als zu nützen. Sie rückte ihren Slip zurecht, glättete ihr Kleid, zuckte zusammen, als sie plötzlich überdeutlich Charlies Sperma spürte, warm und glitschig, bei dem Gedanken daran wurde ihr schlecht, ein heftiger Anfall von Übelkeit, und sie drehte sich zur Toilette, um sich zu übergeben, eine weitere Qual, die ihren ganzen Körper schmerzte.

Dann stand Ariel auf, wusch sich noch einmal und überlegte: Was sollte sie jetzt tun?

Sie könnte zurück auf die Party stürmen und es allen ins Gesicht schreien. Aber was dann?

Oder sie könnte gleich hier im Bad einen Notruf absetzen und dann auf die Polizei warten, vor der Eingangstür, wo ein paar Maseratis und ein Lamborghini an gut sichtbaren Stellen geparkt waren, um für die anderen Gäste zu posen. *Dort steht er*, würde sie zu den Polizisten sagen. *Das verdammte Monster da drüben.* Aber was dann?

Oder sie könnte zu ihrem Mann gehen und flüstern: *Kann ich dich kurz sprechen?* Nachdem sie es erklärt hätte, würde Bucky vielleicht selbst die Polizei rufen. Oder er würde rübergehen und Charlie eine reinhauen. Wie auch immer: Was dann?

Oder sie könnte so tun, als wäre die ganze Sache nie passiert, so wie es ihr Vater ihr einmal geraten hatte. Aber was dann?

Was dann? Was dann? Was dann?

Sie wusste nicht, ob sie überhaupt laufen konnte, aber sie schaffte es, gerade noch so, unsicher, ein lautes Getöse in ihrem Kopf, als ob verschiedene Teile von ihr gleichzeitig vor Schmerz schrien, herausbrüllten, was alles nicht stimmte, ihr Körper tat weh, ihre Seele, die ganze Lage war beschissen, und sie konnte sich immer noch nicht entscheiden, was sie jetzt konkret tun sollte, außer dass sie eines ganz sicher wusste: Sie musste von dieser verdammten Party verschwinden, und zwar sofort.

Ariel taumelte zwischen den Tischen umher, zog einen Blick nach dem anderen auf sich und hatte das Gefühl, als sei ihr ganzer Körper von dem Angriff umhüllt, getränkt von Charlies Schweiß, seiner Spucke, seinem Sperma, als könne jeder es an ihr sehen und riechen, und eine weitere Welle der Übelkeit überkam sie, sie musste sich gegen einen Stuhl lehnen, und jemand an dem Tisch fragte: »Alles in Ordnung?« Sie murmelte »*Mhm*«, dann schleppte sie sich weiter über den Rasen.

»Bucky?«, krächzte sie leise, ihre Stimme war schwach und heiser.

Er blickte vom Erzählen einer Geschichte auf. Die Leute schienen auf die Pointe zu warten.

»Mir geht es nicht so gut.«

Bucky antwortete nicht sofort, aber Maggie Mitchum sprang ein und sagte durch die Stille zu ihrem Mann: »Komm, Aubrey, lass uns hier verschwinden.«

Die beiden Paare hatten eine Fahrgemeinschaft gebildet, damit nur eine Person nüchtern bleiben musste. Ganz sicher war das keiner von den Mitchums und auch nicht Bucky. Diese drei waren alle Menschen, die am Ende einer Party niemals nüchtern waren, noch nicht mal dann, wenn sie es sich vornahmen.

Noch eine Aufgabe, die zu Ariels Job gehörte.

»Okay«, gab Bucky mit offensichtlichem Widerwillen nach. Er fing an, Hände zu schütteln.

»Hey«, flüsterte Maggie. »Alles in Ordnung mit dir?«

Ariel hatte Angst, dass sie durchdrehen würde, wenn sie noch einmal versuchte zu sprechen. Also nickte sie nur.

»Bist du sicher?« So betrunken Maggie auch war, selbst diese Frau, die Ariel kaum kannte, konnte sehen, dass etwas nicht stimmte, während Ariels eigener Mann keine Ahnung hatte.

»*Mmm*«, sagte Ariel wieder, die Lippen zusammengepresst, in dem Versuch zu verhindern, dass sie weinte, schluchzte, kotzte und vor allen Leuten komplett zusammenbrach.

»Ich muss mich noch von Charlie verabschieden«, sagte Bucky.

Auf gar keinen Fall. Eher fror die Hölle zu.

»Das habe ich schon«, schaffte Ariel zu sagen. »Ich hole den Wagen.«

Sie streckte die Hand nach dem Parkticket aus, das Bucky endlich aus der fünften Tasche fischte, die er durchsuchte: eine Muschel mit einer handgemalten Nummer darauf, sehr stylisch im Strandstil, wie alles hier, der Luxus, die Eleganz, die schicken Leute in ihren schicken Kleidern. Hier sah ganz sicher nichts nach dem Schauplatz eines Gewaltverbrechens aus.

»Mr. Wagstaff! Saxby Barnes hier.«

»Hey.« Wagstaff geht auf die andere Seite des Platzes zu, weg vom Hotel. Er hatte in der Nähe eines Mannes gesessen, der aussah, als könnte er Amerikaner sein, möglicherweise von der CIA. Wagstaff will nicht, dass dieser Mann sein Gespräch mithört. »Was ist los?«

»Konnten Sie schon Informationen zu der Sache, über die wir gesprochen haben, ausgraben?«

»Was denn zum Beispiel, Barnes?«

»Ich weiß es nicht. Zum Beispiel irgendetwas.«

Wagstaff ist sich nicht sicher, wonach Barnes sucht, und er wird ihm nicht einfach die ganze Geschichte erzählen.

»Sie müssen schon etwas genauer sein, Barnes.«

»Der Botschafter ist besorgt, dass sich etwas an dieser Situation als problematisch erweisen könnte.«

»Ich verstehe«, sagt Wagstaff. »Okay. Ich habe vielleicht etwas, das ich Ihnen mitteilen kann, Barnes. Wenn Sie mir auch etwas mitzuteilen haben.«

Barnes antwortet nicht, aber Wagstaff weiß, dass er das eher aussitzen kann als der Botschaftsfunktionär. Pete macht das schon viel länger, und er ist viel besser darin. Man muss nicht bei der CIA angestellt sein, um ein guter Spion zu sein. Tatsächlich sind viele der besten Spione das nicht. Außerdem braucht Barnes in diesem Moment ihn, aber Pete braucht Barnes nicht.

»Okay«, gibt Barnes nach. »Aber Sie können mich nicht als Quelle benutzen, nicht einmal als Hintergrundquelle.«

»Verstanden.«

»Ariel Pryce ist sehr spät letzte Nacht in die Botschaft gekommen – alles war schon geschlossen – und hat den sicheren Kommunikationsraum benutzt. Keiner, mit dem ich gesprochen habe, weiß, warum.«

»Sie meinen, es ist nicht auf Anweisung des Botschafters passiert?«

»Definitiv nicht.«

Was bedeutet das? Es heißt, dass Ariel Pryce von jemand Mächtigem in die Botschaft zitiert wurde, der entweder für die Regierung arbeitet oder gute Beziehungen hat. Das ist ein guter Tipp von Barnes, sogar ein großartiger.

»Also, was haben Sie für mich, Mr. Wagstaff?«

»Auf der Geburtsurkunde von Pryces dreizehnjährigem Sohn steht kein Vater. Und ich bin mir fast sicher, dass sie einen Geheimhaltungsvertrag über die Vaterschaft unterschrieben hat.«

Barnes antwortet ein paar Sekunden lang nicht und fragt dann: »Und das heißt was?«

Dieser Typ ist wirklich ein Einfaltspinsel.

»Tja, Barnes, derjenige, der das Lösegeld zur Verfügung gestellt hat, und der Vater des Kindes von Ariel Pryce sind ein und dieselbe Person.«

»Aha. Und haben Sie irgendeine Idee, wie wir diesen Herrn identifizieren können?«

Wagstaff sieht zum Hotelzimmer der Frau hinauf, alle Fenster sind geöffnet, die Vorhänge flattern. Dort ist sie gerade mit ihrem kürzlich geretteten neuen Ehemann und zwei Lissabonner Kommissaren und versucht, das explosive Geheimnis, das sie offenbar seit anderthalb Jahrzehnten verbirgt, weiterhin unter Verschluss zu halten. Und Wagstaff ist kurz davor, die Lunte anzuzünden. Sein Herz rast schon jetzt.

»Nein«, lügt er Barnes an. Das ist etwas, dem er selbst nachgehen muss, weit weg von allen, die ihn vielleicht aufhalten wollen. »Keine Ahnung.«

Kapitel 38

»Senhora, wie haben Sie das Lösegeld beschafft?«

»Tut mir leid, das kann ich Ihnen nicht sagen.«

Der Beamte wartet auf eine Erklärung, bekommt sie aber nicht, und Ariel beschließt, die Stille nicht zu füllen.

»Ich verstehe nicht«, sagt Moniz. »Sie wissen nicht, woher das Geld stammt?«

»Doch, natürlich weiß ich es. Aber es ist mir gesetzlich untersagt, das preiszugeben.«

»Auch nicht der Polizei?«

»Es gibt keine Ausnahmen.«

Moniz schüttelt den Kopf. »Ich verstehe es nicht.«

»Ich habe eine rechtliche Vereinbarung unterschrieben, in der ich verspreche, keine Details über die Interaktion zu enthüllen. Dass ich nicht einmal die *Existenz* der Vereinbarung preisgeben werde. An niemanden, niemals. Indem ich Ihnen das jetzt sage, breche ich diese also bereits.«

Der Kommissar kann doch nicht wollen, dass Ariel dazu verleitet wird, das Gesetz zu brechen; dafür sind Polizisten nicht da.

»In Amerika ist das gängig.« Ariel weiß, dass sie das klar und deutlich sagen muss, damit die Polizei versteht, warum sie sich weigert zu antworten. Sie wendet sich an Santos. Obwohl Moniz die meiste Zeit redet, ist Ariel ziemlich sicher, dass Santos diejenige ist, die überzeugt werden muss.

420

»Es nennt sich Geheimhaltungsvertrag oder Vertraulich-keitsvereinbarung. Haben Sie schon mal davon gehört?« Keiner der beiden Polizisten antwortet, also fährt Ariel fort: »Die Regeln sind streng, die Strafen hart. Wenn ich gegen die Bedingungen verstoßen würde, wäre ich finanziell ruiniert und käme wahrscheinlich ins Gefängnis.« Sie richtet ihren Blick auf Santos; sie will unbedingt, dass diese Frau den Teil versteht. »Ich wäre auch noch anderen Gefahren ausgesetzt. Für meine persönliche Sicherheit.«

Ariel geht davon aus, dass beiden klar ist, was sie meint; sie sind schließlich Polizisten, sie wissen, was Männer Frauen antun, was Männer tun, wenn sie wütend sind, wozu mächtige Männer fähig sind. Das gehört zum Job eines Polizisten. Sie sollen verstehen, dass Ariel Angst hat; dann müssten sie auch in der Lage sein, herauszufinden, warum.

»Haben Sie Grund, diesen Mann zu fürchten?«, fragt Moniz.

»Ich habe nicht gesagt, dass es ein Mann ist.«

»Hat dieser Mann Ihnen schon einmal etwas getan? Oder Sie bedroht?«

Ariel antwortet nicht.

»Aber es war nicht Ihr Ex-Mann, der das Geld besorgt hat?« Moniz blickt wieder auf seine Notizen. »Buckingham Turner. Er scheint wohlhabend zu sein.«

»Das ist er, und ich habe es bei Bucky versucht. Aber so viel Geld hat er nicht einfach so herumliegen.«

»Ja, drei Millionen Euro sind eine große Menge Bargeld.«

Ariel überlegt, ob sie Moniz korrigieren soll, entscheidet sich aber dagegen.

»Es gibt nicht viele Leute, die so viel Geld so kurzfristig

zur Verfügung haben. Sie haben also großes Glück, oder? Dass Sie jemanden gefunden haben, der diese ungewöhnlich große Summe Bargeld einfach so herumliegen hat, wie Sie sagen.«

»Glück? Sie glauben, ich habe Glück gehabt?«

»Diese Entführer begehen ein kompliziertes Verbrechen, ohne Zeugen, ohne Hinweise, ohne jeden Fehler. Ein sehr gut geplantes Verbrechen. Doch diese sehr planvollen Entführer bedenken nicht, wie schwierig es für Sie ist, diese große Summe Lösegeld in so kurzer Zeit aufzutreiben. Schwierig vor allem für eine Amerikanerin, an einem amerikanischen Feiertag. Das sind große Hindernisse, oder?«

Ariel zuckt mit den Schultern.

»Und diese großen Hindernisse sind vorhersehbar und vermeidbar für sehr planvolle Kriminelle. Glauben Sie, dass die Entführer diese Hindernisse bedacht haben?«

»Ich weiß nicht, was die Entführer bedacht haben. Offensichtlich.«

»Sie und Ihr Mann sind nicht dafür bekannt, wohlhabend zu sein. Nicht so wohlhabend, dass sie drei Millionen in bar haben. Aber das ist die Summe, die die Entführer verlangen.«

Ariel starrt ihn nur an. Wenn diese Kommissare wirklich glauben würden, dass etwas Ungewöhnliches vor sich geht, und dafür Beweise hätten, dann würde dieses Gespräch auf dem Polizeirevier stattfinden.

»Also ja, Senhora, ich finde, sie haben Glück gehabt, dass Sie in der Lage waren, eine solche Person zu finden. Stimmen Sie nicht zu?«

Ariel hat viel über das Konzept von Glück nachgedacht, darüber, was es bedeutet, welche Art von Glück zu haben, darüber, wie die Vorsehung das Verhalten beeinflussen sollte. Es hat oft ausgesehen, als wäre sie eine Person, die viel Glück gehabt hat; häufig war es auch so. Sicherlich wirkte sie auch jetzt so, als hätte sie das große Los gezogen, diesen riesigen Luxus-SUV fahrend, ein Auto, das mehr kostete als das durchschnittliche Haus in Amerika, in einem Designerkleid vom Laufsteg und Siebenhundert-Dollar-Schuhen, behängt mit Sammlerschmuck, auf dem Heimweg von einer Party mit den Reichen, Berühmten und Mächtigen, die am nächsten Wochenende auf den Klatschseiten der Zeitungen ausführlich beschrieben werden würde, für die Massen zum Durchblättern und neidisch sagen: »Gott, ich wünschte, ich wäre einer dieser glücklichen Menschen.«

Ariel gehörte zu diesen vom Glück begünstigten Menschen. Und doch, hier war sie nun und chauffierte ihren Mann und ihre Freunde durch die ruhigen Seitenstraßen der Hamptons, während ihr ganzer Körper noch immer von einem sexuellen Übergriff geschüttelt wurde, der erst vor wenigen Minuten aufgehört hatte. Ihre Hände waren so zittrig, dass sie das Lenkrad kaum festhalten konnte; ihr Muskelgedächtnis war so gestört, dass sie ständig Gaspedal und Bremse verwechselte. Halb fürchtete sie, gegen einen Baum zu prallen, halb hoffte sie darauf.

Irgendwie schaffte sie es, die Einfahrt der betrunkenen Mitchums zu finden, die mit zerstoßenen Austernschalen belegt war, und dann wendete sie den schwarzen Range Rover, fuhr zurück in die dunkle Nacht, während Bucky vor sich hin plapperte, wovon auch immer er da überhaupt redete; er schien von Sekunde zu Sekunde noch betrunkener zu werden, sein letzter Drink wurde wohl immer noch in seine Blutbahn aufgenommen.

Ihr wurde klar, dass sie es ihm heute Abend nicht sagen konnte; Bucky war weder in der Lage, der Geschichte zu folgen, noch etwas Konstruktives damit anzufangen. Er konnte heute Abend nicht Teil einer Lösung sein. Wahrscheinlich wäre er eher ein zusätzliches Problem, irrational und unbeherrschbar und möglicherweise gewalttätig. Bucky war ein fürchterlicher Trinker, intellektuell und emotional.

Auch sexuell.

Plötzlich dachte sie mit Schrecken: Was, wenn Bucky heute Abend Sex will? Sie versuchten ja gerade, schwanger zu werden. Außerdem wurde er normalerweise geil vom Trinken.

O Gott, nein.

Ariel sehnte sich verzweifelt nach einer Dusche, sofort, sie musste ihren Körper von jeder giftigen Spur von Charlie befreien. Aber sie wollte nicht, dass Bucky den Grund für ihre Nacktheit missverstand. Und auch nicht, dass er sie richtig deutete. Also schlich sie sich in das Gästezimmer im Erdgeschoss, lief auf das angeschlossene Bad zu und erstarrte in der Tür.

Noch ein Badezimmer.

Konnte sie das tun? Sollte sie es tun? Sie spürte, wie ihr ganzer Körper erneut vibrierte, als sie zögernd die Schwelle überschritt, das Licht einschaltete, ihr graute vor diesem hell erleuchteten, sterilen Raum, ihr graute davor, dass sie dabei war, die entscheidenden physischen Beweise für den Tatort, der ihr Körper war, wegzuwaschen, aber auch vor der Alternative, zu versuchen, die Nacht zu überleben, ohne wenigstens jede Anstrengung zu unternehmen, sich von dem Übergriff zu reinigen, auch wenn sie wusste, dass es ihr nicht gelingen würde.

Sie hatte keine Wahl. Sie zog ihr Kleid aus, und sie hätte sich auch die Haut abgezogen, wenn sie es gekonnt hätte, und es fühlte sich so an, als würde sie genau das versuchen, sie schrubbte sich überall ab, benutzte einen Luffaschwamm, als wäre er ein Brillo-Pad, rieb über rohes Fleisch, das bereits geprellt, aufgeschürft, geschunden war, es war Schmerz zusätzlich zum Schmerz, Entsetzen über das, was sie jetzt tat, kam zum Entsetzen über das, was ihr angetan worden war, hinzu.

Irgendwann kroch Ariel schließlich die Treppe hinauf, lauschte aufmerksam, und zum Glück konnte sie das Schnarchen ihres Mannes schon hören, bevor sie oben ankam. Sie schlich sich in ihr Badezimmer, putzte sich die Zähne und benutzte Zahnseide. Sie hatte ein schönes Lächeln, es war eines ihrer auffälligsten Merkmale, und natürlich kam ein Lächeln von gesunden Zähnen, deren Grundlage gesundes Zahnfleisch war, also benutzte sie jeden gottverdammten Abend Zahnseide, sogar anscheinend an Abenden, an denen sie vergewaltigt worden war.

Sie warf einen Blick auf Bucky, der im Bett lag, nicht einmal halb von einem Laken bedeckt, ohne Hemd, haarig wie ein Tier.

Nein, sie konnte sich auf keinen Fall in dieses Bett legen.

Sie kehrte ins Bad zurück, warf eine Xanax ein, dann bei näherem Nachdenken noch eine. Durch die Küche, wo sie ein vierhundert Dollar teures Kochmesser aus dem Messerblock zog, ging sie ins Wohnzimmer. Dann saß sie in der Dunkelheit und versuchte, nicht zusammenzubrechen, obwohl sie gleichzeitig ahnte, dass es dafür vielleicht schon zu spät war. Vielleicht sah so eine zerbrochene Person aus, mit beiden Händen ein Messer umklammernd und auf die Tür starrend, während ihr ganzer Körper in Erwartung des nächsten Überfalls bebte, obwohl sie genau wusste, dass dieser nicht hier stattfinden würde und nicht heute Nacht.

Nach ein paar Stunden begannen sich rationale Gedanken zu bilden, die sich alle um eine zentrale Frage drehten: Was sollte sie jetzt tun? Sollte sie dorthin fahren, Charlies Frau wecken und es ihr sagen? Oder Charlie aufwecken und ihm mit einem Golfschläger die Scheiße aus dem Leib prügeln? Oder zur Polizeiwache fahren? Oder die Polizei anrufen?

Jetzt, wo sie Zeit zum Nachdenken hatte, fühlte es sich sehr nach Versagen an, nichts zu tun. Sie musste doch *irgendetwas* tun, oder nicht? Aber sie konnte sich einfach zu nichts durchringen. Jede Option war schlecht – sie begann mit derselben unaussprechlichen Sache und endete mit etwas nicht Akzeptierbarem. Ariel hatte keine guten Möglichkeiten. Sie musste herausfinden, was am wenigsten schlimm war.

Um drei Uhr morgens kam ihr der Gedanke, dass sie am besten heute Nacht noch einen Schwangerschaftstest machte – falls er positiv sein sollte, wäre dann noch absolut klar, wer der Vater ist. Also schlich sie wieder nach oben, pinkelte auf ein Stäbchen, wartete. Und brach in Tränen aus.

»Ihre Frau begleitet Sie nicht oft auf Geschäftsreisen.« Moniz schaut Ariel an, dann wieder John. »Dies ist die erste derartige Reise, ja?«

»Das ist richtig.«

»Warum dieses Mal?«

»Geschäftsreisen sind einsam und schwierig. Ich dachte mir, wenn ich sie mit meiner Frau zu etwas Schönem machen könnte, sollte ich das tun.«

»Ja, aber warum gerade *diese* Reise?«

»Ich war schon ein paarmal in Lissabon, ich kenne die Stadt ziemlich gut, also würde es mir nichts ausmachen, einige ihrer Ausflüge zu verpassen, während ich arbeiten muss. Es bot sich an, es ist preiswert, es ist schön, und ehrlich gesagt dachte ich, dass es ihr gefallen würde. Das sind viele Gründe.«

»Aber nicht, weil Ihre Klienten gern Ihre Frau kennenlernen wollten?«

John antwortet nicht sofort.

»War es nicht das, was Sie ihr gesagt haben?«

»Ja.« John schluckt. »Das ist auch ein Grund.«

»Haben Ihre Klienten Sie darum gebeten? Dass Sie Ihre Frau mit nach Lissabon bringen?«

»Nun, nein. Nicht ausdrücklich.«

»Bitte verzeihen Sie mir. Vielleicht verstehe ich Sie nicht. Woher wissen Sie dann, dass Ihre Klienten das wollen?«

»Ich habe eine Menge Erfahrung mit Geschäften in Europa. Das ist üblich.«

»Ist es das?« Moniz sieht wieder zu Ariel und dann zu John. »Sie sind also davon ausgegangen.«

»Ja.«

»Aber das ist nicht das, was Sie Ihrer Frau gesagt haben, um sie zu überzeugen mitzukommen.«

»Ich wollte nicht, dass sie ein schlechtes Gewissen hat, weil sie sich die Zeit nimmt, das Geld ausgibt und von ihrem

Kind und ihrer Arbeit weg ist. Ich denke, ich habe sie sozusagen zu einem Urlaub überlistet, den sie sonst verweigert hätte.«

»Sie lügen also Ihre Frau an.«

»Also, lügen? Das ist ein starkes Wort. Eine romantische List, so würde ich es ausdrücken.«

»Doch so romantisch ist es dann doch nicht geworden, oder?«

»Senhor.« Santos mischt sich wieder ein. Alle Augen richten sich auf sie.

»Wann haben Sie das letzte Mal mit Ihrer Schwester gesprochen?«

John sieht aus wie ein Reh, das im Scheinwerferlicht erstarrt. »Ich bin mir nicht sicher. Vor ein paar Monaten?«

»Wissen Sie, wo sie sich gerade aufhält?«

»Nein.«

»Hatten Sie in letzter Zeit Kontakt mit ihr? Textnachrichten? E-Mails?«

Ariel gefällt nicht, worauf das hinausläuft, ganz und gar nicht. Sie will, dass diese Polizisten verschwinden, sie will zum Flughafen, raus aus dieser Stadt, aus diesem Land, sie will zu Hause bei George sein, weg von diesem ganzen Unglücksabenteuer. Warum zum Teufel sind sie bloß hierhergekommen? Das war eine extrem schlechte Idee.

»John, kann ich dich kurz sprechen?«

»Du bist erschöpft«, flüstert Ariel hinter der geschlossenen Tür des Schlafzimmers. »Du hast eine schreckliche Erfahrung gemacht. Du bist traumatisiert, du hast Schmerzen. Du brauchst eine Pause, du brauchst Schlaf.«

John sieht sie prüfend an. »Nein, brauche ich nicht.«

»Doch.« Ariel starrt ihn an. »Brauchst du.«

»Aber …« Er wendet sich der Schlafzimmertür zu, den Kriminalbeamten, die davorsitzen mit ihren Notizblöcken, ihren Verdächtigungen, ihren Handschellen, ihren Waffen.

»Aber ich habe nichts zu verbergen. Also will ich auch nicht so aussehen, als hätte ich das. Und ehrlich gesagt …«

»*Sag nicht* ›ehrlich gesagt‹. Bitte hör auf, diese Wendung zu benutzen, für immer. Lügner sagen das.«

»Und Schuldige weigern sich, mit der Polizei zu reden.«

»Nein, das tun vernünftige Menschen, wenn sie merken, dass die Polizei nicht auf ihrer Seite ist. Ich meine es ernst, John: Wir müssen das beenden, und zwar sofort. Ich weiß nicht, was genau diese beiden vermuten, aber ich glaube nicht, dass wir einfach abwarten sollten, bis wir es herausfinden.«

Er seufzt; er weiß, dass sie recht hat.

»Denk dran: Jeder wird verstehen, dass du nicht darüber reden kannst, genauso wie jeder verstehen wird, dass ich den Namen nicht preisgeben kann, und du auch nicht. Und wer das nicht versteht, mit denen sollten wir sowieso nicht reden. Wir fahren einfach nach Hause, besorgen dir einen Anwalt, besorgen mir einen Anwalt und halten die Klappe darüber, wer das Geld zur Verfügung gestellt hat.«

Er nickt.

»Ich hüte schon sehr lange ein großes Geheimnis«, sagt sie. »Am Anfang ist es am schwersten. Vergiss das nicht. Es wird weniger schwer werden.«

Die drei CIA-Offiziere sitzen alle in der gleichen Position da, die Ellbogen auf die Oberschenkel gestützt, nach vorn

gebeugt, und hören aufmerksam zu. Griffiths hat vorsichts-
halber ihre Augen geschlossen. Sie will sich nicht von Antonuccis Arbeitsplatz ablenken lassen, der so unverantwortlich unordentlich ist, dass er ihr Schauer des Unwohlseins
über den Rücken jagt; das ist der Stoff, aus dem Albträume
sind. Für Griffiths ist es extrem wichtig, dass Arbeitsplätze –
eigentlich alles – aufgeräumt sind. Das ist einer der Gründe,
warum sie eine effektive Managerin von Geheimdienstmit-
arbeiterinnen und -agenten ist. Vielleicht ist das auch der
Grund, warum sie noch nie verheiratet war, nicht einmal annähernd, und sie sich ziemlich sicher ist, dass sie das auch
nie sein wird.

Jetzt schweigt der Lautsprecher. Das amerikanische Paar
hat offensichtlich sein privates Gespräch außer Hörweite der
portugiesischen Polizisten beendet.

Kayla Jefferson hat während dieses Gesprächs wie wild
mitgeschrieben; es gibt eine Menge Informationen, die sie
weiterverfolgen muss. Guido Antonucci hat sich weniger
Notizen gemacht. Er ist der Tatkräftige, ungeachtet seines
so schlimm zugerichteten Gesichts. Er klappt seinen Notizblock zu und steht auf.

»Du weißt, was zu tun ist, oder?«, fragt Griffiths.

»Ich fahre dahin und behalte sie im Auge.«

»Geh noch mal aufs Klo. Und nimm dir auf jeden Fall
etwas zu essen und zu trinken mit. Du wirst wahrscheinlich
die ganze Nacht dort sein. Zumindest hoffen wir das.«

Antonucci verlässt seine Kabine, die Frauen bleiben und
lauschen weiter der polizeilichen Befragung.

»Haben Sie schon eine Entscheidung getroffen?«, fragt
Jefferson leise. Sie will wissen, was Griffiths machen wird,

nun, da aufgedeckt ist, wer der Eigentümer der GmbH ist. Und damit im Grunde ja auch alles andere.

»Das ist nicht meine Entscheidung«, sagt Griffiths. »Also habe ich damit begonnen, es die Befehlskette hochzuschicken. Ich halte Sie auf dem Laufenden. Oder vielleicht auch nicht. Auch das ist vielleicht nicht meine Entscheidung.«

»Hören Sie.« Ariel sieht beiden Polizisten in die Augen. »Wir sind Ihnen sehr dankbar für Ihre Hilfe, wirklich. Aber ich bin erschöpft, und mein Mann ist erschöpft, und wir wollen diesen Tag jetzt wirklich beenden. Bestimmt verstehen Sie das. Wir kommen morgen früh als Erstes zu Ihnen auf die Wache, um alle Fragen zu beantworten, die Sie noch haben.«

Ariel hat sich nicht wieder hingesetzt. Moniz versteht den Wink und steht auf, gefolgt von Santos, die sagt: »Nur noch eine letzte Frage, Senhor Wright.«

Nach nur ein paar Tagen hat Ariel verstanden, wie diese Kommissare vorgehen. Beide starren John intensiv an. Ariel weiß zwar nicht, wie die Frage lauten wird, aber sie wappnet sich für eine Katastrophe.

»Ihre Schwester«, fragt Santos, »ist sie Linkshänderin?«

Kapitel 39

Ariel sollte es nicht laut aussprechen. John weiß es, und sie weiß es, es würde nur Frust erzeugen.

John tut es für sie. »Tja«, sagt er, »du hast es mir ja gesagt.«

Trotz der Anspannung in diesem Moment, trotz der Erschöpfung, trotz der Angst, lächelt Ariel. Sie ist überrascht, wie viel Liebe sie für diesen Mann empfindet.

»Das war beschissen«, sagt er.

»Das war es«, stimmt sie ihm zu. Hinter dem durchsichtigen Leinenvorhang beobachtet sie, wie die Polizisten auf den Gehweg vor dem Hotel treten.

»Denken die wirklich, ich hätte meine eigene Entführung inszeniert?«

»Ich weiß es nicht.« Ariel betrachtet noch einmal den Platz, macht eine weitere Bestandsaufnahme. »Vielleicht glauben sie es nicht wirklich, sondern stochern nur herum, um zu sehen, ob deine Geschichte wasserdicht ist, vermuten nur, dass sie es vielleicht nicht ist.«

Sie geht zum Esstisch und klappt seinen Laptop auf. »Kannst du dich bitte einloggen?«

»Klar. Was hast du vor?«

»Ich will schauen, ob wir einen früheren Flug bekommen können.«

Dass die Polizei sich ihnen gegenüber diese Nacht misstrauisch verhalten hat, ist unbestreitbar; es gibt keinen

Grund, zu erwarten, dass die Dinge morgen besser sein werden. Nur weil der heutige Tag furchtbar war, heißt das nicht, dass es morgen nicht noch schlimmer wird.

»Also fahren wir morgen früh nicht zur Polizeiwache?«

»Hast du den Verstand verloren? Wir fahren morgen früh zum Flughafen.«

Nach ein paar wenigen Stunden Schlaf wachte Ariel auf der Couch auf. Sie kämpfte damit, sich zu erheben, hatte körperliche Schmerzen an verschiedenen empfindlichen Stellen und litt seelische Qualen in jedem Winkel ihres Bewusstseins. Und sie war vollkommen erschöpft. Wie betäubt lief sie durch die möblierte McMansion-Mietwohnung, die vollgestopft war mit Dingen, die sie weder brauchte noch wollte, mit allem, was luxuriös und überdimensioniert war, mit kathedralenhohen Decken und begehbaren Schränken und Bädern an jedem Zimmer inklusive Doppelwaschbecken und Badewanne.

Sie duschte noch einmal, vielleicht war das die längste Dusche ihres Lebens, aber sie fühlte sich danach immer noch nicht sauber; vielleicht würde sie das nie wieder tun. Sie schluckte ein paar Schmerztabletten und starrte sich im Spiegel an. *Was wirst du jetzt tun?*

Auf dem Küchentisch fand sie einen hastig hingekritzelten Zettel ihres Mannes:

BIN GOLF SPIELEN, KOMME GEGEN MITTAG ZURÜCK, LASS UNS
NACHMITTAGS ZURÜCK IN DIE STADT FAHREN
– IN LIEBE, B

Golf: Bucky würde mit drei anderen Typen spielen. Einer von ihnen könnte sogar Charlie sein.

Die Küchengeräte waren ebenfalls riesig – ein Kühlschrank von der Größe eines SUV, ein Kochfeld mit zehn Flammen. Wer brauchte schon zehn Herdplatten? Ariel benutzte selten auch nur eine einzige, so wie jetzt, als sie sich Tee machte, um ihn mit auf die Terrasse am Pool zu nehmen, wo sie sich in den Schatten unter den gestreiften Sonnenschirm setzte, die Terrakotta-Pflastersteine waren von einem Meer aus blauen Hortensien umgeben, einer überwältigenden Anzahl großer Blüten, die an dicken holzigen Stielen hingen, zu groß und auffällig, als dass es gut für sie sein könnte, wie das ganze Anwesen, ihr ganzes Leben. Wie sie selbst.

Die Miete hier betrug zweihunderttausend Dollar für die Saison, vom Memorial Day Ende Mai bis zum Labor Day Anfang September. Zehn Wochen. Zehn Samstagabende. Zwanzigtausend Dollar pro Abend.

Was machst du am Morgen, nach dem du vergewaltigt wurdest?

»Na gut«, sagt Moniz, »ich geb's zu: Du hattest recht.«

»Wie war das? Ich habe dich nicht ganz verstanden.«

Moniz lächelt. »Ich sagte, du hast recht.« Er sieht sich auf dem Platz um, all diese Menschen, all dieses Leben. Wie viele von ihnen werden heute Nacht Verbrechen begehen? Wie viele werden Opfer sein?

»Sollen wir einen Richter anrufen?«, fragt er. »Versuchen, Wright jetzt zu verhaften?«

»Oh, ich wünschte, das ginge. Nein, das können wir nicht

tun, ohne uns mit der amerikanischen Botschaft abzuspre-
chen.«

»Doch, das können wir. Die amerikanische Botschaft ist
nicht zuständig.«

Santos schnaubt. »Sei nicht so naiv, António. Die Zustän-
digkeit hat nichts damit zu tun. Wenn wir Wright verhaften,
ohne vorher die Zustimmung der Botschaft einzuholen, und
dann stellt sich heraus, dass wir uns geirrt haben? *Pffft.*«

Das ist es, was Moniz an der Arbeit bei der Strafverfolgung schon immer frustriert hat: Die Polizei macht sich
manchmal mehr Sorgen darüber, auf die falschen Zehen zu
treten, als darüber, dass Verbrechen nicht geahndet werden.
Je ranghöher die Beamten sind, desto mehr sorgen sie sich
um ihre eigene Haut.

»Aber wir täuschen uns nicht«, sagt Moniz. »John Wright
ist so schuldig, wie man nur sein kann.«

»Wer zieht jetzt voreilige Schlüsse?«

Sie sind bei ihrem Auto angekommen. »Ich werde gleich
morgen früh die Botschaft anrufen, sie werden jemanden zu
uns auf die Wache schicken, und dann verhaften wir Wright,
sobald er eintrifft.«

»Was ist, wenn er nicht auftaucht? Was ist, wenn sie heute
Nacht fliehen?«

»Ich werde ein Team hier stationieren, um sie im Auge zu
behalten. Und ich beauftrage jemanden, die Aufzeichnungen
der Fluggesellschaften zu überwachen. Wir werden es erfahren, wenn sie fliehen.«

Pete Wagstaff sieht die Polizisten wegfahren, Minuten später geht das Licht im Hotelzimmer aus. Wagstaff steht schon

lange auf diesem Platz und wartet darauf, dass etwas passiert – eine Verhaftung, eine Flucht, eine weitere bizarre Auseinandersetzung, wie damals, als die Frau den CIA-Agenten verprügelte. Aber wie es aussieht, wird es heute Abend kein weiteres Drama geben.

Diese Überwachung war jedoch auch keine völlige Zeitverschwendung. Wagstaff hat die Chance genutzt, sich einen Angriffsplan zu überlegen, über die Listen nachzudenken, die er erstellen will und wie. Er vermutet, dass er am Ende Tausende von Namen haben wird, und hat deshalb auch schon damit begonnen, herauszufinden, welche Kategorien er ausschließen kann, um die Möglichkeiten einzugrenzen. Das wird eine Menge Arbeit, aber er freut sich darauf. Er ist zuversichtlich, dass es sich lohnen wird, dass der Gewinn immens sein wird.

Er wird die ganze Nacht aufbleiben. Er schwingt sich auf sein Moped und macht sich auf den Weg nach Hause. Aber erst hält er noch bei Luisas Bar an, um ein Gramm Koks zu kaufen.

Ariel braucht den Mitternachtswecker nicht; um Viertel vor zwölf gehen ihre Augen auf. Sie liegt eine Minute lang im Bett und lauscht dem gleichmäßigen Rhythmus von Johns Atem. Dann steht sie auf.

Sie knipst kein Licht an. Sie geht wieder zum Fenster und versteckt sich hinter dem Vorhang, um sich ein weiteres Mal einen Überblick zu verschaffen. Da gibt es noch ein Auto, das die ganze Nacht dort gestanden hat, geparkt auf der anderen Seite des Platzes. Sie ist sich ziemlich sicher, dass in diesem unscheinbaren kleinen Ford ein CIA-Mann sitzt, der, den sie verprügelt hat. Aber es ist schwer, aus dieser Entfernung sicher zu sein.

Ariel geht in die Küche, schiebt die Kaffeemaschine beiseite, um das neue Wegwerfhandy zu holen, das sie zusammen mit den zwei gleichen Reisetaschen um die Ecke gekauft und hier versteckt hat, außerhalb der suchenden Blicke der beiden Kommissare. Sie legt die SIM-Karte in das nie benutzte Telefon ein und drückt die Einschalttaste.

Ihr Puls rast.

Moniz ist erst vor fünf Minuten zur Tür hereingekommen, und schon ruft Santos ihn an. »Entschuldigung«, sagt er zu Julio, der mit den Augen rollt und den Raum verlässt.

Santos verschwendet keine Zeit mit irgendwelchen Vorreden: »Ursprünglich sollten sie übermorgen in Lissabon abfliegen. Aber vor einer halben Stunde haben sie ihre Reservierung auf den morgigen Flug am frühen Nachmittag nach New York geändert.«

»Glaubst du, dass sie noch die Absicht haben, morgens zu uns auf die Wache zu kommen?«

»Wahrscheinlich nicht. Ich werde also dafür sorgen, dass immer ein Streifenwagen vor dem Hotel steht.«

»Reicht das?«

»Wir können sie jetzt nicht verhaften, António.«

»Aber das beweist doch, dass sie fliehen wollen.«

»Nein, das beweist, dass sie ihre Reise verkürzen wollen.«

»Warum gibst du ihnen einen Vertrauensvorschuss?«

»Das tue ich nicht. Ich gebe uns den Vorschuss, uns vor einem karrierebeendenden Fehler zu schützen. Wir können nicht herumlaufen und amerikanische Bürger mitten in der

Nacht aus ihren Hotelbetten zerren, vor allem nicht wegen des Verdachts, ein haarsträubend kompliziertes – und gewaltloses – Verbrechen begangen zu haben, der auf nichts anderem beruht als auf der Tatsache, dass sie sich bei einem stressigen Verhör ausweichend verhalten haben. Verstehst du das nicht, António? Wir haben keine echten Beweise. Noch nicht.«

»Hey«, sagt Guido Antonucci. »Tut mir leid, wenn ich dich geweckt habe. Aber ich dachte, das wirst du sofort wissen wollen. Pryce ist gerade auf ihren Balkon gegangen, um jemanden anzurufen.«

»Wen?«

»Das ist es ja: Wir wissen es nicht. Das Telefon, das sie benutzt hat, war weder ihr eigenes noch das der Entführer. Und natürlich war sie auf dem Balkon außerhalb der Reichweite unserer Mikrofone.«

»Scheiße.« Griffiths setzt sich auf. Vor zwanzig Sekunden hat sie noch geschlafen, aber jetzt arbeitet ihr Verstand auf Hochtouren. »*Scheiße*. Bist du allein beim Hotel?«

»Ja.«

»Okay, ruf Jefferson an, sie soll so schnell wie möglich zu dir kommen, auf ihrem Motorrad. Ich werde auch kommen.«

Während Ariel sich schnell die Zähne putzt, untersucht sie das bernsteinfarbene Gläschen mit Johns Namen und Adresse in Schreibschrift auf dem Etikett, die Milligrammzahl, die Dosierung. Denken die Beamten, dass er sie unter Drogen gesetzt hat? Dass er ihr etwas gegeben hat, damit sie sein frühmorgendliches Weggehen verschläft und er an seiner eigenen Entführung teilnehmen konnte, ohne dass seine Frau es mitbekam? Die Polizei traut John eine Menge Berechnung zu, aber Ariel weiß, dass er so nicht tickt.

Sie setzt sich auf die Bettkante. »Hey«, flüstert sie sanft.

»Mmm.«

Sie legt ihre Hand zärtlich auf seine Brust. »Zeit, aufzustehen.« Das Gleiche hat sie schon Hunderte Male zu ihrem Sohn gesagt, in demselben Tonfall.

Johns Augenbrauen heben sich, aber seine Augen sind immer noch geschlossen, und er gähnt, dann öffnet er sie blinzelnd.

»Fünf Minuten«, sagt sie.

Es war sehr still. Ariel konnte keine Nachbarn hören, und die Straße war eine abgelegene Sackgasse ohne Verkehr. Die Vögel hatten sich zur Vormittagsruhe niedergelassen. Sogar die Pumpe des Swimmingpools war weit weg hinter einer dicken Barrikade aus Buchsbaum versteckt und nicht zu hören. Die einzigen Geräusche waren das gelegentliche Glucksen einer Luftblase im Pool und das Rauschen der Wellen, das über die halbe Meile Kartoffelacker zwischen diesem Haus und dem Atlantik herüberwehte.

Alles andere war ruhig, leise, unberührt, perfekt. Doch diese ganze Vollkommenheit hatte natürlich ihren Preis; nichts war umsonst. Welche Kosten war Ariel bereit zu tragen?

Jede Frau wusste, dass es für ein derart verzärteltes Luxusleben absolut unumgänglich war, dünn zu sein. Ariel musste also mehr oder weniger ständig Diät halten, sie musste jeden Tag Sport treiben, auf alles Mögliche verzichten. Sie hatte seit Jahren kein ganzes Sandwich mehr zu sich genommen, konnte sich nicht erinnern, wann sie das letzte Mal Pommes frites gegessen hatte.

Das waren Kosten, die sie akzeptieren konnte. Sie mochte Grünzeug.

Sie musste auch höflicher sein, als ihr lieb war; zu einigen Leuten, die sie verabscheute, musste sie zuckersüß sein. Sie durfte keine Schimpfwörter benutzen. Sie musste sich frisieren und schminken, selbst wenn sie nur in den Aufzug stieg, und natürlich erst recht, um die Bühne der East Side zu betreten.

Okay, okay, okay: Ariel akzeptierte das alles.

»So ist das Leben«, hatte ihre Mutter immer wieder gesagt, ihr bei allem Rat gegeben, zu Salatgabeln, übereinandergeschlagenen Beinen, Dankesschreiben. Ebenso ihr Vater: Junge Damen tun dies nicht, junge Damen tun jenes nicht, diese ganzen Dinge, die dir deine Eltern erzählen, die du einfach akzeptieren sollst – Religion, Politik, Manieren. Was sollen gute Manieren überhaupt sein? Zu tun, was die Leute von dir erwarten.

»Manieren sind für das reibungslose Funktionieren einer zivilisierten Gesellschaft unerlässlich.« Dieses Bonmot brachte ihr Vater gerne vor, wenn Gäste anwesend waren. Es war derselbe Mensch, der seiner Tochter geraten hatte, einen sexuellen Übergriff einfach zu vergessen. Aber er hatte gute Manieren.

Sogar ihr Tee war perfekt, aus New York importiert, nachdem er aus London importiert worden war, nachdem er aus Indien importiert worden war, aufgebrüht mit Wasser aus einem hochmodernen Umkehrosmose-Filtersystem, Tiffany-Tasse und Untertasse, glänzender Sterling-Silberlöffel. Sie verspürte den Drang, das alles in den Pool zu schleudern.

Und gestern Abend, war das auch ein Teil des Preises, den sie zahlen musste? Konnte sie das ertragen?

Sie wusste, dass dieses perfekte Leben von anspruchsvollen Männern finanziert wurde, für die es eine Art unterhaltsame Herausforderung war, sich alles zu nehmen, was sie wollten. Wo waren in diesem Leben der sportlichen Aggression die Grenzen zwischen dem, was illegal war, und dem, was einfach nur »typisch Jungs«, Umkleidekabinengequatsche, Spaß und Spiel war? Im Sport, in der Justiz und bei feindlichen Übernahmen, bei Shock-and-Awe-Bombardierungen und Drohnenangriffen, bei der Großwildjagd und beim Stand-your-Ground-Law: Verhaltensregeln trennen die illegale Gewalt von der legalen, der Gewalt, zu der ermutigt und die gefeiert wird. Ist es da eine Überraschung, dass diese ganze sanktionierte Gewalt auch auf andere Bereiche übergeht?

Alle Grenzen waren in gewissem Maße willkürlich. Der Unterschied zwischen Tacklen beim Football, einer Kneipenschlägerei und schwerer Körperverletzung.

Es gab einen Punkt in ihrem Leben, an dem Ariel sich über testosterongesteuerte Kraft amüsiert hatte, vielleicht sogar davon angezogen fühlte, von starken Männern, die einen starken Willen und eine starke Meinung hatten. So sollten Männer doch sein, nicht wahr? Das ist es, was Frauen lieben sollten. Und sie hat Bucky geliebt. Aber nicht, weil er so hart war, sondern weil er manchmal auch weich war.

Vielleicht hätte sie mit so etwas wie gestern Abend rechnen müssen. Vielleicht war es klar, dass ein selbst ernanntes Raubtier wie Charlie Wolfe natürlich – *vollkommen klar* – die Frau seines Geschäftspartners vögeln wollte. Denn nur so gewinnt er, nicht wahr? Auf diese Weise beweist er, dass er gewonnen hat.

Völlig allein zu gewinnen ist bedeutungslos. Ohne mindestens einen Zeugen ist es kein wirklicher Sieg.

Ariel war die Zeugin.

Kapitel 40

Tag 3, 0:07

Sie nehmen nichts mit. Kein Gepäck. Keine Wechselklei-
dung. Keinen Laptop, kein Ladegerät, keine Kopfhörer. Sie
verlassen das Hotel, als ob sie nach einem Drink oder einem
Happen zu essen wieder zurückkehren würden, mit nichts
als den Kleidern an ihrem Leib, ihren Brieftaschen, ihren
Handys und Ariels nicht verfolgbaren neuem Wegwerf-
handy. Und ihren Pässen.

Wagstaff zieht noch eine Line, nur eine kleine, und fährt
sich dann mit der Fingerspitze über das Zahnfleisch, eine
Eigenschaft des Kokains, die er fast so sehr schätzt wie die
geistigen und emotionalen Auswirkungen: die Unmittelbar-
keit der körperlichen Taubheit, die Bestätigung, dass es ein
verdammt starkes Zeug ist, das er seinem Körper da zu-
führt.

Die Listen hat Wagstaff an beiden Enden seines Ess-
tisches verteilt, ausgedruckt von verschiedenen Webseiten.
Er hat nur wenige endgültige Fakten über Ariel Pryces Leben aus der Zeit gefunden, als sie noch Laurel Turner hieß;
die Welt war damals anders, nicht viel wurde in Echtzeit
online dokumentiert. Aber in den letzten Jahren sind einige
nützliche Dinge digitalisiert worden: die alte Mitgliederliste
eines privaten Clubs, dem sie angehörte; eine Liste der Gön-
ner einer historischen Gesellschaft, in der sie zum Kreis der

Platinspender gehörte; eine Alphabetisierungsorganisation, deren jährliche Gala es auf die Gesellschaftsseiten von Wagstaffs eigenem Arbeitgeber geschafft hatte, mit einem Foto von Mr. und Mrs. Buckingham Turner und einem weiteren Paar, alle vier so glamourös wie Filmstars. Die junge, langhaarige Laurel Turner auf dem Foto lässt sich kaum in Einklang bringen mit der verzweifelten Ariel Pryce mittleren Alters hier in Lissabon. Wobei es aber nicht so sehr die körperlichen Unterschiede sind, sondern das Gesamtpaket, das sie wie völlig verschiedene Menschen erscheinen lässt.

Diese drei Listen sind alles, was Wagstaff über Laurel Turners Teilhabe an der New Yorker Gesellschaft finden konnte. Die Namen darauf waren Freundinnen und Bekannte, ihre Welt, die Frauen, mit denen sie zu Mittag aß, deren Ehemänner, mit denen sie flirtete.

Die Ehemänner sind natürlich die, um die es geht.

Buckingham Turner hingegen ist heutzutage eine sehr sichtbare Person mit einem exponentiell größeren Archiv an Fotos und Listen – Vorstände, Vereine, Ehemaligen- und Klassentreffen, Hochzeiten, Social-Media-Verbindungen. Es ist leicht, das soziale Netz eines solchen Mannes in einem solchen Moment zu durchschauen.

Nicht so bei seiner Ex-Frau. Sie hat sich offensichtlich Mühe gegeben, nicht aufzufallen. Sie ist nicht existent.

Seine und ihre Listen befinden sich auf der linken Seite des Tisches: Das waren die möglichen Männer in Laurel Turners Leben vor anderthalb Jahrzehnten. Auf der rechten Seite hat Wagstaff Listen aus dem heutigen Washington zusammengestellt: die Regierung vom Präsidenten bis hinunter zu ein paar Schichten von leitenden Angestellten; die Spitzenkräfte der CIA und des FBI; jedes Mitglied des Senats und des Repräsentantenhauses; jeden Kabinettssekretär und Unterstaatssekretär. Natürlich nur die Männer. Das sind die möglichen Personen, die Pryce für das Lösegeld erpresst haben könnte.

Wagstaff betrachtet dieses eilig gesicherte Gebiet, eine Landschaft mit vielleicht tausend Namen. Jetzt ist es an der Zeit, in die andere Richtung zu gehen und die Listen zu säubern. Wenn er damit fertig ist, wird er nach Überschneidungen zwischen der linken und der rechten Seite des Tisches suchen. Die Vorfreude ist köstlich. Wie viele Namen werden es sein? Ein Dutzend? Zwei Dutzend? Hundert?

Er zieht noch eine Linie.

Die Menschenmenge hat sich gelichtet, ist aber nicht verschwunden, Autos und Mopeds fahren herum, die Leute trinken, rauchen und lachen, hängen auf dem Platz ab, lungern vor dem Eingang eines Clubs herum. In Lissabon wird es immer spät, sogar am Dienstagabend.

»Da«, sagt Ariel, und John sieht es auch, hebt die Hand und schreit: »Taxi!« Eines der wenigen Wörter, die auf Portugiesisch und in ihrer Sprache gleich lauten.

»Time Out Market, *por favor*.«

Während sie sich auf dem Rücksitz niederlassen, behält Ariel das CIA-Auto im Auge, das auf der anderen Seite des Platzes geparkt ist. Tatsächlich fährt der Sedan aus der Parklücke und versucht nicht einmal, unauffällig zu sein. Ariel beobachtet auch die anderen Fahrzeuge rund um den Platz weiter, und kurz bevor das Taxi um die Ecke biegt, sieht sie es.

Mist. Sie hatte gehofft, dass nur die CIA das Geschehen beobachtet, aber es sieht so aus, als ob die Polizei von Lissabon auch noch dabei ist. Was Ariel darin bestätigt, dass sie und John die richtige Entscheidung getroffen haben. Es ist immer befriedigend, sofort eine positive Rückmeldung zu bekommen, selbst bei schlechten Nachrichten. Zumindest weiß sie, dass sie richtiglag.

Andererseits wird es dadurch so viel schwieriger, den Plan auszuführen. Und so viel wichtiger, dass er Erfolg hat.

»Können Sie hinter dieser Ecke warten? Fünf Minuten.« John hält seine Hand hoch, fünf Finger ausgestreckt.

Der Taxifahrer schaut zweifelnd. Ariel nimmt einen Hunderteuroschein heraus, reißt ihn durch und streckt ihm die eine Hälfte entgegen. »Die andere Hälfte, wenn wir zurückkommen.«

Der Fahrer nickt, nimmt den halben Schein.

Ariel und John betreten die Markthalle, groß und laut und voller Menschen, die an Dutzenden von Essensständen Schlange stehen, für Tapas und Kroketten, Eintöpfe und Pasta, Burger und Sandwiches, für Bier und Wein und weißen Portweinspritz, Kuchen und Gebäck und Schokolade und Eiscreme, Hunderte von Menschen tragen Tabletts und Gläser und Teller, es ist ein Irrenhaus, durch das Ariel und John eilen, und dann um eine Ecke und in einen belebten Gang, wo sie beide ihre Handys in einen Mülleimer werfen, durch eine Seitentür wieder hinausgehen, schnell um das Gebäude herumlaufen, zurück in das noch wartende Taxi …

»Teatro Nacional, *por favor*, rua Duques de Bragança.«

Ariel sieht weder eine Spur des CIA-Wagens noch die Polizei, noch scheint sonst irgendjemand sie zu beobachten. Aber das heißt nicht, dass sie nicht da sind. Es könnte auch bedeuten, dass sie sich nur besser verstecken.

Und dann sieht sie tatsächlich etwas, eine vertraut aussehende Frau auf einem Moped spricht in ein Mikrofon, das an einem Ohrhörer baumelt, und Ariel nimmt noch eine weitere Bewegung aus einer anderen Richtung wahr und dreht den Kopf herum, bis sie ein Auto sieht, das gerade von einem Bordstein wegfährt.

»Verdammt«, murmelt sie, und dann zum Fahrer: *»Rápido, por favor«*, wobei sie nicht sicher weiß, ob das wirklich Portugiesisch ist, aber zuversichtlich ist, dass sie, auch wenn sie nicht ganz richtigliegt, nahe genug dran ist, was normalerweise reicht.

»O Gott.« Griffiths wendet ihr Moped in einem engen Kreis. »Jefferson, verlieren Sie sie nicht.« Auch sie fährt ein Moped. Für die Überwachung an einem Ort wie Lissabon gibt es nichts Besseres.

»Guido, wo zum Teufel bist du?«

»Immer noch auf dem Markt. Macht ohne mich weiter. Ihr habt übrigens Gesellschaft.«

»Polizei?«

»Ich glaube, ja. Mindestens zwei Beamte in Zivil in einem Auto und ein Uniformierter, der zu Fuß unterwegs ist.«

»Großer Gott.«

Drei Polizisten, mitten in der Nacht, Verfolgung mit dem Auto – das ist eine Menge Personal, und Griffiths kommt die plötzliche Erleuchtung, dass ihre Mission sich gerade um hundertachtzig Grad gewendet hat: Sie kann auf keinen verdammten Fall zulassen, dass die portugiesische Polizei Ariel Pryce und John Wright verhaftet.

Sie beschleunigt den Berg hinauf.

»Obrigado.«

Ariel schmeißt den anderen halben Hunderter über den Sitz, dann springen sie und John aus dem Taxi. Sie wirft einen Blick zurück in die Einbahnstraße – derselbe silberne Wagen verfolgt sie, und dahinter dasselbe Moped.

Auf der rechten Straßenseite führt eine Steintreppe hinunter zum Nationaltheater und zu einem großen Platz; auf der linken Seite gibt es Stufen hinauf zu einer Einbahnstraße, die in die andere Richtung führt. Diese Stufen gehen Ariel und John im Eiltempo hinauf, immer zwei auf einmal nehmend.

»Beeil dich«, drängt sie John, als sie oben ankommen, und »Hier entlang« als sie links abbiegen, schnell außer Sichtweite von allen, die sie unten verfolgt haben und direkt auf den geräumigen Rücksitz des wartenden Mercedes, der vom Bordstein wegfährt, noch während John die Tür zuzieht, und die Straße hinunterrast, um eine Ecke und dann um eine andere und schließlich auf einer geraden breiten Straße beschleunigt.

»Alles in Ordnung?«, fragt der Fahrer, derselbe Mann, der sie am Samstagmorgen vor einer Ewigkeit vom Flughafen abgeholt hat. Ihn hat Ariel vom Balkon aus angerufen, um ihre Abholung für null Uhr fünfzehn zu bestätigen, die sie zuvor vereinbart hatte, aber den Ort zu ändern. Und das Ziel.

»Es wird eine lange Fahrt werden«, hatte sie gesagt. »Vier Stunden? So in etwa.«

»Ja, das ist lang. Wohin, bitte?«

»Fünfhundert Euro«, antwortete Ariel. »In bar. Und wir bezahlen das Benzin und die Mautgebühren.«

Sie stellte sich vor, wie der Fahrer mit sich selbst debattierte, ob er vielleicht verhandeln sollte und wenn ja, was; vielleicht auch, ob er es überhaupt tun sollte, ob diese Amerikaner Kriminelle waren, ob es gefährlich oder illegal sein könnte oder beides. Andererseits: Fünfhundert Euro, steuerfrei, waren eine Menge Geld. Vielleicht wäre es also besser, gar keine Fragen zu stellen. Vielleicht ist das immer der Fall.

Ariel war bereit gewesen, mehr zu zahlen. Was auch immer nötig wäre, um von dort wegzukommen.

»Okay«, hatte er gesagt.

»Können Sie ab Mitternacht auf uns warten? Es kann sein, dass wir früher ankommen.« Ariel wollte sichergehen, dass der Fahrer sich nicht verspäten würde.

Jetzt lehnt sie sich über den Sitz und legt die fünfhundert Euro auf die Mittelkonsole. Der Fahrer blickt auf die grünen Scheine hinunter. »Wohin, bitte?«

»Einfach geradeaus«, sagt Ariel. »Ich sage weiter an, wie Sie fahren müssen.«

Er nickt wiederholt, als ob das eine gute Idee wäre. Als ob auch er sich damit zufriedengibt, nur das Nötigste zu wissen. Glaubwürdige Bestreitbarkeit.

Ariel sieht die nächtlichen Straßen vorbeifliegen, wenige Minuten später fahren sie auf die längste Brücke Europas. Sie dreht sich immer wieder um und schaut aus der Heckscheibe, in der Erwartung, blinkende Lichter zu sehen, die näher kommen.

Sie sind noch nicht aus der Schusslinie. Vielleicht werden sie es nie sein.

»Nein, nein, *nein*. Das darf doch nicht wahr sein.«

Griffiths steht rittlings auf ihrem Moped, in die falsche Richtung der Einbahnstraße gedreht, die sie soeben schnell, gefährlich und illegal befahren hat, und das alles ohne Erfolg: Keine Spur von den Amerikanern.

»Wo zum Teufel können sie nur hin sein?«

Jefferson hat ihr Moped stehen lassen und geht schnell die belebte Straße hinauf, volle Restaurants und Bars, überall Menschen. »Überall«, sagt sie in ihr Mikrofon. »Es gibt Tausende von Orten, wo sie sein können. Sie könnten auch in ein anderes Auto gestiegen sein.«

»Scheiße. Und ihre Handys sind noch auf dem Markt?«

Es ist Antonucci, der antwortet. »Ja. Irgendwo entsorgt.«

Keine Telefone, kein Gepäck, keine Computer. Was bedeutet, dass sie nicht nur geflohen sind, sondern auch damit gerechnet haben, beobachtet zu werden. Und verfolgt.

»Jefferson, wir beide werden uns hier weiter umsehen. Guido, du fährst zum Flughafen. Wenn sie auftauchen, ruf mich sofort an.«

»Klar doch. Was ist mit Mazagón und Cádiz?« Die Fähren zu den Kanarischen Inseln.

»Ich glaube nicht. Dann säßen sie auf den Kanaren fest, was nicht näher an den Staaten liegt und auch nicht gerade ein einfaches Versteck ist. Aber von Gibraltar nach Tanger? Das ist eine andere Geschichte. Eine kurze Fahrt, und danach können sie in Afrika verschwinden. Also sollten wir Rabat alarmieren, Ausschau zu halten.«

»Gut. Aber darf ich etwas fragen? Das soll nicht respektlos klingen. Aber warum lassen wir sie nicht einfach laufen?«

Das ist eine gute Frage; sie kann verstehen, dass Antonucci das für eine vertretbare Lösung hält. Griffiths will ihm nicht die ganze Sache erklären, die ganze Palette ihrer Ängste. Und das muss sie auch nicht. Guido arbeitet für sie. Aber sie will das auch nicht zu sehr heraushängen lassen.

»Es geht um die nationale Sicherheit«, sagt sie, und das hat den Vorteil, dass es stimmt.

Kapitel 41

Diesmal braucht Ariel wirklich einen Wecker. Das neue Telefon trillert und vibriert in einer unbekannten Melodie, die Ariel wachrüttelt, und kurz weiß sie nicht, wo oder was das überhaupt ist, dann findet sie das Ding auf ihrem Bauch, schaltet es aus und versucht, sich zu orientieren.

John bewegt sich, aber er öffnet die Augen nicht.

Ariel schaut aus dem Fenster. »Sind wir noch in Portugal?«

»Noch fünf Kilometer«, sagt der Fahrer.

»Wenn wir die Grenze überqueren, fahren Sie weiter auf der A5. Sobald wir uns Mérida nähern, wecken Sie mich bitte auf.«

John wechselt die Position, aber er schläft weiter. Ariel hat seit – wann? vielleicht noch nie – so mit einem Mann auf dem Rücksitz gesessen. Das letzte Mal, dass sie mit einem Mann für eine lange Fahrt in ein Auto gestiegen ist, war vor vierzehn Jahren. Zumindest hatte sie erwartet, dass es eine lange Fahrt werden würde, genau wie sie erwartet hatte, dass es eine lange Ehe werden würde. Beides erwies sich jedoch als kurz.

»Was?« Bucky blickte zu Ariel, dann wieder auf die Straße. »Was hast du gerade gesagt?«

Sie befanden sich im Stop-and-go-Verkehr auf dem Montauk-Highway, kurze Phasen, in denen der Verkehr floss, unterbrachen lange Strecken des Kriechens. Es würde eine endlose Fahrt in die Stadt werden, dreieinhalb, vielleicht vier Stunden. Ariel hatte ein paar Minuten gewartet, nachdem sie ins Auto gestiegen waren, nur um den Beginn dieses Gesprächs hinauszuzögern, das sie nicht führen wollte. Aber sie wusste, dass es mit jeder Minute, die verging, schwieriger und schließlich unmöglich werden würde. Also sprang sie, ohne nach unten zu schauen, und platzte damit heraus, zu schnell und zu unerwartet, als dass Bucky es hätte begreifen können.

Sie holte tief und lange Luft und fing noch einmal an: »Letzte Nacht. Ich war im Bad, Charlie hat sich reingedrängt, die Tür abgeschlossen und mich vergewaltigt.«

»O mein Gott.« Bucky wandte ihr wieder den Blick zu, diesmal länger. »Das tut mir so leid. Warte, ich halte mal an.«

»Nein«, wandte Ariel ein. »Der Verkehr wird nur noch schlimmer. Fahr weiter.«

Ariel wollte, dass Bucky den Blick auf die Windschutzscheibe richten musste, anstatt ihre ganze Demütigung, ihren Schmerz anzustarren. Sie wollte nicht, dass irgendjemand, nicht einmal ihr Mann, das alles sah. Ariel erwartete natürlich Buckys volle Unterstützung, aber Empathie ist nicht dasselbe wie Verständnis, und sie war besorgt, dass etwas Giftiges zwischen sie geraten könnte.

»Bist du okay?«

»Nein«, sagte sie. »Nicht wirklich.«

»Und mit *vergewaltigt*, meinst du …?«

Ariel holte noch einmal tief Luft, um sich zu beruhigen, aber es half nicht viel. »Ich meine damit, dass er seinen Penis mit Gewalt in meine Vagina gezwungen hat, immer und immer wieder, bis er ejakuliert hat. *In mir.*«

Sie hörte auf, gegen die Tränen anzukämpfen.

»Mein Gott. Wann?«

Wann? »Während des Nachtischs.«

Ariel hatte ein neues, ungutes Gefühl, zusätzlich zu all den anderen unerträglichen Emotionen, die sie durchströmten. Irgendetwas an Buckys Verhalten kam ihr sehr falsch und gleichzeitig sehr vertraut vor.

»Warum hast du mir das nicht früher gesagt?«

»Ich habe es dir gestern Abend nicht gesagt, weil du besoffen warst und ich nicht dachte, dass wir ein produktives Gespräch führen könnten, und ich wollte kein unsinniges mit einem Betrunkenen führen. Dann bist du heute Morgen gegangen, bevor ich wach war, danach hast du Leute zum Mittagessen mit nach Hause gebracht, dann haben wir in Eile gepackt, und jetzt sind wir hier, und ich erzähle es dir, kannst du also aufhören, nach der *Logistik* meines Berichts von diesem sexuellen Übergriff deines Freundes auf deine *Frau* zu fragen?«

»Es tut mir leid. Ich bin … schockiert. Ich bin total entsetzt.«

Sie war kurz davor, völlig durchzudrehen.

»Das tut mir so leid«, sagte er erneut, zögernd. Ariel war beunruhigt über all dieses Entschuldigen. Es klang wie »Meine Gedanken und Gebete sind bei dir« – Leute sagen das, wenn sie vorhaben, gar nichts zu tun.

»Ich habe nicht das Gefühl, viel Unterstützung von dir zu empfangen, Bucky.«

»Es tut mir leid.« Noch einmal. »Also, was willst du tun?«

Da wurde ihr klar, was der Grund für ihr Déjà-vu war: ihr Vater. *Du*, nicht *wir*.

»Ich glaube, wir müssen zur Polizei gehen«, sagte Ariel.

Bucky warf ihr einen kurzen Blick zu und sagte dann: »*Mmm.*«

Ariel konnte erkennen, dass ihr Mann Berechnungen anstellte, von A nach B nach C, wie würde Z aussehen, für ihn? Bucky würde keines dieser Ergebnisse akzeptabel finden. Er wollte es nicht laut aussprechen, aber es stand ihm ins Gesicht geschrieben. Es lag in seinem Schweigen.

Sie wandte sich angewidert ab. Man kann nicht wissen, wie abscheulich jemand ist, bis eine Gelegenheit kommt, abscheulich zu sein. In einem privilegierten Leben wie Buckys – oder ihrem – kann das lange dauern. Vielleicht ein Leben lang. Vielleicht passiert es auch nie.

»Ich weiß nicht, was ich davon halten soll«, sagte er.

Das hier war Buckys Gelegenheit, genau jetzt. Ariel wurde mit einem unerträglichen Schlag klar: Sie hatte einen abscheulichen Menschen geheiratet, und das hier war der Beweis dafür.

»Was du *davon halten sollst?*«

Sie hörte auf zu weinen. Ihre Traurigkeit wurde augenblicklich durch die Wut ersetzt, die unter der Oberfläche lauerte und bereit war zu übernehmen.

»Willst du mich verarschen? Sag mir, Bucky – *bitte* sag mir, was genau musst du da überlegen?«

Ariel starrte ihn an und wartete auf eine Antwort.

»Ich …«

Einfach so traf sie ihre Entscheidung, und im Nu schaltete ihr Verstand um, versuchte, die Orientierungspunkte der Route 27 zu erkennen, um herauszufinden, wo sie sich in Bezug auf Bahnhöfe, Bushaltestellen und die Häuser von

Freunden befand. Später verstand sie, wie sie ihre Entscheidung so schnell treffen konnte: Weil sie sich eigentlich schon viel früher entschieden hatte. Aber sie hatte gehofft, ihr ganzes Leben lang so tun zu können, als wüsste sie nicht, dass Bucky ein schrecklicher Mensch war, dass sie niemals mit dem Beweis konfrontiert würde. Obwohl sie sich fast sicher war, dass er da war, irgendwo. Genau hier also.

Das Auto schlich mit fünf Meilen pro Stunde dahin. Vor ihnen blinkten rote Rücklichter auf, die sich in ihre Richtung bewegten, wie eine synchronisierte Lichtshow mit dem Titel Traffic Jam. In ein paar Sekunden würde wieder alles stillstehen, Bucky müsste den schwarzen Range Rover anhalten.

Da, das Restaurant auf der anderen Seite des Highways: Ariel wusste genau, wo sie waren. Sie schnappte sich ihre Tasche aus der Mittelkonsole.

»Was machst du da?«

Sie riss an der Klinke, aber die Tür war verschlossen.

»Ariel?«

Sie drückte auf die Entriegelungstaste.

»Was machst …«

Sie zog noch einmal, und dieses Mal schwang die Tür auf. Das Auto bewegte sich noch, aber kaum. »Halt an«, sagte sie.

»Du kannst nicht …«

»Halt an, Bucky, jetzt sofort.« Sie sprang heraus und ließ die Tür weit offen.

»Komm schon, Ariel. Sei nicht …« Er hielt inne, bevor ihm eine angemessene Beleidigung einfiel. In diesem Moment war keine angemessen; zumindest war er klug genug, das zu erkennen. Bucky hatte vielleicht gerade bewiesen, dass er scheußlich war, aber es fehlte ihm nicht an Selbsterhaltungstrieb, und er war nicht dumm.

Ariel riss die Hintertür auf und griff sich ihre Wochenendtasche. Sie ließ auch diese Tür offen und ging von dem großen schwarzen Auto weg, das mitten im Stau auf der Route 27 stand. Er würde ihr auf keinen Fall folgen können, weder zu Fuß noch mit dem Auto.

Sie wollte Bucky nie wiedersehen. Charlie Wolfe natürlich auch nicht, vor allem ihn nicht, aber sie tat es trotzdem. Es war schmerzhaft, aber notwendig, wie eine Operation mit einer langen, quälenden Genesung. Ein ganzes Leben lang.

»Hey«, rief ihr Mann ihr nach. »Lass uns …«

»Ach, leck mich doch, Bucky.«

Wagstaff steht da und bewundert die Listen, die auf seinem Esstisch ausgebreitet sind, er nickt anerkennend. Es sind eine Menge Namen.

»Okay«, murmelt er, »jetzt wollen wir mal ein paar von euch loswerden.«

Er nimmt einen Rotstift in die Hand und beginnt, einen Namen nach dem anderen durchzustreichen: zu alt, zu jung, zu arm, zu schwul. Es sind viele Namen, die er durchstreicht, aber es bleiben auch immer noch viele übrig. Er wechselt zum blauen Stift und streicht die meisten Namen durch, die übrig geblieben sind: Männer, die vor fünfzehn Jahren noch nicht zur New Yorker Gesellschaft gehörten. Kongressabgeordnete aus Texas, CEOs aus dem Mittleren Westen, Risikokapitalgeber aus dem Silicon Valley. Wagstaff muss das vielleicht zurücknehmen: Nur weil ein Mann nicht in New York lebte, heißt das nicht, dass Ariel kein Kind mit ihm gezeugt hat. Es ist nur unwahrscheinlicher.

Wagstaff arbeitet schnell und zieht Schlüsse, die sich später, bei genauerer Prüfung oder Nüchternheit, möglicherweise nicht halten lassen. Aber sein Maßstab ist nicht der begründete Zweifel; er steht hier nicht vor einem Gericht. Alles, was er will, ist schnell die wahrscheinlichsten Möglichkeiten – die niedrig hängenden Früchte – identifizieren und diese Männer genau untersuchen.

Er ist irrational zuversichtlich, dass das klappen wird. Wahrscheinlich wegen des Kokains. Und genau das macht Kokain so verdammt konstruktiv: Es kann dich die ganze Nacht wachhalten, damit du etwas tust, das vielleicht nicht ganz vernünftig ist.

Er zieht noch eine Linie. Er macht sich nicht vor, dass es nur eine kleine ist.

Die Leiterin der CIA-Station in Lissabon hebt ab, noch bevor das erste Klingeln aufhört. Sie hat diesen Anruf erwartet.

»Guten Abend«, sagt Nicole Griffiths. Es ist mitten in der Nacht in Portugal, aber an der Ostküste ist es kurz nach dem Abendessen. Griffiths ist bereits für morgen angezogen, geduscht, frisch gekleidet, passabel geschminkt. Sie kann sich kein Szenario vorstellen, das es ihr erlaubt, heute Nacht wirklich zu schlafen. Das Einzige, worauf sie hoffen kann, ist ein Nickerchen auf ihrer Bürocouch.

»Ich bin also informiert«, sagt Jim Farragut. »Irgendwelche neuen Entwicklungen in den letzten zwei Stunden?«

»Nein. Die Frau und ihr Mann sind immer noch auf freiem Fuß. Zu diesem Zeitpunkt könnten sie überall in Portugal oder jenseits der Grenze in Spanien sein. Sie könnten auch auf dem Weg zu einer Fähre von Gibraltar nach Tanger oder zu einem Flug von Spanien aus sein.«

»Oder sie verstecken sich irgendwo?«

»Vielleicht. Aber sie hat ein Kind, zu dem sie wahrscheinlich zurückkehren will.«

»Wie alt?«

»Dreizehn.«

»Dreizehnjährige sind nicht unbedingt eine gute Gesellschaft.«

»Das weiß ich nicht. Aber selbst ein nerviger Teenager hat sicher noch Priorität.«

Griffiths vermutet, dass sie nur um den heißen Brei herumreden. Wohin Pryce und Wright reisen oder wo sie sich verstecken oder wie sie verhört werden oder wann oder von wem: Nichts davon ist wirklich von Bedeutung, verglichen mit dem riesigen Haufen Scheiße des Grundproblems.

»Sind Sie sich *wirklich sicher*, was die Identität des Mannes angeht, der das Lösegeld gestellt hat?«

»Nicht zu hundert Prozent. Aber haben Sie die Aufzeichnung des Anrufs gehört?«

»Ja.«

»Nun, zusätzlich zu der wiedererkennbaren Stimme gibt es noch den geografischen Standort des Anrufs, der von dem eilig gekauften Wegwerfhandy in DC an die sichere Leitung hier in Lissabon getätigt wurde, in einem Gespräch, das offensichtlich eine Erpressung war, unter Androhung der Preisgabe eines schädlichen Geheimnisses. Hinzu kommt, dass das Handy von einem seiner direkten Mitarbeiter gekauft wurde. Dass jemand dieser Pryce-Frau kurzfristig und heimlich einen hohen Geldbetrag zur Verfügung gestellt hat. Dass er und Pryce vor langer Zeit eine persönliche Beziehung hatten; dass er und der erste Ehemann der Frau eine geschäftliche Beziehung hatten.«

»Das sind eine Menge Umstände. Aber nichts davon ist ein *Beweis.*«

»Richtig, wir haben keinen schlagenden Beweis gefunden. Noch nicht. Das heißt aber nicht, dass es ihn nicht gibt. Es bedeutet auch nicht, dass nicht vielleicht sonst jemand ihn gefunden hat. Vergessen Sie nicht, dass wir erst seit ein paar Stunden über diese Situation Bescheid wissen.«

»Wie viele Leute sind eingeweiht?«

»Hier? Mein Kreis ist klein.« Eine genaue Zahl will Griffiths nicht nennen. Wenn sie es dem Einsatzleiter sagt, könnte er gezwungen sein, es seinem Chef zu sagen, und der würde es seinem Chef sagen.

»Aber es gibt da draußen eine Menge Beweise«, fährt sie fort. »Und diese Beweise sind kein tief vergrabenes Geheimdienstmaterial. Das FBI kann das alles auch finden, sogar die Polizei in DC. Oder auch die Medien. Vielleicht haben sie das sogar schon getan. Es gibt bereits mindestens einen Journalisten, der sich mit dem Fall befasst, und ich glaube, ihm wurden einige Details von uns zugespielt, von einem Schwachkopf im Konsulat.«

»Oh, um Himmels willen.«

Es entgeht Griffiths nicht, dass der Direktor sie weder nach dem Namen des Journalisten noch nach dem des Schwachkopfs fragt. Das sind beides gute Zeichen. Sie kann in der Stille hören, dass Farragut seine unangenehmen Entscheidungen abwägt. Er ist ein Berufsgeheimdienstler, aber sein Chef ist ein politischer Angestellter, der deutlich gemacht hat, dass seine Loyalität nicht der CIA gilt, die er leitet, sondern dem Präsidenten, der ihn ernannt hat. Wenn die geheimdienstlichen Interessen der CIA und die politischen Interessen des Präsidenten auseinanderklaffen, ist es unwahrscheinlich, dass sich der CIA-Direktor auf die Seite der Geheimdienste schlägt.

Für den Präsidenten und den Direktor werden diese Informationen sehr, sehr unwillkommen sein. Es könnte der Zwang entstehen, den Boten zu erschießen, ebenso wie jeden, der zufällig mit dem Boten in Verbindung steht. Dies ist definitiv eine Art von »Tötet-den-Boten-Verwaltung«.

»Kann man das irgendwie stoppen?«, fragt Farragut.

Schon bevor Griffiths den Anruf tätigte, der hierzu führte, wusste sie, dass diese Frage kommen würde. Sie hatte sie bereits durchdacht.

»Ariel Pryce hat hier in Lissabon für viel Wirbel gesorgt: die örtliche Polizei, das Konsulat, der Reporter und wer weiß, wie viele andere wahllose Zeugen, Hotelangestellte und Taxifahrer. Einige dieser Leute können kontrolliert werden; natürlich können wir unsere eigenen Mitarbeiter zum Schweigen verpflichten. Und die örtliche Polizei hat ein begrenztes Einflussgebiet; wir könnten sie wahrscheinlich bremsen, wenn sie sich zu weit vorwagen. Aber der Reporter.«

Sie braucht das nicht laut zu sagen: Den Reporter kann man nicht zum Schweigen bringen. Die CIA könnte der Presse den ganzen Tag lang »Nationale Sicherheit!« zurufen, und sie würde nur zurückschreien: »Meinungsfreiheit!« Selbst die Androhung von Gefängnis wäre keine ausreichende Abschreckung. Die Lösung für den Journalisten müsste weniger öffentlich, drastischer, schneller, illegaler und für Griffiths völlig inakzeptabel sein. Und hoffentlich auch für Farragut. Aber nicht unbedingt für die Leute, die beiden Befehle erteilen können.

Griffiths stellt sich vor, wie Jim Farragut in einem holzgetäfelten Arbeitszimmer in Georgetown sitzt und sich ausmalt, wie sich das Netz der Enthüllungen nach außen spinnen könnte – von den Journalisten zu den Quellen, von den Redakteuren zu den Verlegerinnen, von den Produzenten zu den Nachrichtensendern, zu den sozialen Medien, zum verdammten Radio, zu jedem auf dem Planeten. Und es könnte sehr schnell passieren, ohne dass jemand die Kontrolle darüber hätte.

»Was ist Ihrer Meinung nach das Albtraumszenario, Griffiths?«

»Das ist eine gute Frage«, sagt sie. »Das kommt darauf an: für wen?«

»Touché. Ich denke, für die Vereinigten Staaten.«

Diese Antwort ist für Griffiths völlig klar. Deshalb hat sie angerufen und den Chef ihres Chefs aus einer Dinnerparty am vierten Juli gerissen.

»Das Albtraumszenario ist, dass wir so tun, als wüssten wir nicht, was wir gerade erfahren haben, und stattdessen diese Informationen unterdrücken, oder es versuchen. Aber das lässt die zugrunde liegenden Fakten nicht verschwinden. Anstatt diesen Skandal jetzt aufzudecken, bevor er der Nation wirklich schaden kann, würden wir stattdessen den Russen, Chinesen oder Nordkoreanern die Tür öffnen, um genau diese Informationen in ein paar Jahren auszunutzen.«

Sie kann Farragut seufzen hören.

»Wenn ich das sagen darf?«

»Bitte, nur zu.«

»Ich kann mir eigentlich kein *schlimmeres* Szenario für unsere nationale Sicherheit vorstellen. Sie etwa?«

Farragut seufzt. »Ist es möglich, dass das hier jetzt schon die Falle eines Feindes ist?«

Auch das ist etwas, was Griffiths in Betracht gezogen hat. »Ja, ich kann mir durchaus vorstellen, dass die ganze Sache von Moskau inszeniert wurde.«

»Höre ich da ein *Aber*?«

»Aber selbst wenn diese ganze Entführung und das Lösegeld und die Telefonanrufe und so weiter – selbst wenn alles, was in den letzten Tagen passiert ist, von einer feindlichen ausländischen Macht oder sogar von einer inländischen Opposition inszeniert wurde? Selbst wenn das wahr ist? Das ändert nichts am ursprünglichen Vergehen. Es ändert nur den Mechanismus, wie und von wem die Strafe vollstreckt wird. Das Vergehen ist immer noch genau dasselbe.«

Farragut denkt weiter darüber nach. Es ist eine wichtige Entscheidung, die ihn da mitten in seinem Sommerurlaub belastet.

»Ich muss das fragen«, sagt er, »denn ich werde diese Frage bestimmt selbst gestellt bekommen: Kann man *sie* zum Schweigen bringen?«

»Sie meinen mit Geld? Indem man sie besticht?«

Farragut antwortet nicht sofort. Dann sagt er: »Nein.«

Griffiths kann den Weg vor sich sehen: von Farragut zum CIA-Direktor, dann von dem zum Präsidenten.

Einen Moment lang erwägt sie zu lügen. Aber das ist hier keine vernünftige Option.

»Soviel ich weiß, gibt es keine Augenzeugen. Pryce behauptet, sie habe Beweise, von denen wir glauben, dass es sich um ein illegal aufgezeichnetes Privatgespräch mit Wolfe handelt, aber wir wissen nicht, ob das wahr ist. Wenn ja, hat sie weder angedeutet, dass noch jemand anderes im Besitz dieses Beweismaterials ist, noch, dass es irgendeine Sicherheitsvorkehrung gibt, die im Falle ihres Ablebens die Freigabe des Beweismaterials auslösen würde. Wenn davon etwas der Fall wäre, hätte sie es wohl erwähnt, um ihre Sicherheit zu gewährleisten. Hat sie aber nicht.«

»Und wenn diese Beweise unabhängig von ihr auftauchen würden?«

»Ohne ihre Anwesenheit, um sie zu bestätigen, wäre es ziemlich einfach, sie zu diskreditieren. Das heißt wiederum, wenn die Beweise wirklich existieren und sie selbst überleben. Es ist auch möglich, dass sie blufft.«

»Hat sie irgendwelche Schutzmaßnahmen ergriffen?«

»Sieht nicht so aus.«

»Also.« Er hält inne. »Was wären unsere Optionen? Ich befürworte das nicht. Aber ich muss in der Lage sein, die Frage zu beantworten.«

»Nun, *falls* wir sie finden?« Griffiths hält ebenfalls inne und lässt das sacken: Pryce zu finden ist vielleicht nicht so einfach. Vor allem, wenn das Worst-Case-Szenario zutrifft und diese Operation von einer ausländischen Organisation inszeniert wurde. Dann könnte Pryce in diesem Moment bereits gesund und munter in einem Privatjet auf dem Weg nach Moskau sein.

»Dann könnten wir sie irgendwo in Spanien verschwinden lassen. Oder sie könnte in Lissabon tot aufgefunden werden.

Oder sie könnte nach Amerika zurückkehren und in naher Zukunft Selbstmord begehen. All diese Szenarien wären angesichts der jüngsten Ereignisse durchaus plausibel. Aber ich muss noch einmal betonen: Die Katze ist bereits aus dem Sack. Wo es einen Reporter gibt, wird es weitere geben.«

»Reporter?« Farragut schnaubt.

Griffiths weiß, dass der Direktor damit natürlich recht hat: Berichterstattung ist nicht mehr das, was es einmal war. Die Leute glauben bereits, was sie glauben, und heutzutage nutzen sie die Medien, um sich zu vergewissern, dass sie recht haben, nicht um etwas Neues zu lernen.

»Aber die Tatsache existiert immer noch«, sagt sie. »Und jemand anderes wird sie schließlich finden. Pryce loszuwerden, löst das Problem nicht.«

Farragut macht eine weitere lange Pause, bevor er fragt: »Nicht?«

Er hat wieder recht. Ariel Pryce zu töten, könnte das Problem tatsächlich doch lösen.

»Sind Sie sicher, Griffiths?«

Es ist kurz nach vier Uhr morgens, als Wagstaff den letzten blauen Strich durch die endgültige Liste zieht. Neunundneunzig Prozent der Männer hat er jetzt ausgeschlossen. Auf der rechten Seite des Tisches gibt es nur ein Dutzend Namen aus dem heutigen Washington, die nicht durchgestrichen sind; auf der linken Seite stehen doppelt so viele New Yorker Namen von vor anderthalb Jahrzehnten. Ein zufriedenstellend kleines Universum an Möglichkeiten ist entstanden.

Wagstaff erinnert sich selbst daran, dass diese Strategie immer noch ein Schuss ins Blaue ist. Er wusste es, als er anfing, er wusste es mittendrin, und er weiß es jetzt, da er am Ende angelangt ist: Dies ist keine zuverlässige Methode, um den Täter eines Verbrechens zu identifizieren.

Das heißt aber nicht, dass sie nicht funktioniert.

Wagstaff liest von links nach rechts, sein Blick fällt auf alle Namen, die nicht durchgestrichen sind, dann macht er einen schnellen zweiten Durchgang. Er spürt, wie sich sein Puls beschleunigt. Und das kommt nicht vom Kokain.

Es sind nur vier Namen, die auf beiden Seiten des Tisches auftauchen. Einen davon kann man unmöglich ignorieren.

Kapitel 42

Die Sonne ist noch nicht aufgegangen, aber auf dem Flughafen von Sevilla herrscht bereits reges Treiben, wie es auf Flughäfen in der letzten Stunde vor dem Morgengrauen üblich ist, mit Pendlern in Anzügen und Fernreisenden, die ihre erste Etappe antreten, sowie mit den übernächtigten Übriggebliebenen, die letzte Nacht ihre Anschlüsse verpasst haben, und den Menschen, die einfach überall viel zu früh ankommen und vor fehlgeleiteter nervöser Energie vibrieren.

»Bist du sicher?«, fragt Ariel.

»Ja«, sagt John. »Das ist viel besser. Sonst wären wir zwei Amerikaner, die zusammen reisen, ohne Gepäck, und ich mit diesem ramponierten Gesicht. Selbst wenn die Polizei *nicht* nach uns sucht, würden wir verdächtig aussehen. Warum sollten wir das riskieren?«

Er hat recht, denkt Ariel. Aber ihr Gehirn scheint nicht mehr richtig zu funktionieren, nachdem es so lange auf Hochtouren gearbeitet hat. »Ich weiß es nicht.«

»Ich schon. Vertrau mir.«

»Okay.« Ariel nickt. Doch plötzlich gerät sie in Panik. »Wir sehen uns zu Hause?« Es klingt fragender, als sie beabsichtigt hat.

John lächelt. »Natürlich.«

Sie wendet sich zum Gehen, als sie einen Ruck am Arm spürt.

»Hey«, sagt er.

»Ja?« Sie dreht sich halb wieder um, er sieht ihr in die Augen.

»Ich liebe dich.«

Ariel hält seinem Blick stand. Ihre Beziehung war eine kontinuierliche Steigerung des Vertrauens – das ist es, was Beziehungen ausmacht –, und dies ist der Höhepunkt, nicht wahr?

»Das weißt du doch, oder?«

Ariel spürt einen Kloß im Hals. Sie hofft, dass diese Angst völlig irrational ist und nur durch die bizarren Umstände kommt. Aber sie hat gelernt, ihren plötzlichen Ängsten zu trauen, allen.

»Ja«, sagt sie. »Ich liebe dich auch.«

Es gibt keine Direktflüge über den Atlantik. Ariels Ziel ist es, den frühesten Flug mit der kürzesten Zwischenlandung zu nehmen, um den Ozean zu überqueren.

Die Fingernägel der Ticketverkäuferin klappern über die Tastatur, und sie blickt vom Bildschirm zum Pass und zurück, drückt eine Taste und wartet, drückt eine andere und wartet wieder, warum in Gottes Namen geht das so langsam?

Die Beamtin rattert eine Salve Spanisch herunter.

»*Lo siento*«, sagt Ariel, »*no hablo español*. Sprechen Sie Englisch?«

»Die erste mögliche Verbindung ist über Amsterdam, aber da haben Sie eine sehr kurze Umstiegszeit, Sie könnten den Anschluss verpassen, und dann hätten Sie noch einmal vier Stunden Aufenthalt dort. Die nächste Möglichkeit ist über

Brüssel, was eine längere Umstiegszeit bedeutet, aber viel sicherer ist. Was ist Ihnen lieber?«

Ariel hat das Gefühl, schon so viele schwere Entscheidungen getroffen zu haben, so viele Einzelschritte durchgestanden zu haben, dass sie keine Entschlusskraft mehr besitzt.

»Señora?« Die Angestellte deutet auf die wachsende Schlange ungeduldiger Kunden. »*Por favor?*«

»Die sicherere Verbindung.«

»Brüssel?«

Hatte sie das gesagt? Ist das überhaupt wichtig? »Ja.«

Noch mehr Klicken und Klacken und Hämmern und Stirnrunzeln. »Ist ein Platz in der Mitte okay?«

Nach einer weiteren fast schlaflosen Nacht, diesmal im leeren Haus einer Freundin, rief Ariel am frühen Montagmorgen ein Taxi, bevor sie ihre Meinung ändern konnte.

»Wohin?«

»Zur Polizeistation.«

Sie saß auf dem Rücksitz des Taxis und dachte über die Antworten nach, die sie auf die unvermeidlichen Fragen geben würde, die sie nicht hören wollte, weder heute noch morgen noch in Zukunft, bei Zeugenbefragungen und in Gerichtssälen, vor großen Mikrofonen und Kameras.

Wie oft haben Sie Nein gesagt? *Ungefähr zehn Mal. Aber hätte einmal nicht ausreichen müssen? Hätte nicht auch null Mal reichen sollen?*

Wie viel Alkohol haben Sie getrunken? *Weniger als einen Drink. Aber ich bin neugierig: Ab wie vielen Drinks ist es okay, mich zu vergewaltigen?*

Wie kurz war Ihr Kleid? *Kurz.*

Hatten Sie einen BH an? *Nein.*

Tragen Sie immer so freizügige Kleidung? *So was trägt jede Frau auf einer Sommerparty in einer heißen Nacht.*

Waren Ihre Brustwarzen sichtbar? *Wahrscheinlich.*

Wie viele Sexualpartner hatten Sie? *Sie meinen einvernehmlich? Das kann unmöglich eine Rolle spielen. Ich bin nur von diesem einen vergewaltigt worden, obwohl es ein paar andere versucht haben.*

»Hey«, ruft Jefferson. »Ich habe etwas: Pryce hat gerade ein Ticket auf dem Flughafen von Sevilla gekauft. Ein Flug nach New York, mit Umstieg in Brüssel, Abflug in knapp zwei Stunden.«

»Sevilla?« Nicole Griffiths stellt einen Timer auf ihrem Handy ein und drückt auf Start. Sie steht auf. »Und der Ehemann?«

»Noch nichts. Haben wir jemanden in Sevilla?«

»Ich glaube nicht«, sagt Griffiths, während sie den ruhigen Flur hinuntergehen; zu dieser Stunde haben sie die Botschaft für sich allein. »Keiner, der damit umgehen kann.«

Griffiths klopft laut an eine Tür und wartet ein paar Sekunden, bevor sie sie öffnet. Antonucci reibt sich die Augen, liegt aber noch. Sein zerschlagenes Gesicht sieht nach einer weiteren Nacht des Anschwellens noch schlimmer aus.

»Wir fahren nach Spanien«, sagt Griffiths.

»Gibst du mir fünf Minuten?«

»Ich gebe dir eine.«

»Charlie Wolfe?« Der Polizist blinzelte Ariel an. »*Der* Charlie Wolfe?«

Das fing schon schlecht an. »Richtig.«

»Sie sagen, dass Charlie Wolfe Sie, äh, missbraucht hat? Sexuell?« Zu der Zeit war Charlie noch nicht berühmt, nicht auf *New York Times*- oder *People Magazine*-Art. Aber definitiv auf *Hamptons Magazine*-Art. Sie waren in den Hamptons.

»Ja.«

»Auf seiner Party? Am Samstagabend?«

»Korrekt.«

»Wir hatten jemanden dort ... Ich glaube, es war Flintie.«

»Sie meinen, ein Polizeibeamter war tatsächlich auf dieser Party, auf der ich vergewaltigt wurde?«

»Nun, nicht auf der Party. Aber für Veranstaltungen wie die von Mr. Wolfe, mit den Prominenten, all den hohen Tieren, stellen wir jemanden ab, der dort nach dem Rechten sieht. Nicht, also, in der *Einfahrt*, was, Sie wissen schon, die Gäste irritieren könnte. Aber in der Nähe, um Störenfriede abzuschrecken. Oder um bei Ärger einzugreifen, von dem sich die Leute nicht, ähm, abbringen lassen.«

»Ich verstehe. Nun, der Störenfried vom Samstagabend war der Gastgeber, und der Ärger war eine Vergewaltigung, und Flinties Anwesenheit hat ihn nicht davon abgehalten.«

Officer Pulaski starrte Ariel an, dann atmete er lang und langsam aus und überlegte, was er antworten sollte. Was ihm einfiel, war: »Junge, Junge.«

Ariel hatte darum gebeten, eine Polizistin zu sprechen, aber es war offenbar keine im Dienst, die ihre Aussage hätte aufnehmen können.

»Sind Sie sicher?«

»Ob ich mir weswegen sicher bin? Dass er mich vergewaltigt hat?«

»Dass der Sex, den Sie hatten, ähm, *nicht einvernehmlich* war.«

»Ich bin mir sicher.«

»Und Sie sind sich sicher, dass es Mr. Wolfe war?«

»Ganz sicher.«

»Sie kennen ihn?«

»Ich kenne ihn seit Jahren und habe ihn bei vielen Gelegenheiten getroffen. Er macht Geschäfte mit meinem Mann.«

»Junge, Junge.« Pulaski schüttelte den Kopf, während er schrieb. Dann legte er seinen Stift weg, holte tief Luft und sah wieder zu Ariel auf. »Bevor wir einen weiteren Schritt machen, muss ich etwas fragen.«

»Ja?«

»Sind Sie sicher, dass Sie das wirklich tun wollen?«

Sie wollte das auf keinen Fall tun. Natürlich wollte sie es nicht, aus vielen Gründen, und hier war einer davon: Sie wollte nicht einem Mann nach dem anderen begegnen, Männern mit Autorität, die ihrer Behauptung gegenüber skeptisch waren – skeptisch, dass es nicht einvernehmlich war, skeptisch, dass es Sex war, skeptisch, dass es Charlie war. Sie wollte den Teich, in dem sie schwamm, nicht verschmutzen, einen Teich, in dem Charlie einer der größten Fische war. Sie wollte sich Charlies Freunde nicht zu Feinden machen, deren Frauen, Menschen, die sie tagein, tagaus sehen musste, wollte nicht das Schweigen ertragen, wenn sie einen Raum betrat, die verrenkten Hälse, das Getuschel. Sie fühlte sich bereits jetzt wie eine Außenseiterin, die am Rand der Gesellschaft zupfte; ihr Status würde das nicht überleben. Sie würde geächtet werden.

Also nein, sie wollte das nicht tun. Aber war es wirklich eine Option, nichts zu tun?

Ariel wusste nicht, was sie mit ihrem Mann machen wollte, mit ihrem ganzen Leben, welche Art von Mensch sie sein und welche sie nicht sein wollte. Aber sie wusste, dass sie, wenn es jemals eine Chance geben sollte, Charlie Wolfe strafrechtlich zu verfolgen, diese Anzeige noch heute erstatten und sich der medizinischen Befundsicherung nach einer Vergewaltigung unterziehen musste, um die physischen Beweise sicherzustellen – die Beweise an ihrem eigenen Körper, die Beweise seines Körpers.

Die Statistik war ihr nicht fremd. Sie wusste, dass genau zu dem Zeitpunkt, als Charlie Wolfe sie vergewaltigte, das gleiche Gewaltverbrechen an Hunderten, Tausenden anderer Frauen in den Vereinigten Staaten begangen wurde, an Fünfzehnjährigen und Fünfzigjährigen, an weißen und schwarzen, reichen und armen Frauen, an heterosexuellen und lesbischen Frauen und Frauen, die sich nicht sicher sind, an betrunkenen und nüchternen Frauen, an Frauen, die Gras geraucht haben, und an Frauen, die betäubt wurden, an Frauen auf Verbindungs- und Hauspartys, Pool- und Geburtstagspartys, an Frauen auf Futons und in Liebessesseln und auf den Rücksitzen von Honda Accords. Überall im Land werden jedes Jahr mehr als dreihunderttausend amerikanische Frauen vergewaltigt, mehr als die Gesamtzahl der US-Soldaten, die seit dem Ende des Zweiten Weltkriegs getötet wurden – in Korea, in Vietnam, in Afghanistan, im Irak, in allen bewaffneten Konflikten zusammen. Ein ewiger Krieg, und das sind die Opfer. Ariel ist eins von ihnen.

Irgendjemand musste etwas dagegen tun. Eigentlich musste jeder etwas dagegen tun.

»Nein«, sagte Ariel. »Ich will das auf keinen Fall tun. Aber ich muss, nicht wahr?«

»Ist dies das Kleid, das Sie anhatten?«, fragte die Krankenpflegerin Ariel, die so geistesgegenwärtig gewesen war, das Kleid, welches sie am Samstagabend getragen hatte, mitzubringen. Es war eng zusammengerollt in einer Ziploc-Tüte, in der es winzig aussah, es könnte ein Taschentuch sein. Ihr Höschen bestand aus fast nichts, sah nach nicht viel mehr als ein paar Schnürsenkeln aus.

»Sonst noch etwas?«

Sie schüttelte den Kopf. »Es war heiß.«

»Männer vergewaltigen Frauen nicht wegen ihrer Kleidung«, sagte die Pflegerin. »Sie müssen sich nicht rechtfertigen.«

Ariel nickte.

»Nicht vor mir«, fügte sie hinzu. Ariel wusste genau, was sie meinte.

»Hatten Sie in den letzten zweiundsiebzig Stunden einvernehmlichen Sex?«

Zweiundsiebzig? Es war Montagmorgen, also war vor zweiundsiebzig Stunden – wann? Freitagmorgen. Freitagabend lag also innerhalb dieses Zeitfensters.

»Ja.«

Ariel konnte sehen, wie die Krankenpflegerin innehielt, ihren Stift über das Papier schweben ließ, und ihn dann über eine etwas andere Stelle hielt. Das war nicht die richtige Antwort gewesen.

»Antibiotikum, für den Fall einer sexuell übertragbaren Krankheit.«

Die gerichtsmedizinische Untersuchung des sexuellen Übergriffs neigte sich endlich dem Ende zu. Es wurden Abstriche und Farbtests, Vaginal- und Rektaluntersuchungen gemacht, Blut- und Urinproben, Flüssigkeiten- und Gewebeproben genommen, diese Untersuchung hatte ewig gedauert, Stochern und Sondieren, kalte, harte Instrumente und kalte, unempathische Beurteilungen, Ariels Erniedrigung stieg und fiel und stieg wieder, sie musste berichten und warten und dann ihre Geschichte wiederholen, ihre Verletzungen beschreiben, physische und psychische, ihre Bewegungen, ihre Handlungen.

Sie hatte nicht erwartet, dass dies ein ganztägiges Trauma aus Grenzüberschreitungen sein würde. Aber sie hatte auch nicht gewusst, was auf sie zukäme; über einen solchen Tag denkst du nicht nach, bis du ihn erlebst, es ist keine Erfahrung, über die du dir je vorher Gedanken machst.

»Und das ist die Pille danach.«

»Oh«, sagte Ariel überrascht. Sie wollte ablehnen, aber sie machte sich Sorgen, wie das wirken würde. Sie wollte nicht noch mehr falsche Antworten geben. »Oh«, sagte sie wieder, nahm die Pille entgegen und plante bereits, sie wegzuwerfen.

Ariel hatte sich bei alldem nicht gut gefühlt – weder bei den Fragen des Polizisten noch bei denen der Krankenpflegerin noch bei ihren eigenen Antworten. Jede Seite hat eine Geschichte – er sagte, sie sagte –, aber Strafprozesse hängen von Beweisen ab. Gab es Beweise, die ihre Geschichte stützten?

Sie spürte, wie sich eine Panikattacke anbahnte, und versuchte, tief durchzuatmen, um ihren Körper zu kontrollieren. Ihren Körper, von dem sie immer geglaubt hat, dass sie vollkommen selbst über ihn bestimmt, alle Entscheidungen in Bezug darauf selbst treffen kann, und dann stellt sie auf einmal fest, dass sie sich irrt. Die Entscheidungen liegen nicht bei ihr. Genauso wenig wie die Kontrolle.

Sie schaut sich im Sicherheitsbereich des Flughafens um und kann John nirgends sehen. Er hatte sich an einem anderen Schalter angestellt, einen Sitzplatz für einen anderen Flug gebucht, war vielleicht an einem anderen Kontrollpunkt durch die Sicherheitsschleuse gegangen. Vielleicht verhandelt er noch mit einem Check-in-Agenten über seine Optionen, vielleicht ist er aber auch schon in Eile, um den Flug nach Amsterdam zu erreichen. Ariel weiß es nicht, und sie hat keine Möglichkeit, ihn zu kontaktieren. Funkstille.

John hatte recht: Sie fühlte sich nackt in dieser Schlange vor der Sicherheitskontrolle, ohne Gepäck, mit nicht einmal einer Handtasche. Sie schaut nicht auf ihr Handy, weil sie keins hat; keine Kopfhörer hängen um ihren Hals. Nicht einmal ein Taschenbuch hat sie in der Hand. Auch keine Zeitung.

Ariel spürt, wie der Sicherheitsbeamte sie mustert, das ganze Paket, all die Dinge, die fehlen. Er winkt sie weiter, und sie tritt mit ihren Dokumenten vor, die der Beamte sorgfältig prüft. Er schiebt den Pass in einen Scanner. Er dreht ihre Bordkarte um und sieht sie an. »Kein Gepäck?«

Ariel schüttelt den Kopf. Sie traut sich nicht zu sprechen.

»Por qué?«

»Es wurde gestohlen.«

»Das tut mir sehr leid. Wo ist das passiert?«

»In der Gepäckaufbewahrung unseres Hotels.«

»*Unseres* Hotels?«

Verdammt! Das war ein Fehler.

Der Wachmann schaut an Ariel vorbei zu den anderen wartenden Reisenden. »Reisen Sie mit noch jemandem?«

»Nein.« Sollte sie das mit ihrem Mann erklären? Nein, sie sollte sich nicht in Erklärungen verstricken. »Nein«, sagt sie wieder.

»Haben Sie Anzeige erstattet?«

Sie schüttelt den Kopf.

»Es ist sehr wichtig, Verbrechen zu melden. Für die Akten.«

»Ja, das sehe ich auch so. Aber ich wollte keine Zeit verschwenden.«

Ariel spürt den zweifelnden Blick des Mannes auf sich, dann wendet er sich ab, wieder seiner Tastatur zu, seinem Monitor. Manchmal sind Männer einer Frau gegenüber misstrauisch, einfach weil sie sexistische Arschlöcher sind. Manchmal aber auch, weil die Frau ganz offensichtlich lügt.

»Ich hatte eine furchtbare Reise«, sagt sie. »Ich will nur, dass sie endlich vorbei ist.«

Der Mann sieht sie an und nickt, scheint ihr aber nicht zuzustimmen, und dann stehen plötzlich zwei Polizisten neben ihr, kugelsichere Westen, umgehängte Scharfschützengewehre.

»Señora?«

Vom Krankenhaus kehrte Ariel in das unbewohnte Haus ihrer Freundin Jenny zurück, sie brach sofort zusammen und blieb tagelang liegen, aß kaum etwas, schlief ständig, aber nie richtig und kam niemals zur Ruhe. Sie war wütend auf alles und jeden, auch auf sich selbst.

Dann stand das Wochenende bevor. Jenny würde mit ihrem Ehemann, der sie anbetete, und ihren lauten kleinen Kindern zurückkommen. »Du kannst gerne bleiben, wir haben genug Platz.« Aber Ariel konnte den Gedanken nicht ertragen, mit anderen Menschen zusammen zu sein. Also schloss sie das Haus ab, legte den Schlüssel zurück in sein Versteck im Kräuterbeet und nahm ein Taxi zum Bahnhof. Sie checkte in einem Hotel ein und räumte dann als Erstes ihr gemeinsames Girokonto leer, bevor Bucky daran denken konnte, es zu sperren. Wer wusste schon, wie er auf ihre Flucht, ihr Schweigen, ihre Weigerung, seine Anrufe entgegenzunehmen, reagieren würde. Früher oder später musste sie mit ihm reden, aber sie konnte es einfach nicht ertragen. Noch nicht.

Ariel wusste, dass dieser kleine Haufen Geld nicht für immer reichen würde. Sie musste eine neue Bleibe finden und sie einrichten; selbst aus zweiter Hand oder vom Flohmarkt, es wäre nicht umsonst. Lebensmittel, Nebenkosten, ein Auto, Benzin, es kam eins zum anderen, die Ausgaben würden sich schnell summieren, und Ariels Weg von einer wohlhabenden Hausfrau zu alleinstehend, arbeits- und mittellos würde sehr kurz sein. Und am nahen Horizont zeichneten sich noch alle möglichen anderen neuen Ausgaben ab. Und die würden Jahrzehnte andauern.

Sie brauchte einen Plan.

Für die reinen Tagesbewohner einer Stadt ist das nächtliche Ökosystem der Restaurants und Bars oft nicht wiederzuerkennen, eine ganze Szene von Angestellten der Dienstleistungsbranche plus die Betrunkenen, Stricher, Drogendealer und Unruhestifter, die auftauchen, wenn die ehrbaren Bürger nach Hause gehen.

Es ist elf Uhr nachts, als Persephone das *Sprit* betritt, das die Besitzer nach irgend so einem esoterisch angehauchten Bootsbestandteil benannt hatten, in der Hoffnung, die Segler anzulocken. Es hat geklappt.

Persephone küsst die Wirtin auf die Wange. »Hey, Lea. Wie geht's deinem Vater?«

»Es geht ihm besser, danke der Nachfrage.«

Persephone nickt Suze zu, die fragt: »Das Übliche?«, während sie jemandem ein Bier zapft. Fast alle Plätze an der Bar sind besetzt. Zum Mittag- und Abendessen ist das *Sprit* das einzige Feinschmeckerlokal der Stadt – lokal, biologisch, alles handgemacht, kleine Mengen, das ganze Programm, das die Wochenendausflügler verführt, die Gourmets, die bärtigen, fleißig ihre Gläser mit biodynamischen Weinen schwenkenden Kerle, die Food-Bloggerinnen, die ihre Teller für Instagram in Szene setzen, und über was? – Erbsenbrühe? – in Verzückung geraten.

»Hey«, sagt Persephone und nimmt den Platz ein, der durch Kirstens gefälschte Coach-Tasche frei geworden ist, die sie in der Canal Street gekauft hat. Den Einkaufsbummel in der Stadt hatten sie zusammen unternommen.

»Selber hey.«

Die Küche schloss um elf, dann machten auch die anderen Restaurants in der Stadt zu, die Eisdiele, der Schnapsladen, die Pizzeria, die Muschelbar, die Fischbude draußen am Kai. Im Umkreis von fünfzehn Kilometern schließt fast alles zur gleichen Zeit und entlässt eine ganze Bevölkerungsgruppe – Köche und Kellner, Hostessen und Barkeeper, Hilfskräfte und Tellerwäscherinnen – in die Welt, mit den Trinkgeldern des Abends in der Tasche, dem Dampf, den sie ablassen müssen, und mit selbstzerstörerischen Gewohnheiten, die sie pflegen. Jemand muss all diese Menschen aufnehmen; jemand muss ihnen ihr Geld abnehmen.

Und das ist die eigentliche Quelle des jüngsten finanziellen Erfolgs von *Sprit*, nicht der Salat aus Ackerrüben mit Bauernkäse, der auf der Titelseite des örtlichen Lifestyle-Magazins erscheint. Es sind dieses Pint IPA und der Whiskey, den Suze vor Persephone hinstellt, und die Hunderten von anderen Getränken, welche in den Stunden, nachdem der letzte Rentner mit Bootsschuhen gegangen ist und die letzten Runden serviert werden, zusammen mit Körben von Pommes frites und Cheeseburgern und Chicken Wings, während Greg, der vor einem Jahrzehnt Kapitän und Landesmeister des Footballteams war, einzelne Pillen, Päckchen mit Heroin und gelegentlich ein Fläschchen mit Crack verkauft. Kirsten und Persephone waren Mitherausgeberinnen des Jahrbuchs, sie waren diejenigen, die den ganzseitigen Artikel über Greg verfasst haben. Und jetzt sieh sich ihn einer an, wie er sich auf die Toilette schleicht.

»Und?«, sagt Kirsten. »Ich sterbe hier drüben vor Neugier.«

Persephone hält sich ihren Whiskey vors Gesicht und kippt ihn dann runter. »Okay. Aber im Ernst, das darf auf keinen Fall auf mich zurückfallen. Du musst es mir versprechen, K. Es ist wirklich wichtig.«

»Ich verspreche es.«

Persephone greift in ihre Gesäßtasche, während sie sich nach den anderen Kunden umsieht. Jerry, der Anwalt, starrt wie immer in ein braunes Glas.

»Wenn du ausflippst, dann nicht zu laut.« Persephone nickt in Richtung des Anwalts und reicht dann ihrer ältesten Freundin die zusammengefalteten Blätter. Sie haben in der Grundschule zusammen Fußball gespielt, haben zusammen bei der Literaturzeitschrift der Middleschool mitgemacht und die Schülerzeitung der Highschool geleitet. Beide gingen aufs College und an die Uni, um literarische Intellektuelle zu werden; beide kamen wieder zu Hause angekrochen, um das tiefe Wasser der Fast-Erwachsenen zu durchschreiten.

»Was ist das hier?«

»Das ist ein Polizeibericht.«

»Ja, das kann ich sehen. Aber wer ist das? Laurel Turner?«

»Das, meine Freundin, ist der Name der Person, die wir jetzt als Ariel Pryce kennen.«

Kirstens Mund klappt auf. Sie blättert eine Seite um, dreht sich zu Persephone. »Ist das«, ihre Stimme wird leiser, »eine vierzehn Jahre alte Anzeige wegen Vergewaltigung?«

Persephone nickt.

»Und ihr Kind ist wie alt?«

»Genau.«

»Oh. Mein. Gott.«

»Aber das ist noch nicht alles. Das ist nicht die Bombe.«

Kirsten blättert die Seiten um, schüttelt den Kopf und sieht es nicht.

»Da«, sagt Persephone und zeigt auf etwas. »Das ist der Name des angeblichen Täters.«

»Fuck! Ist das dein Ernst?«

»Ja, ist es.«

»Heilige. Fucking. Scheiße.«

Kapitel 43

Ariel weiß beim besten Willen nicht, was sie der spanischen Flughafenpolizei sagen soll. Ihre Geschichte klingt zu haarsträubend, um sie nur ansatzweise erklären zu können, aber ihr fällt auch keine Alternative ein. Sie macht sich Sorgen, dass dieses Versagen der Vorstellungskraft bedeutet, dass ihr Verstand nicht mehr funktioniert. Zu viel Stress, zu viel Angst, zu wenig Schlaf.

»Das wird sich verrückt anhören«, beginnt sie und wendet sich an den Polizisten, der wohl das Sagen hat. Vielleicht ist er aber auch nur derjenige, der zufällig Englisch spricht.

»Am Montagmorgen wurde mein Mann während einer Geschäftsreise in Lissabon entführt. Ich habe das der Polizei dort und der amerikanischen Botschaft gemeldet, aber keiner von ihnen konnte etwas tun. Es gelang mir, das Lösegeld von einem Bekannten in Amerika zu bekommen, gestern Abend übergab ich das Geld den Entführern, und mein Mann wurde freigelassen. Wir kehrten sofort in unser Hotel zurück, um bei der Polizei eine Aussage zu machen, aber wir fühlten uns in Lissabon sehr unsicher und trauten vor allem der Polizei nicht, die, soweit wir wussten, an der Entführung meines Mannes beteiligt war.«

»Das ist eine sehr schwere Anschuldigung.«

»Es ist keine Anschuldigung, sondern eine Sorge. Vielleicht keine rationale. Aber wir haben eine zutiefst traumatische Erfahrung gemacht, und vielleicht haben wir nicht klar gedacht – oder denken nicht klar. Wir wollten einfach nur raus aus Lissabon und zurück nach Amerika. Also verließen wir gestern Abend spät das Hotel. Wir haben unser Gepäck nicht mitgenommen, weil wir nicht wollten, dass mögliche Beobachter ahnen könnten, dass wir abreisen.«

»Beobachter? Wie zum Beispiel?«

»Zum Beispiel wer auch immer meinen Mann entführt hat.«

»Aber Señora, warum haben Sie dann den Sicherheitsbeamten wegen des gestohlenen Gepäcks angelogen?«

»Weil, wie Sie gerade gehört haben, die Wahrheit kompliziert ist. Ich wollte es einfach halten.«

»Warum sind Sie nicht bei Ihrem Mann?«

»Wir haben beschlossen, dass es besser ist, getrennt zu reisen. Um sicherzustellen, dass wenigstens einer von uns heil nach Hause zu meinem Sohn kommt.«

»Wo ist er jetzt, Ihr Mann?«

»Ich weiß es nicht. Er wollte ein Ticket für einen anderen Flug nach New York kaufen.«

»Hier? Auf dem Flughafen von Sevilla? Mit welcher Fluggesellschaft?«

»Ich weiß es nicht.«

»Bitte schreiben Sie den Namen Ihres Mannes auf. Und sein Geburtsdatum.«

Während Ariel dies tut, beugt sich der Polizist, der als Sprecher fungiert, vor und flüstert dem anderen etwas zu. Dieser nickt zustimmend, reißt Ariels Zettel vom Block und verlässt den Raum. Der Vernehmungsbeamte scheint Ariels Geschichte zu verdauen, ohne zu einem endgültigen Schluss zu kommen, was deren Glaubwürdigkeit angeht.

»Wenn wir die Polizei in Lissabon fragen, erzählen die uns dann die gleiche Geschichte?«

»Auf jeden Fall. Nur wissen sie natürlich nicht, dass wir ihnen nicht trauen.« Ariel nimmt ihr Portemonnaie, zieht einen kleinen Stapel Visitenkarten heraus und blättert sie durch. »Hier.«

Sie legt die Karte von Moniz auf den Tisch, dann die von Santos.

»Das sind die Kommissare, die in diesem Fall ermitteln. Sie haben mich und meinen Mann gestern Abend befragt. Bitte rufen Sie einen von ihnen sofort an, damit wir die Sache aufklären können. Ich muss einen Flug erwischen.«

Einige Wochen nachdem sie in die Stadt zurückgekehrt war, verließ Ariel das Hotel an der Upper East Side, in dem sie gewohnt hatte, und trat in die schwüle Luft eines späten Augustnachmittags in New York City, der Asphalt flimmerte, die Autoabgase waren zum Ersticken, plötzliche Kälte brach aus, wenn sich die Türen der Geschäfte öffneten und die Klimaanlagenluft auf die Madison Avenue hinausströmte, zusammen mit Frauen, die Einkaufstaschen mit Dessous oder Badeanzügen, Make-up oder Sonnenbrillen trugen. Er endet nie, dieser Job.

Ariel kam zu früh an. Sie wollte sich Zeit nehmen, sich zu sammeln und zu konzentrieren.

Sie nahm am hinteren Ende der langen, polierten Bar Platz, mit Votivkerzen und Teerosen in kleinen Vasen, Barhockern aus geschmeidigem, schokoladenfarbenem Leder, die Musik ein unaufdringliches Geklimper von unbedenklichem Jazz. Ihr Stammgetränk hier war ein wirklich köstlicher

Premier Cru Montrachet für achtundzwanzig Dollar pro Glas, aber jetzt bestellte sie Mineralwasser, die kleinen Bläschen zerplatzten auf ihrer Zunge und stiegen ihr in die Nase, ein leicht bitterer Geschmack von der Schale der Zitronengarnitur prickelte in ihrem Gaumen.

Ihre Sinne waren geschärft, ihre Beobachtungen genau. Sie fühlte sich wie eine Wissenschaftlerin, die ihre Umgebung studiert. Sich selbst studiert.

Anderthalb Jahrzehnte später erinnert sie sich an weite Teile dieses Lebensabschnitts nur vage – mit wem sie sich getroffen hat, wie sie ihre Tage verbrachte, die Therapiesitzungen, die Anwälte, ihr ganzes Leben, das um sie herum zusammenbrach, alles verschwommen. Aber an eine Sache erinnert sie sich ganz genau: an diesen Nachmittag. Sie weiß noch, dass sie das bevorstehende Treffen Dutzende Male geprobt und sich auf eine vollkommen andere Art der Verhandlung vorbereitet hatte, anders als alles, was sie je zuvor erlebt hatte. Wie belanglos das Feilschen mit Immobilienmaklern oder bei Jobangeboten oder auf Flohmärkten doch war – lächerlich im Vergleich dazu.

Sie entschied sich, nicht mit Blickrichtung zur Eingangstür zu sitzen. Sie wollte nicht so aussehen, als würde sie auf ihn warten; sie wollte nicht als ängstlich wahrgenommen werden. Wem wollte sie etwas vormachen?

Von ihrem Platz aus konnte Ariel im Spiegel hinter der Bar den Eingangsbereich sehen. So sah sie, wie er ankam, der Wirtin zunickte und am Empfangstresen vorbeischritt, als gehöre ihm der Laden. Er trug das selbstbewusste Lächeln eines Mannes, der alles besaß, die erwachsene Version eines Jungen, dem man die ganze Welt versprochen hatte, ein Mensch, dem man sein Leben lang immer wieder gesagt hatte, er könne alles haben, was er wollte, tun, was immer ihm gefiel.

Vielleicht hätte sein Verhalten gar nicht überraschen dürfen. Vielleicht war es vorhersehbar. Vielleicht war es sogar unvermeidlich.

Charlie wusste nicht, wie er sie begrüßen sollte. Früher hätte er sie auf die Wange geküsst, ihren Arm, ihren Ellbogen oder sogar ihr Steißbein berührt, wenn er dachte, dass er damit durchkommen würde. Er war ein Grabscher. Aber jetzt wagte er es nicht.

Er setzte sich auf den Platz neben ihr, und sie wich vor ihm zurück, eine unwillkürliche Körperreaktion.

Der Barkeeper schwebte sofort herbei. Charlie Wolfe war ein Mann, der selten auf etwas wartete.

»Was kann ich Ihnen heute Abend bringen, Mr. Wolfe?«

Charlie wartete eine zusätzliche Sekunde, bevor er antwortete, eine Mikropause, ein kleines Machtspielchen, jemanden warten lassen, wenn auch nur für eine Sekunde, um die eigene Dominanz zu behaupten. Diese Art von Arschloch war Charlie Wolfe. Ist er.

»Ein Glas Barolo, bitte, Danny. Sie wissen ja, welchen ich mag.«

Ariel war klar, dass dieser Wein nicht auf der Karte stand, nicht glasweise erhältlich war, es sei denn, für jemanden wie Charlie, einen Mann, der es sich zur Aufgabe machte, nach Dingen zu fragen – Dinge zu verlangen –, die andere Leute nicht haben konnten, um die zu bitten sie nicht einmal auf die Idee kommen würden. Darum ging es doch, oder? Charlie scherte sich einen Dreck um irgendeinen Barolo. Er wollte nur etwas Teures, etwas Exklusives, etwas, das bewies, wie wichtig er war.

»Ist mir ein Vergnügen, Mr. Wolfe.«

Ariel hatte ihn noch immer nicht angesehen, aber sie spürte, wie er sich ihr zuwandte, erwartungsvoll, aber schweigend.

»Ich will nicht, dass das hier länger dauert als nötig«, sagte sie und starrte geradeaus auf die Flaschen vor dem Spiegel, der den großen leeren Speisesaal reflektierte, all die leeren Plätze, keine Zeugen.

»Okay.« Sein Tonfall ließ vieles vermuten: Zweifel, Feindseligkeit, Herablassung.

»Ich komme also gleich zur Sache.« Sie wollte sein Gesicht sehen, wenn sie den nächsten Satz sagte, also wandte sie sich ihm zu, und sofort drehte sich ihr der Magen um, sie konnte gerade so eben vermeiden, sich zu übergeben. Dies war das erste Mal, dass Ariel Charlie sah, seit er sie vergewaltigt hatte, und egal, was sie sich über ihre Kontrolle, ihren Vorteil, ihre Sicherheit in diesem öffentlichen Raum eingeredet hatte, ihr Körper sagte ihr etwas anderes.

Sie hatte erwartet, dass diese Konfrontation auf eine Weise schwierig werden würde, die sie nicht erwarten konnte, und dies war offensichtlich ein Teil davon.

Ariel biss die Zähne zusammen, schluckte ihre Übelkeit hinunter und zwang sich, weiterzureden.

»Ich bin schwanger.«

Charlies Mund klappte nicht auf, seine Augenbrauen hoben sich nicht, er reagierte in keiner Weise. Es war beeindruckend, wirklich. Sie bewunderte beinahe seine Selbstbeherrschung. Beinahe. Aber was sie wirklich fühlte, war Abscheu,

Hass und eine schreckliche Art von Neid. Er konnte seinen eigenen Körper kontrollieren, er konnte sogar ihren kontrollieren. Sie nicht.

Sie kämpfte gegen eine weitere Welle der Übelkeit an.

Der Barkeeper legte einen Leinenuntersetzer vor Charlie hin, auf den er ein Glas stellte, dessen Kelch so groß war wie ein Softball. Danny zeigte das Etikett zur Bestätigung und goss dann langsam einen Zentimeter des Weins ein, ein tiefes, zähflüssiges Violett, wie das Blut eines erlegten, ausgenommenen und präparierten Großwilds, das dem selbstgefälligen Jäger mit einer tiefen Verbeugung präsentiert wird. Danny wischte den Flaschenhals mit einem Handtuch ab und trat den Rückzug an, womit das Spektakel der Unterwürfigkeit beendet war.

»Danke, Danny.« Charlie drehte sich wieder zu ihr. »Und du denkst, es ist von mir?«

»Nein«, sagte Ariel. »Ich weiß es.«

Charlie entschied sich erneut, nicht zu antworten. Stattdessen nahm er einen Schluck Wein, stellte das Glas vorsichtig zurück auf sein Deckchen. Er sah aus, als ob er über den Barolo nachdachte, ob es wohl ein 93er oder 94er war. Diese Gelassenheit war vorgetäuscht, das musste sie sein. Ariel war sich sicher, dass auch dieser Mensch nicht so unberührt sein konnte, wenn es um so ein Dilemma ging. Niemand konnte das.

Was würde ihn verachtenswerter machen? Echte Gelassenheit in dieser Situation oder vorgetäuschte? Vielleicht machte es keinen Unterschied. Sie hasste ihn bereits über alle Maßen.

»Wie?«, fragte er.

»Wie was?«

»Woher *weißt* du das?«

»Verstehst du nicht, wie die menschliche Fortpflanzung funktioniert?«

»Woher weißt du, dass ich der …?« Er schien nicht in der Lage, die Frage zu beenden. Unwillig.

»Hat dir das nie jemand erklärt?«, fragte sie. »Im Biologie-unterricht? Oder vielleicht dein Vater?«

Charlie nickte. Ariel erkannte diese Art von Nicken, kein Nicken der Zustimmung, sondern ein Signal für etwas an-deres, ein Akzeptieren von Meinungsverschiedenheiten, von Antagonismus.

»Also gut«, sagte er, immer noch nickend. »Ich sage es dir klipp und klar: Ich glaube dir nicht.«

»Du glaubst mir nicht?« Plötzlich war ihr nicht mehr übel. Jetzt spürte sie, wie sich ihr Körper vor Wut aufbäumte. »Oh, es ist mir egal, ob du mir *glaubst*. Das ist doch das Schöne an der Wissenschaft, nicht wahr? Es ist keine Frage des Glaubens.«

Sie nahm ihr eigenes Glas in die Hand, trank einen Schluck Wasser und überließ es Charlie, darüber nachzuden-ken. Es gab so viel abrufbare, identifizierbare DNA in der Welt – in Weingläsern und Zahnbürsten, Kämmen und Waschbecken, im Inhalt von Vergewaltigungskits, Vaginal-abstrichen, Sperma. Sie brauchte ihm das alles nicht zu er-klären, und das wussten sie beide.

Charlie prahlte oft mit seiner umfassenden Verhandlungs-erfahrung. Er studierte Taktiken, er schrieb Gespräche auf, er übte vor dem Spiegel, er war immer darauf vorbereitet, abzuwarten, es in die Länge zu ziehen, zuerst zuzuschlagen,

490

zu tun, was immer nötig war, was immer funktionieren würde, was manchmal auch bedeutete, direkt zur Sache zu kommen. Das war es, was er jetzt zu tun beschloss: »Was willst du?«

Wenn du merkst, dass du nicht gewinnen kannst, kämpfe nicht.

»Ich will, dass du ins Gefängnis kommst.«

Charlie atmete gemessen durch die Nase, vielleicht kurz davor, seine sorgfältig bewahrte Gelassenheit zu verlieren. Er sah sich um, um sicherzugehen, dass niemand mithören konnte. Es war noch nicht einmal fünf Uhr, zu früh für eine Menschenmenge, aber dieses Restaurant lag mitten in ihrem Viertel, und man konnte nie wissen. Es wäre leicht, bemerkt zu werden, und die Möglichkeit würde ihn unruhig machen. Genau aus diesem Grund hatte Ariel diesen Ort gewählt. Um jeden Vorteil zu nutzen.

»Warum erzählst du mir das dann? Was machen wir hier?«

»Ich wollte deinen Gesichtsausdruck sehen, wenn du erfährst, dass dein Leben vorbei ist.« Sie schnappte sich ihre Handtasche von der Theke. »Leider war es das nicht wert. Mein Drink geht auf dich.«

Sie stellte ihre Füße von der Messingleiste auf den Marmorboden, verlagerte ihr Gewicht und stand auf.

In diesem Moment sagte er: »Warte.«

Der zweite Polizist kehrt ins Zimmer zurück und wechselt ein paar Worte auf Spanisch mit seinem Kollegen, der dann zu Ariel sagt: »Señora, bei der Polizei in Lissabon meldet sich niemand.«

»Nun, es ist kaum sechs Uhr morgens.«

Sie erhält keine Antwort.

»Hören Sie, welches Verbrechen habe ich Ihrer Meinung nach begangen?«

»Ich denke nicht, dass Sie ein Verbrechen begangen haben. Aber Sie sind eine ungewöhnliche Reisende. Eine Person, die die Polizei belogen hat. Ein Mensch, der eine Geschichte erzählt, die schwer zu glauben ist.«

»Eben. Hätte eine Kriminelle nicht eine bessere Geschichte auf Lager?«

Der Polizist lächelt nachsichtig, als würde er einem Kind gegenüberstehen, das eine unverschämte Ausrede für die kaputte Lampe vorbringt. Ariel kann fast sehen, was er denkt: *Nein, nicht wenn man dumm ist.*

»Sie halten mich für dumm, nicht wahr? Sie halten mich für eine dumme Verbrecherin.«

»Bitte, ich halte Sie nicht für dumm. Ich halte Sie auch nicht für kriminell. Aber Sie können doch sicher verstehen, warum ich eine so unwahrscheinliche Geschichte wie die Ihre überprüfen muss?«

Griffiths blickt aus dem Hubschrauberfenster, als die Morgendämmerung über der Iberischen Halbinsel hereinbricht. »Aktualisierte Ankunftszeit?«

»Landung um Null-sechs-fünfundfünfzig«, antwortet der Pilot.

»Und wo? Wie weit vom Abflugterminal entfernt?«

»Etwa einen Kilometer.«

»Haben wir jemanden mit einem Fahrzeug am Boden?«

»Fragen Sie mich das?«, sagt der Pilot.

»Nein«, mischt sich Jefferson ein.

»Wie sollen wir dann vom Landeplatz zum Terminal kommen?«

»Rennen?«

Antonucci stöhnt. Er rennt keinen Kilometer, nicht auf seinen gottverdammten Füßen.

»Scheiße«, sagt Griffiths. »Und ihr Flug geht um sieben Uhr zehn? Das werden wir nicht schaffen.«

Sie versucht, die kürzeste Kommunikationskette von sich selbst in diesem Hubschrauber zu einem Gate-Agent am Flughafen von Sevilla um halb sieben an einem Wochentagmorgen zu berechnen. So kurz ist sie nicht.

Das wird langsam wirklich lästig.

Pete Wagstaff fühlt sich wie ein Heuchler. Jahrelang war er der Meinung, dass die Digitalisierung von Archiven einen unethischen, unmoralischen und sogar illegalen Eingriff in seine Rechte als Journalist darstellt. Er erinnert sich, dass er leidenschaftlich argumentiert hat: Keiner von uns hat dem jemals zugestimmt, weder die Reporter noch die Fotografinnen noch die Kolumnisten, wir haben nie zugestimmt, dass unsere Arbeitsbedingungen eine solche unbefristete, permanente Ausbeutung in Medien zulassen, die noch nicht einmal in Erwägung gezogen wurden. Dieser Streit mit der Geschäftsleitung hat seiner Karriere nicht gutgetan.

Doch nun hat Wagstaff dank der digitalisierten Archive, gegen die er sich so vehement gewehrt hat, entdeckt, dass in den Monaten vor der Trennung von Laurel und Bucky Turner ihr Leben mit einem halben Dutzend Fotos von drei verschiedenen Partys auf den Gesellschaftsseiten dokumentiert wurde, auf denen insgesamt fünfzehn Personen namentlich genannt wurden. Das sind eine Menge potenzieller Zeugen des jähen Scheiterns einer Ehe. Und dank der digitalen Revolution ist jeder einzelne dieser potenziellen Zeugen leicht und sofort auffindbar, allesamt mehr oder weniger bekannte Persönlichkeiten des öffentlichen Lebens oder zumindest solche, die aufgrund ihres Wunsches nach Öffentlichkeit leicht zu kontaktieren sind. Wagstaff hat bereits von jedem eine E-Mail, eine Telefonnummer oder ein öffentlich zugängliches Social-Media-Profil gefunden.

Und dieses Foto? Das ist fast zu schön, um wahr zu sein. Es zeigt sechs Personen auf einer Sommerparty, Frauen in winzigen Kleidern, Männer in pastellfarbenem Leinen, mit der Bildunterschrift: von links nach rechts, Mr. und Mrs. Buckingham Turner, Mr. und Mrs. Charlie Wolfe und Mr. und Mrs. Slade Wasserman. Frau Wasserman heißt mit Vornamen Tory. Ihre Telefonnummer, ihre E-Mail-Adresse und ihre sozialen Kontakte stehen alle auf ihrer Website: A TORY STORY – EXKLUSIVE STILBERATUNG. Was auch immer das bedeuten mag. Heutzutage versteht Wagstaff die Hälfte der Jobs nicht mehr, die Leute haben.

Charlie blickte sich in dem fast leeren Restaurant um, dann wieder zu Ariel. »Dein Handy bitte.«

»Was? Warum?«

Er warf ihr einen finsteren Blick zu. Er wollte es nicht laut sagen, aber sie verstand, warum er fragte, und wusste, dass es nicht unbegründet war. Sie legte ihr Nokia auf den Tresen.

»Entsperr es, bitte.«

Sie tat es. Er untersuchte den Bildschirm, dann sagte er: »Nimm den Akku raus.« Auch das tat sie, aber er war noch nicht zufrieden. Charlie war schon paranoid wegen illegaler Aufnahmen gewesen, lange bevor irgendjemand wusste, dass man sich darüber Sorgen machen musste. Er war in vielen Dingen voraus.

»Danny.« Er winkte den Barkeeper heran. »Wir werden uns für ein paar Minuten an diesen Tisch da setzen. Könnte ich Sie bitten, ein Auge auf die Tasche meiner Freundin zu werfen?«

»Natürlich«, antwortete Danny, ohne den Anschein zu erwecken, darüber nachzudenken, obwohl er es natürlich tat, man müsste schon ein Schwachkopf sein, um es nicht zu tun, und Schwachköpfe dürfen in solchen Etablissements nicht an der Bar stehen. Aber die Barkeeper hier taten alles, was Kunden wie Charlie Wolfe verlangten, denn das waren die Typen, wegen denen man gefeuert werden konnte. Und die das auch noch vorher ankündigten: »Ich werde dafür sorgen, dass Sie gefeuert werden.« Männer wie Charlie liebten es, das zu sagen, noch mehr als sie es liebten, Leute tatsächlich feuern zu lassen. Es war die Zurschaustellung von Dominanz, die so viel Spaß machte. Ohne diese Zurschaustellung war die Dominanz irrelevant.

Charlie musterte Ariel und fragte sich, ob sie vielleicht irgendwo anders ein Aufnahmegerät bei sich trug und was er dagegen tun konnte. Er konnte sie wohl kaum bitten, ihn ins Bad zu begleiten, um nachzusehen.

Er schritt durch den Raum und setzte sich auf eine Bank, weit weg von den wenigen anderen Gästen, vom Personal, von Ariels Handtasche und den Aufnahmegeräten, die darin versteckt sein könnten.

»Was willst du wirklich?«

»Was will ich *wirklich*?« Ariel täuschte Verwirrung vor, aber sie wussten beide, was sie wollte: ihm wehtun. Sie wollte, dass er leidet; sie wollte ihn leiden sehen.

»Komm mir nicht mit diesem Scheiß.« Seine Stimme war leise, aber brodelnd. Das war etwas, worin er gut war. »Du weißt, was ich frage.«

Sie wusste, dass sie keine Strafe veranlassen konnte, die Charlie nicht ertragen könnte, dass sie ihn nicht wirklich zwingen konnte, sich dem Strafrechtssystem auszusetzen. Jeder weiß, dass Schuldsprüche schwer durchzusetzen sind. Ariels und Charlies Interessen stimmten in dieser Hinsicht überein: Beide wollten nicht vor Gericht.

»Was will ich? Hmm, mal sehen: mindestens fünf Jahre. Aber ich hoffe eher …«

»Ach, hör doch verdammt noch mal auf.«

»Ich bin mir sicher – ich glaube *wirklich* –, dass, wenn sich das herumspricht, wenn diese Geschichte in den Zeitungen steht, wenn die Leute anfangen zu tratschen – in dieser Bar hier, im Colony Club, an der Fleischtheke bei Eli's –«

»Sei still.«

»Sobald Frauen erkennen, dass dieser spezielle Damm einen Riss hat, werden sich auch andere melden. Sehr viele andere.«

Er verengte seine Augen. »Wie viel?«

»Der Damm wird brechen, Charlie, und die Flut wird katastrophal sein. Du weißt, was mit Männern wie dir im Gefängnis passiert, oder? Du bist ein Mann von Welt, ich bin sicher, du hast schon einiges gehört.«

»Wie. Viel.«

Ariel hatte Nachforschungen angestellt und versucht,

Charlies Nettowert und seine mögliche Liquidität zu schätzen, um herauszufinden, wie viel Geld er auftreiben konnte, ohne langfristige Vermögenswerte zu veräußern, wie viel er zahlen würde, um einen höchst schädlichen, öffentlichen Eklat zu vermeiden. Ariels Anschuldigung beruhte nicht auf einem lange zurückliegenden jugendlichen »Missverständnis« mit »unterschiedlichen Erinnerungen«. Nein, dieser Eklat wäre das erst kürzlich begangene Verbrechen der Vergewaltigung der Frau seines Geschäftspartners. Der Frau seines Freundes. Eine Anschuldigung, die von frischen Erinnerungen, unterstützenden Zeugen und physischen Beweisen begleitet wird.

Die Summe musste etwas sein, auf das Charlie zugreifen konnte, ohne sein Leben zu stören – ohne es seiner Frau zu sagen –, sonst würde er vielleicht nicht zustimmen. Die Zahl, auf die Ariel kam, war ziemlich groß.

»Fünf Millionen Dollar.«

»Fü–?« Er schüttelte den Kopf. »Du bist wohl von Sinnen.«

»Bin ich das?« Sie beobachtete genau, wie seine Augen auf- und abflackerten, dann zurück zum Gegenangebot.

»Zwei.«

»Ich bitte dich.« Sie hielt ihren Kiefer zusammengepresst, den Augenkontakt aufrecht.

Aus einer Sekunde wurden zwei, aus zehn wurden zwanzig, und sie gab keinen weiteren Ton von sich. Als würde sie sich im Schrank vor einem Mörder verstecken.

Schließlich sagte er: »Zwei-fünf.«

Sie wusste, dass sie ein großes Zugeständnis würde machen müssen; ein Mann wie Charlie würde es sonst nie verkraften, sein Ego könnte eine Verhandlung, die er hundertprozentig verlor, nicht aushalten.

»Lass uns das beenden«, sagte sie. »Drei ist mein Minimum.« Eigentlich war sie bereit gewesen, zwei-fünf zu akzeptieren. Aber das war, bevor er es angeboten hatte.

Charlie funkelte sie an. Sie musste ihre ganze Selbstbeherrschung aufbringen, um schweigend dazusitzen und ihn anzustarren, während er sie finster ansah, zehn Sekunden, zwanzig, vielleicht dreißig oder vierzig Sekunden, sie verlor das Zeitgefühl, sie wartete einfach weiter …

Bis sie gewann.

»Du wirst natürlich einen Geheimhaltungsvertrag unterschreiben«, sagte er.

Ja, natürlich: Die Geheimhaltung war für ihn der springende Punkt, denn die Offenlegung war ihr Druckmittel. In diesem Moment ihres Lebens schienen ihr die langfristigen Auswirkungen eines solchen Vertrages irrelevant. Ariel blickte nicht über ihre unmittelbaren Bedürfnisse hinaus, die unmittelbare Vergeltung, ihr privates gegen sein privates Interesse. Sie sah keine Zukunft voraus, in der sich die Öffentlichkeit dafür interessieren würde, in der die Offenlegung selbst eine Priorität werden könnte. Sie ist nicht einmal auf die Idee gekommen.

Das war natürlich lange vor Harvey Weinstein, vor »grab 'em by the pussy« und #MeToo. Die Erwartungen in Bezug auf Konsequenzen waren vor vierzehn Jahren viel geringer; eine andere Zeit. Die Hoffnung auf Regressansprüche war viel kleiner. Ariel hatte klar definierte Ziele. Diese Konfrontation bestand nur zwischen ihnen beiden, es war keine politische Angelegenheit, kein Thema von nationaler Bedeutung.

Also nickte sie zustimmend, und Charlie winkte sofort dem Barkeeper, während er sein Portemonnaie aus der Brusttasche nahm. »Danke«, sagte Charlie, als Danny sich näherte. »Ich muss los. Das ist auch für den Drink der Dame.«

Dame.

»Natürlich, Mr. Wolfe. Ich bringe Ihnen sofort das Wechselgeld.«

»Oh, schon gut, Danny, behalten Sie es. Danke.«

Was für ein Heiliger.

»Danke *Ihnen*, Mr. Wolfe.«

Ariel brauchte nicht hinzusehen, um zu wissen, dass es ein Hundertdollarschein war. Charlie ging extra zur Bank, um Hunderter abzuheben; das war, bevor Geldautomaten sie überall ausspuckten, außer in Kasinos. Ariel wusste das, weil Bucky dasselbe tat. Die beiden Männer waren sich ähnlicher, als sie zugeben wollten. Sie sahen sogar gleich aus, Augen, Haare, Form der Nase. Sie könnten Brüder sein.

Sie konnte sehen, wie Charlie über etwas nachdachte. Er wusste, dass man, sobald man zu einem »Ja« kommt, weggehen, auflegen oder was auch immer sollte: Bloß nicht riskieren, es zu ruinieren. Aber er musste gegen einen anderen Impuls ankämpfen – sie zu beleidigen, sie zu erniedrigen, sie herabzusetzen, mit ihr zu streiten. Der Impuls, nicht zuzulassen, dass er verliert. Sich nicht einzugestehen, dass er dominiert worden war.

Aber er schluckte ihn hinunter. Er drehte sich um und ging ohne ein weiteres Wort. Und Ariel erlaubte sich endlich auszuatmen.

Drei Millionen Dollar.

Das war sicherlich genug für ein ganz neues Leben. Aber das Geld an sich war keine echte Rache, denn es tat ihm nicht weh. Für manche Probleme ist Geld die ganze Lösung, für andere ist es nur der Anfang.

Ariel erwartete nicht, dass sie wahre Gerechtigkeit erhalten würde, niemals. Bis sie es eines Tages, wie aus dem Nichts, plötzlich doch tat.

Kapitel 44

»Ich flehe Sie an. *Bitte*.« Ariel schaut demonstrativ auf ihre Uhr. »Mein Flug geht gleich.«

»Es wird andere Flüge geben«, sagt der spanische Polizist. »New York City ist kein ungewöhnliches Ziel.«

»Aber ich muss nach Hause zu meinem *Kind*.«

»Ich bin sicher, das werden Sie. Sobald wir mit der Polizei in Lissabon sprechen können.«

Der andere Polizist kehrt in den Raum zurück und hat den Zettel mit Johns Namen und Geburtsdatum bei sich. Er beugt sich vor, und die beiden Polizisten unterhalten sich im Flüsterton.

»Was ist los?«, fragt Ariel. »Hat er mit Kommissar Moniz gesprochen?«

»Nein, Senhora. Wir haben versucht, Ihren Mann zu finden, aber wir können es nicht. Er hat kein Ticket gekauft.«

Ariel wünschte, sie könnte ihre Fassung bewahren, aber sie hat sie bereits verloren.

»Er ist nicht durch die Sicherheitskontrolle gekommen.«

Nur noch Panik bleibt.

Das Telefon klingelte, lange bevor António Moniz bereit war, wach zu sein. Er schaute auf die Nummer – irgendjemand aus Spanien –, drückte auf Ablehnen und versuchte, wieder einzuschlafen, was ihm aber nicht gelang. Also lag er im Bett und hörte sich die Nachricht auf der Mailbox an. Sein Spanisch war nicht sehr gut, und er musste die Nachricht ein paarmal abspielen, bevor er sicher war, dass er sie verstanden hatte: Ein Polizist am Flughafen von Sevilla hatte eine Amerikanerin namens Ariel Pryce festgenommen, die den Namen von Moniz als Referenz angegeben hatte, um ihre Geschichte zu bestätigen. Ob er bitte so schnell wie möglich zurückrufen könne?

Wenigstens wusste António jetzt, wohin die Amerikaner gefahren waren, als sie aus dem Hotel flohen, den Streifenpolizisten entwischten und in der Nacht verschwanden.

Er stapft in die Küche, bereitet den Perkolator für den Kaffee vor. Während er darauf wartet, dass das Wasser kocht, klingelt sein Telefon erneut, ein Anruf von Santos, die ohne Vorrede sofort loslegt. »Hast du einen Anruf von einem spanischen Polizisten erhalten?«

»Auf der Mailbox«, sagt er.

»Bei mir auch. Ich stand unter der Dusche. Einer von uns sollte zurückrufen.«

»Ja, natürlich. Ich werde mich darum kümmern.«

»Aber was willst du ihnen sagen, António?«

»Ich weiß es nicht. Die Wahrheit?«

»Welche Wahrheit?«

Antonio weiß nicht, was seine Partnerin da genau fragt.

»Einschließlich unserer Verdächtigungen?«

Er antwortet nicht.

»Was dann?«, fährt Santos fort. »Werden wir die Verhaftung von John Wright durch die Spanier fordern? Den Amerikaner ausliefern lassen, damit wir ihn wegen vorgetäuschter Entführung anklagen können? Was meinst du, wie die Spanier darauf reagieren werden?«

»Ich denke, sie werden gerne zustimmen.«

»O ja, sie werden zustimmen, sicher. Ich bin mir auch sicher, dass sie sich darüber freuen.«

Antonio schaltet die Flamme unter dem Kaffee aus. Er schenkt sich selbst eine Tasse ein, und auch eine für Julio.

»Aber zuerst, António, werden sie ein paar Fragen stellen. Sie werden fragen: Warum habt ihr den Amerikaner nicht selbst verhaftet, wenn ihr euch seiner Schuld so sicher wart? Warum habt ihr John Wright nicht überwacht? Dann werden wir zugeben müssen, dass wir diese Amerikaner tatsächlich beschattet, sie uns aber ausgetrickst haben.«

Antonio trägt eine der Tassen ins Schlafzimmer und nimmt sich einen Moment Zeit, um seinen schlafenden Ehemann anzustarren. Nächstes Wochenende werden sie ihren zehnten Hochzeitstag mit einem großen Abendessen im Haus seiner jüngeren Schwester in Cascais in Strandnähe feiern. Catia hat einen reichen Banker geheiratet, einen Arsch der allerschlimmsten Sorte. Aber ihre Häuser in der Stadt und auf dem Land sind spektakulär, und Catia braucht seit zehn Jahren nicht mehr zu arbeiten, und ihre kleine Tochter ist ein Engel. Jeder geht irgendwann einmal Kompromisse ein. Bei Catia sind die Vorteile offensichtlich.

»Das heißt, António: Sie werden uns auslachen. Spanische *Flughafensicherheitsleute.*«

Santos hat recht. Sie hat oft recht. Aber nicht ganz so oft, wie sie denkt.

»Es war sehr klug von John Wright, nach Spanien zu fliehen«, sagt sie abschließend. »Sehr klug.«

Moniz stellt den Kaffee auf Julios Nachttisch ab und zieht sich leise aus dem Schlafzimmer zurück.

»Was schlägst du also vor?«, fragt er, obwohl er sich ziemlich sicher ist, dass er weiß, worauf Santos hinauswill.

»Das Verbrechen, das anscheinend begangen wurde, wurde von einem Amerikaner gegen seine eigene amerikanische Frau und einen anderen Amerikaner, der das Lösegeld zur Verfügung gestellt hat, begangen. Es war also im Grunde genommen ein amerikanisches Verbrechen. Niemand hier in Lissabon wurde verletzt, kein Eigentum ist beschädigt worden, es gibt keine Möglichkeit für zukünftige Gesetzesverstöße ...«

Moniz ist nicht überrascht, dass Santos ihren eigenen Arsch retten will. Aber er wundert sich, dass sie bereit ist, einen offensichtlich schuldigen Mann frei herumlaufen zu lassen.

»Ich glaube nicht, dass die weitere Einbindung unserer Abteilung von großem Nutzen sein wird. Stimmst du mir zu, António?«

Nachdem Charlie das Restaurant verlassen hatte, nahm sich Ariel eine Minute Zeit, um sich zu sammeln, bevor sie sich auf den Weg durch die schwülen Straßen Manhattans zu dem Hotel machte, in dem sie in einer Art Schwebezustand gelebt hatte. Dieser endete nun.

»Entschuldigen Sie, Mrs. Turner.« Mustafah, der Tagesportier des Hotels, sprach sie in der Lobby an. »Hätten Sie bitte einen Moment für mich?«

»Natürlich.«

Sie traten aus dem Zentrum der Aufmerksamkeit. »Als

wir die gestrigen Rechnungen begleichen wollten, wurde die Kreditkarte, die Sie bei uns hinterlegt haben, ähm, ich muss Ihnen leider sagen, dass sie abgelehnt wurde.«

Ariel war nicht überrascht, dass Bucky die Karte gesperrt hatte; sie wusste, dass er das Potenzial hatte, ein rachsüchtiger Mensch zu sein. Buckys rücksichtsloses Auftreten hatte sie mal reizvoll gefunden, damals, als sie noch ganz andere Vorstellungen davon gehabt hatte, was einen Mann attraktiv machte. Und als sie zum ersten Mal miteinander ausgingen, hatte Buckys Prahlerei etwas Spitzbübisches an sich, als würde er selbstbewusst eine Rolle spielen, mit einem kleinen Augenzwinkern für Ariel. Sie hatte seine Verspieltheit, seinen Enthusiasmus geliebt. Doch mit der Zeit hatte er diese jugendliche Haut der unvoreingenommenen Ironie allmählich abgestreift, bis zu dieser letzten Verwandlung im Auto auf dem Montauk Highway, die seine ausgereifte, erwachsene Haut zum Vorschein brachte. Es war nun unmöglich, das falsch zu verstehen, unmöglich, es zu ignorieren. Unmöglich, damit zu leben.

Seit dieser abgebrochenen Fahrt hatte Bucky sie immer wieder angerufen, aber sie ließ eine Woche verstreichen, bevor sie sich bereit fühlte, mit ihm zu sprechen. Und selbst da wollte sie, dass es schnell ging. Das Pflaster abreißen.

»Es tut mir so leid«, begann Bucky.

»Wofür entschuldigst du dich eigentlich? Weißt du das überhaupt?«

Er ließ sich wieder einmal zu viel Zeit mit seiner Antwort. »Dafür, dass ich nicht unterstützender war.«

Unterstützend. Zuhörend. Wertschätzend. Bucky hatte ein paar Schlagworte gelernt, wahrscheinlich von seinen

Freunden, die in Bars saßen und über den dummen Scheiß lachten, den sie ihren Ehefrauen erzählen mussten, um sich die blöden Weiber vom Hals zu halten.

Es gibt viele Arten, ein Feigling zu sein, dachte Ariel, aber die von Bucky war wohl die schlimmste. Plötzlich wurde ihr klar, dass sie ihren Mann nicht mehr ausstehen konnte. Es war einfach so passiert, eine Tür hatte sich geschlossen, es gab keine Zuneigung mehr.

»Bucky, du hast mich auf die schlimmste Art und Weise enttäuscht. Genau zu dem Zeitpunkt, als ich dich am meisten brauchte. Verstehst du das?«

»Das tue ich«, sagte er in einem Ton, der bedeutete, dass er es nicht verstand. »Wie kann ich das in Ordnung bringen?« Als ob er vielleicht einen Handwerker anrufen und dem Kerl einen Zwanziger Trinkgeld geben könnte, damit er die Ehe reparierte, die Bucky achtlos zerbrochen hatte.

»Ich glaube nicht, dass du das kannst, Bucky. Und wenn du ganz ehrlich zu dir selbst bist: Willst du das wirklich?«

»Natürlich will ich. Wie kannst du das fragen?«

Ariel hatte die Woche damit verbracht, in sich zu gehen. »Ich glaube, Bucky, dass du mich vielleicht nicht so sehr liebst, wie du wolltest. Und vielleicht geht es mir auch so.«

»Aber –«, begann er zu widersprechen, dann ging ihm die Luft aus. Vielleicht auch die Ideen.

»Es tut mir leid«, sagte sie und bedauerte das sofort. Sie sollte nicht diejenige sein, die sich entschuldigt. Das war eine Angewohnheit, die sie ablegen musste. Eine von vielen.

Bucky akzeptierte Ariels Argumente nicht, aber es gab nichts, was er gegen ihre Entscheidung tun konnte. Er sagte ihr, dass er ihr ein paar Tage Zeit geben würde, es sich noch einmal zu überlegen, und dass er es dann noch einmal bei ihr versuchen würde. Das tat er nicht.

Daraufhin begann Ariel, bei den besten Scheidungsanwälten – oder »Eheanwälten«, wie sie sie immer wieder sanft korrigierten – anzurufen, die ihr alle das Gleiche sagten: Sie könnten sie aufgrund früherer Beratungen ihres Mannes nicht vertreten. Da wusste sie, dass es nur eine Frage der Zeit sein würde, bis er ihr die finanzielle Unterstützung streichen würde. Bucky konnte charmant und aufregend, lustig und freundlich sein. Aber freundlich ist nicht gleichbedeutend mit nett. Manchmal ist es genau das Gegenteil. Oft.

Sie wohnte in diesem Hotel, dessen Tagesübernachtungspreis so hoch war wie die Monatsmiete für ihre neue Wohnung in dem neuen Dorf, in das sie bald umziehen würde, ein bescheidenes Heim, das ihrer neuen bescheidenen Situation entsprach.

»Ich verstehe«, sagte Ariel zu Mustafah. »Ich werde heute Abend abreisen.«

Irgendwann würde sie drei Millionen Dollar haben, plus den in ihrem Ehevertrag mit Bucky festgelegten Unterhalt. Aber in diesem Moment hatte sie nichts von diesem Geld. Sie war so gut wie pleite, und die verbleibende Strecke dahin würde sehr schnell zurückgelegt sein. Die vorige Nacht war offenbar die letzte, die sie in New York City verbringen würde.

Sie reichte Mustafah eine Kreditkarte aus der Zeit vor ihrer Heirat, weder schwarz noch Platin noch Gold, kein unbegrenzter Kreditrahmen, kein Zugang zu Status oder Vergünstigungen, nur Wucherzinsen und drakonische Strafen, die zu der Art von lähmender Verschuldung führen, die Millionen von normalen, sich abrackernden Amerikanern erdrückt, bei jeder wichtigen Anschaffung ein bisschen mehr. Auch Ariel war jetzt eine normale, sich abrackernde Amerikanerin.

»Wann muss ich auschecken?«

»Eigentlich bis zwölf, Mrs. Turner. Aber bitte, nehmen Sie sich so viel Zeit, wie Sie brauchen.«

»Ich danke Ihnen«, sagte sie. »Für alles.«

Ariel war eine schwangere Frau ohne Geld, ohne Vermögen, ohne Fähigkeiten und ohne Job, die ihren feigen Ehemann verlassen hatte. Sie hatte ein paar Wochen gebraucht, um den Mut aufzubringen, ihrer Therapeutin von dem Überfall zu erzählen, und seitdem hatten sie nur noch daran gearbeitet, in zusätzlichen Sitzungen, mit zusätzlichen Gefühlen. Nun war auch das vorbei. Ariel konnte sich keine Psychiaterin in der Park Avenue mehr leisten; sie würde nicht einmal mehr in dieser Stadt leben.

»Gern«, sagte Mustafah. »Sollen wir Ihnen einen Wagen bereitstellen?«

»Hola. Me llamo António Moniz. Hablas portugués?«

»No. Inglés?«

»Ja, gut. Also: Ich rufe wegen der Amerikanerin zurück.«

»Danke schön. Wir haben Senhora Pryce hier auf dem Flughafen festgenommen. Sie kam ohne Gepäck, ohne Ticket und mit der Geschichte, ihr Mann sei in Lissabon entführt worden. Ist das wirklich passiert?«

»Ja.«

»Der Amerikaner John Wright wurde gekidnappt?«

»Richtig.«

»Und seine Frau zahlte das Lösegeld und sicherte seine Freilassung?«

»Ja.«

»Und?«

»Und, na ja, was soll ich Ihnen noch sagen?«

»Warum sind sie die ganze Nacht durch bis nach Sevilla gefahren?«

»Das weiß ich nicht. Aber ich kann mir vorstellen, dass sie sich nicht ganz sicher fühlten hier in Lissabon.«

»Warum?«

»Nun, er wurde hier entführt. Was sagt Senhor Wright dazu?«

»Wir haben nicht mit ihm gesprochen. Er war nicht bei seiner Frau, als sie festgenommen wurde. Senhora Pryce sagt, sie seien übereingekommen, dass es sicherer sei, getrennt zu reisen. Es ist uns nicht gelungen, ihn ausfindig zu machen.«

Die Sache ist gerade noch viel interessanter geworden. Aber das ist nicht mehr Antonios Problem.

»Kommissar Moniz, fällt Ihnen ein Grund ein, warum wir Senhora Pryce nicht freilassen sollten?«

Antonio bedauert, dass er wahrscheinlich nie erfahren wird, was eigentlich genau vorgefallen ist. Er ist sich plötzlich sicher, dass nichts so war, wie er vermutet hatte.

»Nein«, sagt er. »Bitte grüßen Sie sie von mir und wünschen Sie ihr alles Gute.«

Ihr Name wird über die Lautsprecheranlage durchgesagt: *»Senhora Ah-ree-elle Preece. Ah-ree-elle Preece, por favor«* – und sie braucht nicht zu übersetzen, um die Botschaft zu verstehen: letzter Aufruf, begeben Sie sich zu Ihrem gottverdammten

Gate, das sich natürlich ganz am Ende des Terminals befindet, und während sie rennt, sieht sie, dass niemand mehr in der Schlange steht und der Airline-Mitarbeiter am Schalter sitzt, die Türen sind kurz davor, sich zu schließen.

»Ich bin hier! Ariel Pryce!«, ruft sie ihren Namen und winkt mit ihrer Bordkarte, der Mann nickt, und schon gleitet Ariel durch die stickige Gangway, geht durch den Mittelgang des Flugzeugs und lässt sich auf den mittleren Sitz neben eine alte Frau fallen, die missbilligend über den Rand ihrer Lesebrille blickt, dann sagt ein Flugbegleiter durch: »*Señors y señoras, bienvenidos.*« Die Kabinentür schließt sich, und Ariel erlaubt sich endlich, tief durchzuatmen, ihre angespannten Schultern fallen zu lassen, denn sie hat es geschafft, und diese zermürbende Reise ist endlich vorbei –

Aber was ist das?

Die Kabinentür öffnet sich für einen sehr spanisch aussehenden Mann in einem sehr spanisch aussehenden adretten Outfit im europäischen Stil. Er spricht eindringlich mit der Flugbegleiterin, die nickt, während sie zuhört, dann schaut sie langsam den Gang hinunter, bis sie Ariel entdeckt und ihr in die Augen sieht, während im selben Moment eine weitere Person das Flugzeug betritt, eine Frau, und Ariel erkennt sie, aber es dauert den Bruchteil einer Sekunde der Verleugnung, bis sie das zugibt.

Sie sind ihretwegen gekommen.

»Pete? Was zum Teufel?«

»Ich habe bis zu einer angemessenen Uhrzeit gewartet.«

»In welchem Universum ist sieben Uhr morgens angemessen?«

Wagstaff ist die ganze Nacht wach gewesen, von seiner Entdeckung überwältigt und sich zunehmend sicher, dass er einen Pulitzerpreis gewinnen wird. Vielleicht hat seine Herausgeberin in London recht: Er weiß nicht, was angemessen ist.

»Ich weiß, wer es ist«, sagt er.

»Wer wer ist?«

»Der Mann, der das Lösegeld zur Verfügung gestellt und auch ihr Kind gezeugt hat.«

Er hatte Judy im Laufe des letzten Tages ein paar Informationen gegeben, als die Geschichte immer größer geworden ist. Es war nie ratsam, seine Chefin mit etwas ohne Vorwarnung zu überfallen.

»Okay, also wer?«

»Charlie Wolfe.«

Schweigen.

»Judy? Bist du noch dran?«

»Ja.« Wagstaff kann sie atmen hören. »Wie sicher bist du dir?«

»Neunundneunzig Prozent.«

»Verarsch mich nicht, Pete. Das ist kein Spiel. Bist du wirklich so sicher?«

»Das bin ich.«

Wagstaff weiß, dass er mehr als Zuversicht und Indizien brauchen wird. Er weiß auch, dass stichhaltige Beweise für eine Affäre, die Jahrzehnte zurückliegt und zu einem unehelichen Kind, einer Scheidung und einem Geheimhaltungsvertrag geführt hat, wahrscheinlich schwer zu finden sein werden. Welche möglichen Beweise könnte es überhaupt geben?

Eine Affäre wäre sicherlich sehr schwer zu beweisen. Aber Wagstaff vermutet, dass es keine Affäre war.

»Diese Frau hat gerade den nächsten Präsidenten der Vereinigten Staaten erpresst.«

5. TEIL

DIE ABRECHNUNG

Kapitel 45

»Wohin fahren wir?«, fragt Ariel.

»An einen sicheren Ort«, antwortet Griffiths. Dann spricht niemand mehr für fünf, zehn, fünfzehn Minuten. Sevilla fliegt an Ariel vorbei, rote Ziegeldächer, weiß getünchte Mauern, Kirchtürme, während das große Fahrzeug in immer kleinere Straßen einbiegt, so wie man in eine europäische Stadt eindringt, von Autobahnen bis in kleine Gassen. »Runter auf den Boden«, sagt Griffiths.

»Was?«

»Legen Sie sich hin.« Sie deutet auf den Boden hinten im SUV. »Auf den Boden.«

»Ist das Ihr Ernst?«

Griffiths lässt sich nicht einmal zu einer Antwort herab.

»Wo ist mein Mann?«

»Habe ich nicht bereits deutlich gemacht, dass ich darauf nicht antworten werde? Guido, du hast mich gehört, oder? Ich glaube, ich habe gesagt, dass ich darauf nicht antworten werde, also hören Sie auf zu fragen.«

Guido Antonucci sieht auf jeden Fall viel schlimmer aus, als die Prügel, die er von Ariel auf der Straße in Lissabon bezogen hat, vermuten ließen. Sie hofft, dass er nicht nach Vergeltung strebt.

»Ja«, stimmt Antonucci zu, »genau das hast du gesagt.«

»Das dachte ich doch.« Griffiths wendet sich wieder an Ariel. »Und jetzt legen Sie sich verdammt noch mal auf den Boden.«

John geht noch einmal durch das Flughafenterminal und schaut sich die Boutiquen, die Geschenkeläden und den Duty-free-Bereich genauer an. Er weiß bereits, welche Herrentoiletten die größten und belebtesten sind, welche die kleinsten und ruhigsten. Er weiß, wo sich die Polizei versammelt. Er weiß, wo die Sicherheitskontrollpunkte sind. Er weiß, wo die Ausgänge sind.

Er weiß auch, dass Ariel aus dem Flugzeug gezerrt und dann durch eine Notausgangstür aus dem Terminal geschleppt wurde. Er hat das Geschehen von hinter einer Zeitschrift beobachtet, versteckt inmitten einer großen Menschenmenge, die darauf wartete, einen Pendlerflug nach Barcelona zu besteigen, das billigste Ticket, das er finden konnte, gekauft mit einem gefälschten Pass und einer Kreditkarte auf den Namen eines anderen. John hatte nie vor, dieses Flugzeug zu nehmen. Er musste nur in den Sicherheitsbereich gelangen, um zu sehen, ob Ariel ihres bestieg.

Im Sicherheitsbereich befinden sich außerdem alle Läden. Das Erste, was er kauft, ist ein Prepaid-Handy.

In einem kleinen Innenhof, der von einem üppigen Orangenbaum voller Früchte und einem kleinen gekachelten Brunnen ohne Wasser geprägt ist, steigen sie alle aus dem Wagen. »Hier entlang«, sagt ein Mann, den Ariel nicht erkennt und der wohl ein lokaler Mitarbeiter sein muss. Sie nimmt an, dass es sich bei diesem Ort um ein CIA-Safehouse handelt. Sie gehen eine Steintreppe hinauf, die sich um den Innenhof windet, eine kühle, gefliese Loggia entlang, bis zu einer verbeulten alten Holztür, hinter der sich eine gemütliche Wohnung verbirgt. Es scheint keine Gitter oder andere Sicherheitsvorkehrungen an den Fenstern zu geben, und Ariel ist erleichtert über diese gute Nachricht. Ihre Messlatte ist verdammt tief gesunken. Andererseits steht dort ein Stativ mit einer kleinen Videokamera, die Antonucci nun aktiviert.

»Nehmen Sie bitte Platz.« Griffiths deutet auf einen Esstisch. Der Typ, den Ariel nicht kennt, verlässt nun die Wohnung, und Antonucci verschwindet hinter einer Tür.

»Was wollen Sie von mir?«, fragt Ariel.

»Nehmen. Sie. Platz. Wir haben nicht viel Zeit.«

Ariel weiß nicht, was das bedeuten könnte, aber sie hat Angst zu fragen.

»Wie haben Sie Ihren Mann kennengelernt?«

Ariel hat diese Art der Befragung erwartet, aber sie kann immer noch schwer einschätzen, wie viel sie dieser Frau sagen soll, welche Details die CIA wissen will und warum. Ariel ist bereit, so viele Details zu erzählen, wie irgendjemand ertragen kann – Dialogzeilen, Gesichtsausdrücke, die Choreografie des ersten Kusses. Es ist noch gar nicht so lange her, es war wichtig, es war denkwürdig. Aber das macht es nicht relevant.

»Er war ein Kunde in meinem Laden.« Sie beginnt so einfach wie möglich. Wenn jemand eine Ausschmückung wünscht, kann er fragen. Wie Jerry ihr einmal riet, als sie sich auf eine Anhörung vor dem Bauamt vorbereitete: Die Antwort auf die Frage »Wissen Sie die Uhrzeit?« sollte einfach

»Ja« lauten.

»Bei *Main Street Books*?«, fragt Griffiths. »Einfallsreicher Name.«

Den Namen hatte der Laden schon, als Ariel ihn kaufte, aber das braucht sie wohl nicht zu erklären.

»Hat er irgendwelche Bücher gekauft?«

»Warum interessiert Sie das?«

»Muss ich das wirklich sagen? Dass ich diejenige bin, die hier die Fragen stellt? Das kommt mir nämlich vor wie ein abgedroschener Satz aus einem billigen Polizeidrama im Fernsehen.«

»Ja, er hat Bücher gekauft.«

»Wissen Sie noch, welche?«

»Das weiß ich in der Tat. Zwei neue Bestseller in gebundener Form, einen Kriminalroman und ein Sachbuch über Präsidentschaftsgeschichte.«

»Sind das Themen, die ihn besonders interessieren?«

»Das nehme ich an.«

»Sie haben nie nachgefragt?«

»Nein.«

»Also wenn Sie mich fragen – das klingt nach Büchern, die ein Mann kaufen würde, wenn er keinen Schimmer hätte, was er lesen will, und aus einem anderen Grund in einer Buchhandlung wäre.«

»Wie ich schon sagte: Ich habe ihn nie danach gefragt.«

»Und er hat Sie an dem Tag direkt gebeten, mit ihm auszugehen?«

»Nein.«

»Also, wann haben Sie ihn das nächste Mal getroffen?«

»Ich bin ihm in einem Restaurant begegnet.«

518

»War er zuerst da oder Sie? Bei diesem zufälligen Treffen?«

»Er.«

»Und da hat er Sie gefragt, ob Sie mit ihm ausgehen?«

»Nein. Es war ein paar Wochen später, als ich ihn zufällig in einem Supermarkt gesehen habe.«

»Das sind ganz schön viele zufällige Begegnungen.«

»Es ist eine kleine Stadt.«

»Erzählen Sie mir von dem Treffen im Supermarkt.«

Erst jetzt bemerkt Ariel den großen Wandspiegel. »Was denn zum Beispiel?«

»In welcher Abteilung?«

»Ernsthaft?« Schon wieder eine Ermittlerin, die eine irrelevante Frage stellt, um Ariels irrelevante Antwort mit der von John vergleichen zu können.

»Erzählen Sie mir die ganze Geschichte.«

»Wir waren von großen Obstbergen umgeben.« Diese Frau will die ganze Geschichte hören? Die kann sie haben. »Er sagte Hallo, fragte, ob ich mich aus dem Buchladen an ihn erinnere, und stellte sich vor. Wir unterhielten uns – er war neu in der Gegend, ich nicht. Er fragte mich, ob ich oft in dieses Restaurant gehe, und ich lachte. Er sagte: ›Tut mir leid, das klingt wohl wie eine Anmache.‹ Ich stimmte zu und fragte, ob es denn eine sein sollte. Er sagte, er würde es vermuten. Ich fragte: ›Sie vermuten es?‹ Er errötete und sagte: ›Nein, ich vermute nicht – vielleicht könnten wir mal zusammen dorthin gehen?‹«

»Oh. Das ist ja süß. Sie erinnern sich ziemlich genau daran. Sehr detailliert.«

»So habe ich meinen Mann kennengelernt. Außerdem ist das noch gar nicht lange her.«

»Und Sie haben Ja gesagt? Als er Sie gefragt hat, ob Sie mit ihm ausgehen, dort in der Obstabteilung?«

»Ja, genau.«

»Warum hat er sich Ihre Stadt ausgesucht? Soweit ich weiß, ist das nicht wirklich der Ort, wo junge hippe Leute aus Manhattan Urlaub machen. Wo doch die schicken Hamptons in der Nähe sind.«

»Er wollte nicht mit den ganzen Schickimicki-Leuten zusammen sein. Er mag New York nicht wirklich.«

»Warum lebt er dann dort?«

»Warum leben Leute da?«

»Und was hat ihn genau in *Ihre* Stadt geführt?«

»Er war auf Erkundungstour. Ist nur so herumgefahren.«

»Gibt es noch andere Leute wie ihn, die herumfahren, um Häuser zu mieten?«

»Was weiß ich? Ich bin nicht in der Immobilienbranche.«

»Wie schnell hat sich Ihre Beziehung weiterentwickelt?«

Ariel verengt die Augen. »Was meinen Sie damit?«

»Ich wollte es nicht zu deutlich sagen, aber wann haben Sie angefangen zu vögeln?«

»Wie bitte? Das geht Sie wirklich nichts an.«

»Alles geht mich etwas an. Das haben Sie doch wohl begriffen, oder? War es beim ersten Date?«

Ariel seufzt. Aber was kümmert es sie? »Beim zweiten.«

»Ging schnell, was?«

»Wir werden alle nicht jünger.«

»Haben Sie ihn überprüft? Bevor Sie angefangen haben, mit ihm zu vögeln?«

»Klar, ich habe im Internet herumgeschnüffelt. Hab nichts gefunden, was mich stutzig gemacht hat.«

»Was ist mit seiner Namensänderung?«

»Nein, das habe ich nicht selbst herausgefunden. Aber er hat mir davon erzählt, kurz bevor wir uns verlobt haben. Wir hatten eine – ich weiß nicht, wie ich es nennen soll – eine Art Gipfeltreffen. Hier sind alle Leichen in meinem Keller, sieh sie dir genau an.«

»Alle? Da hat er Ihnen also auch von seiner Verhaftung wegen Kokainbesitzes erzählt.«

Ariels Atem stockt.

»Nein? Das hat er nicht erwähnt, was? Die Anklage wurde fallen gelassen, letztendlich. Er ist also nicht vorbestraft. Aber trotzdem. Es war keine kleine Menge Kokain.«

»Wann war das?«

»Vor sechs Jahren.«

»Das ist lange her.« Ariel versucht, gelassen zu klingen.

»Nun, ja«, sagt Griffiths. »Aber auch: nein.«

»Was soll ich dazu sagen?«, fragt Ariel. »Ich habe den Mann vor kaum einem Jahr kennengelernt, und wir sind beide erwachsen. Ich habe ihn nicht über seine Jugendsünden ausgefragt, weil es mich nicht interessiert.«

»Das ist sehr großzügig von Ihnen. War es auf demselben Gipfeltreffen, als er Ihnen von seiner Schwester erzählt hat?«

»Was ist mit seiner Schwester?«

»Ihr Selbstmordversuch? Oder besser gesagt, ihre Versuche, im Plural?«

Das trifft Ariel wie ein Schlag in die Magengrube. Sie schüttelt den Kopf.

»Nein? Was meinen Sie, warum er das nicht erwähnt hat?«

»Ich weiß es nicht. Vielleicht, weil sie sich nicht so nahestehen.«

»Wirklich? Sind Sie sicher?«

Ariel antwortet nicht.

»Es würde Sie also überraschen, wenn Sie wüssten, dass sie jahrelang praktisch jede Woche telefoniert haben?«

Ariel antwortet immer noch nicht.

»Das heißt, bis vor drei Monaten, als die Anrufe plötzlich ganz aufhörten. Wissen Sie, warum?«

»Nein.«

»Sie wissen doch sicher, was für eine große Veränderung vor drei Monaten passiert ist. Hat er nichts darüber gesagt? Warum er nicht mehr mit seiner Schwester spricht?«

»Nein.«

»Aber Sie haben sie kennengelernt?«

»Nur auf unserer Hochzeit. Sie lebt in Marokko.«

»Ja, Marokko. Ich würde sicher nicht als alleinstehende Frau nach Marokko ziehen. Es sei denn, ich wäre, nun ja, ich. Eine ziemlich seltsame Wahl, finden Sie nicht?«

»Soweit ich weiß, ist sie eine seltsame Person.«

»Sie haben sie also nicht gesehen, während Sie hier in Europa waren?«

»Wie ich schon sagte, habe ich sie nur ein einziges Mal getroffen, und das war vor drei Monaten.«

»Aha. Also zurück zu diesem Gipfel.«

»Ja?«

»Haben Sie John da erzählt, dass der Vater Ihres Kindes Charlie Wolfe ist?«

Er hatte darauf bestanden, dass in der Vereinbarung eine Abtreibung festgeschrieben wurde. Charlie wollte kein uneheliches Kind von ihm in der Welt herumlaufen haben, wer wusste schon, wie ihm das eines Tages zum Verhängnis werden könnte, unabhängig von einem Geheimhaltungsvertrag.

»Das ist ein Deal Breaker«, sagte Ariel zu ihrer Anwältin.

»Verstehe. Aber nur um mir Klarheit über unsere Verhandlungsposition zu verschaffen, darf ich fragen, warum?«

Ariel verstand das Anwaltsgeheimnis; sie verstand, dass es für eine Anwältin ein unverzeihlicher – und für die Anwaltskammer unzulässiger – Verstoß gegen die Berufsethik wäre, etwas auszuplaudern, das eine Klientin in einer Situation wie dieser sagte. Aber Charlie war ein Mann mit immenser Macht, die wahrscheinlich noch größer werden würde. Ariel war eine Frau, die keine Macht hatte und wahrscheinlich auch nie welche haben würde. Deshalb fühlte sie sich nicht wohl dabei, sich auf irgendwelche Normen zu verlassen. Oder irgendjemandem oder irgendetwas zu vertrauen.

»Nein«, sagte Ariel. »Das ist alles, was Sie wissen müssen.«

John geht in den hinteren Teil des Ladens, wo Sweatshirts auf einem Tisch gestapelt liegen. Er stellt sich mit dem Rücken zum Eingang und wählt eins in Marineblau aus. Auf dem Weg zur Kasse nimmt er eine rote Mütze mit dem Logo des örtlichen Footballclubs mit; am Tresen zieht er noch eine Pilotensonnenbrille aus einem Karussell. Er hält seine Beute in einem engen Bündel vor sich, außer Sichtweite der Sicherheitskamera, die an der Decke des Eingangs zur Halle angebracht ist. Als er alles über den Tresen zur Verkäuferin schiebt, schirmt er die Waren mit seinem Körper vor der Kamera ab.

»*Buenos días*«, sagt er mit seinem besten kastilischen Akzent, lispelt bei den S-Lauten und lächelt die unscheinbare Verkäuferin breit an.

Er bezahlt bar.

Ariel nimmt sich einen Moment Zeit, um nachzudenken: Ist es überhaupt möglich, dass diese CIA-Frau die Identität von Georges Vater kennt? Mit Sicherheit?

Die Antwort, die ihr einfällt, ist nein. Unabhängig davon, wo diese Frau arbeitet und auf welche Daten sie Zugriff hat, diese Information kann sie einfach nicht haben. Einen Verdacht, ja, was eine beeindruckende Schlussfolgerung ist. Aber es ist unmöglich, dass sie es sicher weiß.

Bei dieser Erkenntnis spürt Ariel eine Verschiebung der Machtverhältnisse. Griffiths war zuversichtlich, dass sie Ariel aus dem Gleichgewicht bringen würde, indem sie ihr überlegenes Wissen zur Schau stellte und Ariel Dinge über ihren eigenen Ehemann enthüllte, die diese nicht wusste, seine Kokainverhaftung, die Selbstmordversuche seiner Schwester. Aber mit diesem Bluff hat sie ihr Blatt überreizt. Ariel reckt trotzig ihr Kinn in die Höhe und sagt nichts.

»Und was genau hat John Ihnen über seine Zeit bei der CIA erzählt?«

Ariel reagiert auch auf diese Ungeheuerlichkeit nicht.

»Oh, hat er das auch nicht erwähnt? Ja, nach seinem Grundstudium im Reserveoffiziers-Ausbildungskorps und vier Jahren in der Armee hat Ihr Mann ein paar Jahre für die Central Intelligence Agency gearbeitet.«

Ariel zuckt mit den Schultern.

»Das heißt, John Wright ist ein Mann, der fast ein ganzes

Jahrzehnt lang gelernt hat, wie man sich in bestimmten Situationen verhält, wie man sich verteidigt, wie man mit schwierigen Situationen umgeht. Und dann lässt sich dieser Mann am helllichten Tag vor einem Luxushotel entführen.«

Das ist wirklich ein Sperrfeuer, das da auf Ariel niedergeht. Sie weiß nicht, wohin sie sich ducken soll.

»Können Sie es jetzt sehen, Ms. Pryce?«

Ariel zieht die Augenbrauen hoch.

»Sie wurden reingelegt. Ihr brandneuer Ehemann hat nur mit Ihnen gespielt.«

Die beiden Frauen starren sich ein paar Sekunden lang an.

»Also bitte, heraus damit.« Ariel benutzt ihren herablassendsten, sicher-ich-spiele-ihr-Spielchen-mit-Ton. »Was ist denn Ihre Theorie?«

»Keine Theorie.« Griffiths pflanzt ihre Ellbogen auf den Tisch. »Dieser Mann taucht aus dem Nichts auf, an einem Ort, wo er nicht hingehört, und haut Sie um. Dieser gut aussehende und, wie ich anmerken möchte, viel jüngere Mann sehnt sich nach nur wenigen Monaten einer Teilzeitbeziehung plötzlich so verzweifelt nach einer Langzeitfernbeziehung mit Ihnen – und Ihrem jugendlichen Sohn, Ihrem scheiternden Unternehmen und Ihrer chaotischen Farm –, dass er Ihnen quasi aus dem Nichts einen Heiratsantrag macht. Ist das alles kein Warnsignal für Sie? Sind Sie so überzeugt von Ihrer Unwiderstehlichkeit?«

Ariel antwortet nicht.

»Okay, ich verstehe, vielleicht vögelt er Sie bis zum Wahnsinn und Sie wissen nicht mehr, wo oben und unten ist, und Ihre, ähm, geistigen Fähigkeiten sind durch multiple Orgasmen beeinträchtigt.«

»Es ist schrecklich, dass Sie als Frau so etwas zu einer anderen Frau sagen.«

»Das mag sein. Aber sagen Sie mir: warum die Eile zu heiraten?«

»Wir sind verliebt, das Leben ist kurz. Vielleicht haben Sie das noch nicht begriffen. Sie sind so beschäftigt mit Ihrer Karriere, mit der Einschüchterung traumatisierter amerikanischer Bürgerinnen, die Sie auf fremden Flughäfen aus Flugzeugen zerren. Aber glauben Sie mir, Sie haben weniger Zeit, als Sie denken.«

»Sicher.« Griffiths lächelt. »Dieser brandneue Ehemann schleppt Sie also unter dem nachweislich falschen Vorwand nach Lissabon, dass Sie irgendwie für eine Geschäftsreise gebraucht werden, während der er entführt wird, und das in einer Stadt, in der Amerikaner im Durchschnitt null Mal pro Jahr entführt werden. Um diesen Ehemann vor dieser außerordentlich seltenen Gefahr zu bewahren, bleibt Ihnen nichts anderes übrig, als einen Mann zu erpressen, der sich in einer für eine Erpressung besonders ungünstigen Lage befindet. Also tun Sie genau das, übergeben jemandem in einer Gasse zwei Millionen Euro, und siehe da, Ihr Mann kommt mit einer kleinen Schnittwunde im Gesicht wieder frei. Ist das wirklich so passiert?«

»Ohne den ganzen Sarkasmus«, sagt Ariel, aber irgendetwas anderes dringt da plötzlich noch in ihr Bewusstsein.

»Warum sind Sie dann mitten in der Nacht aus Lissabon geflohen? Das war ein ziemlich dramatischer Abgang. Und, ich muss sagen, gut geplant. Gut ausgeführt.«

Ariel kommt nicht darauf, was sie stört. »Wir haben uns in Lissabon nicht mehr wohlgefühlt«, sagt sie. »Ist das so schwer zu verstehen?«

»Nein, aber warum die Fahrt über Nacht?«

Jetzt wird Ariel klar, was sie irritiert hat: Griffiths hat von zwei Millionen Euro gesprochen. Obwohl das Lösegeld eigentlich drei hätte betragen sollen. Hat Ariel Griffiths gegenüber jemals den Fehlbetrag erwähnt? Irgendjemandem gegenüber?

Nein. Nur gegenüber den Entführern. Und John. Woher weiß Griffiths dann davon?

»Ms. Pryce?«

»Entschuldigung, was?«

»War es nicht etwas übertrieben, die ganze Nacht von Lissabon nach Sevilla zu fahren?«

»Nicht für mich. Muss ich Sie daran erinnern, dass mein Mann *gekidnappt* wurde?«

»Wessen Idee war es, Lissabon so überstürzt zu verlassen? Ihre oder die von John?«

»Meine.«

»Sind Sie da sicher? War es *tatsächlich* Ihre Idee, oder hat er Ihnen *eingeredet*, dass es Ihre Idee war?«

Ariel antwortet nicht.

»Und wessen Idee war es, von Sevilla aus getrennt zu reisen?«

»Die von John.«

»Da haben bei Ihnen keine Alarmglocken geschrillt?«

Sollte es das? Vielleicht schon. Aber Ariel schüttelt den Kopf.

»Was ist mit Russland? Hat Ihr Mann dort viel Zeit verbracht?«

»In Russland?« Ariel läuft ein Schauer über den Rücken. »Nicht dass ich wüsste.«

»Es würde Sie also überraschen, wenn Sie wüssten, dass er im letzten Jahr dreimal nach Moskau gereist ist?«

Ja, das würde Ariel definitiv überraschen. Aber »Nein« ist das, was sie sagt, »und ehrlich gesagt würde mich kaum ein Ort überraschen, egal, wo er war.«

Sag nicht »ehrlich gesagt«, erinnert sie sich. Warum zum Teufel benutzt sie immer noch diesen Ausdruck?

»Reisen in fremde Hauptstädte ist sein Job.«

»Aber *speziell* Moskau: Hat er nie eine Reise dorthin erwähnt?«

Hat er das? Ariel glaubt nicht. Sie schüttelt den Kopf.

»Was ist mit Hamburg? Hat er erwähnt, dass er dorthin gereist ist?«

»Ja.«

»Antwerpen? Belgrad?«

»Ja, ich glaube schon.«

»Was glauben Sie, was er in Belgrad gemacht hat?«

»Dasselbe, was er auf all seinen Geschäftsreisen macht.«

»Wussten Sie, dass er in Belgrad für die CIA tätig war? Oh«, sie schnippt mit den Fingern, »stimmt ja, Sie wussten nichts von seinen zwei Jahren bei der Agency, nicht wahr?«

Ariel antwortet mit einem Seufzer.

»Sie sagen also, dass John von den Reisen, die er in dem Jahr, bevor er Sie kennenlernte, unternommen hat, *alle* erwähnt hat, *außer* den drei Besuchen in Moskau. Habe ich das richtig verstanden?«

Ariel zuckt mit den Schultern.

»Und was ist mit seinem Motorrad?«

Diese völlig zusammenhanglose Frage lässt Ariel aufschrecken. »Sein Motorrad?«

»Vor ein paar Monaten hat Ihr Mann ein gebrauchtes Motorrad gekauft. Warum hat er das bar bezahlt?«

Sie muss all ihre Selbstbeherrschung aufbringen, um zu antworten. »Hat er das? Wir haben nicht über seine Zahlungsmethode gesprochen.«

»Warum hat er das Motorrad gekauft?«

»Zum Spaß. Er fährt gerne auf Landstraßen.«

»Aber wann hat er das letzte Mal ein Motorrad besessen?«

»Ich weiß es nicht.«

»Er hat zweitausendfünfhundert Dollar für dieses gebrauchte Motorrad bezahlt. Schwimmen Sie so dermaßen in Geld?«

»Was zum Teufel wollen Sie von mir? Ich habe keine Ahnung von diesem verdammten Motorrad.«

»Aber Sie haben es gesehen?«

»Ja, natürlich. Es steht in meiner Scheune.«

»Und Sie haben die Ähnlichkeit nicht bemerkt?«

Ariel weiß genau, was Griffiths andeuten will. Und doch hat sie keine andere Wahl als zu fragen: »Welche Ähnlichkeit?«

»Zwischen dem Motorrad Ihres Mannes und dem, das der Entführer benutzt hat, um Ihnen ein Wegwerftelefon zu geben.«

Kapitel 46

Tag 3, 9:09

Die beiden Frauen sitzen schweigend da. Ariel weiß nicht, wie sie reagieren soll, also reagiert sie einfach gar nicht.

»Ich kann nicht anders, als mich zu fragen«, sagt Griffiths schließlich, »warum in aller Welt ein Mann in Charlie Wolfes Position einer Frau in Ihrer Position so viel Geld geben sollte.«

Ariel weiß, dass auch dies keine Tatsache ist, die Griffiths sicher wissen kann. Genauso wenig wie sie wissen kann, dass Charlie der Vater von George ist. Diese CIA-Agentin blufft schon wieder.

»Ich meine, selbst falls Wolfe aus reiner Herzensgüte gehandelt hätte – was ein verdammt großes *falls* ist –, lässt ihn das einfach *so schlecht* dastehen, oder etwa nicht?«

Ariel antwortet nicht.

»Hören Sie, wir *wissen*, dass Sie Charlie Wolfe erpresst haben. Das ist gar keine Frage. Was wir noch wissen wollen, ist Folgendes: Wieso waren Sie in der Lage, das zu tun? Und wer steckt dahinter?«

Wer steckt dahinter? Griffiths hat diese Schlussfolgerung sehr schnell gezogen. Das ist eine weitere Anschuldigung, über die Ariel einfach nicht diskutieren wird.

»Sie glauben, Sie können einfach dasitzen und nichts sagen?«

Ariel verschränkt die Arme.

»Okay, Sie können es versuchen. Aber Sie müssen verstehen: Sie werden hier nicht weggehen, ohne mir ein paar Antworten gegeben zu haben.« Griffiths steht auf. »Ich gebe Ihnen ein paar Minuten Zeit, um darüber nachzudenken.«

Griffiths sieht es deutlich vor sich: Ein smarter, gut aussehender junger Unternehmer wie John Wright trifft diese ältere Frau, eine alleinerziehende Mutter, einsam, verletzlich, leicht zu verführen. Sie vertraut Wright das lange gehütete Geheimnis an, dass der leibliche Vater ihres Kindes ein reicher, mächtiger Mann ist, der vor Kurzem nationale Bekanntheit erlangt hat. Das scheint eine einmalige Gelegenheit zu sein: eine Entführung inszenieren, ein paar Millionen nicht zurückverfolgbares Geld einsacken und in Europa verschwinden. Ein einfacher Plan, ein leichter Betrug, besonders für einen Mann mit Wrights Hintergrund und Fähigkeiten. Erscheint absolut logisch: ein paar Monate Arbeit für ein paar Millionen Dollar.

Wenn es wirklich so einfach ist, dann ist John Wright keine Angelegenheit der nationalen Sicherheit, geht die CIA nichts an, ist kein Problem von Griffiths. Er ist nur ein cleverer Betrüger, der seinen Coup zufällig in ihrer Lissabonner Umlaufbahn begangen hat.

Andererseits könnte es auch viel komplizierter und gefährlicher sein: John Wright könnte für eine feindliche ausländische Regierung arbeiten. Dann ginge es nicht um das Geld, sondern um die Erpressung selbst. Das Ziel der Operation wäre es, den nächsten Vizepräsidenten – möglicherweise den nächsten Präsidenten der Vereinigten Staaten – in einen feindlichen Agenten zu verwandeln.

Was für eine großartige Operation das wäre. Griffiths müsste es bewundern.

Auch wenn das nicht der Fall ist – auch wenn keine ausländische Regierung involviert ist, auch wenn John Wright selbst kein dauerhaftes Problem darstellt –, ist die Charlie-Wolfe-Situation zweifellos eine ernste Bedrohung der nationalen Sicherheit. Denn es wurde gerade bewiesen, dass Wolfe erpresst werden kann. Wenn vielleicht auch nicht von den Russen, wenn vielleicht auch nicht dieses Mal – es wird immer die Möglichkeit eines nächsten Mals geben.

John Wright und Ariel Pryce sind nicht das eigentliche Sicherheitsrisiko. Das eigentliche Risiko steht nur wenige Tage vor seiner Vereidigung zum Vizepräsidenten der Vereinigten Staaten.

»Russland?«, fragt Antonucci.

»War einen Versuch wert.«

»Aber Wright war nie in Russland, oder?«

»Nein. Aber seine Frau weiß das offensichtlich nicht, und jetzt muss sie an ihm zweifeln. Guck.« Sie schauen Pryce durch den Zwei-Wege-Spiegel an. »Sie fragt sich: Ist es möglich, dass mein neuer Mann ein russischer Agent ist?«

»Glaubst du das auch?«

»Nicht wirklich. Aber ich würde es den Russen zutrauen, einen Agenten zu veranlassen, eine Frau zu heiraten, weil sie Wolfes uneheliches Kind zur Welt gebracht hat, um sich ein mächtiges Druckmittel gegen einen Mann in seiner Position, mit seinem Einfluss und seinen Aufstiegschancen zu sichern. Verdammt, das würde ich selbst auch so machen.«

»Okay. Nehmen wir an, John Wright *ist* genau das, und

seine Aufgabe war es tatsächlich, die Möglichkeit zu schaffen, Wolfe zu erpressen. Würde Pryce dann irgendetwas darüber wissen?«

»Nein, du hast recht, das können wir wahrscheinlich nicht von ihr erwarten.«

»Was wollen wir dann hier erreichen?«

»Wir werden sie zu Tode erschrecken, sie dann gehen lassen und sehen, was sie mit ihrer Angst anstellt.«

John schaltet das neue, kaum aufgeladene Telefon ein und wartet, bis der Dienst eine Verbindung herstellt. Dann tippt er eine lange Reihe von Ziffern aus dem Gedächtnis ein und drückt auf ANRUFEN.

»Ja?«

»Zehn Minuten«, sagt er.

»Okay. Weißer Ford Fiesta.«

Er legt auf. Er durchquert die Halle und geht in die belebteste aller belebten Toiletten in diesem Terminal, wo alle fünf Sekunden ein Mann nach dem anderen rein- oder rausgeht. John betritt die allerletzte Kabine. Er reißt die Etiketten von seinen Einkäufen ab, zieht das blaue Sweatshirt über sein schwarzes T-Shirt, setzt sich die rote Schirmmütze und die Sonnenbrille auf. Die Einkaufstasche wirft er in den Mülleimer.

An den Waschbecken stehen viele Männer, die sich die Hände und das Gesicht waschen, jemand rasiert sich mit einem elektrischen Rasierer. John betrachtet sich im Spiegel, und was er erblickt, ist jemand, der wie ein Spanier aussieht.

Es ist nur ein kurzer Weg durch das dichte Gedränge dieser überfüllten Toilette bis zum wuseligen Ausgang, der in die Anarchie der Gepäckabholung führt, wohin er geht, ohne langsamer zu werden, er starrt geradeaus, geht weiter, durch die Tür, auf die Straße und steigt auf der Beifahrerseite in einen kleinen weißen Ford ein.

»Hören Sie«, sagt Ariel, »Sie wissen doch, was ein Geheimhaltungsvertrag ist, oder? Ihnen ist klar, welche Art von Strafen diese Vereinbarungen beinhalten?«

»Sicher.«

»Sie verstehen also, dass es keine Ausnahmen gibt, richtig? Nur weil die CIA fragt oder das FBI oder die Polizei. Das ist nicht anders, als wenn ein Reporter fragt oder eine Schwester oder ein Freund. Geheimhaltung ist Geheimhaltung. Selbst wenn ich, sagen wir, von der CIA an einem ungenannten Ort in Europa verhört würde, ohne einen Rechtsbeistand oder ein ordentliches Verfahren.«

»Wir können Sie beschützen.«

»Kommen Sie schon«, spottet Ariel. »Das glauben Sie doch nicht wirklich. Bei den Leuten, die daran beteiligt sind?«

»Ich verspreche es.«

»Sie versprechen es? *Pffft.* Geben Sie mir das Versprechen in Form eines Briefes, der vom Generalstaatsanwalt der Vereinigten Staaten unterzeichnet ist.«

»Das soll wohl ein Scherz sein.«

»Ganz und gar nicht. Sie sind nicht der Meinung, dass diese hypothetische Situation bis zum Generalstaatsanwalt vordringen würde? Natürlich würde sie das. Wenn Sie also glauben, dass Sie in der Lage sind, eine Person wie mich zu schützen, dann müssen Sie genau das tun. Das ist der Preis dafür.«

Griffiths antwortet mit einem verärgerten Seufzer.

»Sie haben mir noch nicht einmal gesagt, für wen Sie arbeiten«, sagt Ariel, »oder was Sie tun. Ich kenne auch nicht Ihren richtigen Namen, oder? Und Sie wollen, dass ich Ihnen vertraue? Ihnen mein *Leben* anvertraue? Sind Sie *wahnsinnig*?« Sie beugt sich vor. »Wir sind keine Gegnerinnen, Sie und ich. Ich will nicht feindselig wirken. Aber ich muss Sie fragen, bei allem Respekt: Was zum Teufel wollen Sie von mir?«

»Sie wissen, was ich will: die Wahrheit.«

»Die Wahrheit?« Ariel schnaubt. »Die Wahrheit hat einen hohen Preis.«

»Da!« Kayla Jefferson sieht es endlich. »Er trägt eine rote Mütze. Sehen Sie sich die Hose und die Schuhe an. Das ist er.«

Der spanische Polizist nickt und sagt etwas zu der Technikerin der Flughafensicherheit, die damit beginnt, Bilder von anderen Kameras zu laden – von der Halle, der Rolltreppe, der Gepäckausgabe, der Ausgangstür, dem Gehweg ...

Jefferson will schon wieder ihre Chefin anrufen – »Wir haben ihn!« –, überlegt es sich dann aber noch einmal. Sie bittet den Polizisten, das Kennzeichen durchzugeben, und geht dann zusammen mit der Technikerin das Filmmaterial durch, folgt dem weißen Auto zu einer anderen Kamera, noch einer weiteren, dann ins Parkhaus.

Dann zur ersten Kamera innerhalb des Gebäudes: kein kleines weißes Auto.

Die zweite Kamera: keins.

Die dritte und vierte und fünfte: nein, nein, nein.

»Wo zum Teufel ist er hin?« Noch eine, noch eine, noch eine. »Können Sie die letzten zehn Minuten von allen Parkhausausgängen abrufen?«

Jetzt spult die Technikerin die Aufnahmen vor, die belegen, dass Dutzende von Autos das Gebäude verlassen haben, vielleicht hundert, aber keins davon ist der kleine weiße Ford mit dem Nummernschild, das mit M beginnt.

»Was zum Teufel ist passiert?« Diese Frage ist rhetorisch. Kayla weiß, dass John Wright entweder immer noch in demselben Auto sitzt, das irgendwo im Parkhaus versteckt ist, oder er hat das Gebäude auf eine andere Weise verlassen. Wahrscheinlich in einem anderen Auto. »Um wie viel Uhr war die letzte Aufnahme?«

Die Technikerin überprüft das Bildmaterial und sagt: »Der Wagen ist seit siebenundzwanzig Minuten drin.«

In siebenundzwanzig Minuten kann man eine Menge schaffen.

»Senorita«, sagt der spanische Polizist und legt auf, »dieses Fahrzeug wurde gestern Abend als gestohlen gemeldet.«

Verdammt noch mal.

Kayla lehnt sich zurück, weg von den Bildschirmen. Sie begreift, was passiert ist: John Wright und die Fahrerin haben den gestohlenen Ford im Parkhaus stehen lassen und sind dann in ein anderes Fahrzeug gestiegen, eins der über hundert, die das Gebäude in den letzten siebenundzwanzig Minuten verlassen haben. Die Kameras am Ausgang werden nicht helfen, denn Wright wird jetzt auf dem Rücksitz versteckt sein, oder er und die Fahrerin haben die Kleidung und die Plätze getauscht, falscher Bart und eine Glatze, sie ist eine Nonne geworden, was auch immer.

Ja, es könnte immer noch möglich sein, das Auto zu identifizieren, in das sie eingestiegen sind, aber es wird sehr viel schwieriger sein. Und es wird sehr viel länger dauern, bis dahin haben sie vielleicht schon wieder das Fahrzeug gewechselt, sind in einen Zug oder ein Flugzeug gestiegen oder einfach in einer Menschenmenge verschwunden ...

Statt des triumphalen *Wir haben ihn!* ruft Jefferson mit der gegenteiligen Nachricht an. »Tut mir leid«, sagt sie zu ihrer Chefin, »wir haben ihn verloren.«

Griffiths kehrt zu Ariel zurück und trägt ein einzelnes frisch ausgedrucktes Blatt Papier bei sich, das zur Hälfte gefaltet ist. Sie nimmt wieder an dem kleinen Tisch Platz.

»Also, was glauben Sie, wo Ihr Mann jetzt ist?«

»Wahrscheinlich auf dem Flughafen, auf einen Flug wartend.«

Griffiths tippt auf das Stück Papier, aber sie faltet es nicht auf, zeigt es Ariel nicht.

»Er *war* am Flughafen. Dort hat er sich anscheinend neue Kleidung gekauft, sich in einer Toilette umgezogen, das Terminal verlassen und ist dann in ein wartendes Auto gestiegen.«

Griffiths entfaltet den Zettel und schiebt ihn Pryce unter die Nase.

»In dieses wartende Auto. Mit dieser Frau am Steuer. Erkennen Sie sie?«

Griffiths sieht, wie sich Ariels Mund ein wenig öffnet, ihr Kopf um ein paar Grad zuckt. Das sieht wirklich nach echter Überraschung aus.

Die Qualität des Bildes ist miserabel, es wurde aus einem schlechten Winkel und durch eine schmutzige Windschutzscheibe aufgenommen und zeigt eine Frau mit einer großen Sonnenbrille und einem Seidenschal, der eng um ihren Kopf gebunden ist. Es wäre schwierig, diese Person zu identifizieren, sogar wenn sie deine beste Freundin ist. Eine Gesichtserkennungssoftware kann unmöglich helfen. Selbst für den Fall, dass diese Frau irgendwo in einer Datenbank gespeichert ist, ist dieses Bild einfach nicht gut genug. Verdammt, vielleicht ist es nicht einmal eine Frau.

»Nein«, sagt Pryce. »Ich erkenne sie nicht. Aber wie sollte ich auch, bei dem was man hier sehen kann?«

Griffiths verweilt einige Minuten im anderen Raum, schaut sich Ariel Pryce durch den Spiegel an und stellt sich die Abfolge der nächsten Gespräche vor, die stattfinden werden. Zuerst wird sie den Einsatzleiter anrufen, der keine andere Wahl hat, als den Direktor zu informieren, der wiederum gezwungen sein wird, den Präsidenten zu wecken, der nicht gerade dafür bekannt ist, mitten in der Nacht ruhige, rationale Entscheidungen zu treffen.

Sie lügt. Der Präsident ist all seinen alten Kumpanen gegenüber blindlings loyal, bis er es nicht mehr ist. *Es ist ein Schwindel. Ein weiterer Schwindel.*

Der CIA-Direktor würde sich nur ungern mit dem Präsidenten streiten; jeder, der Verbindung zum Präsidenten hat, streitet sich nur ungern mit ihm, nur so erhalten sie sich diese Verbindung, quod erat demonstrandum.

Diese fiese Lügnerin ist gerade in Spanien?

Ja, Sir.

Sie sollte in Spanien bleiben, würde der Präsident sagen. *Eigentlich sollte sie wahrscheinlich in Spanien sterben.*

Und das wäre sie: die tödliche Entscheidung des Oberbefehlshabers, eine amerikanische Bürgerin auf fremdem Boden zu ermorden, um ein Geheimnis zu bewahren, das seiner Regierung schaden würde.

Würde der Direktor dem Präsidenten widersprechen? Nein. Griffiths hat Gerüchte gehört, dass dieser Direktor operativ aggressiv ist, auch schießwütig genannt, solange es jemand anderes ist, der den Abzug drückt. Das ist es, wozu Amateure in seiner Position neigen, die denken, dass die Lösung für jedes Problem eine Kugel im jemandes Kopf ist.

Der CIA-Direktor würde diesen Befehl also an Farragut weitergeben, der diese illegale Anweisung rundheraus ablehnen und daraufhin sofort gefeuert würde. Der Direktor würde dann den direkten Befehl an Griffiths weitergeben. Auch sie würde sich weigern, und ihre Karriere wäre sofort beendet. Könnte Griffiths selbst irgendwie verfolgt werden? Ja, natürlich könnte sie das. Der Präsident und der Direktor des zentralen Geheimdienstes könnten alles über jeden fabrizieren.

Und Ariel Pryce würde trotzdem tot enden.

Griffiths hat wahrscheinlich alles erfahren, was sie erfahren wird; jetzt ist es an der Zeit, es der Befehlskette zu melden. Sie tätigt den notwendigen Anruf.

»Sir, es tut mir leid, Sie zu wecken.«

»O bitte. Glauben Sie, ich habe geschlafen, während so etwas hier vor sich geht?«

»Ich rufe nicht mit guten Nachrichten an.«

»Nein, das ist mir klar.«

»Der entführte Mann ist jetzt auf freiem Fuß; er hat sich große Mühe gegeben, der Überwachung zu entgehen und vom Flughafen zu verschwinden. Er hat eine Komplizin, und ihre Spur verliert sich sehr schnell.«

»Professionell schnell?«

»Sieht so aus. Ich habe gerade die Ehefrau in Sevilla befragt, wo wir sie abgefangen haben, nachdem sie mitten in der Nacht aus Lissabon geflohen waren. Ich denke, dass sie nichts mit der Sache zu tun hat.«

»Und er?«

»Es gibt eine alte Drogenverhaftung. Eine Namensänderung. Dazu der Armeedienst und zwei Jahre bei uns in der Agency. Diese Beschäftigungsgeschichte macht ihn nicht unbedingt zwielichtig, aber sie macht ihn definitiv zu jemandem mit der taktischen Ausbildung, den Fähigkeiten und der Veranlagung, eine verdeckte aktive Maßnahme zu planen und durchzuführen.«

»Wo hat er in der Armee gedient?«

»Afghanistan.«

Sie wissen beide, dass viele Soldaten von dort desillusioniert zurückkamen.

»Und bei der Agency?«

»Sein einziger Einsatz war in Serbien.«

»Der Balkan, was?«

Der Balkan wurde seit dem Zweiten Weltkrieg von russischen Agenten überrannt. Es ist durchaus möglich, dass ein CIA-Offizier während eines Einsatzes in Belgrad vom russischen Auslandsgeheimdienst umgedreht wurde.

»Wenn es sich bei diesem Kerl nur um einen Einzelkämpfer handelt, der über eine Geldquelle gestolpert ist«, sagt Griffiths, »wären wir vielleicht geneigt, unsere Informationen einfach an das FBI weiterzugeben und zu sagen: Gern geschehen. Aber wenn es sich um eine laufende aktive Maßnahme einer ausländischen Organisation handelt? Das ist verdammt gefährlich. Es spielt fast keine Rolle, wer dafür verantwortlich ist, das ist nur eine Frage der Bestrafung oder der Vergeltung oder was auch immer. Aber unabhängig davon, wer dahintersteckt – selbst wenn niemand dahintersteckt –, wissen wir jetzt, dass Wolfe erpressbar ist, denn es ist erst gestern passiert. Warum sollte es nicht in zwei Wochen wieder passieren, wenn er Vizepräsident ist? Oder in zwei Jahren, wenn er Präsident ist?«

Der stellvertretende Direktor seufzt. Diese Schlussfolgerungen sind kaum zu bestreiten. »Was empfehlen Sie also, was wir mit ihr machen sollen?«

Griffiths blickt wieder in den Zwei-Wege-Spiegel, auf die besiegte, verzweifelte und in völliger Erschöpfung zusammengesackte Ariel Pryce. Griffiths könnte durchaus den Befehl erhalten, diese Frau in Gewahrsam zu halten oder sie für eine außerordentliche Überstellung in ein osteuropäisches schwarzes Lager zu entführen oder sie sogar zu töten, hier und jetzt. Was hatte die Amerikanerin gerade noch zu ihr gesagt? »Die Wahrheit hat einen hohen Preis.«

»Ich denke, wir sollten sie gehen lassen und sehen, was sie tut. Sie hat ein Kind, zu dem sie nach Hause will, also wird sie nicht einfach verschwinden. Sie selbst ist nicht die ausländische Agentin, wenn es das ist, was vor sich geht; sie ist eine unschuldige Zuschauerin. Wir werden sie genau im Auge behalten. Das heißt, wir werden das FBI darum bitten.«

Dieses Gespräch könnte in einer Fallstudie, einer Aussage vor dem Kongress oder als Beweis in einem Strafprozess enden. Griffiths sollte nicht laut zugeben, dass die CIA beabsichtigt, eine amerikanische Staatsbürgerin innerhalb der US-Grenzen verdeckt zu überwachen. Das ist illegal. Aber genau das wird passieren.

»In ein paar Tagen«, sagt sie, »werden wir eine Menge erfahren. Da bin ich zuversichtlich.«

»Vielleicht«, sagt Farragut und klingt nicht überzeugt. »Aber vielleicht können wir uns ein paar Tage nicht leisten.«

Nein, denkt Griffiths, vielleicht können wir das nicht. Aber was ist die Alternative?

Eine Erinnerung streift ihr Bewusstsein, aber Griffiths kann sie nicht aus den vielen Theorien herausfiltern, die dadrinnen ringen, eine nach der anderen drängt in den Vordergrund, nur um dann beiseitegeschoben zu werden … Irgendwas mit »für alles einen Preis zahlen«. Pryce hat das erwähnt, wann war das? Vor eineinhalb Tagen? Sie sprach von den Kosten für ihr altes Leben im Luxus. Griffiths hatte gerade nach Einzelheiten fragen wollen, als ihr Gespräch durch das Klingeln des Telefons unterbrochen worden war.

Sie sieht Pryce noch einmal durch das Glas an und fragt sich: Was ist dir passiert?

»Alles in Ordnung?«

John blickt auf die diesige spanische Landschaft, die Olivenhaine neben der Autobahn, die Sierra Nevada in der Ferne, selbst im Hochsommer schneebedeckt.

»Nur müde.«

Die Fahrerin lässt ihre rechte Hand vom Lenkrad fallen, greift nach Johns und drückt sie.

»Ich danke dir *so* sehr«, sagt sie. »Ich weiß, dass du es für mich getan hast und wie schwer es war. Ich hoffe, dir ist klar, wie sehr ich das zu schätzen weiß.«

John versucht zu lächeln. Er sollte sich besser fühlen. Er sollte sich großartig dabei fühlen, mit jemandem, den er liebt, und zwei Millionen Euro im Kofferraum quer durch Europa zu rasen. Vielleicht ist es einfach die schiere Erschöpfung; vielleicht eine körperliche Reaktion auf all das verbrauchte Adrenalin; oder die unvermeidliche Enttäuschung nach solch monumentalen Ereignissen. Oder vielleicht liegt es daran, dass er sich trotz allem in Ariel Pryce verliebt hat, was überhaupt nicht Teil des Plans war, und jetzt wird er sie wahrscheinlich nie wiedersehen. Wie könnte er da nicht traurig sein?

»Hey.« Sie hat immer noch eine Hand auf dem Lenkrad, die andere auf seiner. »Sieh mich an.«

Er tut es. Sie ist schön, das war sie schon immer. Lange Zeit dachte er, sie sei die schönste Frau der Welt.

»Ich liebe dich«, sagt sie.

»Ich liebe dich auch«, antwortet er.

Kapitel 47

Sie bahnen sich den Weg durch die überfüllte Abflughalle, Ariel hält eine neue Bordkarte für einen neuen Anschlussflug umklammert, eine neue Ankunftszeit in New York, eine neue geschätzte Ankunftszeit zu Hause, bei ihrem Kind, bei ihrer Mutter, die sie gerade von einer Telefonzelle aus angerufen hat, um ihr die neuesten Informationen mitzuteilen. Ariel hat immer noch siebzehn Stunden Reisezeit vor sich. Wenn alles gut geht.

»Wann haben Sie Ihre Schwägerin das letzte Mal gesehen?«, fragt Griffiths.

»Das sagte ich doch«, sagt Ariel, ohne ihr Tempo zu drosseln. »Ich habe Lucy nur ein einziges Mal getroffen. Auf unserer Hochzeit.«

»Sie haben sie also in Lissabon nicht gesehen?«

Die CIA-Beamtin will offenbar einen letzten Versuch starten. Die Sicherheitskontrolle ist nur noch eine Minute entfernt.

»Nein.«

»Und das war nicht sie am Steuer des kleinen weißen Autos? Die John abgeholt hat?«

»Kommen Sie schon.«

»Wussten Sie, dass Lucy Reitwovski vor ein paar Wochen nach Madrid geflogen ist?«

»Die Polizei in Lissabon hat mir das gesagt.«

»Was macht sie in Spanien?«

»Ich habe keine Ahnung.«

»Was machen *Sie* in Spanien? Warum hat Ihr neuer Ehemann Sie dazu gebracht, nach Europa zu kommen? Haben Sie sich das denn nicht gefragt?«

Ariel öffnet den Mund und bleibt stehen. Sie kann es nicht fassen. Sie hat keine gute Antwort und nicht mal mehr die Kraft, das auszusprechen.

»Sie wollen das bestimmt nicht hören, Ms. Pryce, aber Ihr Mann ist nicht der, für den Sie ihn halten.«

Ariel kneift die Augen zusammen und kämpft gegen die Tränen an. »Selbst wenn das wahr ist, was soll ich denn jetzt tun? Im Ernst? Was wollen Sie von mir?«

Griffiths streckt ihre Hand aus, und Ariel sieht hin. Eine Visitenkarte.

»Ich möchte, dass Sie mich anrufen, wenn Sie von ihm hören. *Falls* Sie von ihm hören.«

Ariel wird diese Frau nicht anrufen, niemals, aber es kann nicht schaden, die Karte zu nehmen.

»Was meinten Sie, als Sie sagten, dass man für alles einen Preis zahlen muss?«

Ariel antwortet mit einem leeren Blick.

»Neulich, als Sie über Ihre erste Ehe gesprochen haben. Meinten Sie damit, dass Sie ab einem bestimmten Punkt nicht mehr bereit waren, den geforderten Preis für Ihr altes Leben zu zahlen? Was war dieser Preis?«

Ariel verspürt einen fast überwältigenden Drang, die Wahrheit zu sagen, alles in einem großen Schwall herausströmen zu lassen, in einer Flut, die alles mitreißt wie der Tsunami, der im achtzehnten Jahrhundert durch Lissabon fegte, die mittelalterliche Altstadt dem Erdboden gleichmachte und in seinem Kielwasser den perfekten Platz für etwas Modernes, etwas neu Geplantes, etwas Schönes hinterließ.

Aber das kann sie nicht.

»Sie werden sehen«, sagt sie und geht weg.

»Verzeihung, wie war noch mal Ihr Name?«

»Pete Wagstaff.«

»Und Sie wollen wissen, ob ich etwas über das Ende von Laurels und Buckys Ehe sagen kann?«

»Ja, genau.«

»Das ist so was von seltsam. Ich habe sie *gerade* getroffen. Nach, also, einer Ewigkeit. Ich hab Laurel nicht mehr gesehen, seit sie New York verlassen hat, vor, ich weiß nicht, fünfzehn Jahren? Und plötzlich, bäm, wie aus dem Nichts steht sie da in diesem Buchladen, in dem sie offenbar *arbeitet*. Das. Ist. So. Seltsam.«

»Ja, wirklich ein Zufall. Also – ihre Ehe mit Mr. Turner?«

»Ja, also, das war von Anfang an nicht gerade eine Traumverbindung. Laurel war ihm gegenüber immer ganz schön überheblich.«

»Wie meinen Sie das?«

»Na ja, sie war diese *Schauspielerin*, und dann machte sie was mit *Büchern* im Verlag, und sie hielt sich für so *kultiviert*, aber Bucky war einfach so finanzmäßig drauf. Vielleicht fand er sie ein bisschen zu künstlerisch und sie ihn ein bisschen zu primitiv. Aber sie hatte keine Probleme damit, sein primitives Geld auszugeben.«

Vielleicht hatte sie das doch, denkt Wagstaff. Aber er hat Tory Wasserman nicht angerufen, um sich mit ihr zu streiten.

»Jedenfalls hab ich sie das letzte Mal zusammen auf dieser großen Party in den Hamptons gesehen, auf dem Anwesen von Charlie Wolfe. Wir saßen am selben Tisch. Laurel kam da plötzlich von irgendwo zurück, ein bisschen grün im Gesicht, und sie und Bucky sind aufgestanden und gegangen, zusammen mit einem anderen Paar.«

»Wer war das andere Paar?«

»Ich erinnere mich nicht. Danach hab ich sie plötzlich nicht mehr im Fitnessstudio gesehen, sie ist zu keinem Lunch oder Dinner mehr gekommen, hat nie zurückgerufen. Eines Abends hab ich Bucky dann mal getroffen, und er meinte, sie hätten sich gestritten und sich eine Auszeit genommen. Die wurde dann wohl zu ›für immer‹. Laurel ist nie nach New York zurückgekehrt, niemand wusste, was mit ihr passiert ist. Und dann treffe ich sie vor ein paar Tagen ganz plötzlich. Echt seltsam.«

Wagstaff spürt, wie er nach der langen Kokain-Nacht, dem kurzen Nickerchen und dem dritten Espresso so langsam zusammenbricht. Er ist nervös, möglicherweise zu blöd – vielleicht hat er Tory Wassermans übergreifende Theorie verpasst. »Also was glauben Sie, woran ihre Ehe zerbrochen ist?«

»Na ja, einige Leute dachten, dass zwischen Laurel und Charlie etwas war.«

Wagstaff spürt, wie sein Herz wieder einmal zu rasen beginnt. »Etwas? Wie eine Affäre?«

»Ähm … nicht direkt.«

»Was dann?«

Schweigen. »Hallo?« Er befürchtet schon, der Anruf wurde unterbrochen.

»Ja, ich bin noch dran. Aber hören Sie, das *muss* inoffiziell bleiben.«

»Natürlich«, sagt er. »Das kann Teil der Hintergrundgeschichte sein.«

»Was soll das heißen? Also, was genau?«

»Das bedeutet, dass ich Ihre Worte verwenden kann, ohne sie Ihnen namentlich zuzuschreiben. Ich würde Sie als eine Quelle bezeichnen, die das Paar zu der Zeit kannte.«

»Ich weiß nicht«, sagt sie. »Nein, ich glaube nicht. Bitte gar keine Zitate von mir.«

»Okay. Einverstanden. Also?«

»Also, Charlie hatte früher den Ruf, ein wenig, äh …«

»… zudringlich zu sein?«, bietet Wagstaff an.

»Nein. Gewalttätig.«

Ach du Scheiße. »Ein bisschen gewalttätig?«

»Nein, ich glaube nicht nur ein bisschen. Wirklich gewalttätig.«

Wagstaff hat das Gefühl, als würde er gleich spontan in Flammen aufgehen. »Wollen Sie damit sagen, dass er den Ruf hatte, sexuell übergriffig zu sein?«

»Nein, nicht Ruf.« Der Einwand klingt nicht sehr entschieden. Oder aufrichtig. »Das waren nur Gerüchte. So was haben einige Leute gesagt.«

Einige Leute. Wagstaff muss hier vorsichtig vorgehen. Er will diese Frau nicht verschrecken; er braucht sie, um den nächsten Schritt zu machen. »Jemand Bestimmtes?«

Tory antwortet nicht.

»Ich werde Ihren Namen nicht nennen. Das verspreche ich.«

Sie antwortet immer noch nicht.

»Der Mann ist im Begriff, Vizepräsident zu werden, und vielleicht der nächste Präsident der Vereinigten Staaten.«

»Also, Moment mal: Sie wussten es schon, bevor Sie anriefen? Dass Charlie beteiligt war?«

»Sie sind nicht meine einzige Quelle«, sagt Wagstaff, was sowohl stimmt als auch nicht. »Aber ich brauche alle Beweise, die ich finden kann. Wissen Sie, diese Art von Anschuldigung bleibt nicht leicht hängen, bei keinem Mann und schon gar nicht bei jemandem wie Charlie Wolfe.«

Wagstaff kann sich vorstellen, dass Tory Wasserman viel zu verlieren hat, wenn sie sich auf diese Sache einlässt. Das hätte jeder. Aber vielleicht hat sie noch mehr.

»Wenn dieser Mann ein Serienvergewaltiger ist«, fährt Wagstaff fort, »ist das nicht etwas, was das amerikanische Volk wissen muss, bevor er Vizepräsident wird?«

»Inoffiziell?«, fragt Tory. »Das versprechen Sie mir?«

»Ich verspreche es.«

»Inoffiziell: Charlie Wolfe ist definitiv ein Vergewaltiger.«

Erst als das zweite Flugzeug in der Luft ist, von Brüssel nach New York, ist Ariel zuversichtlich, dass sie tatsächlich nach Hause kommen wird. Sie hat immer noch kein Telefon, keinen Computer und keinen Internetzugang. Das will sie auch gar nicht. Was sie will, ist schlafen. Sie weiß, dass diese Tortur noch nicht zu Ende ist; tatsächlich hat ein großer Teil davon noch nicht einmal begonnen. Dieser Flug könnte für lange Zeit ihre einzige Chance sein, sich zu entspannen.

Entspannung. Zählte das hier? Würde sie jemals wieder den Luxus echter Entspannung genießen können?

»Mein Name ist Pete Wagstaff. Ich rufe wegen eines alten Vorfalls an, in den Charlie Wolfe verwickelt ist.«

»O Mann.« Seufzer. »Ich hab's euch Leuten schon gesagt: Ich kann darüber nicht sprechen.«

»Wir haben noch nie miteinander gesprochen, Captain Pulaski. Wen meinen Sie mit ›euch Leuten‹?«

»Ich kann nicht darüber sprechen.«

Wagstaff blickt auf seine Notizen. Tory Wasserman hat ihm die Namen einer Handvoll anderer Frauen genannt, aber zuerst will Wagstaff die Spur zu dem Vorfall überprüfen, der wirklich wichtig ist, zumindest für den ersten Artikel, den er schreiben wird. Er ist sich jetzt sicher, dass es eine Serie werden wird. Das wird für eine Weile auf den Titelseiten stehen.

»Ich rufe an, um bestätigen zu lassen, dass Laurel Turner am oder um den zweiten August 2007 auf Ihrer Wache erschienen ist, um einen sexuellen Übergriff auf sie durch Charlie Wolfe anzuzeigen.«

Wagstaff kennt weder das Datum der Anzeige noch den Ort noch weiß er, dass Laurel Turner oder eine andere Person jemals Anzeige gegen Charlie Wolfe erstattet hat. Das sind alles nur Vermutungen, die er der Polizei zur Bestätigung, Dementierung oder Klärung serviert.

Aber dieser Polizist sagt gar nichts.

»Hallo? Captain Pulaski?«

»Kein Kommentar.«

Und die Leitung ist tot.

Dies ist sicherlich kein Indiz, weiß Wagstaff. Aber gleichzeitig ist es fast sicher ein Beweis.

Die Räder schlingern und hüpfen und schlingern wieder, die Stoßdämpfer dröhnen, der Rumpf zittert, während alle diese enorme Gewalt ignorieren, um nach ihren Geräten zu greifen, die Einstellungen zu ändern, auf die Bildschirme zu starren, darauf zu warten, dass die Verbindungen wiederhergestellt werden, ungeduldig darauf harren, wieder an das elektronische Gewebe angeschlossen zu werden, das uns zusammenhält, das riesige Netz, das alles und jeden einfängt.

Nicht so Ariel. Sie befindet sich seit vierundzwanzig Stunden in einem digitalen Blackout, dem längsten, an den sie sich seit der Erfindung von Smartphones erinnern kann. Seit dem Untergang der Privatsphäre.

Sie hätte nie gedacht, dass sie einmal so dankbar sein würde, durch den JFK-Flughafen zu stapfen. Sie stoppt bei einem Restaurant, um einen Dollar für den Internetzugang und fünf Dollar für einen beschissenen Kaffee zu bezahlen. An einem ansonsten ruhigen Sommertag in einer Urlaubswoche steht auf der Startseite jeder Nachrichten-Website dieselbe Meldung: In drei Tagen beginnen die Bestätigungsanhörungen des Kandidaten für das Vizepräsidentenamt.

Ariel sucht im Internet nach sich selbst und nach John, aber es gibt noch nichts, nirgends einen Artikel. Das ist enttäuschend, aber gleichzeitig auch eine Erleichterung.

Im Moment ist sie noch die Nachricht von morgen.

»Nicole Griffiths ist in der Leitung.«

»Danke«, sagt Jim Farragut zu seinem Assistenten. »Ich nehme sie an. Bitte schließen Sie die Tür.«

Der stellvertretende Direktor klappt die Berichtsmappe auf seinem Schreibtisch zu und klickt das E-Mail-Fenster auf seinem Bildschirm weg. Er will diesem Anruf aus Lissabon – ausgerechnet, von allen gottverdammten Orten – seine volle Aufmerksamkeit schenken. Sicherlich kein Ort, wo er das Entstehen einer Krise der nationalen Sicherheit erwartet hätte.

»Griffiths?«

»Ich habe einen vorläufigen Bericht über die Geschichte.«

»Schießen sie los.«

»Nach dem Tod ihrer Eltern zogen der zwölfjährige John Reitwovski und seine fünfzehnjährige Schwester Lucy ins ländliche Ohio zu einem Onkel, einem Mann, der wohl nicht besonders für Kindererziehung geeignet war, schon gar nicht für die einer nicht verwandten Teenagertochter. Es dauerte nicht lange, bis Lucy weglief und dann in einer nahegelegenen Universitätsstadt lebte. Im selben Jahr zog auch Charlie Wolfe in diese Stadt, um dort Jura zu studieren.«

Farragut lässt seinen erschöpften Kopf in seinen schmerzenden Nacken zurückfallen. *Verdammt.*

»Lucy benutzte einen gefälschten Ausweis, um einen Job in einer Bar namens Mulligan's zu bekommen, wo sie ein Jahr lang als Hostess arbeitete, danach kellnerte sie ein paar Monate in einer anderen Bar und zog dann weg. In einer Stadt mit etwa hunderttausend Einwohnern überschnitt sich ihre Anwesenheit dort mit der von Wolfe vielleicht achtzehn Monate lang. Das ist alles, was wir bis jetzt wissen.

Aber wir haben gerade begonnen, diese Verbindung zu untersuchen.«

Farragut weiß, dass sich dies nicht als Zufall herausstellen wird. »Sonst noch etwas?«

»Ja. Schauen Sie mal in Ihre Mails. Ich habe Ihnen gerade etwas geschickt.«

Farragut öffnet die Mail und lädt einen Anhang herunter. »Was ist das?«

»Das ist ein Screenshot von Twitter.«

»Ja, das weiß ich.«

»Es ist ein Foto von Ariel Pryce vor der US-Botschaft in Lissabon, aufgenommen vor zwei Tagen und gepostet vor ein paar Stunden.«

Der Text lautet: »Ist diese #GeliebteVonCharlieWolfe eine #RussischeSpionin?«

»Um Gottes willen. Wurde das wirklich schon dreihundert Mal retweetet? Wie ist das möglich?«

»Gute Frage: Das geht nur über Bots. Wenn das so weitergeht, werden es Tausende von Retweets innerhalb einer Woche. Entweder hat jemand viel Geld ausgegeben, um sicherzustellen, dass dies jeden auf Twitter erreicht, oder diejenigen brauchen kein Geld auszugeben, um das Gleiche zu erreichen, weil sie bereits ihre eigenen Bots kontrollieren.«

»Die Russen?«

»Da wäre das Smart Money zu finden.«

»Gibt es eine Möglichkeit, das mit Sicherheit herauszufinden?«

»Wahrscheinlich nicht. Oder besser gesagt, wahrscheinlich nicht schnell. Der Beitrag ist auch auf Instagram und Facebook und wirkt da ähnlich manipuliert. Innerhalb von zwei oder drei Tagen wird dieses Gerücht jedem in Amerika unter die Augen gekommen sein.«

»Mein Gott. Und ist etwas Wahres dran?«

»Dass sie seine Geliebte ist? Nein. Ich bin mir ziemlich sicher, dass die Wahrheit etwas anderes ist. Etwas viel Schlimmeres.«

»Schlimmer als eine Geliebte?« Farragut hat ein mulmiges Gefühl. »Und das wäre?«

»Ich glaube, Wolfe hat sie vergewaltigt.«

Während der ganzen Fahrt vom Langzeitparkplatz des Flughafens kann Ariel nicht aufhören, in den Rückspiegel ihres Pick-ups zu schauen. Als eine Polizeistreife sich schnell nähert, fängt ihr Puls an zu rasen. Sie überprüft noch einmal ihren Tacho: Ja, der Tempomat steht immer noch auf hundertacht Kilometer pro Stunde.

Die Streife kommt schnell näher.

Es sind nur sehr wenige Autos auf der Straße. Ariel setzt den Blinker, um von der mittleren auf die rechte Spur zu wechseln, vermeintlich, um der Streife Platz zu machen, aber eigentlich nur, um sich zu vergewissern, dass sie wirklich nicht zu schnell fährt. Für hundertacht bekommt man auf dem Long Island Expressway keinen Strafzettel.

Der Polizist schaltet sein Blaulicht ein.

Ihr Herz hämmert wie wild. Sie tritt auf die Bremse, um den Tempomat auszuschalten, und bereitet sich darauf vor, auf den Seitenstreifen zu fahren, ihre Argumente vorzutragen, ihre Bitten, bereitet sich auf die Angst vor. Wenn eine Streife sie mit hundertacht stoppt, dann aus einem anderen Grund als wegen zu hoher Geschwindigkeit. Ihre Rücklichter sind in Ordnung, ihre Zulassung ist gültig, es gibt keinen Haftbefehl gegen sie, keinen guten Grund, sie anzuhalten.

Sie wirft einen Blick in den Rückspiegel, und plötzlich ist der Wagen gar nicht mehr da, und dann fliegt das blinkende Blaulicht vorbei, auf der Jagd nach jemand anderem. Sie schluchzt vor Erleichterung.

Die Sonne ist untergegangen. Der Verkehr hat sich auf ein Minimum ausgedünnt. Der Highway ist gerade, und Ariel kann kilometerweit sehen: keine einzigen Rücklichter. Nur ein Auto fährt einen Kilometer hinter ihr. Dieser Wagen hält schon seit geraumer Zeit denselben Abstand.

Sie nimmt die Ausfahrt, hält am Stoppschild. Und ja, da taucht das gleiche Scheinwerferpaar hinter ihr auf.

Ariel biegt nach links ab und beschleunigt so schnell, wie es mit dem alten Pick-up möglich ist, vorbei an der Tankstelle, dann schwungvoll um eine Kurve, über die Bahngleise, in die vertraute ländliche Umgebung, vorbei an Feldern, Windrädern, dem Platz mit den landwirtschaftlichen Geräten. Sie biegt auf eine kleinere Straße ab, ein schmaler Weg mit nichts als großen Getreidefeldern auf beiden Seiten und den letzten leuchtenden Streifen der Sommersonne, die am Horizont untergeht.

Ihr Verfolger ist immer noch da, wenn auch weiter hinten, versucht wohl, sich zu verstecken, was nicht gelingt. Oder vielleicht versucht er es auch gar nicht. Vielleicht will die CIA sie wissen lassen, dass sie da sind und sie beobachten.

In der tiefen Dunkelheit einer mondlosen Nacht biegt sie schließlich in ihre Straße ein. Ariels Haus liegt hinter der nächsten Anhöhe, am sanften Hang, der zu den zwei Kilometer entfernten Klippen hinaufführt, hoch über dem felsigen Strand. Ihr Kind, ihre Mutter, ihre Hunde, ihr ganzes Leben liegt hinter dieser Anhöhe.

Alles wird jetzt anders sein. Während der vielen Stunden der heutigen Reise hat Ariel versucht, sich vorzustellen, wie ihr neues Leben aussehen wird, aber sie konnte nie alles klar erkennen, nur Bruchstücke aus seltsamen Blickwinkeln, die sich nicht zu einem zusammenhängenden Ganzen fügen. Dazu gehörte auch nicht, dass sie fünfhundert Meter vor einer CIA-Eskorte in ihre Einfahrt biegen würde.

Sie kann nicht anders, als an all ihren Entscheidungen zu zweifeln, wieder einmal. Es fühlt sich an, als sei das alles, was sie jemals getan hat.

Die Verandatür geht scheppernd auf, und George kommt in einem Durcheinander aus schlaksigen Gliedmaßen herausgestolpert, die schwanzwedelnden Hunde auf beiden Seiten, alle wimmeln sie um sie herum.

Wenigstens daran braucht sie nicht zu zweifeln. Vielleicht kann das genug sein.

Kapitel 48

Ariel sitzt bereits an ihrem Küchentisch, als die Sonne am anderen Ende ihres achtzig Hektar großen Maisfeldes über den Horizont bricht, Rot- und Goldtöne schießen durch die grünen Halme, atemberaubend, imposant.

Die letzte Nacht war eine weitere mit wenig Schlaf, die durch Ängste und Bedenken, sowohl allgemeiner als auch spezieller Art, ruiniert worden war. Ariel leidet wieder unter dem Schlafmangel, den man als Elternteil eines Kleinkindes kennt, Nacht für Nacht, mit steigender Erschöpfung, jeden Morgen mehr als am Tag zuvor.

Jetzt ist es noch anstrengender als vor vierzehn Jahren, ihr Körper ist weniger belastbar, verzeiht nicht mehr so viel. Sie sieht furchtbar aus, das ist ihr klar. Und das ist auch gut so. An einem Tag wie diesem sollte sie furchtbar aussehen.

»Immer noch kein John?«

Ariels Mutter hat John noch nie getroffen. Gäbe es nicht George als Augenzeugen, würde sie vielleicht nicht einmal glauben, dass es ihn gibt. Elaine macht keinen Hehl aus ihrer Meinung, ihre Tochter habe alles getan, um sich unattraktiv zu machen – wenig anziehend, schwer zu ertragen, schwer zu lieben. Wahrscheinlich fragt sie sich, was für ein Mann das alles außer Acht gelassen hat. Und warum er sich die Mühe gemacht hat.

»Noch nicht. Er sitzt in Europa fest.«

»Er sitzt fest. In Europa. Für wie dumm hältst du mich eigentlich?«

Ariel wendet sich ab. Die einzige Möglichkeit, dafür zu sorgen, dass Elaine versteht, wäre, ihr die ganze Sache zu erzählen, jedes Detail. Aber Ariel hat diesen Weg schon einmal beschritten, und die Reaktion ihrer Mutter war armselig. Es gibt keinen Grund, beim nächsten Mal eine andere zu erwarten. Menschen ändern sich nicht, nicht sehr. Sie werden nur immer mehr sie selbst.

Außerdem weiß Ariel in Wahrheit gar nicht, wo John ist. Auch das ist etwas, das sie weder ihrer Mutter noch sonst jemandem gegenüber gern zugeben möchte. Es ist eins von vielen neuen Geheimnissen, die Ariel für sich behalten will, um die alten zu ersetzen, die bald gelüftet werden.

Ariel umarmt ihre Mutter, anstatt ihr eine Erklärung zu geben. »Danke, Mom. Für alles.«

»Wissen Sie, wer das ist?« Kayla Jefferson streckt ihr Tablet aus.

»Um Himmels willen«, sagt Griffiths, »ich bin so müde, dass ich kaum noch sehen kann. Ich werde keine Ratespiele mit Ihnen spielen.«

Griffiths hat seit zwei Tagen kaum geschlafen. Sie weiß, dass ihre Ermittlungen ein Wettlauf gegen die Zeit sind; eine Bombe tickt. Es gibt keine Möglichkeit, diese Bombe zu entschärfen, aber vielleicht kann sie herausfinden, wer der Explosion aus dem Weg gehen muss, um die nationale Sicherheit so wenig wie möglich zu gefährden.

Diese Seite der Untersuchung ist ihr Job. Es gibt aber

auch noch eine andere Seite, die über ihren Job hinausgeht. Neugierde, definitiv. Und eine untypische Sympathie, die sie für Ariel Pryce empfindet. Außerdem hat sie den starken Verdacht, dass das, was hier vor sich geht, nicht das ist, was es zu sein scheint.

»Das sind Aufnahmen der Sicherheitskamera, die zeigen, wie Lucy Reitwovski mit einer Tasche in der Hand eine Bankfiliale in der Rue du Rhône in Genf betritt, fünf Minuten später kommt sie ohne Tasche wieder raus.«

»Heilige Scheiße.« Griffiths ist wieder hellwach. Dieser Fall ist wirklich eine Achterbahnfahrt.

»Wenn sie von Sevilla aus direkt durchgefahren sind und nur die notwendigen Stopps eingelegt haben, wären sie vor zwei Stunden in Genf angekommen, und da wurde das hier aufgenommen.«

Vor zwei Stunden. Sie könnten also immer noch in Genf sein, obwohl Griffiths das nicht vermutet. Sie könnten auch irgendwo anders in der Schweiz, in Frankreich oder Italien sein. Sie könnten in jede Richtung unterwegs sein, und zwei Stunden sind ein großer Vorsprung.

Aber es kann nicht schaden, die naheliegendsten Möglichkeiten auszuprobieren. »Lassen Sie mal ein paar Leute sich in den Genfer Hotels, am Flughafen und am Bahnhof umsehen. Gab es irgendein Zeichen von Wright selbst oder nur von dieser Frau?«

»Nur von der Frau.«

Das ist keine Überraschung. Griffiths ist sich ziemlich sicher, dass sie John Wright nicht finden werden, einen durchschnittlich großen, durchschnittlich gebauten, verschlagenen Ex-Army-Ex-CIA-Mistkerl mit zwei Millionen in bar, der in einem Teil der Welt untergetaucht ist, in dem fast jeder wie er aussieht. Niemand wird diesen Kerl finden, zumindest nicht, bis es keine Rolle mehr spielt, was jeden Tag der Fall sein kann. Vielleicht sogar heute.

Griffiths wendet sich wieder ihren Recherchen zu.

»Du wirst in den nächsten Tagen einige Dinge über mich hören, George.«

Ariel und ihr Sohn sitzen nebeneinander vorn in ihrem Pick-up.

»Was für Dinge?«

»Einige dieser Dinge werden wahr sein, einige ziemlich sicher nicht.«

Ariel biegt langsam in eine Straße ein, die von hohem Unterholz gesäumt ist und wo sie oft auf wilde Truthähne oder ein Rudel Hirsche stößt. Manchmal reicht die normale Wachsamkeit nicht aus, manchmal muss man ganz besonders vorsichtig sein, um nicht ungewollt Schaden anzurichten.

»Eins der wahren Dinge ist, dass ich vor langer Zeit, bevor du geboren wurdest, von einem Mann sexuell missbraucht wurde. Weißt du, was das bedeutet?«

»Ja, weiß ich. Das tut mir leid, Mom.«

Ariel hat vor Kurzem gelernt, dass das Auto der beste Ort ist, um wichtige Gespräche mit ihrem Sohn zu führen. Hier kann keiner dem anderen in die Augen sehen; keiner kann einfach aufstehen und gehen; nichts fühlt sich wie eine direkte Konfrontation an, selbst wenn es eine ist.

Das Auto war auch der Ort, an dem sie Bucky von genau demselben traumatischen Erlebnis erzählt hatte.

»Dieser Mann ist jetzt sehr mächtig. Er wurde sogar für das Amt des Vizepräsidenten nominiert.«

Aus dem Augenwinkel kann Ariel sehen, wie der Junge sich zu ihr umdreht und dann schnell wieder aus der Frontscheibe schaut. »Redest du von Charlie Wolfe?«

»Weißt du, wer er ist?«

»Natürlich weiß ich das, Mom.«

»Eins der Dinge, die du vielleicht hörst und die *nicht* wahr sind, ist, dass Charlie Wolfe dein Vater ist.«

»Das ist er nicht?«

»Nein.«

»Heißt das, du weißt tatsächlich, wer mein Vater ist?«

Sie hatte ihm etwas anderes erzählt. »Ja. Der Name deines Vaters ist Bucky Turner. Ich war ein paar Jahre lang mit ihm verheiratet.«

In der Nacht des Überfalls war ihr Schwangerschaftstest positiv gewesen. Sie war bereits schwanger, als Charlie sie vergewaltigte. Es war eine biologische Gewissheit, dass der Vater Bucky war. Ariel hatte sich also nie einem Vaterschaftstest unterzogen, keinem genetischen Abgleich.

»Aber du hast mir gesagt, dass du meinen Vater nicht kennst. Dass er ein anonymer Spender für eine Samenbank war.«

Ariel weiß, dass der Junge in keiner anderen Situation als vor dieser Windschutzscheibe in der Lage gewesen wäre, gegenüber seiner Mutter das Wort »Samenbank« auszusprechen.

»Na ja, ich habe dich angelogen. Das tut mir sehr leid. Ich habe aus mehreren Gründen gelogen. Einer war, dass ich nicht wollte, dass du deinen Vater suchst, und ich war besorgt, dass du, wenn du wüsstest, wer er ist, das Gefühl hättest, du müsstest auch eine Beziehung zu ihm aufbauen.«

»Und was ist so furchtbar an ihm?«

»Ach, Süßer, ich weiß nicht. Ich glaube, nichts ist so furchtbar.«

Eins der Dinge, bei denen Ariel in ihrem Leben besonders vorsichtig war, war, mit ihrem Sohn über Männer zu sprechen. Sie wollte nie zu negativ, zu feindselig klingen. Sie will nicht, dass George in dem Glauben aufwächst, seine Mutter hasse alle Männer; sie will nicht, dass er sich selbst hasst, weil er ein Mann ist. Sie will auch nicht, dass der Junge mit einem Misstrauen gegenüber allen Frauen aufwächst, weil seine Mutter eine unglaubwürdige, männerhassende Verrückte zu sein scheint. Das war einer der schwierigsten Fäden, die sie beim Nähen des Gewebes der Psyche dieses zukünftigen Mannes einfädeln musste: Wie wird dieser spezielle Teil aussehen, der dafür steht, ob er Frauen glaubt oder nicht?

»Bucky ist einfach ein Mann, der sich als Egoist und Feigling entpuppt hat, und mir wurde klar, dass ich mein Leben nicht länger mit ihm teilen wollte.« Ariel kommen wieder die Tränen. Schlafentzug hat ihre Gefühlsschwankungen schon immer verstärkt. Genauso wie dieses Thema.

»Den Falschen zu heiraten ist ein Fehler, den viele Menschen machen. Ich bin wirklich dankbar, dass ich ihn erkannt habe, als ich noch etwas dagegen tun konnte. Aber ich bin auch sehr dankbar dafür, dass ich diese Jahre mit Bucky zusammen war, denn so habe ich dich bekommen.«

Auf so etwas würde ihr Junge nie antworten.

»Bucky ist nicht furchtbar, aber es gibt Männer, die das sind. Charlie Wolfe ist einer von ihnen.«

»Der definitiv nicht mein Vater ist?«

»Nein.« Ariel wappnet sich, um eine weitere, sehr harte Tatsache zuzugeben: »Aber er glaubt, dass er es ist.«

George ist zu Recht verwirrt. »Warum glaubt er das?«

»Er hat mich sexuell missbraucht, George. Dir ist klar, wie abscheulich das ist, oder? Und, na ja, ich habe nicht geglaubt, dass ich das vor Gericht beweisen könnte. Ich dachte, schon der Versuch könnte mein Leben ruinieren.«

Ariel war damals dreiunddreißig Jahre alt, arbeitslos und pleite, stand kurz vor der Scheidung, war schwanger und fühlte sich sehr allein auf der Welt. Sie lief wie betäubt durch die Straßen von New York und malte sich die möglichen Geschichten aus, wie sie sich kurz- und langfristig entwickeln würden, die Ermittlungen, den Prozess, die Fernsehberichte, die Zeugen der Verteidigung, die Gegenbeschuldigungen, die Rufmordattentate. Es war nicht auszuschließen, dass sich das Ganze über Jahre hinziehen würde, und am Ende würde Charlie höchstwahrscheinlich freigesprochen werden.

Eine Anklageerhebung würde wahrscheinlich nichts anderes bewirken, als ihm ein paar kleine Kieselsteine in seinen ebenen Weg zu legen. Danach würde Charlie mit seinem Leben weitermachen können. Aber nicht Ariel. Was sie geworden wäre und für immer bleiben würde, wäre die Frau, die einen mächtigen Mann des sexuellen Missbrauchs beschuldigt hatte.

Ihr Leben hatte noch keine Geschichte. Sie wollte nicht, dass dies die Geschichte wurde.

»Stattdessen tat ich das Einzige, was mir einfiel, um Gerechtigkeit zu bekommen: Ich habe ihm gesagt, dass ich durch den Übergriff schwanger geworden bin, dass ich es beweisen kann und dass er bezahlen muss, damit ich schweige.«

»Du hast ihn also auch belogen.«

Ariel überlegt, ob sie ihre Tränen unterdrücken oder verstecken soll, aber auch das ist etwas, was George sehen sollte; es sollte Teil seines Gewebes sein. Die Lügen, die Tränen, das ganze Durcheinander.

»Ja, ich habe ihn auch belogen.«

Ihre Multimillionen-Dollar-Lüge. Ihre erste Multimillionen-Dollar-Lüge.

Kapitel 49

Ariel fährt George zum Camp. Sie geht in den Supermarkt, wo sie, ohne nachzudenken, Waren in ihren Einkaufswagen wirft. Sie bedankt sich artig bei ihrer Mutter, weicht weiteren Fragen von Elaine aus und verabschiedet sich. Sie fährt mit den Hunden an den Strand, hört nicht auf, den Ball zu werfen, bis beide vor Erschöpfung aufgeben und dann ihren Wagen mit salzigem Sand füllen und mit dem beruhigenden Geruch von nassem Hund. Sie versucht ihr Bestes, um so zu tun, als könnte das Leben wieder normal werden. Sie weiß, dass es das nicht wird.

Griffiths sollte es gut sein lassen, aber sie kann sich nicht dazu durchringen, aufzuhören, und sie wird auch Jefferson und Antonucci nicht aufgeben lassen, alle wandeln sie auf den Spuren von John Wright und Lucy Reitwovski, Ariel Pryce und Charlie Wolfe, vor vierzehn, zwanzig, fünfundzwanzig Jahren …

»Ja, ich erinnere mich an sie.«

Griffiths bemerkt einen angestrengten Ton in der Stimme dieser Frau.

»Es war schrecklich, was mit dem armen Mädchen passiert ist.«

Griffiths setzt sich aufrechter hin. Das ist es endlich.

»Können Sie mir sagen, woran Sie sich erinnern?«

»Oh, das werde ich nie vergessen. In dieser Nacht waren wir zu dritt, um den Laden zu schließen. Ich war Barkeeperin, also blieb ich oben, um die Bar zu putzen, den Alkohol einzuschließen, das Geld zu zählen und es zur Nachtkasse zu bringen. Eine andere Angestellte war in der Küche und spülte das Geschirr. Lucys Aufgabe war der Keller, wo es noch eine kleine Bar zu reinigen gab und der Billardtisch und die Dartscheibe aufgeräumt, die Brandschutztür verschlossen und die Lichter ausgemacht werden mussten.«

Griffiths hält ihren Stift über den Notizblock, aber sie hat nichts geschrieben. Sie wird sich das alles Wort für Wort merken.

»Lucy öffnete die Tür zu den Toiletten, und ein Mann zerrte sie hinein, schloss ab und vergewaltigte sie. Danach schlich er sich durch die Kellertür hinaus. Als ich vom Geldabgeben zurückkam, konnte ich sehen, dass Lucy völlig erschüttert war, aber sie wollte nichts sagen. Dann, eine Woche später, ging sie wohl zur Polizei.«

»Warum hat sie so lange gewartet?«

»Ich weiß es nicht. Sie war minderjährig, arbeitete illegal und hatte einen gefälschten Ausweis. Vielleicht hatte sie Angst, dass sie ihren Job verlieren könnte. Oder vor all den anderen Dingen, die Frauen – Mädchen – befürchten, wenn sie eine Vergewaltigung anzeigen.«

»Hat die Polizei Ermittlungen angestellt?«

»Ja, sie haben einen Mann verhört, seinen Namen habe ich nie erfahren. Aber es gab keine forensischen Beweise, keine Zeugen. Sie sagt, er habe sie vergewaltigt, er sagt, es war einvernehmlich. Der Klassiker. Schließlich ließ sie die Anzeige fallen.«

»Warum?«

»Was glauben Sie denn, warum?« Sie lacht bitter. »Seine Eltern haben sie ausgezahlt. Zehntausend Dollar als Gegenleistung für ihre Unterschrift unter einem Geheimhaltungsvertrag.«

»Seine Eltern. Heißt das, dass er ein Student war?«

»Ja. Unsere Bar war ein Treffpunkt für Jurastudenten.«

Jura. Bingo.

»Zehntausend Dollar. Ist das zu fassen? Sie war sechzehn Jahre alt.«

Die erste Geschichte, die veröffentlicht wird, entspricht, wie fast immer in diesen Tagen, nicht den höchsten Standards journalistischer Integrität. Diese frühe schlampige Darstellung nimmt die Startseite eines großen Aggregators ein, der zufällig der Hauptkonkurrent einer Nachrichtenseite ist, die sich im Besitz von Charlie Wolfes Unternehmen befindet; das ist wahrscheinlich kein Zufall. Die Website hat weder einen guten Ruf, was die Glaubwürdigkeit angeht, noch kann sie sich damit brüsten, angesehene Journalisten zu beschäftigen. Dennoch hat Ariel das Gefühl, dass die meisten ihrer Berichte größtenteils der Wahrheit entsprechen. Sie haben ein paar Geschichten aufgedeckt, die sich alle ähneln: Berühmtheiten, die sich schlecht benehmen, eine Kategorie von Berichten, auf die die Amerikaner einen unstillbaren Appetit haben. Wenn jemand, der auch nur ein bisschen berühmt ist, jemals etwas auch nur ansatzweise Schlechtes tut, werden die Amerikaner darüber lesen wollen.

Ariel blättert durch »Charlie Wolfes schmutziges, gar nicht so kleines Geheimnis«, ein Klick-Köder-Meisterwerk aus unbelegten Belästigungsvorwürfen, Gerüchten über Übergriffe, kein Kommentar eines örtlichen Polizeichefs, kein Kommentar eines Staatsanwalts, keine Beweise, keine Zitate irgendeiner echten Quelle – dieser Reporter hat nicht einmal Ariel angerufen, um sie zu bitten, einen Kommentar abzugeben –, aber jede Menge Fotos.

Es gibt zwei Namen unter der Schlagzeile. Eine hyperaktive Freiberuflerin, die von L.A. aus mit Klatsch und Tratsch über Prominente hausieren geht; sie ist offensichtlich diejenige, die die Story platzieren konnte. Die andere hat keine Website und ist wenig präsent in der Welt: Kirsten Tabor ist Redakteurin bei einer kleinen Lokalzeitung, die keine überregionalen Geschichten schreibt, nie über Promiklatsch berichtet und auch keine Erfahrung in der Politikberichterstattung hat, im Grunde mit nichts wirklich relevante Erfahrung hat; aber sie ist diejenige, die als Erste die Geschichte gefunden hat.

In den sozialen Medien folgt Ariel nur ein paar Dutzend Leuten, die meisten von ihnen sind Freunde von George; sie will wissen, was diese Kids online treiben, auch wenn sie weiß, dass sie nur das sieht, was die Kids sie sehen lassen. Sie hat keinen Zugang zu ihren Fake-Accounts, ihren Pseudonymen, den Apps, von denen sie noch nie etwas gehört hat, wo sie Memes, schmutzige Witze und wer weiß was austauschen.

Eine der wenigen Nicht-Jugendlichen, denen Ariel folgt, ist Persephone_Die_Buchgöttin. Diesem Account folgt auch die örtliche Reporterin Kirsten Tabor, die ungefähr hundert Prozent von Persephones Posts likt. Vor allem die gemeinsamen Fotos der beiden Frauen, von denen es viele gibt, und auf denen sie Gläser heben und neue Tattoos zeigen. Unzertrennliche Freundinnen. Solche, die sich jedes Geheimnis erzählen, auch jene, die nicht ihre eigenen sind.

Wagstaff weiß, dass es leicht ist, einen Boulevardartikel wie diesen zu lesen und nichts anderes zu sehen als einen parteiischen Angriff, die Art von Sensationslust, die am Vorabend einer Bestätigungsanhörung unvermeidlich ist, geteilt und verstärkt und in die nationale Stimmung eingewoben. Die meisten Konsumenten von solch kindischem Klatsch und Tratsch denken nicht viel über journalistische Ethik nach. Das macht den Klatsch ja so kindisch. Aber nur weil die erste Berichterstattung über eine Story unverantwortlich ist, heißt das nicht, dass es keine echte Story gibt. Und ein winziger Teil der Klatschkonsumenten kümmert sich sehr wohl um Ethik und Fakten: seriöse Reporter, die für etablierte Zeitungen arbeiten, ernsthafteren Themen nachgehen und sich an strengere Standards halten. Leute wie Pete Wagstaff.

Seriöse Reporter recherchieren gelegentlich auch den Klatsch und Tratsch über Prominente. Nicht unbedingt über die persönlichen Marotten von überkompensierten Entertainern, aber auf jeden Fall ein Gewaltverbrechen, das von einem Amtsträger begangen wurde, und die Maßnahmen, die er bereit ist zu ergreifen, um es zu vertuschen: heimliche Auszahlung von Millionen von Dollar an Entführer; politische Entscheidungen, um persönliche Verfehlungen zu verbergen; Untergrabung des Vertrauens in amerikanische Institutionen; Gefährdung der nationalen Sicherheit.

Die Berichterstattung über diese Aktivitäten ist keine kindische Gerüchteküche, kein verlogenes Hörensagen. Diese

Berichterstattung ist der Grund, warum der erste Zusatzartikel der Verfassung der Vereinigten Staaten die Pressefreiheit festschreibt. Das haben die Amerikaner schon immer gewusst, auch wenn sie es manchmal vernachlässigen: Nichts ist für die Demokratie wichtiger, als die Mächtigen für ihre Übertretungen zur Rechenschaft zu ziehen.

Wagstaff hatte einen großen Vorsprung. Aber jetzt, wo die Geschichte weiter aufzubrechen beginnt, wird ihm nicht mehr lange bleiben, bevor andere Reporter nachziehen. Es ist an der Zeit, den letzten Anruf zu machen.

Ariel ist überrascht von der Emotionalität dieses Moments, als sie mittelmäßige Prosa und schlampige Berichte auf ihrem verschmierten Laptop-Bildschirm liest, die alltägliche Normalität dieses Akts, der alles verändern wird. Nachdem die Geschichte so lange ihr eigenes privates Trauma war, hat sie nun ein Eigenleben, draußen in der Welt, außerhalb ihrer Kontrolle. Es ist nur eine Frage der Zeit. Und was dann?

Ihr Telefon klingelt, eine Nummer mit der Vorwahl 351. »Hallo?«

»Hi, hier ist Pete Wagstaff. Spreche ich mit Ariel Pryce?«

»Sie haben ja Nerven, mich anzurufen.«

»Zunächst einmal tut es mir wirklich leid, was Sie durchgemacht haben. Aber ich bin auch erleichtert zu erfahren, dass Ihr Mann unverletzt freigelassen wurde.«

Ariel wird ihn nicht so einfach vom Haken lassen. Oder überhaupt nicht. Sie schweigt.

»Und ich möchte Sie wirklich nicht belästigen. Aber das ist, Sie wissen schon, mein Job. Also muss ich fragen: In welcher Beziehung stehen Sie zum Finanzminister?«

Sie antwortet nicht.

»Es gibt Beweise, die nahelegen, dass Charlie Wolfe Ihnen das Geld für das Lösegeld zur Verfügung gestellt hat.«

»Beweise?« Ariel kann diesem Reporter keine Informationen geben, aber vielleicht kann sie ja welche bekommen. »Was für Beweise?«

»Ist es denn wahr?«

»Ich habe wirklich Respekt vor Ihrer Arbeit, Pete. Aber was Sie getan haben, war schrecklich. Das wissen Sie doch, oder?«

»Nach dem, was ich in Gesprächen mit verschiedenen Zeugen herausgefunden habe, ist zwischen Ihnen und Charlie Wolfe vor vierzehn Jahren etwas vorgefallen, was zu Ihrer Schwangerschaft führte. Sie haben einer außergerichtlichen Einigung in bar zugestimmt, damit Sie schweigen. Als Ihr Mann dann in Lissabon entführt wurde, haben Sie Mr. Wolfe mit der Drohung, ihn bloßzustellen, zur Zahlung des Lösegelds gezwungen.«

Ariel antwortet nicht.

»Wenn ein Kabinettsmitglied jetzt erpresst werden kann, in diesem Moment, in dem jeder Aspekt seines Lebens unter die Lupe genommen wird, gibt es dann irgendeinen Grund zu glauben, dass diese Schwachstelle nicht immer noch bestehen – oder sich sogar noch vergrößern – wird, wenn er Vizepräsident wird?«

Wagstaff wartet wieder darauf, dass Ariel darauf eingeht, aber das tut sie natürlich nicht.

»Oder Präsident?«

Wagstaff muss klar sein, dass Ariel sich nicht auf seine Mutmaßungen einlassen wird. Aber sie nimmt an, dass er ihr wohl die Möglichkeit geben will, sich zu äußern, zu dementieren, zu erklären, zu protestieren. Auch wenn er weiß, dass sie das nicht kann und warum. Offensichtlich weiß er es.

»Können die Amerikaner bei einer solchen Person darauf vertrauen, dass sie im Interesse der Nation handelt und nicht in ihrem eigenen?«

Nein, denkt sie, das können wir ganz sicher nicht.

»Sie sehen doch sicher, Ms. Pryce, dass es sich hier um eine Angelegenheit von größter nationaler Bedeutung handelt, die sogar globale Auswirkungen hat. Die Bestätigungsanhörungen beginnen morgen, was diese Angelegenheit nicht nur wichtig, sondern auch dringend macht. Und Sie sind vielleicht die einzige Person auf der Welt, die in der Lage ist, die Situation endgültig zu klären. Werden Sie es also tun? Offiziell?«

Ariel weiß, dass dieses Gespräch aufgezeichnet wird, natürlich von Wagstaff auf seiner Seite, aber auch von der CIA, dem FBI, von beiden.

»Irgendein Kommentar?«

Es sind Beweismittel, die jetzt gerade erstellt werden. Die Angeklagte könnte am Ende sie sein. Die Straftaten wären Vertragsbruch und Verleumdung, plus alles, was man sich sonst noch ausdenken könnte, was eine Menge wäre. Auch Hochverrat ist nicht völlig undenkbar.

»Ms. Pryce, stimmt es, dass Charlie Wolfe Sie vor vierzehn Jahren sexuell missbraucht hat?«

Wow, denkt sie, gut gemacht, Pete. Das hat ja nicht lange gedauert.

»Es tut mir leid«, sagt sie und legt auf.

Dann wiederum hat es natürlich eine Ewigkeit gedauert.

Kapitel 50

Ariels Festnetztelefon klingelt, ein seltenes Ereignis. Der einzige Grund, warum sie den Anschluss überhaupt noch hat, ist, dass das gesamte Paket ohne ihn aus irgendwelchen Gründen teurer gewesen wäre, klar, dass sich jemand auf ihre Kosten bereichert. Die Telekommunikationsunternehmen versuchen nicht einmal mehr, dies zu verbergen.

Der Anruf kommt von einer unbekannten Nummer mit der Vorwahl 201: Washington, D.C.

»Hallo, hier ist Steph Barton, ich rufe aus dem Büro von Senator Alan Brown an. Spreche ich mit Ariel Pryce?«

»Ja.«

»Ms. Pryce, ist oder war Ihr Name auch einmal Laurel Turner?«

»Wie kann ich Ihnen helfen?«

»Nun, Ms. Pryce – oder Turner?«

»Pryce.«

»Ich rufe wegen Minister Wolfe an, der, wie Sie vielleicht wissen, für das Amt des Vizepräsidenten nominiert wurde, eine Ernennung, die vom Kongress bestätigt werden muss, und mein Chef, Senator Brown, hat eine führende Rolle im Bestätigungsverfahren.«

»Aha.«

»Also, Ms. Pryce, ich rufe an, um zu fragen: Kennen Sie Charlie Wolfe?«

Ariel antwortet nicht.

»Wie lange kennen Sie ihn schon?«

Ariel antwortet immer noch nicht.

»Ms. Pryce? In welcher Beziehung stehen Sie zu Minister Wolfe?«

Beziehung. Was für ein Wort dafür.

»Wann haben Sie ihn das letzte Mal gesehen? Mit ihm geredet?«

Ariel starrt aus dem Fenster und hört sich die Mutmaßungen der Frau an.

»Ist Ihnen klar, dass Sie vorgeladen werden können? Gezwungen werden können, vor dem Kongress auszusagen?«

Ja, denkt Ariel, das weiß ich. Sie legt auf.

Ariel schickt John eine E-Mail, nur zur Kontrolle. Und – warum auch nicht? – sie ruft ihn auf dem Handy an. Das Gerät, das er nach Europa mitgebracht hat, hat er nicht mehr; es ist zusammen mit Ariels in einer Mülltonne auf dem Time Out Market in Lissabon gelandet. Aber sie hat sich ein neues Telefon mit derselben Nummer gekauft; vielleicht hat er das ja auch. Und selbst wenn nicht, müsste John eigentlich immer noch in der Lage sein, seine Mailbox abzuhören.

»Hallo«, sagt sie. »Ich bin's. Ich mache mir langsam ziemliche Sorgen. Kannst du mich bitte zurückrufen?«

»Kann man das unterbinden?«

Jim Farragut wartet einen Moment, bevor er antwortet; er will nicht abweisend wirken. Er weiß, dass er selbst in einer prekären Lage ist. Er macht sich keine Sorgen um seine körperliche Unversehrtheit, aber seine Karriere kann mit Sicherheit genau hier und jetzt enden.

Seit die Gerüchte im Internet aufgetaucht sind, hat sich Charlie Wolfe selbst keinen Gefallen getan. »Kein Kommentar« war sein einziger Kommentar zu seiner möglichen Geliebten. Farragut weiß, dass Wolfe sich nicht dazu äußern kann, weil auch er, wie Ariel Pryce, an den Geheimhaltungsvertrag gebunden ist. Aber für jeden, der das nicht weiß – also alle –, sieht er wie ein Lügner aus. Ein schlechter Lügner.

Wolfes eigener Vertrag wird ihm nun zum Verhängnis. Nicht nur, weil er schweigen muss, sondern auch, weil ein Anwalt des Kongresses die Firma auf den Cayman-Inseln identifiziert hat, die die Schweigegeldzahlung an Pryce geleistet hat, was die bloße Existenz dieser geheimen Zahlungen zu einem vernichtenden Beweis macht. Außerdem ist ans Licht gekommen, dass Pryce nicht die einzige Frau war, die über dieselbe Firma große Summen erhalten hat. Das macht es für Charlie Wolfe ziemlich schwer, so zu tun, als gäbe es hier nichts zu sehen.

Es sieht schlecht aus für den Kandidaten, und das ist noch nicht einmal das Schlimmste daran. Vor zehn Minuten hat Farragut mit Lissabon telefoniert, von wo man ihm den entscheidenden Hinweis gegeben hat. Ein sechzehnjähriges Mädchen, verdammt noch mal. Das kann Wolfe auf keinen Fall überleben.

Deshalb hatte Farragut um dieses Treffen gebeten.

»Es tut mir leid«, sagt er schließlich zu seinem Chef. »Ich fürchte, dafür ist es zu spät.«

»Es tut Ihnen leid? Das bezweifle ich.«

Farragut geht nicht auf die Provokation des Direktors ein.

»Sie haben diesen Präsidenten nie gemocht. Das ist offensichtlich.«

Ist es das? Farragut glaubt das nicht. Das ist nur eine weitere Paranoia, die jeden ansteckt, der mit ihr in Berührung kommt. Und natürlich würde sie beim Direktor des zentralen Geheimdienstes am schwersten verlaufen.

»Tut mir leid, Sir, ich glaube nicht, dass das wahr ist. Ich betrachte die Sache professionell und leidenschaftslos, und ich sehe, dass die Position des Ministers unhaltbar ist. Er wird ganz einfach nicht der nächste Vizepräsident werden, und je eher der Präsident Wolfe entlässt, desto besser für ihn selbst, die gesamte Verwaltung und die Nation. Wir haben wirklich keine andere Wahl.«

»Blödsinn, von wegen keine Wahl. Man hat immer eine Wahl.«

»Die Fakten sind inzwischen allgemein bekannt. Die portugiesische Polizei und der portugiesische Geheimdienst haben sie, und sie sind nicht verpflichtet, sie geheim zu halten. Und in Anbetracht der Tatsache, wie wir die Welt in letzter Zeit behandelt haben, würde ich nicht erwarten, dass sie uns einen Gefallen tut.«

Der Direktor starrt ihn böse an. »Kann diese Frau nicht in Gewahrsam genommen werden?«

Farragut ermahnt sich selbst, einen kühlen Kopf zu bewahren, aber das ist genau die Art von Scheiße, die er befürchtet hat, als er dieses Büro betrat: dass man von ihm verlangt, sich an irrationalen, unproduktiven, emotionalen und illegalen Aktivitäten zu beteiligen.

»Soll das heißen, dass Sie die Frau verhaften wollen, die Wolfe vergewaltigt hat?«

»Angeblich vergewaltigt.«

Farragut nickt und versucht, im Angesicht der Unvernunft vernünftig zu wirken. »Ich denke, wenn das FBI diese Frau verhaften würde, würde das zu einem PR-Debakel ersten Ranges führen.«

»Ja, vielleicht. Aber ich habe nicht vom FBI gesprochen.«

Farragut zieht die Augenbrauen hoch und fragt sich, was in Gottes Namen der CIA-Chef wohl damit andeuten will.

»Von einer Verhaftung«, fährt der Direktor fort, »habe ich ebenfalls nicht gesprochen. Und schon gar nicht von einer öffentlichen.«

Ariel holt George vom letzten Tag im Sommercamp ab. Einige Jugendliche wechseln in der zweiten Hälfte der Saison zu anderen Aktivitäten, sodass es heute Mannschaftsspiele, Pokale und tränenreiche Verabschiedungen gegeben hat. Sie sieht sich Georges Gruppe an, die dreizehnjährigen Mädchen mit ihren Pickeln, Zahnspangen und Sport-BHs, alle einen halben Kopf größer als die Jungs. Und die sechzehnjährigen Betreuerinnen-in-Ausbildung, tief gebräunt, sommersprossig und mit vom Salzwasser gebleichten Pferdeschwänzen. Sie wirken alle so jung, so naiv, so unschuldig, so sicher. Wenn es nur so wäre.

Die Nachricht von Ariels Existenz verbreitet sich wie eine Epidemie – schnell, unkontrollierbar, tödlich. Sie hat eine überwältigende Menge von E-Mails, Sprach- und Textnachrichten erhalten, von Freunden und Kolleginnen und einem halben Dutzend Reportern sowie zwei Kongressmitarbeiterinnen und jemandem, der behauptet, vom FBI zu sein. Alle haben ein paar Fragen: Bitte rufen Sie so schnell wie möglich zurück, es ist wichtig, es ist dringend, es geht um alles.

Ariel weiß jetzt, dass dies hinter den Kulissen geschieht, das sind alles noch Hintergründe, bevor die Nachrichten die Nachrichten werden, bevor die breite Öffentlichkeit davon erfährt, aber viele andere Menschen wissen es bereits.

Ariel wird keinen dieser Anrufe beantworten; die Leute müssen sich mehr Mühe geben, als nur Nachrichten zu hinterlassen. Sie braucht dieses besondere Stück Sicherheit, diesen Schutzschild: sagen zu können, wahrheitsgemäß, ich bin nur ans Telefon gegangen.

Während sie noch alte Nachrichten abruft, treffen neue ein; ihre beiden Telefone klingeln Sturm. Eine Reporterin von einer anderen Zeitung, die neuen Informationen nachgeht, ruft auf dem Festnetz an.

»Ich habe mit einem Barkeeper namens Dan Shannon gesprochen, der Sie und Mr. Wolfe vor vierzehn Jahren bei einem Gespräch an seinem damaligen Arbeitsplatz in der New Yorker Upper East Side gesehen hat.«

Es ist beeindruckend, wie viel Journalisten herausfinden können, und wie schnell, wenn sie sich dafür interessieren.

»Laut Mr. Shannon hatten Sie und Mr. Wolfe ein angespanntes Treffen mit einer merkwürdigen Choreografie, weshalb er sich auch daran erinnert. Was war das Thema Ihres Gesprächs?«

Ariel antwortet nicht.

»Dann, vor ein paar Tagen«, fährt die Reporterin fort, »hat Mr. Wolfe offenbar in die Entführung Ihres Mannes eingegriffen und Ihnen angeblich fünf Millionen Dollar Lösegeld beschafft.«

Fünf Millionen? Wo zum Teufel kommt diese Zahl her? Ariel kämpft gegen den Drang an, die Reporterin zu korrigieren, dass es zwei Millionen und Euro waren. Aber von allen Fakten in dieser Geschichte ist der Geldbetrag der unwichtigste. Von allen Aufgaben, die Ariel hat, gehört das Überprüfen von Zahlen für eine professionelle Journalistin nicht dazu.

Manchmal ist es wichtiger zu schweigen, als recht zu haben.

»Ms. Pryce, ich habe mit mehreren Quellen gesprochen, die andeuten, dass Charlie Wolfe Sie vor vierzehn Jahren missbraucht hat. Dass Sie nach einer außergerichtlichen Einigung davon abgesehen haben, Anzeige zu erstatten. Und dass Sie Mr. Wolfe all die Jahre später mit der Drohung, ihn bloßzustellen, dazu gezwungen haben, bei der Entführung Ihres Mannes zu intervenieren.«

Und bum, da ist es. Sobald das erste Blut vergossen ist, machen die Haie schnelle Arbeit.

»Ms. Pryce? Können Sie diese Abfolge der Ereignisse bestätigen oder dementieren?«

Ariel hat beschlossen, auf nichts zu antworten; sie ist nicht einmal sicher, dass »kein Kommentar« zu sagen okay ist. Es gibt keine Möglichkeit zu wissen, wer am Telefon skrupellos sein könnte, wer Vertrauenswürdigkeit vortäuscht, Zitate erfindet oder Gespräche falsch wiedergibt. Ariel befindet sich in einer prekären Situation. Sie kann es nicht riskieren. Und das muss sie auch nicht. Um sicherzugehen, zeichnet sie alle Gespräche auf. Sie erstellt ihr eigenes entlastendes Beweismaterial.

Die Medien werden ihre Berichte ohne Ariel als Quelle

schreiben müssen; die Strafverfolgungsbehörden werden ohne ihre Aussagen ermitteln müssen. Zeitungen, Fernsehsendungen, der Kongress, was auch immer: Sie alle werden über einen Anwalt gehen müssen, den sie erst noch engagieren muss, und die Vorladungen, die Zeugenaussagen und die Aussagen im Gerichtssaal werden alle an Ariels unerschütterlichem Beharren auf der Unmöglichkeit, sich zu äußern, scheitern müssen.

Sie legt wieder auf.

Es ist später Nachmittag, als das erste Bild erscheint. Eine weitere Onlinestory voller Spekulationen, aber ohne Gewissheit, ohne Bestätigung. Dann erscheint das gleiche Bild auf CNN. Und dann ist es überall.

Ariel erinnert sich an dieses Foto. Es wurde an jenem Samstagabend vor Sonnenuntergang aufgenommen und erschien am folgenden Wochenende in den Gesellschaftsseiten. Sechs Personen auf einer Party, braun gebrannt und sommerlich gekleidet, das Meer im Hintergrund. Sie ist eine davon. Genau wie Charlie Wolfe.

Sie wusste, dass ein Foto unvermeidlich war. Aber selbst, wenn du dich darauf vorbereitest, den Schlag spürst du trotzdem noch. Und du weißt auch noch, dass der erste Schlag nicht das Ende der Schmerzen sein wird.

Ariel ist nur halbwegs überrascht, dass ein Nachrichtenwagen vor ihrem Haus parkt. Sie überlegt, ob sie wieder reingehen soll, aber stattdessen schließt sie einfach die Tür hinter sich ab.

»Ms. Pryce, wie lange kennen Sie Minister Wolfe schon?«

Sie versucht, ruhig zu ihrem Pick-up zu gehen, ohne dem Reporter in die Augen zu sehen, der auf der anderen Seite des Zauns steht, der Ariels Grundstück von dem der Gemeinde abgrenzt.

»Wann haben Sie das letzte Mal mit Mr. Wolfe gesprochen?«

Der Reporter hält ein Mikrofon in der Hand; hinter ihm richtet ein Kameramann eine große Kamera aus; hinter dem Kameramann steht der Wagen eines angeschlossenen Senders, dessen Antenne in die Luft ragt.

»Stimmt es, dass Ihr Mann in Portugal entführt wurde?«

Wenn Ariel jetzt etwas sagt, ist sie in wenigen Minuten im nationalen Fernsehen. So einfach ist das. Wie das Ausweichen in den Gegenverkehr.

»Ms. Pryce? Hat Minister Wolfe bei der Entführung Ihres Mannes interveniert?«

Sie steigt in ihr Auto und knallt die Tür zu.

»Ms. Pryce?«

Nicole Griffiths ist nicht überrascht, dass sich die Journalisten so schnell auf diese Geschichte gestürzt haben, wie sie es taten, wie sie es tun sollten. Aber sie fragt sich, ob auch nur einer von ihnen alle Puzzleteile zusammengesetzt hat. Vielleicht wird das nie jemand tun. Vielleicht musste man von Anfang an dabei sein, um einen Schritt zurücktreten und das große Ganze erkennen zu können. Vielleicht wäre auch Griffiths nicht in der Lage zu verstehen, wo sie angekommen ist, wenn sie nicht die kurvenreiche Entdeckungsreise unternommen hätte. Vielleicht war es die Untersuchung des anderen Blickwinkels, die es ihr ermöglichte, auch diesen zu sehen.

Sie sieht sich die Nachrichtenaufnahmen von Ariel Pryce an, die zu ihrem Pick-up eilt, alt und verrostet, genau wie sie behauptet hatte. Sie weigert sich, einen Kommentar abzugeben, genau wie sie es tun muss. Eine Frau, die versucht, ein ruhiges Privatleben zu führen, keine Aktivistin, keine Provokateurin in den sozialen Medien. Sie schreit niemanden an, bittet nicht um Anerkennung, nimmt keine an.

Das ist das Geniale daran.

Ariel betritt ihren Laden zum ersten Mal seit mehr als einer Woche, der längsten Zeit, in der sie nicht in ihrem Geschäft war, seit sie es gekauft hat.

»Hey, Ariel, mein Gott.« Persephone umarmt sie herzlich. »Wie geht's dir?«

»Mir geht's gut, danke. Wie sieht es hier aus?«

Persephone verzieht das Gesicht. »Es ist, ähm, seltsam? Eine Menge Reporter rufen an und fragen nach dir. Auch ein paar normale Menschen, die persönlich hierhergekommen sind. Mehr oder weniger normal. Einige von ihnen scheinen nicht besonders freundlich zu sein.«

»Was hast du den Leuten erzählt?«

»Eigentlich nichts. Nur, dass du im Moment nicht im Laden bist.«

Ariel kann nicht umhin zu bemerken, dass Persephone noch nicht von ihrem Handy abgelassen hat; das Gerät ist immer noch in ihrer Handfläche, der Daumen schwebt über dem Bildschirm, gespannt, bereit zum Tippen und Scrollen und Wischen, bereit weiterzumachen. Ihre Generation hatte nie eine Chance. In der Schule hätte man ihnen beibringen müssen, wie man das Handy weglegt, wie man sich auf das persönliche Gespräch mit echten Menschen konzentriert. Aber niemand wusste, wie schlimm es werden würde.

»Okay, P., das ist gut. Sag das weiterhin.«

»Ich sollte dir auch sagen: Wir haben ein paar böse Anrufe bekommen.«

Ariel nickt. Das hat sie auch. Diese Stadt verbirgt ein paar hässliche Streifen unter ihrem hübschen sommerlichen Deckmantel. In der modernen Welt macht sich der Hass schnell und lautstark bemerkbar. Die Gegenreaktionen sind oft am lautesten.

»Ich führe ein Nummernprotokoll mit dem, was die Anrufer sagen. Für den Fall, dass wir die Polizei einschalten müssen.«

»Gute Idee. Hör zu, P., ich brauche meine Papiere. Und die anderen Sachen.«

»Oh, natürlich! Ich habe das alles wieder in das Loch in der Wand gesteckt, hinter das Poster.«

»Gut mitgedacht. Danke.«

»Brauchst du sonst noch etwas?«

»Nein. Du machst einen super Job.« Persephone hat den Laden seit einer Woche geführt, ohne offensichtliche Probleme, und es war viel zu tun.

»Danke. Jetzt verstehe ich auch, warum diese Frau dich letzte Woche Laurel Turner genannt hat.«

Ariel lächelt knapp, sagt aber nichts. Sie will klarstellen, dass sie nicht darüber sprechen wird.

Nach langer innerer Debatte beschloss Ariel, Persephone nicht darauf anzusprechen, dass sie den Geheimhaltungsvertrag an ihre Journalistenfreundin Kirsten Tabor weitergegeben hatte. Wenn Ariel auch nur zugeben würde, was passiert war, müsste sie die junge Frau wahrscheinlich entlassen; Persephones Verhalten war ein unverzeihlicher Vertrauensbruch. Vielleicht wäre es sogar Ariels Aufgabe, die Polizei zu rufen, Anzeige zu erstatten und ihre eigene Unschuld an der undichten Stelle zu beweisen.

Aber das fände sie zu viel, und es wäre ungerecht. Es wäre so, als würde man einen Hund schlagen, weil er ein Würstchen gefressen hat, das man auf dem Kaffeetisch liegen gelassen hat. Persephone ist neugierig und indiskret, so ist sie nun mal, immer, ausnahmslos. Aber Ariel war diejenige, die das Würstchen auf den Tisch gelegt hat.

Es sind die Hunde, die es als Erste bemerken, die Ohren gespitzt, die Nasen zuckend, die Schwänze gesenkt, ein leises Knurren aus den Tiefen von Mallomars Kehle. Das Verhalten der Hunde ist ungewöhnlich, aber nicht beispiellos. Füchse streifen manchmal durch den Garten, Waschbären und Opossums watscheln herum, Rehe springen über Zäune, Maulwürfe, Wühlmäuse und Kaninchen – es gibt viele natürliche Gründe, die die Hunde beunruhigen könnten.

Aber Ariel spürt es in ihren Eingeweiden: Davon ist es keiner. Sie schaltet das Licht im Esszimmer aus.

»George«, sagt sie, »mach das aus.«

Er sitzt auf dem Wohnzimmerboden, spielt ein Videospiel und trägt ein Headset, das ihn wie einen Hubschrauberpiloten aussehen lässt.

»Komm schon«, sagt sie, »jetzt.«

»Was? Warum?«

»Tu es einfach!« Ariel schaltet eine Tischlampe aus, dann noch eine. Dieses alte Haus hat fast keine Deckenlichter, sie schaltet ständig Lampen ein und aus.

Als das Licht des Fernsehers erlischt, gibt es nichts anderes mehr als völlige Dunkelheit.

»Nach oben«, zischt sie, »komm!«

Beide Hunde bellen jetzt lautstark.

»Was ist denn?« George weint. Er weiß nicht, was los ist, aber er weiß, dass es schlimm ist, und Ariel macht einen Anruf, während sie die Treppe hinaufrennen, obwohl alle Eltern sagen, dass man auf Treppen nicht rennen darf. Und das im Dunkeln!

»Notrufzentrale, was ist Ihr Notfall?«

Die Hunde drehen durch. Auch Hunde, die eigentlich keine Wachhunde sind, sind es im Herzen doch.

»In mein Haus wird gerade eingebrochen! Ich wohne …«

Und dann bricht die Hölle los.

Kapitel 51

George sprintet vor ihr die Treppe hinauf und kommt gerade oben an, als helles Licht durch die Fenster dringt. Männer schreien, schwere Schritte donnern, Hunde bellen, und Gelenke oder Gliedmaßen oder ganze Körper fallen krachend auf die hölzerne Veranda, während Ariel weiter die Treppe hinaufrennt, ihr Kind den Flur hinunter in ihr Schlafzimmer schiebt, die Tür abschließt und zum Fenster geht, das weit geöffnet ist, um Luft hereinzulassen, sie drückt das Fliegengitter raus, zwängt sich durch und zieht George hinter sich her auf die Zedernholzschindeln des flachen Dachs vom Esszimmeranbau, der vom ursprünglichen Haus in Richtung des im Mondlicht silbern leuchtenden Mais ragt, sie knien sich an den Dachrand, klettern runter und lassen sich einen Meter tief in das taufeuchte Gras fallen, nur ein paar Schritte bis zu dem mit Sportgeräten gefüllten Geräteschuppen, in den Ariel sie beide einschließt.

»Ms. Pryce! Alles okay!«

Sie weiß nicht, wer dieser Mann ist, der von der anderen Seite ihres Hauses ruft und behauptet, dass sie außer Gefahr sei.

»Sie sind jetzt in Sicherheit!« Genau das sagen Männer, wenn das Gegenteil stimmt.

Sie nimmt einen Baseballschläger in die Hand. Neben ihr zittert George.

586

»Warte hier«, flüstert sie.

»Geh nicht weg! Bitte!«

»Ich muss nachsehen. Ich gehe nicht weit. Ich verspreche es.«

Ariel überquert das kleine Stück Rasen, das den Garten vom Farmgelände trennt. Sie kniet vorm Buchsbaum und späht durch die wächsernen Blätter. Ein Mann liegt mit dem Gesicht nach unten auf der Veranda; ein zweiter, in schwarzer Kleidung, fesselt dessen Handgelenke mit einer Plastikschnur hinter seinem Rücken; ein dritter, ebenfalls schwarz gekleideter Mann überwacht die Szene. Er ruft: »Das sind nur Paparazzi!«

Ja, Ariel kann es jetzt sehen, die Kamera mit dem Teleobjektiv, den Objektivbeutel. Ja, sie kann es verstehen. Sie kann es glauben.

Ariel war in ihrem Leben schon viele Arten von Frauen. Jetzt ist sie offenbar zu dem Typ Frau geworden, der von Paparazzi verfolgt wird, die von CIA-Sicherheitsleuten auf ihrer Veranda zur Strecke gebracht werden.

Das hat sie nicht kommen sehen. Aber letztendlich ist es keine große Überraschung. Nichts von alldem ist das.

Kapitel 52

Am nächsten Morgen sitzt Ariel vor dem Fernseher und wartet auf den Beginn der Anhörungen, als die Talkshows von einem Reporter unterbrochen werden, der vor dem Capitol steht. Ariel dreht den Ton lauter.

»Der Ausschussvorsitzende Senator Alan Brown hat soeben die folgende Erklärung abgegeben: Aufgrund unerwarteter Komplikationen wurden die Bestätigungsanhörungen für das Amt des Vizepräsidenten der Vereinigten Staaten, die heute Morgen um zehn Uhr beginnen sollten, bis auf Weiteres ausgesetzt, um zusätzliche Untersuchungen durchzuführen.«

»Wissen wir, worum es sich bei diesen unerwarteten Komplikationen handelt?«

»Es geht um eine wilde Serie von Ereignissen, die Anfang dieser Woche in Lissabon begann, wo sich eine Amerikanerin namens Ariel Pryce mit ihrem Mann John Wright aufhielt, als dieser entführt wurde. Ms. Pryce wandte sich an Minister Wolfe, offenbar die einzige Person, die ihr eingefallen ist, welche über genügend liquide Mittel verfügt, um das Lösegeld zu zahlen. Sie drohte, ein schädliches Geheimnis zu enthüllen, wenn er nicht helfe. Aufgrund des sensiblen und komplexen Charakters dieser Situation – die Entführung eines amerikanischen Staatsbürgers im Ausland und die Verwicklung eines hochrangigen Mitglieds der Regierung, das erpresst wurde – wurde die Angelegenheit in Echtzeit von amerikanischen und ausländischen Strafverfolgungsbehörden sowie Geheimdienstmitarbeitern untersucht.«

»Es war ein Journalist, der die Intrige aufgedeckt hat?«

»Das ist richtig. Ein in Lissabon ansässiger Zeitungsreporter namens Pete Wagstaff war derjenige, der die Puzzleteile in einem Artikel zusammengefügt hat, der letzte Nacht im Internet veröffentlicht wurde und in dem er darlegt, dass das lange gehütete Geheimnis darin besteht, dass Mr. Wolfe Ms. Pryce vor vierzehn Jahren vergewaltigt hat. Die Nachricht von dieser Enthüllung hat zwei weitere Frauen dazu veranlasst, ihre eigenen Anschuldigungen gegen ihn wegen sexueller Übergriffe vorzubringen.«

»Und Ms. Pryce? Was hat sie zu alldem zu sagen?«

»Sie hat noch keinen Kommentar abgegeben.«

»Wissen wir, warum sie schweigt?«

»Das ist mit ziemlicher Sicherheit auf einen Geheimhaltungsvertrag zurückzuführen, den sie als Teil einer außergerichtlichen Einigung mit Mr. Wolfe unterschrieben hat und der beinhaltet, dass sie die Anklage gegen ihn fallen lässt, im Austausch gegen Geld. Ms. Pryce hat sehr deutlich gemacht, dass sie sich zu diesem Thema nicht äußern kann oder will.«

Innerhalb weniger Stunden strömt die Presse in Massen herbei, die Antennen von einem Dutzend Nachrichtenwagen ragen in den blauen Himmel über den flachen Feldern, dazu kommen die Mietautos, deren Böden mit Sandwichpapier und Kaffeebechern übersät sind, darin zerzauste Männer und Frauen, die auf dieser sonst so ruhigen Landstraße zusammen herumlungern und darauf warten, dass Ariel für ein Foto auftaucht, oder darauf, dass sie sich äußert.

Das tut sie nicht.

Nachdem sie einen Tag lang gewartet haben und ihre Neugier nicht befriedigen konnten, packen die Reporter ihr Spielzeug ein und ziehen weiter. Aber auch ohne aussagekräftiges Bildmaterial vom Opfer oder vom Täter – Charlie Wolfe hat sich rargemacht – wird im Fernsehen, im Radio und im Internet fast ununterbrochen darüber berichtet.

Nachdem die Geschichte bekannt geworden war, wurde Ariel klar, dass sie ihren Konsum einschränken musste. Sie konnte sich nicht den ganzen Tag lang immer wieder das Gleiche anhören, sonst würde sie verrückt werden. Aber jetzt schaltet sie das Radio ein, in der Hoffnung, etwas Neues zu erfahren:

»… damit sind es nun insgesamt vier Frauen, die den Minister des sexuellen Fehlverhaltens beschuldigt haben. Sie zeichnen das Bild eines jahrzehntelangen kriminellen Verhaltens, das Charlie Wolfe und seine Familie immer wieder durch Bestechungsgelder und Geheimhaltungsverträge unter Verschluss gehalten und so die Frauen zu lebenslangem Schweigen gezwungen haben. In den sozialen Medien und in Zeitungskommentaren stoßen die Anklägerinnen auf viel Unterstützung.«

»Wie hat der Minister darauf reagiert?«

»Ein Sprecher gab eine Erklärung ab, dass diese Anschuldigungen vollkommen unbegründet seien.«

»Und um das klarzustellen: Worum geht es bei diesen Anschuldigungen genau?«

»Gewaltsame sexuelle Übergriffe. Mehrere Frauen beschuldigen Charlie Wolfe der Vergewaltigung.«

Der nächste Tag, das nächste Eisen: »Charlie Wolfe hat dem wachsenden Druck nachgegeben und ist von seinem Amt als Finanzminister zurückgetreten, nachdem gestern bekannt wurde, dass die New Yorker Staatsanwaltschaft mehrere Ermittlungen wegen früherer Anschuldigungen eingeleitet hat. Für einen Mann, der noch vor wenigen Tagen als sicherer Kandidat für das Amt des nächsten Vizepräsidenten gehandelt wurde, ist dies eine überraschende Wendung des Schicksals. Und es gibt einen immer lauter werdenden Chor, der ein Ende der strafbewehrten Geheimhaltungsverträge in Fällen sexueller Übergriffe fordert, die seit Langem von wohlhabenden Männern verwendet werden, um die Folgen kriminellen Verhaltens zu vermeiden und ihre Anklägerinnen zu lebenslangem Schweigen zu verurteilen.«

Der Aktienkurs von Charlie Wolfes börsennotiertem Unternehmen stürzt ab, und sein Nettovermögen sinkt um eine Viertelmilliarde Dollar. Seine Frau verlässt ihn und nimmt die Kinder mit. Sein Leben zerfällt in schwindelerregendem Tempo, so wie es heutzutage passieren kann – ohne Verhaftung, Anklage oder Prozess, ohne Berufung, ohne Hoffnung auf Wiedergutmachung. Nur ein schnelles Urteil, eine sofortige und vollständige Vernichtung.

Ariel parkt ihren verbeulten alten Wagen auf dem Parkplatz hinter den Geschäften und geht dann um die Ecke zur Main Street, die an diesem Sommerabend sehr belebt ist, mit jungen Paaren auf Dates, Eis essenden Familien. Eine Junggesellinnenabschiedsgruppe strömt aus dem Pub, alle Frauen tragen passende Tanktops und ein strahlendes Lächeln, und Ariel erkennt schnell die Nüchterne – sie nimmt eine Freundin am Arm, schaut in beide Richtungen, bevor sie die Straße überquert, und dreht sich um, um sich zu vergewissern, dass die Gruppe zusammen ist, alle sicher. Ariel fragt sich, ob es sich dabei um normale Vorsicht oder besondere Wachsamkeit handelt.

Zwei Paare mittleren Alters stehen vor dem Burgerladen und blockieren den Gehweg, sie tragen Flip-Flops, verblichene, ausgeleierte Tattoos und amerikanische Flaggen auf Hemden und Mützen. Eine der Frauen guckt zweimal hin, als Ariel sich nähert, und sagt dann etwas zu ihren Begleitern.

»Entschuldigung«, sagt Ariel und quetscht sich zwischen diesen Leute und einem weiteren überdimensionalen SUV durch. Es ist, als würden diese Dinger herumfahren und alle anderen Fahrzeuge verschlucken.

Die Frau murmelt etwas, auf das Ariel nicht achtet und das sie nicht ganz versteht, aber sie hat den deutlichen Eindruck, dass es an sie gerichtet ist. »Wie bitte?«

»Fick dich«, sagt die Frau, »verlogene Hure.«

Ariel schweigt fassungslos, nicht nur wegen dieser Meinung – so ist das Leben wohl jetzt, oder? –, sondern auch wegen der Bosheit der Bemerkung und der Tatsache, dass diese Person sich berechtigt fühlt, eine Fremde auf diese Art zu beleidigen. Noch dazu eine Frau. Ariel geht weg.

António Moniz seufzt über die Frau, die ihm gegenüber an seinem Schreibtisch sitzt. Sie ist offensichtlich ein Junkie, gerade high, und mit einer lächerlichen Geschichte über einen Raubüberfall zur Polizei gekommen, sie weiß genau, wer das Verbrechen begangen hat, sie weiß, wo man den Täter gerade findet, und ja, sie stimmt zu, dass sie ihn wahrscheinlich anhand eines Fahndungsfotos identifizieren könnte, aber wäre es nicht einfacher, ihn einfach zu verhaften? Jetzt sofort?

Moniz hat kaum die Energie, sich Notizen zu machen.

»Und Sie sagen, dass Sie keine Beziehung zu diesem Mann haben?«, fragt Carolina Santos.

Die Frau schüttelt den Kopf. Sie traut sich nicht einmal, diese offensichtliche Lüge laut auszusprechen.

An ihrer Geschichte ist nichts glaubwürdig. Es ist klar, dass sie hierhergekommen ist, um einen Mann verhaften zu lassen, schlicht und einfach. Rache für irgendetwas, vielleicht sogar Rache für einen Raubüberfall, so wie die Frau es behauptet. Aber nicht wegen des Raubes, von dem sie jetzt gerade spricht. Und der Schuldige ist auch kein Unbekannter.

Moniz lässt seinen Blick durch den Raum schweifen, wo Tomas und Erico auf den Fernseher starren, sich die spektakuläre Geschichte anschauen, wie die Entführung und das Lösegeld zum Sturz dieses mächtigen Amerikaners geführt haben. Und alles begann genau so, mit einer Frau, die hier hereinmarschierte und eine Geschichte erzählte, die Moniz nur widerwillig glaubte.

»Woher wissen Sie von der Waffe?«, fragt Santos.

»Er trug sie bei sich.«

»Auf der Straße? Wo sie jeder sehen konnte?«

»Unter seinem Mantel. Er trug die Waffe unter seinem Mantel.«

»Mantel?« Es ist eine der heißesten Nächte des Jahres.

Nein, diese Frau versucht nicht nur, einen Mann verhaften zu lassen; sie versucht, ihn umbringen zu lassen. Wie kann sie nicht sehen, wie offensichtlich ihre Lügen sind? Für wie dumm hält sie …?

Moniz erhebt sich und geht weg …

»António?«

… quer durch den Raum, zum Fernseher, zu den Aufnahmen der Amerikanerin.

»António? Was ist los?«

Ariel Pryce war darauf vorbereitet, dass man ihr nicht glaubt. Natürlich war sie das. Sie wusste, dass ihre Geschichte verdächtig klingen würde, aber sie wusste auch, dass die Polizei der Sache nachgehen musste, die Botschaft auch, der Reporter, sie alle würden der Sache nachgehen müssen, und sie alle würden am Ende Dinge finden, von denen Pryce nicht beabsichtigt hatte, dass sie sie finden …

Oder doch?

»António?«

Er dreht sich zu Santos um, die ihm durch den Raum gefolgt ist und die Drogensüchtige in ihren eigenen Lügen schmoren lässt.

Sollte Moniz es Santos erklären? Würde sie ihm glauben? Würde irgendjemand ihm glauben? Oder würde er nur wie ein weiterer Lügner klingen, der die Geschichte so umstrukturiert, dass sie zu seiner eigenen bevorzugten Erzählung passt?

Das ist das Problem dieser Tage. Keiner glaubt irgendjemandem.

Ariel findet Jerry genau auf dem Barhocker, auf dem sie ihn erwartet hat, neben dem großen offenen Fenster.

»Wer *sind* all diese Leute?«, fragt er und deutet auf den überfüllten Speisesaal des *Sprit*, auf das geschäftige Treiben auf der Straße. Die Menschen sind sommerlich gekleidet, der superdünne Mann in seinem superengen Provincetown-T-Shirt und mit Schnurrbart, die Hausfrau aus Connecticut im quer gestreiften Shirt mit U-Boot-Ausschnitt, die aus dem Mercedes steigt, alle ihrer Rolle treu. Und Jerry hier, der seine Rolle als alkoholkranker Kleinstadtanwalt spielt. Ariel spielt ebenfalls eine Rolle.

Man sieht uns allen genau an, wie wir sind, es sei denn, wir tun nur so als ob. Und wenn wir das tun, können wir manchmal noch überzeugender wirken. Wenn wir uns fleißig vorbereiten, ausgiebig üben und die Rolle vollständig ausfüllen.

Das ist die nützlichste Fähigkeit, die Ariel aus ihrer Schauspielausbildung mitgenommen hat: die Fähigkeit, in der Rolle zu bleiben, auch wenn niemand zuschaut. Selbst ganz allein in einem Hotelzimmer sitzend, sich durch ein Frühstücksbüfett quälend oder durch die verwinkelten Straßen einer fremden Stadt wandernd. Bei jeder Handlung, jeder Interaktion, in jedem wachen Moment, und hoffentlich auch in den schlafenden. Nicht nur, damit es echt aussieht, sondern auch, damit man später die Geschichte erzählen kann, ohne Lügen erfinden zu müssen. Alles, was man dann tun muss, ist, die Wahrheit zu sagen.

»Danke, dass du dich mit mir triffst«, sagt Jerry. »Es ist bestimmt schwer gerade, oder?«

»Tja, Reporter verfolgen mich, zu Dutzenden. Auch Kongressmitarbeiter. Die CIA hat auf meiner Veranda einen Paparazzi überwältigt und zu Boden geschleudert. Oh, und vor einer Minute wurde ich hier auf der Main Street beschimpft.«

»Uff. Das tut mir leid«, sagt er. »Unbeabsichtigte Folgen, was?«

Ariel spürt, wie ihr ein Schauer über den Rücken läuft. Jerry nimmt einen weiteren Schluck, ohne sein Glas ganz zu leeren.

»Suze?« Ariel bestellt eine weitere Runde und legt zwei Zwanziger auf die Theke. Bei Jerry zahlt immer sie.

»Wie kommt John zurecht?«

»Es geht ihm gut, danke der Nachfrage.«

Ariel hat keine Ahnung, wie es John geht. Sie hat E-Mails geschickt, die unbeantwortet geblieben sind, sie hat versucht, ihn anzurufen, ohne dass sie durchkam. Sie redet sich ein, dass John sich melden wird, wenn er kann, wenn er will. Falls er kann.

Falls er will.

»Danke.« Jerry nickt zum frischen Glas. »Das ist schon etwas, nicht wahr? Dieser ganze Zirkus um deinen Geheimhaltungsvertrag, der aufgedeckt wird.«

Ariels Angst ist jetzt deutlich zu spüren.

»Aber ja nicht von dir. Überall, wo ich hinkomme, dasselbe: Ms. Pryce war für eine Stellungnahme nicht verfügbar. Ms. Pryce war nicht erreichbar. Ms. Pryce weigerte sich, irgendetwas zu sagen.«

Dieses Beben im Bauch erinnert Ariel daran, wie es sich anfühlt, wenn ein Reh auf die Straße springt und verschiedene Arten von Unfällen drohen, manche davon teuer, manche tödlich.

»Du bist sehr konsequent darin, nichts zu sagen, so oder so.«

Wieder dieses flaue Gefühl im Magen.

»Es ist meine gesetzliche Pflicht.«

»Ja.« Jerry nimmt einen weiteren Schluck. »Du trinkst nicht wirklich, oder?«

Ariel ist von diesem abrupten Themenwechsel nur halbwegs überrascht. Jerry hat eine Vorliebe für scheinbare Zusammenhanglosigkeit, die sich niemals als grundlos herausstellt.

»Nein.«

»Das ist mir im Lauf der Jahre aufgefallen. Manchmal lässt du dir zwar einen zweiten Drink bringen, aber dann rührst du höchstens einen Schluck davon an. Warst du mal Trinkerin?«

Sie schüttelt den Kopf.

»Wenn du zwei Drinks austrinken würdest, würdest du es wahrscheinlich merken. Vielleicht wärst du beschwipst. Sogar betrunken?«

Ariel weiß nicht genau, worauf das hinausläuft, aber Jerry ist immer auf dem Weg zu irgendeinem Ziel. Er wäre wahrscheinlich ein großartiger Anwalt, wenn er ein besser funktionierender Mensch wäre.

Die Barkeeperin gibt Ariel das Wechselgeld zurück, einen Fächer aus kleinen Scheinen.

»Du siehst mich an und denkst wahrscheinlich: Der Typ trinkt vier, fünf, *sechs* Drinks am Abend. Manchmal auch mehr. Wenn du so viel Alkohol konsumieren würdest, würdest du unter dem Tisch liegen. Du denkst also: Jerry muss die ganze Zeit betrunken sein, der Kerl wird sich unmöglich an die Gespräche erinnern können, wenn er zu tief ins Glas geschaut hat.«

Ariel verspürt den Drang zu fliehen, aber sie weiß, dass sie das nicht kann.

»Aber ich wiege viel mehr als du, also wirkt die gleiche Menge Alkohol auf dich und mich sehr unterschiedlich. Außerdem entwickelt man beim Trinken eine gewisse Toleranz, wie bei allem anderen auch. Ich habe hier mit dir, wie oft gesessen, zwei Dutzend Mal? Mehr?«

Ariel zuckt mit den Schultern und zwingt sich zu einem schwachen Lächeln.

»Ich weiß, dass ich ein Problem habe, ich weiß, dass ich an manchen Abenden nicht mehr Auto fahren sollte. Und das tue ich auch nicht, das weißt du doch, oder?«

»Ich weiß.«

»Aber ich erinnere mich an jedes Gespräch, das wir je hatten, Ariel. An jedes einzelne.«

Jetzt erkennt Ariel das Ziel, gleich hinter dem nächsten Schluck.

»Nachdem Cyrus gestorben war, haben wir über die Überführung dieser Ziege in deinen Besitz gesprochen. Wie hieß sie noch?«

Ariels Kehle fühlt sich eng an. Sie schluckt. »Fletcher.«

»Genau! Fletcher.«

Ariel ist sich ziemlich sicher, dass Jerry auch den Namen der Ziege noch weiß.

»Ich erinnere mich, dass etwas, was ich gesagt habe, für dich wie eine Offenbarung war. Es hat einen Schalter umgelegt.«

Ariel braucht nicht zu fragen, was das war. Sie schaut nach

links und rechts, um sicherzugehen, dass niemand mithören kann. Ein weiteres heimliches Gespräch, mit einem anderen Mann, auf einem anderen Barhocker. Eine weitere lebensbestimmende Interaktion.

»Ariel, kennst du den lateinischen Ausdruck *cui bono*? Er bedeutet: *Wer profitiert*. Das ist fast immer ein Leitsatz.« Jerry nimmt noch einen Schluck und stellt sein Glas ab. »Aber manchmal ist es genauso wichtig, *cui plagalis* zu berücksichtigen. Weißt du, was das bedeutet?«

Ariel kann es erraten, aber sie will nicht.

»Wer bestraft wird«, sagt Jerry. »Wer geschädigt ist.« Er starrt sie ein paar Sekunden lang an. »Ich werde deine Intelligenz nicht beleidigen – und auch nicht meine –, indem ich dich nach Einzelheiten frage. Die Wahrheit ist, dass es für uns beide besser ist, wenn ich es nicht weiß. Viel besser.«

Ariel hat das Gefühl, dass sie, wenn sie wegsehen würde, etwas zugäbe, was sie nicht zugeben will. Sie zwingt sich, Jerrys Blick standzuhalten.

»Ist dir klar, dass du nicht nur deine, ähm, Zielperson verärgert hast, sondern auch den mächtigsten Mann der Welt?«

Ariel sagt nichts. In den letzten Tagen hat sie sich sehr daran gewöhnt, nicht zu antworten. Obwohl Jerry in der Vergangenheit als ihr Anwalt fungiert hat, ist Ariel nicht sicher, wie sehr sie ihm vertrauen könnte, wenn er mit dem Rücken zur Wand stünde. Wenn sein Lebensunterhalt oder gar sein Leben bedroht wären. Sie ist sich ziemlich sicher, dass er tatsächlich mit dem Rücken an der Wand landen wird. Vielleicht ist es schon jetzt so. Vielleicht ist das ja der Sinn dieses Gesprächs. Vielleicht trägt Jerry ein Mikrofon bei sich.

Das einzig akzeptable Maß an Vertrauen ist hundert Prozent, und Ariel hat gelernt, dass hundert Prozent nicht realistisch sind. Sie sagt nichts.

Jerry zupft einen von Ariels Dollarscheinen von der Theke. »Darf ich?«

»Bitte sehr.«

»Das ist nicht mein Fachgebiet, Ariel. Aber wem mache ich was vor, ich *habe* gar kein Fachgebiet. Du wirst mich also bestimmt bald feuern und einen Anwalt einstellen wollen, der weiß, was er tut. Aber in der Zwischenzeit hast du soeben mich angeheuert, um dich in dieser Angelegenheit zu vertreten.« Jerry faltet den Schein in zwei Hälften und steckt ihn in seine Tasche. »Hier ist dein Ein-Dollar-Ratschlag.« Jerry dreht sich zu ihr um. »Sei sehr, *sehr* vorsichtig, Ariel. Bei allem.«

Das ist nichts Neues für sie, keine Warnung, die sie braucht. Ariel war bereits sehr vorsichtig, sie ist seit Jahrzehnten vorsichtig. Aber Vorsicht hat nicht ausgereicht. Vorsichtig zu sein ist defensiv.

»Heute und morgen«, sagt Jerry.

Manchmal, das war ihr klar geworden, musst du in die Offensive gehen.

»Für immer.«

Epilog

Drei Monate Später

Ariel wacht auf und ist kurzzeitig verwirrt, wo sie ist.

Stimmt ja, in einem Flugzeug. Sie ist wieder einmal auf einem Mittelsitz im hinteren Teil des Flugzeugs eingeklemmt, die Füße neben ihr Handgepäck gequetscht. Als sie mit ihrem Ticket an Bord gehen durfte, gab es keinen Platz mehr in den oberen Fächern. Im starren Kastensystem der Fluggesellschaften ist Ariel eine Person, die unbequem reist.

»Ich muss einfach mal weg«, erklärte sie ihren Freunden, ihren Mitarbeiterinnen und ihrer Mutter. »Weg von der Presse, weg von zu Hause, weg von allem.«

George hat sich in seinem ersten Jahr im Internat gut eingelebt, der gleichen Einrichtung, die Ariel vor drei Jahrzehnten besucht hat. Als sie ihm vorgeschlagen hatte, auf ein Internat zu gehen, erwartete sie, dass George die Idee von vornherein ablehnen würde. Aber er war sehr aufgeschlossen, was für sie sowohl befriedigend als auch niederschmetternd war – eine Kombination, die wohl die Definition von Elternschaft zu sein scheint.

Die Zulassungsstelle machte eine Ausnahme bei Georges Bewerbung im Hochsommer, wegen alldem, was Ariel durchgemacht hatte, und wegen der negativen Auswirkungen auf den Jungen, der übermäßigen Aufmerksamkeit, der körperlichen Gefahr.

Seit einem Jahr hatte sie sich mit der Frage auseinandergesetzt, wie ihr Leben aussehen würde, wenn George nicht mehr da wäre. Das zunehmend distanzierte Verhalten des Jungen erinnerte sie ständig daran, dass sich dieser Lebensabschnitt dem Ende zuneigte, dass ihr Kind bald auf dem College sein und nie mehr als ein paar Tage am Stück zu Hause sein würde. Es gab nichts für ihn in ihrer kleinen Stadt; das war der Grund, warum sie hierhergekommen war. Aber er hatte inzwischen wahrscheinlich das Gefühl, dass sich die Kleinstadt um ihn herum immer mehr zusammenzog, die kleine Klasse in einer kleinen Schule, kleine Teams, eine kleine Welt.

Vielleicht hat dieser Ort auch für Ariel seinen Zweck erfüllt. Wenn George geht, wird sie eine fünfzigjährige Frau sein, die allein auf einer kleinen Farm lebt, mit ein paar kleinen Tieren, einem kleinen Geschäft und einem kleinen Freundeskreis. Ein kleines Leben.

Ariel schaut aus dem Fenster und betrachtet den europäischen Sonnenaufgang über dem Horizont. Sie hatte damit gerechnet, dass sie erst in ein paar Jahren mit dieser neuen Realität konfrontiert werden würde. Aber hier ist sie, diese Zukunft, genau jetzt.

Ihr Fahrer hält eine kleine Tafel mit ihrem Namen in der Hand. Die Fahrt dauert eine Stunde. Sie checkt in das Hotel am Meer ein, zieht sich einen Badeanzug an und geht schwimmen in der erfrischenden Adria, im Hintergrund die Berge, die Küste, dekoriert mit den Steinmauern und roten

Dächern des alten Dorfes, die ummauerte Insel, Strandkörbe und Sonnenschirme.

Nach dem Bad wickelt sie sich in ein plüschiges Handtuch, legt sich auf die weiche Liege und schaut sich all diese scheinbare Perfektion an. Es erfordert viel Arbeit, diese ganzen Stühle in einer Reihe aufzustellen, die Tische so gerade auszurichten, den Sand so sauber zu halten, das Reinigungsteam so höflich, ihr Drink gut gekühlt und hohe Stapel von frischen Handtüchern in Reichweite. Ariel ahnt, dass sich hinter all dieser Perfektion eine Menge Elend verbirgt.

Das Resort ist fast leer, die Saison ist längst vorbei. Das macht es leicht, die anderen Gäste zu erkennen, nur eine Handvoll, von denen keiner auch nur annähernd verdächtig ist. Trotzdem bittet Ariel aus reiner Vorsicht um einen Zimmerwechsel. »Eins mit einer Terrasse zum Meer?«

»Natürlich, Madam. Wir bringen Ihr Gepäck sofort rüber.«

Das Klopfen erschreckt Ariel, obwohl es keine Überraschung ist. Dieses Klopfen ist der Grund, warum sie hier ist.

Sie begutachtet sich im Spiegel, glättet ihr Kleid. Eine weitere Selbstbeurteilung in einem anderen Badezimmerspiegel. Dann öffnet sie die Tür, und da ist er, dieses strahlende Lächeln, das Glitzern in seinen Augen. Aber sie kann auch sehen, dass er nicht mehr so selbstsicher wirkt. Auch sie ist nicht mehr so selbstsicher.

Sie hatten Erfolg, schlussendlich. Alles verlief genau nach Plan.

Alles, bis auf das, was danach kam: Sie hatte nicht damit gerechnet, dass ihr Ruhm so schnell und so bedrückend kommen würde; sie hatte nicht mit der Grausamkeit der Gegendarstellungen gerechnet, mit der Hartnäckigkeit der Belästigungen; sie hatte nicht damit gerechnet, ihr Kind in ein Internat schicken zu müssen, den Anfang vom Ende dieses Lebensabschnitts zu beschleunigen. Keines dieser Nachbeben war Teil des Plans, nicht ausdrücklich. Aber sie und John hatten beide gewusst, dass es Kollateralschäden geben würde.

Er öffnet seine Arme, und Ariel lässt sich hineinziehen, eine enge Umarmung, ein freundlicher Druck der Schultern. Aber kein leidenschaftlicher Kuss. Diese Art von Beziehung haben sie nicht wirklich.

Oder zumindest hatten sie das nicht bis zu jener Nacht in Lissabon. Seitdem haben sie sich jedoch nicht mehr gesehen, nicht einmal gesprochen, und Ariel weiß nicht, was für eine Beziehung sie jetzt haben. Es ist möglich, dass sie gar keine haben. Es ist auch möglich, dass sie alles haben.

»Mein Gott«, sagt sie, »sieh dich an.« Er ist braun gebrannt, hat einen Kurzbart und lange Haare. Er sieht aus, als gehöre er hierher. Aber was weiß sie schon darüber, wohin er gehört? Sie kennt diesen Mann kaum.

Das einzig Wahre an ihrer Geschichte ist, dass sie sich tatsächlich in der Buchhandlung kennengelernt haben.

»Nur fünf Minuten«, hatte er am Tresen gesagt. »Lassen Sie mich Ihnen nur einen Kaffee ausgeben.«

Er hatte bereits zweimal angerufen, dieser John Wright. Nachdem Ariel das zweite Mal aufgelegt hatte, nahm sie an, dass er es aufgeben würde. Aber eine Woche später war er da, persönlich, und kaufte ihr einen Kaffee in dem Café ein

Stück die Straße hinauf. Es kam ihr unhöflich vor, sich in ihrem eigenen Laden einen Kaffee ausgeben zu lassen.

»Danke für Ihre Zeit«, sagte er. »Ich komme gleich zur Sache. Als meine Schwester Lucy sechzehn Jahre alt war, wurde sie von Charlie Wolfe vergewaltigt.«

Ariel schnappte nach Luft.

»Sie war von zu Hause weggelaufen und arbeitete in einer Bar. Sie war sehr verletzlich. Als die Eltern des Täters ihr Geld boten, damit sie die Anzeige fallen lässt und den Mund hält, hatte sie nicht wirklich eine andere Wahl. Sie unterschrieb den Geheimhaltungsvertrag und löste den Scheck über zehntausend Dollar ein. Wovon sie einen Teil für die Abtreibung verwenden musste.«

»O mein Gott.«

»Ihre Wut auf ihn hat nie aufgehört, und aus der Ferne hat sie zugesehen, wie er immer reicher wurde, immer berühmter und immer mächtiger, und dann wurde er zum Finanzminister ernannt, und plötzlich redeten die Leute sogar davon, diesen Dreckskerl zum nächsten Präsidenten der United Fucking States zu machen.«

Es stimmte: Charlie Wolfe war gerade noch ein unbedeutendes Thema auf den Wirtschaftsseiten gewesen, und von einem Tag auf den anderen war er überall auf den Titelseiten, immer präsent, unausweichlich, unvermeidlich.

»Dieses Monster«, John konnte sich kaum beherrschen, »*muss* aufgehalten werden.«

Ariel erkannte Johns Wut. Sie fühlte genau dasselbe. Sie bezeichnete in Gedanken Charlie mit genau demselben Begriff: ein Monster.

»Lucy kann nichts tun, sie lebt in Marokko, und ich vermute, dass sie dort irgendetwas Fragwürdiges tut, um ihren Lebensunterhalt zu verdienen. Ich weiß nicht genau, was, und ehrlich gesagt, will ich es auch nicht wissen. Sie ist meine Schwester, und ich liebe sie, aber es gibt Dinge, über die wir nicht sprechen. Und für mich ist klar, dass Lucy weder eine ausreichend überzeugende Anklägerin noch eine glaubwürdige Zeugin ist. Schon gar nicht in der Politik, nicht gegen einen Kerl wie diesen, mit der Art von Ressourcen, die er gegen sie einsetzen könnte. Es wäre nicht auszuschließen, dass er sie sogar umbringen lässt.«

Nein, dachte Ariel, das ist es ganz sicher nicht.

»Ein Dreckskerl wie er, jemand, der ein junges Mädchen so gefühllos missachtet hat, ich denke, wir wissen beide, dass er seine Karriere als Sexualverbrecher nicht mit diesem einen Fall beendet hat. Er musste keine Konsequenzen tragen! Warum sollte er aufhören?«

Ariel spürte, wie sie zu kochen begann, auch wenn sie wusste, dass sie von der Wut dieses Mannes angesteckt wurde.

»Also fing ich an, mich umzusehen und herumzufragen. Ich habe einen Privatdetektiv angeheuert, und er hat mir ein paar Namen genannt, die infrage kommen. Dann beauftragte ich noch einen zweiten Privatdetektiv, der noch mal aus einem anderen Blickwinkel suchen sollte, es war wie ein wissenschaftliches Experiment, um zu sehen, ob die Ergebnisse dieselben wären. Ich wollte mir ganz sicher sein, bevor ich in das Leben von jemandem eindringe. Diese beiden Detektive hatten zwei leicht unterschiedliche Listen mit potenziellen Opfern. Aber ein Name stand auf beiden. Ein Name stand sogar an der Spitze beider Listen.«

Ariel wusste genau, worauf das hinauslaufen würde.

»Sie.«

Im Laufe der Jahre hatte Ariels Wut zu- und wieder abgenommen und war dann zu einem Crescendo angestiegen, zusammen mit Charlie Wolfes übergroßen Triumphen in allen Bereichen. Sie war jeden Tag aufs Neue wütend. Wie konnte es sein, dass von allen niederträchtigen Männern der Welt ausgerechnet dieser mit solch üppigen Belohnungen bedacht wurde?

»Er hat Sie vergewaltigt. Und Sie haben auch einen Geheimhaltungsvertrag unterschrieben, unter Zwang.«

Ariel sagte natürlich nichts. Sie durfte nicht.

»Liege ich falsch?«

Sie antwortete immer noch nicht.

»Zehntausend Dollar.« Er schüttelte den Kopf. »So viel war ihm das Leben meiner Schwester wert.«

Ariel schämte sich: Sie hatte drei Millionen Dollar aus ihm rausbekommen, Geld, mit dem sie die Farm gekauft hatte, die Buchhandlung, die beste Krankenversicherung für sich und ihr kränkliches Kind, ein Sparkonto für das College angelegt und ihre eigene Rente gesichert hatte. Aber die sechzehnjährige Schwester dieses Mannes?

»Wir können dieses Raubtier doch nicht ungestraft durch die Welt ziehen lassen, oder?«

John sah so betroffen aus, so ernst, so verzweifelt. Ariel erkannte diese Verzweiflung, sie hatte sie fast fünfzehn Jahre lang gespürt: eine Bereitschaft, alles zu tun, auch wenn es so aussah, als könne nichts funktionieren.

Ariel musste sich fast fragen, ob Johns Verzweiflung nur gespielt war, ob sie in eine Falle gelockt wurde, damit die existenzielle Bedrohung durch sie ein für alle Mal beseitigt werden konnte. Sie musste sich fragen, ob man sie ins Gefängnis stecken konnte, nur weil sie vor diesem Fremden die Wahrheit zugegeben hatte.

»Es ist ungerecht, wenn die Last nur auf den Schultern der Opfer liegt. Es sollten nicht nur die Ankläger sein, die alles riskieren; es sollten nicht nur die Geschädigten sein, die leiden. Andere Menschen müssen aktiv werden. Nicht nur Solidarität zeigen, nicht nur auf Instagram posten oder ein Banner aufhängen oder fünfzig Dollar spenden.« John sah Ariel fest in die Augen und beugte sich vor. »Ich bin bereit, *alles* zu tun. Und es gibt vieles, was ich kann.«

Was schlug dieser Typ vor? Ein Attentat?

»Es tut mir leid«, sagte Ariel, und das tat es wirklich. »Ich wünschte, ich könnte helfen.« Das wünschte sie wirklich.

Aber stattdessen ließ sie John Wright mit einem unangetasteten Kaffee sitzen, für den er zweihundert Kilometer gefahren war, um ihn nicht zu trinken. Ariel eilte auf die Main Street hinaus, Tränen liefen ihr über das Gesicht, und sie kehrte in ihren ruhigen kleinen Laden zurück, in ihr ruhiges kleines Leben, und war sich absolut sicher, dass sie John Wright nie wiedersehen würde.

»Wie ist es dir ergangen?«, fragt er.

Sie sitzen auf einem Balkon mit Blick auf die Adria, wo es keine Möglichkeit gibt, dass jemand sie beobachtet oder Mikrofone auf ihr Gespräch richtet.

»Es war schwierig«, sagt sie. Ariel hatte das Zimmer gewechselt, um sicherzugehen, dass das neue nicht verwanzt werden kann. Sie haben als Treffpunkt einen Ferienort außerhalb der Saison gewählt, damit die Menschenmenge überschaubar bleibt und die Gegenüberwachung leicht möglich ist. Sie sind in Montenegro, weil es dort kein Auslieferungsabkommen mit den USA gibt, und weil John jetzt dort lebt – eine Kombination, die nicht zufällig ist.

»Sicher hast du was davon in den Nachrichten gesehen«, fährt sie fort. »In gewisser Weise waren die Verunglimpfungen im Fernsehen noch das Geringste. Den Fernseher kann man ausschalten und die sozialen Medien ignorieren. Du weißt ja, dass ich das vorher schon getan habe. Aber was ich persönlich erlebt habe, das war schon hart. Feindselige Menschen bei mir im Laden und zu Hause, sie haben George in der Schule geärgert und mich im Supermarkt beleidigt. Es gibt eine Menge Verrückte in Amerika, und es braucht nicht viele, um einem das Leben schwer zu machen.«

»Es tut mir so leid.«

»Wie geht's Lucy?«, fragt Ariel.

»Das hat ihr auf jeden Fall viel Trost gespendet. Und das Geld macht einen riesigen Unterschied in ihrem Leben. Außerdem gibt es eine echte Chance, dass Wolfe ins Gefängnis kommt.«

Ariel schnaubt zweifelnd. Verjährungsfristen sind bei sexuellen Übergriffen schockierend kurz; oder vielleicht ist das gar nicht so schockierend. In ihrem Fall war Charlies Verbrechen nach nur fünf Jahren nicht mehr strafbar. Egal, was danach passierte, egal, wie viele andere Übergriffe er beging, egal, welche Gesetze irgendwann geändert wurden. Er konnte niemals für die Vergewaltigung von Ariel vor Gericht gestellt werden.

Aus ihrer Sicht war der Knast nie eine realistische Hoffnung gewesen. Aber John war immer der Unrealistische von ihnen gewesen. Die ganze Zeit über war es Ariels Aufgabe, Erwartungen zu managen, sich auf das Erreichen endlicher und realistischer Ziele zu konzentrieren. In erster Linie musste sie dafür sorgen, dass sie nicht erwischt wurden.

Ariel war diejenige, die sich auf das große Ganze konzentrierte. Sie hatte sich den kompletten verworrenen Plan überhaupt erst ausgedacht.

Sie hatte Jerry mit seinem vierten oder fünften Scotch an der Bar sitzen lassen und war in ihren Wagen gestiegen, um über die zerfurchten Straßen zu ihrer dunklen Farm zu rumpeln, dem neuen Zuhause von Fletcher, der verwaisten Ziege sowie ihren beiden Rettungshunden, einer unbestimmten Anzahl von Freigängerkatzen und ihrem neuerdings mürrischen Sohn, der sich in seinem Zimmer einschloss und wer weiß was tat.

Was in ihrem Kopf nachhallte, war Jerrys Bemerkung über Geheimhaltungsverträge: Wenn ein Nichtunterzeichner die Fakten ganz allein herausfindet, kann so ein Vertrag auch nichts dagegen ausrichten.

Als sie zu Hause ankam und in die Küche stürmte, hatte sie sich selbst davon überzeugt, dass es möglich war. Sie blätterte in ihrem Notizbuch Seite für Seite zurück in die Vergangenheit, Wochen und Monate, bis sie den Namen und die Telefonnummer des Mannes fand, mit dem sie keinen Kaffee getrunken hatte.

Wie bereitet man sich auf die wichtigsten Gespräche seines Lebens vor? Plant man sie, baut man ihnen eine Bühne auf, stellt Erwartungen an? Oder lässt man das Gespräch einfach geschehen – schubst einen Kieselstein an, löst einen

Erdrutsch aus, lässt die Schwerkraft, Momentum, den Rest sich von selbst erledigen?

In der Schule lernst du Trigonometrie, die Fortpflanzung von Fruchtfliegen, die Periodentafel, Shakespeare, all diesen nutzlosen Mist. Analysis, Herrgott noch mal. Aber niemand bringt dir bei, wie man die wirklich wichtigen Dinge tut.

»Hi, John, hier ist Ariel Pryce. Erinnern Sie sich an mich?«

»Ja, natürlich.«

»Ich habe eine Idee.«

Sie heirateten tatsächlich, was einfach war; es wäre nämlich auch zu einfach gewesen, dabei erwischt zu werden, es nicht getan zu haben. Sie erfanden ihre Geschichte zusammen – das Gespräch, das sie angeblich im Supermarkt geführt hatten, ihr unbeholfenes, ungeübtes Flirten, ihr erstes Date, der erste Kuss, der erste Sex, die Wirbelwind-Romantik und die liebevollen Geschenke, ihre Verlobung und ihre Flitterwochen, große und kleine, wichtige und unwichtige Details. Es sind die unwichtigen Details, die es real machen. Sie haben ihre Geschichte wieder und wieder und dann noch einmal geprobt, bis sie ihnen in Fleisch und Blut übergegangen war, so real wie ihr wirkliches Leben. Realer.

John konnte bereits Motorrad fahren, aber er hatte es seit Jahren nicht mehr gemacht. Also kaufte er ein gebrauchtes Sportmotorrad von einem Mechaniker im Ort und übte tagelang bei jedem Wetter auf den ruhigen Landstraßen in der Nähe von Ariels Haus. Er fuhr damit in die Stadt und raste über verstopfte Straßen, die steilen Hügel in der Bronx hinauf und hinunter, durch die engen Gassen, die scharfen Kurven und die dichten Menschenmassen der Wall Street.

In der Zwischenzeit erledigte Lucy die Feldarbeit. In ihrem Leben als Kleinkriminelle in Marrakesch hatte sie reichlich einschlägige Erfahrung gesammelt. Sie verbrachte Wochen am Stück damit, Orte im nahegelegenen Lissabon auszukundschaften, notierte sich die Position von Überwachungskameras, die Größe der Menschenmassen an Touristenattraktionen, den Standort von Seilbahnen, Taxis und Straßenbahnen, die Hintertüren von Restaurants und Bars, die Einbahnstraßen, verborgenen Wege und Sackgassen, die überwachungsfreien Plätze im Parkhaus des Flughafens von Sevilla. Sie kaufte das Auto, stahl alte Nummernschilder und fand ein abgelegenes, verlassenes Haus auf der anderen Seite des Tejo, in dem sie und John sich während der angeblichen Entführung ein paar Tage lang verstecken konnten. Sie kaufte sich das komplette Halloween-Hippie-Kostüm, ein Teil nach dem anderen, einschließlich der Perücke mit den blonden Dreadlocks.

Als es dann so weit war, war Lucy diejenige, die um vier Uhr morgens auf dem Platz verschiedene Sicherheitskameras deaktivierte; sie fuhr das Entführungsauto; sie schoss das Foto von Ariel vor der Botschaft; sie entwarf die Social-Media-Kampagne. Lucy choreografierte jedes Detail: die Entführung am frühen Morgen, Ariels Weg von der Polizei zur Botschaft und wieder zurück, Johns Übergabe des Wegwerfhandys auf dem Motorrad, Ariels Fluchtweg und die Lösegeldübergabe in der Gasse hinter einer Bar. Lucy selbst war die Frau in dieser Gasse, die das Geld abholte und dann geradewegs durch die Bar und wieder hinauslief, den Rucksack voller Euro, und sich nahtlos in die Menschenmenge vor der Bar einfügte, während uniformierte Polizisten vorbeieilten und verzweifelt nach ihr suchten.

In dieser Gasse war das einzige Mal, dass sich die beiden Frauen trafen, abgesehen von der Hochzeit und dem sogenannten Flitterwochenende, Ereignisse, die hauptsächlich dazu dienten, alles zu planen.

Ariel und John gaben sich natürlich einen einzigen Kuss, und zwar vor dem Standesbeamten. Wie hätten sie das auch nicht tun können? Sie heirateten ja schließlich. Aber es war nur ein Küsschen, die Münder geschlossen, die Lippen zusammengepresst, die Augen weit geöffnet.

Die schwierigste Herausforderung war George. Der Junge hatte nie einen Vater gekannt; er hatte nie mit jemand anderem als seiner Mutter zusammengelebt; er hatte nie einen ihrer früheren Liebhaber kennengelernt, Beziehungen, die sie alle auf Armeslänge geführt hatte, mit begrenzten Erwartungen und vorhersehbaren Abläufen.

»Du wirst John in nächster Zeit öfter sehen. Er wird manchmal bei uns bleiben.«

George versuchte einen Moment lang, so zu tun, als sei es ihm egal, aber es gelang ihm nicht. »Ist John dein Freund?«

Ariel wusste nicht, was George unter Freunden, Freundinnen, Sex und Ehe verstand. Es war unmöglich geworden, in seinen Kopf zu sehen, gerade in dem Moment, als diese Ideen Gestalt annahmen. Das war vielleicht kein Zufall.

»Nein, mein Schatz, so eine Beziehung haben wir nicht.«

John war ein paarmal vorbeigekommen, zum Mittagessen, zum Abendessen, für einen Nachmittag am Teakholztisch unter der alten Eiche, um Eistee zu trinken und über den Plan zu sprechen. Er war nie über Nacht geblieben. Er war nicht einmal oben gewesen.

»Ich liebe John nicht, und er liebt mich nicht. Aber wir werden trotzdem heiraten, vorübergehend, nur aus rechtlichen Gründen.«

Ariel musste George die Wahrheit sagen, aber es musste nicht die ganze Wahrheit sein. Nur genug, damit er sich nicht verraten fühlte, damit er akzeptierte, was sie von ihm verlangte.

»Er wird ein paar Nächte pro Woche in unserem Haus verbringen, im Gästezimmer im Erdgeschoss. Aber es ist wichtig, dass die Leute denken, dass wir eine echte Ehe führen. Verstehst du das?«

George starrte weiter durch die Windschutzscheibe des Autos. »Klar. Du willst, dass ich lüge.«

»Vielleicht nur ein bisschen. Und nur, wenn die Leute fragen. Was sie wahrscheinlich nicht tun werden. Ist das in Ordnung?«

Er zuckte mit den Schultern. »Aber er wird doch nicht mein Stiefvater werden?«

»Nein. Wie ich schon sagte, es ist nur vorübergehend.«

»Aus rechtlichen Gründen.«

»So ist es.«

Wenn es sein musste, war Ariel bereit, ihrem Sohn alles zu sagen. Aber dies war einer der seltenen Fälle, in denen die jugendliche Wortkargheit und die elternablehnende Frostigkeit zusammenpassten.

»Wie auch immer«, sagte er und wandte seine Aufmerksamkeit wieder seinem Telefon zu.

Über sich selbst erzählten Ariel und John sich gegenseitig die Wahrheit: ihren Film-, Buch- und Weingeschmack, ihre Lieblingssendungen und -restaurants und ihre bevorzugten Sexstellungen. Es war unmöglich zu wissen, welcher Art von Verhör sie letztendlich unterzogen werden würden, von welcher Behörde, unter welchen Umständen, mit welchem Risiko. Sicher, es war höchst unwahrscheinlich, dass jemand sie jemals getrennt über ihr Sexualleben befragen würde. Aber wenn es zu diesem unwahrscheinlichen Verhör käme, würde viel auf dem Spiel stehen. Das war wie ein Training für den Schleudersitz in einem Kampfjet: Wenn man in das Cockpit steigen wollte, musste man wissen, wie er funktionierte.

Und schließlich war es der Vorabend der Entführung. Ihr Überschallflugzeug war kurz vor dem Start.

»Wie fühlst du dich?«, fragte er. Das war etwas, was sie an dem echten John zu schätzen gelernt hatte: Er wollte immer wissen, wie es ihr ging. Er fragte immer, und er hörte sich die Antwort immer an. Sie waren auf dem Heimweg von dem Restaurant, in dem sie von vielen Zeugen bei einem romantischen Abendessen gesehen worden waren, Händchen haltend, das Dessert mit einem einzigen Löffel teilend, sie sahen aus wie zwei Menschen, die gleich miteinander im Bett landen würden. Wenn man mit aller Energie und Konzentration so tut als ob, kann man vergessen, dass man nur so tut. Der Hauptdarsteller und die Hauptdarstellerin landen sehr oft in echt zusammen im Bett. Manchmal heiraten sie sogar, bekommen Kinder, das ganze Programm.

»Ich bin aufgeregt«, sagte sie. Dabei fühlte sie sich wie ein riesiges Nervenbündel, praktisch pulsierend vor Energie, vor Hormonen, vor Vorfreude. Sie war erregt.

»Ich auch.«

Sie hatte nicht vor, Alkohol zu trinken; sie wollte bei klarem Verstand bleiben. Aber als sie im Restaurant saßen, waren sie sich einig, dass sie einen Drink brauchten, sonst würden sie explodieren. Also teilten sie sich eine Flasche Wein, und Ariel fühlte sich lockerer dadurch. Nicht so locker, dass es gefährlich werden könnte, nur frei.

Sie bogen um eine Ecke und hatten plötzlich eine wunderschöne Aussicht, die alten Gebäude, die Türme, der Fluss, der Mond. Sie hielten inne, um den Anblick in sich aufzunehmen.

»Sieh dir das an«, sagte er. »Es ist atemberaubend.«

»Ja, das ist es.«

Dann spürte sie, wie sich sein Blick auf sie richtete, und sie sah ihn an.

»So wie du«, sagte er.

In dem kurzen Moment, bevor etwas anderes geschah, gingen ihr eine Menge Fragen durch den Kopf: Sagt er die Wahrheit? Ist das echt? Will ich das? Was ist das?

Vielleicht war es nicht echt. Vielleicht war es nur der Wein, nur die Situation, nur der nicht zu leugnende Nervenkitzel in der Nacht vor einem Coup, der den Lauf der Welt verändern könnte, alles lag in ihren Händen. Vielleicht hatte es also gar nichts mit Ariel und John als realen Menschen zu tun, die ein reales Leben führten. Vielleicht war das alles nur Teil der Show.

Die letzte Frage, die sie sich stellte, war: Ist das wichtig?

Er wusste bereits, dass sie keine Klimaanlagen oder eichengereiften Chardonnay oder irgendetwas aus dem Bereich

S&M mochte, weil sie es ihm gesagt hatte. Er wusste auch, was sie mochte, welche Reihenfolge, welche Stellungen; das hatte sie ihm auch gesagt. Der einzige Punkt, bei dem sie sich nicht einig waren, war die Klimaanlage.

Ariel hatte nie wirklich an den Superlativ des besten Sex des Lebens geglaubt. Diese Erfahrung hatte sie nie gemacht. Mancher Sex war denkwürdig gewesen, mancher nicht, mancher geradezu schrecklich. Aber Sex war nie überirdisch gewesen. Bis zu diesem Sonntagabend in Lissabon.

John holt einen kleinen Umschlag heraus und zeigt ihr den Inhalt: zwei Messingschlüssel und die Visitenkarte einer Bankfiliale in der Rue du Rhône in Genf, auf deren Rückseite eine Schließfachnummer eingestanzt ist.

»Nein.« Ariel schüttelt den Kopf. »Ich habe dir doch gesagt, dass ich nichts von dem Geld will.«

Für sie ging es bei der ganzen Sache nicht um Geld. Es war eine Schlacht in einem Krieg; das Überleben war Ariels oberste Priorität, der Sieg die zweite. Aber Profit würde sich wie Geschäftemacherei anfühlen, als würde sie sich am Krieg bereichern. Deshalb hatten sie sich von Anfang an darauf geeinigt, dass das ganze Geld Lucy gehören würde.

Ariel stand kurz davor, mit dem Verkauf des Buchladens an eine Hipsterin aus Brooklyn einen weiteren Glücksfall zu erleben, eine andere Frau, die aufs Land zog, um mit ihrem Mann, einem Konzeptkünstler, und ihrem siebenjährigen Sohn, dessen Haare aussahen, als seien sie noch nie geschnitten worden, ein neues Leben zu beginnen. Wahrscheinlich würde sie auch mit Begeisterung die Ziege kaufen.

»Das ist nur eine Kleinigkeit. Für den Notfall.«

»Ein Notfall? Einer, in den ich gerate, während ich die Schweiz besuche?«

John lächelt. »Man kann nie wissen.«

Die Sonne ist gerade irgendwo über Italien hinter den Horizont gesunken. Ein weiterer atemberaubender Anblick.

»Also«, sagt sie und nimmt ihren Mut zusammen. »Wegen dieser Nacht in Lissabon.«

Etwas hat sie gelernt: wie wichtig es ist, klar und deutlich zu sein. Nicht nur bei dem, was sie nicht will, sondern auch bei dem, was sie will. Auch das ist wichtig.

»Ja?« John sieht sie mit diesem Glitzern in den Augen und diesem Lächeln auf den Lippen an. Dies ist ihre Entscheidung, und an ihrem Lächeln kann er ablesen, wofür sie sich entschieden hat.

Wut und Ablehnung hatten sie immer nur dazu gebracht, Nein zu sagen, zu hassen, alle Männer auf einen riesigen Haufen »Nein« zu werfen, zusammen mit ihren langen Haaren und engen Jeans, bis zu der Offenbarung, ihrer Vision eines anderen Weges nicht nur für ihr eigenes Leben, sondern auch, wie sie einen mächtigen Mann auf eine Art und Weise zur Rechenschaft ziehen kann, die sie nicht erreichen könnte, indem sie mit Beweisen des Leidens herumwedelt, indem sie eine Geschichte nur denen erzählt, die sie hören wollen – eine Geschichte, die aus dem einen oder anderen Grund immer abgetan, angefochten und verspottet werden könnte, die dem Vorwurf der Voreingenommenheit, der Absicht, der Politik, der rein persönlichen Animosität ausgesetzt ist. Stattdessen sah sie einen klaren Weg, den Reichtum und die Macht dieses Mannes als Waffen gegen ihn einzusetzen, seine eigenen Forderungen zu nutzen, um die

Abgründe seiner Verderbtheit zu enthüllen, die Tatsache, dass man ihr ihr Leben lang nicht geglaubt hat, zu nutzen, um andere Menschen dazu zu bringen, ihre Geschichte von außen zu verfolgen, um sie glaubwürdig zu machen, gerade weil sie sie nicht laut in eine Echokammer geschrien hat, sondern weil eine Tatsache eine Tatsache ist und es keine alternativen Fakten gibt.

Es ist 3 Uhr morgens.
Weißt du, wo deine Ehefrau ist?

Der amerikanische Journalist Will Rhodes reist im Auftrag
eines renommierten Reisemagazins um die Welt. Doch
dann wird er in Argentinien von einer Frau erpresst, die
Ungeheuerliches behauptet. Sie unterbreitet ihm ein
Angebot, das er nicht ablehnen kann, und schon bald
gerät er immer tiefer in ein Netz aus internationalen
Intrigen und gefährlichen Geheimnissen. Auf der Suche
nach der Wahrheit jagt Will um den halben Globus. Und
noch ahnt er nicht, dass seine eigene Frau die größte
Bedrohung für ihn darstellen könnte ...

Ⓟ **PENGUIN** VERLAG